Le rovine della Terra

J.N. Chaney

Christopher Hopper

Le rovine della Terra

Le rovine della Terra

Translated by Teresa Concas

Original title: *Ruins of the Earth*

Original language: English

Copyright © 2020, 2022 Christopher Hopper, J.N. Chaney and SAGA Egmont

All rights reserved

ISBN: 978-1-0394-6133-8

1st edition

www.podiumentertainment.com

Le rovine della Terra

1048, martedì 9 marzo 2004
Al Qa'im, Iraq
A sud della Route Jade

I PROIETTILI IN arrivo si schiantano contro l'angolo della casa come un coltello che batte ritmicamente su un tagliere. Afferro Jack e lo tiro giù dal marciapiede, mentre pezzi di cemento mi colpiscono il collo. Non è la prima volta che mi sparano, ma sicuramente è la prima volta che sono andato più vicino a essere colpito. Sono incazzato e spaventato allo stesso tempo.

"Li vedi?" chiede Jack.

"Un isolato a sud, dall'altra parte della strada, credo." Faccio del mio meglio per rallentare il battito cardiaco, ma non riesco a ricordare quanti respiri al secondo dovrei fare. "Alla, uh, finestra del secondo piano."

"Ricevuto."

Jack si inginocchia, lascia passare un istante e poi spiana il suo M4 dietro l'angolo. "Li vedo." Ma prima che possa sparare, altri colpi fanno saltare dei pezzi del bordo dell'edificio. Jack si tira indietro. "Altri tre. Livello strada, Toyota rossa."

"È come se sapessero che stavamo arrivando." Serro la presa sul mio M4. "Scommetto dieci dollari che è stato Yasin."

Jack mi guarda. "Mister Risatina?"

Annuisco. "Penso di averlo visto, un isolato a ovest, al cellulare."

"Sei sicuro?"

"Abbastanza sicuro, sì. Dov'è Clark?" Avevo perso di vista la posizione del soldato semplice.

"Carretto con l'asino, quindici metri più avanti. È a terra, ma si muove ancora."

"Merda."

Mi getto uno sguardo alle spalle. Il resto della squadra Echo Four One ha trovato riparo lungo la strada, ma anche loro sono bloccati e restituiscono una scarica di colpi ogni cinque che ricevono. Per fortuna, il caporale Shaft (sì, si chiama davvero così) ha scaglionato la squadra e ci ha sparpagliati su entrambi i lati della strada.

Jack e io abbiamo individuato un totale di quattro obiettivi, ma ce ne devono essere molti di più in base alla quantità di fuoco di AK in arrivo. È un'imboscata. E proprio ora, il nemico ci costringe ad appiattirci nelle rientranze delle case basse a un piano, fatte di fango e cemento, come gatti che si riparano dalla pioggia. Il cuore mi batte forte nel petto e devo concentrarmi per controllare il tremito delle mie mani.

Proprio in quel momento, uno degli Humvee della squadra con l'M240B, una mitragliatrice a nastro operante a gas, avanza da dietro la nostra pattuglia. Non solo è capace di uccidere gli obiettivi nemici con la massima precisione, ma serve anche a spaventare a morte il nemico in situazioni come questa, così i Marines sul campo possono occuparsi della missione.

"Era ora", dice Jack. "Andiamo a prendere Clark?"

Mi ci vuole un secondo per rendermi conto che Jack vuole uscire allo scoperto e tentare di recuperare il soldato. "Yut. Certo. Tutti per uno, giusto?"

"Fino alla fine", risponde.

Eppure, sto ancora esitando.

Proprio in quel momento, l'artigliere 249 della nostra squadra, il soldato semplice Garcia, inizia a fare fuoco con l'Humvee. È abbastanza per darmi la spinta di cui ho bisogno. "Va bene. Andiamo."

Jack si piega e apre la strada, mentre io mi tengo leggermente indietro con il mio M4 puntato verso il basso. Sparo un paio di colpi verso il nemico, ma sono troppo carico di adrenalina per controllare se ho colpito qualcuno. Non appena Jack è al riparo dietro il carretto, ci diamo il cambio e mi lancio in avanti per coprirlo mentre lui apre il fuoco di sbarramento. Capovolgiamo il carretto su un lato in mezzo alla strada mentre i proiettili nemici ne attraversano lo strato duro di legno e metallo.

"Come stai, Clark?" chiedo, mentre altri colpi di AK si schiantano sulla ringhiera sopra di me. Non faccio in tempo a finire la domanda che noto il sangue che inizia a raccogliersi sotto le sue gambe e la carne viva all'altezza delle sue ginocchia. Non so cosa fare. Non è come nei film. O nei miei videogiochi. È…

"Mi ha preso il cazzo?" Clark afferra il mio giubbotto. "Ho ancora le palle?"

Sinceramente, non riesco a capire se Clark abbia ancora il cazzo o meno. È un vero casino là sotto. Sono più preoccupato per la sua arteria femorale che per la sua virilità, ma ha tutto il diritto di essere spaventato. "Andrà tutto bene, Clark. D'accordo?"

"Sono messo male, vero?"

Mento e scuoto la testa proprio mentre due proiettili scoppiano nel cadavere dell'asino morto accanto a me. C'è puzza di culo e gomma bruciata. "Devi solo continuare a respirare, da bravo, lentamente. Ricevuto?"

Annuisce.

Mi allungo dietro Clark e prendo dalla sua cintura multiuso il kit medico che tutti noi teniamo tra il marsupio e la borraccia. Mentre Jack continua a fare fuoco con le mitragliatrici, prendo il laccio emostatico. Me lo giro tra le mani, mentre cerco di decidere quale delle gambe di Clark è messa peggio. La destra, credo. "Ti farà male, fratellino."

"Fallo", risponde.

Annuisco e poi mi metto al lavoro. Jack mi aiuta a tenere fermo Clark, mentre il soldato impreca e lotta contro il dolore. Quando ho finito, stacco le mani e la quantità di sangue che le ricopre è scioccante. Non so bene cosa mi aspettassi, ma all'improvviso il nastro adesivo extra che il Sergente Michaels ci ha detto di mettere sul calcio dei nostri M4 per migliorare le presa ha molto più senso.

È il momento di portare Clark fuori di qui.

Mentre le squadre 240, 249 e M4 tengono sotto controllo la maggior parte degli arabi, un insorto in particolare, fuori dal campo di fuoco della squadra, sembra averci sotto tiro. Non sarà tanto facile riuscire a portare Clark fuori dall'area di pericolo se ci facciamo imbottire di proiettili.

Con una rapida occhiata oltre l'angolo sinistro del carretto, vedo un uomo con una sciarpa a scacchi bianchi e rossi e una tuta da ginnastica nera a una finestra al primo piano. "Contatto a sinistra", dico a Jack.

Annuisce e, pur non avendo una buona visuale, Jack apre il fuoco sulla casa, costringendo il bersaglio ad allontanarsi.

Poi mi sporgo e guardo nel mio mirino. "Dai, figlio di puttana. Dove sei andato?" Due secondi dopo, il nemico fa un passo indietro alla finestra, dritto nel centro del mio mirino. Il mio cuore si ferma. Premo due volte e il mio M4 abbaia e sputa fuori metallo. L'arabo scompare.

"L'hai preso!" urla Jack mentre mi lancio indietro, al riparo dietro il carretto.

Mi fido. "Obiettivo colpito."

"Ti tireremo fuori di qui, Clark", urla Jack. "Riesci ancora a sparare?"

Il soldato guarda il suo M4, poi fa un cenno a me e a Jack. Ha il viso e le labbra bianchi come un lenzuolo.

"Bene", dice Jack e poi mi guarda. "Sei pronto?"

"Aspetta", prendo una granata a frammentazione M67 da una sacca attaccata al mio giubbotto. "Ora sono pronto."

Jack sorride e afferra il maniglione in tela sul retro del giubbotto antiproiettile di Clark. "Si va in scena."

Tiro l'anello. "Scoppia." La sicura parte roteando nell'altra direzione quando lancio la mia granata in strada. Ci mettiamo a correre mentre i colpi di AK sfrecciano tutto intorno a noi. Clark sta sparando in modalità full-auto mentre corriamo e non posso dire di biasimarlo. Lo farei anche io.

Siamo quasi arrivati al riparo tra gli edifici, quando scatta il timer nel mio subconscio. Una frazione di secondo dopo, la mia granata esplode. La terra trema e mi fischiano le orecchie. Ma il fuoco nemico si placa abbastanza a lungo da permettere al caporale Shaft e al caporale Anderson di afferrarci per le braccia e trascinarci nel vicolo.

"Avreste dovuto aspettare di avere più fuoco di supporto, Finnegan", dice Shaft.

Mi accascio contro il muro, ma sono troppo nervoso per rispondere con qualcosa di più di un "Sì, caporale." Voglio dirgli che ho visto Yasin, voglio dire a tutti che penso stia rivelando le nostre posizioni e facendo sapere agli insorti esattamente dove trovarci. Ma il sangue sulle mie mani e il fatto che ho appena attraversato una tempesta di proiettili e sono sopravvissuto mi sta facendo impazzire.

"Medico", urla Anderson. Poi mi dà una pacca sulla spalla. "Ehi. Tutto bene?"

Annuisco, ma non mi sento bene.

"Avete fatto la cosa giusta per lui." Anderson accenna a Clark. "Grazie."

Jack è all'altro fianco del soldato semplice, continua a far parlare il ragazzo. "Respira con me. Forza."

"Ne ho preso qualcuno?" chiede Clark.

"Sì. E anche l'asino, due volte."

Clark sorride.

"Dov'è quel maledetto ufficiale medico?" urla di nuovo Anderson.

Sacchetti di plastica passano rotolando davanti all'imboccatura del vicolo mentre ripenso a Yasin al cellulare. "L'ho visto", dico a Shaft. "Un isolato a ovest."

"Visto chi?"

"Yasin." L'uomo è un membro della Protezione Civile Irachena e lavora regolarmente come traduttore per la nostra unità insieme all'ultimo capo della polizia di Al Qa'im. Sin dal primo giorno ho avuto la sensazione che entrambi stessero lavorando con Al-Qaeda, ma non avevo prove. E chi vuoi che dia ascolto a un soldato semplice di Brooklyn quando dice che non gli piace un arabo dal sorriso storto?

"Non hai visto un bel niente, Marines", dice Shaft. "Il maggiore conta sul fatto che la nostra collaborazione qui funzioni e non sarai tu a rovinare tutto. Ricevuto?"

"Ricevuto."

Ovviamente, vorrei tanto prendere a pugni sui denti questo tizio. Rivedo ogni singolo film che ho visto in cui un soldato colpisce un sottufficiale idiota. Ma a differenza degli attori, nella vita reale dovrei convivere con il provvedimento extragiudiziale che ne conseguirebbe. Non ne vale la pena.

Proprio in quel momento, l'ufficiale medico entra nel vicolo. Allo stesso tempo, arriva l'Humvee con il 240 e Shaft ordina a Clark di salire sul retro. Sto per muovermi, per dare una mano quando qualcuno grida "RPG."

Mi lancio al riparo contro l'edificio mentre Jack si china per coprire il soldato dall'esplosione. Nella frazione di secondo in cui la granata con propulsione a razzo passa a lato del veicolo ed esplode contro l'edificio dietro di noi, mi rendo conto che ciò che ho sempre pensato di Jack è vero: il mio amico d'infanzia è un fottuto eroe. Ecco una cosa da non dire mai a un Marines. Ma tra tutti i ragazzi che ho incontrato in grado di uccidere il nemico e salvare un compagno allo stesso tempo… lui è Capitan America, in carne ed ossa.

Cemento e schegge piovono su di noi e il fischio nelle mie orecchie si fa più forte. Sbatto le palpebre diverse volte e vedo Jack che urla in faccia a Clark, sono entrambi coperti di polvere. Non riesco a sentire cosa stia dicendo, ma vedo che Jack tira il giubbotto di Clark.

"Caricatelo", urla Shaft.

Mi alzo di scatto e aiuto a proteggere Jack e l'ufficiale medico mentre trascinano Clark fuori dal riparo del vicolo. Ma proiettili di AK si schiantano sul parabrezza dell'Humvee e ci costringono a tornare indietro.

"Vi copro io", dice l'autista mentre apre la portiera per proteggerci e poi risponde al fuoco. Minuscole crepe attraversano il vetro antiproiettile, mentre altri proiettili rimbalzano sulle piastre d'acciaio. Ma è abbastanza per portare Clark a destinazione. Altri due marine, il soldato Clapper e il soldato di prima classe Wood, vengono fatti salire dietro Clark. Sembra che Clapper sia stato colpito allo stinco e la manica sinistra di Wood è intrisa di sangue.

Con la nostra squadra di tredici uomini ridotta a dieci e gli altri tre Marines che si riparano dietro l'Humvee, Shaft dà l'ordine di ripiegare. L'unità si muove con il veicolo mentre ritorniamo da dove siamo venuti. È umiliante e frustrante, ma sono felice di essere uscito da questo inferno. Il nemico ha accumulato troppo fuoco e occupa posizioni migliori delle nostre.

Passiamo una stradina laterale sulla destra e in fondo vedo un uomo con un'uniforme marrone e un berretto da baseball rosso dell'ICDC. È Yasin. Ed è ancora al suo dannato cellulare.

"Quel figlio di puttana." Attiro l'attenzione del mio sottufficiale e gli indico il vicolo. "Caporale Shaft. È Yasin."

Shaft spara ancora qualche altro colpo alle sue spalle e poi guarda dove gli ho indicato. "Dannazione."

"Posso prenderlo."

"Negativo. È disarmato."

"Ma sta chiamando…"

"Negativo, Finnegan! Rispondi al fuoco."

"Ricevuto." È la mossa sbagliata. Questo stronzo di arabo sta probabilmente orchestrando un'imboscata contro di noi, giusto? E basandomi sulle comunicazioni che sento via radio, sul razzo di segnalazione rosso e sul fumo viola a quattro isolati a ovest della nostra posizione, immagino che Yasin abbia organizzato l'attacco anche alla seconda e alla terza squadra d'assalto.

Stringo i denti e lascio che il vicolo scompaia alle nostre spalle, e Yasin con lui. Le mie mani non tremano più così tanto, ma sono ancora incazzato. Quindi mi sfogo su un tizio in pantaloncini e infradito che corre a ripararsi dietro al carretto degli asini portando un RPG, il miglior amico di tutti i combattenti nemici del Terzo Mondo. Lo colpisco alla spalla e rotola via, fuori dal mio campo visivo. Due secondi dopo, il suo compare solleva l'arma a spalla e mira al nostro Humvee. Sparo un altro colpo che colpisce l'uomo alla testa. Ma non prima che il suo dito prema il grilletto.

Quando il razzo colpisce il parabrezza dell'Humvee, vetro fuso fuoriesce dalla parte posteriore del veicolo. Due uomini cadono e un terzo viene inchiodato contro una casa quando l'Humvee è colpito. Cado sulla schiena ma mi alzo in piedi mentre Jack ha la presenza di spirito di tirare fuori Clark dal veicolo. Le gambe del soldato sono parzialmente in fiamme, ma sembra troppo scioccato per rendersene conto. Jack spegne le fiamme e inizia a trascinare Clark lungo la strada.

Afferro il soldato per un braccio e guardo a nord, vedo che siamo a meno di venti metri dalla Route Jade, la strada principale che corre verso ovest fino al Campo Husaybah. Con un po' di fortuna, il convoglio del maggiore Corrigan si sta avvicinando dalla stazione di polizia per darci supporto. A meno che, ovviamente, non sia sotto attacco anche lui, nel qual caso abbiamo bisogno di una squadra di supporto tattico.

Eccomi qui, sono un dannato soldato semplice che gioca a scacchi mentre i proiettili mi volano sopra la testa… Santa Maria e Gesù.

Lancio un'occhiata alle mie spalle e vedo che i nemici hanno iniziato a seguirci. Devono aver sentito l'odore del sangue nell'acqua.

"Scoppia", sento urlare due, forse tre volte, seguito da diverse esplosioni. La strada è piena di polvere e fumo, ma i colpi dell'AK continuano ad arrivare. Proprio in quel momento, il mio ginocchio sinistro si affloscia mentre quello che sembra un ferro incandescente mi colpisce il polpaccio. Ma in qualche modo, riesco a rimanere in piedi e continuo a tirare il braccio di Clark. Vedo sangue sulla gamba dei miei pantaloni. Yut, mi hanno colpito. Oddio! Mi hanno sparato alla gamba.

Siamo a dieci metri dalla strada principale quando un grosso Humvee spunta dietro l'angolo, portando come arma improvvisata un lanciagranate automatico a cinghia Mk 19. Sembra che Maria e Gesù mi abbiano sentito. La tela dell'Humvee è arrotolata per fare spazio a un'armatura improvvisata. Sembra uscito da Mad Max.

Il Marines in torretta non perde un secondo. Risveglia l'Mk 19 e sento l'inconfondibile *thug-thug-thug* squarciare la strada mentre proiettili da 40 mm esplodono sulle posizioni nemiche. Nonostante la mia ferita, la cadenza del lanciagranate mi dà un ritmo su cui marciare e Jack e io portiamo barcollando Clark fuori dall'area di pericolo e al riparo sulla Route Jade.

Sono di nuovo dietro l'angolo, M4 puntato a sud, mentre il resto della mia squadra carica verso di me. Osservo ancora l'orizzonte cercando dei nemici, ma l'Mk 19 li ha fatti sparire e gli AK-47 tacciono. Istintivamente, inizio a contare le nostre squadre d'assalto e poi aggiungo un altro Marines per il caporale Shaft, che ne è uscito completamente illeso. Figurati.

Guardo Clark. L'ufficiale medico ha appena finito di dargli della morfina e di scrivergli l'ora e la dose sul braccio. Ma incrocio lo sguardo di Jack e un leggero cenno della sua testa basta per rendermi conto che non è per aiutare Clark a guarire, ma a morire.

Non racconterò questa storia. Almeno non tutti i dettagli. Ma vorrei parlare di quanto sia stato brutto dover rispettare l'ordine di: "primo, non nuocere" del generale al fine di promuovere la "mentalità pro-coalizione." Certo, sono solo un cattolico irlandese pel di carota di Brooklyn: cosa volete che ne sappia?

"Abbiamo imparato dal Vietnam", hanno detto.

"Integrarsi con la gente del posto, andare di pattuglia con la polizia, conquistare cuori e menti", hanno ordinato.

E lo capisco. I nostri comandanti hanno detto di credere che quello fosse il modo più veloce per porre fine alla lotta. E penso che la maggior parte di loro volesse tornare a casa tanto quanto noi.

Ma non era il modo migliore.

Ed è costato delle vite.

Il soldato semplice Samuel K. Clark, un commesso di un negozio di alimentari che amava cacciare gli alci fuori dalla sua città natale di Flagstaff, in Arizona, è morto prima che raggiungessimo Camp Husaybah. Nessuna medaglia. Nessuna spiegazione alla sua famiglia. E averlo visto morire mi distrugge dentro. Ancora adesso.

Anche Jack meritava una medaglia. Ma nessun encomio è arrivato, in nessuno dei rapporti post-azione che mi sono sorbito, nonostante tutte le lettere che abbiamo aiutato a scrivere ai vertici. Ma puoi scommettere che quel tenente idiota che ci ha messo in questo pasticcio ha ricevuto qualcosa.

Il Maggiore, che Dio lo benedica, aveva bisogno di una vittoria, non di imboscate multiple. I politici, su sedie con schienale in pelle e quaderni rilegati in pelle, avevano bisogno di colli di pelle per assicurarsi la rielezione. Avevano bisogno di sapere che i loro piani avevano funzionato.

E di cosa avevamo bisogno noi?

Ci penso spesso. Per come la vedo io, avevamo bisogno del permesso di combattere la guerra nel modo in cui ci avevano addestrati a combatterla. Per vincere. Ma il paese non era pronto. Avevano perso lo stomaco per il tipo di violenza che sapevamo scatenare. È brutta, e non li biasimo neanche un po'. Ma è questa la differenza tra soldati addestrati e civili. Noi siamo fatti per oltrepassare i limiti e fare ciò che nessun altro può, o vuole, fare. Si chiama guerra. E avevamo bisogno di vincerla. Invece, tutto quello che abbiamo ottenuto è stata una ferita che si è lentamente infettata che non ha ancora trovato un modo per guarire.

Quello che è successo nella città di confine con la Siria è stato spazzato sotto il tappeto. Certo, le notizie sono trapelate qua e là, alla fine. Ma non era un vero riflesso del modo in cui la vedeva la Echo Company.

Ironia della sorte, alla fine di aprile del 2004, tutto il personale, le strutture e le attrezzature del Corpo di Protezione Civile sono stati trasferiti al Ministero della Difesa iracheno, sotto il controllo delle forze armate irachene. Ma non sarebbe stata l'ultima volta che i Marines sono stati attaccati ad Al Qa'im. Tre settimane dopo, i sopravvissuti e i caduti avrebbero ottenuto il riconoscimento che giustamente meritavano. Oorah.

Per quanto riguarda me e Jack, siamo tornati alla nostra unità con un paio di cerotti e un bacio in fronte. Non ho mai più rivisto il caporale Shaft, ed è meglio così. E ogni volta che uscivamo di pattuglia, Jack chiedeva sempre di andare per primo.

"È per Clark", diceva.

Ed era un figlio di puttana a dire così, perché sapeva che non potevo dire di no.

E avrei dovuto.

Avrei dovuto, dannazione.

Prima parte

Ventitré anni dopo

Capitolo 1

1415, lunedì 25 aprile 2027
Antartide occidentale
Ellsworth, centro di ricerca degli altopiani subglaciali

Avevo smesso di combattere. Ma a volte a noi vecchi Marines non viene data molta scelta, vero?

Quindi colpisco Vlad alla bocca con un pugno.

Il monociglio del moscovita alto un metro e novantadue si solleva in un'espressione sorpresa. Poi sorride, mostrando i denti macchiati di rosso, uno dei quali sembra fuori posto.

"Dovresti farti dare un'occhiata a quel dente", dico.

Ringhia e lo sputa via.

"Oppure sbarazzartene", aggiungo, "costa anche meno."

Schivo il suo contrattacco e gli rifilo un cross destro al viso. Di nuovo, il bruto sembra calmo. Ma la folla non lo è: urla e grida arrivano da ogni angolo della mensa, un terzo delle quali in russo, è quella che potremmo dire una canzone su "il vecchio e il mostro." Sembra un brutto romanzo di Hemingway. O peggio, un film d'azione degli anni '80.

Due pugni del mio avversario colpiscono i miei avambracci. Il ragazzo è un dannato carro armato. Evito il terzo fendente e lo colpisco al fianco sinistro. Qualcosa si spezza sotto il mio pugno. Grugnisce, immagino che l'abbia sentito anche lui. Quindi carico per un secondo colpo al suo nuovo punto debole, ma mi prende il pugno sotto il braccio e lo fa girare.

Lo strattone improvviso mi toglie la terra da sotto i piedi e vado a sbattere contro i mobili pieghevoli in metallo della mensa. I russi ruggiscono e iniziano a battere sui tavoli.

Quando mi giro per affrontare il mio avversario, trovo ad aspettarmi un pugno diretto alla mia testa. Mi chino e lo sento sfiorarmi l'orecchio. Grugnisce di nuovo mentre gli assesto un secondo colpo sulle costole. Finisce a terra e il pubblico balza in piedi, metà per la sorpresa, metà per l'eccitazione.

Dal momento in cui i "contingenti militari congiunti" internazionali per "manovre di addestramento sul campo, non armate" sono arrivati qui un mese fa, Vlad mi ha etichettato come il "cane alfa americano barbarossa." Il soprannome non mi dispiace, ma non è il più facile da tatuare. Tra gli incontri in palestra e i lunghi sguardi in sala mensa, non riuscivo a capire se Vlad stesse cercando di prendermi le misure o volesse chiedermi di uscire.

"Stai giù", gli dico, sapendo che se si alza, finirà per essere ancora più brutto di quanto fosse quando abbiamo iniziato, ed è tutto dire. Non ero già dell'umore giusto per una rissa prima, e ho tutte le intenzioni di assicurarmi che non ci sarà una seconda occasione quando questa sarà finita. Sembra che invece il mio avversario sia intenzionato a non smettere di combattere finché non sarà privo di sensi. Visto l'inchiostro sulle sue mani, non c'è da sorprendersi.

Vlad sputa sangue sul pavimento di linoleum, poi mi carica, mi colpisce allo stomaco e mi avvolge entrambe le braccia intorno alla vita. Indietreggio, cerco di tenergli testa, ma non sono abbastanza veloce. La folla si separa e ci schiantiamo contro una fila di sedie di metallo. Uso il caos a mio vantaggio e riesco a rotolare fuori dalla sua presa.

Un attimo dopo, sono in piedi, fermo, mentre lui lotta per alzarsi da terra. Certo, potrei saltargli addosso ora, e probabilmente vincerei anche. Ma prendere a calci un uomo mentre è a terra non è il mio stile. E poi non ne ho bisogno. Il solo fatto che mi sia alzato per primo sta facendo il lavoro per me.

Vlad ha dieci anni meno di me e ha sia altezza che corporatura dalla sua parte. Io invece sono il più vecchio della stazione: cinque centimetri più basso e venti chili più leggero. Anche se siamo entrambi combattenti e patrioti, io sono qualcosa che Vlad non è.

Un giocatore di scacchi.

La maggior parte delle persone pensa che una rissa sia tutta una questione di forza bruta e di sapere come prendere un pugno. Sì, quello ci fa, ovviamente. Ma vincere una scazzottata, o qualsiasi combattimento, ha molto più a che fare con la strategia di quanto la maggior parte delle persone creda. È un gioco mentale, una vera battaglia di ingegno, per citare *La Storia Fantastica*, serve a scoprire: "Chi ha ragione e chi è morto." Ah, sono un fanatico di quel film.

Durante lo studio del mio avversario nell'ultimo mese, ho scoperto che Vlad è afflitto da un carattere irascibile, il che significa che la sua amigdala sta attualmente cercando di sopraffare la sua corteccia prefrontale per prendere il controllo.

Come per darmi ragione, Vlad mi lancia una sedia. La devio e aspetto che si alzi. Lui scuote la testa come un toro e poi, con prevedibile rabbia, Vlad abbassa le spalle e carica. Lo schivo come se fossi un matador e guardo i suoi uomini che lo prendono e lo fanno girare. Perde sangue dalla bocca e si protegge il lato sinistro.

Carica di nuovo, così tiro fuori un'altra carta dal programma di arti marziali del Corpo dei Marines. Mi chino a sinistra per evitare un cross destro, quindi sfrutto il mio cambio di equilibrio per sferrare un calcio veloce al suo fianco sinistro. Il mio stinco gli colpisce le costole. Vlad si piega sotto il colpo, ma si riprende rapidamente. Fa partire un sinistro, ma troppo lentamente perché vada a segno. Gli blocco il polso e gli piego la mano verso il basso. Il dolore ai suoi nervi è esplosivo, anche se non distruttivo, e Vlad cerca istintivamente di alleviare la pressione inarcando la schiena.

Sapendo che ai russi viene insegnato a essere spietati, come ha moderatamente dimostrato la sedia lanciata, decido di incoraggiare Vlad a rinunciare a questa battaglia finché ha una possibilità. Sempre tenendogli la mano bloccata, gli do un colpetto al ginocchio sinistro. Non abbastanza per rompere l'articolazione, ma abbastanza perché zoppichi per una settimana o due.

Vlad si allontana ed emette un basso ringhio.

"Ascolta, omone", dico, abbassando le mani in un gesto simbolico. È una mossa che offre agli avversari stanchi una via di uscita e a quelli aggressivi una scusa per continuare a combattere. "Possiamo finirla qui ora, ed entrambi..."

È aggressivo.

I compagni di Vlad lo spingono di nuovo nel ring improvvisato e lui mi sferra un gancio sinistro alla testa. Lo schivo a sinistra. Parte un montante destro. Lo evito a destra. Dopo un altro suo gancio sinistro a vuoto, lo colpisco al torace per la quarta volta. Si accartoccia e indietreggia.

Quello che il mio smisurato concorrente non sa è che anch'io soffro. Questo corpo di quarantaquattro anni non è più quello di una volta. Le mie nocche stanno urlando, le mani e le braccia mi fanno male e qualcosa nella mia schiena ha accusato il colpo quando sono atterrato su tavoli e sedie. Ma questa è l'altra cosa che si acquista con l'età: la capacità di nascondere i tuoi casini. E per quanto possa sembrare semplice, se il nemico pensa che i suoi attacchi non abbiano effetto, c'è meno furia nella lotta.

Il che mi va benissimo. L'ultima cosa che voglio in questo momento è più azione. Avrebbe dovuto essere facile, no?

Ancora due settimane e sono fuori. A sorseggiare limonata e guardare il sole che tramonta sulla campagna in Pennsylvania, dove nessuno potrà trovarmi.

Dicono che mi mancheranno giornate come questa. Forse. Quello che non mi mancherà, tuttavia, è non riuscire a riportare tutti a casa da un'operazione. Mi lascio volentieri quella parte alle spalle. E lo stesso vale per tutte le affermazioni secondo cui stiamo combattendo per qualcosa di più grande di noi stessi. Era vero una volta. Ma ora? Non lo so. Forse stiamo solo facendo a pugni con versioni più giovani di noi stessi e, alla fine, niente di tutto ciò ha importanza. A nessuno importa. E il mondo farà quello che vuole fare con o senza di noi.

Vlad fa scrocchiare le vertebre del collo. Quanta scena.

Prendo il mio panino dal tavolo della mensa e lo addento. "Sei sicuro di non volerti fermare?", deglutisco l'insipido pane con prosciutto e formaggio.

Vlad mi fa segno di farmi avanti con le dita piegate.

"Come vuoi."

Con le mani alzate, ci giriamo intorno una volta, le teste che si muovono a destra e a sinistra come serpenti che giocano a nascondino tra colonne di pietra. Vlad fa partire una combinazione sinistro-destro che mi costringe ad indietreggiare. Un terzo pugno mi sfiora il mento, non abbastanza da causare dei veri danni. Fa male, ma non è così forte come il mio diretto sinistro al viso e il destro alle costole. Impreca in russo, si allontana e scuote la testa.

Sono a un passo dallo scacco matto. Lo dicono i miei studi. Ogni volta che Vlad tenta la sua ultima distensione su panca in palestra, fa una sorta di tecnica di respirazione Lamaze, come se stesse per partorire un Mini-Me squilibrato. Sta facendo la stessa cosa ora, solo che gli cola sangue dalle labbra.

"Ultima possibilità, Vlad", dico. "Ci stringiamo la mano e..."

"Madre Russia non abbandona mai un combattimento, Brooklyn New York", dice e poi sputa un grumo di sangue e catarro. Brooklyn New York è un altro soprannome che mi ha affibbiato dopo aver saputo dove sono cresciuto. Se il mio periodo in Antartide durerà più a lungo, chissà con quanti altri soprannomi me ne andrò.

"Dio, deve essere doloroso essere così testardo", dico.

Vlad si asciuga il sangue dal viso con un avambraccio. "Non è così doloroso come guardare la bandiera americana sventolare sulla base come i mutandoni di una vecchia prostituta."

Un giro di fischi e: "Oh, no, non l'ha detto davvero" arriva dai Marines dietro di me. Anche alcuni inglesi sembrano difendere la causa americana.

È ora di farla finita.

Mi avvicino a Vlad, schivo due rapidi pugni e mi metto alla sua portata. Incapace di spiegare la mia improvvisa vicinanza, Vlad si tira indietro, ma non abbastanza. Il mio montante destro gli chiude la mascella, gli butta indietro la testa e lo fa cadere a terra come un albero abbattuto.

Il contingente russo sussulta e c'è un momento di silenzio in cui tutti aspettano di vedere se Vlad si muoverà.

Non si muove.

La mia squadra di tredici Marines e almeno la metà degli inglesi iniziano a riscuotere le loro vincite e mi dirigo verso il mio zaino per prendere una bottiglia di Motrin. Maledetto addestramento al freddo.

Bussano alla porta della mia baracca.

"Faresti meglio a prendere un po' di Redbreast", dico porgendo il mio whisky preferito (quando pagano gli altri).

Simmons ride e poi apre la porta, tenendo in mano una bottiglia piena di un liquido trasparente e due bicchieri. "Uno dei russi non poteva pagare, così ha offerto una bottiglia di…", Simmons cerca di pronunciare il testo in cirillico, ma ne sa quanto me. Rinunciando, dice: "Beh, è liquido e penso che sia vodka."

"Versa."

Offro a Simmons un posto a sedere e lui versa da bere. È il Sergente della mia squadra per questa "esercitazione" ed è un buon Marines. È onesto, tratta gli uomini con rispetto e sa quando alleggerire la tensione, come ora ad esempio. Lo apprezzo. E apprezzo la vodka. Niente di peggio di un Marines che prende le cose troppo sul serio quando non ce n'è bisogno.

Ufficialmente, siamo in una remota struttura civile di ricerca in Antartide occidentale per un addestramento al freddo. Apparentemente, il Pentagono voleva spendere un sacco di soldi per dare ad alcuni sottufficiali e a un mucchio di stivali (chiamiamo così chiunque non abbia ancora visto l'azione) i loro distintivi per aver fatto campeggio con il brutto tempo.

Ufficiosamente, è un po' diverso, ma non meno costoso o noioso. Secondo il Trattato Antartico, firmato nel 1959 e applicato nel 1961, a nessun paese è permesso fare la guerra nel continente più freddo del mondo. Il che, per quanto mi riguarda, è stupido, perché qui c'è poco altro da fare. Questo, unito al fatto che tutti qui sono di pessimo umore perché fa così dannatamente freddo, mi rende abbastanza sicuro che le risse in mensa siano escluse dal trattato.

Detto questo, se un governo vuole una presenza militare nel continente più freddo del mondo, deve essere subdolo al riguardo. Per esempio, deve incaricare un Marines Raider quasi in pensione di condurre un addestramento al freddo in una struttura di ricerca civile pop-up. Anche se "incaricare" è una parola troppo gentile, *imbrogliare* descrive meglio la faccenda.

"Come vanno le mani?" chiede Simmons.

Fletto la destra. "Immagino che sarà l'ultima volta che potrò mettere al tappeto qualcuno senza che mi faccia causa in tribunale."

Simmons ride. "Il fottuto esercito serve a qualcosa."

Facciamo tintinnare i bicchieri e beviamo d'un fiato.

Simmons inspira forte dopo aver deglutito i suoi 40 gradi e guarda il bicchiere. "Non c'è da stupirsi che siano sempre incazzati."

"Non sei un fan della vodka?"

"Più un tipo da whisky."

Alzo il mio bicchiere con approvazione. "Ben detto."

"Che è più di quello che posso dire sul tuo partner di sparring di prima." Simmons ci versa un altro giro.

"Lui non è così male. Solo sai com'è, a stare sempre al chiuso."

"Se l'è cercata."

"Forse." Guardo il mio drink e poi fletto la mano. "Ma se questa è tutta l'azione che ci aspetta quaggiù, a me va bene."

Simmons sa che mancano solo poche settimane alla pensione. Ho accettato questa operazione come favore a un vecchio amico. Per quello e per nessun altro motivo.

Dopo un attimo, Simmons dice: "Posso fare io il prossimo turno di pattuglia, se vuoi."

Alzo lo sguardo. "Lo dici perché sono vecchio?"

"Nah, stavo solo…"

"Non dovresti insultare i tuoi anziani, Simmons, è peccato." Gli punto un dito contro come se stessi puntando la mia Glock 19. "E non vedo sacerdoti su questo blocco di ghiaccio."

"Allora potrai dire un'Ave Maria in più per me."

Gli sorrido. "Ti costerà."

"Non mi aspettavo niente di meno, Wic."

Il soprannome WIC, White Irish Catholic, è un retaggio del mio primo dispiegamento in Iraq. Ironia della sorte, non andavo a messa da quando ero bambino, né avevo mai messo piede nella patria di mia nonna. Ma sono bianco, lentigginoso e con i capelli rossi, quindi l'etichetta semi-dispregiativa affibbiata a un ragazzino di Brooklyn di origini irlandesi mi è rimasta. Di sicuro meglio di alcuni dei nomi che sono rimasti appicciati ad altri ragazzi. Inoltre, mi piace il piccolo legame con il mio antieroe immaginario preferito, John Wick. Se avessi un cane e qualcuno lo uccidesse, mi incazzerei anch'io. A parte questo, meglio lasciarmi in pace, perché sono uscito dal giro.

Simmons e io stavamo facendo a turno per pattugliare fuori dal sito di scavo e riferire all'agente della CIA che ci era stato assegnato. Non mi piacciono gli spioni, io non gli piaccio e va bene così. Una chiamata quotidiana per comunicare: "Niente da segnalare" sulle attività della nostra controparte britannica e russa è l'unico contatto che desidero con l'Agenzia. Certo, molti dei miei ex ufficiali sono passati a Langley e mi avevano persino chiesto di accodarmi.

"C'è sempre posto per uno come te", mi hanno detto. "Ricerca, pianificazione, esecuzione. Proprio come piace a te." Parlavano come se il lavoro di spionaggio potesse fare più differenza di quello che avevo già fatto.

Bel tentativo.

Faccio un cenno a Simmons. "Se sei seriamente intenzionato a coprirmi", perché Dio sa quanto ho bisogno di una doccia e di altro Motrin. "Tieni d'occhio i nostri amici. Potrebbero essere alla ricerca di un'amichevole vendetta. Coinvolgi gli inglesi se ne hai bisogno, c'è qualche vecchio SAS lì dentro."

"Ricevuto. Niente che non possiamo gestire."

"Niente che *tu* non puoi gestire", lo correggo. "Alcuni degli stivali, non così tanto."

Simmons annuisce. "Pensi che i russi siano ex mafiosi?"

"Ex?" gli faccio l'occhiolino. "Chi dice che abbiano lasciato la famiglia?"

"Intendi i tatuaggi sulle mani?"

Alzo il bicchiere verso di lui. "Una volta che entri nella famiglia…"

"resti per sempre uno di famiglia", conclude Simmons.

Si diceva che l'unica cosa che separava i soldati russi dai mafiosi russi fosse l'ordine in cui prendevi il tuo inchiostro per ogni azione. E, come noi, questi ragazzi erano qui per assicurarsi che nessuno si avvicinasse troppo a ciò che credevano fosse loro di diritto. Bentornata, Guerra Fredda. Ci sei mancata.

Oh, diavolo. Tutti i discorsi sulla mafia russa riportano alla mente brutti ricordi della Bratva all'opera nella mia Brooklyn. Non posso lasciare la mia pattuglia a Simmons a causa della rissa. Ma non voglio nemmeno uscire in questo momento. Sono troppo stanco, dannazione. E so di non avere abbastanza credito per comprarmi l'uscita da questo particolare purgatorio.

Si apre un canale sulla mia radio MURS. "Signor Finnegan?" dice la voce esitante di uno studente universitario di nome Lewis. "Mi sente, signore?"

Alzo un sopracciglio a Simmons e prendo la radio. "Vieni avanti."

"Salve, signore. Uh, il dottor Campbell dice che la vuole quaggiù.

"Ripeti?" sono infastidito e allo stesso tempo capisco che il ragazzo non ha la minima idea di come parlare via radio.

"Nel sito, intendo."

Lancio uno sguardo incuriosito a Simmons. È inusuale. "Ricevuto. Mi avvierò dopo pranzo."

"Uh, dice appena possibile, signore."

"C'è qualche problema?"

C'è un notevole ritardo nella risposta di Lewis. "Ehm, no, signore. È solo che… beh, pensa di essere sul punto di fare qualcosa di importante e la vorrebbe qui. Nel caso ci fossero *complicazioni con la distribuzione dei cestini di Pasqua*."

Usare la frase in codice per intenti ostili è l'unica cosa che Lewis sta facendo bene. E proprio questo è la missione: evitare che le scoperte del dottor Aaron Campbell finiscano nelle mani sbagliate. Come quelle dei russi. Ovviamente, supponendo che il dottore trovi quello che sta cercando in questa landa desolata dimenticata da Dio.

Anche l'uso della frase in codice da parte di Lewis mi mette in allerta. Significa che non andrò da solo. Ma non voglio rischiare di dire altro via radio.

"E, signor Finnegan? Il dottor Campbell ha chiesto espressamente di lei."

Alzo un sopracciglio e dico a Simmons fuori radio: "Vedi? Non tutti pensano che io sia un vecchio."

"Hanno bisogno di un paio di occhiali."

Lo saluto con un dito alzato e poi apro il canale. "Arrivo tra venti, ragazzo."

"Grazie, signore. Glielo farò sapere."

"Finnegan, chiudo."

"Va bene, chiudo anch'io, signore. Voglio dire, passo e chiudo."

Dove l'avrà sentito dire?

Appoggio la radio sulla scrivania e mi alzo, stirandomi la schiena. "Dì ai ragazzi di mettersi i guanti. Potrebbe essere in arrivo una tempesta."

"Vuoi tutte e tre le squadre di assalto?" chiede Simmons. "Non è un po' troppo?"

"Meglio essere preparati."

"Ma sembrava che…"

"L'ho sentito, Simmons. E non cambia la mia decisione. Preparate le squadre."

"Ricevuto."

Dio, non vedo l'ora di scendere da questa dannata roccia.

Capitolo 2

1447, lunedì 25 aprile 2027
Antartide occidentale
In rotta verso il sito di scavo degli altipiani subglaciali di
Ellsworth

Con tutti stipati nel Bv 206 SUSV bianco e nel rimorchio abbinato, un veicolo di supporto per piccole unità noto come Susvee, Simmons mette in moto la bestia e il suo motore diesel a sei cilindri Mercedes per portarci fuori, nella tempesta. Sviluppato da Hägglunds, costruito dalla BAE Systems, il Bandvagn 206 è l'unico modo in cui si può viaggiare in sicurezza all'inizio dell'inverno. Anche le motoslitte sono consentite, ma solo quando la visibilità è migliore di quella attuale. Inoltre, alla mite temperatura di meno quindici, sono tutti contenti per il riscaldamento del Susvee.

Simmons ci porta intorno al lato est della struttura di ricerca, un gruppo di otto container isolati e annessi più piccoli, e punta a nord verso il sito di scavo degli altipiani subglaciali di Ellsworth. Sono dieci minuti di tragitto in buone condizioni, quindici con il maltempo.

Il nostro team è qui solo da poche settimane, mentre Aaron e vari membri dello staff sono qui da quasi sette mesi, contando solo questa spedizione. Quelle precedenti sono durate ancora più a lungo, e includevano i ricercatori della Cornell University, del Dipartimento dell'Ambiente di York, dell'Università di Bristol e della Lomonosov Moscow State University, solo per citarne alcuni. Ma, stando a quanto ho sentito dire, nessuno di loro era impegnato e determinato come il dottor Aaron Campbell della Rutgers University, il che non mi sorprende. Aaron è sempre stato un testardo rompicoglioni, ed è probabilmente per questo che andiamo così d'accordo.

"Penso che questa volta ci siamo", mi aveva detto Aaron al telefono a gennaio. Era il culmine dell'estate antartica e apparentemente lui e la sua squadra avevano fatto molti progressi, su qualunque cosa stessero cercando.

"Non mi vuoi dare nessun dettaglio, vero?" Non avevo bisogno di fare una videochiamata per sapere che stava sorridendo.

"Scusa, Patrick. Conosci la procedura." Quello era il codice per comunicare che la sua linea telefonica probabilmente era registrata, e qualunque cosa stesse cercando era segreta.

"Sì. E a tutti quei figli di puttana là fuori che non hanno niente di meglio da fare che hackerare questa chiamata, mi dispiace che il tuo lavoro faccia schifo."

Aaron era andato avanti. "I grandi capi sono interessati e mi hanno chiesto se voglio qualcuno in particolare."

In realtà mi ci era voluto un secondo per rendermi conto di quello che stava dicendo. "Amico, sono onorato. Ma sarò fuori la prima settimana di maggio. Quindi sarò occupato con…"

"Il tuo comandante ha detto che potevi."

Avevo staccato il cellulare dall'orecchio e l'avevo guardato. "Chi hai chiamato? Il Colonnello Rodriguez?"

"Sembra simpatico."

"Rompipalle", avevo detto. "Tu. Non lui."

"Che gentile."

Avevo tirato un sospiro e cercato di spiegare quanto fossi stanco senza sembrare un fannullone, ma senza grandi risultati. Oltre a questo, Aaron aveva altri piani. "Ascolta, Aaron. Se hai bisogno di aiuto, sai che ci sono per te. Ma…"

"Sapevo di poter contare su di te. Non c'è nessun altro che preferirei avere a guardarmi le spalle."

"Sì, ma…"

"Le banche hanno acconsentito. Ha detto che avrebbe chiesto al tuo comandante di organizzarti con una piccola squadra, poi il tuo referente dell'Agenzia si occuperà della logistica. Farai rapporto direttamente a lui in modo che rimanga fuori dalle onde radio ufficiali dell'esercito."

Figlio di puttana.

Avevo sospirato, massaggiandomi le tempie. Dopo tutto quello che avevo passato, l'ultima cosa che volevo era un'altra missione, specialmente non in mezzo al nulla sorvegliato da spie. E, d'altra parte, forse era proprio quello di cui avevo bisogno per distogliere la mente da tutto il resto. Inoltre, nel bel mezzo del nulla nessuno avrebbe sparato alla mia squadra. Potevo farmene una ragione. E anche loro. Significava anche niente notizie notturne, niente chiacchiere politiche, niente falsi sorrisi e false strette di mano. Non che li avessi mai distribuiti: semplicemente odiavo riceverne.

Tuttavia, se fosse stato possibile non andare, avrei preferito. "Il colonnello ha detto che avevo una scelta in merito?"

Aaron aveva esitato. Potevo praticamente sentirlo torcersi le mani. "Sì. Certo. Non sei obbligato ad andare se non vuoi."

Era stato allora che Aaron aveva giocato la carta più bassa di tutte.

"Ho solo pensato che avresti potuto farlo per i moschettieri."

"Sei uno stronzo, Aaron."

"Ho sentito di peggio." Un sospiro. "Ma abbiamo fatto una promessa."

"È stato tanto tempo fa.

Aveva riso. "Non è questa la cosa curiosa delle promesse? Resistono al passare del tempo."

"Eh, non tutte dovrebbero farlo."

"Jack avrebbe voluto…"

"No." Non mi piaceva dove stava andando la telefonata. "Non riguarda Jack."

Ma non era vero. Diavolo, come avrebbe potuto *non* riguardare Jack qualcosa che aveva a che fare con Aaron e me?

"Mi dispiace", aveva detto Aaron. "È solo che… amico, ho bisogno di te. Ho bisogno di qualcuno di cui mi possa fidare."

Non credo ai fantasmi, né alle persone che parlano dall'oltretomba. Questo perché sono ancora tutte vive nella mia testa. E posso quasi sentire Jack ora. "Resteremo sempre insieme, giusto? Qui le mani."

L'avremmo fatto. E avremmo cantato. "Fino alla fine, attraverso rovi e spine, ecco gli indomiti guerrieri, ecco i tre moschettieri."

Eravamo bambini, ma accidenti se quella filastrocca non mi ha seguito fino alla fine del mondo.

"Fino alla fine", avevo detto ad Aaron al telefono. "Ti concedo un mese, sei settimane al massimo", e avevo aggiunto: "Ho trovato questa piccola fantastica casetta nel... da qualche parte, in cui ho intenzione di scomparire. Puoi venire a trovarmi quando vuoi. E dopo questa operazione, non ho intenzione di lasciarla, nemmeno per te.

"Affare fatto."

Campbell era rimasto in silenzio. C'era qualcosa di... serio, in lui.

"Tutto bene?"

Quando aveva ripreso a parlare, il suo tono era sommesso, come se avesse visto il fantasma di Jack. "Non rideranno più di me dopo questa. Nessuno lo farà. Non dopo che l'avranno visto."

Ancora una volta, non avevo idea di cosa ci fosse da vedere. Informazione riservata. Data la notorietà del mio amico d'infanzia come uno dei principali sposta terra e cercatore di fossili del Nord America, ho pensato che avesse qualcosa a che fare con un raro giacimento di minerali o con i resti di un Neanderthal in sella a un T-Rex.

"Sono sicuro che non lo faranno", avevo detto. "Ci vediamo a marzo."

Stranamente, quella era stata l'ultima volta che avevo parlato con Aaron, anche da quando ero arrivato alla struttura di ricerca. Tutte le comunicazioni avvenivano tramite il suo assistente universitario, Lewis. Persino il nostro spione custode aveva detto che Aaron viveva nel sito di scavo ventiquattro ore su ventiquattro. Le nostre pattuglie non si erano avvicinate più che all'ingresso della grotta di neve sul fianco di una bassa montagna. Qualunque cosa ci fosse dentro, era strettamente sorvegliata, così strettamente che nemmeno il mio migliore amico d'infanzia mi teneva informato.

Simmons parcheggia il Susvee ma tiene il motore acceso, poi dice a tutti di scendere. A differenza di tutti gli altri giri di pattuglia, in cui in conformità con lo spirito del Trattato Antartico portavamo di nascosto solo delle Glock 19, imbracciamo fucili FN SCAR 17 con una finitura bianca "rattle can." Per tutti i non addetti è vernice spray. Anche i nostri caricatori e i mirini ottici da combattimento Trijicon Advanced sono colorati per fondersi con il paesaggio invernale. Allo stesso modo, la squadra indossa elmetti in Kevlar e protezioni antiproiettile sopra a tute invernali mimetiche bianche. Sembra eccessivo per un'operazione in stile Indiana Jones VS Frosty il pupazzo di neve. Ma con i muscoli russi nascosti in bella vista alla stazione, avere un caricatore calibro 308 contro il mio petto mi riscalda po' il cuore.

Con così tanta segretezza, l'unica cosa che immagino abbia trovato Campbell è il tesoro sepolto di Ernest Shackleton. Quello, o torniamo a casa con qualcosa come un dinosauro con i laser sulla testa. Ad ogni modo, oggi ci è stato permesso di entrare nel sancta sanctorum.

Faccio un cenno a Simmons che dà ordini alla squadra d'assalto tre di sorvegliare l'ingresso, mentre le squadre uno e la due ci seguono all'interno. "Se avete freddo, datevi il cambio dentro il Susvee e tenetelo in moto", dice.

Annuiscono e prendono posizione intorno all'entrata. Le mie dita delle mani e dei piedi stanno già combattendo contro la temperatura sotto lo zero, per questo so che non passerà molto tempo prima che i ragazzi tornino nel veicolo di supporto.

L'interno della grotta è fiancheggiato da luci da lavoro invernali lungo le increspate pareti blu. Il posto sembra scavato direttamente in un dannato ghiacciaio. Dopo una ventina di metri, il sentiero inizia a scendere e curva a destra. Mi guardo indietro per assicurarmi che tutti mi seguano. Gli uomini della squadra uno e due si stanno guardando intorno, le mani rilassate sulle armi.

Il tunnel gira a sinistra e termina davanti a una grande porta metallica. Sembra del tutto fuori luogo, più simile all'ingresso di un sistema di difesa missilistico sotterraneo che a un sito di scavo accademico.

Vedo una tastiera. Senza un codice, lavorare sul pannello è inutile. Quindi tiro fuori la mia radio e chiamo Lewis.

"Arrivo subito, signor Finnegan. Solo un momento."

Passa un minuto prima che un motore si metta in moto dietro la porta basculante. La barriera si solleva, rivelando denti dipinti di giallo e fori incassati in una soglia d'acciaio. Non è nemmeno a metà quando Lewis si china nel suo cappotto invernale oversize della North Face arancione e ci fa cenno di entrare.

"Salve, signor Finnegan. Venite. Il dottor Campbell vi sta aspettando."

Do un'occhiata ai denti e poi ci passo sotto. Dall'altra parte, c'è uno scavo largo almeno quattro campi da calcio e altrettanto profondo. Il soffitto è costituito da una calotta di ghiaccio a circa un centinaio di metri più in alto, sostenuta da una rete di capriate in alluminio. In tutto il pavimento della caverna ci sono gru, luci di lavoro, ATV, impalcature e pareti di plastica traslucida che racchiudono ampie sezioni del sito. E nell'aria c'è il rumore di sottofondo costante dei riscaldatori Salamander e l'odore dei fumi del diesel. Ci devono essere due dozzine di persone che camminano per il sito, ognuna in tuta o cappotti arancioni.

"Hey!" Simmons mi dà di gomito. "C'è Tom Cruise laggiù."

"Quello è Dwayne Johnson. Ma hai ragione: sono praticamente uguali quando sorridono."

Simmons non è lontano dalla verità: sembra più un set di un film di Hollywood che un sito di scavo archeologico. E dagli sguardi sui volti della mia squadra, tutti gli altri sono altrettanto sorpresi.

Anche il mio senso di Ragno è in allerta. E, a quanto pare, lo è anche quello di Simmons.

"È come se Jeff Goldblum stesse per uscire correndo da lì, inseguito da un tirannosauro rex." Il suo tono suggerisce che non sta nemmeno scherzando del tutto.

"Rilassati", dico. "Scommetto cento dollari e la tua bottiglia di alcol russo che si tratta di oro, oppure di petrolio. Se è un dinosauro un po' fighetto, vivo o morto, hai vinto tu."

Ci sto.

Simmons e io battiamo il pugno per siglare l'accordo.

"Da questa parte, per favore", dice Lewis mentre scende una scala a chiocciola di metallo fino al livello del sito di scavo.

Quando arriviamo a terra, percepisco un aumento della temperatura. Non è un tempo da pantaloncini, ma di sicuro non è quindici sottozero.

Lewis ci conduce lungo un corridoio principale, delimitato su ogni lato da grandi strutture cubiche ricoperte di plastica. La scena mi fa pensare a una piccola città coperta da un involucro di Saran opaco, e mi fa chiedere cosa ci sia dietro il velo.

Mi allungo verso un lembo quando Lewis mi riprende.

"La prego di no, signor Finnegan. Ci sarà molto da vedere tra un attimo."

Non rispondo verbalmente, perché non mi piace che mi venga detto cosa fare da un cervello ingiacchettato, ma annuisco e lascio stare il lembo di plastica.

"Beccato", dice Simmons.

Non gli do il piacere di una risposta e seguo North Face. "Sembra che voi ragazzi siate stati impegnati", dico a Lewis.

"Sì."

"E ben finanziati", aggiungo.

"Anche, sì. Il piccolo gruppo di persone che ha seguito il lavoro del Dr. Campbell ha investito molto nel suo successo."

"E chiaramente lui ha fatto molto con i loro soldi", dico, guardando il braccio di una gru che sovrasta il sito. "È sempre stato un gran lavoratore."

Passiamo davanti a diverse altre strutture ricoperte di plastica prima di arrivare al più grande telo traslucido, che si estende da sinistra a destra per quasi cento metri, probabilmente l'oggetto più grande nel sito di scavo. Diversi ATV, contenitori per l'attrezzatura e postazioni di lavoro sono sparsi di fronte a esso.

Lewis si ferma davanti a una porta dal contorno giallo tagliata nella plastica. "Lei è l'unico autorizzato a entrare, signor Finnegan."

"Spero di non mancarti troppo", dice Simmons.

Gli faccio un cenno con il mento. "Se vedo dei velociraptor, riferirò loro che muori dalla voglia di incontrarli."

"Va' al diavolo."

Lewis indica la plastica e poi la tira da parte. Entro in un piccolo vestibolo e poi esco attraverso un secondo telo di plastica. Dall'altro lato, mi si para di fronte un gigantesco anello. Deve avere un diametro di settanta, forse ottanta metri. Sembra uscito da un episodio di Stargate, solo che è più grande. Due metà di un secondo anello si ergono a destra e sinistra di quello principale. Mentre l'anello centrale è composto da forme geometriche, le metà esterne sono stratificate, come fasce di compensato dall'aspetto metallico.

"Benvenuto all'Orion Theta Project, Patrick", dice una voce familiare da dietro un'incredibile postazione di lavoro circondata da quattro pareti di monitor per computer curvi. È una ventina di metri più avanti e non lontano dalla base dell'anello. "E, accidenti, che bello vederti." È Aaron, vestito con un giubbotto North Face arancione simile a quello di Lewis, con il logo della Rutgers University sul petto. Si aggiusta gli occhiali ed esce a salutarmi con le braccia spalancate.

Gli sono sempre piaciuti gli abbracci.

"Anche io sono contento di vederti." Stringo Aaron in un saluto a piene braccia, poi accenno con il capo all'enorme anello e alla ventina di persone che lavorano lì attorno. "Sembra che tu abbia trovato qualcosa, dopotutto."

Si gira. "Non è magnifico?"

"Certo. E scommetto che da qualche parte hai anche Richard Dean Anderson sotto contratto." Sto cercando di sdrammatizzare la stranezza della situazione, ma all'improvviso mi chiedo se devo a Simmons un centone e una bottiglia. Tuttavia, la logica dice che c'è una ragione perfettamente razionale e completamente *umana* per spiegare tutto questo, di qualunque cosa si tratti.

"Richard Dean Anderson", dice Aaron con un sorriso perplesso. "In realtà non sei così lontano dalla verità, Patrick. Andiamo."

Ho un'infinità di domande, ma Aaron è in movimento. Lo seguo verso l'anello e insieme saliamo su una scalinata di pietra che sembra uscita da uno scavo romano. L'apice dell'anello incombe in alto, e per la prima volta mi rendo conto di quanto sia spessa la struttura: raggiunge benissimo i tre o quattro metri. E su tutta la superficie c'è una sorta di disegno, come una lingua antica, scolpita nella superficie irregolare.

"Cosa ne pensi?" chiede Aaron allargando le braccia e girandosi per valutare la mia reazione.

"Sembra… sembra che tu sia riuscito a costruire una vecchissima ruota panoramica senza sedili. Congratulazioni."

Non sono mai stato il migliore nell'esprimere le mie emozioni e questo caso non fa eccezione. Ovviamente sono curioso. E, se devo essere onesto, anche un po' preoccupato. Spero davvero che Aaron mi dica che è tutta opera sua, ma non riesco a pensare a una sola buona ragione per cui qualcuno dovrebbe costruire una cosa del genere (qualsiasi cosa sia) quaggiù in Antartide. Invece, mi sto immaginando strani scenari di invasioni, nessuno basato sulla realtà. E il fatto che non riesca a pensare ad altro è la prova che il mio vecchio aveva ragione: troppe notti passate a guardare film di fantascienza ti rovinano *davvero* la testa. Non importa che, a quei tempi, fosse la mia unica via di fuga da tutti gli altri pensieri che mi mandavano fuori di testa.

"È davvero vecchissimo", risponde Aaron, ripetendo la mia descrizione molto tecnica. "Ma sicuramente non è una ruota panoramica."

"Allora cosa hai costruito?"

"Ah! *Noi* non abbiamo costruito nulla. Sono stati *loro*."

"Loro?"

"Vieni."

Prima che riesca a tirargli fuori qualcos'altro, Aaron scende velocemente le scale, si precipita nella sua postazione a quattro computer e scaccia alcuni membri dello staff.

Lo seguo mentre apre una sorta di grafico dei dati su diversi schermi che mostrano quelle che sembrano sezioni trasversali microscopiche di vari materiali.

"Di cosa si tratta?", chiedo.

Mi risponde con un gesto della mano. "Eh, è l'imaging spettrale combinato con una datazione microscopica e al carbonio, più altre cose."

"E ti dice…?"

Aaron espande una delle immagini simili a raggi X e si allontana dallo schermo. È il suo modo di dire senza parlare che dovrei esaminarlo.

"È, uh… davvero interessante."

"Pleistocene", dice, toccando lo schermo. "Pleistocene, Patrick!"

Devo sembrare completamente smarrito perché si esaspera e alza le mani. "Ventimila anni fa."

"Quindi, non l'hai costruito tu", dico, più per assicurarmi dei fatti che per ribadire le sue… beh, chiamiamole semplicemente "speculazioni."

"Certo che no." Apre un'altra immagine e altri dati, quindi tocca lo schermo, come se dovessi leggerli tutti in una volta e giungere alla conclusione a cui è arrivato lui. "A scorrazzare nel tardo Pleistocene abbiamo l'Homo sapiens, i Neanderthal e i Denisova sono quasi estinti. Periodo quaternario, era cenozoica. Mi segui?"

Rido. "Eravamo un branco di scimmioni ed era molto tempo fa. Penso di aver capito!"

"Ne dubito. Ma…" Cerca le parole. "Stavamo migliorando gli strumenti, la lingua, i rifugi… ma niente del genere."

"È un anello di pietre", dico. "Forse è un… un gigantesco anello di un focolare che si è ribaltato dopo aver sciolto un punto nel ghiacciaio."

Si vede quanto ne so di geologia.

Ora è il turno di Aaron di ridere. "All'epoca, la regione non era coperta di ghiaccio. Gli altopiani *subglaciali* di Ellsworth sono… subglaciali. Qui una volta era bello come al campo estivo di Camp Cayuga."

"Ehi. Non c'è niente di bello quanto quel campo estivo," rispondo, attento a non lasciare che il mio amico calpesti i sacri terreni estivi della nostra giovinezza.

Mi fa un cenno di assenso. "Può essere, ma comunque qualcuno ha posizionato questo anello esattamente dove si trova ora, molto tempo fa."

"E tu sei qui per capire chi", dico.

"No." Mi fissa per un attimo. "Sono qui perché ho intenzione di aprirlo."

Capitolo 3

1505, lunedì 25 aprile 2027
Antartide occidentale
Sito di scavo degli altopiani subglaciali di Ellsworth
L'anello

"Tu cosa?"

"Lo voglio aprire", risponde Aaron.

"Vorrebbe dire…"

"È un portale."

Il freddo gli ha dato alla testa. O forse sono io. In ogni caso, uno di noi sta delirando. E poiché so che Aaron non è un idiota e io mi sento bene, mi rendo conto che mi sta prendendo in giro. "Aspetta un attimo. Vado a prendere il mio copricapo egiziano", dico con una risatina. "Non andare avanti senza di me."

Aaron china la testa verso di me. Non sta ridendo. "Non sto scherzando, Patrick."

Mi rimangio tutto. Forse sta davvero delirando.

Indico l'anello. "Questo è un…"

"Un portale."

"Costruito da…"

Scrolla le spalle. "Nessuno da queste parti."

"Del tipo, ET?"

Annuisce.

"Santa Maria e tutti i santi." Lo fisso e conto fino a tre per assicurarmi che non mi stia prendendo per i fondelli. "Sei davvero serio."

"Completamente."

Mi giro e gemo. Non posso credere di essere stato coinvolto in questo. "Mi hai incastrato, Aaron. Mi hai incastrato per benino. E

Dio sa come hai fatto a convincere tutti quegli investitori a darti questa roba. Ma non ti credo."

"Patrick, ascolta."

Mi giro. "E sai cosa mi rode di più? Hai usato Jack. *Jack*, dannazione."

"Posso spiegarti."

"Che cosa c'è da spiegare?" Alzo una mano verso l'anello. Tutti gli altri nell'area di lavoro hanno interrotto le loro conversazioni. "Hai trovato un anello di roccia e invece di usare la testa come una volta, sei partito e hai inventato una storia da pazzi perché tu…"

"Perché io cosa?"

"No. Lascia perdere."

"No. Voglio sentirtelo dire, Pat. Hai qualcosa da dire, allora dillo."

"Volevi diventare famoso."

"Uh-uh. Tutto qui?"

"E volevi dare un taglio alle prese in giro di tutti."

Aaron arrossisce.

"Ehi, l'hai detto tu stesso, Aaron. Hai detto che non avrebbero riso di quello che hai trovato. Ma questo? Io…"

"E se te l'avessi spiegato al telefono", punta un dito verso l'anello, "saresti venuto, Pat? Mi avresti creduto? Perché mi sembra che il modo in cui ti ho portato qui non sia stato dicendo che avevo bisogno di te, ma dicendo che tutto questo era per Jack."

Digrigno i denti. Se non ne avessimo passate così tante insieme, a questo punto gli darei un pugno. O forse il nostro lungo passato è proprio il motivo per cui *dovrei* picchiarlo. "Sai che sono sempre dalla tua parte. Ma questo?" indico l'anello. "Non hai bisogno di me per questo, non importa cosa diavolo sia."

"Posso spiegarti", dice.

Mi giro e mi allontano. Il governo ha sbagliato a farsi coinvolgere. "Non sono io a prestarti soldi, Aaron. Risparmialo per le persone a cui importa."

"Dannazione, Pat. Ho detto che posso spiegarti."

"Congratulazioni."

Sono già lontano e deve gridare le sue prossime parole. "È fatto di un elemento che non abbiamo mai visto prima."

"Beh, congratulazioni anche per questo." Sono ancora intenzionato a uscire da qui e dire al mio spione custode dove può ficcarsi quest'operazione. Avrei dovuto saperlo… dannati imbecilli.

"Nel caso tu te lo stia chiedendo, questo nuovo elemento è il motivo per cui tutti i governi sono interessati. È per questo che le università hanno inviato squadre dei loro migliori ricercatori."

Rallento, ma non mi giro.

Aaron continua a parlare. "Pensaci. Una struttura di 200.000 anni fa realizzata con un elemento sintetico che non abbiamo mai incontrato da nessun'altra parte? Cosa ne concluderesti?"

"Non lo so, Aaron. Ma immagino che esaurirei tutte le altre possibilità prima di saltare alla tua."

"E pensi che io non l'abbia fatto?"

L'ho già insultato una volta e so di non poterlo fare di nuovo senza rinunciare completamente alla nostra amicizia.

Mi fermo e mi volto a guardarlo, ancora a una quindicina di metri di distanza, e poi indico l'anello. "Stai dicendo che non sei l'unico pazzo che pensa che questo sia la versione reale dell'SG-1?"

Alza un sopracciglio e scuote la testa come se avesse pietà di me.

"E che Richard Dean Anderson non sta per urlare 'Taglia' e dire: 'Ottimo lavoro, bravi. Ma giriamolo un 'altra volta'?"

Di nuovo, Aaron scuote la testa.

"Dannazione." Faccio un gesto verso i suoi computer. "Allora è meglio che mi mostri quello che hai."

Sembra esserci un reciproco senso di sollievo condiviso tra Aaron e me mentre presenta le sue scoperte: io sono contento che non abbia completamente perso la testa e lui sembra felice che sia disposto ad ascoltare le sue prove con interesse. E la verità è che mi interessa, anche se è per rafforzare la mia tesi contro di lui. Ma mentre Lewis mi porge una tazza di caffè caldo e una barretta proteica, ho la sensazione di non essere la prima persona che il dottor Aaron Campbell e il suo team hanno dovuto convincere.

"Grazie", dico a Lewis.

"Se ha bisogno di qualcos'altro, mi faccia sapere."

"È tutto, Lewis", aggiunge Aaron senza staccare gli occhi dallo schermo. "Ora. Vedi qui?"

Prendo un sorso dalla tazza di metallo e mi aggiusto lo sgabello sotto il culo. "Yut. Sembra un frattale o qualcosa del genere."

"Sì", esclama Aaron. "Esatto. Proprio come l'elemento base, non abbiamo nessun dato a proposito. Inoltre, ha alcune proprietà molto peculiari."

"Per esempio?"

"Beh, prima abbiamo usato la spettrometria portatile a fluorescenza a raggi X, poi la spettrometria di massa al plasma accoppiato induttivamente e poi la spettrometria ad emissione atomica ICP…". Si ferma, spero che sia perché si è accorto di avermi perso e si gira a guardare l'anello per un momento. "Perché non ti faccio semplicemente vedere? Vieni."

Prendo un boccone di barretta proteica e lo seguo su per le scale, attento a non rovesciare il caffè. Aaron indica l'anello e poi mi indica una delle tante sporgenze a forma di blocco lungo la circonferenza.

"Sei pronto?" chiede.

"Eh. Certo."

Aaron fa scorrere il blocco di 7-8 centimetri a sinistra. Nel momento in cui lo fa, un metro quadrato della superficie dell'anello si illumina di blu.

Faccio un passo indietro e quasi rovescio il mio caffè. "Santa Maria Madre di Dio. Che diavolo hai fatto?"

"L'ho acceso," dice Aaron con un sorriso.

"Cos'ha, le batterie?"

"Per quanto ne sappiamo, no. Quei frattali che ti ho mostrato? Sono in grado di catturare l'energia e incanalarla qui."

Apro la bocca per dire qualcosa, ma non riesco a pensare a niente di intelligente.

"Non preoccuparti", dice mettendomi una mano sul braccio. "Non siamo nemmeno sicuri di come funzioni. Ma sappiamo questo. Guarda." Aaron mi fa segno di avvicinarmi. Ci sono centinaia di minuscoli simboli e segni illuminati in giallo sulla superficie blu brillante.

"Cos'è?" chiedo.

"All'inizio non lo sapevamo. Una lingua, un codice?"

"E adesso?"

Sorride. "La cosa più semplice di tutte. Un puzzle."

"Semplice?"

"Naturalmente. Non giocavi con le costruzioni da bambino?"

"Ovviamente."

"E non trovavi stimolante cercare di capire come tenerli in equilibrio l'uno sopra l'altro?"

"Non arriverei al punto di chiamarlo stimolante, ma…"

"Questo è come giocare con le costruzioni." Aaron tocca un secondo blocco vicino al bordo della zona blu, che attiva una seconda porzione lungo la superficie metallica dell'anello.

"Ma cosa significano tutti i piccoli simboli?"

"Questa è la bellezza di un puzzle. I simboli non devono significare nulla. In effetti, se stai cercando di comunicare con un gruppo di sconosciuti, meno significato c'è e meglio è. Invece, devi cercare di stabilire degli schemi."

"E perché?"

"Beh, perché il significato può essere difficile da interpretare. Le parole sono piene di polisemia."

"Poli-cosa?"

Scuote il capo. "Molti significati, doppi sensi. E hai bisogno di un sottotesto per capire ogni significato. Prendi ad esempio la parola *integrale*, che ha vari significati a seconda del contesto. Un integrale in matematica, la versione integrale di un libro, il pane o la farina possono essere integrali… oppure la parola *albero*, che può essere parte di una nave, di un grafico, di un motore, oppure di una foresta."

"Credo di aver capito il problema, sì."

"E se aggiungiamo una seconda frase alla prima, si parla di permutazioni di possibili significati. E peggio ancora è la questione del tono. C'è una frase in inglese che è diventata famosa su internet, hai presente?"

Non ho idea di cosa stia parlando, quindi sono felice quando continua senza che io debba chiedere.

"*I never said she stole my money*", dice.

Gli do un'occhiata. "Cosa?"

"Dico, la frase: *I never said she stole my money*. 'Io non ho mai detto che lei abbia rubato i miei soldi.' A seconda della parola su cui poni l'accento, quelle stesse parole possono creare una frase che significa sette cose diverse. '*Io* non ho mai detto che lei abbia rubato i miei soldi' implica che chi parla è innocente e allo stesso tempo implica la colpevolezza di qualcuno, mentre 'Io non ho mai detto che lei abbia *rubato* i miei soldi' afferma che la donna in questione potrebbe non essere una cleptomane, ma potrebbe aver fatto qualcos'altro di scandaloso con i soldi."

"Ah. Capito", dico.

"Quindi, come puoi vedere, da un punto di vista antropologico, il linguaggio è intrinsecamente problematico, mentre i puzzle sono molto più efficaci nello stabilire una connessione."

"E hai trovato dei puzzle?"

"Oh, tu che dici?" Aaron mi fa un sorriso così grande che i suoi occhi scompaiono, poi chiama a gran voce il suo staff e muove la mano in cerchio. "Accendiamolo!"

Sono in piedi accanto ad Aaron dietro i suoi computer mentre un piccolo esercito di ricercatori inizia a posizionare torri di impalcature attorno all'anello. Anche alcune piattaforme vengono calate dalle capriate lungo il soffitto. La cosa dura circa quindici minuti prima che Aaron dia loro il via libera per "Avviare il livello ypsilon."

Al suo segnale, i ricercatori a turno fanno scorrere, spingono e torcono le varie forme geometriche sparse sulla superficie dell'anello. Tutti tengono gli occhi fissi sui loro iPad e parlano in un auricolare. I quattro membri dello staff dietro le postazioni informatiche principali, ciascuno sotto l'occhio vigile di Aaron, rispondono alle squadre sull'impalcatura mentre monitorano una dozzina di schermi.

A ogni azione sull'anello, si illumina una nuova sezione. Le macchie blu e il testo giallo coprono circa il 20 percento della superficie.

"Livello ypsilon completato", dice Lewis ad Aaron. "Tutte le letture sono nominali. Siamo pronti per il livello phi."

"Avviare", risponde Aaron fendendo l'aria con la mano.

Ancora una volta, i ricercatori spostano le forme sulla superficie dell'anello e la parte maggiore della struttura si illumina. C'è anche una nuova scossa nel terreno.

Proprio in quel momento, la mia radio cinguetta, seguita da una voce. "Wic, parla Simmons."

"Vieni avanti."

"Stiamo ricevendo una sorta di vibrazione a bassa energia qui fuori."

"Va tutto bene", rispondo mentre mi sforzo di mantenere calma la mia voce. Il Dott. Campbell mi sta solo mostrando qualcosa."

"Ricevuto. E la luce che viene da dietro il telo in plastica?"

"Anche quello è opera del dottor Campbell. È tutto normale."

"Ricevuto. Simmons, chiudo."

Aaron mi guarda mentre lascio andare la radio appesa al mio petto e poi torna a guardare Lewis.

"Psi completato, dottore", dice Lewis. "Pronti per il livello chi."

Aaron annuisce. "Avviare il livello chi."

Di nuovo, il suo staff si muove sulle impalcature come formiche operaie in missione per la loro regina, spostando le sporgenze dell'anello e facendo illuminare sempre più parti dell'oggetto. Anche il ronzio proveniente dal terreno sta diventando più forte.

Probabilmente Aaron percepisce la mia apprensione e dice: "Va tutto bene. Fa tutto parte del puzzle."

Le sue parole di incoraggiamento non alleviano le mie preoccupazioni, tuttavia, e mi ritrovo a stringere più forte il calcio del mio SCAR17.

Quando Aaron dà ordine di avviare il livello psi, potrei giurare che c'è una sorta di energia tremolante sul piano immaginario dell'anello. È come un sottile velo di foschia con alle spalle una tempesta elettrica. Anche il ronzio sta diventando più forte, al punto che devo alzare la voce per parlare con Aaron.

"Le ultime cinque lettere dell'alfabeto greco", gli dico all'orecchio.

Annuisce.

"Cosa succede quando arrivi a omega?"

Si tiene il cappuccio per evitare che gli sferzi la faccia mentre una raffica di vento si alza dall'anello. "Non lo sappiamo. Non sono mai arrivato fino a lì."

"Perché no?"

"Ti stavo aspettando, moschettiere."

Sembra tutto molto impulsivo. Devo pensarci bene e parlare con Aaron, ma non c'è tempo. Due delle torri principali stanno ondeggiando e temo che questi ricercatori siano troppo scienziati e non abbastanza ingegneri.

"Tutti i sistemi sembrano a posto", urla Lewis ad Aaron.

"Avanti", risponde.

Afferro la spalla di Aaron. "Voglio Simmons e il resto delle squadre qui."

"No, no, no." Mi lancia uno sguardo sconsolato. "Ti prepari sempre per il peggio. Ma questo non è il peggio, Pat. Stiamo per fare qualcosa di straordinario. Non rovinarmi questo momento."

Al mio istinto non piace. Ma ha ragione: mi preparo sempre al peggio. Ma solo perché il peggio è ciò che tende ad accadere nella vita reale. Nel frattempo, il meglio rimane appena fuori portata. Si chiama essere realistici. "Sei sicuro?"

"Attraverso rovi e spine." Tende la mano. Non lo facevamo da prima che lasciassi il college. Accidenti!

Che ci fai qui, Wic? È una follia.

Poso la mia mano sulla sua, poi ripeto: "Attraverso rovi e spine."

Aaron mi fa un sorriso elettrizzato e poi urla a Lewis. "Avviare il livello omega."

Capitolo 4

1505, lunedì 25 aprile 2027
Antartide occidentale
Sito di scavo degli altopiani subglaciali di Ellsworth
L'anello

Un lampo di luce attraversa il piano dell'anello mentre Lewis impartisce ordini via radio. Con mia sorpresa, i ricercatori sull'impalcatura iniziano a scendere. Che sollievo. Non voglio davvero trovarmi a fare rapporto per un morto da caduta accidentale perché nessuno sa come posizionare una semplice imbracatura di sicurezza. Ma il fatto che stiano scendendo non spiega cosa comporti la frase "avviare il livello omega."

"Tocca a noi." Aaron mi tocca la spalla. "Vieni."

"Cosa tocca a noi?" grido. Ma Aaron si allontana dai monitor e si dirige verso i gradini. Mi lancio in avanti e gli afferro il braccio. "Cosa stai facendo?"

"L'ultimo pezzo del puzzle."

Un altro lampo elettrico attraversa l'anello. L'inconfondibile odore di ozono mi fa arricciare i peli del naso. Anche il vento si sta facendo più forte. "Sai almeno che cosa sia, Aaron?"

Mi guarda di traverso ma non dice niente.

Lo prenderò come un no.

"È un'opportunità", dice infine. "Qualcuno lo ha messo qui e ci ha lasciato degli indizi. Per quanto ne so, siamo i primi ad avere gli strumenti e l'intelligenza per mettere insieme i pezzi. E abbiamo scoperto tutto quello che c'è da scoprire. Questo", indica l'anello luminoso con un movimento circolare del dito, "questo è il nostro prossimo passo. E dobbiamo compiere questo passo, Pat."

È come quando in un film il personaggio principale sta per entrare da una porta e sai che c'è qualcosa di brutto in attesa dall'altra parte e ti trovi a gridare allo schermo: "Non farlo!", ma non può sentirti. Sto vivendo quel momento, solo che non è preregistrato. Sta accadendo in tempo reale. A differenza degli attori e delle loro controfigure che si alzano da terra quando il regista urla "Taglia," però, le persone muoiono in situazioni come questa, *è già successo*. E io sono già stato lì per vederlo, più volte di quante mi vada di raccontare.

È l'esplosivo improvvisato sotto un mucchio di spazzatura che fa saltare in aria il tuo compagno in avanscoperta. È il ragazzo che hai lasciato andare ieri, che oggi decide di prendere un fucile da cecchino semiautomatico Dragunov SVD e far saltare il cervello al tuo caporale. Ed è il colpo di mortaio sovietico da ottantadue millimetri che si schianta nell'angolo sud-est del tuo FOB nel bel mezzo della notte e fa sparire la latrina. Beh, è solo una latrina, pensano tutti. Fino a quando non si rendono conto che Murphy e Higgins non erano nelle loro cuccette. Quei ragazzi non sono morti combattendo i cattivi. Sono morti andando al cesso, cazzo. E per cosa?

"Patrick. Per favore, lasciami andare", dice Aaron guardandomi la mano.

Lo lascio e aggiusto la presa sul mio SCAR17.

Sai che c'è? Se Aaron è deciso ad andare, allora non lo fermerò. Non potrei comunque fermarlo, non posso assumermi le responsabilità delle azioni degli altri.

Ovvio, vorrei dirgli che mi sembra una pessima idea. Che qualcuno dovrebbe fare più ricerche su cosa diavolo sia questa cosa. Che ci deve essere una squadra più numerosa, più equipaggiamento, forse un intero battaglione pronto. Non lo so. Solo, non questo.

Ma non spetta a me. E anche se fosse, dubito che servirebbe a qualcosa. Alla fine, le persone muoiono, che tu lo voglia o no. E quando torni a casa, ti rimangono brutti ricordi e quella sensazione di... come si dice? Ah, yut. *Impotenza*.

"Stai attento", dico ad Aaron.

Annuisce e poi inizia a salire i gradini della vecchia scalinata. Il mio cuore accelera, mi controllo per rallentare il respiro fino a una frequenza di otto respiri al minuto. Più veloce di così, e non sarei concentrato.

Alzo il mio SCAR17 e guardo Aaron raggiungere la cima della scalinata attraverso il mirino ACOG. Non ho idea di cosa mi troverei ad avere nel mirino se dovesse succedere qualcosa, ma sono pronto: coprire la mia squadra e aspettare. Certo, l'idea di piccoli uomini verdi e faraoni con lance al plasma tentano la mia immaginazione. Ma sono fantasie, non c'è niente di reale. Ecco.

Aaron tocca una forma al centro dell'arco inferiore dell'anello. È l'unica sezione non illuminata. Deve essere questo: l'ultimo pulsante. Il livello omega.

Sollevo la guancia destra dall'arma e sbatto le palpebre due volte per schiarirmi la vista. Poi torno in posizione. L'anello sembra più attivo, come se avvertisse che qualcuno sta per svegliarlo, come un drago da un lungo sonno.

Aaron sta manipolando il blocco e lo sta spingendolo a sinistra, quando un fulmine salta fuori dal centro dell'anello e raggiunge una delle torri dell'impalcatura. Scintille saltano in tutte le direzioni e della plastica prende fuoco.

Eh, fanculo. Prendo la radio e apro il canale. "Simmons. Ho bisogno di due squadre di assalto, adesso", urlo. "Convergete su di me."

"Ripeti?"

"Squadre uno e due, ora!"

"Ricevuto."

Aaron sta ancora spingendo il blocco quando altri due fulmini fendono l'aria. Uno colpisce un traliccio lungo il soffitto e un altro si schianta contro una pila di contenitori di attrezzature. Entrambi provocano scintille e piccoli incendi. Eppure, Aaron sembra completamente calmo. Senza paura, addirittura. Forse avrebbe dovuto fare il Marines.

Il corpo di Aaron sussulta mentre il blocco scivola fino a fermarsi e poi si tira indietro. All'improvviso, il vento cessa, l'energia elettrica si dissipa e un luccicante campo di energia blu si apre attraverso il piano dell'anello. È semitrasparente, come guardare attraverso acque poco profonde dal lato aperto di un Blackhawk.

Oltre il film sottile c'è un secondo anello più piccolo e oltre il film sulla sua superficie c'è un terzo anello ancora più piccolo. I cerchi sembrano ripetersi e svanire nell'infinito.

Tutto è tranquillo, tranne per il basso, lento ronzio pulsante nel terreno e l'occasionale leggero schiocco di un piccolo fulmine che attraversa il bordo dell'anello.

Aaron apre le braccia e lascia andare un *wah-hoooo* da cowboy! Si gira verso di me e poi verso la sua squadra. "Ce l'abbiamo fatta!"

Simmons è comparso alla mia sinistra. I suoi occhi sono spalancati e fissi sull'anello e gli altri miei Marines sono altrettanto sconcertati.

"Lewis", urla Aaron mentre scende i gradini. "I sensori! Cosa dicono?"

Mentre Lewis aggiorna Aaron, Simmons si china. "Che diavolo è, Wic? Voglio dire, che diavolo è?"

"Non lo so. Tienilo solo sotto tiro." Faccio un cenno verso l'anello.

"È vero?"

Annuisco. "Sembra che io abbia perso la scommessa."

"Dici? D'un tratto ho l'impressione che Sigourney Weaver sarà l'unica a uscirne viva."

"Calma, Simmons." Gli poggio una mano sul braccio per calmarlo. "Non perdiamo la testa. Vado a parlare con il professore. Ti affido le squadre."

"Ricevuto."

Con il mio fucile SCAR puntato sull'anello, mi muovo verso la postazione informatica. Sembrano esserci ancora più ricercatori di prima. Corrono avanti e indietro come i bambini la mattina di Natale, che agitano scatole e cercano di indovinare cosa ci sia dentro. Solo che in questo caso, toccano gli schermi e confrontano i loro appunti.

"Che cosa abbiamo, Aaron?" chiedo, lungi dal condividere il visibile senso di meraviglia e gioia della sua squadra.

Aaron si aggiusta gli occhiali e mi indica uno dei monitor più grandi. "Guarda qui. Vedi queste linee?"

Sembra una sezione trasversale dell'indice del mercato azionario, in costante salita da sinistra a destra. Diverse linee colorate si incrociano, ma tutte sembrano avere una tendenza al rialzo.

"Questa è la lettura di diversi tipi di radiazioni. Come puoi vedere, sale con andamento costante a ogni livello attivato." Indica gli stadi etichettati ypsilon, phi, chi e psi.

"E quello?" indico un picco che schizza fuori dal grafico in alcuni colori, mentre gli altri schizzano altrettanto nettamente verso il basso. "Sembra notevole."

"Oh, sì. Quello è quando abbiamo avviato il livello omega."

"E cosa significa?"

"Beh, prima di tutto, l'anello sta emettendo molti tipi diversi di radiazioni, e possiamo tracciarne la maggior parte. Rientrano nello spettro delle radiazioni ionizzanti e non ionizzanti."

"In parole semplici?"

"Uh", Aaron riflette per un secondo. "Le radiazioni non ionizzanti non ti uccidono, mentre le ionizzanti sì."

"Quindi, come il telecomando della mia TV e una bomba nucleare."

"Qualcosa del genere, sì. Vediamo entrambi i tipi salire lentamente a ogni livello che attiviamo. Niente che possa ucciderti, ovviamente. Ma abbastanza da non voler giocare con quei bottoni tutto il giorno senza una tuta protettiva addosso. Ed è esattamente questo che abbiamo visto con tutti i nostri test precedenti."

"E qui invece…", indico la regione del picco e della discesa subito dopo l'inizio del livello omega.

"Ecco cosa succede. Tutte le onde ionizzanti, quelle pericolose, tutte quelle si riducono a zero. Mentre quelle non ionizzanti sono fuori scala.

"E questo cosa significa?"

Aaron guarda Lewis e poi alcuni degli altri ricercatori che hanno ascoltato la nostra conversazione. Si scambiano larghi sorrisi e alzano le sopracciglia come se stessero ridendo a una barzelletta che nessuno ha raccontato.

"Significa che qualunque cosa ci sia dall'altra parte di quel piano, sta emettendo una quantità incredibile di energia, energia che non è dannosa per gli organismi viventi."

"Quindi è una fonte di energia?" chiedo sperando che sia tutto.

"No, non proprio. Almeno non in modi che potrebbero aiutarci come civiltà. Ricorda, è l'uranio che alimenta le centrali nucleari, non il telecomando della tua TV."

"Quindi se non è una fonte di energia", mi volto a guardare l'anello. "Che cos'è?"

Aaron si aggiusta gli occhiali e guarda i suoi colleghi. Dio, sono tutti così elettrizzati che cominciano a darmi sui nervi.

"Crediamo che sia un portale per un'altra dimensione," dice Aaron.

Non posso fare a meno di ridere. E anche forte. Come se mi prendessero tutti in giro. Però il mio sfogo ha un effetto interessante: i loro volti diventano freddi come pietra. Come se volessero uccidermi con lo sguardo, ma non hanno il superpotere per farlo.

"Dio. Siete davvero seri."

"Assolutamente." Aaron spinge in fuori il mento e si liscia il cappotto. "E ci aspettiamo che tutti gli altri qui dentro agiscano professionalmente con quella che è, devo ricordarvelo, una questione di sicurezza nazionale."

Il professore universitario mi sta davvero dando lezioni di sicurezza nazionale? Gesù, Giuseppe e Maria, devo lasciare questo lavoro.

Mi passo una mano guantata sulla barba. "Quindi, è un portale allora. Dove conduce?"

"Ne sappiamo quanto te", risponde Aaron. Mi sta ancora guardando con cautela, ma sembra abbastanza soddisfatto da continuare a spiegare. "Ma la destinazione non è la nostra più grande preoccupazione."

Due uomini dietro Aaron si schiariscono la gola.

"Almeno non per me", dice Aaron come per chiarire la sua precedente affermazione. "Gli astrofisici, invece…"

"*Noi* ci teniamo molto", dice uno degli astrologi. No, astronomi. Stessa roba, non importa.

"Eppure l'obiettivo principale di questo particolare progetto di ricerca non è dove conduce il portale", afferma Aaron, dirigendo chiaramente la maggior parte del suo discorso agli astrofisici come per sottolineare il punto. "È chi l'ha messo qui e se sono ancora disposti o meno a conversare con noi."

"L'antropologia batte l'astronomia. Capito."

I due astrofisici si irritano alla mia conclusione, ma Aaron sembra decisamente orgoglioso.

"Allora cosa facciamo adesso? Lo attraversiamo?"

"Oddio, no", dice Aaron. "Cosa pensi che sia, un film?"

"Uh, yut." Alzo una mano verso l'anello. "Prova numero 1."

"Patrick, non si sa cosa potrebbe succedere al nostro corpo se tentiamo di attraversarlo."

"Pensavo avessi detto che proietta radiazioni non ionizzanti."

"Sì. Ma questo non significa che possiamo semplicemente mandarci qualcuno dentro. È una condanna a morte, e molto al di fuori dell'ambito dei nostri standard etici. In Corea del Nord? Probabilmente. Ma noi non lavoriamo così."

"Allora, che cosa facciamo? Ci sediamo ad aspettare?"

"In realtà, è proprio quello che faremo." Ancora una volta, Aaron sembra orgoglioso della mia conclusione e sta tornando a rilassarsi. "Stando alla logica, qualunque specie senziente abbia creato questo anello e l'abbia posizionato qui è anche più che in grado di tornare attraverso di esso di propria iniziativa."

"Allora perché non l'hanno già fatto? Non dico in questo momento, ma in generale?"

Aaron si aggiusta gli occhiali sul naso. "Chi può dire che non l'abbiano ancora fatto?"

Mi blocco, non so come rispondere.

"Mettiamo, per amor di discussione, che non l'abbiano fatto. A proposito, la nostra ricerca suggerisce che questo sito è rimasto indisturbato per millenni. Sai quanto tempo ci è voluto per aprire questa cavità subglaciale? Sei fortunato a essere arrivato alla fine, Patrick. Ma sto divagando. Ci sono diverse spiegazioni sul perché le specie responsabili di questo anello siano rimaste in disparte. Per esempio…"

"Uh, per esempio, forse faresti meglio a lasciare questo al SETI", dice un uomo barbuto dalle bretelle arancioni sopra un maglione di lana. Si allunga per stringermi la mano. "Salve, Sergente Finnegan."

"È il Sergente Maggiore Capo", dice Aaron.

Rivolgo al mio amico uno sguardo di approvazione. Qualcuno ha prestato attenzione.

"Scusi, Sergente." Lo scienziato si schiarisce la gola. "Dott. John Walker, Istituto SETI, Mountain View, California."

"Piacere". Gli stringo la mano. "Grande fan del suo whisky."

"Come? Oh, già. Anche io."

Non riesco ancora a credere a quanto tutti sembrino rilassati alla luce della situazione attuale. Ma d'altra parte qualsiasi cosa, se ci convivi abbastanza a lungo, diventa la norma. "Diceva, dottor Walker?"

"Ah, sì. Le spiegazioni più plausibili si basano sul paradosso di Fermi, sebbene molte siano state escluse. I derivati, però, sono molto più interessanti."

"Chiedo scusa, il paradosso di Ferni?"

"Fermi", ripete. "Enrico Fermi, il fisico italiano che ha creato il primo reattore nucleare? No?"

Lo fisso con sguardo interrogativo.

"Non importa", dice il dottor Walker. "Basta dire che Fermi è stato il primo a ipotizzare perché, in un universo così vasto, non abbiamo ancora incontrato vita intelligente extraterrestre."

"Un momento. Sta parlando di alieni, dottore?"

"Preferiamo il termine 'vita extraterrestre'."

"Ma comunque, alieni?"

Walker sospira, irritato. "Sì, *alieni* se proprio dobbiamo."

Mi passo di nuovo una mano sulla barba. Ho bisogno di un goccetto. Sul serio. Tutto questo è… beh, è folle, sul serio. Il fatto che ci siano interi gruppi di persone che stanno aspettando un momento proprio come questo rende tutto ancora più inquietante.

"Vada avanti."

"Una delle ipotesi risultanti che potrebbero applicarsi qui è quella che postula che una specie possa effettivamente incontrare la sua fine prima che sia in grado di stabilire, o in questo caso, ristabilire il contatto con la Terra. Sono potenzialmente soggetti quanto noi a disastri e catastrofi naturali e all'auto-eradicamento."

Guardo l'anello e poi di nuovo il dottor Walker. "Quindi sta dicendo che avrebbero potuto mettere questo anello qui migliaia di anni fa, solo per estinguersi in seguito a causa di una guerra nucleare su una disputa territoriale?"

"Tra gli altri scenari, sì."

Aaron prende la parola. "Avrebbe senso per spiegare perché non hanno mai più riattivato l'anello dalla loro parte."

"Riattivato? Vorresti dire che hai la prova che è già stato attivo in precedenza?"

"Chiedo scusa. È stato un piccolo errore da parte mia. Le argomentazioni sulla causalità sono numerose e non intendevo suggerire che questo anello sia arrivato qui da solo. Ma è logico che un meccanismo di questa portata non rimanga inutilizzato, specialmente al momento della sua costruzione."

"Meraviglioso. Ma quello che ho bisogno di sapere in questo momento è quali pensi siano le possibilità che qualcosa di ostile passi attraverso quel portale?"

Aaron e il dottor Walker si guardano e sorridono.

"Ostile?" dice Aaron e fa risatina con il dottor Walker. "Zero. Se qualche antica civiltà extraterrestre avesse voluto conquistarci, non pensi che l'avrebbe fatto quando l'umanità era, come hai detto tu, un branco di scimmioni?"

Ora la maggior parte degli scienziati nel quad sta ridendo.

"Ci può stare", rispondo. "Ma se il vostro compito è dedurre che tutte le strade di mattoni gialli portano a Oz, il mio compito è presumere che tutti vogliano uccidere Dorothy. Quindi dovrete perdonarmi se non bevo davvero le vostre argomentazioni."

"Sergente Finnegan", dice il dottor Walker mentre unisce le mani come un hippy. "La prego di considerare che abbiamo qui al lavoro le menti migliori e più brillanti."

"E la Grecia aveva Aristotele. Sai chi ha costruito strade dritte dritte sui loro vigneti? I romani."

"Sergente Finnegan, io…"

"Ascolti, voi ragazzi continuate a fare le vostre cose. Non sta a me decidere. Ma se qualcosa dovesse attraversare l'anello, e anche solo guardare qualcuno di noi nel modo sbagliato, i miei ordini sono di proteggere ogni persona in questa struttura a qualsiasi costo. Il che include chiudere l'anello il prima possibile, senza discussioni. Chiaro?"

Aaron non si guarda nemmeno intorno. "Certo, Patrick. Capiamo."

"Bene. Qual è il tuo ETA su un possibile contatto?"

"Noi… non ne abbiamo." Fa spallucce e mi rivolge un sorriso perplesso. "Non ci sono precedenti per niente di tutto questo."

"Quindi potrebbe essere tra tre minuti o tre giorni."

"O tre decenni", aggiunge. "Davvero non lo sappiamo."

"Oh no, assolutamente", dico ad Aaron. "Non mi costringerai a restare un giorno in più del mese che ti ho dato."

"Hai detto sei settimane al massimo."

Figlio di puttana. "Yut. Vero."

"Quindi questo ci dà altre due settimane insieme."

"So contare, Aaron."

"Fantastico. Quindi la mia richiesta ufficiale, in base al tuo mandato di sicurezza nazionale, è che tu istituisca qualsiasi tipo di sorveglianza ritieni sufficiente fino a quando non sarai sollevato dall'incarico."

"Non dimenticate di includere i nostri compagni nel programma", dice un ricercatore con un forte accento russo.

"E i nostri specialisti", dice un altro cervellone avvolto in soffice cappotto, questo parla un inglese londinese, se non erro.

Ho la sensazione che Aaron abbia negato le richieste di ammissione di qualsiasi altra presenza militare oltre alla mia squadra. Ora che le cose si stanno facendo serie e i ricercatori sono faccia a faccia con il tizio che d'ora in poi prenderà il comando, sembrano fin troppo ansiosi che le forze armate del loro paese abbiano una fetta della torta. Non posso nemmeno dire di biasimarli. Se i ruoli fossero invertiti, avrei buttato giù le porte per far entrare lo zio Sam.

Ma in fin dei conti sono solo un Marines alla sua ultima operazione. Che m'importa di omini verdi e professori in camice da laboratorio? Per quanto mi riguarda, possono stare tutti quaggiù e congelarsi le palle, ridacchiando sui livelli delle radiazioni finché i loro cazzi non cominciano a brillare al buio.

"Faremo in modo che tutti abbiano un turno", dico. "Ma il capo della catena di comando resto io. Qualsiasi cosa dovesse succedere quaggiù mentre sono via, e intendo qualsiasi cosa, devo essere il primo a saperlo. Non la zia Sarah o la vostra migliore amica su

Twitter. Io. E arresterò chiunque diavolo voglio, se non segue queste istruzioni alla lettera. Chiaro?"

Annuiscono e si scambiano sguardi nervosi. A quanto pare, non è così che le persone si parlano al college.

"Come vuoi tu", dice Aaron. "Devi solo chiedere."

"Possiamo iniziare dando ai miei uomini qualcosa di caldo da bere e qualche sedia."

"Certo."

"E se hai dei tavoli in più, ce ne servirebbero alcuni per l'attrezzatura. Poi Simmons", lancio un'occhiata alle mie spalle e gli faccio cenno di avvicinarsi. "Simmons qui ti fornirà una lista di materiali per costruire una barricata."

"Una barricata?" chiede il dottor Walker e guarda Aaron. "È davvero necessario, Campbell?" Poi mi guarda: "Questa è una struttura di ricerca, non il vostro parco giochi personale per far saltare in aria…"

"Mi ascolti bene, dottor Whiskey", dico avanzando di un passo verso di lui. "Voi avete la vostra esperienza, io ho la mia. E avete anche la mia parola che se non esce niente di ostile da quella… *cosa*, allora non vi ostacoleremo. Promesso. Ma se le cose vanno male, è il mio compito essere pronto. Ed essere pronti alla battaglia significa anche avere qualcosa dietro cui nascondersi se gli alieni si rivelano molto più simili agli xenomorfi che a Marvin il marziano."

"Legittimo", dice il dottor Walker.

"Bene benissimo. Allora siamo d'accordo." Guardo Aaron. "Vi lascio al vostro lavoro, al nostro pensiamo noi."

"D'accordo", risponde Aaron. Poi mi tende la mano. Non un abbraccio, non un cenno del capo. Solo una stretta di mano tra professionisti. "Grazie per essere venuto, Patrick. Sono contento che tu sia qui."

"Certo." Dovrei dire che anch'io sono felice di essere qui. Ma non lo sono e non mi va di mentire solo per essere cortese. Invece, tutto quello che riesco a dire è: "Sono contento di poter essere utile." E anche questo mi fa un po' schifo.

Esco dalla postazione con Simmons e torno verso le squadre uno e due.

"Ehi", dice Simmons. "Bel discorso. Penso che adesso ci staranno alla larga."

"Speriamo."

"C'è solo un problema con quello che hai detto."

"Oh?"

"Anche Marvin il marziano aveva una dannata pistola a raggi."

Figlio di puttana.

Capitolo 5

0601, martedì 26 aprile 2027
Antartide occidentale
Sito di scavo degli altopiani subglaciali di Ellsworth
L'anello

"Sei in ritardo", dice Simmons mentre passo attraverso la plastica per iniziare il mio turno del mattino. L'anello sembra lo stesso di ieri, ancora acceso e ancora in cerca di guai.

"Che succede?" chiedo. "Il servizio in camera si è dimenticato di metterti un cioccolatino sul cuscino la scorsa notte?"

"Simpatico." Simmons fa segno con il pollice alle sue spalle. "Tenere Vlad e le sue due squadre di fuoco nel loro angolino è come acchiappare farfalle al buio."

"Sono solo curiosi, ne sono sicuro."

Ma Simmons scuote la testa: "Ho dovuto minacciare di portargli via il telefono solo per impedirgli di twittare le foto."

"Perfetto." Un altro motivo per cui odio i cellulari.

"Quindi, sì. Anche se il servizio in camera dimenticasse di rimboccarmi le coperte, sarebbe l'ultimo dei miei problemi."

"Caffè?" e gli porgo un thermos che ho riempito in mensa.

"A dire il vero, no." Simmons fa un cenno a un gruppo di tavoli d'acciaio in un angolo sul fondo della caverna dalle pareti di plastica. Sembra essere pieno di ogni sorta di attrezzatura da cucina. "Sembra che chiunque abbia finanziato il buon dottore non abbia lesinato sulla salute gastrointestinale dei ricercatori. Hanno una dannata macchina per caffè espresso italiana."

"Non lasciarti ingannare, Simmons."

Mi lancia uno sguardo interrogativo. "Perché mai?"

"I soldi possono comprare l'amore e molto di più." Gli lancio il thermos e poi vado alla postazione con i computer.

Sembra che Aaron non si sia mosso da quando l'ho lasciato la sera prima. Le borse sotto gli occhi confermano i miei sospetti. "Come va?"

Aaron alza lo sguardo. "Patrick! Sei arrivato giusto in tempo."

È completamente fatto di caffè… quello, oppure ha un'euforia naturale dovuta alla sua scoperta. Non posso dire di biasimarlo, ma l'unica cosa che potrebbe rendermi così felice è far esplodere questo dannato anello.

"In tempo per cosa?"

"Vieni, vieni." Mi fa cenno con la mano. Faccio un rapido cenno a Walker, anche lui sembra non aver chiuso occhio.

"Guarda qui", dice Aaron.

Indica un monitor che mostra più linee del mercato azionario. Immagino che dovrei essere onorato che abbia così tanta fiducia nelle mie capacità di osservazione. Tuttavia, senza un tutorial esteso su questa roba, sono praticamente inutile.

"Allora", dico osservando i display. "Sembra che la DeLorean abbia raggiunto le ottantotto miglia all'ora. Anche il condensatore di flusso sembra buono. Stabile a 1,21 gigawatt."

Aaron annuisce distrattamente, poi si gira verso di me con un largo sorriso. "Ah ah, questa è buona."

"Cercavo solo di impressionarti."

"Ritorno al futuro a parte", dice sporgendosi verso il monitor. "Stiamo rilevando alcune nuove emissioni di radiazioni. Qui e qui." Indica due nuove linee colorate che non ricordo di aver visto ieri sera.

"E vorrebbero dire?"

Aaron si aggiusta gli occhiali sul naso. "Beh, fino a ora abbiamo avuto emissioni costanti di onde MW, RF ed ELF."

"Mi hai perso."

"Microonde, radiofrequenza e frequenze estremamente basse. E molte emissioni nello spettro della luce visibile, ma la maggior parte di queste sembra provenire dalla struttura dell'anello."

"Vorrebbe dire che è l'oggetto fisico che sta producendo tutto questo?"

"Non proprio, è come se raccogliesse l'energia intorno e la reindirizzasse in un'applicazione mirata. Ma queste righe qui introducono qualcosa di molto diverso."

Si ferma così a lungo che devo chiedergli di continuare.

"Giusto. Scusa." Sbatte le palpebre più volte. "Quello che stiamo vedendo ora sono variazioni negli spettri UV e IR. Cioè…"

"Ultravioletto e infrarossi. Quelli li conosco."

"Ottimo."

"E perché ti interessano?"

"Beh. Per prima cosa, come ho detto, sono nuovi. Sono stati introdotti di recente."

"Cioè, pensi che qualcosa abbia iniziato a mandarli di proposito."

"Potenzialmente sì. Ma la loro semplice presenza non è ciò che è così intrigante." Aaron tocca lo schermo, prende una delle linee e la allontana dal grafico. Mentre la fa ruotare in una forma tridimensionale, vedo che la sua sezione trasversale è a forma di U. Nella parte superiore dello stelo sinistro della forma vedo il simbolo del segno negativo, mentre nella parte superiore del lato destro quello del segno positivo. C'è uno zero sotto il centro della curva della U.

"E questo cosa significa?" chiedo.

"Sta oscillando", risponde.

"Non sto seguendo. Tutte le onde oscillano, o no?"

"Naturalmente. Ma…", Aaron si dà una pacca sul cappotto e poi infila una mano in una tasca per tirare fuori una piccola torcia. La accende e inizia a passarmela avanti e indietro sul viso. "Così."

Sussulto e mi allontano. "Okay?"

"Non capisci?"

"No, Aaron."

Punta la torcia verso l'anello. "Sta eseguendo una scansione."

Guardo prima Aaron, poi l'anello, poi il monitor del computer e poi di nuovo l'anello. "Proprio ora."

"Sì. Adesso."

Mi sono sentito allo scoperto quando l'anello si è acceso la scorsa notte, ma questa notizia mi porta a un nuovo livello di vigilanza. "In qualche modo, mi piaceva di più quando era solo un muro statico."

"Un portale extraterrestre multi spettro", interviene Walker.

Lo ignoro. "Possiamo inviare qualcosa di nostro? Come un drone?"

"Certo che no", dice Aaron, un po' troppo velocemente per i miei gusti. Non che mi offenda facilmente per qualsiasi cosa, ma almeno parliamone, gente.

"Puoi spiegarmi?" chiedo.

"Beh, come ti sentiresti se mandassero un drone?" chiede Walker.

Gli lancio uno sguardo irritato, ma è una domanda onesta. Immagino un gruppo di scienziati in un laboratorio sotterraneo a Mosca o Pechino. "Probabilmente piuttosto diffidente. Vorrei sapere chi sta guardando e perché."

"Allora è lecito ritenere lo stesso da parte loro", conclude. "Se presentiamo anche il minimo accenno di ostilità o sospetto, potremmo iniziare le cose con il piede sbagliato. E farlo con quella che è, di gran lunga, la più grande scoperta nella storia dell'umanità sarebbe", emette un respiro forzato, "beh, lascia che te lo dica, non sarebbe bello."

"Solo che sono loro che hanno messo l'anello sul nostro pianeta, dottore. Da dove vengo io significa che abbiamo il diritto di indagare."

"Prerogative morali a parte", dice Aaron in un apparente desiderio di mantenere la conversazione amichevole, "anche se inviassimo un drone, non abbiamo alcuna garanzia di poter rimanere in contatto. Pertanto, confonderemmo inutilmente le acque, per così dire. Meglio aspettare e vedere."

"Nessun agente dell'intelligence parlerebbe mai così", rispondo senza alcun tentativo di nascondere il mio disprezzo. Il mio impegno di due settimane comincia a sembrare una terapia di coppia, e sono incazzato. "Ascolta, capisco l'idea di non voler proiettare ostilità. Ma potremmo letteralmente trovarci a fissare la canna di una pistola. E stiamo qui, a non fare un cazzo, in attesa di essere fatti fuori da Dio-sa-cosa? No. Nemmeno per sogno."

"Patrick, per favore."

Aaron si alza per toccarmi la spalla, ma spingo via la sua mano.

"Abbiamo già stabilito che tu hai il tuo ruolo da svolgere qui e io ho il mio", dico. "Ma in questo momento, non ho informazioni sulle intenzioni di questa cosa, su chi l'ha messa qui, o perché diavolo ci stia attualmente scansionando. Capisco che il tuo lavoro sia essere scientificamente curioso e ottimista. Beh, il mio lavoro è credere che chiunque voglia ucciderti coglierà ogni occasione possibile per farlo, alieni o no."

"Vita extraterr-."

"Chiudi il becco, Walker."

L'esperto SETI fa un passo indietro.

"Se vuoi la mia opinione, stiamo un bersaglio facile anche con le barricate che abbiamo eretto. E dove sono tutti gli interruttori di emergenza? Preferirei di gran lunga scoprire che questi bastardi sono Mary Poppins e dovermi scusare piuttosto che ritrovarmi a cercare di far fuori Predator con una pistola ad aria compressa. Capisci cosa intendo?"

"Dammi il tuo dannato telefono, Sergente" urla Simmons.

Mi giro per vedere Vlad respingere il tentativo di Simmons di impedire al russo di scattare un'altra foto dell'anello.

"Sergente Petrov", urlo al comandante russo, poi schiocco le dita e indico Vlad. "Riprendi il controllo prima che ti trasferisca in un'unità medica."

"È una minaccia, Brooklyn America?" dice Vlad mentre spinge via Simmons.

"È una promessa, Vlad. Dammi il telefono."

"Professore", dice Lewis dietro di me. "Stiamo rilevando una nuova attività."

Voglio guardare la cosa di cui sta parlando Lewis, qualunque essa sia, ma Vlad ha appena sferrato un pugno in faccia a Simmons. Mi lancio verso Vlad. Ma non sono l'unico: i nostri ragazzi e alcuni russi stanno correndo verso il confronto. E io che pensavo che dovessimo essere professionali. Non avrei mai dovuto accettare questa missione.

Sono nel mezzo di Vlad e Simmons quando uno degli inglesi urla: "Santa Regina Madre Onnipotente."

Intercetto un pugno di Vlad diretto alla mia spalla, gli colpisco il braccio e mi giro. Lì, in bilico, proprio di fronte al livello medio dell'anello, c'è un pancake color magenta delle dimensioni di un coperchio di un bidone della spazzatura. Ha quelle che sembrano piccole lenti nere su cinque lati e cinque pannelli quadrati blu luminosi sul fondo.

I ricercatori piombano nel caos, afferrando dispositivi di registrazione e vociando come spettatori a un concerto di Taylor Swift. Nel frattempo, le forze di sicurezza stanno fissando la cosa a bocca aperta.

"Al riparo", urlo. "Togliete le sicure. E dita lontane dai grilletti finché non darò l'ordine."

Afferro Simmons che ha la mascella gonfia. "Stai bene?"

"Bastardo mangia Stroganoff" risponde Simmons e poi sputa fuori una boccata di sangue. "Me la caverò."

"Mettiti al riparo. Chiama le altre squadre dall'ingresso. Voglio ogni arma che abbiamo su quella cosa."

"Subito."

Il mio SCAR è pronto e sto rientrando verso la postazione di Aaron. "Aaron?"

"Vedi anche tu quello che vedo io?" esclama.

"Sì. E devo insistere che tu e la tua squadra vi mettiate al riparo con noi."

Ride. "Non scherzare, Pat. Guarda!"

"Non è una proposta. È un ordine."

"Sta investigando." Aaron si gira verso Walker. "Ci siamo messi in contatto!"

I due scienziati si abbracciano e iniziano a festeggiare come se avessero appena vinto il Super Bowl dei nerd. Mi ci vogliono diversi secondi per attirare la loro attenzione senza mai distogliere il mio ACOG dal drone.

"Signori, ho bisogno che vi mettiate al riparo, sub…"

I pannelli del motore del drone si accendono e la cosa si avvicina alla nostra posizione. Diverse persone sussultano e si abbassano mentre il drone scende. Poi una luce brillante attraversa il perimetro del drone e, con essa, la proiezione di un'onda di luce blu verticale simile a un laser. Il raggio sembra abbastanza innocuo, ma odio pensare di essere stato appena scansionato.

"Per favore, metti giù la tua arma", dice Aaron allungando la mano verso il mio fucile.

"Nemmeno morto, amico", rispondo senza distogliere lo sguardo dal drone. È un pedone, inviato dalla nostra parte del fronte per sondare la prima linea nemica. Lo sento.

L'onda blu scompare e un piccolo raggio rosso viene proiettato sull'armadietto dell'hard drive centrale. Il mio istinto dice che è un mirino laser per un'arma e sono a una frazione di secondo dall'abbattere il drone quando Aaron si mette davanti alla mia arma.

"Dannazione, Aaron", urlo e lo spingo da parte.

"Sta solo scansionando", risponde. "Guarda!"

Lancio un'occhiata alle mie spalle e vedo che il laser rosso sta creando un intricato motivo a griglia sulla parete nera dell'armadietto delle dimensioni di un frisbee.

"Oh", dice Lewis, guardando il monitor di un computer dal suo nascondiglio sul pavimento. "L'utilizzo della CPU è... è al 100%."

Aaron corre. "Sta accedendo ai nostri server."

"Spegnilo", dico, sconcertato dal fatto che sono io quello che ha visto più film sull'invasione aliena di questi cervelloni. Se sbaglio, invierò loro cartoline di scuse a vita. Ma se avessi ragione? Accidenti, non voglio avere ragione.

"Ho detto, spegnilo!" Mi muovo verso quella che sembra una cabina di interruttori. Con un po' di fortuna, c'è un interruttore principale per spegnere i computer della postazione.

"Non sta a te decidere." Aaron mi si para di fronte, ma lo spingo da parte. Odio essere violento con il mio amico, ma non abbiamo tempo per litigare.

"Le CPU stanno raggiungendo temperature critiche", annuncia Lewis.

Schivo Aaron e mi precipito verso la cabina elettrica. Apro la porta proprio quando la griglia laser rossa sulla serratura scompare.

"Temperatura in calo", dice Lewis.

Le ventole di raffreddamento dei PC ronzano come se l'armadietto stesse per decollare. Nel frattempo, il drone resta in volo, fermo sul posto. Nessuna onda blu, nessun raggio laser. È semplicemente lì e tutti i ricercatori iniziano a riacquistare fiducia.

Lewis torna in piedi quando Aaron gli ordina di ricominciare a registrare il drone. Il ragazzo armeggia con una videocamera Sony e alla fine riesce a farla funzionare. È così eccitato che non credo si renda conto che si sta avvicinando pericolosamente al velivolo alieno.

"Lewis", dico. "Fai marcia indietro, campione."

Ma è troppo concentrato, ora descrive ciò che vede alla telecamera.

"Lewis!" Non sta ascoltando. Dio, questi sono peggio di Vlad. "Lewis, ho bisogno che tu…"

Qualcosa spunta da sotto il drone e un proiettile si dirige verso Lewis. Il ragazzo urla mentre la videocamera gli vola dalle mani. Poi il suo corpo scatta in avanti come se qualcosa lo avesse agganciato. Noto un filamento che collega il suo petto al drone e la cosa lo sta trascinando come un pesce all'amo.

"Fuoco!" urlo alle comunicazioni, poi miro al drone. Il mio SCAR abbaia, mentre i colpi calibro 308 colpiscono il bersaglio.

Il drone oscilla all'indietro a ogni colpo, ma si raddrizza quasi immediatamente. A ogni colpo, Lewis viene trascinato un po' più lontano dalla postazione. Va a sbattere contro un tavolo e fa cadere diversi monitor.

Altri proiettili si schiantano contro il drone e fanno scintille. Ma la cosa è sorprendentemente resistente e sta prendendo velocità in direzione del portale. È allora che capisco che il drone si sta portando via Lewis.

Il ragazzo grida aiuto, ad Aron, a chiunque. Ma qualunque cosa sia stretta al suo petto non allenta la presa. L'Hollywood che c'è in me immagina di poter spezzare quel filo con un colpo di fucile, ma le probabilità di successo sono praticamente nulle e sarebbe uno spreco di munizioni. Meglio abbatterlo direttamente.

Nelle orecchie mi risuona il fuoco di tutte le armi e l'odore della cordite consumata mi brucia le narici. I ricercatori tengono la testa bassa, coprendosi con le braccia, gridando di smettere. Ma io non mi arrendo, e nemmeno le squadre.

Un proiettile fa fuori uno dei pannelli del motore sulla pancia del drone. L'esplosione fa oscillare lateralmente il drone. Lewis va a sbattere contro l'antica scalinata ed emette un lamento. Ma il drone si raddrizza e inizia a volare ancora più velocemente verso il portale. Di qualunque cosa sia fatta questa cosa, è forte, a quanto pare sta optando per la difesa rispetto all'attacco poiché non ha iniziato a spararci addosso, almeno non ancora. Niente creato da noi potrebbe resistere a così tanta potenza di fuoco, a meno che non fosse saldato al lato di un carro armato da combattimento MBT.

"Ricarico", urlo per abitudine, anche se intorno a me non frega niente a nessuno. Lascio cadere il caricatore esaurito e ne sbatto dentro uno nuovo in meno di tre secondi, il tutto mentre avanzo verso il mio obiettivo. Appena sparato il primo round, mando un'altra raffica al drone, questa volta in modalità full-auto. Rischio di surriscaldare la canna e causare un malfunzionamento, ma devo mettere più piombo possibile sul bersaglio. Il drone si sta avvicinando al portale, ma anche se lo colpisco, distruggendo delle lenti e un secondo pannello del motore, ogni raffica di 308 manda il velivolo più vicino al portale.

Lewis viene trascinato su per la scalinata. Ha smesso di urlare, il che significa che è stato messo fuori combattimento, colpito da un proiettile vagante o messo al tappeto da qualcosa che il drone ha mandato lungo il filamento. In ogni caso, il suo corpo inerte sta scivolando verso la sommità, verso il portale.

Per tutta la vita ho cercato di essere utile e ho cercato di risolvere i problemi prima che diventassero problemi ancora più grandi. Ma guardare Lewis scivolare verso il portale mi sta ricordando che i miei anni migliori sono probabilmente alle mie spalle e che non sto pensando abbastanza in fretta per risolvere questa particolare situazione. In fondo, mi odio per questo.

"Cosa stai facendo?" Mi urla Aaron: gli occhiali sono andati, i capelli arruffati. "Vai a prenderlo!"

Bestemmio e poi mi dirigo verso la piattaforma, sperando che i miei Marines e il resto della truppa abbiano la presenza di spirito di smettere di sparare. Non c'è tempo per chiamarli via radio.

Le mie gambe pompano su per le scale e mi avvicino a Lewis. Ma il drone lo sta trascinando troppo velocemente. Quindi mi tuffo verso il ragazzo, la mia mano sinistra tesa. Riesco ad afferrare il suo stivale proprio mentre il mio fianco sbatte contro la pietra.

Il *ping-ping pam* dei proiettili che schioccano sul drone diminuisce mentre l'ordine: "Non sparate" si muove lungo la linea. Con una mano ancora sulla gamba di Lewis, alzo il mio fucile SCAR e sparo al robot volante. L'azione produce altre scintille e forti *ping*, ma né il mio peso aggiunto, né il fuoco dell'arma sembrano dissuadere il drone dalla sua missione: sta ancora trascinando me e Lewis verso il portale.

Miro al punto in cui il cavo sporge dalla pancia del drone, sperando di liberare Lewis, ma non serve a nulla. Il drone attraversa il portale e svanisce.

Stiamo scivolando sempre più velocemente. Entro con lui oppure lascio andare, ora.

Non sono sicuro se la mia mano ceda perché sono vecchio e non ce la faccio più, o se è perché ho troppa paura di quello che c'è dall'altra parte. Ma perdo la presa e guardo il cappotto arancione gonfio della North Face di Lewis che scivola attraverso la parete del portale.

CAPITOLO 6

0630, martedì 26 aprile 2027
Antartide occidentale
Sito di scavo degli altopiani subglaciali di Ellsworth
L'anello

"CHE COS'HAI FATTO?" Aaron balza sui gradini verso di me. "L'hai lasciato andare."

"Ho perso la presa." Mi alzo e sussulto per il dolore che si irradia dal mio fianco.

"No, tu…", Aaron si toglie gli occhiali. "Non ti sei impegnato abbastanza."

"Aaron, ero…"

"L'hai… l'hai lasciato andare. E questo non…", mi volta le spalle. "Non sarebbe dovuto succedere. Niente di tutto questo."

"Ascolta, amico. Mi dispiace. Ma ora dobbiamo…"

"Dobbiamo continuare il lavoro." Gli occhi di Aaron sembrano vitrei mentre fissa il portale. Non sta pensando lucidamente.

Sono in piedi e cerco di intercettare il suo sguardo. "Dobbiamo garantire la sicurezza di tutti gli altri qui dentro, Aaron. Chiudiamo tutto e subito."

"Chiudiamo?" Gli occhi di Aaron si concentrano sui miei. "Aspettava di essere aperto da migliaia di generazioni. Non possiamo chiuderlo. Sei impazzito?"

Quando si tratta di discussioni, non mi importa che le persone abbiano differenze di opinione, purché siano ragionevoli. E in questo momento, il mio vecchio amico è lontano dal pensare con lucidità. "Aaron, ascolta. Penso che tu debba prendere una pausa e…"

"Una pausa?"

"Dott. Campbell, per favore", dice Walker, salendo i gradini dietro Aaron. Anche il SETI sembra scosso, ma meno ansioso di Aaron. Bene. "Perché non andiamo a sederci e…"

Aaron si libera dalla presa di Walker. "No."

Ma l'esperto SETI non accetta un no come risposta. "Perché non ci sediamo e capiamo cosa fare."

"Non c'è niente da capire. Abbiamo il portale aperto. Il lavoro deve continuare e dobbiamo riportare indietro Lewis."

"Fantastico. Parliamone." Walker sta conducendo Aaron giù per le scale. "Se la specie extraterrestre ha determinato che la biologia di Lewis potesse passare attraverso il portale, forse è possibile pianificare una missione di salvataggio."

Aaron annuisce. "Sì. Una missione di salvataggio."

Il piano di Walker è orribile. Ma ha catturato l'attenzione di Aaron, e questo è un bene. Walker fa sedere Aaron e gli porge una bottiglia d'acqua. "Siediti qui mentre parlo con il Sergente Finnegan."

Walker mi prende da parte mentre i ricercatori iniziano a uscire dai loro nascondigli e si guardano intorno. Un soffice cappotto porge ad Aaron un iPad e allontana la sua sedia da me.

"È stato molto stressato ultimamente." Walker mi conduce fuori dalla postazione computer. "Vale per tutti. E il primo contatto non è andato esattamente come previsto."

Riesco a fare una piccola risata. "Che cosa vi aspettavate? Un appuntamento per il ballo di fine anno?"

Walker mi guarda.

"Non importa."

"Già." Walker si schiarisce la gola. "Ora, pensiamo a cosa fare adesso"

"Lo spegniamo."

Entrambe le sue sopracciglia si alzano. "Ma l'abbiamo appena aperto."

"Non mi importa se è la mattina di Natale e Babbo Natale ve l'ha dato personalmente. Ha idea di cosa succede alle persone quando lo attraversano?"

"Beh, no. Ma…"

"O che intenda fare quel drone con Lewis?"

"Certo che no."

"Allora siamo d'accordo che siamo impreparati per questa minaccia. Finché non avremo un piano d'azione più solido e molte più informazioni, dobbiamo chiuderlo. Non voglio che nessun altro venga trascinato dentro, e questo è tutto."

"Ma Sergente Finnegan, noi..."

Indico l'anello con la mano sinistra. "Lo. Dovete. Chiudere."

Walker sembra sorpreso ma obbediente: "Sì. Sì, suppongo che abbia ragione." Forse il maniaco di ET è ragionevole, dopotutto.

"Come facciamo?"

"Ecco." Indica la sezione in basso a destra che è per metà immersa nella piattaforma. "Lo stesso componente che il dottor Campbell ha usato per avviare il livello omega. Rimettendolo al suo posto..."

"Me ne occupo io", dico prima che Walker abbia la possibilità di continuare. Poi grido a Simmons e al resto della squadra di difesa. "Copritemi. Vado su."

"Capito", risponde Simmons e poi trasmette il mio ordine.

Mentre salgo i gradini e raggiungo la cima, sono colpito da quanto sia massiccio il campo di energia. E sono più che leggermente preoccupato che un altro drone possa uscire fuori e catturarmi. Sapere che qualcosa o qualcuno potrebbe essere proprio dall'altra parte di questo muro a fissarmi è inquietante. Certo, sono addestrato per l'inquietante: tutta la mia dannata carriera è stata inquietante. Ma qui siamo a un nuovo livello di follia.

Mi dirigo verso il portale, un occhio sul mio ACOG e l'altro sul punto in cui Aaron ha armeggiato sul lato destro dell'anello. Grazie a Simmons e alla mia immaginazione iperattiva, non posso fare a meno di vedere Marvin il marziano che mi punta contro la sua pistola a raggi dall'altra parte del muro. Esatto, oltre a uno Xenomorfo XX121 pronto a mangiarmi la faccia con la sua seconda bocca sub cranica.

Il pulsante che Aaron ha attivato è a due metri di distanza. Lascio la mano sinistra e la passo sotto il mio fucile SCAR mentre tengo ancora l'arma puntata contro il luccicante muro blu. Il ronzio subsonico è ancora più forte quassù, dannazione, mi fa fremere i piedi.

Sto per toccare il pulsante quando sento Aaron gridare dal basso. "Cosa stai facendo?"

Ignoro la sua domanda anche quando lo sento attraversare il quad del computer e iniziare a correre verso i gradini. Walker chiama Aaron. Yut, è ragionevole.

"Dott. Campbell, per favore torni indietro! Fino a quando non ne sapremo di più, c'è solo…"

"No! Non possiamo permetterci di chiuderlo."

Ma prima che possa aggiungere altro, la mia mano sta riportando il blocco al suo posto. O almeno sto cercando di spostarlo. Non vuole saperne di muoversi. Dovrò usare due mani, ma questo significa lasciare andare il mio SCAR. Dannazione.

Aaron sta salendo le scale con Walker alle calcagna. Non c'è tempo per pensare.

Rilascio la mia arma e metto entrambe le mani sul blocco, caricando tutto il mio peso per spostarlo. La mia testa è a pochi centimetri dal muro di energia. Posso praticamente sentire che vuole colpirmi con un mini fulmine.

"Andiamo", mormoro attraverso le labbra serrate. Ma la cosa si muove appena.

Aaron mi colpisce alla schiena e mi fa quasi cadere a terra. "Non puoi farlo!"

"Non sta a te decidere", dico, spingendolo via con il mio fianco sinistro.

"Patrick, fermati! Per favore."

Sto per lasciare andare il blocco e spingerlo via quando Walker tira indietro Aaron. "Dott. Campbell, per favore."

"Mi lasci andare!"

"Dobbiamo spegnerlo fino a…"

"Dobbiamo salvare Lewis."

Non posso biasimarlo, ha il cuore al posto giusto, ma alcune cose il cuore non può aggiustarle.

Mi sto sforzando contro il blocco quando percepisco una presenza alla mia sinistra. È un corpo che attraversa il muro.

"Mio Dio," esclama Walker.

Alzo il mio fucile SCAR e cerco di dare un senso alla figura a due metri di distanza. È un robot di qualche tipo: braccia e gambe come un umano muscoloso, alto forse due metri e mezzo. Questa cosa ha una testa come un grosso guscio di pistacchio con l'estremità a punta e cinque lenti intorno al cranio. Il corpo ha un rivestimento di piastre magenta, come quello del drone, e il robot ha una struttura nera scheletrica sotto. Strani segni gialli e bianchi adornano il petto, le spalle e il lato della testa.

Il mio primo istinto è sparare, ma il mio allenamento prevale sulla reazione istintiva. Se quell'armatura è come quella del drone, rischio di essere colpito da un rimbalzo, e Aaron e Walker con me. Invece, comincio a fare marcia indietro per mettere una certa distanza tra me e l'aggeggio, facendo cenno ad Aaron e Walker di indietreggiare.

"Aspettate il mio segnale", dico a Simmons via radio.

"Ricevuto."

Finora, il robot non si muove, è semplicemente fermo, il che per me va bene. Sento uno dei due uomini dietro di me vacillare.

"Non sappiamo se è ostile, Pat", dice Aaron.

È lo stesso tizio che mi ha appena accusato di aver *ucciso* Lewis? "Vai dietro le barricate, Aaron. Walker, raccolga anche tutti gli altri. Adesso."

"Ma, Pat, penso…"

"Ora", ringhio.

"Andiamo, dottor Campbell", dice Walker. "Andiamo tutti, forza!"

Mi sto muovendo all'indietro, piano e senza intoppi, quando la testa del robot si gira e punta gli occhi più sporgenti verso di me. Un brivido mi scorre lungo la schiena. Sono allo scoperto e devo mettermi al riparo, ma sono l'unica difesa tra il robot e i ricercatori in ritirata.

Tra i passi e i sussurri nervosi, sento qualcuno inciampare dietro di me. Il bot inclina la testa, sembra quasi curioso.

"In attesa dell'ordine", dice Simmons.

La testa del robot si raddrizza e mi guarda.

Sto per dire aprite il fuoco quando la cosa alza un braccio e spara qualcosa simile a un artiglio dal palmo della mano. Un'onda di energia blu colpisce la ricercatrice che è inciampata e le fa perdere conoscenza.

"Attaccate", urlo e prendo di mira il bot con il mio SCAR.

I primi colpi che lo colpiscono producono scintille, ma sembrano non fare altro che scuotere leggermente il busto del robot.

Tra un colpo e l'altro, lancio un'occhiata alla donna a terra e cerco di chiamare qualcuno che la aiuti a rialzarsi. Ma tutti corrono, coprendosi le orecchie per gli spari. Dovrò farlo da solo.

Quando mi giro per guardare il bot, fa il suo primo passo. È alto e sicuro, come una torre che esce da dietro un muro di pedoni. Non ha nulla da perdere: l'azione di un pezzo degli scacchi che sa di avere un esercito dietro di sé.

Devo portare questa donna fuori di qui. La mia mano sinistra raggiunge il suo polso, quando un'esplosione di luce blu mi riempie la vista. Sbatto le palpebre, sicuro di essere stato colpito, poi sento altre urla dietro di me. Un altro ricercatore è stato colpito e vedo un segno di bruciatura per terra tra di noi. Probabilmente l'esplosione era indirizzata alla mia mano ed è rimbalzata sulla pietra. In ogni caso, afferro il polso della donna e la trascino a terra mentre sparo contro il robot.

Tuttavia, la cosa non sembra accorgersene e scende tre gradini alla volta. I proiettili gli colpiscono il petto e la testa in gruppi stretti e implacabili. Il robot emette scintille come un fuoco d'artificio il 4 luglio.

Il chiavistello del mio SCAR si apre. "Ricarico." Riesco a malapena a sentirmi pronunciare la parola. Lascio cadere il braccio della donna, faccio cadere il caricatore esaurito e ne inserisco uno nuovo. Appena finito, isso la donna sulla mia spalla e continuo a sparare sul bot.

"Ti raggiungo!" urlo a Simmons.

Mi fa cenno con la mano mentre i ricercatori si precipitano dietro le barricate improvvisate. Un altro lampo di luce blu esplode da qualche parte dietro di me proprio mentre Simmons trascina me e la donna al riparo.

"Controlla come sta", urlo a McGarret, l'ufficiale medico del primo plotone. Nel frattempo, mi sporgo per scaricare un altro po' di pallottole sul signor De Bullonis. Con mia sorpresa, gli manca parte del braccio destro e zoppica. Alcune scintille elettriche sputano da un ginocchio e dalle articolazioni della spalla, e sento alcune voci salire tra le forze di sicurezza.

Finalmente quando la testa del robot salta via dalle sue spalle, gli uomini si lasciano andare in grida di gioia e applausi. Nemmeno un istante dopo, la macchina si sbilancia in avanti e si schianta a terra.

"Urrà!" urla Simmons alla nostra unità di marine e ottiene risposte unanimi.

"C'è polso", dice l'ufficiale medico. "Ma è debole."

"Vedi se riesci a stabilizzarla", rispondo. "Portala fuori."

"Dobbiamo spegnerlo", dice una voce dietro di me. È il dottor Walker.

Alzo una mano all'insù verso l'anello. "Tutto suo, dottore."

I suoi occhi si allargano.

"Ti sto prendendo in giro, doc." Guardo Simmons. "Coprimi."

"Diavolo no, Wic." Mi prende per un braccio e mi tira indietro. "Non è quella la catena." Intende la catena di comando, e ha ragione: un Sergente Maggiore Capo non va in avanscoperta. È un compito da soldato semplice. Ma non ho tempo di spiegare a nessuno quale blocco stavo muovendo e in quale direzione, né voglio che qualcun altro venga catturato. Lewis è stata colpa mia e per nessuna ragione al mondo mi separerò da un Marines. Voglio che questa dannata operazione finisca e che tutti mi lascino in pace.

"Chi pensi che dovrebbe andare?" chiedo.

Non appena Simmons si gira a guardare le squadre, mi volto e inizio a correre verso l'anello. Lo sento urlare dietro di me, seguito dal rumore di stivali che colpiscono il terreno mentre diversi Marines mi seguono. Uno sguardo alle mie spalle mostra che è la prima squadra di assalto.

Corro davanti al robot abbattuto e noto che la cosa si sta contraendo. Il fumo si arriccia salendo dai fori ancora scintillanti su tutto il suo corpo, in particolare dal collo reciso. Vedere il corpo mi dà almeno un po' di coraggio: non era invincibile.

Sono quasi alle scale quando sento qualcuno urlare dietro di me.

"Contatto."

Più avanti, un altro bot sta attraversando il portale. E poi un altro. E un altro. Questi sembrano simili a quelli precedenti, ma hanno piastre color magenta sulla testa e grandi fucili tra le mani.

Freno e mi giro. "Ritirata."

Corriamo verso le barricate mentre i robot iniziano a sparare. Non riesco a capire se stanno sparando altri colpi paralizzanti o qualcosa di più letale, ma non voglio che nessuno di noi faccia da cavia per scoprirlo.

Un Marines proprio davanti a me è raggiunto da un colpo al centro della schiena e cade in avanti a braccia aperte. Prima che atterri a faccia in giù, noto un buco nel retro del suo giubbotto antiproiettile. Sto correndo troppo veloce per vedere se ha solamente bruciato il tessuto o se è passato attraverso.

No. È... è pazzesco.

Cosa c'è di più pazzesco di robot giganti che attraversano un portale proveniente da un altro mondo?

"Uomo a terra", urlo.

Un attimo dopo, un secondo Marines cade a terra. Penso che sia inciampato. Ma poi vedo il buco sulla sua nuca.

Dannazione.

Corro più veloce che posso, gridando a tutti a mettersi al riparo. Per fortuna nessun altro cade negli ultimi metri verso le barricate: i contingenti russo e britannico stanno preparando per noi un pesante fuoco di sbarramento.

"Situazione!" urlo a Simmons mentre butto la schiena contro il muro e riprendo fiato.

"Due Marines a terra. Greaves e McClintock. Tre nemici avanzano sulla nostra posizione."

Bestemmio, poi sbircio dietro l'angolo. Come era prevedibile, i nuovi robot si sono separati e si stanno muovendo verso di noi. Aprendo il canale di tutte le squadre, do ordine agli inglesi di svoltare a sinistra. Faccio molta attenzione ad assicurarmi che gli zelanti russi alla nostra destra mantengano la posizione. Se due elementi si affiancano durante una tattica di accerchiamento, rischiamo il fuoco amico. Invece, un elemento attacca mentre gli altri due trattengono il fuoco. "Concentratevi sulle teste", urlo prima di rilasciare il pulsante della radio.

Sparo con il mio SCAR al robot centrale, mandando a segno un colpo dopo l'altro. Ma la forma a conchiglia della testa devia quasi tutti i miei colpi. Anche la sua fottuta armatura è praticamente inespugnabile.

"Medico!" grida qualcuno.

"Uomo a terra!" dice un altro.

Altri colpi nemici crivellano le nostre barricate, vomitando una pioggia di scintille. Di qualunque ordigno si tratti, non è lo stesso che ha paralizzato la donna di prima. Questi pezzi degli scacchi sono cavalieri, e stanno giocando sul serio.

"Scoppia!" grida qualcuno della Seconda Squadra. È Josephs. Ha "munto" la granata a frammentazione M67, lasciando scorrere tre dei cinque secondi senza la sicura e il cucchiaio libero. È rischioso e, secondo me, decisamente stupido: meglio per Hollywood che per il campo di battaglia. Josephs lancia l'ordigno simile a una palla e si nasconde dietro la barricata. Due secondi dopo, la granata esplode e scuote il terreno. Fortunato.

Esco e inizio a sparare, approfittando della momentanea confusione del robot. Seleziono la modalità burst a tre colpi del mio SCAR e scarico il resto del mio secondo caricatore sul nemico. Il robot mi individua e mi prende di mira, ma sono al riparo prima che faccia saltare un pezzo dal lato della barricata.

"Ricarico", urlo espellendo il caricatore esaurito.

Mentre faccio scattare il nuovo caricatore, noto che mi fischiano le orecchie. La maggior parte delle unità sta divorando munizioni molto più velocemente di quanto dovrebbe. Non ho problemi con un flusso di piombo ben direzionato. Ma c'è un'enorme differenza tra un fuoco efficace e l'innaffiare a casaccio il nemico. In effetti, tutto il plotone sembra in gran parte inesperto. Cosa non darei per un cecchino esperto con un fucile calibro 50 o qualcuno con una mitragliatrice pesante. Non eravamo preparati per questo. Non eri preparato per questo, Wic. Dannazione.

Mi viene in mente l'idea di tirare fuori i miei tappi per le orecchie da combattimento 3M CAE versione 2, ma se devo scegliere se proteggere il mio udito o sparare sul nemico, so cosa scelgo, tutto il giorno, tutti i giorni. Soprattutto quando le stiamo prendendo.

Con il mio SCAR pronto, mi chino di nuovo dietro alla barricata. Il centro del mio ACOG è sul bersaglio quando una luce blu brillante riempie il mirino. Sento il calore del colpo contro il mio viso, e mi tiro indietro. In qualche modo, mi ha mancato. Sto bene, ma non posso dire la stessa cosa del muro di plastica che ci separa dal resto del sito di scavo sul retro. È pieno di centinaia di buchi e metà è in fiamme. La plastica fiammeggiante gocciola come napalm. I ricercatori stanno correndo a turno sotto il telo, ma solo pochi riescono a passare completamente illesi. La maggior parte subisce lievi ustioni, mentre quattro sono a terra, rotolando nel disperato tentativo di spegnersi. La fiammeggiante danza della morte riporta alla mente gli incubi dall'Iraq e dall'Afghanistan e mi costringo a distogliere lo sguardo. Il nemico attende.

"Tango giù", grida qualcuno.

Guardo di nuovo in basso e vedo che il nostro obiettivo è caduto. Molti più M67 sono esplosi, ma il robot non è ancora sconfitto. Invece, è sdraiato sul petto, e sta sparando sulla nostra posizione. Quella dannata cosa è mortalmente precisa.

Sento qualcun altro dire che un Marines è stato colpito, ma tra gli spari e le urla, non posso esserne sicuro. Il ronzio nelle orecchie mi impedisce di pensare con lucidità. Stiamo subendo perdite più velocemente di quanto riesca a contare.

Mentre un altro Marines si accascia accanto a me, mi chiedo se sia la fine. Se sia questa la fine per me. Bloccato su un dannato blocco di ghiaccio nel bel mezzo del nulla, ucciso da un branco di robot Terminator. Rido, ma solo perché sembra un dannato film. Inoltre, nessuno ci troverà mai se queste cose dovessero vincere. Immagino che da un momento all'altro ci sarà un crollo, e poi sarà tutto finito. Giusto, suppongo, visto che il paese ci ha già dimenticato. Mi ha dimenticato. O forse sono solo io che voglio dimenticarlo.

Guardo Simmons. Mi sta urlando qualcosa. Sembra che stia parlando al rallentatore.

Sbatto le palpebre e scuoto la testa.

"Un altro nemico", dice forse per la terza o quarta volta, non ne sono sicuro. "E un altro drone."

"Cosa?" Lancio un'occhiata indietro verso il portale e c'è un altro robot da ricognizione simile al primo, più un altro drone. Sembra una strana scelta strategica: perché non inviare più robot d'assalto per finirci prima?

A meno che il nemico non pensi che non possiamo vincere.

"Figlio di puttana", dico a nessuno in particolare.

"Cosa succede?" chiede Simmons.

"È… *pensano* che sia tutto finito. Questo è uno dei robot di ricognizione, insieme a un altro drone di raccolta per trascinare qualche corpo."

Simmons impreca. "Ho ancora un po' di forze per lottare, se Marvin è con me."

Rido. "Anch'io."

Battiamo i pugni e poi ci sporgiamo sui lati della nostra barricata per mandare un caloroso benvenuto al nuovo robot e ai droni.

Mentre sparo, noto che il robot centrale è fuori combattimento mentre le forze internazionali continuano a lavorare gli altri due. Ma anche da qui posso vedere che entrambe le squadre hanno subito perdite.

Mi tiro indietro dietro il muro e chiedo un rapporto sulla situazione sul canale di tutte le squadre.

"Abbiamo perso otto uomini", dice il comandante russo. "No. Nove."

"Siamo rimasti in quattro", dice il comandante britannico.

"Ripeti", rispondo. Credo di aver frainteso. "Sei sotto di quattro uomini?"

"Negativo. Ci restano quattro uomini."

Incredibile. "Ricevuto. Mantenete la pressione."

"Ricevuto."

Rilascio la radio e guardo Simmons. "Dobbiamo chiudere il portale prima che ne arrivino altri."

"Idee?"

Scuoto la testa. "No, a meno che sparare al pulsante di spegnimento non sia un'opzione, e dubito fortemente che lo sia."

"Sì. E non vedo Campbell o Walker da nessuna parte."

Sospiro. "Spostali a sinistra, io vado a destra."

"Ma, Wic..."

"È un ordine, Simmons."

"Ricevuto. Spostamento a sinistra." Mi afferra il braccio. "Buona fortuna."

"Anche te."

Simmons è in movimento e ordina a tutte le forze rimanenti di mettersi dietro la barricata sul lato sinistro.

Mentre mi dirigo verso destra, passo accanto a diversi russi, incluso Vlad. Hanno perso quasi tutta la loro unità e hanno un aspetto terribile. Il mio ex compagno di boxe mi fa un piccolo cenno del capo e poi va avanti.

Quando raggiungo l'estremità più lontana della nostra barricata, noto che i nemici hanno spostato la loro attenzione, lasciandomi un accesso diretto alle scale. Fin qui, tutto bene.

Mentre un'altra granata esplode facendo cadere un po' di ghiaccio dal soffitto, mi faccio coraggio e mi avvio verso l'anello. Sono a metà strada quando il drone mi nota e accelera nella mia direzione. Ma sto andando troppo veloce per fermarmi ora. Sono in ballo.

Un pesante fuoco di mitragliatrici risuona e schiocca contro il drone sopra di me. Il coperchio del bidone della spazzatura spara persino il suo arpione nella mia direzione, ma mi manca grazie allo sbarramento costante. Voglio correre su per le scale, ma ora uno dei robot ha iniziato a spararmi, quindi mi lascio cadere e scivolo nell'ombra alla destra della piattaforma.

Quando mi fermo, mi rendo conto che il drone ha perso le mie tracce. Passa varie volte sopra la mia testa e poi si allontana per attaccare il nostro corpo principale. Questa è la buona notizia. La cattiva notizia è che quei maledetti robot ora sono direttamente tra me e la mia unità, il che significa che sono sulla linea di fuoco. Come per sottolineare il punto, colpi vaganti colpiscono le scale e mi sfrecciano sopra la testa. I classici suoni *pih-tang bwit-toon* dei proiettili in lontananza riempiono l'aria.

Sono in trappola, torno indietro nell'ombra e vedo che sono circa tre metri sotto il punto esatto sull'anello dove si trova il pulsante principale. Se solo ci fosse una scala o una sedia qui intorno, ma tutta l'attrezzatura è là fuori, in campo aperto.

"Ehi", dice qualcuno, mentre scivola accanto a me.

Mi giro e quasi gli sparo al petto. "Walker? Che diavolo? Come hai…?"

"Ho pensato che avresti cercato di fare un altro tentativo." Fa un cenno all'anello. "Così mi sono fatto strada dall'esterno del sito."

"Ascolta, devi…"

"Anche a me fa piacere rivederti. Allora, ci muoviamo? O vuoi semplicemente fissarmi negli occhi con desiderio?"

Dal tremito nella sua voce capisco che Walker è più spaventato di quanto probabilmente vorrebbe essere. Tuttavia, una battuta in combattimento vale il doppio di qualsiasi battuta in un bar. Rispetto. Sembra che abbia sottovalutato la tempra del dottor Walker, e mentirei se dicessi che non sono almeno un po' impressionato. Oppure gli manca qualche rotella. Una cosa in comune.

"Sei un pazzo", dico.

Sorride. "Sì. Me lo dicono spesso."

"Dobbiamo salire lassù." Indico l'anello sopra di noi. Poi mi rendo conto che lui è l'ultima persona al mondo a cui serve dire dove dobbiamo andare. "Ma non vogliamo essere colpiti. Chiederò ai compagni di cessare il fuoco per un momento, che dovrebbe farci guadagnare il tempo di cui abbiamo bisogno per fare il giro. Ma questo significa anche…"

"Che i robot potrebbero attaccarci."

"Yut."

"Chiaro, Sergente. Forza, su, andiamo."

Accidenti, ho davvero sottovalutato questo ragazzo.

Si sente una forte esplosione provenire dalle vicinanze dei robot. Sembra che un altro di loro sia stato eliminato. Guardo dietro l'angolo della piattaforma e vedo che, yut, il secondo robot d'assalto è a terra, il che significa che rimangono il terzo robot testarossa più il leggermente meno formidabile robot da ricognizione.

Per quanto riguarda me e Walker, siamo ancora nella linea di tiro e in svantaggio in termini di armamento. Strategicamente, tuttavia, essere dietro le linee nemiche non è sempre una cosa negativa. Se riesci a intrufolare una torre lungo l'ultima fila del nemico e intrappolare un re dietro le sue stesse pedine, allora hai vinto. E non sanno nemmeno cosa li aspetta.

D'altra parte, anche farsi sparare dai tuoi stessi compagni non è il massimo. Mi abbasso mentre un proiettile vagante colpisce i gradini e lancia frammenti di pietra.

Prendo la radio e apro il canale. "Simmons."

"Avanti."

"Ho bisogno che smettiate di sparare al mio comando. Ripeto, non sparate al mio comando."

"Ricevuto."

Walker e io ci accucciamo, ancora stretti contro il lato della piattaforma. Con un ultimo sguardo vedo il robot che si muove velocemente verso le barricate.

"Sei pronto?" chiedo a Walker.

"Pronto."

Annuisco e poi chiamo Simmons. "Non sparare. Non sparare."

Walker fa per passarmi davanti, ma lo afferro per un braccio. "Non ancora. Ci vuole un momento."

Sembra imbarazzato mentre annuisce e si rannicchia di nuovo dietro di me.

L'ordine di non sparare viaggia tra i ranghi. Quando l'ultima raffica tace, faccio un cenno a Walker. "Adesso."

Corriamo allo scoperto, giriamo in fondo alle scale e corriamo verso la cima. Siamo quasi a metà quando sento la voce di Simmons venire dalla radio.

"Siete stati individuati."

Sono grato per l'avviso, ma non possiamo farci niente. E nemmeno le forze di sicurezza, qualsiasi colpo dalla loro posizione può metterci in pericolo.

Walker e io ci fermiamo di fronte al braccio dell'anello e iniziamo a muovere il blocco. Si muove più velocemente questa volta, ma non ancora abbastanza veloce.

Un fulmine di energia blu colpisce il bordo dell'anello a meno di venti centimetri dal fianco di Walker. Fa un balzo, ma torna subito al lavoro.

Mi giro per vedere il robot da ricognizione che torna indietro verso le scale, con la mano alzata, quando noto qualcuno che corre zoppicando sullo sfondo. È una persona in tuta invernale russa. Sta puntando dritto verso il robot, con l'arma ancora sulla spalla.

Vorrei gridargli di stare indietro, ma questo gli farebbe perdere l'elemento sorpresa. Chiunque sia, sta prendendo posizione per sparare senza rischiare di colpirci. E si sta avvicinando. Nel frattempo, il resto delle forze di sicurezza si è spostato dalla barricata e sta affrontando l'ultimo robot d'assalto, muovendosi per tenere Walker e me fuori dalla loro linea di fuoco. "È un suicidio. Ma se non tengono impegnato il robot d'assalto, questo portale non verrà chiuso."

Sono a una frazione di secondo dallo sparare quando il robot da ricognizione spara un altro colpo dal palmo della mano. Il colpo raggiunge il mio SCAR. Una scarica di elettricità mi attraversa le braccia. Sembra che il tostapane di famiglia si sia finalmente vendicato di me per tutti quei colpi di coltello dati a casaccio. Indietreggio inciampando. Il mio campo visivo si riempie di stelle e sbatto le palpebre per tenermi in piedi.

"Ti tengo", dice Walker sostenendomi da dietro.

È stata una cattiva idea.

"E il portale è chiuso", aggiunge.

Sono ancora stordito, ma riesco a verificare la sua affermazione con un'occhiata alle mie spalle. Doc ce l'ha fatta.

"Riesci a camminare?" chiede.

"Sì." Prendo di mira il bot attraverso il mio ACOG, ma il nemico spara di nuovo. La raffica mi manca e colpisce qualcosa sopra la mia spalla.

Walker è stato colpito alla testa. Prima che io possa afferrarlo, si affloscia e cade dal bordo della scalinata. Cerco di ripagare l'ostilità del robot, ma il soldato russo è troppo vicino e sta sparando al robot con il suo AK-74M.

I proiettili rimbalzano fischiando nell'aria intorno a me. Schivo e cerco di riguadagnare una visuale. Ma il bot sembra essere più irritato di me. Si gira, fa tre lunghi passi verso il soldato e colpisce la sua arma facendola volare via. Non appena il robot solleva in aria il soldato, lo riconosco.

È Vlad.

Non posso sparare al nemico senza rischiare di colpirlo, quindi imbraccio il mio SCAR e inizio a caricare il robot. Raggiungo il gradino più alto e salto verso il robot alto due metri e mezzo. La collisione mi toglie il respiro, mi bruciano anche i fianchi e i gomiti. Ma resto su, le braccia avvolte intorno al collo del robot.

Il robot torce il busto e agita il braccio libero, cercando di farmi cadere dalla sua schiena. Ma voglio chiudere la questione. Proprio mentre prendo la mia Glock 19, c'è un'altra esplosione. L'ultimo robot d'assalto è stato eliminato e le restanti squadre d'assalto stanno sparando sull'ultimo drone.

Incoraggiato dal gusto della vittoria, spingo la canna della mia pistola dietro la piastra posteriore del mio robot e la incuneo contro la base del suo collo. Poi premo due volte il grilletto. Un duetto di lampi luminosi accompagna il latrato della pistola e il ronzio nelle mie orecchie si intensifica.

Il bot si rifiuta di cadere, quindi gli sparo un altro colpo al torace.

Qualcosa nel suo petto si rompe, Vlad cade a terra e rotola via. Alla fine, dopo quella che è sembrata un'eternità, il robot cade in avanti. Resto su finché il suo petto non sbatte contro il ponte. Il dolore mi prende dal mento in su e altre stelle mi offuscano la vista. Ma sono vivo. E il robot no.

Scacco matto.

CAPITOLO 7

0651, martedì 26 aprile 2027
Antartide occidentale
Sito di scavo degli altopiani subglaciali di Ellsworth
L'anello

"Brooklyn New York", dice una voce. "Stai *stando* bene?"

Sbatto le palpebre più volte e sento il sangue ristagnarmi in bocca. Dopo aver sputato, dico: "Sì, Vlad. Sto *stando* bene."

Mi offre una delle sue mani pesantemente tatuate e mi tira su, un po' più velocemente di quanto vorrei. Sono stordito, ma tengo duro.

"Bel lavoro", dice. "Hai ucciso cagna come un vero cane alfa americano barbarossa."

"Ehi, anche tu non sei poi malaccio."

Fa una smorfia. "Ho fatto di meglio. Ma non di peggio. Direi, nella media."

"D'accordo." Mi guardo intorno per stimare i danni. Ed è allora che mi rendo conto che Vlad qui è l'unico altro combattente che vedo in piedi. "Ah, merda."

Corro verso il Marines più vicino. Il caporale Meyers. I suoi occhi sono spalancati e ha uno sguardo velato e torbido. Non mi preoccupo nemmeno di controllare il polso perché l'esperienza mi dice che non troverei alcun battito.

"Simmons?" grido, mentre mi sposto verso il corpo successivo. È un marine, ma non riesco a distinguere la sua faccia o la sua targhetta con il nome, perché entrambi sono troppo malridotti.

Mi sposto verso un terzo corpo. È un inglese, uno degli ex mitraglieri della SAS, MacDonald, credo? Ma è morto anche lui.

"Simmons? Forza. Rispondimi, amico."

"Qui, Brooklyn", mi chiama Vlad. È accovacciato in mezzo a diversi corpi e vedo che uno di questi è Simmons. Vlad gli sta tenendo la testa sollevata.

"Simmons. Parlami."

"Li abbiamo presi?" La sua voce è debole.

"Diavolo sì, li abbiamo presi. Aspetta, prenderemo…"

"Di' un'Ave Maria in più per me. Ti spiace?"

"Non ne avrai bisogno", rispondo. Ma prima che io possa dire altro, gli occhi di Simmons si spengono.

1005, venerdì 29 aprile 2027
Antartide occidentale
Ellsworth, centro di ricerca degli altopiani subglaciali

Ci sono voluti due giorni per preparare i corpi dei caduti e caricarli in dei container, uno per i civili e altri per i militari di ogni nazione. Naturalmente, le bolle di spedizione non parlano del vero contenuto. Ma noi lo sappiamo. Noi, i sopravvissuti.

Guardare i ricercatori impacchettare ed etichettare i morti è stato difficile. Per la maggior parte di loro, questa era la prima volta che vedevano un cadavere da vicino, tanto meno qualcuno con cui avevano lavorato poche ore prima. Aggiungete a ciò le folli circostanze che circondano l'attacco o l'invasione o come diavolo si dovrebbe chiamare, e avrete tutti gli ingredienti giusti per far crollare diverse persone.

Quanto a me, sono diventato insensibile al lavoro. O forse sono sempre stato insensibile e questa era stata solo una coreografia meccanica che avevo memorizzato anni prima. Hai bisogno di un alto livello di distacco per lavorare con i morti, specialmente i morti a cui tieni. A cui *tenevi*. E anche se non conoscevo Simmons e gli altri da molto, è abbastanza. Persino Walker mi aveva impressionato: era morto chiudendo il portale. Certo, era meglio come scienziato che come soldato, ma aveva una parte di combattente. Quindi verso un po' di whisky a terra in suo onore e mando giù il resto.

Il mio bicchiere vuoto chiede di essere riempito, quindi verso altre tre dita e mi appoggio allo schienale della sedia da ufficio.

Non ho visto Aaron neanche di sfuggita. Probabilmente è meglio così. Lo scavo è stato chiuso per ordine della CIA e le università sono state "informate", qualunque cosa significhi. Ho raccontato ai nostri spioni custodi tutto quello che ho visto, ma il mio istinto mi dice che stanno giocando a carte coperte. Tuttavia, qualcuno prima o poi doveva parlare. E visto il recente arrivo di una squadra delle Nazioni Unite, immagino che molti lo abbiano fatto.

Bussano alla porta della mia baracca. "Sergente Maggiore Capo Finnegan?"

"Dipende da chi me lo chiede", rispondo.

"Vice direttore Robertson degli affari scientifici strategici, Consiglio di sicurezza delle Nazioni Unite."

Mi acciglio. "Affari scientifici strategici?"

"Sissignore"

Non conosco quella particolare divisione, ma è l'ONU e non sto esattamente collezionando le figurine di questa stagione: maledetti burocrati.

"Mai sentito parlare di affari scientifici strategici", dico, più per ottenere un riscontro dall'uomo.

"E ci sono buoni motivi."

Non è la risposta che mi aspettavo. "E perché?"

"Sergente Finnegan, posso entrare?"

Sbuffo. "Prima devi darmi il grado giusto e rispondere alla dannata domanda."

"Signore, noi…"

"Amico, ti deve davvero piacere stare in piedi nel corridoio."

Sospira. "Perché preferiamo tenerlo fuori dai registri, Sergente Maggiore Capo."

"Quindi sei una spia delle Nazioni Unite."

"No. Come ho detto, sono il vice-"

"Vicedirettore Rascalson…"

"Robertson."

"…del Consiglio Super Segreto dei Burocrati dagli Anelli Magici."

C'è una pausa. "Signor Finnegan, è ubriaco?"

"Che razza di domanda è?"

La maniglia della porta si gira e fa capolino un viso dai capelli scuri e dagli occhi scuri.

"Prendi una sedia", dico, notando che, sì, il mio discorso potrebbe essere un po' confuso. "Vuoi un goccio di Redbreast?"

"Sono in servizio."

mi viene da ridere. "Anch'io. Sláinte."

"Salute."

Prendo un sorso del costoso whisky insieme a un po' d'aria, e poi deglutisco.

"Sergente Finnegan, io…"

"Wic."

Robertson mi lancia uno sguardo incuriosito. "Scusi?"

"I miei amici mi chiamano Wic."

"Ah. Wic, io…"

"Ma la maggior parte dei miei amici sono morti."

Robertson stringe le labbra e poi tamburella il tavolo con l'indice. "Oh, mi dispiace."

"Stavi dicendo?"

Il burocrate si schiarisce la voce e ricomincia. "Ho istruzioni speciali per invitarla a rimanere qui in Antartide come collegamento militare tra il Consiglio di sicurezza delle Nazioni Unite…"

Robertson finalmente si ferma perché sto scuotendo la testa così forte che penso che mi salterà dalle spalle.

"Mi dispiace. C'è qualche problema?"

Faccio un'altra risata e poi indico il suo abito. "Tutto. È tutto il problema."

Si guarda. "Il mio completo."

Annuisco.

"Sergente, siete uno dei due soli militari in vita che hanno avuto un contatto diretto con gli alieni…"

"Robot extraterrestri. Sii preciso."

"Scusi?"

"Se devi parlarne, usi i termini giusti. Chiaro?"

Diamine. La verità è che ancora non credo che quelle dannate cose provengano dallo spazio. Ma se questo burocrate pensa di sedersi qui e intortarmi, allora almeno mostri il dovuto rispetto agli scienziati che hanno dato la vita per questo esperimento di livello DARPA andato male.

Robertson prende fiato. "Abbiamo bisogno di tutta l'esperienza possibile per cercare di decidere come procedere."

"Cosa c'è da sapere? Qualsiasi idiota può mettere C4 su quell'anello e ridurlo in briciole. Non avete bisogno di me."

"Temo che abbiamo molto bisogno di lei, Sergente. E abbiamo chiesto il permesso dagli ufficiali in comando di tenerla qui per tutto il tempo necessario."

Mi drizzo sulla sedia, ma la stanza comincia a muoversi, quindi afferro la scrivania. "Avete chiesto cosa?"

Robertson si appoggia allo schienale. "Noi… è stato autorizzato a rimanere…"

"Non spenderò un minuto in più del necessario su questo dannato blocco di ghiaccio, Direttore. Non mi interessa con chi avete parlato. E se pensi anche solo per un secondo che terrò la mano a un branco di stivali con l'elmetto blu mentre armeggiano con esplosivi al plastico, temo che tu non abbia fatto abbastanza ricerche sull'uomo con cui stai parlando."

Robertson sembra irrigidirsi. "È ironico, perché mi è stato detto che sarebbe disposto a fare qualsiasi cosa al servizio del suo paese."

"Lo ero, yut. Il mio paese. Ma in questo momento? Non credo di volerlo più fare."

"Sergente Finnegan, io…"

"Piantala!"

"Scusi?"

"Di usare il mio grado come se sapessi cosa significa. Non lo sai. Quindi per te è Signor Finnegan."

Robertson fa un altro respiro profondo. Il tipo deve avere i polmoni malati. "Signor Finnegan. Una volta che avrà avuto il tempo di pensare più *chiaramente* alla nostra richiesta, chiediamo solo di…"

"Fatto."

"Non sono sicuro di aver capito."

"Ho pensato alla vostra richiesta. Respinta. Ci hai provato. Buona giornata."

"Mi dispiace."

"Ci scommetto."

"Se dovesse cambiare idea…"

"Signor Robertson. Posso chiamarti Mike?"

"Veramente il mio nome è…"

"Ah, non mi interessa. Mike, il calendario dice che mi mancano cinque giorni alla pensione dopo ventiquattro anni nei Marines. Ventiquattro anni. In base alla mancanza di rughe sul viso, o usi una fantastica crema idratante, o non sono passati ventiquattro anni da quando hai imparato ad andare in bici senza che tuo padre reggesse il sellino. Dico bene?"

Sembra che Robertson si stia sforzando di non sentirsi insultato. Perfetto.

"Ora, sono sicuro che tu sia convinto che il tuo lavoro sia piuttosto importante. Probabilmente hai uffici a New York e a Ginevra, dico bene?"

Lo fisso finché non è costretto a farmi un piccolissimo cenno con la testa.

"E parli regolarmente con ogni sorta di ambasciatori e dignitari stranieri e regolarmente ti incontri con persone che fanno sembrare Einstein più interessato a My Little Pony che alla fisica astro-molecolare. Ma posso dirti una cosa per certo."

"E sarebbe, signor Finnegan?"

A Robertson è improvvisamente cresciuta la spina dorsale. Buon per lui.

"Non importa."

"Scusi?"

"Sei sordo, Mike? *Non importa*. Non importa a nessuno! I paesi per cui lavori? Non si ricorderanno di te. Non metteranno il tuo nome su una targa, né ti faranno un busto d'ottone. E anche se fosse, sai chi se ne ricorderà? Nessuno. I bambini delle elementari gireranno a piedi intorno alla tua statua e non si fermeranno nemmeno a leggere la targhetta. "Busto in onore del vicedirettore Mike Robertson." E se, per caso, uno o due bambini lo leggessero? Scommetto dieci dollari e una birra che se ne saranno già dimenticati quando vanno a pisciare nel bagno fuori dal quale si trova la tua statua. Questo, Mike, ecco cosa porta morire per il tuo paese. E vuoi sapere perché?"

Robertson non parla.

"Va bene, perché te lo dirò comunque. Tutte quelle cose per cui pensavi di combattere? Si scopre che non molte persone se ne preoccupano. Almeno non nel modo in cui pensavi. E tutta quella libertà che gli hai donato? Tutta quella sicurezza? Indovina cosa ne fanno."

Robertson mi fissa.

"Forza. Indovina."

Sembra paralizzato.

"*Splash*, giù nel cesso proprio accanto alla tua statua e quel bambino di prima elementare non si è nemmeno lavato le mani. Allora, sei seduto qui a chiedermi se aiuterò qualche scolaresca delle Nazioni Unite a divertirsi quando al mio dannato paese non frega un cazzo del mio sacrificio? Neanche per sogno, Mike. Me ne chiamo fuori, come Mark Cuban in una replica di Shark Tank."

Detto questo, mi siedo e mando giù l'intero bicchiere di whisky.

Robertson tamburella sul tavolo e poi si sistema la cravatta. "Mi dispiace."

"Proprio come pensavo."

"La, uh… la lascio alle sue libagioni allora."

"Molto riconoscente."

Robertson si alza e apre la porta. Sta per chiuderlo quando si volta a guardarmi. "Una cosa."

"Yut."

"Non faremo esplodere l'anello, signor Finnegan."

Qualcosa sorge dentro di me in quel momento, parte di quell'occupante abusivo che è in agguato nel seminterrato. Quel fantasma che vuole solo essere lasciato in pace e tratta tutti gli invasori come ostili. "Allora sei un dannato imbecille, Robertson. Siete un branco di imbecilli."

Chiude la porta e mentre si allontana lo sento dire: "Buona vita, signor Finnegan."

1512, domenica 1 maggio 2027
Isola di Ross, Antartide orientale
Stazione McMurdo
Sede del programma antartico degli Stati Uniti, pista di
atterraggio

Fuori è notte, come da un mese a questa parte. Ma le luci del Lockheed C-130 Hercules equipaggiato con gli sci sono chiare come il giorno e annunciano il mio biglietto per tornare a casa. Mi stanno anche punendo per i postumi della sbornia che sto ancora cercando di scrollarmi di dosso. Di solito non bevo così. Ma è un periodo disperato.

Raccolgo la mia attrezzatura nel container che fa del suo meglio per passare per sala d'attesa di un aeroporto, e mi dirigo verso l'uscita. Fuori, il C-130 mantiene le eliche in movimento, pronto perché io salga a bordo sulla pista di atterraggio coperta di ghiaccio. Sto per premere la barra di sicurezza quando sento una voce dietro di me.

"Brooklyn New York."

È Vlad. Non lo vedo da quando abbiamo impacchettato l'ultimo corpo giorni fa.

"Ehi, soldato."

"Ho sentito che te ne vai?"

Mi strofino la nuca. "È un po' troppo freddo per i miei gusti. Tu?"

Fa un sorriso malizioso. "È molto simile a Mosca in estate. Penso di comprare una casa per le vacanze."

"Meglio fare scorta di vodka allora. Ho sentito che è l'unica cosa che non si congela."

Ride. "Mi piaci, cane alfa americano."

"Ehi, anche tu non sei poi malaccio, assassino." Mi fermo per un istante. "Tu, uh… mi hai aiutato là fuori, e non ho mai avuto la possibilità di ringraziarti davvero."

"Eh. Dicendo il vero, mi piacciono, gli americani. Soprattutto la vostra musica. Celine Dion? Uh. È speciale."

Non ho il coraggio di dirgli che è canadese, il che, tecnicamente, la rende un'americana di tipo nordico. "Yut. Ho visto il suo spettacolo una volta a Las Vegas."

"Ah! Sì, Las Vegas. Città delle meraviglie e tante delizie", dice e si avvicina. "Questo è il mio sogno."

"Andare a Las Vegas?"

Annuisce. "Ragazze che ballano, spettacoli, Texas Hold Them. Sono troppo emozionato per questa giornata."

Non la mia vacanza ideale, ma a ciascuno il suo. "Spero che tu ci riesca, Vlad."

"E il tuo sogno?"

Faccio una risatina sommessa. "Voglio diventare un mago."

"Davvero." Vlad si porta la mano al mento. "Non ti immaginavo così. Eh. Siamo tutti diversi, no?"

"Lo siamo eccome." Mi piace così tanto la sua risposta, decido di non rovinarla con la mia battuta finale: *voglio sparire.*

"Ah! Forse un giorno ci incontreremo a Las Vegas. Sarebbe emozionante, no? Direi a tutte le ragazze: 'Ehi, lo conosco'. E così faccio più sesso. Vinciamo tutti."

Rido, e mi fa bene, nonostante il mal di testa. "Ti saluterò di sicuro tra la folla."

"Ah! Anche migliore! Sì."

Lasciamo calare il silenzio e, in quel momento, mi rendo conto che Vlad è l'unica altra persona nella nostra classe di guerrieri che ha visto quello che ho visto io. I ricordi di Simmons e di tutti i caduti ci perseguiteranno entrambi per sempre, così come gli eventi ultraterreni che nessuno di noi sarà mai in grado di raccontare ad anima viva. Forse i dettagli trapeleranno dopo una birra di troppo, o forse se uno di noi vivrà abbastanza a lungo da avere nipoti o pronipoti. Ma in entrambi i casi, nessuno ci prenderà sul serio, e il discorso verrà liquidato come i deliri di un buffone ubriaco o di un vecchio veterano.

"Hai anche salvato la mia vita." Vlad apre la cerniera del cappotto per rivelare un marsupio con la stampa della bandiera americana. Poi fruga all'interno dell'orrenda sacca, alla ricerca di qualcosa. "Ecco."

Abbasso lo sguardo e vedo che mi offre la sua mano perché la stringa. Ma noto un oggetto seminascosto nel suo palmo. Questo è un gesto universale tra le moderne classi guerriere, uno scambio simbolico di un semplice pegno tra combattenti. Negli Stati Uniti, è una moneta. Ma con questo russo? Non ho idea di cosa aspettarmi.

Gli stringo la mano, sento un piccolo disco nel palmo e poi lo esamino. "Una fiche da poker?" È nera con rifiniture rosa e ha le parole USA e Bratva sopra e sotto un fucile AK-47 sulla faccia anteriore.

"Da dove vengo io, questa fiche dice: 'fanculo l'economia'. Produciamo la nostra valuta. Ha!" Poi mi assesta un colpo proprio tra le scapole, e mi rendo conto di essere più delicato di quanto pensassi. "È anche il simbolo di Bratva", aggiunge in un sussurro, indicando l'emblema stilizzato della stella polare sul retro. "Tu e la Bratva?" incrocia le dita, "ora siete così."

"Passo", dico restituendo la fiche.

"Non puoi passare." Chiude il suo marsupio. "Sei legato per sempre alla Bratva. Brooklyn New York degli Statu Uniti e la fratellanza russa fanno sesso." Si china di nuovo. "Solo non cercare di spenderla a Las Vegas. Ho sentito che ti mette nei guai con gli sceriffi cowboy."

"Grazie per il suggerimento."

"Nessun problema."

"Hey", faccio un cenno al suo marsupio. "Credevo che avessi detto… La bandiera americana è come la biancheria intima di una prostituta."

Scrolla le spalle. "Dico un sacco di cose quando combatto per far eccitare l'avversario. Ma ora sono onesto con te, cane alfa americano. Amo l'America."

"Ricevuto." Mi infilo la fiche in tasca e stringo la mano di Vlad un'ultima volta. "Buona fortuna."

"Dasvidaniya."

SECONDA PARTE

Due mesi dopo

CAPITOLO 8

2300, giovedì 24 giugno 2027
Skytop, Pennsylvania

UNO DEI MIEI tanti riti da pensionato è in pieno svolgimento mentre si avvicina l'ora di andare a letto: innaffiare le aiuole mentre sorseggio due dita di Redbreast. L'aria è calda, piena del canto delle cicale e degli uccelli appollaiati sui rami degli alberi. Nel frattempo, lucciole illuminano i campi aperti che degradano dalla mia casetta di legno in cima alla collina. Dio, quanto mi piace vivere qui.

Sono cresciuto a Brooklyn, per questo non sapevo che si potessero vedere le stelle di notte senza un telescopio. Non sapevo nemmeno che esistessero altre specie di uccelli oltre a piccioni e gabbiani. A quanto pare, ce ne sono molte di più. E poi c'è la sinfonia notturna prodotta nella foresta vicina, che è diversa da qualsiasi cosa io abbia mai sentito, almeno quando riesco a mettere a tacere per un secondo il ronzio nelle mie orecchie. Il mio acufene cronico è solo una delle fastidiose cicatrici della guerra che cerca di inasprire il mio umore in una notte come questa.

Quindi, per aiutare il Redbreast, ho appoggiato la mia radio FM portatile su un ceppo in mezzo alla mia catasta di legna sempre in crescita al lato del giardino. Il vecchio Frank sta concludendo la sua versione del 1958 di *Come Fly With Me* mentre il programma radiofonico *Classics with Sinatra* volge al termine. Il che significa che anche per me è ora di ritirarmi per la notte.

Chiudo il rubinetto dell'acqua e inizio ad arrotolare il tubo per innaffiare quando un annunciatore inizia a recitare i titoli delle notizie delle undici. Considero l'idea di lanciare un sasso alla radio, ma otterrei solo di dovere andare a comprarne una nuova. Un mal di testa evitato che ne genera un altro.

Di solito non ascolto e non guardo più i notiziari. Non ne vedo la necessità. Il paese si scaverà la fossa, che mi piaccia o meno. E preferirei vivere la seconda metà della mia vita in pace piuttosto che preoccuparmi per cose che non posso controllare. Certo, è difficile spegnere quella parte del mio cervello che vuole risolvere ogni problema, ma è una questione di istinto di sopravvivenza, non di curiosità. Ho pelato abbastanza gatte per una vita intera, lascio volentieri in pace le altre.

La verità è che i titoli non mi mancano neanche un po'. La politica, le infinite opinioni, le dichiarazioni contraddette un secondo più tardi, parole su parole su altre parole, finché non si riesce più a capire chi abbia detto cosa e quando. Sono finiti i giorni in cui le persone potevano esprimere la loro opinione onestamente: dire pane al pane e vino al vino. Non sono nemmeno sicuro di cosa farebbe il mondo di oggi con persone del genere. Mi correggo: lo so. Li appenderebbe all'albero più alto, motivo per cui tutti hanno paura di dire qualcosa senza un dannato avvocato presente.

Ma stasera non sono abbastanza veloce a spegnere la radio. Tre passi prima che io possa mettere il mio dito bagnato sul pulsante di accensione, sento l'annunciatore dire: "... mentre l'incertezza cresce intorno alla spedizione guidata dalle Nazioni Unite che si temeva fosse scomparsa in Antartide. Fonti del Pentagono smentiscono le affermazioni secondo cui la comunicazione con i ricercatori statunitensi alla McMurdo Station sarebbe andata persa, mentre Mosca chiede urgentemente assistenza per i civili russi stanziati alla Progress Station. E ora, il gossip. L'icona della musica pop Justin Bieber è stata fotografata fuori da un nightclub di Los Angeles...".

Spengo la radio, ma la tengo tra le mani come se mi aspettassi che mi dicesse di più.

"No", mi dico. Non ho bisogno di sapere altro. Mi dirigo verso casa, prendo il mio bicchiere di whisky e salgo i gradini sul retro. Una volta dentro, poso la radio sul tavolino sotto il portachiavi e poi mi tolgo le scarpe. È stata una buona giornata, ora è il momento di fare una doccia e andare a letto.

Ma non puoi, vero, Patrick. Tutto perché quella dannata radio ha suscitato il tuo interesse, e il tuo investigatore interiore non sarà contento finché non ti sarai tolto il prurito. Vero?

I giovani dicono che otterrei risultati migliori usando il mio telefono per fare ricerche, ma non mi fido di quelle dannate cose, cioè dei telefoni. Certo, ne tengo uno a portata di mano per ogni evenienza, ma è spento e chiuso in una gabbia di Faraday. Quindi sono un po' scettico. Le persone nel corso della storia sono sopravvissute bene senza cellulari, e io non faccio eccezione. Inoltre, se vuoi il mio parere, quelle dannate cose e tutti quei social media sono in parte responsabili del cancro che sta divorando viva la società. Ma che ne so io? Sono solo uno stupido Marines.

Anche se posso non voler usare il mio telefono Samsung per cercare nell'interweb, posso pensare a un altro uso, francamente, non sono sicuro di quale sia meglio in questo momento.

Il meglio è dormire bene la notte, penso. "E se non riesci a spegnere il cervello, Patrick, che senso ha?"

Il che significa che, a meno che non voglia prendere un altro Ambien stasera, è meglio che mi tolga il pensiero con una rapida telefonata al mio vecchio comandante.

"Eh, vaffanculo, Wic. Non puoi dormire senza Ambien comunque."

Pensare è inflazionato.

Anche se sono sicuro che me ne pentirò, decido di recuperare il mio cellulare. È nella cassaforte per armi nell'angolo del salotto della mia casetta di legno. O meglio, in una delle mie casseforti per armi, la più piccola. Non si è mai preparati per puro caso, e i sistemi ridondanti non si costruiscono da soli.

Attraverso la sala e apro la porta della cassaforte grande quanto un bagno. Le lampadine a incandescenza si scaldano mentre entro e mi avvio verso il fondo della cassaforte. Anche se l'intero caveau è schermato, tengo il mio telefono con il resto dei dispositivi di comunicazione in una seconda gabbia di Faraday, in modo da poter aprire la porta principale senza temere di mettere a rischio le apparecchiature più sensibili. Preferisco il termine *preparato* alla parola *paranoico*, ma capisco perché le persone le potrebbero confondere.

Inizio a lavorare il lucchetto della gabbia. Quando si apre, recupero il mio Samsung dalla parete delle radio MURS e dei telefoni satellitari Iridium. Ehi, non si è mai troppo preparati sulle comunicazioni.

Chiudo la porta a chiave ed esco di nuovo in salotto, fissando il piccolo dispositivo nero. L'anno scorso, uno dei cervelloni della mia unità ha installato una sorta di software firewall sul telefono, che si attiva all'avvio. Mi ha spiegato che avrebbe fatto sembrare come se fossi in un paese diverso ogni volta che lo accendo. Non significa che mi fidi, ma è meglio di niente.

Faccio un respiro profondo. Se faccio questa chiamata, riapro la porta al passato. Se non la faccio, probabilmente non riuscirò più a dormire.

Tra il Corpo dei Marines e la CIA, ero rimasto bloccato a Washington per un'intera settimana dopo essere tornato dall'Antartide. Qualcuno aveva anche detto che avrebbe potuto essere più lungo, ma avevano "questioni più urgenti di cui occuparsi." Il mio rapporto dopo la missione era stato accurato e il mio impegno a rimanere in silenzio indiscusso. Dopotutto sono comunque un professionista. Inoltre, chi mi avrebbe creduto se avessi spifferato qualcosa? All'improvviso avevo iniziato ad avere molta più simpatia per tutti gli stramboidi che affermano di essere stati rapiti da ET.

Premo il pulsante e il dispositivo si accende, quindi si connette alla cella locale. Trovo il numero di Willy e premo Invio.

La linea squilla tre volte e passa alla segreteria.

"Buongiorno, avete chiamato il colonnello William Rodriguez. In questo momento, non posso rispondere. Lasciate un messaggio."

Nello spazio di tempo che intercorre tra la fine del suo messaggio e il momento in cui dovrei iniziare a parlare, mi blocco. Voglio davvero farlo? Ho lavorato ventiquattro anni e ho lottato con le unghie e con i denti per arrivare dove sono: da solo, in mezzo al nulla, in una graziosa casetta in cima a una collina della Pennsylvania orientale. Dio, quanto suona banale. Ma è mio, e non mi interessa.

E questa chiamata non significa che stia cercando qualcosa da fare. Di questo sono sicuro. Non sono uno di quei veterani che sembra sempre trovare il modo di continuare con il lavoro o le consulenze. No, mi piacciono molto la mia pace e tranquillità.

Quello che non sopporto, tuttavia, è non sapere.

Qualunque cosa dica Willy, non farò nulla con queste informazioni. Diavolo, a malapena riesco a convincermi a lasciare la mia casetta per fare la spesa. Ma è il sapere che conta. La cosa strana degli eccentrici, dicono, è che trovano conforto nei dati. Non ho mai pensato di essere un cervellone, ma forse vi sono più vicino di quanto mi creda.

"Ehi, Willy. Sono Wic. Volevo parlare della partita di ieri sera. Che gioco pazzesco, vero? Richiamami quando puoi."

Prima di riagganciare, mi sento infastidito *con me stesso*. Dio. Non avrei dovuto fare questa chiamata.

"Ma se non hai tempo lo capisco. Solo, uh… salutami Mary."
Riattacco.

È stato un errore. Non solo mi sono messo in imbarazzo, cosa di cui, sinceramente, non mi interessa, ma ora mi rimane il dilemma, tenere il telefono acceso in attesa che mi richiami o spegnerlo? Vedi? I cellulari sono una stronzata.

È allora che ho un'altra idea brillante. C'è sempre la TV.

Di nuovo, una parte di me mi sta urlando di spegnere il telefono e andare a letto. A chi diavolo importa cosa sta succedendo in Antartide? Hai scontato la tua condanna, hai fatto i tuoi favori e ora stai salpando verso il tramonto. Il governo può tenersi i suoi anelli alieni e le cospirazioni internazionali, tu hai le cicale e Sinatra.

Ma l'altra parte di me si chiede se Aaron sia ancora laggiù. A giudicare dal suo silenzio radio negli ultimi due mesi, direi di sì. Poi di nuovo, non è che ci parleremmo comunque, almeno non quando me ne sono andato. Suppongo che mi incolpi per la morte di Lewis e Walker. Diavolo, anche io me ne do la colpa. Tuttavia, questo non significa che non mi importi di lui.

Mi prendo un secondo e studio la scacchiera sul tavolino tra me e la TV. Ho iniziato questa partita contro me stesso dieci giorni fa, do un'occhiata al post-it attaccato al tabellone. Finora, il nero sta vincendo. Ma tocca ai bianchi. Così mi siedo sul divano, faccio scivolare un pedone in diagonale e prendo la torre esposta dell'avversario. Dopo aver messo da parte il pezzo mangiato, mi siedo e considero la TV di fronte a me.

"Non farlo, Pat."

Ma a quanto pare, una nuova gatta si è appena offerta volontaria per farsi pelare. Chi l'avrebbe detto.

Infrango la mia seconda regola per questa sera e prendo il telecomando della TV. Non guardo nemmeno lo schermo mentre premo il pulsante di accensione. Invece, aspetto che il dispositivo si avvii, sapendo che gli annunciatori-avvoltoi si staranno già affollando sul nuovo pasto, il cielo non voglia che passino trenta secondi senza carne fresca. E dopo aver spolpato per bene la carcassa e masticato fino all'osso, perderanno interesse e passeranno a qualcos'altro. Mi ripeto che è tutto un gioco, poi faccio un respiro profondo prima di voltarmi verso lo schermo.

Sono sorpreso di vedere qualcuno che riconosco subito. Scioccato, persino. Attivo l'audio e guardo con stupore la presentatrice introdurre l'ospite.

"…in compagnia del Dr. Aaron Campbell, noto antropologo e archeologo, in diretta dalla Rutgers University. Dottor Campbell, grazie per aver accettato questa intervista."

"È un piacere, Samantha."

Aaron indossa una giacca di tweed e quella che so essere una t-shirt Millennium Falcon, nonostante sia seminascosta, e ha i capelli e gli occhiali solo un po' meno disordinati del solito. Ha un bell'aspetto, magari leggermente nervoso per essere sulla televisione nazionale. Allo stesso modo, sono preoccupato perché non ho idea di cosa stia per dire. Ogni documento di non divulgazione del Pentagono che io abbia mai letto vieta di parlare alla stampa. Disobbedire a quegli ordini rasenta il tradimento. Correzione, è tradimento, per quanto ne so.

"A quanto ho capito, ha trascorso molto tempo in Antartide con il…", dà un'occhiata ai suoi appunti. "Progetto degli altipiani subglaciali di Ellsworth."

"Esatto."

"E ha passato del tempo alla McMurdo Station?"

"Sì. Per noi ricercatori e cittadini statunitensi è il principale porto di ingresso per tutte le attività in entrata e in uscita dal continente."

"Rispetto alle ultime notizie sulle spedizioni internazionali scomparse, può darci qualche indizio sul motivo per cui le comunicazioni potrebbero essere rimaste senza risposta per ciò che alcuni addetti ai lavori riferiscono essere quasi una settimana?"

Aaron si agita sulla sua sedia.

Non è un buon segno. Improvvisamente mi chiedo perché abbia accettato questo invito e anche perché sia di nuovo negli Stati Uniti. Niente di tutto ciò ha importanza in questo momento perché sa benissimo che non può parlare del suo lavoro se non a grandi linee. Eppure, probabilmente ha aspettato tutta la sua carriera per, come aveva detto? Dare a tutti un motivo per non ridere più di lui?

Dannazione, Aaron.

"Beh, Samantha. Come sa, il mio... il *nostro* lavoro di ricerca nelle profondità degli altipiani di Ellsworth significa che ho accesso, beh, ad alcuni dei segreti più importanti che il continente abbia da offrire."

"Oh cavolo", dico alla TV.

La presentatrice strizza gli occhi, sembra incerta su come prendere la mossa di Aaron.

Prova a reindirizzarlo.

"Da quanto ho capito, dottor Campbell, questo blackout delle comunicazioni si è verificato durante la stagione invernale dell'Antartico. Il clima rigido non potrebbe avere un ruolo in tutto questo?"

"Beh, certamente. Il clima è sempre un fattore importante nel blocco, come ci piace chiamarlo." Fa un mezzo sorriso in segno di auto approvazione. Ma nella mia testa lo avverto di non rilassarsi troppo. Lo sta solo scaldando.

"Detto questo, potrebbero esserci altre spiegazioni?"

Di nuovo, Aaron si dimena nella sedia. "Il guasto dell'attrezzatura è sempre..."

"Sì, ma stiamo ricevendo segnalazioni secondo cui tutte le stazioni di ricerca stanno vivendo blackout simili, non solo McMurdo."

Tutte?

Accidenti, voglio davvero che Willy mi richiami. Se non altro per tranquillizzarmi.

"Beh, Samantha", dice Aaron. "C'è certamente un precedente di brillamenti solari che provocano il caos sui sistemi radio. Mi vengono in mente diverse occasioni durante gli scavi in quelli che si possono considerare *siti di scavo segreti* sull'altopiano subglaciale di Ellsworth in cui..."

"Dott. Campbell, è vero che siete stato testimone e sopravvissuto a conflitti militari che violano il Trattato Antartico del 1959?"

Il volto di Aaron perde ogni espressione.

Un politico si sarebbe mangiato questa domanda a colazione e non avrebbe fatto altro che un educato rutto. Ma Aaron non è un serpente e non è abituato a strisciare tra le erbacce. Invece, si mette a giocherellare con i suoi occhiali. È di nuovo sul menu e gli avvoltoi sono pronti per banchettare.

"Io... temo che... Può ripetere la domanda?"

"Ho in mano rapporti non confermati", prende un iPad dalla sua scrivania, "che lei sarebbe uno dei pochi sopravvissuti chiave di un conflitto tra le forze statunitensi, britanniche e russe che risale al ventisei aprile di quest'anno."

Santo cielo. Qualcuno ha parlato.

"Non mi è permesso parlarne", sbotta. "Voglio dire, non posso né confermare, né smentire... Come ha fatto a...?" scuote la testa e si liscia la camicia, cercando di ritrovare una sorta di compostezza. "Come stavo dicendo, le condizioni meteo e i brillamenti solari possono causare..."

"Dott. Campbell, è o non è a conoscenza di attività militari illegali sul suo sito di ricerca che potrebbero spiegare un'improvvisa perdita di comunicazione?"

Il mio cellulare suona. Numero sconosciuto. Tocco lo schermo e lo porto all'orecchio. "Pronto."

"Wic, sono Willy"

"Lo stai guardando anche tu?"

"Suppongo che ti riferisca al tuo amico in TV?"

"Yut."

Willy sospira. "Lui è l'ultima delle mie preoccupazioni, Wic. Devo andare"

"Quindi le cose vanno male"

Willy fa una pausa prima di rispondere. "Niente di cui tu debba preoccuparti, signor Ora-sono-in-pensione."

"Ricevuto." E il mio ex colonnello ha perfettamente ragione. Non c'è *davvero* niente di cui debba preoccuparmi. Non avrei dovuto chiamare, tanto per cominciare. Willy ha delle cose da fare e io ho libri, film, fiori, una catasta di legna e whisky a tenermi compagnia.

"Scusa se ti ho disturbato", dico a Willy.

Sospira. "Noi abbiamo questo, Wic. E tu hai la tua solitudine."

"Lo so bene".

"Buonanotte".

"Anche a te. Chiudo."

La linea si interrompe e chiudo la chiamata. Aaron è ancora sullo schermo, si agita. Sono sinceramente sorpreso che non abbia ancora interrotto l'intervista, non sarebbe peggio di quello che sta facendo in questo momento. Probabilmente non sa nemmeno di poterlo fare.

"... assicuro che tutto quello che ho fatto è stato in stretto accordo con..."

Il televisore si spegne.

E non per mia scelta.

Anche tutte le mie luci si spengono. Ho ancora in mano il telecomando e sento un formicolio lungo la schiena, come se qualcuno mi avesse dato una scossa con corrente a bassa tensione. Ma la sensazione sparisce velocemente come è arrivata. Sono anche in allerta, attento ai suoni che echeggiano nella mia testa, quelli che mi ricordano i colpi di mortaio e il fuoco di artiglieria nel deserto. Ma scuoto la testa per tenere a bada i fantasmi.

Sono in piedi quando il mio generatore di riserva principale entra in funzione. È attivato da un relè analogico passivo che rileva i cali di tensione e, considerando il ritardo di tre secondi che ho appena contato, lo dovrò ricalibrare. Le luci al tungsteno della casa si riaccendono e riempiono la casa con la loro calda luce soffusa. Certo, sono più costose, ma mi piacciono.

Al mio istinto non piace questo tipo di coincidenze e ho visto troppi film in cui gli agenti fanno saltare le centraline di corrente appena prima di entrare in un edificio. Diavolo, anche io l'ho fatto. Ma la mia centralina è impossibile da trovare, me ne sono assicurato. E le difese della mia proprietà mi avrebbero avvisato di eventuali intrusi. Quindi qualunque cosa io senta in questo momento, sono solo i miei nervi, e i nervi sono pericolosi.

Mi dico che tutto tornerà a funzionare non appena i tecnici della compagnia elettrica arriveranno a riparare il trasformatore che un ubriacone qualsiasi ha probabilmente sradicato con il suo pickup, poi torno a sedermi e riprovo la TV.

Non accade nulla.

Premo più volte il pulsante di accensione del telecomando prima di rendermi conto che le batterie devono essere scariche. Irritato, mi chino sul tavolino per accendere la TV manualmente.

Niente.

Potrebbe essere il salvavita su uno dei miei contatori. Cammino verso il più vicino in cucina e noto che l'orologio del microonde è spento, così come le strisce di luci a LED sopra i ripiani. Strano.

Controllo l'ora sul mio orologio da polso, un Casio G-Shock con cinturino in resina nera, e noto che il display digitale è vuoto. Non bisogna lasciarsi ingannare dal marchio; sono sorprendentemente resistenti. Ho cambiato la batteria proprio la scorsa settimana e la lancetta dei secondi sta ancora ticchettando.

Ho detto prima che sono i nervi che uccidono le persone? Beh, è vero. Ma, a volte, se quei nervi sono una reazione basata su informazioni concrete e sull'esperienza passata? Beh, allora è istinto. E può salvarti la vita. Per decidere se si tratta di nervi o solo istinto, seguo un sospetto e torno al divano. Quindi prendo il mio Samsung e tocco lo schermo.

È spento.

Lo tocco di nuovo, più forte.

Ancora niente. Ora il mio cuore batte un po' più velocemente mentre provo a forzare un riavvio. Non risponde. Sento altri suoni attutiti nella mia testa e noto che ho iniziato a sudare freddo. I ricordi a volte possono veramente rompere le palle. Sanno come rovinarti una serata.

Comincio a controllare ogni apparecchiatura digitale che possiedo: l'antenna digitale della mia TV, il mio stereo, la mia vecchia Xbox, tutti morti. Anche la mia macchina per caffè espresso Breville BES870XL in acciaio inossidabile non risponde. Vecchia ma di qualità, fino a questo momento aveva funzionato perfettamente. Merda.

Eppure, il mio giradischi Thorens TD-124 del 1957 sta ancora funzionando. E le lampadine della stanza al tungsteno sono accese mentre i LED della cucina no.

Il che risolve il quesito.

Qualcuno ha appena colpito la mia casetta con un impulso elettromagnetico EMP, uno abbastanza forte da mettere fuori combattimento i miei elettrodomestici.

Sono in massima allerta mentre spengo le luci interne e prendo la mia Glock dal bancone. Se qualcuno si è introdotto nella mia proprietà, e ora ho un motivo legittimo per crederlo, ho bisogno di un riparo adeguato, con protezioni e armi. È ora di tirarne fuori alcune.

Tenendomi basso, mi muovo attraverso la sala e rientro nella mia cassaforte, questa volta chiudendo la porta dietro di me. Sebbene in questa stanza manchi molto di ciò che tengo nella mia enorme cassaforte nel seminterrato, ho comunque accesso a un arsenale di difesa domestica più che adeguato, che include una "piccola scorta" di 3.000 colpi di munizioni per le armi di tutti i calibri che ho qui.

Per prima cosa, controllo il sistema di sicurezza multicamera della mia proprietà. Il monitor e la CPU funzionano, ma le statiche su ogni quadrante dello schermo mi ricordano che le videocamere erano, ovviamente, digitali e quindi suscettibili all'attacco dei miei intrusi.

Poi prendo uno SCAR17 modificato a partire dalla mia arma di ordinanza e lo posiziono sull'isola con la parte superiore in gomma.

Quindi prendo un giubbotto antiproiettile modificato dal muro e me lo infilo. Poi indosso il casco antiurto in Kevlar nero opaco, equipaggiato con i miei occhiali NVG per la visione notturna Elbit Systems Squad, e controllo due volte il sistema per assicurarmi che i suoi componenti elettronici non siano stati danneggiati nell'EMP. L'ottica si accende e tutto diventa verde: funzionano.

Metto la mia Glock nella fondina alla cintura e prendo diversi caricatori aggiuntivi di munizioni per ogni arma. Quindi controllo per assicurarmi che il mio coltello KA-BAR sia nel fodero al petto. Il mio altro coltello, un Gerber pieghevole portatile, è nella tasca dei miei pantaloni, ma sono fermamente convinto che i coltelli non siano mai troppi.

Infine, recupero una delle mie radio MURS dalla gabbia di Faraday e la attacco al giubbotto. L'accendo e la metto in scansione. Le probabilità sono basse, ma se il nemico fa l'errore di essere sciatto con le sue comunicazioni, voglio essere il primo a saperlo.

Con il mio SCAR in posizione di massima allerta, abbasso i miei NVG, apro la porta e mi sposto lungo la parete della mia cassaforte per ripararmi, restando basso. La grande sala è completamente verde, e niente si è mosso.

Immaginando che gli intrusi siano entrati attraverso il vialetto lungo tre chilometri che sale da ovest, avanzo fino alla finestra più vicina e prendo la mira, in cerca di movimenti. La mia Toyota Land Cruiser FJ40 del 1978 è ancora parcheggiata nel vialetto e sembra che non si sia mossa. Dietro vedo i campi che scendono verso la strada principale. Ho assunto un agricoltore locale per mantenere le andane su entrambi i lati della ghiaia ben tagliate. Lui può tenersi il fieno e gli do abbastanza per comprare qualche tanica di carburante per il suo trattore, in cambio ho una visuale libera dell'accesso principale alla mia casetta. Ho anche spostato alcuni grandi massi per aiutare a "incoraggiare passivamente" i veicoli in avvicinamento a rimanere in un'unica linea di fila. E se qualcuno dovesse cogliermi di sorpresa o di cattivo umore? Ci sono più di un paio di cose sepolte nel terreno che possono farli spaventare. O saltare in aria, dipende da quali vengono attivate.

Nonostante tutte le mie precauzioni, non vedo nulla che si muova lungo il viale, e niente di straordinario nei campi.

Mentre vado sul retro della casa, noto una luce nelle finestre rivolte a est. Molta luce. Abbastanza da far esplodere i miei NVG. Li alzo, aspettandomi di vedere dei fari di auto, solo che non ci sono né Humvee né elicotteri.

Sbatto le palpebre per assicurarmi di non stare immaginando tutto.

Lì, a circa ottanta miglia a sud-est, c'è un'enorme cupola blu. Sembra essere alta diversi chilometri e che il suo centro sia direttamente sulla città che non dorme mai. New York. Solo che ora il normale bagliore delle luci della città non si vede da nessuna parte. Invece, intravedo il bagliore di fuochi all'orizzonte e mi chiedo se i suoni di prima non fossero dei flashback, dopotutto.

Capitolo 9

0045, venerdì 25 giugno 2027
East Orange, New Jersey
Interstate 280 est, tredici miglia a ovest di Manhattan

Non sono orgoglioso di quanto tempo sono rimasto seduto nella mia veranda sul retro prima di scegliere di fare qualcosa. Ma così è la vita.

Ho fissato la minacciosa bolla per almeno mezz'ora, prendendo misure approssimative con le dita e poi scarabocchiando appunti su un taccuino Moleskine nero. Gli EMP non possono spegnerli: dita e Moleskine. Ma stavo temporeggiando, lo sapevo.

Ho visto altre palle di fuoco sorgere dall'orizzonte. Sparse da nord a sud, seguite dal suono attutito di esplosioni, quelle da cui il mio cervello aveva cercato di mettermi in guardia. Ho memorizzato le loro posizioni approssimative contro il paesaggio buio e poi sono corso dentro per prendere una mappa, una di quelle buone vecchie carte che tutti tenevano in macchina, ma che hanno buttato via quando sono arrivati i cellulari. Ho anche preso una delle mie bussole Cammenga al trizio con lente d'ingrandimento e un goniometro.

Dopo aver acceso la lampada frontale del mio casco, ho orientato la mappa con la bussola e poi ho usato i bagliori dei fuochi arancioni lungo l'orizzonte orientale per triangolare la posizione di ogni esplosione. Disegnando linee rette da casa mia in Skytop usando un righello, non ci è voluto molto per vedere lo schema. Rockland County, New York a nord, Edison e Monmouth, New Jersey a sud e Newark, New Jersey nel punto morto. Tutti siti di installazioni militari dell'esercito.

Ho piegato la mappa e ci ho messo sopra la Moleskine.

"

Dio, vorrei poter dire che ho lasciato la mia casetta proprio in quel momento. Ma non l'ho fatto. Perché? Perché sono un testardo figlio di puttana, nato a Brooklyn con sangue irlandese nelle vene, ecco perché.

Il che, sento il bisogno di sottolinearlo, è anche il motivo per cui sono riluttante a buttarmi frettolosamente nelle cose in generale. Sì, come il matrimonio o fare favori alle persone. Tutto ha un costo che deve essere soppesato. E sì, proprio come guidare in direzione est sull'Interstate 80 direttamente verso una strana bolla luminosa nel cielo e fuochi all'orizzonte. E questo costerà più caro di tutto il resto, me lo sento. Del tipo, non tornerò nel mio letto prima dell'alba.

"Saresti dovuto restare a casa, Wic", mi dico. "Avresti dovuto chiudere le persiane e andare a letto."

Yut. È vero. È vero.

Quindi eccomi qui nella mia Land Cruiser FJ40, diretto a sud-est.

Certo, immagino che qualunque cosa ci sia sopra New York, qualunque cosa abbia oscurato l'orizzonte e cancellato l'inquinamento luminoso in ogni direzione, sia il problema di qualcun altro. Dell'esercito, per essere più precisi. Diavolo, probabilmente è un nuovo sistema di difesa aerea antimissile o qualcosa del genere.

Eh, ma chi sto prendendo in giro? Quella dannata cupola ha tutto a che fare con quello che ho visto in Antartide, e lo so. Il mio istinto lo sa e il mio cuore lo sa. E non chiedetemi perché ho tre parti pensanti: è così. In realtà, ne ho una quarta, ma il comandante Johnson mi mette sempre nei guai; quindi cerco di escluderlo dalla maggior parte dei miei ragionamenti critici. Se la cava meglio con il pensiero non critico. Fare irruzione, entrare di nascosto, quel genere di cose.

Oh, e tutti quelli che dicono che la pensione è sopravvalutata? Non hanno mai lavorato abbastanza prima di andarci. La pensione spacca, e ho avuto otto gloriose settimane prima di questa sera. Otto. Nessuno che ti dica cosa fare, non dover continuamente rischiare il collo per un soldato troppo stupido per non mettersi nella linea di fuoco, o per un cervellone di vent'anni appena uscito dall'accademia militare che improvvisamente ne sa più di te su come schierarsi su una posizione nemica, ma non ha il coraggio di caricare lui stesso.

E ora sto divagando.

Sto anche tamburellano sul volante e cantando insieme a una delle mie cassette preferite dei Creedence Clearwater Revival. Il mangianastri vintage della mia Land Cruiser è probabilmente uno dei pochi dispositivi in grado di trasmettere musica nel raggio di cento miglia, visto che qualche stronzo ha fatto fuori tutte le stazioni locali con un EMP. Ottimo. Davvero ottimo. La mamma di Peter Quill sapeva davvero cosa faceva con quelle cassette.

Ridacchio quando la seconda canzone del lato A inizia con il testo: "Oh, it came out of the sky, landed just a little south of Moline. Jody fell out of his tractor, couldn't believe what he seen." Ma ho lasciato che il signor Fogerty cantasse da solo la strofa successiva: "Laid on the ground and shook, fearin' for his life." Perché, per qualche motivo, stanotte è un po' troppo vero.

Lascio la I-80 e prendo la I-280 East, direttamente verso la bolla blu. Più a lungo guido e fisso la cupola, più noto che sembra svanire a poco a poco. O forse sono solo i miei occhi che mi giocano brutti scherzi; non sono più esattamente l'ultimo modello. Sbatto le palpebre mentre cerco di rimanere concentrato, e poi la cupola sembra di nuovo luminosa.

Gli unici altri veicoli in movimento sulla strada sembrano essere succhiabenzina pre-1980 come il mio, il che ha senso dato il numero di componenti digitali che i produttori di automobili hanno aggiunto ai loro prodotti nel corso degli anni. Certo, non mi dispiacerebbe una Tesla. Ma A, non ho quel tipo di reddito e B, non mi fido. Sì, proprio come per i cellulari.

Un'altra cosa accomuna tutti i veicoli ancora funzionanti sulla strada: stanno guidando verso ovest, si *allontanano* da New York. Nei miei anni più giovani, ne avrei sorriso. I Marines sono sempre quelli diretti verso ciò da cui tutti gli altri stanno scappando. Oorah. Ma stasera ricordo a me stesso che mi ci è voluta mezz'ora per alzare il culo e caricare la mia Land Cruiser con l'attrezzatura. Come ho detto, non ne vado fiero. Ma non ho nemmeno intenzione di negarlo.

Il resto del traffico della notte sono auto e camion, fermi in mezzo alle corsie proprio dove si sono spenti i motori. Alcune persone sono accampate vicino ai loro veicoli, probabilmente aspettando che si presenti il soccorso stradale, o sperando che le loro trasmissioni decidano finalmente di ricominciare a funzionare. Ma la maggior parte si muove a piedi, in direzione opposta alla cupola o verso i sobborghi lungo l'Interstate, probabilmente in cerca di riparo.

Più di una persona prova a fermarmi. Genitori che tengono in braccio i bambini che piangono, un tizio arrabbiato in Fedora e mocassini, e più di una top model dall'aspetto disperato con il mascara che cola. Ok, forse non proprio top model, ma abbastanza di bell'aspetto che il comandante Johnson cerca di convincermi a fermare la Land Cruiser. Come ho detto, c'è un motivo se è al quarto posto: testa, pancia, cuore e poi CJ.

Continuo lungo la I-280 East e per la terza volta faccio una lista mentale di cose da fare per tenermi occupato. Mi aiuta a ignorare i pedoni. "Fidatevi di me", vorrei dirgli. "È meglio per voi se non vi carico." Perché non sono preparati per dove sto andando. Diavolo, nemmeno io sono sicuro di essere preparato. Ma ho preso quello che potevo e, nei momenti che precedono un combattimento, devi fidarti del tuo addestramento e sperare di non dimenticare nulla.

Sul sedile del passeggero ho il mio SCAR, completo di silenziatore, impugnatura anteriore a pistola, mirino ACOG 1,5 x 15 e tracolla. Ha anche un mirino laser IR AN/PEQ-2A montato su MLOC laterale e una potente luce SureFire montata sull'astina. Porto quattro caricatori da venti colpi e ne ho altri dieci in una cassa sotto i sedili. Certo, niente di tutto questo è legale dove sono diretto, ma vivo nel Commonwealth della Pennsylvania, non in quegli altri Stati che hanno paura delle armi. E in questo momento, mi chiedo se stanno ripensando alle loro leggi.

La mia Glock con silenziatore è nella fondina sul fianco, modificata con mirini rialzati. Ho anche quattro caricatori da quindici colpi, più altri sei nella cassa.

Il mio giubbotto è dotato di un'armatura dura in subossido di boro anteriore e posteriore Diamond Age, tasche per fucile e pistola, una sacca d'acqua e il mio kit di pronto soccorso individuale, anche conosciuto come borsa IFAK. Nelle tasche del giubbotto ho anche il mio KA-BAR, fascette per cavi grandi, MagLite e bastoncini luminosi, insieme alla mappa e alla Moleskine, una toppa IR per infrarossi, nastro con il mio nome e il mio patch morale: attualmente un rettangolo KTF verde scuro in onore del mio libro di fantascienza militare preferito.

A chiunque altro, questo inventario mentale probabilmente sembra inutile. Ma per chi è stato in prima linea e ha dovuto sopravvivere al fronte, è solo una parte normale della vita. L'affidabilità non è mai accidentale, quindi continuo a scorrere la mia lista mentale.

Il mio zaino sul sedile posteriore ha diversi sacchi di utilità e accessori, tra cui il mio multi-utensile Leatherman, il kit per la pulizia della pistola Otis, il binocolo, il telemetro, l'apriscatole stile John Wayne, la bandana, gli occhiali da sole e del filo di garrota. Ha anche il mio telefono Iridium SAT e il GPS, non che nessuno dei due funzioni, almeno l'ultima volta che ho controllato.

Accanto allo zaino c'è il mio zainetto che, oltre a vestiti extra e pile, include una corda da arrampicata, esche per il fuoco, una lampada frontale, corda Paracord, batterie e caricabatterie per tutti i miei dispositivi elettronici e un grande kit medico. Contiene anche l'accetta, il telo, la tenda per una persona, la coperta di sopravvivenza, il nastro adesivo, il kit per il trattamento dell'acqua, degli snack e una pentola.

Stipate nella mia FJ40 ci sono altre munizioni sigillate sottovuoto calibro 308 da 9 mm, insieme a due taniche di benzina da 2 litri piene e stabilizzate, un serbatoio di acqua potabile, un sacco a pelo e una cassa con abbastanza MRE capaci di durare circa quattro settimane se il cibo scarseggia, il che, viste le circostanze attuali, sembra inevitabile. Ho anche razzi, cavi di avviamento, una fune di traino, una pompa a sifone per benzina, una rete mimetica, un fornello da campo MSR WhisperLite II e una caffettiera, anche se non sostituirà mai la mia Breville. Accidenti, mi manca già.

L'FJ40 monta di serie un verricello anteriore, gancio di traino, portapacchi sul tetto con una ruota di scorta, un attacco per trasformatore, un cric, fendinebbia e un compressore sul blocco motore.

Come dicevo prima, preparato, non paranoico.

La mia ipotesi migliore è che la cupola sia alta ventun chilometri. Questo perché mi sto avvicinando a East Orange, nel New Jersey, che è a circa tredici miglia da Lower Manhattan e il bordo della cupola non è troppo lontano. Risplende anche con lo stesso tipo di energia blu che ho visto in Antartide, il che significa che non importa quanto io voglia convincermi che questa cosa è fatta dall'uomo, non lo è. E mi sta facendo incazzare.

Perché?

Beh, suppongo che sia la vera ragione per cui ho portato il mio culone fuori dal portico.

Perché forse, forse, se fossi rimasto con il vicedirettore Casco Blu e avessi trovato un modo per far saltare in aria quel dannato portale quando lui non stava guardando, niente di tutto questo sarebbe successo. Non posso provarlo, ovviamente. Ma non posso nemmeno eliminare dal regno della possibilità che, in qualche modo, sia colpa mia.

Ed è orribile.

Eri troppo dannatamente stanco per restare qualche giorno in più, vero, Wic. Tutto quello che dovevi fare era resistere e finire il lavoro. Invece, volevi andare in pensione. Saltare fuori da quel congelatore e allontanarti da tutto. Con i problemi è sempre la stessa storia: quei maledetti sembrano seguirti, ovunque tu vada. Proprio quando pensi di essere al sicuro, *baam!* è allora che un robot Terminator decide che è ora di un esame della prostata.

Per come la vedo io, devo indagare. Lo devo all'universo, o almeno alla mia città natale. E prima che si cominci con il patriottismo, no, non sento di doverlo anche al mio paese. Ho già dato. Non devo al rosso, al bianco e al blu un grammo in più di sudore, né un'altra goccia di sangue. Ho la maglietta, la tazza da caffè, l'adesivo per paraurti e persino il dannato tatuaggio sul fondoschiena.

Ok, forse non *quel* tatuaggio. Ma ho un sacco di tatuaggi.

Eeeee, sto divagando di nuovo.

Più mi avvicino alla cupola, maggiore è l'attività e ora è molto più simile a un muro a strapiombo che alla dolce curva di prima. Suono il clacson diverse volte per convincere la gente a farmi spazio sull'Interstate. Si stanno radunando vicino al bordo, immersi nel suo bagliore luminoso. Non riesco a capire se siano solo incuriositi o stupidi, forse entrambi. Ma io neanche morto gironzolerei nei paraggi di questa cosa senza una ragione giustificabile. E un'arma.

Rendendomi conto che non riuscirei ad avvicinarmi di più senza ferire qualcuno, accosto la mia Land Cruiser, guido lungo il ciglio erboso e trovo un gruppo di alberi tra cui parcheggiare. È abbastanza riparato da tenere il veicolo nascosto alla maggior parte dei passanti, ma decido di camuffarlo, solo per sicurezza. L'ultima cosa di cui ho bisogno è che un gruppo di disperati lo vandalizzi e scappi con la mia attrezzatura.

Spengo il motore, prendo il mio SCAR e scendo dalla Land Cruiser. La prima cosa che mi colpisce è il suono della gente che urla. Mi si stringe lo stomaco e mi si rizzano i peli sulla nuca. Non è lo stesso tipo di grida che potresti sentire se i vicini si spaventassero durante una festa di Halloween che stanno dando nel loro giardino. No, suona come persone in angoscia, centinaia di persone, e mi riporta direttamente in Medio Oriente. Combatto per sopprimere le immagini dei neonati strappati alle braccia delle loro madri, dei bambini che piangono per i loro padri e delle mogli che piangono sul petto insanguinato dei loro mariti e figli. La parte strana è che nonostante tutti i suoni della sofferenza umana, non ho visto né sentito sparare un solo colpo. Almeno non qui: sento altre esplosioni a diversi chilometri di distanza e mi chiedo se provengano dalle installazioni militari.

Qualunque cosa stia succedendo, non è niente di buono e devo mettermi in moto.

Recupero la rete mimetica e mi prendo qualche minuto per coprire il mio veicolo. L'aggiunta di alcuni rami aiuta a completare il nascondiglio e sono quasi sicuro che la mia attrezzatura sarà ancora qui quando tornerò.

La seconda cosa che mi colpisce mentre mi allontano dalla mia FJ40 è l'odore: ozono bruciato, ma dieci volte più forte di quanto l'abbia mai sentito. Sento anche una vibrazione nel terreno, che mi riporta direttamente al sito di scavo di Aaron in Antartide. Non riesco a spiegarlo, ma mi fa vibrare i piedi allo stesso modo.

Continuo costeggiando la linea degli alberi che da ovest a est separano l'Interstate dalla zona residenziale alla mia destra. Le persone in fuga camminano lungo la strada o tra le case, quindi posso muovermi senza essere scoperto. Le uniche persone che sembrano notarmi sono alcuni bambini che mi salutano o mi indicano, ignorati dai loro genitori.

Quando arrivo a meno di cinquanta metri dal muro blu, il vociare è drasticamente aumentato. Mi aspetto quasi di vedere un gruppo di insorti che tiene un'esecuzione pubblica. Invece, vedo centinaia di persone lungo il bordo della bolla da sinistra a destra, rivolte alla cupola traslucida, con le mani distese e serrate, e gridano.

La superficie traslucida lascia intravedere le persone dall'altra parte, con le mani alzate e la bocca aperta. Non riesco a sentirli, se non per alcuni suoni attutiti, ma non sembrano felici. Qualunque siano gli obiettivi dietro questa azione, l'effetto più immediato è che questo muro ha tagliato fuori queste persone.

E non è l'unica cosa ad essere stata tagliata.

Vedo una donna che piange sulla parte superiore del busto di un uomo riverso sull'erba. La luce blu della cupola illumina di un blu cupo il suo tronco reciso e il suo viso. Vedo altre persone urlare su cadaveri in macchina o sdraiati sull'Interstate. I corpi sembrano essere tagliati ad angoli inimmaginabili, come se una spada gigante avesse squarciato le vittime dall'anca alla spalla. Ad alcuni mancano le metà posteriori, mentre ad altri mancano interi arti.

La carneficina si estende nelle aree residenziali e noto le azioni rivelatrici dei primi soccorritori fuori servizio che cercano di prestare aiuto ove possibile. Ma ci sono troppe vittime di cui occuparsi. Inoltre, la maggior parte delle ferite sembra fatale.

È allora che mi rendo conto che lo spettacolo raccapricciante si sta svolgendo anche dall'altra parte della barriera, con una differenza orribile: le masse stanno allontanando le vittime dal muro che retrocede lentamente.

Mi spingo oltre un gruppo di passanti, entrando nel raggio dei feriti più gravi e poi studio le persone dall'altra parte. Si tengono alla larga dal muro blu e urlano agli altri, presumibilmente, di stare indietro. Ma non tutti sembrano ascoltare. Una donna che cerca di raggiunge un ragazzo di circa dieci anni dalla mia parte del muro perde la mano contro la barriera. L'arto scompare in un turbinio di fiamme blu e scintille arancioni. Due uomini devono allontanarla di forza perché neanche la perdita della mano sembra impedirle di volersi ricongiungere con suo figlio.

"Stai attento, amico", dice una voce maschile dietro di me. "O potresti essere il prossimo."

"Capito", rispondo.

Mentre altre famiglie sembrano ritrovarsi in mezzo al caos, ulteriori tentativi di ricongiungimento finiscono in smembramenti simili. Un uomo riesce a liberarsi dalla presa di alcune persone che lo trattengono e corre a capofitto contro il muro. Il suo corpo viene vaporizzato in meno di due secondi e alte grida salgono dai presenti.

"Da quanto tempo va avanti?" chiedo all'uomo che mi appena rivolto la parola.

"Forse un'ora", dice mentre si passa entrambe le mani tra i capelli. "È orribile, amico. Orribile."

Non ha torto.

Giro intorno alle famiglie in lutto e mi avvicino al muro, con l'arma alzata. La barriera sembra ritrarsi a una velocità di circa due centimetri al secondo, spostandosi verso est. Mi volto verso il mio informatore. "Si è mossa per tutto il tempo?"

Annuisce. "Da quando è apparso"

"Hai visto altro?"

"Cosa intendi?"

Vorrei dire "droni e robot", ma decido di no. "Solo qualsiasi altra cosa fuori dall'ordinario."

"Più fuori dall'ordinario di così, dici? Cazzo, stai scherzando spero?"

Lo prendo come un no e lo ringrazio e poi comincio a muovermi a nord lungo il muro, verso le corsie in direzione ovest dell'Interstate. Non so nemmeno cosa sto cercando esattamente: un'apertura sulla superficie o forse un anello decodificatore magico per teletrasportarli fuori. Qualunque cosa stia succedendo, la cupola si sta restringendo e se ha un diametro di 42 chilometri, allora ci sono…

Mi sento cedere le ginocchia.

Ci sono milioni di persone lì dentro.

E per cosa? Qual è lo scopo di tutto questo? Le domande, però, possono aspettare, perché noto un cavalcavia in lontananza. Forse il ponte riuscirà a fermare la barriera e a dare alla gente un'apertura per fuggire. La speranza mi sale nel petto e comincio a urlare alle persone di allontanarsi dalla strada. Se funziona, tra pochi minuti ci sarà una fuga precipitosa di umani.

"Non credo che funzionerà, signore", dice un'adolescente che cammina verso la cupola. Tiene il mento alzato e sembra senza paura.

"Resta indietro, ragazzina".

Scuote la testa e tira su con il naso. "Ha già preso mia madre. E Sam non ce l'ha fatta. Quindi non mi interessa più."

Le ordino di indietreggiare, ma lei fa un passo lento alla volta, a ritmo con me e la barriera.

"Mi ha lasciato guidare. Ho la patente da due mesi. Il traffico notturno non era poi così male, vero? Ha detto che mi avrebbe fatto bene fare pratica e che si fida di me. Quindi si è seduta dietro e ha lasciato che Sam si sedesse davanti con me. E quando è apparso il muro", fa un respiro profondo e posso vedere le lacrime che le rigano il viso. "Ci è passato attraverso. Non ha fatto nulla alla macchina. Ma ha tagliato a metà la mamma. E poi, quando ho perso il controllo e ci siamo schiantati, Sam… lui…".

Mi avvicino e afferro la ragazza per la spalla. C'è sangue secco sulle sue mani, vedo dei tagli sul suo viso e polvere bianca, probabilmente dall'apertura dell'airbag. "Devi andartene subito."

Non mi sta guardando.

"Ehi. Guardami", la scuoto. "Guardami."

Mi guarda.

"Non c'è niente per te qui. Voglio che tu ti metta a camminare in quella direzione", indico ovest. "E che non ti fermi. Cerca delle brave persone, qualcuno che ti aiuti, e tieniti lontana da tutti gli altri. D'accordo?"

Annuisce.

Vorrei darle cibo, acqua e addestramento con le armi, ma il massimo che posso offrirle è dirle: "Resta viva. Resta al sicuro."

Annuisce di nuovo e poi guarda a ovest. Le do una spintarella gentile e mando una supplica al cielo perché la tenga al sicuro. Nessuna delle mie preghiere ha funzionato prima, ma spero che questa funzioni, per il suo bene.

Il cavalcavia è probabilmente a un minuto di distanza, quindi torno ad assicurarmi che le persone siano il più indietro possibile. È un compito impossibile per una persona, quindi sono grato quando alcuni passanti si uniscono alla mia causa e aiutano a sgomberare la folla.

Eppure, alcuni sembrano condividere il presentimento della ragazza, che l'energia attraverserà senza problemi il cavalcavia. È strano, perché l'anomalia non sembra avere problemi a tranciare le persone, eppure tutti i veicoli che ho visto sembrano intatti, così come gli alberi e le barriere antirumore su entrambi i lati dell'Interstate. Qualunque cosa sia, sembra avere effetto solo sui tessuti umani.

Il muro è quasi al cavalcavia. "Attenzione, state indietro." Mi inginocchio vicino al guardrail della rampa di un'uscita in direzione est e sollevo l'arma. Non che mi aspetti qualcosa di ostile, tutto quello che riesco a vedere sono persone. Le loro grida sembrano provenire da sott'acqua, o dall'altra parte di una lastra di vetro. Ma stando al modo in cui guardano il cavalcavia, sembrano pensare quello che penso io. Nel giro di pochi istanti, iniziano a organizzarsi per correre attraverso l'apertura.

Ma la notizia sembra mettere a rischio quelli più vicini al bordo del muro. La folla è sempre più agitata dalla prospettiva di una via di fuga. Uno degli uomini che stava cercando di mantenere l'ordine è schiacciato contro la barriera. Il suo corpo esplode in fiamme blu e poi si smaterializza in una cascata di scintille. La fine violenta dell'uomo manda nel panico le persone più vicine, ma non riescono più a muoversi, ora, bloccate dalla calca crescente.

Scavalco il guardrail e inizio a urlare ordini, ma immagino che la mia voce non gli arrivi, come la loro non arriva a me. Alzo lo sguardo e vedo che il muro è a pochi centimetri dal bordo del cavalcavia. Con un po' di fortuna, la barriera si ridurrà e permetterà alle persone più vicine di passare illese. Tuttavia, in questo momento, sono a pochi secondi dal diventare sfortunate vittime della spinta della folla verso la libertà.

Il ponte superiore e il guardrail passano attraverso la barriera. Ma sotto il muro continua, anche se leggermente più fioco. Negli istanti successivi, un orribile massacro si svolge sotto il ponte mentre il muro avanza, abbattendosi sulla folla di persone. Le fiamme blu divorano decine di vittime, nutrendosi come una bestia famelica con un appetito insaziabile.

Guardo con muto terrore mentre la folla realizza il suo destino collettivo e inizia l'arduo compito di reindirizzare il suo slancio. Ma non abbastanza velocemente. Sempre più persone incontrano la loro fine e la caverna echeggia delle urla dei fuggitivi e dei moribondi. Infine, quando la barriera attraversa il lato opposto del cavalcavia, la massa si sta disperdendo.

Tutto quello che posso fare è alzarmi in piedi e compiangere l'incredibile perdita di vite umane. Ancora una volta, mi trovo di fronte a un senso di impotenza. Sembra inevitabile. Guardo la mia arma, la mia attrezzatura, e mi rendo conto che sono inutili contro un simile nemico. Mi trovo sulla scia della distruzione perpetrata da un nemico che mi sento impotente ad affrontare. Una parte di me vuole tornare indietro. È vero. Non c'è alcuna possibilità di vittoria contro una simile minaccia, almeno nessuna che io possa vedere. Meglio raccogliere i feriti, curarli e dirigersi verso le colline. I militari se ne stanno occupando e troveranno una soluzione. Sono poco più di un giustiziere, con abbastanza ombre nel mio passato da sapere che dovrei voltarmi e lasciare che i professionisti se ne occupino.

Ma l'altra parte di me, forse la parte molto più giovane, vuole continuare a seguire la dannata cupola. Vuole cercare crepe nell'armatura e correre nella notte. Mi sta supplicando di confrontare il nemico e di ficcargli la canna di una pistola in gola finché non vomita e rivela i suoi segreti. Una versione ventenne di me stesso che crede che nulla sia impossibile è convinta che ci deve essere un modo, c'è sempre un modo. E andando contro il mio buon senso, ascolto quel lato più giovane, almeno per un secondo, per sentire se ci sia qualcosa di razionale nella sua ingenuità.

Dati gli incendi delle basi all'orizzonte, i militari potrebbero non arrivare sul posto per diverse ore, forse giorni, chi lo sa. Significa che il nemico è ben informato e agisce strategicamente. Allo stesso modo, nessuno dei civili sembra nelle condizioni di pensare a mente fredda. Voglio dire, tranne me, perché anch'io sono un civile ora. Forse è a causa della mia esperienza di combattimento, o forse perché ho già visto qualcosa di inspiegabile nel sito di scavo.

Posso andare, ma è la scelta più saggia?

Dietro di me c'è un mare di persone che si ritira nell'oscurità. Stanno cercando un riparo, piangono i morti e cercano di dare un senso a ciò che hanno visto. Potrei aiutarli a gestire la tempesta. Usare la mia esperienza per aiutarli a sopravvivere.

Davanti a me, tuttavia, ci sono milioni di persone intrappolate in un anello di morte che si sta restringendo. Il loro futuro è tetro. Ma non ho idea di come mitigare il loro dolore, tanto meno cambiare il loro destino.

E poi c'è la mia casetta sulla collina. La immagino vividamente, al sicuro e appartata. Un rifugio da tutte le sofferenze della vita, per il quale ho lavorato duramente. È in attesa, anche adesso, rivolta a est verso questa cupola blu, chiedendosi quando tornerò. Ma mentre soppeso le opzioni davanti a me, mi rendo conto della crudele verità: non tornerò. Non si torna indietro.

"Ti farai ammazzare, Wic", dico. "Lo sai, vero?"

Maledizione, sì, lo so. E, a essere onesti, è stata una lunga attesa. Tanto vale andare avanti.

L'urlo di una donna esplode da qualche parte dietro di me. Mi giro e la vedo che indica il confine meridionale della cupola. Diverse altre persone stanno gridando e iniziano a sollecitare la massa a correre.

Quando guardo a sud, vedo dei droni in aria lungo il mio lato della cupola. Sembrano coperchi della spazzatura rossi con pannelli blu luminosi sul ventre. Sotto di loro, vedo una specie di veicolo diretto verso di me lungo la strada del cavalcavia. E a giudicare dal modo in cui si libra sull'asfalto, immagino che non sia di queste parti.

Capitolo 10

0115, venerdì 25 giugno 2027
East Orange, New Jersey
Interstate 280 est

L'intera folla, che si era radunata per vedere se il campo di forza si sarebbe separato attraversando il cavalcavia, è ora in piena ritirata. Le persone si spingono e radunano i membri della loro famiglia per nascondersi dai droni e dai fari. Non hanno torto. Anche se io ho già visto quei droni, per loro è la prima volta, ma il loro istinto gli sta dicendo che sono collegati alla cupola e all'orrore che ha causato.

Eppure, ci sono molte persone che non si stanno muovendo per mettersi in salvo. Sono troppo occupati a piangere i morti. Una bambina di circa cinque anni sta supplicando sua madre immobile di alzarsi dall'asfalto, ignara della minaccia che avanza sulla strada in direzione del cavalcavia.

I bambini, oh. Non ci pensi. Agisci e basta. Il che ha messo nei guai più di uno di noi in Medio Oriente. Ma anche lì, ci vuole molto per ignorare l'istinto primordiale umano di proteggerli e tenerli al sicuro. Il che rende ciò che quei bastardi facevano ai propri figli molto più spregevole.

Corro in direzione ovest sull'Interstate, afferro la bambina e la riporto dietro un gruppo di spartitraffico arancioni e bianchi pieni d'acqua. Proprio mentre scivolo dietro i barili, vedo il veicolo apparire in cima alla rampa di uscita.

La bambina urla.

Le metto la mano sulla bocca e lei mi morde il guanto. Non abbastanza da bucarmi la pelle, ma abbastanza da farmi imprecare. "Ehi. Shh."

Sembra calmarsi quando un riflettore si posa sul nostro nascondiglio e illumina l'erba e il marciapiede circostanti di luce bianca.

Il veicolo sembra rallentare, così come i droni. Provo a usare i talloni per spingere me e la bambina più in fondo tra i barili di plastica, ma non si muovono. Senza copertura, quei droni ci individueranno.

A peggiorare le cose, la bambina mi morde la mano più forte, ma riesco a tenerla in silenzio. Scalcia e si dimena sotto il mio altro braccio, la mamma le ha insegnato bene. Ma non sono io quello di cui deve avere paura.

Le immagini del corpo di Lewis che scivola verso il portale in Antartide mi riempiono la testa. Sento la sua gamba scivolare via dalla mia mano e vedo il suo corpo scomparire nel campo energetico. È stata colpa mia, e non permetterò che accada di nuovo.

Se i droni agganciassero me, la bambina potrebbe avere una possibilità.

"Al mio segnale, corri verso quegli alberi laggiù. Li vedi?"

La bambina smette di dimenarsi. Sta ascoltando. Bene.

"Voglio che corri più veloce che puoi e non ti guardi indietro. Fai sì con la testa se hai capito."

Annuisce.

"Brava."

I droni sono vicini ora e luci laser blu scansionano tutto intorno a noi. Non riesco a togliere il mio stivale sinistro dalla luce.

"Preparati."

Annuisce.

"Ehi" grida qualcuno alla mia destra. "Da questa parte!"

Guardo e vedo un uomo di mezza età con la pancia tonda che si toglie le scarpe. Poi ne lancia una ai droni. "Da questa parte, bastardi!" Poi lancia l'altra scarpa e si mette a correre.

La luce si allontana dal nostro rifugio e segue l'uomo. Lancio un'occhiata e noto che i pannelli blu sotto il drone si illuminano mentre si girano verso il loro nuovo punto di interesse.

"Ora! Forza." Spingo la bambina in piedi e le do una piccola spinta. "Non guardarti indietro."

Piange mentre scappa. Ma ho il mio SCAR puntato sul veicolo nel caso decida di puntarle contro un riflettore.

Non lo fa e la bambina scompare tra i cespugli.

Offro una preghiera a Babbo Natale, patrono dei bambini, e gli chiedo di tenerla al sicuro. Ah no, è San Nicola. Beh, Babbo Natale probabilmente è comunque un ascoltatore migliore.

Intanto l'uomo che si è offerto al suo posto è stato catturato. Come Lewis, è stato arpionato al petto da una specie di filo. Si contorce mentre due droni lo trascinano verso il campo di forza.

Per una frazione di secondo, considero l'ipotesi di attaccare i droni. Ma poi mi ricordo quanto siano resistenti quelle dannate cose. Non sono all'altezza di uno, figuriamoci di un paio. E se ci sono dei robot in quel veicolo, sono praticamente morto.

Ci sono molte cose difficili in guerra, questa è una di queste: sapere quali battaglie scegliere. E non hai tempo per rimuginare sulle cose. Non puoi dormirci sopra, telefonare a un amico o fare una giornata di ricerche. Decidi sul momento, usando ciò che hai, e poi vivi o muori con i risultati.

Ricordo una lezione di catechismo che diceva che Cristo lasciò i novantanove per andare dietro all'uno. Per una frazione di secondo, penso di fare lo stesso e di salvare la vita di quell'uomo. Ma se lo faccio, sono praticamente morto. Il che significa che altre bambine come quella che ho appena mandato a nascondersi nel bosco non hanno possibilità.

Inoltre, quest'uomo sapeva cosa stava facendo. Stava salvando una bambina. Ha fatto la sua scelta, anche senza conoscere tutte le ripercussioni.

I droni si abbassano per passare sotto il ponte e trascinano l'uomo verso il campo energetico in movimento. Allo stesso tempo, vedo il veicolo svoltare per scendere dal cavalcavia e imboccare il retro della rampa d'ingresso dell'Interstate.

Ora che la minaccia immediata si allontana, faccio un balzo per stargli dietro. Sì, è un rischio, ma voglio sapere cosa stia succedendo. Con così poche informazioni su questo nemico, ogni dettaglio conta.

Rimanendo nell'ombra, mi intrufolo sotto il cavalcavia e osservo i droni e il veicolo convergere vicino al muro della cupola. Stanno rallentando, il che significa che sta per succedere qualcosa di importante.

Senza i fari puntati in faccia, osservo il veicolo: sembra una sorta di mezzo corazzato futuristico. Il sotto carro a forma di V è illuminato da pannelli blu luminosi come quelli dei droni. L'estremità anteriore ha la forma di un triangolo la cui punta scende bruscamente verso il basso, mentre il corpo principale ha la forma di un cilindro senza finestrini, con porte blindate nella parte posteriore. Lungo tutto il corpo nero ci sono piastre color magenta come quelle dei robot. Altri simboli gialli e bianchi adornano il veicolo, ma il loro significato mi è oscuro.

Non sono sicuro di come questi robot classifichino i calibri delle loro armi, ma delle armi di grosso calibro sono montate sulla parte superiore della cabina, mentre in cima al serbatoio posteriore si trovano riflettori e una piccola gru. Se dovessi indovinare, dato il contesto, direi che si tratta di una sorta di unità corazzata da ricognizione, un ARU.

Le porte posteriori si aprono e ne escono due robot da ricognizione come quelli che ho visto in Antartide, quelli senza fucili ed elmetto. Si muovono intorno all'ARU, come ho deciso di chiamarlo io, e si dirigono verso il campo di forza.

Incuriosito, esco dall'ombra nella speranza di vedere meglio cosa stiano facendo. È pericoloso, ma se vuoi conoscere il tuo nemico, devi correre dei rischi.

Con mio grande stupore, i due robot attraversano il campo energetico illesi. Qualcosa sulla loro armatura sembra creare una breccia nella barriera, che si apre in mezzo a loro. Non appena si apre la finestra sull'interno della cupola, sento le persone dall'altra parte che urlano. Ma i robot sembrano indifferenti alle grida di aiuto e alzano i palmi delle mani per sparare sulle persone intrappolate all'interno.

I droni lasciano cadere l'uomo panciuto ai piedi dei robot e poi si allontanano. Non appena lo fanno, i droidi afferrano l'uomo e lo spingono attraverso l'apertura perché si unisca agli altri all'interno. Quindi si allontanano dal campo energetico e la finestra della cupola si chiude di scatto.

Per me è arrivato il momento di tornare al coperto. Corro al riparo e mi inginocchio, sperando che non mi abbiano visto. I robot tornano sul retro dell'ARU e salgono, mentre i droni aumentano la potenza e si allontanano. Quindi il veicolo attraversa lo spartitraffico e le corsie in direzione ovest e risale la rampa di uscita per continuare verso nord.

Aspetto ancora qualche secondo e poi mi allontano dal ponte. Poi salgo sul terrapieno della rampa del lato est e mi riparo dietro il guardrail del cavalcavia, studiando la cupola.

Cosa è appena successo? Mi stropiccio gli occhi e controllo l'ora: 01:26. Il mio corpo è stanco, ma la mia mente è completamente sveglia e un po' spaventata da tutto ciò che ho appena visto.

Mentre faccio diversi respiri profondi, considero una delle cose più strane del cervello umano: la sua capacità di rimodellarsi, in particolare intorno a cose che non capisce. Penso che si chiami neuroplasticità, o qualcosa del genere.

A essere onesti, fino a quando non ho visto la cupola dal mio portico, avevo cercato di dimenticare gli eventi in Antartide. E quello che non potevo non aver visto, mi sono ritrovato a cancellarlo. Qualcuno potrebbe accusarmi di non voler accettare la realtà. Ma non sto ignorando quello che ho visto. È che non credo alle spiegazioni di Aaron e del dottor Walker. Si potrebbe chiamare autoconservazione, certo. Ma scelgo di chiamarla logica.

Quante probabilità ci sono che una civiltà aliena abbia fatto cadere quell'anello qui un miliardo di anni fa, o qualunque cosa sostengano? O, magari, forse, è lì dalla Seconda guerra mondiale, quando gli Stati Uniti stavano testando vari modi assurdi per contrastare il nemico. Anche durante la Guerra fredda, ci sono state abbastanza operazioni folli da riempire un centinaio di romanzi di fantascienza. Project Iceworm, Edgewater Arsenal Experiments e Project Star Gate, solo per citarne alcuni. Solo che non erano fantascienza, erano reali. E, Dio, erano sbagliati per un milione di motivi diversi.

Anche dopo quello che ho appena visto, continuo a pensare che questo abbia più a che fare con noi, con l'umanità, che con qualche folle teoria del dottor Walker, che Dio l'abbia in gloria. Perché, finora, non ho visto nessun omino verde. Ma quello che ho visto sono un mucchio di robot pazzi che non sembrano così lontani dal Terminator della mia infanzia. Il che significa che, in fin dei conti, siamo ancora soli nell'universo. Questa è la buona notizia. La brutta è che siamo bloccati con noi stessi, e stiamo ancora escogitando modi folli per ucciderci l'un l'altro.

La cupola continua a contrarsi, diretta a est, quando sento qualcosa che si muove sulla strada alla mia destra.

"Alt, merce", dice una voce dal suono digitale. All'inizio, penso che sia un bambino che mi sta facendo uno scherzo o qualcosa del genere. Mi giro alla mia destra proprio mentre due chiari flussi di luce intensa mi colpiscono il viso. Mi proteggo gli occhi abbastanza per vedere che si tratta di un bot, passato a finire il lavoro. Dannazione.

"La mancata ottemperanza comporterà la tua eliminazione", dice. Vedi? Robot creati dall'uomo che parlano inglese. "Abbassa la tua arma."

"Nemmeno per idea, coglione." Il mio SCAR è alzato e il mio dito preme il grilletto. I primi colpi gli frantumano le luci sul petto, e di questo sono grato. I proiettili successivi *rimbalzano* sulla sua armatura in una raffica di scintille e alimentano le fiamme del mio acufene. Non così grato.

Quando il bot alza il palmo verso di me, so che devo tuffarmi. Il fulmine paralizzante manca il mio torace e rotolo attraverso le doppie linee gialle in mezzo alla strada. Poi mi alzo in piedi e ricomincio a sparare, concentrandomi sulla parte centrale del robot e sperando di mettere a segno qualche colpo tra le piastre della sua armatura. Non che io sia convinto che lo scheletro sia più debole, ma un ragazzo può sognare, giusto?

Il secondo e il terzo colpo del robot schizzano dal marciapiede e vanno a sbattere contro il guardrail. Mi riparo dietro una Honda Civic nuova ferma nella corsia sud. Mi permette di provare a superare in astuzia il nemico. Sospetto che pensi che mi muoverò verso il davanti, quindi mi dirigo sul retro. Come pensavo, il robot è appoggiato sul cofano: sparo vari colpi contro la parte bassa della sua schiena. Non sono sicuro che i progettisti lo abbiano dotato di una debolezza lombare intrinseca, ma se i droidi sono anche solo un po' come me, è una scommessa sicura.

I proiettili deviano sul marciapiede e riempiono di buchi il pannello anteriore sinistro della Honda. Ma il bot non sembra accorgersene e si gira verso di me.

È il momento di andare.

Con un passo torno a ripararmi dietro il retro dell'auto mentre un altro laser blu mi passa davanti alla testa. Altro odore di ozono bruciato si mescola all'odore dei miei proiettili calibro 308. Quando i miei ultimi tre colpi traccianti segnalano la fine del mio caricatore, ne preparo uno nuovo tirandolo fuori dal giubbotto. Quando il chiavistello del mio SCAR si blocca, espello il caricatore esaurito, sbatto dentro quello nuovo e infilo quello vuoto nella tasca dei pantaloni cargo, tutto in due secondi netti. Proprio mentre giro intorno alla parte posteriore destra dell'auto e mi accuccio lungo il lato del passeggero, il veicolo si solleva: il robot lo sta tirando su.

Della serie la realtà supera la fantasia.

Ora sto correndo al veicolo vicino, sperando che sia più grande della Honda perché, chiaro, il robot da ricognizione può tirare su le auto come se fossero ramoscelli. Benissimo.

Sento lo schianto della Civic da qualche parte dietro di me e non mi preoccupo nemmeno di guardare. Sono impressionato. Ora troviamo un modo per porre fine a tutto questo.

Altri due colpi mi mancano mentre mi nascondo dietro la parte anteriore di un pickup Ford F-150 dei primi del 2000. Non avendo a disposizione un'incessante quantità di piombo sparato da varie squadre d'assalto, l'unico altro modo che conosco per eliminare questo robot è sparargli alla base del collo. E l'ultima volta c'era un russo intrepido a farmi da supporto.

Mi viene un'idea. Non mi piace, ma non ho una marea di opzioni.

Imbraccio il mio SCAR, sfodero la Glock e aspetto che il rumore dei passi del robot si avvicini all'F-150. Spero che non decida di afferrare il paraurti posteriore e scagliare via il camioncino. Babbo Natale probabilmente mi deve aver sentito, perché il robot passa dal lato del passeggero.

"Grazie", sussurro al Polo Nord, immaginando che Babbo Natale e il grande capo mi stiano guardando le spalle.

Salto sul cofano e, come un bambino che vede per la prima volta un'area di gioco al McDonald's, corro sul tetto del taxi.

Il robot mi ha visto, ovviamente, ma ho già afferrato una delle sue spalle corazzate e gli sono sulla schiena.

È incazzato e inizia a dimenarsi avanti e indietro. Cerco di seppellire la canna della mia Glock nella cavità toracica, ma il silenziatore esteso lo rende difficile. Mi pento subito di non averlo rimosso prima.

Dietro di me, vedo il guardrail alto fino alla vita del cavalcavia che si avvicina pericolosamente. Ci sono almeno sette metri di vuoto sotto di noi. Il bot fa due passi indietro, il che significa che devo scappare.

Ma non posso.

La mia mano è incuneata sotto la piastra che gli copre la spalla.

Si sente un forte *clang* e poi ci sbilanciamo all'indietro.

In un secondo, mi immagino schiacciato sotto l'immenso peso del robot e il pensiero mi fa salire una scarica di adrenalina. Ma non posso fare nulla. Siamo in volo, e il mio stomaco sta facendo una palla con il mio intestino.

Ma anche il bot sta girando. Vedo il bagliore della cupola scomparire, quindi riapparire nella parte superiore del mio campo visivo.

Il mio petto sbatte per primo contro la schiena del robot ed è seguito, una frazione di secondo dopo, dai miei arti e dalla mia testa. Puntini luminosi danzano davanti ai miei occhi come le lucciole nei campi intorno alla mia casetta. È così bello lì. Non vedo l'ora di tornarci.

Il bot sta cercando di alzarsi.

Sbatto le palpebre, poi infilo alla cieca la mia Glock nel torace del nemico, sperando che il comandante Johnson non sia sulla linea di tiro. Poi sparo tre colpi consecutivi. Il lampo luminoso e i suoni acuti mi disorientano ulteriormente. Ma il bot ricade a terra con un tonfo sordo, e io mi ritrovo con le orecchie che fischiano e la testa che scoppia.

Riccioli di fumo si alzano dalla cavità toracica del robot, portando l'odore distinto di un incendio elettrico. Il robot sembra abbastanza morto da permettermi di riporre la mia arma e rotolare giù dalla sua schiena. Soffro, ma sono vivo, che è tutto ciò che conta in questo momento. Beh, oltre a non essere stato gettato all'interno della cupola.

Ripensandoci, e se invece all'interno della cupola fosse davvero dove devo essere? Dannazione. Mi sfiora il pensiero che forse, qualunque cosa la alimenti, non si trova al di fuori…

È dentro.

"Babbo Natale, aiutami", mormoro, cercando la stella polare nel cielo notturno. Sono in pensione da otto settimane e mi sono già abituato a quelle maledette stelle. Sembrano più luminose senza le luci della città, nonostante il bagliore della cupola. Vorrei solo essere alla mia casetta per godermele. Ma qualcosa mi dice che l'osservazione delle stelle rimarrà fuori programma per un po'.

Mi volto verso la bolla, sempre in movimento, ad est. Probabilmente non si vedono le stelle da lì dentro. Bastardi.

All'improvviso, sento un motore avviarsi in lontananza e vedo dei fari che colpiscono il cavalcavia da sud. Un'altra pattuglia? Accidenti, questi robot sono implacabili.

Sollevo da terra il mio corpo dolorante, aggiusto il casco e tiro su lo SCAR. Sono tornato agli stessi barili di plastica dietro i quali mi ero riparato con la bambina quando il veicolo si ferma stridendo. Quelle sono pastiglie dei freni, vecchio stile. Mi azzardo a dare un'occhiata e vedo un CJ7 celeste del 1979 in cima alla rampa di uscita.

"Uscite", dice una grintosa voce femminile mentre la Jeep si spegne. "Voglio sapere se il tiratore è ancora vivo."

Capitolo 11

0143, venerdì 25 giugno 2027
East Orange, New Jersey
Interstate 280 est

"Restate dove siete", urlo con la mia voce più autorevole, accovacciato al riparo.

I tre nuovi arrivati si voltano e puntano le armi verso di me.

Quando la donna parla di nuovo, più piano, so che non si sta rivolgendo a me. "Sembra che l'abbiamo trovato." Poi, stavolta un po' più forte, dice: "Non vogliamo problemi."

"Allora è meglio che andiate per la vostra strada."

La donna si guarda intorno, cercando di individuare la mia posizione. "Sei con loro?"

Mi acciglio. "Loro, vorresti dire…"

"Gli alieni."

"Vuoi dire i robot. Nah. Tu?"

"Certo che no. Stiamo cercando di uccidere quei figli di p. Avevamo appena fatto fuori una pattuglia quando abbiamo sentito dei colpi da nord. Sembra che abbiamo trovato la fonte." Poi abbassa l'arma e alza l'altra mano. "Esci fuori, facciamo quattro chiacchiere." Fa cenno alle altre due figure di fare lo stesso. Sembrano riluttanti, ma alla fine seguono l'esempio.

Esco dal mio riparo e mi avvio verso la rampa, tenendo il mio SCAR puntato sui nuovi arrivati. Sono equipaggiati e pronti all'azione, chiaramente militari, o almeno ex militari. Sembrano un soldato, forse uno dell'aeronautica (le ciabatte infradito e il thermos sono prove inequivocabili), e un dannato Marines.

"Semper fi", dico mentre mi avvicino al veicolo, tastando il terreno.

Il Marines sembra rilassarsi un po'. "Oorah." Si gira a guardare gli altri. "È un fratello."

"Lo vedo", dice la donna tendendomi una mano. Porta i gradi di Sergente e tiene un AR15 con silenziatore sul petto. La sua stretta di mano sembra un paio di tenaglie, è alta un metro e settanta per 68 chili e sembra che il cavalcavia sia suo. Ha anche un viso grazioso e occhi scuri, ma qualcosa mi dice che il suo aspetto ha risucchiato un sacco di uomini in una lotta che non possono vincere. "Mi chiamo Susanne Catania. Ma puoi chiamarmi Hollywood."

"Ex attrice?"

Scuote la testa. "Solo l'unica ragazza del Jersey che non sopporta i drammi. E non mi separo mai dai miei occhiali da sole."

"Capito."

Fa un cenno verso il Marines che indossa i galloni da soldato di prima classe. "Questo è Laszlo."

"Z-Lo", la corregge il ragazzo.

"Oorah", dico, e battiamo i pugni.

È di qualche centimetro più alto e più largo di me, il che è tutto dire. Sembra che si sia rotto il naso un paio di volte, e vedo che ha l'orecchio sinistro a cavolfiore. Ma, in base al grado, non riesco a immaginare che sia ancora mai stato in combattimento, quindi le ferite devono essere di prima che si sistemasse con un reclutatore. Il ragazzo è brutto forte e probabilmente ha uno spirito combattivo. Porta sul petto un IWI TAVOR e un fucile Mossberg 590A1 gli pende sulla schiena, insieme a una bandoliera da venti proiettili. Ha fegato.

"E questo è il Sergente Maggiore Ken Yoshida", dice Hollywood.

"Aeronautica?" chiedo, notando la sigla PJ sul suo braccio sinistro.

"Non sono così inutile come sembro", dice Yoshida, stringendomi la mano.

"Non lo stavo pensando."

"Bugiardo." Sorride. "Chiamami Yoshi."

"Come…"

"Come nel videogioco. Sì."

Questo tipo mi piace. E mi piace ancora di più il fucile FN SCAR 15 che sta cullando.

Sono venuti qui pronti a combattere, mi piace. Sono anche curioso di sapere perché vadano in giro da soli in questo modo.

"E tu?" chiede Hollywood.

"Mi chiamo Wic."

"E quello sarebbe un nome?"

"Se consideri che sono bianco, irlandese e un cattolico impenitente, yut."

Sorride, ha capito il gioco di parole. "Allora, ex Marines, eh."

"Qualcosa del genere."

"Beh, Qualcosa-Del-Genere", guarda il robot morto nel mezzo dell'Interstate, "Sarebbe meglio darsi una mossa prima che la pattuglia torni indietro e scopra cosa hai fatto al loro amico."

Alzo un sopracciglio. "Parli per esperienza?"

"Forse giusto un po' più di te. Come ho detto, abbiamo ingaggiato alcuni obiettivi a sud di qui e siamo stati costretti a spostarci una volta finito."

"Voi tre da soli?" Dato quello che avevo visto in Antartide, sembra sorprendente.

"Ce ne sono altri tre", dice Z-Lo. "A fare la guardia alla base, sai com'è? Siamo tipo una squadra d'assalto. Prendiamo a calci in culo i nemici, imprechiamo e lasciamo il nostro biglietto da visita ovunque andiamo. Oorah."

Stringo le labbra e annuisco. "Ottimo."

"Vuoi venire con noi?" aggiunge Z-Lo. "Sei tipo una specie di Raider, vero?"

Gli lancio un'occhiata. "Cosa te lo fa pensare?"

"Dannazione, il tuo equipaggiamento parla per te, vecchio. E quello è un fucile FN SCAR 17 modificato. C'è solo un gruppo di Marines che lo usa."

"Mi pare giusto." Forse il ragazzo non è così ottuso come sembra. Ma è comunque fastidioso. Mi rivolgo di nuovo a Hollywood. "Di quanto a sud stiamo parlando?"

"Un clic. Forse due", dice Z-Lo.

"Campione, stavo parlando con il Sergente."

Z-Lo fa marcia indietro. "Certo. Mi dispiace."

"Ed è Sergente Maggiore Capo per te, ragazzino."

Anche nella luce blu, vedo il sangue defluire dal viso di Z-Lo. Poi scatta sull'attenti.

"Dio, falla finita", dico, rendendomi conto di quanto questo ragazzino sia un novellino. Lo lascerò continuare a pensare che sono in servizio attivo, almeno per un po'. Magari servirà a tenergli la bocca chiusa.

"Le mie scuse, Sergente Maggiore Capo, signore."

Gli faccio un cenno sprezzante e poi faccio cenno a Hollywood di continuare.

"Abbiamo fatto base in una stazione di servizio un chilometro a sud", dice. "Hai un mezzo?"

"Sì." Indico gli alberi a ovest.

"Bene. Cerca di starci dietro."

"Farò del mio meglio."

La mia FJ40 è ancora dove l'avevo lasciata, indisturbata. Dopo aver riposto la rete mimetica, esco dal bosco e guido per un breve tratto fino alla rampa di uscita dove la Jeep di Hollywood, al minimo, punta a sud. Quando mi avvicino, la jeep parte con balzo in avanti, a luci spente.

Stargli dietro? Diavolo, non stava scherzando.

Faccio fatica a tenere il passo per trenta secondi mentre lei saetta a velocità folle tra le auto abbandonate lungo la strada. Fortunatamente, la maggior parte dei civili sembra essersi allontanata, altrimenti tutto questo sarebbe davvero pericoloso. Certo, qualche ignaro pedone potrebbe spuntare fuori e farsi asfaltare, ma è una preoccupazione che il Sergente dell'esercito non sembra condividere.

Hollywood continua a sfrecciare lungo la strada che attraversa il bosco rado, fino a quando le sue luci rosse dei freni si accendono per la prima volta da un minuto. Più avanti vedo le forme familiari di una tenda da sole angolare e un listino prezzi a LED spento. La stazione di servizio. La Jeep svolta sul retro. Seguo l'esempio e parcheggio accanto a un HMMWV "Humvee" del 1983. Qualcuno qui guida con stile.

"Mi sei sembrato un po' lento", dice Hollywood chiudendo la portiera. Yoshi esce dal lato del passeggero mentre Z-Lo salta fuori dal cofano.

"Aspetta. Era una gara?" Chiudo la mia Land Cruiser e rinuncio a camuffarla. "Lo terrò a mente per la prossima volta."

Ridacchia e poi si gira verso l'edificio principale a due piani. "Andiamo."

Le luci si accendono mentre Hollywood ci guida attraverso le corsie della drogheria, o ciò che ne resta. Il negozio è stato saccheggiato, il che, date le circostanze, non è poi così sorprendente. Ma a differenza dei rivoltosi che si concentrano sulla distruzione di finestre e di beni privati, questi sciacalli hanno lasciato quasi tutto intatto e sono andati dritti al cibo. Furbi.

Una porta nella zona frigo porta al ripostiglio sul retro, dove c'è una scala che sale al secondo piano. Un piccolo corridoio si apre su due uffici e quello che sembra essere un appartamento mal gestito. Ma Hollywood svolta e sale una seconda rampa di scale che si dirigono verso il tetto. Spinge una botola e si annuncia.

"Trovato niente?" chiede mentre esce dalla tromba delle scale.

Emergo dietro di lei e vedo due persone, uno sdraiato pancia a terra vicino al bordo orientale, l'altro inginocchiato all'angolo sud-est.

"No", dice l'uomo sdraiato con voce roca e tranquilla. È in posizione dietro un Barrett M82A1 50BMG silenziato QDL e ha un Remington 300 WinMag accanto a lui. Non c'è dubbio su quale sia o fosse la sua occupazione militare. Non è esattamente vestito a modo in questo momento.

"Ma immagino che tra non molto si dirigeranno da questa parte", dice il secondo uomo mentre abbassa un binocolo Steiner.

Hollywood si inginocchia sul tetto e mi fa un cenno. "Questo è Ghost."

Il cecchino si guarda alle spalle e mi offre un pugno come saluto, ma non dice nulla.

"Wic", rispondo.

Annuisce e poi torna al suo mirino notturno ATN X-Sight.

"Quello è Polanski", aggiunge, indicando l'uomo con il binocolo.

Non riesco a capire quanto sia alto, ma è un tipo robusto e ha un fucile Army M4 standard a tracolla sotto il braccio.

"Piacere", dice Polanski. L'ombra proiettata dal suo casco gli nasconde il viso, ma sembra che stia sorridendo. Chiunque sia così amichevole in una situazione come questa o è fatto di vita o di droga o di violenza.

Gli faccio un cenno e poi torno a Hollywood. "Hai detto che ne avevi altri tre? Dov'è l'ultimo?"

Lei annuisce. "Sta arrivando. Ha detto che voleva fare una rapida perlustrazione di sicurezza, questa è una base nuova."

Apprezzo l'attenzione.

Proprio in quel momento sento distintamente il suono di uno dei motori più inconfondibili del mondo che avanza da sud.

Guardo Hollywood. "È un…?"

"Uh-huh", risponde con un mezzo sorriso. "Andiamo."

Scendiamo giù per le due scale e attraverso il negozio quando una VW Pescaccia gialla a luci spente si avvicina alla stazione di servizio. L'autista spegne il motore e si avvicina alla porta d'ingresso della stazione.

È un tipo grosso, guida con costosi occhiali per la visione notturna e ha una pila di attrezzatura sul sedile posteriore. "Come butta?" esclama in un baritono fiducioso, poi alza gli occhiali. Sembra del Midwest, forse Detroit. "Ci hai trovato un nuovo amico?"

"Ti presento Wic", dice Hollywood, indicandomi con un cenno della testa. "Wic, questo è Bumper."

L'uomo fa oscillare la sua Pescaccia uscendo e sbatte la portiera. La sua stretta di mano di ferro e l'uniforme mimetica digitale tipo II mi dicono che questo tipo è tra i più tosti in circolazione. Non c'è da stupirsi che fosse fuori da solo per un giro di perlustrazione.

"Piacere di conoscerti", dico. "SEAL?"

Annuisce. "Raiders?"

"Yut."

Questo è il rituale di saluto altamente tecnico e incredibilmente dettagliato tra i guerrieri più addestrati dei due rami fratelli. Non iniziamo con le battute sull'intelligenza dei Marines.

Hollywood si schiarisce la gola. "Bene, ora che la vostra amicizia è in fiore, possiamo tornare al lavoro?"

"Cosa hai in mente?" chiedo.

Hollywood guarda Bumper. "Trovato niente?"

"Sembra che il nostro scontro a sud abbia attirato un bel po' di attenzione. Due esploratori si sono diretti da questa parte."

Hollywood abbassa il mento verso la radio MURS attaccata al suo giubbotto. "Hai sentito, Ghost?"

"Affermativo", dice il cecchino.

"I posti migliori sono in alto", mi dice. "A meno che tu non voglia restare qui con il tuo ragazzo."

"Preferisco i posti in balconata. Fai strada."

Non mi ci è voluto molto per capire che è Hollywood a dettare legge. Non sono convinto che superi tutti per grado, ma di certo sembra avere l'atteggiamento propositivo e la personalità assertiva di chi è abituato a stare alla guida. Il che mi va bene, la leadership è l'ultima cosa che cerco in questo momento. Diavolo, se incontriamo molti altri tiratori come questo, faccio le valigie e vado a casa.

Hollywood e io ci inginocchiamo accanto a Z-Lo che fa da vedetta a Ghost mentre Polanski copre il lato nord dagli eventuali bot che potrebbero voler tornare indietro dalla mia ultima schermaglia.

"Sono tipo, non so, quattrocento metri? E in rapido avvicinamento", dice Z-Lo a Ghost. "Tipo, dritti al punto."

"Tre-venticinque", risponde il cecchino con un vago accento del sud. Forse texano. "E sono a piedi."

Z-Lo lascia cadere il binocolo e poi nota che sono in ginocchio accanto a lui. "Ci ero vicino."

"Certo", rispondo. "Vuoi sparare, cecchino?"

"Mhmm", risponde Ghost.

"Più sono lontani quando li eliminiamo, meno attiriamo l'attenzione su di noi", aggiunge Z-Lo.

"Yut, di solito funziona così." Cerco Hollywood. "Quanti ne avete fatti fuori?"

"Abbiamo iniziato quando è apparsa la bolla", dice. "Finora abbiamo colpito cinque bot."

"Cinque? Beh… bel lavoro!" Considerando quanto male se la sono cavata le mie forze in Antartide, è impressionante. Poi di nuovo, quelle squadre erano giovani e sono state colte con diversi svantaggi strategici.

"Eh, ma non sono quelli di cui ti devi preoccupare."

Alzo un sopracciglio. "Cosa?"

"Copriti le orecchie", dice Ghost.

Il mio acufene cronico lo ringrazia.

Un secondo dopo, il suo calibro 50 comincia ad abbaiare. Anche con il suo caratteristico silenziatore QDL, è più rumoroso della maggior parte delle armi.

"L'hai fumato", dice Z-Lo dando una pacca sulla spalla del cecchino.

Ghost lancia al ragazzino uno sguardo irritato e poi torna al suo mirino.

Anche Z-Lo è di nuovo al suo binocolo. "Il secondo sta guardando dalla nostra parte."

"Mm-hmm", dice Ghost e poi lascia partire una seconda scarica di colpi. Probabilmente perforanti.

"Vai così!" esclama Z-Lo. "Obiettivo colpito. Ripeto, obiettivo…"

"Sono qui, ragazzino," dice Ghost. Alza lo sguardo verso Hollywood. "Dobbiamo andare."

Mentre Ghost raccoglie le sue armi, lancio uno sguardo ad Hollywood. "Cosa volevi dire? Su quelli di cui dobbiamo preoccuparci."

"Gli angeli della morte. Sono fuori di testa. Sono pericolosi."

"Vuoi dire che esiste un terzo tipo di bot?"

"Non sono robot." Hollywood scuote la testa e poi mi lancia un'occhiata strana mentre tiene aperto il portello che conduce dentro l'edificio. "Gli alieni, amico."

"Gli… alieni?"

Piega la testa verso di me. "Stai bene?"

"Sì, sto solo…"

"Aspetta un momento. Vuoi dire che non li hai ancora visti?"

Sospiro. "Ascolta, ho visto un sacco di cose che non riesco a spiegare. Ma non so se arriverei al punto di chiamarli alieni."

"Non li ha visti", dice Z-Lo mentre mi passa davanti e scende le scale.

"Non li ha visti", aggiunge Polanski mentre scende.

Ghost mi dà solo una pacca sulla spalla.

Improvvisamente mi sento inspiegabilmente ridicolo.

Hollywood alza gli occhi al cielo e poi entra nel portello. "Qualcuno si divertirà per la prima volta. Dai."

Siamo impegnati a caricare i tre veicoli sul retro quando Bumper gira intorno al lato dell'edificio sulla sua Pescaccia. "Altri due obiettivi in avvicinamento da sud. Modello d'assalto."

Beh, non è il massimo. Anche se sono impressionato dalla precisione di tiro di Ghost, ha sparato contro i robot da ricognizione, da lontano e con l'elemento sorpresa. Le versioni d'assalto sono tutta un'altra storia.

"Perché non cerchiamo di scappare?" chiedo.

"Non serve", dice Hollywood mentre prepara il suo AR15. "Una volta che ti hanno individuato, continuano a seguirti finché non li abbatti."

Capisco e annuisco. "Il che significa che ora sono diretti verso di noi…"

"Sentono il nostro odore", dice Bumper. "Beh, quello di Z-Lo."

"Ti ho sentito."

"Sono come segugi", aggiunge Ghost. Anche se ha messo alla sua enorme arma un nuovo caricatore, sembra annoiato. Noto anche che gli mancano due falangi all'anulare della mano sinistra. "C'è solo un modo per essere sicuri di fargli perdere le tracce."

Preparo il mio SCAR. "Beh, nella mia esperienza ho imparato che ci sono pochissime cose che non possono essere risolte con un sacco di piombo."

Questa frase ottiene l'approvazione di tutti e lo fanno sentire.

"Chi dirigerà l'operazione?" chiede Bumper.

Hollywood mi guarda.

"Oh no." Faccio un cenno di rifiuto. "Avete fatto grandi cose fino a ora. Squadra che vince non si cambia."

Annuisce, poi guarda la squadra. "Ghost e Yoshi, sistematevi sull'angolo destro dell'edificio. Bumper, fianco sinistro dietro il cassonetto. Wic, voglio te e Z-Lo dietro quel SUV. Polanski, con me."

Tutti annuiscono.

"Su che canale siete?" chiedo.

Bumper mi dà la frequenza di comunicazione e poi aggiunge: "Ce la farai con quella pistola giocattolo?"

Sorrido. I SEAL prendono sempre in giro noi Raiders sulla scelta delle armi. "Sai come si dice…"

"Come?"

"Le nostre pistole giocattolo sono meglio del tuo giocattolo, pistola…"

"Eeee noi andiamo", dice Hollywood mentre si dirige al riparo nell'angolo anteriore sinistro dell'edificio. Polanski segue il suo esempio.

Bumper, Ghost e Yoshi si allontanano, mentre Z-Lo e io ci nascondiamo dietro un SUV Ford nuovo. Le porte sono ancora aperte e un seggiolino rivolto all'indietro mi dice che appartiene, o meglio *apparteneva*, a una giovane famiglia. Ovunque siano ora, spero che sia lontano da qui, perché il loro seggiolino sta per subire un duro colpo.

Il ricordo di come i robot d'assalto hanno spazzato via tre plotoni delle forze di sicurezza russe, britanniche e americane è vivido nella mia memoria. Ora abbiamo una frazione di quella potenza di fuoco e abbiamo ancora due robot da abbattere. Le probabilità non sono buone. D'altra parte, allora avevamo avuto pochi secondi per valutare il nemico e ci avevano colti alla sprovvista. Mentre ora abbiamo il vantaggio di un ambiente suburbano, una buona copertura e l'elemento sorpresa.

Ok, quindi forse le probabilità non sono così male come dicevo prima. Ma ho ancora la sensazione che qualcuno verrà colpito e che avrò un'anima in più sulla coscienza da discutere con San Pietro ai cancelli del paradiso. Cioè, ammesso che riesca ad arrivare ai cancelli. È tutto da vedere.

"Se riescono, cercano di catturarti", dice Z-Lo dietro di me. "Se non ci riescono, ti sparano."

"Davvero."

Annuisce. "Hanno già fatto fuori due soldati di prima classe che abbiamo incontrato diretti in questa direzione."

"Mi dispiace."

Z-Lo fa un respiro profondo. "Se provano a prendermi? Uh, non mi arrenderò senza lottare. Capisci, amico? Sergente Maggiore Capo, signore."

Sto per rispondere, ma il ragazzo continua.

"Quelle cose hanno sonde e altre stronzate. No no, no grazie. Preferirei spararmi un colpo in testa prima di lasciare che mi infilino un…"

"Ho capito, ragazzino."

Tira su con il naso. "Bene, bene."

"Ehi, Z", dice Hollywood e poi gli fa il segno universale di chiudere il becco.

Lui annuisce e poi si sposta sul retro del SUV per vedere meglio, mentre io punto la mia arma sul paraurti anteriore.

Vedo per la prima volta i robot d'assalto alti due metri e mezzo mentre attraversano la strada a sud, tra vari bidoni della spazzatura rovesciati. Le loro luci laser blu scansionano avanti e indietro, accompagnate da colpi di fucile mentre il nemico cerca di individuare dei bersagli.

"Abbiamo un piano?" chiedo a Hollywood.

"La maggior parte dei colpi alla testa viene deviata, sono armati piuttosto bene. Il collo è un punto debole ma più difficile da colpire. Se riesci, cerca di colpire la loro arma o concentrati sull'articolazione del ginocchio per rallentarli."

"Roger."

Le indicazioni di Hollywood confermano ciò che ho visto in Antartide. I robot uccisi nel sito di scavo non avevano offerto molto in termini di informazioni, solo materiali sconosciuti ai ricercatori e segni che nessuno era stato in grado di decifrare. Ma articolazioni degli arti e del collo deboli? A quanto pare sono universali.

E, solo perché nessuno pensi che me lo sia dimenticato sto ancora pensando al commento di Hollywood sugli alieni. Ho la strana sensazione che, per quanto io pensassi che questo fosse un progetto segreto del governo, la mia idea sta per essere accantonata. Certo, ho bisogno di prove. Per il momento, sto ancora assistendo alla prima di Robots Gone Wild al MIT. Non mi vedranno saltare sul carro del Dr. Walker trainato da ET senza una dannata buona ragione.

Quando i due robot d'assalto entrano nel vialetto della stazione di servizio, Hollywood dà l'ordine di aprire il fuoco. Sento la calibro 50 di Ghost abbaiare per prima e vedo il bot di destra barcollare di lato. Una manciata di scintille esplode dalla testa della macchina mentre assorbe il colpo. Ma il cranio del robot è ancora lì.

Una frazione di secondo dopo, la mitragliatrice leggera M249 di Bumper, nota tra gli appassionati di videogiochi con l'acronimo SAW, apre il fuoco sul bot a sinistra. I proiettili schizzano contro il petto e la testa del bersaglio mentre altre scintille illuminano l'aria della notte.

Il mio SCAR è puntato sul bersaglio, tiro tre colpi al collo del robot di destra. Anche Z-Lo, Hollywood e Polanski stanno sparando e per qualche secondo i robot sembrano confusi. Le loro teste e i laser sembrano ansiosi di identificare il nemico.

Per un momento, ho la sensazione che andrà meglio dello scontro all'anello. Ma non ci vuole molto per farmi cambiare idea, quando entrambi i robot concentrano la loro attenzione sui nostri al centro della formazione d'assalto. Me incluso.

I terribili fucili dei robot aprono il fuoco sull'edificio principale della stazione di servizio e sul SUV dietro cui ci nascondiamo. Sembra che i proiettili siano una sorta di impulso di energia ad alta intensità, come nei cartoni animati del sabato mattina della mia infanzia, solo con una forza più distruttiva. Intere parti dello spigolo in mattoni dell'edificio sono andate in pezzi, coprendo Hollywood e Polanski di detriti e costringendoli a indietreggiare.

Il SUV oscilla avanti e indietro mentre i finestrini esplodono e le gomme scoppiano.

"Tutto a posto?" urlo al ragazzo.

"Sì, tu?"

"Alla grande." Mi sporgo e mando altri tre colpi sul bersaglio. Non riesco nemmeno a capire se ho colpito qualcosa in mezzo a tutte le scintille e ai raggi laser. Ma poi il bot di destra barcolla di nuovo di lato quando un altro dei colpi calibro 50 di Ghost lo colpisce alla testa. L'aggeggio deve cadere, non è possibile che sopravviva a un tiro del genere da venti metri. Ma invece si gira verso il lato sud dell'edificio e inizia a sparare.

Colgo la finestra dell'opportunità e metto il mio SCAR su full-auto, preparandomi mentalmente a cambiare caricatore. Essere efficaci in combattimento richiede diverse abilità: il tiro di precisione è solo una. Certo, è importante. Ma essere preparati mentalmente a ricaricare, spostarsi, regolare il fuoco, seguire gli ordini e reagire alle esigenze dei compagni di squadra è altrettanto importante.

Premo il grilletto e tengo il mio SCAR puntato sulla testa del robot, sperando che almeno uno dei miei proiettili gli rompa qualcosa nel collo. Il caricatore si scarica nell'arco di quattro battiti cardiaci e l'otturatore si apre.

"Ricarica."

Prendo un caricatore dal petto con la mano sinistra mentre il dito del grilletto preme il pulsante di sgancio sulla scatola di culatta. Quando il mio nuovo caricatore è a posto e l'otturatore si chiude, l'intera danza ben coreografata ha richiesto meno di tre secondi e sono di nuovo sul bersaglio.

Ma il robot a sinistra ha notato l'aumento del fuoco dalla posizione centrale e ha scatenato una raffica sul SUV che sta facendo dondolare l'auto al limite.

In gergo militare altamente tecnico, afferro la spalla di Z-Lo e urlo: "Corri."

Siamo quasi arrivati all'edificio quando il veicolo si schianta su un lato. Un secondo dopo, uno degli impulsi di energia sparati dal robot colpisce il serbatoio del carburante a vista e il SUV esplode. Fortunatamente, siamo protetti dall'esplosione sul lato dell'edificio con Hollywood e Polanski.

"Scoppia", urla Bumper da dietro il suo cassonetto. Il suo SAW tace quanto basta perché un ordigno grande quanto una palla da baseball rotoli sul terreno ed esploda ai piedi del robot a sinistra. L'esplosione costringe il nemico ad indietreggiare, ma non riesce a farlo cadere. La finestra di tempo dà a Bumper qualche secondo in più per scatenarsi con l'M249.

Il SUV non è più un veicolo guidabile, anche senza gli effetti dell'EMP, ma può ancora servire da riparo, se non mi avvicino troppo alle fiamme che avvolgono le gomme e consumano gli interni. L'odore di gomma bruciata mi riporta direttamente in Medio Oriente, dove l'aria sembrava perennemente piena di quella roba. Come quella povera gente sia sopravvissuta senza contrarre il cancro ai polmoni entro i trent'anni di età non ha mai smesso di stupirmi.

Tocco Z-Lo sulla spalla e ripiego sul lato più lontano del SUV per andare a dare rinforzi a Bumper. Dal momento che a tutti i Marines viene insegnato il *talking guns* (una tecnica in cui due tiratori si alternano a sparare per evitare che l'arma si surriscaldi o si inceppi, garantendo al tempo stesso un fuoco continuo sul bersaglio), immagino che questo SEAL mi seguirà. Mando una raffica di sei colpi al bot e poi mi fermo. Bumper mi lancia un'occhiata, annuisce e riprende da dove avevo interrotto. Ci alterniamo a sparare per i successivi dieci secondi, il che rivela un altro vantaggio della tecnica: il bot continua a girarsi dall'uno all'altro, incerto su quale di noi attaccare. Il nostro assalto, combinato con i danni subiti dall'esplosione della granata, fa vacillare il bot di sinistra.

"Ricarica", grido e ricarico la mia arma. Quando ritorno sul il mio obiettivo, noto che il bot di destra sta attaccando la posizione di Hollywood. Duramente.

Sento che l'M249 di Bumper e il Tavor di Z-Lo stanno tenendo occupato il nostro obiettivo; quindi, sposto il fuoco per fare in modo che l'aggressore di Hollywood riconsideri la sua avanzata. Ma mentre lo faccio, l'angolo dell'edificio subisce un colpo diretto e inizia a crollare. Hollywood e Polanski devono mettersi al riparo.

Mi precipito verso il crollo, ma non arrivo neanche lontanamente in tempo. Vedo che qualcuno esce correndo dalla nuvola di polvere, che divora invece la seconda persona. Il fuoco di un blaster sfreccia attraverso la foschia e qualcuno sta tirando giù tutti i santi in paradiso.

Proprio mentre esco da dietro il SUV e oltrepasso il varco verso l'edificio danneggiato, una mano mi afferra il braccio e mi tira indietro.

"Attento", urla Z-Lo. Lampi di energia sfrecciano nello spazio dove sarebbe stato il mio corpo. Indietreggio, consapevole che il nemico ha ridotto la distanza e mi sta seguendo.

Inciampo e atterro seduto dietro il SUV in fiamme, proprio mentre la testa del robot appare sopra la ruota anteriore sinistra capovolta, avvolta da fiamme arancioni. Z-Lo spara in modalità full-auto finché il caricatore non si asciuga. Anche allora, continua a urlare.

Ricomincio a sparare da dove aveva interrotto il ragazzo, ma i proiettili rimbalzano sulla testa del robot. La cosa sussulta e sobbalza, ma nulla la dissuade dallo sferrare un colpo mortale.

Sono costretto a trattenere il fuoco, tuttavia, quando Z-Lo abbandona la sua arma, afferra un tubo di metallo da terra e carica intorno al SUV. Come in trance, inizia freneticamente a colpire il bot con la cosa. Il ragazzo ruggisce di rabbia e martella contro il petto del nemico.

"Togliti di mezzo", grido mentre mi alzo in piedi, l'arma ancora puntata sul nemico. Non c'è dubbio, i miei colpi calibro 308 avranno più effetto dell'azione del ragazzo. Ma Z-Lo non può sentirmi, o se può, mi sta ignorando, perso in una frenesia piena di rabbia.

Ignorando Z-Lo, il droide alza il fucile sul SUV e lo punta verso di me come un gangster metropolitano. Ma nel tempo che mi ci vuole per chiudere gli occhi per il suono assordante, la testa del robot svanisce dalle sue spalle in un improvviso spruzzo di scintille. Il colosso decapitato cade in avanti e va a sbattere contro il SUV Ford in fiamme, mentre la sua arma colpisce il marciapiede.

Guardo nella direzione del colpo mortale e vedo che Ghost mi fa un cenno. Annuisco in risposta. Ma c'è molto da fare: Hollywood e Polanski sono a terra coperti di polvere bianca e Bumper è ancora uno contro uno con il secondo bot.

"Noi copriamo Bumper", dice Yoshi via radio.

Questo significa che io e Z-Lo possiamo occuparci di Hollywood e Polanski, ma non riesco a capire chi sia chi. Una figura sembra essere illesa, mentre l'altra sembra gravemente ferita. Grosse porzioni del muro di mattoni pesano sul tronco e sulle gambe del soldato e ha un blocco di cemento sul viso. Riesco già a vedere il sangue macchiare di rosso l'uniforme coperta di polvere.

Faccio segno a Z-Lo di uscire allo scoperto e gli ordino di posare l'asta di metallo e ricaricare la sua arma. Lo riprenderò più tardi per il suo rabbioso colpo di testa. È un miracolo che il ragazzo sia ancora vivo.

Inginocchiato accanto al corpo semicoperto dalle macerie dell'edificio, sposto il blocco di cemento dalla testa e mi rendo conto che lo spigolo si è conficcato dritto nello zigomo della vittima e gli ha schiacciato il lato sinistro del viso. È Polanski.

"Oh Dio", dice Z-Lo nervosamente. "È morto?"

Controllo il battito mentre gli spari infuriano nel parcheggio.

"È davvero morto, Sergente Maggiore? Oppure sta solo facendo finta?"

Il ragazzo ha abbastanza fegato per caricare un robot con un pezzo di ferro, ma va nel panico alla vista del sangue? È davvero un pivellino e in questo momento ha bisogno di stare zitto.

"Z-Lo. Come sta Hollywood?"

"Oh no, mi viene da vomitare."

"Ehi, Soldato. Non guardare qui. Guarda là."

Z-Lo sbatte le palpebre.

"Hollywood." Indico di nuovo il caposquadra mentre altri colpi rimbalzano sull'ultimo bot rimasto. "È lei il tuo obiettivo. Sai cosa fare in caso di shock?"

Lui annuisce.

"Bene. Forza."

Z-Lo si scuote e sembra recuperare il controllo, poi si gira e si inginocchia accanto a Hollywood.

Sposto parte delle macerie per estrarre il kit di primo soccorso di Polanski dal suo giubbotto. Ne so abbastanza di primo soccorso per portare un ferito da qualcun altro, ma non posso competere con un Infermiere. E guardando il viso di Polanski, il sangue che gli si accumula intorno al petto e la frattura composta al braccio sinistro, mi rendo conto che non sono la persona di cui ha bisogno.

"Ti dispiace se aiuto?" dice Yoshi da sopra la mia spalla. Mi sposto e gli faccio spazio. In quel momento mi accorgo che il fuoco delle armi è cessato completamente.

"Secondo obiettivo abbattuto?" chiedo.

Yoshi annuisce, ma è troppo occupato con Polanski per dire altro. Ha estratto un kit medico da battaglia dalla sua attrezzatura e sta tentando di stabilizzare Polanski. Dopo aver applicato un po' di garza emostatica QuickClot, Yoshi mi ordina di esercitare ulteriore pressione su una benda israeliana d'emergenza che ha applicato.

Polanski geme per il caolino, un minerale nella medicazione che provoca la coagulazione a cascata: per chi non lo sapesse, vuol dire che ferma l'emorragia. E anche se funziona a meraviglia, fa anche un male infernale.

Sono stupito anche dalla velocità con cui lavora Yoshi. Ma d'altra parte, è un Pararescue Jumper dell'aeronautica, un PJ, è la loro specialità. Mi segno mentalmente di chiamarlo se e quando sarò ferito, purché sia sobrio. In qualche modo, nel bel mezzo del trattamento di Polanski, riesce a bere un sorso da una fiaschetta che ha tirato fuori dal giubbotto. Poi me la offre.

"No grazie", dico.

"Dobbiamo muoverci", dice Hollywood con un colpo di tosse.

Mi sposto al suo fianco. "Tutto bene?"

"Sto bene." Mi fa cenno di allontanarmi, ma lascia che Z-Lo la aiuti a sedersi. "La prossima volta manderanno un angelo della morte."

"E non vogliamo essere qui quando accadrà", aggiunge Bumper da dietro di me, la canna del suo M249 ancora arancione. E, detto da un Navy SEAL, deve significare qualcosa.

"Beh, sarà dura", dice Yoshi con gli occhi fissi su Polanski.

Tutte le teste si girano verso di lui.

"Quanto è grave?" chiede Hollywood in tono sommesso.

Yoshi si acciglia e scuote la testa una volta. Sa che non si deve mai parlare del peggio, anche quando la vittima è incosciente. Potrebbe ancora sentire.

"Puoi spostarlo, dottore?" chiede Bumper.

Di nuovo, Yoshi scuote la testa.

"Che significa?" chiede Z-Lo. Lui guarda Hollywood. "Cosa significa, Sergente Maggiore?"

Yoshi parla mentre tira fuori una siringa di morfina piena. "Significa che voi ragazzi andate avanti, io vi raggiungerò quando Polanski sarà pronto."

"Credevo che avessi detto…"

Interrompo Z-Lo. "Sei sicuro, Yoshi? Non mi piace lasciarti qui in pericolo. È troppo pericoloso."

Annuisce. "*Anzuru yori umu ga yasashii.*"

"Cosa?"

"È un vecchio proverbio giapponese."

"Certo. Yut, è un classico."

Yoshi mi fa un mezzo sorriso e poi torna a guardare Polanski. "Significa che dare alla luce un bambino è più facile che preoccuparsene."

Mi ha perso.

"La paura è più grande del pericolo", dice mentre posa una mano sul petto di Polanski per confortarlo. "Non me ne vado."

Sapendo che nessuno di noi riuscirà a far cambiare idea a Yoshi, faccio un respiro profondo e annuisco. "Per me va bene."

Sto guadagnando molto rispetto per questo PJ, restare indietro per restare con un guerriero caduto fino a quando non è passato all'aldilà è coraggioso. E probabilmente stupido. Ma la decisione è sua e, dannazione, la rispetto.

"Riesci a camminare?" chiedo a Hollywood.

Annuisce e ordina a Z-Lo di aiutarla a rimettersi in piedi. Poi si inginocchia accanto a Polanski e gli tocca delicatamente la spalla. "Grazie."

"Ecco", dice Bumper a Yoshi mentre passa il suo MP5 Heckler & Koch intorno alla spalla di Yoshi. "Un piccolo piano B, per ogni evenienza."

"Lo accetto."

"Le chiavi sono nella Jeep", aggiunge Hollywood, indicando il suo CJ7.

"Grazie." Yoshi beve un altro sorso dalla sua fiaschetta imbrattata del sangue di Polanski.

Il resto della squadra dice a Polanski e Yoshi un cupo: "Ci vediamo dopo" e poi si gira per seguirmi verso i veicoli. Mentre ci allontaniamo, sento Yoshi che inizia a cantare i versi di apertura di una vecchia canzone di Chicago.

"Everybody needs a little time away. I heard her say. From each other."

Non è Peter Cetera, ma ha un falsetto decente.

Quando siamo fuori portata d'orecchio, tocco Hollywood sulla spalla. "Se la caverà? Yoshi, voglio dire."

Lei annuisce. "È solo il suo modo di affrontare le cose."

Non sono sicuro se si riferisca al canto o all'alcol. O forse a entrambi.

Poi mi guarda e dice: "Siedo io davanti."

"Non fare complimenti."

Sto per salire al posto di guida della mia Land Cruiser quando Z-Lo si avvicina alle mie spalle. "Ehi. Sergente Maggiore Capo."

"Yut?"

"Questo significa che non sono più un pivello?" Si riferisce all'incontro.

"Hai avuto la tua prima volta. Complimenti."

Sorride e poi scuote la testa. "Bene."

Noto l'orgoglio inondargli il viso, quell'orgoglio che ho visto centinaia di volte prima. È il senso di appartenenza che accompagna la consapevolezza che un guerriero è sopravvissuto al suo primo conflitto. Nel caso di Z-Lo sembra che abbia già aiutato a far fuori alcuni robot prima di questi, quindi questa non era la sua prima operazione, tecnicamente parlando. Ma sento che c'è un motivo per cui mi ha scelto: un collega Marines e per giunta più anziano. Lo capisco, ci sono passato anche io.

Gli do una pacca sulla spalla: "Da qui in poi, diventano solo più difficili."

"Esatto." Lui scuote di nuovo la testa e poi sembra tornare in sé. "Aspetta. Più difficili?"

Salto al posto di guida della mia Land Cruiser e chiudo la portiera, indicandogli di mettersi in moto. Z-Lo annuisce e salta alla guida dell'Humvee, seguito da Ghost sul sedile del passeggero, mentre Bumper scivola al volante della sua Pescaccia. Poi partiamo, diretti... beh, non so dove.

"È tardi e siamo tutti stanchi", dico a Hollywood. "Abbiamo bisogno di un posto dove dormire per la notte."

"Direi di andare a ovest. Possiamo tornare indietro domattina dopo aver pensato a un piano."

Annuisco. È una mossa saggia, in questo momento non abbiamo bisogno di altre vittime. Ma ho ancora le mie riserve sull'intera faccenda del "pensare a un piano." Non ci sono abbastanza informazioni per pensare a un piano. E anche se ci fosse, sei tiratori sono poche centinaia di meno di un battaglione. Ma sono stanco, proprio come tutti gli altri e chiudere gli occhi mi farà bene.

"Attrice Mae *West*", dico alla radio. Anche se è improbabile che qualcuno stia ascoltando, le radio MURS non sono sicure, il che significa che non è mai una cattiva idea usare un po' di dissimulazione quando si discute dei propri movimenti sulle onde radio.

Gli altri autisti rispondono alla chiamata.

"Yoshi. Ti manderemo dalla nonna quando vuoi."

C'è una pausa perché immagino che Yoshi debba smettere per un momento di prendersi cura del ferito per tenere aperto il canale con una mano libera. "Ricevuto. Grazie."

Siamo diretti a ovest su un'altra strada di periferia, a luci spente, quando Hollywood parla: "Mi ha salvato la vita, lo sai." Sta guardando fuori dal finestrino del passeggero, parla di Polanski. "Mi ha spinta via dall'edificio."

"Avresti fatto lo stesso. È solo stato più veloce."

"Ma certo", sospira.

Posso dire che il mio discorso di incoraggiamento non sta facendo molto per alleviare il suo dolore. D'altra parte, non ci sono parole capaci di farlo.

"Non ne parlano durante l'addestramento, vero", dice. "Come vivere con te stesso dopo il sacrificio di qualcun altro."

Scuoto il capo. "Puoi giurarci che non lo fanno."

"Sai com'è, no?"

Le lancio un'occhiata e poi torno a guardare la strada. "Ma certo."

"Sì. Uno schifo." Hollywood si raddrizza sul sedile. "Dritti per un altro chilometro e mezzo. Poi prendiamo una strada laterale e cerchiamo un posto dove nascondere i veicoli."

"D'accordo", dico.

Tuttavia, guidare verso nord-ovest provoca alcune strane emozioni. Sono nella *mia* FJ40, in direzione della *mia* casetta. Rifletto sulla facilità con cui potrei restituire Hollywood al resto della sua squadra d'assalto e poi continuare a guidare. Potrei tornare al silenzio e alla solitudine in un'ora.

Ma lo faresti, Patrick? È davvero uno di quei problemi che scompare da solo se sei abbastanza bravo a ignorarlo?

Ma ho pagato i miei debiti. In più, ho dato un'occhiata alla cupola e ho persino salvato la vita a una bambina. Diavolo, ho dato una mano a questi combattenti e ho aiutato a eliminare altri due robot. È più di quanto nessuno mi abbia chiesto. Con un po' di fortuna, si riuniranno presto con le loro unità e lo zio Sam attiverà il suo piano per salvare il paese.

Certo, Pat. È proprio quello che succederà. Perché è andato tutto così bene quando hai lasciato l'anello ad Aaron e ai Caschi Blu.

Faccio un profondo sospiro e aggiusto la presa sul volante.

"Stai bene, Marines?"

Le lancio un'occhiata, poi rimetto gli occhi sulla strada. "Yut."

"Non sembrerebbe."

Annuisco leggermente con la testa mentre mi sposto tra le auto ferme sulla strada. "Vuoi un piccolo consiglio gratuito?"

All'inizio sembra irrigidirsi, ma poi cede. "Perché no."

"Se un vecchio amico ti chiede un favore e tu dici di sì, resta fino alla fine."

Si mette una mano sul petto. "Stiamo parlando di te o di me qui?"

Ignoro la sua domanda. "Fai saltare tutto quando ne hai la possibilità."

Dopo un chilometro e mezzo ci dirigiamo a sinistra lungo una strada laterale, decido che è la svolta decisiva dalla mia casetta. Se

Yoshi è disposto a restare con Polanski e se quel civile di mezza età è stato disposto a rinunciare alla sua vita per quella ragazzina, allora chi se non io dovrebbe essere pronto ad aiutare Hollywood e la sua squadra? Inoltre, ho il crescente sospetto che riportare questi combattenti nelle loro unità sarà più facile a dirsi che a farsi. Se ci fossero altri di quei robot e degli "angeli della morte" di Hollywood, qualunque cosa siano, potrebbero non esserci unità a cui tornare. Il che mi fa chiedere, ancora una volta, come questo ensemble si sia formato.

E questo basta.

Non tornerò a casa, almeno finché tutto questo, qualunque cosa sia, non sarà risolto.

Hollywood sembra preoccupata. "Stai bene?"

Lascio andare un lungo sospiro. "Mai stato meglio, Sergente. Mai stato meglio."

Capitolo 12

0240, venerdì 25 giugno 2027
East Orange, New Jersey

"Qui va bene", dice Hollywood, in piedi vicino alla macchina. Indica la grande porta di un fienile che ha appena aperto.

Questo particolare fienile sembra essere stato costruito alla fine del XIX secolo, quando il sobborgo era un terreno agricolo. In qualche modo, lui e la casa che lo accompagna sono rimasti sul mercato e hanno continuato a ricevere le amorevoli cure dei vari proprietari nel corso dei decenni.

Entrando, il viottolo che attraversa il centro mi dà l'impressione che, in una delle sue versioni più recenti, la stalla abbia ospitato dei cavalli. Ma gli animali e le recinzioni sono spariti da tempo. Invece, gli stalli sono pieni di pile di scatole e oggetti per la casa abbandonati, poiché qualcuno è stato troppo tirchio o troppo pigro per portarli alla discarica. Alla fine della corsia c'è una grande stanza con diversi vecchi ATV, sia estivi che invernali e almeno due trattorini da giardino che sembrano aver visto giorni migliori.

Spengo il motore della mia FJ40 ed esco nell'aria ammuffita di vecchio fieno e grasso per attrezzi. Z-Lo e Ghost si fermano dietro di me con l'Humvee, seguiti da Bumper con la sua Pescaccia giallo sgargiante del 1973.

"Vedi se riesci a trovare un terreno sgombro", dico.

"Se qualcuno ha bisogno di un sacco a pelo, ne ho uno in più", dice Z-Lo.

"È fine giugno", dice Ghost. "Fa abbastanza caldo."

"Giusto." Z-Lo annuisce. "Ma potresti usarlo come cuscino."

Tutti iniziano a estrarre il loro equipaggiamento personale dai veicoli, salvo Hollywood. Tutta la sua attrezzatura è nella Jeep.

"Allora qual è la tua storia?" chiedo mentre tiro fuori il mio zaino dal sedile posteriore.

"La mia storia?"

"Dov'eri quando è apparsa la cupola?" Anche mentre dico le parole, mi rendo conto che diventerà una frase comune, proprio come: "Dov'eri quando sono cadute le torri?" e tutti sanno cosa intendi.

Hollywood annuisce. "Avevo qualche giorno libero, quindi ho deciso di fare visita a un amico al Picatinny Arsenal nella contea di Morris."

"La base dell'esercito?"

Annuisce e il suo sguardo si fa lontano. "Non ci sono mai arrivata. Va via la corrente, le macchine si spengono. Ho aiutato alcune persone. Ma poi la cupola si è aperta e tutti hanno deciso di scappare."

"E tu?"

"Ho deciso di restare a guardare. Non so perché. Sono fatta così, immagino."

"È stato allora che hai incontrato gli altri?"

"È stato allora che ha sentito gli altri", dice Bumper dal bagagliaio della sua VW.

"SEAL", dice Hollywood. "Fanno sempre rumore."

"Puoi dirlo forte", mormoro tra i denti.

"Bumper qui stava viaggiando da NAWCAD Lakehurst per vedere una delle sue amichette."

"Siamo solo amici", protesta con la testa sepolta nel bagagliaio.

"Fidati di me, tesoro, nessuna ragazza è solo amica di un bel manzo come te." Hollywood mi lancia un'occhiata, come se Bumper fosse uno sprovveduto. "Maschi."

"Già", rispondo, anche se non sono sicuro di essere più bravo a discernere come pensano le donne rispetto a Bumper. Mi chiedo se non abbia una cotta per lui.

"Comunque", aggiunge Bumper, "sto guidando e ascoltando Earth, Wind, and Fire quando il mio capo mi ordina di tornare alla base. Dice che è sotto attacco."

Chiudo la portiera della Land Cruiser e faccio qualche passo verso di lui. Questa è la prima conferma che ho sentito che le installazioni militari siano state colpite. "Ha detto qualcos'altro?"

"Gli dico che sono in moto, quando improvvisamente cambia idea. È successo tutto così in fretta. Ho sentito…", Bumper sembra perdersi in un brutto ricordo. Mi coglie un po' di sorpresa, non è qualcosa che tendono a fare i SEAL, almeno non quelli che ho conosciuto. La loro forza fisica è rivaleggiata solo dalla loro forza interiore. Ma mi chiedo anche se i suoni che ha sentito fossero gli stessi che ho sentito io dopo che la mia TV si è spenta.

Dopo avergli concesso un secondo, gli chiedo: "Cosa hai sentito?"

"Ho sentito il capo dirmi di stare il più lontano possibile dalla base."

Le parole di Bumper rimangono sospese in aria per alcuni secondi. Per un SEAL dare quel tipo di ordine? La situazione doveva essere brutta… davvero brutta.

"E poi, è tutto, amico. La chiamata si è interrotta. E in un attimo, la strada è diventata buia, l'Astrodome di Huston si è aperto e migliaia di persone sono scese per strada. La mia VW era uno dei pochi veicoli ancora in movimento quando sono comparsi i robot. Mi sono messo al riparo e ho iniziato la perlustrazione. Ho viso un droide attaccare una donna che non riusciva a slacciarsi la cintura di sicurezza. Ha gridato per chiedere aiuto, quindi mi sono fatto avanti."

Hollywood interviene. "È stato allora che ho sentito un SAW fare fuoco a circa duecento metri e ho iniziato a correre in quella direzione."

Devo dargliene atto, la maggior parte delle persone *scappa* dal rumore del fuoco delle mitragliatrici.

"Quando sono arrivata, Bumper aveva eliminato il robot da ricognizione e salvato la donna."

"Non mi ha nemmeno dato il suo numero", aggiunge il SEAL, un classico tentativo di alleggerire l'atmosfera con un po' di umorismo.

"Probabilmente è meglio così." Hollywood inclina la testa verso le porte della stalla. "Anche Yoshi era in licenza quando è stato improvvisamente richiamato a Fort Dix."

"E immagino che neanche lui ce l'abbia fatta", dico.

Scuote la testa. "Si trovava a circa un miglio a ovest rispetto a noi. Ha recuperato due soldati dell'esercito la cui auto era morta e poi ha proseguito verso di noi per indagare sull'esplosione."

"L'esplosione?" Guardo Bumper.

"Potrei aver usato una carica esplosiva su uno dei trasporti più piccoli."

Fischio e poi do una gomitata a Hollywood. "Non lo so. Direi che sei solo gelosa. Diavolo, sono geloso io."

Sono curioso di sapere cosa ha da dire Ghost. "E che mi dici di te?"

"Ero diretto a casa", risponde.

Aspetto qualche secondo, chiedendomi se il cecchino dirà di più, ma continua a cercare un posto per sdraiarsi tra alcune scatole e teloni.

"Non parla molto", dice Hollywood.

"Lo vedo."

Abbassa la voce e si volta dall'altra parte. "Tutto quello che so è che era nell'esercito prima di andare in pensione. Viene dal Texas ma vive nel Vermont."

"Interessante. Grazie per le informazioni."

Schiocca le labbra e poi fa un cenno a Z-Lo. "Tocca a te, soldato."

"Viaggiavo da NAWCSD Lakehurst", dice, ma ha uno sguardo imbarazzato.

Hollywood lo incoraggia. "E?"

Z-Lo sospira e poi alza le mani. "E potrei aver inavvertitamente requisito un Humvee per sgattaiolare via."

"Perché…?"

"Un evento. Va bene?"

Hollywood non lascia perdere. "Per?"

Emette un respiro esasperato. "I miei amici hanno detto che saremmo andati a fare speed dating, un modo semplice per rimorchiare le ragazze. Ma quando sono arrivato lì, nessuno del gruppo si è presentato."

"Oh no." Lancio un'occhiata a Hollywood. "Dimmi che non è vero!"

"Oh, è vero", dice rivolgendo un sorriso selvaggio a Z-Lo. "Raccontagli cosa è successo."

"Non è successo niente", dice. "Era un… beh, a quanto pare…"

"Era un evento di speed dating per anziani", interviene Hollywood, incapace di nascondere la sua gioia.

Questo, ovviamente, mi fa ridere. Ma non tanto quanto Hollywood. "Aspetta. Quando l'hai finalmente capito?"

Z-Lo tira su col naso. "Solo dopo aver preso il mio badge ed essere entrato nel ristorante dell'hotel."

"Sei entrato?" Ora sto ridendo.

"Il fratello si è seduto", aggiunge Bumper.

"No."

Hollywood mi dà di gomito. "È rimasto per sette round."

"Che cosa?" Guardo Hollywood e Bumper.

"Il nostro stallone ha successo con il pubblico dai sessantacinque anni in su."

Z-Lo incrocia le braccia. "Ehi, erano davvero gentili. Va bene?"

"Ne sono sicura", dice Hollywood, facendo schioccare le dita a zig-zag e portando la mano al fianco.

"Non sto scherzando. Dolores era adorabile. E le piaceva il mio naso. Ha detto che mi fa sembrare distinto."

"Dolores?" Ora sto cercando di non fissare il suo naso storto. La povera signora doveva essere mezza cieca.

Bumper annuisce. "Dolores ha infranto le regole e ha invitato Z-Lo a tornare al suo tavolo quattro volte di seguito. È scoppiata anche una piccola rissa tra i suoi coetanei e l'organizzatore ha dovuto interromperla."

Z-Lo sospira. "Era insistente."

Sto piangendo e metto una mano sulla schiena di Hollywood per calmarmi. "Mi fa male la faccia, cazzo."

"Anche a me", dice Hollywood piegata in due. "E ho sentito la storia due volte."

"Penso che d'ora in poi dovremmo chiamarlo Dolores", dico indicando l'Humvee.

"D'accordo", risponde Hollywood.

"No, per favore", dice Z-Lo. "Non sto cercando di prendere in giro nessuno."

"Lo sappiamo, ragazzo", dico.

Bumper aggiunge: "Ti stai già prendendo abbastanza in giro così. Rispetto."

Z-Lo cambia diverse sfumature di rosso e alla fine si allontana in uno stallo abbandonato.

Passa almeno un minuto prima che il resto di noi abbia finito di asciugarsi le lacrime dagli occhi.

"E tu, Wic?" chiede Bumper.

L'idea di condividere i ricordi della mia casetta mi fa sentire come se stessi per tradire la sacralità del mio santuario interiore. Ma so anche che le squadre si basano sulla fiducia e la fiducia si acquista con la trasparenza. Se le relazioni non costano qualcosa, non vale la pena costruirle.

"Avevo appena finito di innaffiare i miei fiori prima di andare a letto."

Mentre alcuni sogghigni passano tra la squadra, come c'era da aspettarsi, decido di omettere la parte sulla radio, la mia chiamata al colonnello Rodriguez e l'intervista in TV di Aaron.

"Prima che me ne accorgessi, mancava la corrente in casa ed ero in piedi al buio."

"Quindi anche tu sei in pensione", dice Ghost, unendosi misteriosamente alla conversazione accanto alla mia Land Cruiser.

Annuisco. "Come fai a saperlo?"

"Dato che sei qui fuori e non", indica a est, "lì dentro, significa che la tua casa non era vicino a nessuna delle basi colpite. Inoltre, non sei un pendolare, perché nessuno fa commissioni con così tanta attrezzatura stivata." Indica l'interno della mia Land Cruiser. "Eppure, hai ancora più attrezzatura nella tua FJ40 di quanto la maggior parte dei soldati abbia nelle loro case. Ciò significa che probabilmente sei un po' paranoico e hai ancora più equipaggiamento a casa, il che spiegherebbe perché i tuoi occhiali per la visione notturna e le tue radio non sono stati fatti fuori nell'EMP alieno. Tutto giusto fin qui?"

Vorrei dirgli di smetterla, ma sono sinceramente impressionato. Inoltre, reagire in modo eccessivo ora farà più male che bene. "Direi che saresti perfetto come sostituto di Sherlock."

"Vuoi dire Watson", dice Z-Lo strisciando fuori dal suo nascondiglio.

"Pensavo più sulla falsariga di...", eh, non ho il coraggio di correggere il ragazzo. Inoltre, non ha esattamente torto. "Sì, Watson."

Z-Lo sorride, riacquistando un po' della sua dignità.

"Comunque, ho visto la cupola, sono saltato nel mio veicolo *preparato*", dico a Ghost, sottolineando il termine corretto rispetto al suo uso della parola *paranoico*. "E poi le nostre strade si sono incontrate al cavalcavia."

Tutti sembrano accettare la mia storia abbastanza velocemente. Non era così difficile, vero, Patrick.

"Beh, è bello averti in squadra, Wic", dice Bumper. "Anche se ti piacciono le pistole giocattolo."

Proprio in quel momento, le nostre radio emettono un cinguettio di allerta collettivo. Hollywood afferra per prima il ricevitore in attesa della chiamata.

"Hollywood, qui Yoshi. Passo", dice una voce familiare.

"Avanti", risponde lei.

"Polanski è passato. Mi sto allontanando."

Hollywood si prende un momento per considerare la notizia, poi risponde: "Qualche problema?"

"Un'unica pattuglia con due droni. Hanno scansionato tutti i resti e sono ripartiti."

"Sei al sicuro dai nemici?"

"Affermativo."

"Ricevuto." Hollywood procede a dare indicazioni a Yoshi usando un mix di gergo civile e militare. Immagino che stia coprendo le nostre tracce nel miglior modo possibile, seguendo il mio esempio di prima.

"ETA dieci minuti", dice Yoshi.

"Roger. Hollywood chiudo."

Hollywood rilascia il ricevitore e abbassa la testa, presumo in onore di Polanski. È una buona mossa di leadership e sono più che felice di seguire il suo esempio. Se non onoriamo i caduti, non siamo altro che mostri.

Dopo una ventina di secondi, Hollywood alza lo sguardo. "Per Polanski."

"Per Polanski", rispondono tutti.

Si schiarisce la gola. "Dunque. Preparatevi, ci vediamo lassù non appena Yoshi sarà tornato." Indica l'area aperta dove sono parcheggiati i vecchi ATV. "Voglio che ci facciamo un'idea di cosa abbiamo visto mentre i ricordi sono ancora freschi. Dopo ci riposeremo un po'."

Il gruppo annuisce e tutti si mettono a sistemare la zona notte.

Tocco il gomito di Hollywood. "Grazie. Per quel momento per Polanski."

"Lui avrebbe fatto lo stesso per me", risponde. "Sono solo stata più veloce."

Otto minuti dopo, Yoshi è con noi e siamo in piedi intorno a un banco da lavoro mobile e lo usiamo come un tavolo per le mappe. Mi sono offerto di stendere una delle mie mappe stradali di Rand McNally della zona, mentre Bumper e Z-Lo tengono le torce alte sopra la testa.

"Quindi, per come la vedo io", comincio e poi improvvisamente non sono più sicuro di voler parlare per primo. Anche se non c'è stata alcuna discussione ufficiale, almeno per quanto ne so, Hollywood sembra davvero essere la persona al comando.

Deve aver percepito la mia esitazione, perché mi fa un cenno della testa e della mano.

"Per come la vedo io, siamo di fronte a una sorta di campo energetico che ci ha tagliato fuori da tutto ciò che è a est, a cominciare da qui." Uso il mio portamine per fare un piccolo segno verticale su East Orange, nel New Jersey.

"E l'abbiamo incontrato qui e qui", dice Bumper, indicando delle aree di Irvington, appena a sud di noi.

Ne prendo nota sulla mappa e poi tiro fuori il mio taccuino Moleskine dalla tasca sul petto del mio giubbotto. Lo apro agli schizzi approssimativi che ho fatto della cupola. "La mia ipotesi migliore, dal mio ultimo punto di osservazione", traccio una X sulla posizione della mia casetta in Skytop, "aveva il centro della sfera su un azimut di 112°."

Usando la bussola Cammenga e il suo righello incorporato per orientarmi, traccio una linea dalla X sopra la mia casetta, attraverso Manhattan e nell'Atlantico. In base a come tutti si stanno muovendo in piedi, immagino che non abbiano avuto una buona visuale della cupola come ho avuto io e sospetto che sappiano dove è diretta.

"Inoltre, secondo la mia prima misurazione, la cupola misura tredici chilometri in altezza, il che, poiché non ho notato alcuna deformazione, significa che è presumibilmente larga quarantadue. O almeno lo era poche ore fa."

"Anche noi abbiamo notato che si stava contraendo", dice Yoshi. "Circa due centimetri e mezzo al secondo, per quanto ne sappiamo."

Annuisco, poi guardo di nuovo la mappa e uso la sua scala metrica per fare un segno a matita sul righello del mio compasso a tredici chilometri. "In base alle nostre osservazioni combinate, ciò significa che l'epicentro della sfera è", poso il righello lungo la linea e poi lascio cadere la punta della matita alla fine. "Proprio qui."

"Il ponte di Brooklyn?" chiede Z-Lo. "Non è solo un mito?"

"Oh mio Dio, Laszlo. No", dice Hollywood in tono esasperato. "Ma da dove vieni?"

"San Diego, Sergente."

"Fai un corso di storia", aggiunge Bumper.

Mi ficco la lingua nella guancia per trattenermi dal ridere del ragazzo più di quanto non abbia già fatto e torno alla mappa. "È probabile che non sia il ponte, ma da qualche parte qui a Manhattan. Ripeto, queste sono solo misurazioni approssimative."

Bumper abbassa la torcia e batte un dito sull'epicentro. "Ma la linea di fondo è che qualunque cosa sia, molto probabilmente è alimentata da qui."

"Il che significa che New York è sotto attacco", dice Hollywood.

Incrocio le braccia e mi sbilancio un po' all'indietro. "Non possiamo saperlo con certezza, ovviamente. Ma sembra che le cose stiano così. E, oltre a tutto questo, ci sono molte altre domande importanti."

"Tipo?" chiede Z-Lo.

"Ad esempio, New York è l'unica città che è stata presa di mira? E sono state colpite anche altre installazioni militari?"

"Credo di essere stato il più a sud di tutti quando è successo", dice Bumper. "E ho notato diversi punti luminosi sulla curva a sud-ovest."

"La curva?" chiede Z-Lo.

"La curva della terra oltre l'orizzonte."

"Oh, capito." Fa un movimento come se stesse accarezzando un cane. "La curva."

"Potevano essere Annapolis, Quantico, Hampton Roads", dice Yoshi. "Ce ne sono troppe per contarle."

Bumper annuisce. "Amico, se dovessi indovinare, direi che tra l'EMP di massa, gli attacchi coordinati alle nostre installazioni militari, questa dannata bolla di gomma da masticare bazooka e quello che ho visto a sud, le possibilità di un assalto su larga scala sono alte. E non sono nemmeno riuscito a chiamare nessuno sul mio telefono Iridium SAT. Voglio dire, potremmo provare ad avventurarci verso una delle nostre installazioni, ma c'è un'alta probabilità che, beh…"

Bumper si guarda intorno ma non sembra voler dire quello che penso abbiamo già concluso tutti. Il fatto che un SEAL della Marina sia riluttante a tornare indietro ed esaminare il suo posto di stazionamento mi dice quanto sia pericolosa questa situazione, e penso già che sia dannatamente grave così com'è.

Batto sulla mappa per attirare l'attenzione di tutti. "Fino a quando non ci viene comunicato che i vostri vari posti sono sicuri, dico che i nuovi ordini richiedono che tu faccia il meglio con quello che hai qui e ora."

Bumper, Hollywood e Z-Lo annuiscono. Ghost non muove un muscolo, ma ho deciso che è una buona cosa.

"E adesso che facciamo?" chiede Z-Lo dopo una breve pausa.

Ancora una volta, guardo Hollywood, ma lei si rimette a me e non sono del tutto sicuro del perché. È qui che le cose iniziano a farsi complicate per me, non con Hollywood, ma con cosa consigliare alla nostra squadra d'assalto improvvisata. Per esempio, non ho la più pallida idea di cosa dobbiamo fare ora. Certo, ho delle intuizioni che si formano, ma niente su cui voglio che una squadra agisca semplicemente perché lo dico io.

Ed è qui che i film sbagliano. Le operazioni non si mettono insieme in pochi minuti, nemmeno in poche ore. Ci vogliono settimane, a volte mesi di raccolta di informazioni prima che si inizi a mettere insieme un piano. Dio, l'operazione Neptune Spear, la missione che ha eliminato Osama Bin Laden, ha richiesto mesi di pianificazione e dieci anni e mezzo di raccolta di informazioni. Il SEAL Team Six ha scavato per settimane, hanno persino costruito un dannato modello in scala della casa di Bin Laden su cui lavorare. Anche quando avevano un piano, doveva passare attraverso dozzine se non centinaia di iterazioni prima che qualcuno al piano di sopra desse finalmente il via libera. E non fatemi parlare di come i damerini in doppiopetto rallentino l'intero processo. Suppongo che una cosa buona, in questo momento, sia che non abbiamo nessun dannato burocrate che ci dice cosa possiamo o non possiamo fare.

Tuttavia, l'urgenza di questa situazione richiede che vengano fatte concessioni all'antica tradizione di avere tutto in ordine, per filo e per segno. Qualunque cosa stia facendo quel campo di forza, è letale e si sta contraendo su milioni di persone.

Stendo la mano sulla mappa e guardo in basso. "Nella mia precedente linea di lavoro, avremmo avuto molti più strumenti a nostra disposizione."

"Un sacco di pistole. Giusto, Sergente Maggiore Capo?", chiede Z-Lo.

"Pensavo più sulla falsariga di HUMIT e della copertura satellitare."

"Oh."

Sorrido al ragazzo. "Ma più pistole è sempre la risposta giusta."

Muove la testa come se stesse ascoltando una canzone che nessun altro può sentire. "Bene."

"Così com'è adesso", continuo, "sappiamo solo ciò che noi sei abbiamo vissuto collettivamente. E poi abbiamo un sacco di ipotesi, al massimo. Non è niente per cui rischiare la vita di qualcuno. Quindi, prima di andare oltre, voglio essere chiaro che tutto ciò che tenteremo sarà disinformato, incompleto e altamente pericoloso."

"Forza, Sergente Maggiore Capo", dice Z-Lo. "Non abbiamo paura di nulla, cazzo"

"Sta' zitto, Laszlo", dice Hollywood.

"Sì, Sergente."

Rivolgo al ragazzo uno sguardo serio. "Questa non è l'ultima versione di Call of Duty. E come Polanski e gli altri, delle persone moriranno, in un modo o nell'altro."

"La buona notizia è che ci siamo tutti addestrati per questo. Certo, dubito che qualcuno verrà pagato per un po'. Tuttavia, siamo professionisti, facciamo parte dell'esercito più pagato nella storia del mondo e non importa chi ci sta attaccando…"

"Sono alieni", dice Bumper.

Scuoto la testa per schiarire i miei pensieri, poi colpisco la mappa con le dita per dare enfasi. "Non importa chi ci sta attaccando, se lo faremo sarà per difendere la nostra patria e il nostro onore."

Un disordinato miscuglio di "Oorah", "Hooah", e "Andiamo", viene dalle labbra di tutti, tranne Bumper. Alza lo sguardo e dice "OTF."

Alzo un sopracciglio in una silenziosa richiesta di spiegazioni.

"È una cosa mia. Da quando ero al college."

"Una cosa tua?" ripeto.

Annuisce. "Uno dei miei eroi da adolescente era un Navy SEAL di nome Jocko che ha coniato il termine BTF, che stava per big tough frogman, grande e duro uomo rana. Quindi, quando sono diventato il capitano della squadra di football, ogni volta che uscivamo dagli spogliatoi per una partita facevo baciare il pallone alla squadra e dicevo OTF: own the field, prendetevi il campo.

"OTF. Mi piace", dico, prendendo nota del pedigree militare coinvolto. "Non è mai sbagliato fare un cenno ai grandi che sono venuti prima di te."

Fare sì che i soldati di vari rami dell'esercito si mettano d'accordo su un grido comune è una rottura di coglioni. L'ho già visto quando lavoravo in operazioni congiunte. Non penseresti che una cosa così piccola possa essere un punto di stallo, ma lo è. L'esercito è una sorta di religione in cui le parole e i rituali contano. Avere un linguaggio condiviso è fondamentale per creare quei legami che devono resistere anche guardando la morte negli occhi.

"Piace anche a me", dice Hollywood. "OTF."

"OTF", dicono Yoshi e Z-Lo.

Guardiamo Ghost. Aggrotta la fronte. "OTF. Ma non mi convincerete a baciare un pallone che avete baciato tutti voi."

Il gruppo condivide un sorriso e poi si torna al lavoro. Liscio di nuovo la mappa e tiro fuori il portamine.

"Sulla base del ritmo di contrazione che abbiamo osservato, ho calcolato che la cupola copre un chilometro e mezzo ogni quindici ore."

"Questo ci dà otto virgola due giorni prima che arrivi al punto zero," dice Ghost.

Le sopracciglia di tutti si alzano mentre lo guardano. Ma non dovremmo davvero essere sorpresi. Il lavoro di un cecchino ruota attorno alla misurazione delle distanze con un alto grado di precisione.

"Otto virgola due giorni", ripeto con un sorriso e scrivo la cifra sulla mappa. Anche il fatto che Ground Zero al World Trade Center sia all'interno della zona dei possibili epicentri non mi è sfuggito. Essendo del Texas, non sono sicuro che Ghost abbia pensato alla coincidenza, ma io sì. E spero in Dio che l'epicentro sia da qualche altra parte.

"Ma questa non è affatto una linea temporale che dovremmo rispettare" continuo. "Se vogliamo mettere fine a tutto questo e presumo che sia quello che stiamo pensando tutti, giusto?"

Cenni di assenso.

"Allora abbiamo molto meno tempo di otto virgola due giorni."

"Perché mai?" chiede Hollywood.

Disegno un cerchio più piccolo intorno a New York City vera e propria. "Stiamo parlando della città più densamente popolata del Nord America e della mia città natale."

"Sei di New York City?" chiede Z-Lo.

"Brooklyn", dico. "È diverso."

"Ma come, non hai capito dal suo accento?" dice Bumper al ragazzo.

"No. Voglio dire, ho solo pensato..."

"Rilassati", dico a Z-Lo e poi a Bumper, facendo l'occhiolino a quest'ultimo. "Ci sono circa nove milioni di persone solo in questa zona. Aggiungeteci molti altri milioni nelle vicinanze e direi che stiamo parlando di un numero tra i quindici e i venti milioni di persone."

Hollywood fa schioccare l'interno della guancia. "Sono davvero un sacco di persone."

Di nuovo, cenni di assenso.

"E… quindi?" dice Yoshi mentre prende un altro sorso dalla sua fiaschetta. "Il nemico sta solo cercando di ucciderli tutti lentamente? Non ci credo. Ci sono molti modi più semplici per farlo. Non intendo mancare di rispetto qui, ma la mia gente ha un po' di esperienza in merito."

"Dannazione, Yoshi", dice Bumper.

"Era tanto per dire. Puoi far cadere un'atomica su venti milioni di persone molto più velocemente di qualunque cosa sia tutto questo. E non sembra che gli manchi la tecnologia per fare qualcosa di peggio di quello che abbiamo fatto negli anni Quaranta."

Alla faccia del trattare con delicatezza questioni difficili. "Sono d'accordo con Yoshi. Ho visto i robot uccidere le persone, ma li ho anche visti afferrare un uomo, aprire una finestra nel campo energetico e lanciarlo dentro. Perché prendersi il disturbo per poi ucciderlo comunque più tardi?"

Mi fermo per assicurarmi che tutti stiano seguendo. "Quindi la domanda diventa, se non sono interessati a uccidere tutti, qual è il loro vero obiettivo?"

"Conquistare il mondo", dice Z-Lo.

Sbatto le palpebre.

"Hai molta strada da fare, lupetto", dice Bumper.

"Cosa? Non è sempre quello l'obiettivo?"

"Forse stanno cercando di radunare tutti", dice Yoshi. "Come Fortnite."

Il fronte circolare della tempesta del popolare gioco online che si chiude sui giocatori, costringendoli verso una zona di pericolo sempre più piccola fino a che un unico giocatore emerge vittorioso: un meccanismo semplice ma efficace per spingere le persone verso un risultato desiderato.

"Verso cosa, però?" chiede Hollywood e mi guarda. "Perché Manhattan?"

"La tua ipotesi vale quanto la mia", dico. Ma non è del tutto vero. Quindi lo dico io: "Ascoltate, ho altre informazioni che probabilmente dovrei condividere."

I loro volti riflettono curiosità, mista a un po' di... beh, non dico diffidenza ma decisamente scetticismo.

"Che vorresti dire?" chiede Hollywood con una mano sul fianco.

"Non è la prima volta che vedo questi robot."

Alza il sopracciglio in maniera inequivocabile. "Davvero?"

Scuoto il capo. "Il mio ultimo spiegamento è stata un'operazione segreta in Antartide. Ho guidato una piccola squadra sotto le false pretese di condurre un'esercitazione sul campo al freddo..."

"Un campo di allenamento infernale", dice Bumper.

Annuisco. "...quando in realtà eravamo lì per fare da babysitter a un progetto di ricerca finanziato da, beh, la verità è che non so dove sia andata a finire la pista dei soldi. Ma so che la CIA era abbastanza interessata da bussare alla porta sul retro del Corpo dei Marines e chiedere un po' di muscoli. In segreto, ovviamente."

"Non mi piace dove stai andando a parare", dice Hollywood.

"Perché così riservato?" chiede Bumper.

Ghost emette un basso grugnito come se stesse unendo i puntini. "Il Trattato Antartico. Nessuna presenza militare consentita."

"Esatto." Annuisco. "E poi c'è quello che hanno trovato."

Lascio la frase in sospeso un secondo, probabilmente troppo a lungo.

"Allora?" chiede Hollywood.

"Come è ovvio, sto commettendo tradimento anche solo dicendovi tutto questo; quindi confido che possiate comprendere la mia riluttanza. Tuttavia, date le circostanze, sono disposto a correre il rischio."

"Cos'hai scoperto, Wic?" chiede Hollywood, questa volta con entrambe le mani sui fianchi.

Voglio dirle di calmarsi, ma non la biasimo per il nervosismo. Dopo quello che abbiamo passato, l'ansia di Hollywood è più che comprensibile.

"Non sono del tutto sicuro di cosa fosse esattamente", dico. "Ma i cosiddetti esperti dicono che era un portale. Un anello."

"Come Stargate?" chiede Z-Lo. "Non ci credo! Tipo, proprio come Stargate SG1?"

"Qualcosa del genere. Tutto quello che so è che sostenevano che fosse incredibilmente vecchio e…"

Hollywood si avvicina. "E cosa?"

"E che è stato messo lì dagli alieni. Dannazione."

"Lo sapevo." Alza le mani in aria. "Vedi? Perché non ci credi?"

"Perché non li ho ancora visti con i miei occhi."

"Ma hai detto di aver visto i robot?"

Incrocio le braccia e annuisco. "Sì. Gli scienziati sono riusciti ad aprire il portale e ne è uscito ciò che abbiamo visto laggiù."

"Oh mio Dio", dice Z-Lo, a metà tra l'estatico e il frenetico. "Sta succedendo davvero. Siamo stati invasi, amico!"

"Calma, figliolo", dico. "Rilassati per un secondo."

"Cosa è successo quando hai incontrato i robot?" chiede Yoshi.

"Il portale è rimasto aperto un'intera notte prima che arrivasse qualcosa. Era un drone. All'inizio, ha semplicemente scansionato la stanza. I, uh… i ricercatori erano felici."

"E tu?" chiede Bumper.

Ridacchio: "Ho visto troppi film per essere felice."

"Capito", dice Hollywood tirando su col naso.

"Comunque, la cosa prese improvvisamente di mira uno degli assistenti, un ragazzo di nome Lewis, trascinandolo indietro attraverso il portale."

Le teste si abbassano e il gruppo non dice niente.

"Abbiamo aperto il fuoco, abbiamo cercato di fermarlo, ma la cosa ha resistito. Dopo che se n'è andato, è stato allora che le cose si sono messe male."

"I robot?" chiede Z-Lo.

Cupo, faccio un cenno d'assenso e prendo un altro respiro profondo. "Un robot da ricognizione è arrivato per primo, seguito da tre robot d'assalto e un altro robot da ricognizione. Hanno spazzato via tre plotoni."

"Lasciami indovinare", dice Hollywood. "Russi, inglesi e americani."

"Quindi i notiziari avevano ragione, dopotutto", aggiunge Bumper.

Ghost grugnisce. "C'è una prima volta per tutto."

"Non eravamo pronti, almeno non abbastanza. È stata colpa mia e avremmo dovuto essere più preparati. Avremmo dovuto far esplodere l'anello." Mi fermo per un secondo e respiro, cercando di ricacciare i ricordi nella scatola dove tengo tutte le cose oscure. "Solo io e un altro soldato siamo sopravvissuti. Anche la maggior parte dei ricercatori è uscita illesa."

"E l'anello?" chiede Bumper.

"L'abbiamo spento, sì."

"Allora da dove vengono tutti questi nuovi robot?" chiede Z-Lo.

"Questo è quello che non so", rispondo. "Ma se conosco la CIA, lo volevano di nuovo attivo e funzionante."

"Quindi pensi che i ricercatori l'abbiano riacceso?" chiede Hollywood.

Bumper si accarezza il mento una volta. "Spiegherebbe come è arrivato qui il nemico. E magari spiegherebbe alcuni dei meccanismi di ciò che stanno facendo."

E questo colpisce anche il cuore dei miei sospetti. "Vai avanti, Bumpy."

Ridacchia per il nomignolo, credo, poi guarda la mappa.

"Se hanno una sorta di tecnologia del portale, in mancanza di un termine migliore, che consente loro di spostare le persone da un luogo all'altro, allora chi può dire che non sia quello che stanno facendo ora. Abbiamo uno scudo letale in stile Fortnite che sta radunando le persone nella città più densamente popolata del Nord America verso un punto centrale, se non per ucciderle, allora forse per trasferirle attraverso un portale."

"L'ipotesi ha certamente senso", dice Yoshi. "E visto che nel mondo ci sono molte città più grandi e densamente popolate e che l'anello che hai trovato non si trovava sul territorio di nessuna nazione sovrana in particolare, è logico dedurre che New York non sia l'unico obiettivo. Questo è, ovviamente, accettando il presupposto che stiano cercando di raccogliere persone, e non qualcos'altro."

Z-Lo alza la mano. "Cosa significa presupposto?"

"Oh Dio", dice Hollywood.

"E se il loro scopo è radunare gente, New York non sarebbe la prima della loro lista", dico.

Yoshi annuisce in accordo. "Tokyo, per esempio, ha raggiunto quaranta milioni persone pochi anni fa. Shanghai, Karachi, Pechino, San Paolo non sono da meno. Poi ci sono i super megaplex come Chongqing e Guangzhou che sono formati da più città i cui confini si fondono l'uno nell'altro per creare aree urbane di una grandezza potenzialmente doppia rispetto a Tokyo. Se fossi un alieno e volessi radunare le persone, comincerei da lì."

"Quando parli così, amico, mi viene voglia di trasferirmi in campagna" dice Bumper.

"Quindi forse gli alieni sono qui per trasferirci", dice Z-Lo.

Tutti gli danno un'occhiata.

"No, voglio dire… Tipo,'Ehi, guarda quegli umani. Presto finiranno il cibo e inizieranno a mangiarsi a vicenda. Gnam, gnam, gnam. Faremmo meglio a fare qualcosa per aiutarli prima che la situazione degeneri nella Terza guerra mondiale'. Capite cosa intendo?"

Il ragazzo ha una fervida immaginazione, ma la sua teoria ha troppi buchi. "Per me non è possibile."

"Sono d'accordo", dice Ghost. "Qualsiasi azione per ricollocare qualcosa in modo pacifico è preceduta da una comunicazione in tal senso. Darei a tutte le specie senzienti che abbiano a cuore i nostri migliori interessi il beneficio del dubbio che almeno proverebbero a mettersi in contatto prima di fare quello che stanno facendo ora."

"Sono d'accordo", aggiunge Bumper. "Ci sono cento altri modi per dichiarare intenzioni pacifiche che non prevedono trascinare persone attraverso portali o far saltare in aria basi militari. Questi bastardi sono informati e aggressivi. Inoltre, abbiamo visto delle cose." Si ferma per un secondo.

"Che tipo di cose?" chiedo.

"Brutte cose", dice Hollywood. "Intendo…"

"Gli angeli della morte, ho capito."

Annuisce e poi guarda di nuovo Bumper.

"Quindi significa che li trattiamo come ostili a…", Bumper si guarda intorno. "A Dio, alla razza umana, se Yoshi ha ragione."

"All'intera razza umana", ripeto piano. Ci siamo, se prima avevo dei dubbi sull'unirmi o meno a questa squadra, ora se ne sono andati. A volte è necessario parlare di cose con gli amici, anche nuovi, in modi che non puoi fare quando sei su una collina da solo. "Ecco perché dobbiamo trovare un modo per fermarli. E se non possiamo, qualcun altro deve farlo."

"Beh, non voglio aspettare qualcun altro", dice Z-Lo. Si tocca il naso e poi mette la mano sulla mappa come se fossimo una squadra prima di una partita. Il gesto mi ricorda Aaron e la nostra promessa d'infanzia. Mentre guardo ogni persona guardare la mano di Z-Lo con vari gradi di scetticismo, mi rendo conto che il ragazzo di San Diego, ben intenzionato ma dolorosamente ignorante, ci ha preso.

"Fino alla fine", dico girando la testa.

Hollywood incrocia le braccia. "Che succede?"

La ignoro e continuo con la vecchia promessa poetica. "Fino alla fine. Attraverso rovi e spine. Ecco gli indomiti guerrieri, Ecco i..."

Ho bisogno di qualcosa di diverso da "i tre moschettieri." È troppo cliché. Inoltre, appartiene ad Aaron, Jack e me. La mia testa riordina le parole che fanno rima con guerrieri e poi si ferma su "...i giustizieri."

Con questo, metto la mia mano sopra quella di Z-Lo.

Mi sorride e io gli restituisco un cenno del capo.

"Non male, posso starci", dice Bumper e mette la sua mano sopra la nostra.

"Anche io", dice Yoshi.

Hollywood ride. "Ah, che diavolo? Ci sto."

Tutti guardano Ghost.

"Cosa ne dici, cecchino?" chiedo. "Ci stai?"

"Non ho nient'altro da perdere."

Mette anche la sua mano sulle nostre e ci guardiamo tutti negli occhi per un momento. Sta accadendo tutto in fretta, ma la velocità non lo rende meno significativo. Dio, sembra strano però: una banda di patrioti militari ed ex militari in missione per salvare il mondo? Potrebbe quasi andare bene come sceneggiatura, tranne per il fatto che sono abbastanza sicuro che moriremo tutti. Inoltre, qualcosa mi dice che Hollywood non farà film tanto presto… il posto intendo, non il Sergente dell'esercito con la mano qui in mezzo. Anche se, se lo facesse, sarebbe un gran bel personaggio.

"OTF", dico.

Tutti si sorridono e poi rispondono all'unisono: "OTF."

CAPITOLO 13

0400, venerdì 25 giugno 2027
East Orange, New Jersey
Vecchio fienile

BUMPER MI BATTE sulla spalla per darmi il cambio. Anche se il mio vecchio sacco d'ossa non regge le nottate come quando avevo vent'anni, sento ancora che era mio dovere offrirmi volontario per il primo turno di guardia, visto che sono il più anziano dell'unità. Inutile dire che sono grato di dormire un po' finalmente.

Mentre mi dirigo verso la mia branda improvvisata in uno dei box per cavalli abbandonati meno ingombri di cianfrusaglie, riassumo la mia ultima ora di pensieri casuali in idee definitive. Ho scoperto che questo solidifica le cose nel mio subconscio in modo che, quando mi sveglio, ho qualcosa di conciso e attuabile da offrire a me stesso e, in questo caso, da offrire alla squadra.

La prima conclusione è che abbiamo bisogno di un nome.

Alcune persone potrebbero esitare e considerarlo infantile o di poco conto. Ma c'è un motivo per cui una delle prime cose che i nostri genitori fanno per noi è darci un nome. I nomi aiutano a stabilire l'identità e un senso di appartenenza. Sono importanti, specialmente quando stai cercando di capire chi diavolo sei e dove ti trovi.

Allo stesso modo, i nomi sono importanti tra i militari. Per quanto banali possano sembrare agli estranei, senza una struttura unitaria, gradi e titoli, accompagnati dalle descrizioni del lavoro che li sostengono, hai il caos. Le insegne, i riti di passaggio, il rapporto tra i membri, tutto è organizzato per garantire una cosa in combattimento: che tu vinca e il nemico perda. Quando la nebbia della guerra offusca il giudizio e ti fa dubitare del mondo intero, l'unica cosa che sei addestrato a non mettere mai in discussione e mai sottovalutare è la posizione e le qualifiche dell'uomo o della donna davanti e dietro di te, alla tua sinistra e alla tua destra. I nomi sono sacri. I nomi ti tengono in vita.

Data l'unicità della nostra situazione, avere un nome è ancora più importante. Veniamo da diversi rami e, anche se veniamo tutti pagati dallo Zio Sam, le nostre alleanze con l'unità variano. Ciò significa che unirci sotto un nuovo nome potrebbe fare molto per mettere fuori gioco alcuni dei fattori che potrebbero inibire il lavoro di squadra, per quanto breve possa essere la vita del nostro team.

Quindi ne ho inventato uno. Un nome, voglio dire.

Successivamente, ho pensato al modo migliore per combattere i robot che avevamo affrontato, così come gli angeli della morte che Hollywood e gli altri avevano visto. In Antartide, ero al comando di elementi inesperti con armi limitate, posizione di campo debole, comunicazione scadente ed eravamo stati colti alla sprovvista da un nemico di cui non sapevamo nulla. Ora, invece, faccio parte di un gruppo di individui ragionevolmente specializzati, una vera squadra d'assalto, di varia provenienza.

Sebbene l'EMP e la Cupola avessero colto Hollywood e gli altri alla sprovvista, erano riusciti a fare in anticipo una buona scorta di equipaggiamento nei rispettivi veicoli. Ma non è abbastanza per un assalto frontale. Invece, dobbiamo attenerci al lavoro di ricognizione e cercare modi per entrare nella cupola. Sarà un po' come sondare un avversario a scacchi usando i cavalieri per le mosse di apertura. Prova, ritirata, analizza, ripeti.

Nonostante le nostre munizioni e rifornimenti siano limitati, questa squadra è molto più capace di quella che avevo io al Polo Sud. Quattro robot avevano ucciso tutti tranne due in Antartide, questa squadra più piccola, invece, ne aveva eliminati sette, cinque prima del mio arrivo. In che modo? Anticipando il nemico, preparandosi di conseguenza, prendendo di mira i punti deboli noti e comunicando.

E restando nascosti. Come fantasmi. Qui un secondo, altrove quello dopo. E il nemico non sa nemmeno cosa li ha colpiti.

È così che dovremo muoverci se vogliamo rimanere in vita e aiutare le persone intrappolate all'interno della cupola.

L'ultimo pensiero riassuntivo è la necessità di localizzare Aaron, supponendo che sia sopravvissuto all'attacco iniziale e non sia stato catturato all'interno della cupola. Stando a quanto detto dalla presentatrice, era "in diretta da Rutgers" e dubito che sia andato lontano nelle ultime ore. Conoscendolo, direi che è tornato nel suo laboratorio cercando di mettere insieme i pezzi. E in questo io e lui siamo molto simili. Investigatori fino al midollo. Ma se la sua arma preferita è una tesi di dottorato che pochissimi possono capire, la mia è un fucile d'assalto in full-auto che parla un linguaggio universale. Certo, se il mondo fosse un posto meno cattivo, credo che i suoi strumenti sarebbero migliori dei miei. Ma non lo è, quindi mi piacciono di più i miei strumenti.

Se c'è qualcuno che potrebbe sapere come funziona la cupola, da dove viene, o cosa vogliono questi *esseri* (mi rifiuto ancora di usare la parola con la A) è il dottor Aaron Campbell.

Ok, forse la tesi di dottorato fa parte del piano di gioco. Ma comunque non sputa piombo.

Ho chiuso gli occhi per non più di quelli che sembrano dieci secondi, quando qualcuno dà un chiaro *psst* e dice il mio nome. So che è un veterano perché non si avvicina di soppiatto e mi tocca al buio. L'ultima recluta che mi ha svegliato in quel modo si è quasi preso un coltello in gola. E quel povero ragazzo voleva solo farmi sapere che la mia zuppa era pronta. Quando si dice morire per niente.

"Qual è il problema?" dico a Bumper.

I suoi occhi sono fissi sulla porta della stalla e il suo fucile è alzato. "Intrusi nella casa. Sembra che stiano saccheggiando il posto."

Considero di dirgli solo di tenere gli occhi aperti perché ho un disperato bisogno di un po' di riposo. Ma poi mi rendo conto che se i saccheggiatori sono armati e decidono di indagare sul fienile, potremmo avere problemi.

"Sono sveglio", dico e afferro il mio SCAR.

Seguo Bumper mentre sveglia il resto della squadra. Ci raggruppiamo davanti alle porte e guardiamo a est, verso la fattoria, attraverso varie fessure nelle assi di legno. La cupola non diffonde così tanta luce come quando eravamo alla stazione di servizio e anche la mancanza di luna piena non aiuta affatto. Abbasso i miei occhiali per visione notturna e chiedo a Bumper di aprire la porta a destra.

"Vado in esplorazione", dico.

"Vengo con te", dice Z-Lo.

"Meglio che vada io", interviene Ghost. Prima che Z-Lo possa rispondere, Ghost è dietro di me e usciamo insieme.

Attraversiamo il prato e ci sistemiamo dietro un vecchio noce proprio mentre sento qualcosa che va in frantumi all'interno della casa. Sembra che qualcuno abbia appena distrutto un enorme specchio o una credenza.

"Teppisti", dice Ghost.

Per quanto odi l'idea di intrusi che frugano nella proprietà privata di una famiglia, la nostra missione non è contro dei saccheggiatori. Voglio solo dissuadere chiunque loro siano dal diventare curiosi di sapere quali tesori potrebbero esserci nel fienile.

"Contatto. Porta sul retro", dice Ghost. Ha alzato il suo WinMag.

"Non attaccare", sussurro.

Una figura emerge dalla porta sul retro della casa e accende una torcia. Ghost e io ci ritiriamo e tiriamo su i nostri visori. La luce attraversa il prato e poi si posa sul fienile.

"Hey, hey. Penso di aver trovato qualcosa", grida dentro la casa. La sua voce suona roca, sulla trentina. Tra droga e alcol, qualcosa gli ha rovinato la gola.

"Fantastico", dice Ghost.

"Lasciamolo passare", dico mentre imbraccio il mio SCAR e ritiro la mia Glock. "Lo prenderò da dietro. Tu coprimi. Trattenere e scoraggiare soltanto."

"Roger."

Via radio sussurro: "Mantenete la posizione. Aspettate il nostro attacco."

"Ricevuto", risponde Hollywood.

Non appena l'uomo ha superato il nostro raggio di copertura, sguscio fuori e mi avvicino alle sue spalle. Anche se non vedo un'arma nella sua mano libera, assalire un altro essere umano non arriva mai senza un certo livello di ansia e cautela, non importa quanto tu sia sicuro di avere la meglio.

I miei stivali si muovono silenziosamente nell'erba, grazie ad anni di esperienza nel camminare tra polvere e macerie oltreoceano. Anche se non riesco a sentire Ghost, ne percepisco la presenza qualche passo indietro. E quella sensazione, proprio lì, è l'unica cosa di cui mi preoccupo quando mi avvicino a un nemico invisibile: il sesto senso. Non permettere a nessuno di dirti il contrario: esiste. Ho visto obiettivi voltarsi e individuare i Marines perché una recluta ha guardato negli occhi uno stronzo a cinquecento metri di distanza.

Di conseguenza, non guardo la testa del bersaglio, ma solo la massa centrale della sua schiena. Lo tengo di mira con la mia Glock, a meno di un metro di distanza, poi mi lancio in avanti e lo chiudo in una presa al collo.

La torcia dell'uomo vola via e lui emette un guaito prima che gli chiuda le vie aeree. Estraggo una pistola dalla sua cintura e la getto di lato.

"Stai sconfinando in una proprietà privata", gli dico all'orecchio.

Ghost è alla mia sinistra, pistola in pugno come riserva.

"Chi cazzo…"

"Chi sono io è l'ultima delle tue preoccupazioni, stronzo. Quello di cui dovresti preoccuparti sono tutti gli altri che sono con me."

Il tipo sta cercando di fare resistenza, ma la sta pagando. Gli faccio leva sulla testa e sul collo in modo tale che più si dibatte, più si farà male.

"Che cosa vuoi?" riesce a dire con voce strozzata.

"Vai a dire ai tuoi ragazzi là dentro di uscire dalla casa di queste brave persone e di andarsene. Digli loro anche che ci sono agenti governativi dormienti in tutto questo quartiere che hanno l'ordine di uccidere a vista. Mi sento solo di buon umore, ora. Se mi capisci e desideri rispettare queste istruzioni molto specifiche senza deviazioni, annuisci una volta."

Obbedisce.

"Vedi? Sapevo che potevamo…"

"Ripper?" dice una nuova voce dalla porta sul retro proprio mentre un nuovo raggio di torcia ci colpisce.

Sento lo spostamento d'aria mentre Ghost ruota su sé stesso. Allo stesso tempo, ho fatto girare l'ostaggio per affrontare il nuovo venuto.

"Gesù, che diavolo sta succedendo qui?" dice il nuovo arrivato.

"Spegni la luce", dice Ghost allontanandosi da me.

Il raggio passa avanti e indietro, da Ghost a noi.

"Lascialo andare, amico", mi dice l'uomo.

Decido di allentare la presa sul mio prigioniero, Ripper, e gli ordino di dire al suo amico di fare marcia indietro.

"Torna dentro, Worm. Ora", dice Ripper, da bravo.

"Col cazzo!" Vedo bene che Worm è agitato. Sembra anche che abbia in mente qualcosa, il che non va bene. Tutti quei discorsi contro la droga che abbiamo ascoltato al liceo si concentravano sugli effetti collaterali negativi sui nostri corpi e non sulle cose stupide che ti fa fare quando affronti qualcuno che ha un'arma carica puntata contro di te. Avrebbe salvato molti più ragazzini nel mio quartiere se solo l'avessero spiegato.

Ghost ripete il suo ordine di spegnere la torcia, aggiungendo che sparerà se l'uomo non obbedisce.

"Torna dentro", geme Ripper, ancora nella mia presa.

"Col cazzo!" che sia per panico o spavalderia, Worm non mostra alcun segno di voler andarsene. Cerca qualcosa dietro la schiena.

"È armato", urla Ghost, seguito dal *pop-pop* del suo HK 9mm silenziato.

La torcia cade a terra e un corpo crolla giù per le scale. Nella luce che gira, riesco a distinguere una pistola sul gradino posteriore di cemento.

"Nooo", urla Ripper, lottando per andare verso il corpo. "Gli hai sparato! Che problemi hai?"

Continuo a tenere Ripper bloccato in posizione. "C'è qualcun altro in casa?"

"Tu sei pazzo."

"Ultima possibilità." Stringo leggermente il collo di Ripper. "Chi altro c'è in casa?"

"Altri due", dice con voce strozzata.

Sento i saccheggiatori tre e quattro che si muovono, scendendo a grandi passi da una scala e cercando di venire in soccorso. Solo perché un'arma è silenziata non significa che sia silenziosa. Inoltre, ci sono state grida.

"Contenimento", dice Hollywood nel mio auricolare.

"Dì ai tuoi amici di lasciare la proprietà", dico a Ripper. "Abbiamo circondato la casa e si uniranno a Worm se non ti ascoltano. Vai!"

Lascio andare e spingo Ripper in avanti, sperando che obbedisca. Lui guaisce e inciampa nell'erba ma riesce a stare in piedi. Poi schiva il corpo di Worm imprecando e sale le scale, urlando: "Dobbiamo andarcene di qui. Hanno sparato a Worm."

Le sue affermazioni sono seguite da dieci secondi di protesta.

Per accelerare la conversazione, Ghost spara altri tre colpi alle finestre sul retro. Le urla sono seguite dal suono di passi mentre i saccheggiatori escono dalla porta d'ingresso della casa. E poi tutto torna a essere silenzioso.

Il silenzio è rotto da Hollywood e dal suono di lei che abbassa il suo AR-15. "Dannazione."

"Yoshi", dico. "Controlla la vittima."

"È andato", aggiunge Ghost.

"Può darsi, ma merita comunque un'occhiata."

Sia Ghost che Yoshi annuiscono e poi si spostano per ispezionare la vittima. Ed è un civile, nientemeno.

Questo segna ufficialmente la prima volta che vedo un civile abbattuto sul suolo americano da un combattente. E non mi piace. Non siamo addestrati per affrontare le minacce in patria, ci sono altri dipartimenti per questo. Tuttavia, Ghost ha fatto la cosa giusta e non lo biasimo. Anche se avesse cercato di sparare alle gambe dell'uomo (cosa che non avrebbe fatto, i guerrieri non sparano per ferire, sparano per uccidere) non solo avrebbe messo in pericolo le nostre vite, ma avrebbe reso la morte della vittima molto più dolorosa. Senza un ospedale funzionante, l'uomo sarebbe morto dissanguato o per un'infezione. La vittima ha scelto di estrarre un'arma dopo che erano state date chiare istruzioni in una situazione di guerra, per quanto non ufficiale, e ne ha pagato il prezzo. Lo odio.

E questa, proprio lì, è la cosa che probabilmente fa più schifo del combattimento. Non è giusto. È doloroso. E non c'è modo di tornare indietro dopo un'azione mortale. Ecco perché ci alleniamo duramente e ci fidiamo dell'istinto. Tuttavia, una vita è sempre una vita e non diventa mai più facile toglierla, almeno per quelli di noi che hanno ancora un'anima. Impari solo a compartimentalizzare di più.

"Ci spostiamo?" mi chiede Hollywood.

Ancora una volta, non sono sicuro del motivo per cui mi stia chiedendo spunti per la leadership. Ma è una domanda legittima.

"Non torneranno. E immagino che siamo abbastanza lontani dai robot da non aver attirato l'attenzione. Quindi, considerando quanto lavoro ci vorrebbe per trovare un nuovo riparo per i veicoli, dico di restare fermi e di stare in guardia."

"Mi sembra un buon piano", dice e poi ordina a Z-Lo di aiutare Yoshi e Ghost a occuparsi del corpo dietro il fienile.

"Tutto a posto?" mi chiede Bumper, indicandomi il labbro con una torcia.

Curioso, tocco un punto che sembra caldo e vedo sangue sulla punta delle dita, non una piccola quantità di sangue. A quanto pare la testa di Ripper deve avermi colpito alla bocca durante la lotta. "Uhm. Non me ne sono nemmeno accorto."

"Yoshi non è l'unico medico da queste parti", dice, mentre estrae un kit medico compatto da battaglia dalla tasca dei pantaloni e lo posa a terra. Ripone la sua torcia portatile e accende una lampada frontale.

"Sei un Infermiere?" chiedo. "Ti ho preso per un…"

"UDT, armi pesanti." Sorride. "È il mio ramo principale. Infermiere navale è il mio secondario." Scarta una nuova garza e un agente coagulante, poi si alza di fronte a me. "Sentirai un po' di pressione."

"Fottiti."

"Roger." Applica il caolino e poi ci mette il tampone sopra.

Gemo. "Mi sento come se una vespa mi avesse appena punto il fottuto labbro", biascico.

"Splendido, vero?"

"Non esattamente il termine che stavo pensando."

Dopo un momento, dice: "Non mi sono presentato formalmente prima. Uriah Johnson."

È uno strano momento per le presentazioni, ma ripeto, gli agenti delle forze speciali non sono noti per avere tutte le rotelle al loro posto. Gli stringo la mano. "Patrick Finnegan."

"Sei davvero di Brooklyn?"

"Sei davvero di Detroit?"

Alza un sopracciglio. "Come fai a saperlo?"

"Ho sentito un po' di accento"

"Perspicace."

"Eh. Almeno con certe cose."

Grugnisce una risatina. "Molto bene."

"Grazie per il lucidalabbra."

Annuisce. "Se continua a sanguinare, avrai bisogno di punti. Ma per quello, forse è meglio la mano ferma di Yoshi."

"Va bene."

Non appena Yoshi, Ghost e Z-Lo tornano, Hollywood ordina a tutti di tornare dentro a riposare. Rientro nel sacco a pelo e cerco di mettermi comodo. Probabilmente manca ancora un'ora e mezza all'alba e abbiamo deciso di partire alle 06:00.

Sospetto che tutti, tranne il ragazzo, riusciranno ad appisolarsi di nuovo. I veterani sviluppano uno strano talento per dormire nelle posizioni più innaturali e negli scenari più strani. Ma Z-Lo? Non ha mai visto nulla del genere.

D'altra parte, è ancora in quell'età in cui ha bisogno di più ore di sonno di un soldato di mezza età consumato dalle intemperie. Ogni volta che qualcuno dice di aver dormito come un bambino, si vede che non ha mai avuto a che fare con dei bambini. "Quindi ti sei svegliato ogni due ore e ti sei cagato addosso?" Invece, quello che intendono dire è che hanno dormito come un ragazzo di diciotto anni che ha appena ingoiato un'intera pizza con il salame dopo aver giocato a Call of Duty per sei ore. Questo è un glorioso coma da cui nessuno si riscuote fino al pomeriggio successivo.

"Notte, Hollywood", dice una voce nell'oscurità. È Z-Lo.

"Notte, Z-Lo", risponde lei.

Rido tra me e me. Sul serio?

"Notte, Wic", dice il ragazzo.

"Notte, John Boy."

Segue una pausa. "Chi è John Boy?"

"Quello dei Walton, idiota", dice Ghost mentre riaggiusta qualunque cosa stia usando come cuscino.

"Cosa sono i Walton?"

"Torna a letto, Z-Lo", dice Bumper. Non sembra abbastanza grande per capire la battuta, ma capisce chiaramente il valore del silenzio. "O ti ci rimetto io."

"Dormo. Dormo. Sheesh. Stavo solo provando a essere gentile. Walton sto cazzo."

"Zitto", gli rispondiamo in coro. E finalmente mi addormento.

Capitolo 14

0600 venerdì 25 giugno 2027
East Orange, New Jersey
Vecchio fienile

"È ora di alzarsi, Brooklyn", dice Hollywood con un accento del New Jersey incredibilmente impertinente. Nemmeno i primi raggi di sole che riscaldavano l'ingresso del fienile mi hanno svegliato, il che è tutto dire.

"Di già?"

"Spiace dirlo. Ma sei tu quello che ha detto che volevi essere in moto entro le 06:00."

"La prossima volta, non lasciarmelo fare."

"Roger."

Raccolgo la mia attrezzatura e la ripongo nella mia Land Cruiser. Mi prendo anche il tempo per prendere i caricatori nuovi e riempire quelli esauriti. Dopo due decenni di pratica, posso riempire i caricatori con gli occhi bendati, meglio di quanto sappia tenere una conversazione. Non che sia particolarmente portato nel parlare con altri esseri umani, ma comunque.

Dopo essermi stirato e aver controllato il tempo fuori (ventun gradi, parzialmente nuvoloso), torno indietro allo stanzone degli ATV dove percepisco la fragranza di uno dei più grandi doni di Dio all'umanità: il caffè. L'altro, ovviamente, è il whisky. Ma raramente ne prendo prima di cena.

"Come lo prendi?" Chiede Yoshi, seduto su uno sgabello che ha rubato dal fienile. Ha un fornelletto portatile WhisperLite II acceso sotto una caffettiera americana vintage, con la classica manopola in vetro colorato di giallo sul coperchio per controllare il caffè.

"Nero", dico.

"Quello sì. Chiedevo se vuoi che ti svegli o no."

Per un attimo mi chiedo se intenda dire normale o decaffeinato, ma poi alza la fiaschetta. "Liscio. Grazie."

Fa spallucce, poi versa il caffè in una tazza da campeggio di metallo, cantando: "Tonight we ride, right or wrong. Tonight we sail, on a radio song."

Tom Petty. Ottima scelta.

Dopo aver prelevato un campione del liquido fumante, ringrazio Yoshi e poi mi volto verso Hollywood. "Beve sempre così tanto?" chiedo in tono sommesso.

"Mhmm…", annuisce quasi impercettibilmente e aspetta un secondo. "Alcune persone se la cavano meglio con che senza, sai? E non intacca le sue prestazioni."

L'ho sentito dire per tutta la vita. Era una delle scuse preferite di mio padre. Ma non ho intenzione di entrare nel merito con Hollywood, a portata d'orecchio di Yoshi. La mia risposta ad Hollywood è un semplice: "Non ancora, almeno."

"Speriamo che rimanga così."

"Yut."

Hollywood si volta verso i veicoli e fa un fischio a Z-Lo, Bumper e Ghost. "In cerchio."

Nei due minuti successivi, siamo tutti seduti intorno al fornelletto di Yoshi, sorseggiando caffè e acqua e interrompendo il digiuno notturno con razioni liofilizzate e barrette proteiche. Qualunque cosa succeda oggi, tutti sembrano riconoscere la necessità di aumentare le calorie e rimanere idratati. Bene.

"Qual è il piano, Stan?" chiede Z-Lo guardando da Hollywood a me e poi scrocchiando le dita. "Andremo a segno oggi, o cosa?"

Hollywood e io ci scambiamo uno sguardo.

"Hai qualcosa da dire?" mi chiede.

Voglio rispondere di no. Voglio che prenda lei il comando. Ma il fatto che sia io a prendere il timone sta rapidamente diventando uno schema. Inoltre, ho qualcosa da dire.

"Bene", bevo un altro sorso di caffè, "prima dobbiamo chiarire alcune cose sulla nostra piccola squadra. In particolare, se qualcuno ha bisogno di essere da un'altra parte." Lascio la frase in sospeso per un secondo prima di chiarire. "Per quanto ne so, tre di voi sono ancora in servizio attivo. Ciò significa che avete giuramenti e obblighi legali. Non ha senso tenervi lontano da quelli."

"Ci stai chiedendo se vogliamo essere parte di quello che ci aspetta, qualunque cosa sia?" Bumper tira su con il naso. "Penso di aver chiarito la scorsa notte che i miei ordini erano di allontanarmi da Dodge. Dio sa che non ascolterò quell'ordine. Prima o poi dovrò andare laggiù e vedere cosa è successo. Allo stesso tempo, la lotta di fronte a me è quella che ha tutta la mia attenzione, e non sono il tipo che sta in disparte. Quindi, finché non riesco a stabilire un contatto con la mia unità, sono con voi."

Annuisco, poi guardo Yoshi.

"*Jakunikukyoushoku.*"

Aspetto che traduca, ma si limita a sorridermi. "Il che significa…"

"I deboli sono carne, i forti mangiano."

Ridacchio. "Mi piace come suona. Allora, sei dei nostri?"

Yoshi annuisce. "Fino a quando non potrò ristabilire il contatto, come Bumper, sì. Questa battaglia ha bisogno della mia spada, quindi rimarrò."

"Mi pare giusto." Guardo Z-Lo. "Ragazzino?"

"Conta pure su di me, Sergente Maggiore Capo. Tipo, quando mi vuoi sono dentro, amico."

"Oh Dio", dice Hollywood. "Per favore riformula…"

Ma Z-Lo è partito. "Qualunque cosa vuoi che faccia, sono tuo. Chiedi e ti sarà dato. Perché non c'è niente che…"

"Non spremerti troppo, ragazzino", dico.

La parlantina si ferma. "Ok, ok. Bene."

Poi chiedo a Hollywood.

"Cazzo. Stai scherzando, Wic?"

"Voglio solo essere sicuro."

"Diavolo, sì."

L'ultimo è Ghost. Sento che usare le parole potrebbe solo insultarlo. Quindi annuisco. Lui sa cosa voglio dire. E quando annuisce, so cosa vuole dire. È abbastanza.

"Beh, questa è fatta." Bevo un altro sorso di caffè e poi mi distendo. "Ora c'è la questione del nome."

Hollywood mi guarda con un sopracciglio alzato. "Spiega."

Procedo a delineare i miei pensieri sull'importanza dei nomi e, più parlo, più vedo che tutti annuiscono. Poi passo al tipo di combattimento che immagino ci troveremo ad affrontare durante le perlustrazioni lungo la cupola.

Alla fine della mia mini-conferenza, Z-Lo chiede: "Allora chi siamo?"

"Phantom Team", dico.

Hollywood ripete e poi alza lo sguardo. "Mi piace."

"Anche a me", dice Bumper.

"È davvero dolce, zio", dice Z-Lo. "Me lo farei tatuare proprio qui", si batte il bicipite sinistro. "Aspetta. Ah no aspetta, quello è già occupato. Voglio dire qui", colpisce il suo avambraccio sinistro.

Guardo Ghost.

"Phantom", dice il cecchino con un cenno del capo.

"E adesso che facciamo?" chiede Hollywood.

"La missione."

Tutti si siedono un po' più diritti. È ora di mettersi all'opera. Tiro fuori la mappa cartacea che abbiamo guardato ieri sera e me la poso sulle ginocchia. Quindi riassumo ciò che sappiamo sulla cupola, il suo presunto epicentro, le sue qualità letali e il suo tasso di contrazione.

"Ho anche visto due bot in stile ricognizione aprire un varco per far passare un uomo", dico.

"Anche noi", ha aggiunto Hollywood. "Un paio in realtà. Immagino che sia dovuto alla loro armatura, o a un trasmettitore o a qualcosa del genere."

Annuisco e aggiungo questa informazione alla nostra crescente lista di HUMINT che sto raccogliendo nel mio taccuino Moleskine. Annoto anche il sospetto che gli *invasori* vogliano trasferire le persone all'interno della cupola da qualche altra parte. Traccio un grosso punto interrogativo e poi passo a una nuova pagina vuota.

"Sembra vuoto", dice Z-Lo, cercando di sbirciare il mio Moleskine. "Pensavo avessi detto che avevi una missione per noi."

"Una che dobbiamo escogitare insieme", dico.

"Questo non è un film, ragazzo", dice Bumper. "Siamo noi a costruire questa cosa da zero, chiaro?"

Z-Lo alza le sopracciglia esasperato al Navy SEAL come per dire: "Cavoli. È la mia prima volta. Calma." Ma so che il ragazzo non osa dire tanto ad alta voce.

"La prima cosa è che dobbiamo presumere di essere l'unica unità qui fuori", dico.

"Non mi sembra molto ottimista", aggiunge Z-Lo.

"Non lo è", rispondo. "E non a torto."

"Se presumi di essere l'unico agente, allora ti sforzi di non morire", commenta Ghost in tono piatto.

"Mi sforzo già di non morire", risponde Z-Lo.

"No, non è vero", dice Hollywood. "Il gesto che hai fatto ieri, colpire il bot con un tubo, o cos'era?"

Bumper ghigna: "Non farlo mai più. A meno che tu non sia disperato. Avevi ancora vari caricatori pieni sul petto, fratellino."

"Ero arrabbiato", dice Z-Lo. "Fammi causa."

"Non posso citare in giudizio qualcuno che è morto, amico."

"Il punto è", intervengo. "Ricorda il tuo addestramento e che le tue azioni influenzano tutti gli altri membri della tua squadra. Oorah?"

"Oorah", dice Z-Lo a testa bassa.

Per motivi di chiarezza, e per Z-Lo, riprendo il filo della spiegazione incorporando un po' più di informazioni. "Dobbiamo supporre di essere gli unici là fuori in modo da non diventare pigri supponendo che qualcun altro si precipiterà a salvarci il culo. Se compaiono nuovi combattenti, uniremo le risorse e ristruttureremo la catena di comando secondo necessità. Senza discussioni."

Tutti annuiscono.

"Nel frattempo, terremo gli occhi aperti e le radio accese, nel caso qualcuno stia trasmettendo."

"Il secondo punto è che abbiamo bisogno di più informazioni su questa cosa." Tocco il grande cerchio che ho disegnato sulla mappa. "Per questo, voglio dare un suggerimento."

In due minuti, riassumo la ricerca e l'esperienza di Aaron con l'anello che ha scoperto in Antartide. "Se c'è una persona in vita che potrebbe avere indizi su come funziona questa cupola, è il dottor Campbell."

"E ti fidi di lui?" chiede Hollywood.

"A farmi sicura in scalata? No." Le sorrido. "Ma sapere cose da cervellone su ciò che tutti gli altri cervelloni pensano sia importante? Sì."

"Allora dove lo troviamo?" chiede Bumper.

Metto il dito sulla mappa. "La Rutgers University. È lì che si trova il suo laboratorio."

"E cosa ti fa pensare che sia ancora lì?" chiede Yoshi.

Annuisco, è una buona domanda, e poi penso al modo migliore per rispondere: "Hey, Bumper."

"Dimmi."

"Se avessi un giorno libero, ma dovessi concentrarti per un test il giorno successivo, come lo passeresti?"

"In palestra. Giocando a pallone. Qualcosa del genere."

"E perché?"

Fa un sorriso malizioso. "Il football è vita, amico."

Torno a guardare Yoshi. "Il laboratorio è la vita di Aaron. Se non è in un sito di scavo, è nel suo ufficio."

"Ci sta", dice Yoshi.

"Quindi, mettiamo che troviamo il tuo amico", dice Hollywood. "Cosa facciamo dopo?"

"Non possiamo saperlo finché non parliamo con lui."

"Non sappiamo cosa non sappiamo", aggiunge Yoshi.

"Esatto." Guardo di nuovo la mappa. "Ma la mia speranza è che abbia qualcosa di cui abbiamo bisogno per andare avanti."

"Un passo alla volta." Bumper si sporge in avanti con le dita incrociate e i gomiti sulle ginocchia. "Una partita alla volta."

"Allora, Rutgers", dice Hollywood.

Annuisco. "Consiglio di tenerci a un chilometro e mezzo dalla cupola per evitare di essere scoperti. Ciò non significa che non incontreremo pattuglie, ma quelle che abbiamo visto finora sono state, cosa, entro poche centinaia di metri?"

Cenni di assenso, poi Yoshi prende la parola. "Quattrocento metri, direi."

"Quindi restano vicini. Bene. Tuttavia, dobbiamo muoverci bene. Senza correre rischi inutili."

"Perché non aspettare che cali la notte?" chiede Ghost. "È il momento migliore per muoversi."

"È vero", dice Bumper.

"Perché non abbiamo questo lusso", dice Hollywood. "Abbiamo fretta, ricordi? Chissà quante vite si perdono… o qualunque cosa gli stia succedendo, ogni secondo che aspettiamo."

"Ha ragione." Faccio un respiro profondo. "Ci sono alcune cose su cui possiamo essere cauti, come la nostra distanza dalla cupola. Ma la situazione è pressante e questo significa che dovremo correre più rischi di quanto vogliamo."

Ghost sporge il labbro inferiore e annuisce.

"Nel frattempo, se vedete qualcosa, imparate qualcosa, ricordate qualcosa o avete un'idea brillante, parlate. Non è il momento di tenere le cose per voi. E se avete un problema con un altro membro del team, e intendo uno vero, o ve ne fate una ragione, o vi chiarite e andiamo avanti. Non abbiamo tempo per i drammi. Non me ne aspetto in questo gruppo, ma mi rifiuto di lasciarci distrarre o di avere rotture dall'interno, non quando milioni di vite sono in gioco. Siamo d'accordo?"

"D'accordo", rispondono tutti.

"Altri commenti, domande o suggerimenti?"

"Nomi in codice per la radio?" Dice Bumper.

Annuisco. "Buona idea. Hollywood, tu sei Phantom One."

"Negativo." Incrocia le braccia. "Sei tu Phantom One."

Faccio per protestare, ma la squadra annuisce d'accordo.

Dannazione.

"Tutti a favore?" chiede a tutti tranne a me.

Acconsentono.

"Approvato."

Dal momento che ho il sospetto che discutere sarà inutile, prendo un respiro e poi riassegno Hollywood a malincuore. "Tu sei Phantom Two. Bumper, Phantom Three. Z-Lo, Four." Lancio un'occhiata a Ghost. "Tu sei Phantom Watch. E Yoshi, tu sei Doc."

Tutti annuiscono o alzano il pollice.

"Altro?" chiedo.

Nessuno si muove.

Soddisfatto, prendo l'ultimo sorso del mio caffè e restituisco la tazza da campo a Yoshi con una parola di ringraziamento. Poi piego la mappa, la ripongo nella mia tasca sul petto e metto le mani sulle ginocchia. "Ci muoviamo tra cinque minuti."

E in un attimo, stavo di nuovo guidando una squadra d'assalto.

Porca puttana.

Abbiamo preso la Garden State Parkway in direzione sud a Union, nel New Jersey, diretti verso New Brunswick. Bumper sulla sua Pescaccia apre la strada, seguito da Z-Lo e Ghost in Dolores, Hollywood nel suo CJ7 e io chiudo la fila con la mia Land Cruiser.

Le ombre lunghe del primo mattino si estendono da est a ovest attraverso l'Interstate, mentre la luce sfarfalla nei miei occhi tra edifici e alberi. Se non fosse per le migliaia di auto ferme nelle corsie, la completa assenza di attività umana tranne la nostra e l'elettricità statica sulle onde radio, questo sarebbe un tipico tragitto da pendolare alla fine di una settimana di lavoro. Beh, c'è anche la gigantesca cupola della morte.

Il sole ha trasformato la bolla in un radioso viola bluastro, accentuando lo scintillio del campo di forza. Se quell'oggetto non fosse deciso a uccidere e a radunare le persone per qualche fine nefasto, lo starei ammirando. Invece, voglio che sparisca e voglio personalmente prendere a calci in culo ogni bot su cui posso puntare il mio mirino.

La voce di Bumper rompe il silenzio radio. "Contatto. Da sud. Sembra una pattuglia, diretta a nord."

"Fermatevi", dico afferrando il ricevitore. "Prendete posizione dietro i veicoli fermi. Spegnete i motori."

"Roger."

Vedo le luci dei freni di Hollywood lampeggiare mentre si ferma dietro un SUV nero nella corsia centrale. La mia frequenza cardiaca è aumentata di alcuni battiti al minuto in attesa di un altro incontro.

È stato un rischio prendere la Parkway, lo so. Riprendere la I-280 West fino alla I-287 South sarebbe stata l'opzione migliore. Ma la Parkway è la via più veloce per la I-95. Eppure, sto ripensando alla mia decisione e spero che il nemico non usi il rilevamento termico. Non posso credere che non siamo nemmeno a dieci minuti dall'inizio del viaggio e che stiamo già per ingaggiare il nemico.

Sopra dei tettucci delle auto verso lo spartitraffico centrale, vedo due droni magenta che scintillano sotto la luce del sole. Sotto di loro, noto il tetto di una di quelle che ho deciso di chiamare ARU, con tanto di torretta a doppia canna. Nonostante sia dentro la mia FJ40, mi sento ancora allo scoperto. Impreco tra me e me poi mando una preghiera all'altissimo.

"Abbassate le alette parasole, fate scivolare indietro i sedili", dico alla radio.

"Phantom One, la mia capotte è abbassata", dice Bumper.

Dannazione. L'avevo dimenticato: stupide decappottabili.

"Allora mettiti al riparo dove puoi", rispondo.

"Eseguo."

Più avanti, vedo la portiera lato guida della Pescaccia aprirsi, Bumper salta fuori. Ha il suo M249. Poi scompare tra i veicoli in fila.

I droni sono più vicini ora, così come l'ARU. Riesco a distinguere la futuristica cabina anteriore del veicolo e il minaccioso parabrezza nero. Il veicolo si muove sullo spartitraffico centrale, con i droni in volo direttamente sopra. Un rombo basso e costante si muove attraverso la mia Land Cruiser e mi solletica l'intestino. Devo pisciare. Ma stringo i muscoli dell'inguine e mi impegno a rimanere calmo.

L'ARU è in piena vista, con le sue piastre corazzate magenta e gli strani segni che luccicano alla luce del sole. I pannelli luminosi blu e sotto la sua pancia a forma di V spingono l'erba da parte come un soffia foglie divino.

Il ronzio e il formicolio nelle mie viscere sono allo zenit e la mia Land Cruiser oscilla per lo spostamento d'aria o qualunque cosa diavolo stia spingendo quella cosa. Sembra che la DARPA e George Lucas abbiano deciso di fare un bambino.

Tiro indietro la testa e tengo il viso nascosto dietro il supporto verticale nel punto di ancoraggio della cintura di sicurezza. Finora, non ha notato Bumper o nessuno degli altri. Mentre passa vicino alla mia posizione, respiro di sollievo e afferro la radio.

"Tutti bene?"

La squadra fa rapporto e io mi rilasso. Forse non era stata una cattiva idea dopotutto. Comunque, ci siamo andati troppo vicini e decido che dovremmo trovare un percorso alternativo che non coinvolga l'Interstate.

"Il nemico sta rallentando", dice Ghost.

Mi giro sul sedile. È proprio così, l'ARU si sta fermando.

"Pensi che possiamo seminarli?" chiede Z-Lo.

"Non ci scommetterei", risponde Bumper.

"Nessuno si muova", dico. "Cinture di sicurezza slacciate, armi pronte, portiere sbloccate."

"Roger", risponde la squadra.

Seguo le mie istruzioni, il mio SCAR in grembo. Un errore da principiante è presumere che il nemico ti abbia individuato quando non è così. È come spostare la tua regina prima di averne bisogno. Molti Marines si sono fatti scoprire di pattuglia semplicemente perché pensavano di essere stati avvistati, quando in realtà il nemico aveva solo bisogno di pisciare, o aveva visto una pallina luccicante in una finestra. Un giro di pattuglia che altrimenti sarebbe stato senza incidenti, può finire in un bagno di sangue perché qualcuno è saltato alle conclusioni.

Certo, ci vogliono nervi d'acciaio per non pensare che il nemico ti abbia individuato quando stai passando nel loro cortile. Ma se sei ragionevolmente sicuro di non aver dato loro una ragione per esaminare la tua posizione, non dare per scontato che stia succedendo. Fidati del tuo addestramento, mantieni la calma e rimani vigile. E per amore di San Pietro, non guardarli negli occhi.

L'ARU sta arretrando e le porte posteriori si stanno aprendo. Anche prima di intravedere all'interno del carro, sento la voce di Ghost.

"Tre robot da ricognizione. Un robot d'assalto."

Quest'uomo ha una vista d'aquila. "Ricevuto."

"Usciamo?" chiede Hollywood.

"Mantenete la posizione."

"Non mi piace", dice Yoshi.

"Muovetevi solo al mio segnale"

Lancio di nascosto un'altra occhiata fuori dal finestrino posteriore del guidatore. L'ARU si è fermata e i tre robot sono fuori e si stanno dirigendo verso le auto parcheggiate più indietro.

"Dannazione", dice Hollywood. "Un angelo della morte. Si mette male."

"Che cosa?" dico a me stesso e poi guardo di nuovo l'ARU. Lì, saltando dalla poppa del veicolo, c'è una figura simile a un uomo rivestita con un'armatura verde smeraldo. Le piastre hanno una qualità iridescente alla luce del mattino e coprono una struttura alta un metro e ottanta vestita con un sotto-tuta nero. Un casco integrale copre la testa, con due occhi rossi luminosi che scrutano il terreno in una lenta scansione. La piastra frontale è curva sul naso e sulla bocca, e termina in forme geometriche sul mento, simili a quelle intorno alle orecchie e alla sommità della testa.

La cosa più notevole di tutte, tuttavia, è l'arma che imbraccia. Anche se sicuramente lo chiamerei un fucile, non sembra approvato dal governo degli Stati Uniti, né da qualsiasi governo a essere precisi. È più simile a un incrocio tra le armi di District 9, DUNE e Blade Runner. Che cos'è: il WETA Workshop o qualcosa del genere?

Devo sbattere le palpebre due volte solo per assicurarmi di poter credere ai miei occhi. Il corpo rettangolare nero del fucile, protetto dalla stessa placcatura color smeraldo dell'armatura, sfoggia un ampio calcio, una robusta impugnatura a pistola e un'impugnatura anteriore più piccola, che termina con una canna appena visibile sotto i baldacchini angolari del ricevitore. Un elaborato mirino si trova in cima a una rotaia, che ricorda qualcosa che un *concept artist* potrebbe costruire per un'arma del futuro, ma all'arma manca un caricatore o uno spazio per le munizioni.

"Che facciamo?" chiede Bumper.

Mentre il canale è aperto, sento Z-Lo dire in sottofondo: "Oh, Dio. Sanno che siamo qui."

"Mantieni la calma, ragazzino", dico a Z-Lo. "Phantom Watch. Hai già sparato su uno di quelli?"

"I veri alieni? No."

Gli alieni. Ceeeerto. Finora, questo sembra ancora un umano che si è perso andando al COMICON di New York.

"Ma quel fucile è pericoloso", aggiunge Ghost.

"Buono a sapersi." Lancio un'occhiata a ovest e vedo cespugli e alberi che separano l'Interstate da una fitta zona residenziale. È un terreno troppo aperto per scappare. "Sembra che dovremo usare le maniere forti. Phantom Three, vai tu per primo. Al mio segnale, ho bisogno che attiri il loro fuoco."

"Roger."

"Quando lo farà, voglio che tutti gli altri escano dal lato passeggero, il più velocemente possibile. Useremo i veicoli come copertura. Passo." Do alle informazioni la possibilità di respirare e a me stesso un momento per pensare. "Ci sono molte macchine, quindi usatele a vostro vantaggio. Cercate di stare alla larga dai nostri veicoli per ridurre al minimo i danni. Passo." Lascio che un altro momento di silenzio riempia il canale. "Rimanete bassi. Restate in movimento. Dobbiamo ridurre al minimo la nostra presenza e poi colpire forte e muoverci velocemente. Ripieghiamo sulla foresta al nostro ovest. Ricevuto?"

Tutti rispondono affermativamente.

Mentre parlavo, uno dei robot da ricognizione si è avvicinato alla mia Land Cruiser. Lo vedo nello specchietto retrovisore. Devo impegnarmi al massimo per non spalancare la portiera e iniziare a sparare. Ma non sono ancora convinto che mi abbia scoperto.

"In attesa del tuo segnale", dice Bumper. Anche lui è ansioso di sparare. Ma se non siamo sicuri di dover ingaggiare il nemico qui, non voglio bruciare le tappe.

"Aspetta", sussurro.

Il bot si sta avvicinando. Sento i suoi passi sull'asfalto.

"Aspetta."

Si ferma davanti alla mia portiera.

"Phantom One", dice Bumper. "Fammi sparare."

"Negativo", sussurro.

I guerrieri parlano di questi momenti folli in combattimento in cui le cose sembrano immobili. I proiettili volano, le persone urlano ed eccoti lì in un fermo immagine. Bene, succede. È strano.

E anche se non c'è nessuna pallottola in volo in questo momento, mi sento come se il mio cuore battesse al rallentatore.

Come spinto da un vento divino, il bot fa un altro passo avanti.

"Aspetta, aspetta, aspetta", dico, sforzandomi di controllare l'eccitazione nella mia voce. Il movimento del robot è la prova che non mi ha rilevato, il che significa che ci sono buone probabilità che non scopra gli altri.

Tuttavia, dopo aver superato altri due veicoli, il robot si ferma alla Jeep di Hollywood.

Il mio battito cardiaco aumenta. O il nemico sta avendo fortuna con i punti in cui si ferma, o il mostro meccanico sta tracciando dei tag che qualcuno deve aver messo sui nostri veicoli. Qualunque senso di euforia che avevo pochi secondi fa è sparito.

Qualcosa lampeggia nel mio specchietto retrovisore. Un altro bot si sta avvicinando come il primo. Ora mi chiedo se ci stanno prendendo in giro. Non appena il secondo bot arriva alla mia posizione, quello della Jeep di Hollywood si sposta in avanti e si ferma all'Humvee di Z-Lo.

"Possiamo iniziare a sparare ora?" dice con voce nervosa.

Ghost in sottofondo dice al ragazzo di chiudere la bocca.

In qualunque modo ci stiano identificando, spero che il nemico non trovi prove sufficienti per giustificare un assalto. C'è una possibilità, anche se sottile, che stiano controllando un sospetto, forse delle anomalie nei loro dati, che si riveleranno essere nulla.

Il secondo bot supera la mia Land Cruiser e prosegue, mentre ne sopraggiunge un terzo.

"Continuate ad aspettare", dico speranzoso. "Dita sui ponticelli, gente." Parlo principalmente a Z-Lo, ma comunque i promemoria non fanno mai male a nessuno, tranne che agli orgogliosi.

Il secondo bot si ferma al CJ7 di Hollywood mentre il terzo è quasi vicino a me. Lancio un'occhiata verso l'ARU e vedo il robot d'assalto in piedi di guardia al veicolo, ma l'angelo della morte è in movimento.

"Phantom Three. Hai qualcosa per creare una manovra diversiva?" chiedo.

"Secondo te?" dice con una risatina. "Ti serve qualcosa?"

Voglio ancora credere che la pattuglia nemica si ritirerà presto, ma ho sempre più la sicurezza che le cose si surriscalderanno.

Tornando a Bumper, dico: "Se non rivela la tua posizione, yut."

"Aspetta, lasciami indossare il mio vestito da festa. Preparati."

"Discretamente", aggiungo.

Non sono sicuro di cosa abbia in serbo Bumper, ma so che quando si tratta di far esplodere le cose, nessuno lo fa come un SEAL. Hanno un certo *je ne sais quoi* quando si tratta di far saltare in aria le cose, l'ho sempre ammirato. Chi dice il contrario mente ed è geloso.

Tutti e tre i robot sono fermi rispettivamente sulla Land Cruiser, la Jeep e Dolores. Solo la VW di Bumper sembra averla scampata. E ora il mio istinto sta urlando che siamo stati incastrati. Dannazione, Wic. Farai uccidere tutti di nuovo. Tuttavia, c'è una vocina nella mia testa che dice che non ho ancora visto l'intento ostile. La logica è debole, sì, ma non mi permette ancora di dare l'ordine di iniziare a sparare: lo scontro da cui escono tutti vivi è quello che non comincia.

"Phantom Three, preparati per il diversivo. Tutti gli altri, preparatevi a uscire dai veicoli sul lato destro."

La figura dell'angelo della morte sta camminando lungo lo spartitraffico, rivolto in avanti. Non sta nemmeno guardando i nostri veicoli. Quella vocina nella mia testa sta diventando più forte. "Te l'avevo detto", sta dicendo. Poi, mentre la figura vestita di verde si gira verso l'ARU, sento il mio corpo rilassarsi. Espiro il respiro che ho trattenuto e aspetto che i robot si allontanino dai nostri veicoli.

Ma non si muovono.

Invece, vedo un movimento alla mia immediata sinistra, seguito da un forte scricchiolio metallico. Mi ritiro dal rumore e poi la portiera della mia Land Cruiser vola via dai cardini.

"Attacca," urlo.

Sto passando sul sedile del passeggero quando sento un'esplosione squarciare le corsie in direzione nord attraverso lo spartitraffico. È seguita in rapida successione da altre due detonazioni. Non ho tempo di guardare mentre apro con una spinta la portiera del lato del passeggero e cado sul marciapiede, ma so che è Bumper che sta facendo qualcosa a est.

Guardando a sud lungo la corsia bianca, vedo Z-Lo cadere sul marciapiede accanto a Ghost. Hollywood sta già correndo verso di loro, a testa bassa. Anche i robot accanto ai loro veicoli si sono fatti strada all'interno e cerca gli occupanti.

"Alt, merce", dice nuovamente una voce dal suono digitale.

Mi ero dimenticato della strana frase, che fa sembrare che io sia un prodotto da scaffale. O bestiame.

"Cerca di fuggire e verrai eliminato."

Al diavolo.

Nel momento in cui faccio per allontanarmi dal mio veicolo, un'esplosione di energia colpisce la mia portiera aperta sul lato del passeggero e mi fa fischiare le orecchie. Sbatto le palpebre contro il lampo di luce mentre alcuni detriti mi colpiscono il viso e mi intorpidiscono la guancia.

Mi stacco dalla mia Land Cruiser e mi dirigo a sud verso gli altri, proprio mentre altri lampi di energia blu attraversano gli scompartimenti dei veicoli. Il resto dei miei agenti è libero, comunque, e sta correndo verso Bumper.

Mentre sfreccio tra due berline a quattro porte, vedo qualcosa in alto con la coda dell'occhio. Lì, sospeso a circa sei metri da terra, c'è il guerriero vestito di smeraldo. È per *questo* che Hollywood lo aveva definito un angelo della morte. Ge-sù, aiutaci.

Sta puntando la sua arma verso di me. Vedo un lampo di luce e poi l'auto davanti a me esplode. Senza sapere come, sto volando verso l'argine erboso alla mia destra. Il mondo è alla rovescia.

Avrei dovuto prendere la I-280.

CAPITOLO 15

0650 venerdì 25 giugno 2027
Union, New Jersey
Garden State Parkway

Quando il mio corpo si ferma, i miei pensieri vengono soffocati da un forte ronzio nelle orecchie. Sbatto le palpebre diverse volte, cercando di orientarmi. Sento odore di erba carbonizzata, plastica bruciata e combustibile esausto. La mia faccia è calda e… dannazione, mi fanno male le costole. Cerco tre volte di riprendere fiato prima di poter superare il dolore e riempirmi i polmoni.

Sento qualcuno che mi urla nell'orecchio. È debole. Ma mentre il suono si attenua, sento Hollywood.

"… ora", dice. "Wic!"

Sta parlando con me. Dannazione!

"Muovi il culo, Sergente Maggiore Capo!"

Mi sforzo di alzarmi, guardo la linea degli alberi e comincio a correre. In qualche modo, il mio cervello decide che sono più vicino al bosco che alle corsie delle auto. Combatto un'ondata di nausea e un attacco di vertigini, barcollando mentre cerco di raggiungere gli alberi a tutta velocità.

Qualcosa fischia in lontananza e poi un raggio di luce esplode nell'erba alla mia sinistra. Le zolle di terra volano in alto e piovono su di me mentre corro verso il bosco. Ma perdo l'equilibrio. Attutisco la caduta e sfreccio a sinistra, scelta che senza dubbio mi salva perché un secondo buco esplode alla mia destra. È come se qualcuno mi sparasse addosso con colpi di mortaio.

Sento il fuoco delle armi, quelle della mia squadra, e il rumore dei proiettili che vanno a segno. Le esplosioni intorno a me si fermano. Riesco ad accorciare le distanze e a buttarmi tra due piccoli cespugli per ripararmi dietro un albero.

Dopo aver verificato di non aver subito lesioni gravi (solo qualche costola ammaccata e il peggior mal di testa del mondo), guardo indietro verso l'Interstate e apro il canale.

"Rapporto."

Prima che qualcuno possa rispondermi, noto che tutti e quattro gli agenti del Phantom Team sono bloccati dal fuoco nemico. Mentre il robot d'assalto non ha lasciato la sua posizione accanto all'ARU, uno dei robot da ricognizione si sta avvicinando alla squadra a sud e gli altri due sembrano diretti a verificare la manovra diversiva di Bumper attraverso lo spartitraffico.

Allo stesso modo, l'angelo della morte è stato temporaneamente distratto dall'inseguirmi a causa di un assalto piuttosto pesante da parte della squadra. Sembra che Bumper si stia impegnando per far saltare in aria il nemico con un lanciagranate M79 in stile western vecchia scuola, affettuosamente noto come "Thumper." Lancia i proiettili 40x46 mm contro l'angelo della morte il più velocemente possibile. Ogni raffica si apre contro il nemico volante, spingendolo indietro verso l'ARU.

Il robot da ricognizione e i droni vengono colpiti da una raffica di armi da fuoco, compresa la calibro cinquanta di Ghost. Vedo due colpi rimbalzare sulla testa della cosa prima che il collo si spezzi. Questa, almeno, è un'ottima notizia. Tuttavia, ciò che non va bene è che l'angelo della morte si è ritirato dall'assalto di Bumper ed è diretto direttamente verso di me.

"Grandioso."

Mi riprendo e mi rendo conto che avrò bisogno di un'opzione migliore che correre intorno a una stretta striscia di bosco. Sono a una quindicina di metri da una fila di cortili che costituiscono un lungo tratto di case suburbane. Il quartiere è compatto e le case sono vicine tra loro. La loro vicinanza, insieme ai diversi interni, consentirà una buona copertura e un posizionamento ancora migliore.

Corro attraverso il bosco, oltrepasso il primo cortile che trovo e mi dirigo verso la casa più vicina, una casa a un piano dai rivestimenti ingialliti e con un garage annesso. C'è una piccola piscina non interrata con una specie di terrazzino tutto intorno che ha visto anni migliori. Sono a due passi dalla porta del garage posteriore quando un fischio acuto e un forte crack indicano una detonazione dietro di me. Ogni parte della piscina che non sia stata vaporizzata vola verso il cielo, inondando la casa di detriti e vapore.

Ghost non si sbagliava su quel fucile.

Entro barcollando nel garage e non mi preoccupo di chiudere la porta. Il nemico mi ha visto. Ora è un gioco del gatto e del topo, se uscirò o meno dalla porta principale del garage o mi infilerò in casa. Sentendo che l'entrata del garage è la scelta più ovvia delle due, opto per la casa.

La cucina non sembra essere stata ristrutturata da quando la casa è stata costruita e i mobili del soggiorno sono rivestiti in plastica trasparente. Hanno anche una pila di DVD accanto alla loro TV, non sapevo nemmeno che quelle cose fossero ancora utilizzate: in cima alla pila, il film originale dei Monty Python e del Sacro Graal. Un classico. Scommetto che questa è la casa di una coppia di nonnini di origine europea. Diavolo, puzza persino di vecchio, che Dio li benedica. La verità è che probabilmente non sono tanto più giovane.

Mentre percorro un corridoio verso il lato opposto della casa, mi viene in mente che l'angelo della morte potrebbe seguirmi con la termografia o qualcosa del genere. Non l'ho escluso, e ancora non so come i robot o l'ARU ci abbiano rilevato in precedenza. Non sembra che sia stato subito, il che è di buon auspicio. I veicoli ci hanno sorpassato e poi hanno fatto retromarcia. Quindi, qualunque tecnologia stiano usando, ha dei difetti. Oppure l'agente era distratto.

Sono nella camera da letto principale in fondo al corridoio quando sento qualcosa che si rompe in cucina. Mi sta seguendo, il che è un buon segno. Se mi avesse seguito dall'esterno, avrebbe visto i miei movimenti e indovinato le mie intenzioni. Apro la finestra più grande della camera da letto e scendo, attento a ridurre al minimo i miei rumori. Ma è impossibile, vista la velocità con cui mi muovo e quanto è ingombrante il mio kit.

I miei piedi atterrano su una piccola macchia di cespugli ben curati e alcune felci. Vedo un muretto di pietra dall'altra parte della strada, perfetto come riparo e un rapido accesso sulla casa di mattoni una decina di metri più indietro. Con il nemico che ancora si aggira all'interno della prima casa, decido di provare a correre.

Mi fiondo dall'altra parte della strada, mi tuffo dietro il muro di pietra e poi tiro su la mia arma. Ho la finestra laterale della camera da letto principale nel mirino, aspettando solo che il nemico esca. Sarà vulnerabile e io sarò pronto.

Ma non succede nulla. Nessun movimento nella finestra e no…

Si sente un fischio attutito, e poi la facciata della camera da letto principale esplode dalla casa. Pezzi di legno e rivestimento schizzano sulla strada mentre frammenti fiammeggianti di materiale isolante fluttuano in aria nel cortile anteriore. Quindi l'angelo della morte passa attraverso il buco fumante, la testa e le armi che si muovono avanti e indietro.

Non è l'uscita dalla finestra che speravo, ma ho la testa del nemico nel mirino e sono pronto a sparare.

Premo il grilletto e la mia SCAR sputa una raffica di tre colpi al casco della figura. Le scintille, luminose anche nella luce del mattino, mi assicurano che ho centrato il mio obiettivo. Ma invece di crollare, il nemico china la testa verso di me. Uno dei suoi occhi rossi sembra incrinato, ma per il resto l'elmo non è danneggiato.

"Dannazione."

Sono già in piedi quando il muro di pietra subisce una raffica di fuoco full-auto dall'incredibile arma. Alcune piccole pietre mi colpiscono la schiena, ma sto volando verso la porta d'ingresso. La attraverso e cado a terra all'interno di un ingresso aperto.

A differenza dell'ultima casa, questa bellezza a due piani è stata realizzata nel diciannovesimo secolo e chi l'ha costruita aveva i soldi. Il soffitto a volta, le ringhiere intagliate a mano e i pavimenti piastrellati sembrano originali e ben tenuti.

Ma non sono qui per un'ispezione: questa è solo roba casuale che la mia mente elabora mentre corro sotto la balconata e in una spaziosa cucina con ripiani in marmo.

La porta d'ingresso esplode verso l'interno, sparando pietre, vetri e legno lungo il corridoio. Mi giro e sparo due raffiche contro l'angelo della morte, colpendolo alla testa e al petto.

L'arma fischia di nuovo, il che è il mio segnale per togliermi di mezzo. Salto verso un divano quando l'esplosione rompe la parete di fondo della cucina. Atterro con forza su un pavimento di moquette e mi rotolo su un mobile di pelle mentre il retro della casa esplode.

Sento un altro rumore di carica e il nemico spara nel soggiorno. Salto fuori proprio mentre il pavimento esplode. Ho frantumato due porte di vetro dal pavimento al soffitto con il mio casco e le mie spalle, e sono atterrato su un portico sul retro. Resto sulla schiena, sparando in casa, poi mi metto al riparo dietro un'ampia quercia poco distante dal portico.

Riesco a malapena a fare il giro del tronco quando un altro *pweeee-crack* fa un buco nell'albero appena sopra la mia testa. Frammenti di legno mi colpiscono come schegge scagliate da un cippatore. L'odore del legno bruciato mi colpisce il naso; in qualsiasi altra occasione, mi farebbe desiderare un fuoco da campo, un sigaro e due dita di Redbreast. Ma in questo momento, tutto ciò che voglio è uccidere questo bastardo.

Mi sporgo e sparo altre due raffiche prima di indietreggiare. E appena in tempo: il nemico spara di nuovo, piazzando una seconda salva accanto alla prima, a meno di mezzo metro sopra di me.

Un profondo scricchiolio gutturale sale dalla quercia: sta andando giù. Anche se un angelo della morte della DARPA vestito da Storm Trooper mi spaventa, essere schiacciato da una quercia di duecento anni mi spaventa di più.

Alzo lo sguardo, cercando di valutare la direzione della caduta, ma le foglie e i rami ondeggiano casualmente: sembra che l'albero stia ancora decidendo. Dovrò rischiare. Se riesco a farmi seguire dal nemico verso la zona di atterraggio, forse la quercia può aiutarmi. E forse riesco anche a farmi schiacciare nel mentre: *idiota*.

Ma meglio che finire tostato dalla parte sbagliata di una pistola a raggi.

L'albero sta iniziando a inarcarsi sopra di me e verso il cortile. Guardo attraverso il prato e vedo che ho un'area aperta fino a una casetta per bambini e un'altalena a una trentina di metri di distanza. Sembra fatta su misura, più grande del normale e robusta, come se il lavoro fosse svolto da un appaltatore.

"Cosa stai facendo, Pat", mi dico. Prima di poter rispondere alla domanda, sono fuori e corro. All'inizio, mi sembra una grande idea. Ma appena vedo i rami che si muovono in alto, mi rendo conto che è una pessima idea. Un'idea terribile, idiota, davvero orribilmente stupida.

Un forte rumore di legno che si spezza squarcia l'aria e mi fa salire l'adrenalina nelle vene. Il fuoco liquido costringe i miei piedi a muoversi più velocemente, ma quella dannata vocina della logica mi dice che ho fatto un errore di calcolo stupido. Poiché non ho idea se l'angelo della morte abbia deciso di seguirmi nella mia folle missione, sparo due raffiche sopra la mia spalla, alla cieca. Chiamalo l'ultimo atto di sfida contro l'universo, o forse un timido tentativo di indurre il nemico a inseguirmi. Non lo so. Sono disperato e, dannazione, a volte vuoi solo sparare a qualcosa.

Riesco a sentire il soffio del vento tra i rami mentre l'albero sventola verso di me. Giuro che mi sento sfiorare dalle foglie, ma sto puntando alla casetta e ignoro gli scherzi che il mio cervello mi sta giocando.

Con quattro metri da percorrere, metto ogni grammo di energia che ho nelle gambe e mi tuffo verso la porta. È stupido, lo so. Potrei mancarla e rompermi il collo. Diavolo, l'albero potrebbe fracassare la casetta e schiacciarmi. Ma mi tuffo.

Scivolo nell'ombra e vado a sbattere contro il muro di fondo della casetta. Allo stesso tempo, i rami superiori della quercia inghiottono la minuscola casa in una violenta tempesta di foglie fruscianti. Il tetto si rompe in tre punti, proprio mentre una miriade di suoni crepitanti ne percorrono l'interno. Sento il minuscolo edificio tremare quando il tronco sbatte a terra all'esterno.

Poi, come un temporale passeggero che lascia il posto al cielo azzurro, la violenza finisce.

Controllo per vedere se ho delle ferite, ma non trovo nulla tranne il dolore bruciante alle spalle e ai fianchi per aver sbattuto contro il pavimento del soggiorno e ora nella casetta. Onestamente, sono scioccato di essere vivo. Ma il nemico è ancora là fuori, non è ancora il momento di assegnare medaglie.

Non appena alzo la mano destra, mi rendo conto di aver perso il mio SCAR. Mi maledico per averlo lasciato andare, poi recupero la mia Glock dalla fondina. Grazie a Dio è ancora con me e sembra funzionare.

La porta della casetta è ricoperta di rami così fitti che non sono sicuro di poter uscire. Mi sistemo al riparo accanto all'apertura, poi sbircio dietro l'angolo e attraverso l'intricata grata. Mi aspetto quasi di vedere il nemico sorvolare l'albero caduto, cercando il mio nascondiglio per farlo esplodere, quando noto una forma scura sepolta nella boscaglia a una decina di metri di distanza.

"Beh, chi l'avrebbe detto?", dico a me stesso.

Si scopre che l'obiettivo mi ha seguito, dopotutto. Dubito di riuscire a superare la fitta crescita degli alberi, ma se c'è una cosa che i film mi hanno insegnato, è di non lasciare mai il cattivo a terra senza aver controllato per bene che sia morto. Quante volte abbiamo sgridato i buoni sullo schermo, supplicandoli di non voltare le spalle senza finire il cattivo? Diavolo, se impieghi tutta quella violenza per fermarlo, non cercare di convincere nessuno di essere moralmente superiore solo perché lasci vivere quel cretino quando è svenuto. Spara a quel maledetto bastardo e poi sparagli di nuovo per buona misura. Nessuno si accontenta di fare scacco: vai per lo scacco matto o non disturbarti a giocare.

Seguendo il mio saggio consiglio, mi arrampico tra i primi rami che circondano la casetta. Sono lento e sono sicuro che non vincerò nessun concorso di bellezza prima che la mia faccia superi tutto questo, ma sto facendo progressi.

Vedo il nemico che si muove verso la base.

Vedi? Non è morto. Te l'avevo detto.

Comincio a lavorare più velocemente, sperando di arrivare a lui prima che possa prendere il suo stravagante fucile e farmi fuori. Potrà anche avere una buona armatura, ma dubito che possa sopravvivere a tre colpi da 9 mm alla base del collo. Spingo da parte i rami e mi faccio strada attraverso gli spazi vuoti che sono troppo piccoli perché io possa passarci. I suoni di ramoscelli che si spezzano e il fruscio delle foglie mi circondano, ma è il battito del mio cuore nelle orecchie che sento di più. Le braccia del nemico si muovono, si allungano.

Mi copro il viso mentre mi tuffo attraverso una fitta massa di rami e mi arrampico su un gruppo di rami più vicini al tronco principale. È un lavoro estenuante, ma devo arrivare a questo bastardo prima che si alzi.

È sveglio e sdraiato sulla schiena. E sono a cinque metri di distanza. Potrei spargargli ora, ma se un proiettile calibro 308 non ha avuto effetto a quella distanza, tantomeno ne avrà un 9 mm. Ho bisogno di essere vicino e faccia a faccia per porre fine a questa festa.

Mi sto muovendo più velocemente ora e salto sopra un grosso ramo all'altezza della vita. Il nemico mi vede e poi cerca di afferrare la sua arma con la punta delle dita. Le sue gambe sembrano bloccate sotto una parte del tronco.

Metto la pistola nella mano sinistra, salto per coprire la distanza rimanente e atterro sul petto dell'obiettivo. Un forte odore mi colpisce, come se l'intestino dell'uomo fosse stato perforato. Un colpo di gomito colpisce un lato della mia testa e sull'orecchio sinistro, ma non posso difendermi: il mio avambraccio sinistro è premuto sotto il suo mento e gli spinge indietro la testa, mentre il mio braccio destro combatte contro il suo polso sinistro, cercando di tenergli le dita lontane dalla sua dannata arma.

Mi colpisce di nuovo a un lato della testa e vedo le stelle. Gli basta per allungarsi sulla distanza rimanente e prendere la pistola. Sto cercando di impedire che il suo pugno destro mi colpisca mentre tengo il suo avambraccio sinistro abbassato per impedirgli di spararmi. E, Dio, quell'odore.

Rendendomi conto che siamo in una situazione di stallo, decido che devo concentrare le mie energie per togliergli quell'arma di mano. In un'ondata di aggressività iper-concentrata, comincio a sbattere il suo polso sinistro contro il suolo. Nel frattempo, sta prendendo a pugni il mio fianco sinistro. Mi piacerebbe incastrare la mia Glock tra le sue piastre corazzate, ma, diavolo, non sembra aver intenzione di lasciare che i miei occhi rimangano aperti abbastanza a lungo per trovare un bersaglio: è come se il suo gancio destro avesse il pilota automatico e mi colpisse come un martello pneumatico. Un colpo in particolare mi fa perdere la presa sulla mia arma, e la carica del nemico la fa cadere.

Inizio a disperare. Spingo un ginocchio nello stomaco del nemico e sento un sibilo d'aria uscire dal suo petto, seguito da un'altra ondata dell'odore orribile. Schiaccio la sua mano armata contro il terreno e la mia mano si stacca dal suo polso e atterra sull'impugnatura a pistola. Da qualche parte in un angolo del mio cervello, percepisco qualcosa di insolito nella sua mano guantata, come se non ci fossero cinque dita. Ma non sono in grado di vedere bene in questo momento, sto combattendo per la mia vita.

Sta ancora cercando di ridurre in poltiglia il mio fianco sinistro e stiamo entrambi lottando per l'arma. Lo punto di nuovo con il ginocchio, il che mi dà un po' più di spazio sull'impugnatura della pistola.

Il nemico preme il grilletto, per riflesso o per panico, e sento una forte corrente formicolare la mia mano e sollevarmi il braccio. Sembra che il mio corpo abbia cortocircuitato la presa da 220 volt dietro l'asciugatrice. Poi il fucile emette uno dei suoi latrati assordanti. Il colpo esplode contro la base della quercia, inondandoci di scintille e schegge. L'albero è in fiamme.

Devo farla finita.

Un ultimo colpo di ginocchio allo stomaco gli fa spostare la mano armata, e ora ho il fucile.

Rotolo a destra, punto la sua incredibile pistola contro la parte superiore del suo corpo e premo il grilletto dalla forma strana.

C'è una frazione di secondo in cui un'altra ondata di corrente risale le mie braccia e inonda il mio corpo. Un istante, vedo un palmo e sei dita nel segno universale di fermarsi; il successivo, l'arma si scarica attraverso la mano della vittima e il suo corpo esplode. Inigo Montoya sarebbe orgoglioso.

L'armatura e l'elmo schizzano via, rimbalzando contro i rami della quercia come in un flipper. Mi proteggo la testa. "Attento", dico a nessuno in particolare. È più un riflesso dovuto all'essere stato attaccato una volta di troppo mentre pattugliavo con una squadra. Quando i detriti si depositano, abbasso il braccio e noto che sono coperto di sangue, e anche il fucile. Suona come se si stia per spegnere quando sento una voce maschile neutra dire: "Lingua rilevata: italiano. Identificazione utente."

Capitolo 16

0723, venerdì 25 giugno 2027
Union, New Jersey
Zona residenziale a ovest della Garden State Parkway

Incerto su quale membro del team mi abbia appena chiamato, armeggio con la radio e apro il canale. "Puoi ripetere?"

Gli spari che sento in lontananza prendono vita quando Hollywood risponde. "Phantom Two. Vieni avanti."

Esito, immaginando che ci sia stato un problema di comunicazione. "C'è qualche problema?"

"Mi hai chiamato tu, Phantom One. Tutto bene?"

Altri colpi di arma da fuoco esplodono via radio prima che lei lasci andare il pulsante di conversazione, ma il suono continua a echeggiare in lontananza. La squadra sta ancora lottando duramente contro i bot.

"Identificazione utente", dice nuovamente la voce maschile.

Mi guardo intorno e poi guardo l'arma nella mia mano destra. "Stai dicendo a me?"

"Identificazione utente."

Beh, chi l'avrebbe detto? L'arma ha un sistema di comunicazione integrato. "Neanche per sogno!"

Passa un attimo prima che l'uomo alla radio dell'arma parli di nuovo. "Identificazione utente rifiutata. Nome utente predefinito, User 9."

"Phantom One?" dice Hollywood.

"Roger. Sto bene. Obbiettivo colpito."

Hollywood fa una pausa, poi chiede: "Hai fatto fuori l'angelo della morte? Da solo?"

"Afferm…"

"User 9, conferma. Si prega di identificare il parlante come amico o nemico."

"Chi è?" chiede Hollywood. "C'è qualcuno con te?"

"Negativo", dico e abbasso l'arma. "Ho appena trovato..."

"Aspetta." Tiene aperto il canale mentre spara due raffiche sul nemico. È una pessima disciplina radiofonica, ma è chiaramente in pericolo, quindi non ho intenzione di rimproverarla. Inoltre, il compressore integrato della radio aiuta a ridurre al minimo le discrepanze di volume. "Ci farebbe comodo il tuo aiuto qui."

"Roger." Sto arrivando. Phantom One chiudo.

"User 9, conferma. Si prega di identificare Phantom Two come amico o nemico", dice l'altoparlante della pistola.

"Ehi." Scuoto l'arma una volta. "Chi diavolo siete voi?"

"Impossibile completare la richiesta. Dati insufficienti."

"Russi? Cinesi?" E poi capisco. "Oh, dannazione. Nordcoreani?"

"Riferimenti sconosciuti. Dati insufficienti."

"Accidenti. Sei bravo." Sto immaginando un burocrate in abito grigio seduto in una postazione da qualche parte. La sua voce robotica è davvero ben fatta. Ma questo mi crea un nuovo dilemma. Non sono sicuro di cosa fare con la pistola del nemico. Una parte di me vuole portarla con sé. È una scoperta preziosa in termini di tecnologia delle armi e ha gestito quell'angelo della morte con facilità, spaventosamente. E allo stesso modo, ho la sensazione che tra tutti i membri del Phantom Team, potremmo probabilmente lavorarci questo burocrate e raccogliere informazioni preziose. Dopotutto, chi ha più esperienza nel chiedere di farsi strada nella catena di comando in una scadente linea di assistenza clienti rispetto a dei presuntuosi americani? Ma se il nemico ha le sue comunicazioni integrate nel ricevitore, probabilmente l'arma ha anche un'unità di tracciamento. Nonostante il suo potere di abbattimento, o meglio il suo potere di totale annientamento, non ho intenzione di disegnare un bersaglio sulla mia squadra. Quindi, per quanto odi separarmi dalla pistola, dal momento che raramente ho incontrato un'arma che non volessi usare una seconda volta, deve sparire. Alzo le spalle e lancio la pistola nell'erba inzuppata di sangue.

"Allontanamento utente rilevato. User 9, conferma le tue intenzioni."

Ridacchio. Non riesco a capire se la mia commozione cerebrale è peggiore di quanto penso (che suppongo sia parte del problema quando ci si auto-diagnostica una commozione cerebrale) o se il tizio dietro le comunicazioni è solo intenzionato a seguire il suo copione. In ogni caso è…

"User 9, conferma le tue intenzioni."

"Le mie intenzioni?" Afferro la mia Glock, che è ricoperta di liquido, e me la asciugo sulla gamba dei pantaloni. "Le mie intenzioni sono di sparare a quanti di voi bastardi possibile e impedirvi di ferire altri civili innocenti."

"Richiesta in elaborazione." Segue una pausa. "Errore di sottoprogramma. Dati insufficienti."

Scuoto la testa e poi spingo attraverso i rami della quercia per cercare il mio SCAR. Sto ancora maledicendo me stesso per averlo perso; non c'è un Marines vivo che non me la farebbe pagare se lo sapesse. Diavolo, anche io vorrei farmela pagare. Ma la mia squadra ha bisogno di me, quindi lascerò l'auto degradazione per un secondo momento.

"Allontanamento utente rilevato. Criteri di intenzione non definiti. Dati insufficienti."

"Vuoi più dati, cervello di gallina?"

"Profilo di destinazione: Cervello di Gallina. Profilo sconosciuto. Riprovare."

Lo ignoro e mi giro per riprendere la ricerca della mia arma. Tuttavia, tra le foglie e i rami spezzati, è quasi impossibile vedere qualcosa lungo il terreno. All'improvviso, sto combattendo contro la crescente sensazione che dovrei abbandonare l'arma e prenderne una secondaria da Bumper. Ma chi lo farebbe? "Eh, non lo stai abbandonando", mi dico. "Lo stai solo lasciando fino a quando potrai tornare a riprenderlo."

"User 9, conferma i criteri di intenzione. Dati insufficienti."

"Vuoi più dati?"

"Affermativo."

Gli offro il saluto con un dito. "Ecco i tuoi dati, coglione."

"Dito medio alzato, mano destra, braccio destro. Ricerca."

Mi drizzo, e mi si accappona la pelle. Ci sono molte cose che odio in questo mondo ed essere sorvegliato senza saperlo è una di queste. Mi filmano in una banca? Nessun problema. Capisco. I soldi sono importanti. Minimarket? Certo, chiunque rubi una barretta merita di essere catturato e multato. Vuoi guardarmi mentre mi muovo per il Pentagono o il National Mall a Washington? È per il bene comune. Lo capisco. Ma mettermi davanti alla telecamera senza dirmelo? Cavolo, no.

"Ricerca completata. L'alzare il dito medio, noto anche come *mandare affanculo*, è un gesto osceno della mano che comunica disprezzo da moderato a estremo. Il comportamento risale all'antica Grecia e a Roma e rappresenta storicamente il fallo."

"Intelligentone."

"Comando sconosciuto."

"Sei bravo con questo piccolo trucco da salotto", dico, salutando qualsiasi obiettivo della fotocamera che dia loro una finestra su di me. Maledetta tecnologia di sorveglianza. E se possono vedermi, possono rintracciarmi. Il che significa che devo andarmene da qui.

"Sappi solo che chiunque voi siate, e da qualunque parte stiate guardando, io vi cercherò. Vi troverò. E vi terminerò." Volevo un po' che l'ultima parte uscisse come una battuta di Liam Neeson nei suoi film Taken. Invece no...

Il suono di altri spari che risuonano tra gli alberi mi richiama alla mia ricerca.

"Rilevato aggiornamento del profilo. Si prega di attendere."

Emetto un gemito esasperato e poi riprendo la mia ricerca.

"Definisci gli obiettivi che desideri cercare, trovare e terminare."

Sicuramente suona allettante. Il che significa che probabilmente è una trappola. Queste persone mi stanno irritando, quindi metto un po' più di distanza tra noi.

"User 9, definisci gli obiettivi che desideri cercare, trovare e terminare."

"Al diavolo."

"Comando sconosciuto. Dati insufficienti. Ricerca."

Per qualche strana ragione, sono davvero curioso di sapere cosa… troverà su questo.

"Ricerca completata. Al diavolo. Slang, idiomatico, moderatamente volgare. Una versione meno offensiva di fot-"

"Favoloso, amico. Quanta classe ed eleganza. Quindi sei una dannata macchina? Tutto qui? Tipo Siri per una pistola o qualcosa del genere?" Scuoto il capo. Non è giusto che i telefoni rispondano alle persone. E viceversa.

"Riferimenti sconosciuti. Dati insufficienti."

"Simpatico. Proviamo: Ehi, Alexa."

"Riferimenti sconosciuti."

"Sul serio?" Sicuramente nordcoreani.

"Riferimenti sconosciuti. Dati…"

"Dati insufficienti. Sì, sì, ho capito." Ricomincio a cercare tra i rami, parlando da solo. "SCAR deve essere qui da qualche parte."

"FN SCAR 17 identificato. Posizione, otto virgola tre quattro sette metri a nord-est."

Mi giro così velocemente che colpisco il mio casco su un ramo e trasalisco. "Che cosa hai appena detto?"

"Ripeto. FN SCAR 17 identificato. Posizione, otto virgola tre quattro sette metri a nord-est."

Quindi ha radio, telecamere e ora un metal detector?

Mi oriento con il sole mattutino e comincio a dirigermi a nord-est. Ovviamente, da qualche parte nel mio intestino, mi chiedo, ancora una volta, se la persona dietro la voce mi stia conducendo in una trappola. Ma sono discorsi da pazzi. Giusto?

Uso le mani e gli stivali per spostare diversi rami frondosi e vedo il mio SCAR luccicare alla luce del sole. "Porca puttana." A parte alcuni nuovi graffi lungo l'alloggiamento del ricevitore composito, sembra sorprendentemente intatto. "Pistola giocattolo di plastica sto cazzo, Bumper."

"Si prega di chiarire la sequenza dei comandi."

Scuoto il capo. Non c'è modo che questa possa essere una persona reale. Dev'essere un software integrato o qualcosa del genere. "Negativo. Nessuna sequenza di comandi."

"Richiesta in elaborazione."

"Phantom One?" Chiama Hollywood via radio.

"Sto arrivando", rispondo.

"Negativo. Hai un nemico in arrivo."

Mi raggelo. "Ripeti?"

"Il robot d'assalto è diretto verso di te."

Dannazione! "Ricevuto."

Controllo due volte il mio SCAR ma scopro che è inceppato. Nello stesso momento, sento un basso rombo sotto i piedi.

"Rilevata minaccia in arrivo", dice la voce del software.

"Ma dai, non scherzare." Poi la guardo. "Aspetta. Hai appena detto che quella cosa è una minaccia?"

C'è una pausa di una frazione di secondo prima che risponda "Sì."

Un brivido mi scorre lungo la schiena. "Cosa è successo all'affermativo?"

"Sì è più colloquiale. User 9, conferma."

"Certo, ma affermativo è…"

"Profilo linguistico modificato. Utente 9, preparati a difenderti."

"Difendi il mio…" Guardo a est verso il suono del bot. "Gesù. Mi stai dicendo di mettermi al riparo contro il tuo stesso hardware là fuori?"

"Sì."

Alzo le sopracciglia davanti alla pistola. "Sì?"

"Sì", dice più forte come se avessi problemi di udito. Che, suppongo, ho.

"Non c'è bisogno di gridare."

"Richiesta in elaborazione."

Sento il rumore di qualcosa che si schianta nel bosco dall'altra parte della strada.

"SSA-9001B è sconvolto", dice la voce.

"Non è la parola che avrei scelto, ma va bene."

"Aggiorna il profilo delle preferenze di descrizione."

"Non ora, amico." Inizio a lavorare il bullone dello SCAR nella speranza di disinceppare l'arma, ma è bloccato. Dovrò smontarla completamente. Dannazione.

Proprio in quel momento, un pensiero mi colpisce. "Ehi Alexa. Stai controllando quella cosa?"

"Si prega di chiarire la richiesta. Dati insufficienti."

"TRK… come si chiama. Hai accesso? Puoi controllarlo?"

Ma sentimi, mi sto comportando come se la pistola potesse davvero capirmi. Ma se la sua voce non viene da un burocrate in una postazione ma da un vero software, allora forse posso convincerla a seguire i miei comandi vocali o qualcosa del genere. Dio, avrei dovuto prestare più attenzione ai cellulari.

Mi precipito di nuovo sotto i rami. "Puoi parlare con i robot, vero?" Afferro l'arma e urlo nel ricevitore, sentendomi come un completo idiota. "Ordina loro di fermarsi."

"Richiesta negata."

"Oh no, no no. Ascolta qui, stronzetto. Ordina a quei robot di…"

"Minaccia imminente. Si raccomandano misure difensive."

"Farai meglio a credere che io sia una minaccia, pezzo…"

"User 9, preparati a difenderti."

Non sta funzionando. Siri è rotto. Oppure… è un tipo in una postazione. "Dì loro di fermarsi e ascolteremo le tue richieste."

Segue una pausa. "Trattative."

"Sì. Trattative. Che volete?"

"Dati insufficienti. Valori sconosciuti. User 9, preparati a…"

"A difendermi. Sarà un po' difficile in questo momento." Lascio cadere di nuovo la pistola e continuo a provare a sbloccare il mio SCAR. Il robot d'assalto sembra essere nel cortile della casa di pietra. Se non riesco a sbloccare la mia arma, dovrò scappare.

"Utente Nove, preparati a sparare", dice.

"Cosa pensi che stia cercando di fare qui, amico?"

C'è un'altra pausa, poi si dice: "FN SCAR 17 danneggiato. Consigliata linea d'azione secondaria."

"Qual è?"

"Utilizzare l'eccitatore di particelle SR-CHK 4110."

Alzo le mani in aria. "È come se stessi parlando con un dannato tostapane."

"Utilizza SR-CHK…"

"E saresti tu?" Il tempo sta per scadere.

"Sì."

"Sparare al tuo stesso contingente? Oh no. Questa è la parte del film in cui l'arma nemica si autodistrugge. Nemmeno per sogno."

L'arma attende un istante prima di parlare. "Causare danni a User 9 viola la direttiva alfa. User 9, utilizzare l'eccitatore di particelle SR-CHK 4110."

Dovrei voltarmi e correre via, ma è troppo tardi. Il robot sta caricando verso la quercia.

"Portami alla spalla e spara, Utente Nove."

"Se mi fai saltare in aria, sarò davvero incazzato con te."

"Richiesta in elaborazione."

Ho esaurito le opzioni, quindi porto l'arma alla spalla. Provo a usare il mirino, ma mostra un muro rosso. Punto il fucile come un fucile da caccia e spero per il meglio. "O la va o la spacca."

Premo il grilletto.

L'arma geme e poi si ritrae con un forte schiocco. Un'esplosione di luce attraversa i rami della quercia e colpisce il bot d'assalto al petto. Si apre un foro grande come un'anguria, illuminato da una fontana di scintille. Quindi il robot si schianta contro la base della quercia con le braccia e le gambe che lo seguono.

L'impatto spinge via il tronco e i rami. Un ramo mi fa perdere l'equilibrio e atterro con violenza, ma il mio casco e le piastre posteriori assorbono la maggior parte dell'impatto.

Quando finalmente i rami smettono di tremare, mi siedo. "Che diavolo è successo?"

"Richiesta di rapporto in elaborazione. Minaccia terminata. Stato utente nominale. Livelli dei condensatori, quarantuno per cento."

"No, è…" Mi strofino la fronte. "È stato fantastico!"

"Soddisfazione dell'utente registrata."

"Phantom One, qui Two", dice Hollywood. "Rispondi."

Apro il canale con una mano tremante di adrenalina. "Vieni avanti."

"Grazie a Dio," dice. "Che succede?"

"Sono vivo. Il bot è a terra."

"Tu…" Hollywood tiene il canale aperto per un secondo. "Hai eliminato anche il bot?"

"Ho avuto un po' di aiuto."

"Da chi?"

Guardo la pistola. "Te lo spiego più tardi. Sono diretto verso di te adesso."

"Ricevuto. Phantom Two, chiudo."

Sono ancora indeciso se portare o meno l'arma con me. Ci sono così tante discussioni casuali nella mia testa in questo momento che mi sta dando l'emicrania, o è solo la commozione cerebrale. In ogni caso, devo pensare in fretta. La mia squadra sta combattendo per la propria vita, e ho già perso abbastanza tempo qui.

Non mi fido della voce dietro la pistola, ma credo nella capacità dell'arma di far esplodere le cose mandandole all'altro mondo. Inoltre, non mi interessa se russi, cinesi o sudcoreani mi stanno seguendo. Molto probabilmente hanno già localizzato la nostra posizione e stanno inviando rinforzi, quindi qual è il danno nell'usare l'arma un'ultima volta?

L'altra opzione, ovviamente, è che tutto ciò che ho vissuto dall'Antartide fino ad ora è… beh, è… "Tutto può essere spiegato, Patrick", mi dico prima di saltare giù da un dirupo mentale che non potrò mai risalire.

Recupero il mio SCAR e poi mi arrampico fuori dalla quercia caduta.

"Rilevato movimento utente. Definisci la destinazione."

"Andiamo a far saltare in aria altri tuoi amici."

"In elaborazione."

Che pistola bizzarra.

Capitolo 17

0728, venerdì 25 giugno 2027
Union, New Jersey
Garden State Parkway

"Ti sei fermato per un cheeseburger?" Chiede Hollywood via radio mentre scendo dalla quercia caduta.

"Sono stato trattenuto. Sto arrivando."

"Roger."

Ignoro la necessità di spiegarmi ulteriormente e chiedo invece a Hollywood un rapporto sulla situazione. In verità, sono un po' sorpreso che la squadra non abbia già sconfitto il nemico.

"L'ultimo bot si è riparato dietro il veicolo", risponde. "Ghost ha fatto fuori l'autista, ma la torretta ha aperto il fuoco su di noi."

Avevo dimenticato le doppie canne dell'ARU. Si mette male.

"Arrivo tra un minuto," dico.

"Ricevuto. Phantom Two, chiudo."

Attraverso la strada e mi dirigo verso la casa a un piano. Più mi avvicino alla Parkway, più sono contento della mia decisione di portare con me quell'arma avanzata. Anche se il tipo dalla voce monotona che parla via radio è indubbiamente fastidioso, la pistola è troppo potente per non usarla contro il nemico. Niente nel mio arsenale può toccarlo, e che io sia dannato se Bumper ha qualcosa di paragonabile. Il dispositivo, come l'uomo in tuta, è uscito da un laboratorio DARPA. Immagino che userò il fucile per abbattere gli obiettivi rimanenti e poi chiederò a Bumper di spargli contro una carica di violazione. Il nemico non potrà rintracciarci e avrà un'arma in meno a sua disposizione.

Visto che il nostro tempo insieme è quasi scaduto, decido di cercare di ottenere ulteriori informazioni. E, se possibile, fare in modo che il tizio smetta di recitare.

"Qual è il tuo colore preferito?"

L'arma non risponde.

"Non mi parli più? Ehi, va bene. Fammi indovinare. Nero?"

"Riferimento sconosciuto."

"Non ne hai uno?" Alzo le spalle mentre attraverso la strada, diretto alla casa a un piano. "Ci sta. Che ne dici del cibo preferito?"

"Riferimento sconosciuto."

Ora mi sta solo prendendo in giro. "Allora, cosa ne pensa tua madre di quello che fai per vivere? È orgogliosa di te che uccidi civili innocenti?"

"Collegamento con Madre non attivo."

Mi acciglio. "Strano modo di dirlo, ma mi dispiace per te. Per quel che vale, io, uh… so come ti senti."

Certo, non mi piace particolarmente condividere una parte oscura del mio passato con il nemico, ma a volte ottenere ciò che vuoi richiede strani momenti di empatia, appena prima di torturarli con l'annegamento simulato. Voglio dire, prima di aiutarli a idratarsi. Che cosa?

Passo sul retro della casa e vedo i resti della piscina fuori terra. "Allora", chiedo tra un respiro e l'altro, comportandomi come se fossi uscito con un nuovo vicino a fare jogging intorno all'isolato. "Da dove vieni?"

"Pianeta di origine: Androchida Prime."

Guardo con sguardo assente l'arma. "Pianeta?"

"Androchida Prime", ripete.

"Ok, furbacchione." Ora lo stronzo sta fingendo di essere un alieno o qualcosa del genere. Scuoto la testa, realizzando fino a che punto è disposto a recitare la parte e quanto è convinto che mi sia lasciato ingannare. Beh, non è così.

Mentre ci dirigiamo verso la striscia di bosco tra il cortile e l'Interstate, decido che per compensare la mia credulità, starò al gioco. E giocherò duro. Farò fare a questo stronzo la corsa più lunga e selvaggia possibile. Sai, allo stesso modo in cui la fai pagare a quei truffatori via e-mail che cercano di dirti che sei il cugino perduto da tempo di un principe nigeriano. A proposito, non solo i nigeriani hanno un mucchio di soldi da regalare, ma molti di loro sono imparentati con mia madre irlandese.

Una volta ho avuto una conversazione via e-mail di due settimane con uno di questi presunti principi nigeriani. Sembrava un tipo affascinante, come potevo resistere? Così gli ho detto, sì, sarei stato felice di dargli il mio numero di previdenza sociale e le coordinate bancarie purché rispondesse alle mie domande.

All'inizio, era fin troppo felice di obbedire. Il dialogo spaziava dallo scambio di storie sulle nostre famiglie, ai bei ricordi delle nostre rispettive infanzie: io da Brooklyn e lui da luoghi che suonavano sorprendentemente slavi nonostante la posizione del suo palazzo. Gli ho detto in diverse occasioni che ricordavo di aver visto le sue foto nei nostri album di foto di famiglia e desideravo riconnettermi di persona. Lui, d'altra parte, ha osservato che un tale incontro sarebbe stato imprudente date le sue responsabilità come personalità reale.

Eppure, ho insistito.

Nel momento in cui gli ho detto che ero atterrato a Mosca e stavo prendendo un taxi per l'indirizzo fisico che il suo VPN crittografato alla fine aveva sputato fuori, non ho mai avuto risposta, il che è stato orribile, perché non vedevo davvero l'ora di incontrarlo.

E no, non ho fatto tutte quelle magie con il VPN da solo. È stato un ragazzo del lavoro. L'ho ripagato in birre e ci siamo fatti una bella risata leggendo le e-mail a diversi ragazzi dell'unità. Inoltre, no, ho mentito sul volo per Mosca. Ma mi sono assicurato che il distretto di polizia locale ricevesse una soffiata anonima. Non avrebbero fatto nulla al riguardo, ovviamente. Ma sentivo che era importante che loro sapessero che noi lo sapevamo.

Quindi questo idiota con un ricetrasmettitore in una pistola pensa di potermela fare?

Bene.

Dai su, coglione. Giochiamo.

"Amico, il tempo ad Anterock deve essere davvero bello in questo periodo dell'anno."

"Riferimenti sconosciuti."

Sospiro, cercando di ricordare di nuovo il nome del pianeta, ma la cosa continua ad andare avanti.

"Modelli meteorologici cumulativi soggettivi. Si prega di definire il profilo."

"Fai il difficile, eh?" Passo attraverso alcuni cespugli ed entro nel bosco. Tra i rami, posso vedere il resto del Phantom Team che si ripara dietro diverse auto esplose, sparando a nord verso il mezzo.

"E come trovi la Terra?"

Questa volta, la voce impiega un tempo insolitamente lungo per rispondere. "L'operazione richiesta non è andata a buon fine."

"Oh, andiamo. Abbiamo delle cose fantastiche da vedere. Forse anche cose che conosci. Hai mai sentito parlare delle piramidi? Stonehenge? O che ne dici di un po' del nostro cinema. Mi vengono in mente diversi grandi film che ti piacerebbero. Alien. Incontri ravvicinati del terzo tipo. Navigator. E.T."

"Riferimenti sconosciuti. Ricerca in corso."

"Che peccato. Non sai cosa ti perdi, amico." Irrompo sull'ampio terrapieno erboso che porta al ciglio della strada.

"Che diavolo hai lì?" Hollywood si strappa gli occhiali da sole mentre corro verso la sua posizione.

"È un ricordo", dico. "L'ho preso dal…"

"Dall'angelo della morte. Lo vedo." Sembra preoccupata (o è sorpresa?) e mi fa cenno di sbrigarmi. "Mettiti al riparo."

Mi unisco a lei dietro un SUV capovolto a cui mancano tutti i finestrini, ma non è in fiamme. "Non sono sicuro che le compagnie di assicurazione auto copriranno tutto questo", dico.

Mi fa un mezzo sorriso. "Forse se chiedono per favore."

Ghost è sistemato presso alcune auto a sud, mentre Bumper, Yoshi e Z-Lo sono sparsi tra vari veicoli. Z-Lo si sporge per sparare sulla torretta, ma mentre i suoi proiettili rimbalzano sullo scudo della pistola, l'arma punta su di lui e colpisce un'auto a dieci metri di distanza da quella dietro cui si nasconde. La berlina vola in alto e atterra a un tiro di schioppo dietro Z-Lo in uno schianto di vetro e metallo.

"Accidenti. Sembra che li abbiate fatti incazzare", dico a Hollywood.

"Niente che abbiamo ha effetto su quella cosa e Bumper non riesce ad avvicinarsi abbastanza da piazzarci sopra un esplosivo."

"Avete pensato di capovolgerlo?"

"Eh, wow." Si mette una mano sul fianco. "È un'idea eccellente, Sergente Maggiore Capo. Perché non ci ho pensato prima? Si tocca le labbra con un dito, poi scatta verso di me. "Perché quella dannata pistola ci prende di mira troppo velocemente, Wic. Cosa pensi che abbiamo fatto quassù mentre tu stavi a giocherellare nel bosco?"

"User 9, identifica Phantom Two come amico o nemico."

Gli occhi di Hollywood guizzano sull'arma. "Chi è stato?"

"Nessuno."

"Minaccia rilevata."

"No, no. È con me, amico."

"Santo cielo", esclama Hollywood. "Parla la nostra lingua?"

Le lancio un'occhiata irritata, non sono sicuro che le sue priorità siano in ordine.

Non credo i suoi occhi potrebbero diventare più grandi di così. "Wic. Vuoi dirmi cosa sta succedendo?"

"La pistola del nemico ha una radio integrata." Metto il dorso della mano sinistra accanto alla bocca. "Stai al gioco." Poi sollevo l'arma e dico: "Questo è Phantom Two. Non è ostile, almeno con te. Tuttavia, è interessata a uccidere quanti più bastardi possibile, proprio come me."

Altro fuoco in arrivo colpisce un'auto davanti alla nostra posizione.

Faccio cenno a Hollywood di muoversi. "Forse è meglio se fai un passo indietro."

"Si prega di indicare gli obiettivi desiderati", dice l'arma.

"Pensavo di averlo già chiarito."

"Richiesta in revisione." Improvvisamente, la pistola riproduce una registrazione della mia voce. "'Sparare a quanti più bastardi possibile e impedirgli di ferire altri civili innocenti' Minacce locali identificate. Acquisizione dei dati di targeting e determinazione dei vettori ottimali. Si prega di attendere."

Ora mi sta solo facendo incazzare. "Non ho bisogno di nessuna di queste cose per sparare, amico." Faccio un mezzo sorriso a

Hollywood, ma non sembra cogliere il mio umorismo. Il suo viso è… beh, è pallido.

"Si prega di attendere."

"Stai elaborando l'impatto psicologico del tuo nemico giurato che ti costringe a sparare sui tuoi compagni? Sì, lo capisco. Peccato. Pronti."

"Parametri del mirino calibrati."

Mi acciglio ma poi decido di esaminare il mirino. Naturalmente, lo strumento è cristallino. Non solo, ma sembra avere diverse funzionalità attive le cui letture e dati cambiano mentre sposto l'arma.

"Che succede?" Hollywood urla sopra il suono di altro fuoco in arrivo.

Le risponderei ma, sinceramente, non sono sicuro di come spiegare quello che vedo. "Ma che diavolo…?"

"Ricerca: Che diavolo", dice la pistola, "profano, gergale. Una forma intensiva di *cosa*, come in una richiesta di spiegazione. Il mirino è dotato di indicatore di distanza, direzione della bussola, waypoint vettoriali, contorni dei bersagli, reticolo di assistenza, avvisi di prossimità, risposta dello zoom retinico…"

"Capito." Lancio un'occhiata a Hollywood per vedere se anche lei ha sentito. Sta fissando l'arma con un'espressione assente.

Non importa.

Torno sul mirino e vedo che due obiettivi sono stati delineati in una sorta di rendering tridimensionale. Anche se sto puntando l'arma verso il mio riparo per prepararmi a sporgermi, gli obiettivi sono ben definiti: la torretta dell'ARU e il robot da ricognizione che si trova alla destra del mezzo di trasporto.

"User 9, intraprendi l'azione ostile."

"Lo hai detto tu, non io." Mi sporgo dal riparo e punto la torretta. La sovrapposizione 3D diventa rossa e un piccolo indicatore appare nella parte superiore centrale del display, dice Fuoco, sotto una scritta più piccola che dice User 9. Premo il grilletto e l'arma rincula sulla mia spalla.

Un lampo di luce attraversa la distanza e colpisce la torretta dell'ARU. La cosa scoppia in un'esplosione che mi acceca momentaneamente. Mi tiro indietro dietro il SUV e sbatto le palpebre più volte. Poi sento grida di vittoria dei ragazzi sparsi tra le macchine.

"Santo inferno", dice Hollywood accanto a me.

"Errore di sintassi. Terminologia apparentemente incongruente", dice la pistola. "Si prega di ripetere il comando o ridefinire il profilo di destinazione."

"Fallo di nuovo", urla Z-Lo dalla copertura, puntando allegramente verso il robot da ricognizione. "Colpiscilo!"

Anche Ghost ha tirato su la sua arma e sta sorridendo. Entrambi sono i primi per me.

"Vuoi un nuovo profilo di destinazione?" dico al fucile mentre identifico il robot nel mio mirino e mi sporgo. "Ecco qua."

Premo il grilletto. Ma non succede nulla. "Ma che diavolo…?"

"Profilo di destinazione modificato", dice la pistola.

"Spara, dannazione."

Premo di nuovo il grilletto, ma questa volta c'è un breve ritardo nella risposta dell'arma. Poi la cosa mi colpisce così forte che quasi perdo la presa. Un lungo viticcio di energia blu si estende attraverso lo spartitraffico e si connette al petto del bot.

C'è un momento in cui la luce penetra nel corpo del droide e si diffonde lungo i suoi arti. Poi il bot esplode. Un pezzo quasi mi stacca la testa mentre mi tuffo per cercare riparo. Altre parti sbattono contro il SUV e le altre auto intorno a noi.

Quando finalmente le collisioni si fermano, guardo in basso. Il robot da ricognizione non si vede da nessuna parte e la torretta dell'ARU è sparita, lasciando il trasporto indifeso. Per la prima volta da quando abbiamo ingaggiato il nemico, il silenzio domina di nuovo l'Interstate. Beh, almeno fino a quando Z-Lo inizia ad agitare i pugni e a fare una sorta di danza della vittoria cantando una canzone. È un'orribile interpretazione di *We Are The Champions* dei Queen. Ma devo dargli credito, almeno conosce un classico a memoria.

"User 9, identifica come amico o nemico", dice la pistola.

"È amico", dice Hollywood prima che io possa rispondere. "Phantom Four."

"Identificazione. Profilo…"

"Ma che diavolo…?" dice Bumper mentre cammina verso di me.

"Wic si è procurato un nuovo giocattolo parlante", dice Hollywood.

"Hai la pistola dell'alieno?" aggiunge Z-Lo. "E tu… la stai toccando?"

"No. Certo che no", dico, gettandolo a terra.

"Intenzioni dell'utente sconosciute. Si prega di definire."

"Oh, mamma mia." Z-Lo si inginocchia accanto all'arma. "Parla la nostra lingua?"

Gli rivolgo uno sguardo perplesso. "Lo lasciamo qui. Bumper? Voglio che lo copri di Semtex al più presto."

Il SEAL viene verso di me e poi esita. "Sicuro, Sergente Maggiore Capo? Mi è sembrato un momento da OTF."

Lo guardo come se fosse pazzo. "Certo che ne sono sicuro. Il maledetto nemico sta seguendo…"

"Avviso di prossimità. Avviata l'analisi delle minacce. User 9, definisci amici o nemici."

"Non posso crederci", dice Bumper. "È… Voglio dire, diamine, Wic. Sta davvero parlando. Nella nostra lingua."

"Sergente Maggiore Capo, chiedo scusa, signore", dice Z-Lo mentre si alza. "Ma la tecnologia aliena non è più preziosa…"

"Ehi." Batto le mani. "Non è tecnologia aliena!"

Z-Lo si allontana da me e tutti gli altri tacciono.

Oh, dannazione.

Mi passo una mano sul viso.

"Ascolta, ragazzo mio. Mi dispiace per averti aggredito. Ma dovunque voi ragazzi", faccio un gesto a tutti loro, "abbiate ricevuto le vostre informazioni che questi sono invasori spaziali, vi sbagliate. Quelli sono bot. Quell'angelo della morte laggiù? È un tizio in una tuta DARPA. E questo fucile, per quanto figo, è dotato solo di un ricevitore a lungo raggio che ha una persona, un essere umano, che ci parla imitando un robot o Alexa o qualcosa del genere. Vi garantisco che è un agente russo o cinese ben pagato, questo è tutto.

"In questo momento, hanno disattivato il microfono e stanno ridendo di noi… di voi. E c'è un trasporto in arrivo diretto da questa parte, che usa il ricetrasmettitore di questa pistola per individuare la nostra posizione. Più a lungo restiamo qui, maggiore è il rischio che corriamo. Quindi la facciamo finita qui, ora. Niente più discorsi su alieni. Sono stato chiaro?"

C'è un lungo momento di silenzio prima che Hollywood finalmente parli. "Ti sbagli, Wic. Non voglio mancare di rispetto. Ma ti sbagli."

Rilasso un po' le spalle, rendendomi conto che sono ancora piuttosto teso. Ho già visto questo genere di cose in passato: pregiudizi di conferma sul campo di battaglia. Succede quando i guerrieri in gamba, i guerrieri ben intenzionati, iniziano a vedere le cose quando sono stressati. Ho avuto ragazzi nella mia unità che hanno giurato di aver visto gli UFO. Altri si sono avvicinati a case verso le quali erano sicuri che le loro mamme li stessero chiamando. Diavolo, un soldato è andato fuori di testa nel suo primo scontro a fuoco e mi ha detto che un bastardo di strada era il suo cane di casa. Ha dato via la nostra posizione perché ha iniziato a chiamarlo per nome. Gli strizzacervelli dicono che fa parte del disturbo da stress post-traumatico e io ci credo. Ma questo non rende le cose più facili quando cerchi di far ragionare le persone, proprio come non è facile adesso.

Mi dispiace per Hollywood e per gli altri, davvero. Stando agli sguardi nei loro occhi, sono sicuri di ciò che affermano. E non sto dicendo che non abbiano le loro ragioni. Questa cupola, l'EMP, l'anello che ho visto in Antartide, è strano. Ma può ancora essere spiegato senza dover ricorrere a ET.

"Andiamo", dice Hollywood agli altri e poi se ne va.

"Movimento rilevato: Phantom Two in allontanamento", dice la pistola.

Lo ignoro e chiamo Hollywood. "Quindi, tutto qui?"

"Stavo parlando con te, Wic. Avanti. Da questa parte."

"Richiesta rilevata: Phantom Two richiede che User 9…"

"Non ho bisogno della telecronaca, amico", dico alla pistola.

Hollywood indica a terra. "E forse è meglio se porti anche il tuo piccolo amico."

"Profilo utente aggiornato. Attributo descrittore aggiuntivo: amico. Valore sconosciuto. Ricerca in corso."

Guardo Hollywood camminare verso l'ARU. Il fumo esce dal punto in cui si trovava la torretta e l'erba è in fiamme nel punto in cui si trovava l'ultimo robot. Non ho idea di cosa stia facendo, ma c'è una fossa crescente nel mio stomaco. E odio questa sensazione. È la stessa fossa che ti capita quando i tuoi genitori capiscono che stai mentendo su qualcosa. Sei sicuro che non abbiano prove su di te, quindi ti impegni a mentire. Ma c'è quella parte di te che pensa: e se avessero delle prove? E se la stessero solo tirando per le lunghe per vedere fino a che punto andrò? E se ogni secondo che continuo questa farsa non fa che aumentare la punizione che alla fine mi infliggeranno?

"Davvero non capisci, vero?" dice Yoshi accanto a me.

"Che cosa c'è da capire?"

Sta guardando Hollywood allontanarsi. "Una volta che avrai visto cosa vuole mostrarti, non dormirai mai più bene."

"Senza offesa, Doc, ma sono anni che non dormo bene."

Annuisce e poi tira fuori la sua fiaschetta. "Sì, ma questo è a un livello superiore, Wic." Beve un sorso e poi accelera per raggiungere Hollywood.

Z-Lo mi dà una pacca sulla spalla mentre passa.

Ghost mi fa solo un cenno cupo.

Un attimo dopo sono qui tutto solo, circondato da veicoli fumanti e un cannone nemico parlante che ha perso la testa.

"User 9, chiarisci le tue intenzioni."

"Le mie intenzioni?"

Stringo i pugni contro il tizio dietro la pistola, dietro la cupola, dietro tutte le persone a cui è stato fatto del male. È l'intero dannato universo con cui sono incazzato in questo momento. Proprio quando penso che la mia testa stia per scoppiare, faccio un respiro profondo e apro i pugni.

"Tutto quello che ho sempre voluto era una casetta in mezzo al nulla", dico verso l'orizzonte orientale, strizzando gli occhi contro il sole. "Un posto tranquillo, lontano da tutto. Ho pagato i miei debiti, ho dato i migliori anni della mia vita al lavoro. E cosa mi manda l'Onnipotente?"

"Intenzioni dell'utente definite: richiesta inviata all'Onnipotente." Segue una pausa. "Errore. Impossibile completare la richiesta. Valore, l'Onnipotente, sconosciuto."

"Porca puttana." Mi allungo, afferro quell'arma malfunzionante e seguo Hollywood.

CAPITOLO 18

0735, venerdì 25 giugno 2027
Union, New Jersey
Garden State Parkway

LA PRIMA COSA che noto quando mi avvicino all'ARU è un forte odore. Devo combattere altri ricordi dall'Iraq e dall'Afghanistan. Non so se la mia avversione per l'odore della carne umana in decomposizione sia un meccanismo di difesa primordiale nato dall'evoluzione o se invece venga solo dall'aver visto fosse comuni. Ad ogni modo, lo odio e ammetto prontamente che non c'è odore peggiore sotto il sole di Dio di quello della decomposizione dei suoi figli.

"Stai bene, Serg?" Mi chiede Hollywood attraverso il colletto che si è tirata sul naso.

"Tu, uh... ci sei mai arrivata così vicina?" chiedo, indicando l'ARU.

Lei annuisce. "Il nostro primo incontro."

"Dopo aver ripulito il primo lotto, abbiamo fatto un po' di ricognizione", aggiunge Bumper, poi indica le scale che scendono dalla stiva posteriore.

"Come ho detto", aggiunge Hollywood. "Sono pericolosi."

Faccio un breve respiro e lo trattengo. "Già."

So di essere stato un bulldog nell'insistere sul fatto che l'attacco è un atto di aggressione di un governo ostile legato alla Terra, ma mentre mi avvicino ai gradini, ammetto che sembrano di fattura diversa da qualsiasi cosa io abbia mai visto. Beh, nella vita reale, dovrei chiarire. La composizione dei gradini e il modo in cui sembrano uscire da sotto il telaio del mezzo di trasporto sospeso, sembrano usciti da un film. Ma la tecnologia creata dall'uomo ispirata ai film creati dall'uomo è ancora tutta prodotta dall'uomo.

Offro a Hollywood di andare per prima.

"No. Dopo di te", dice.

Scuoto leggermente la testa e inarco le sopracciglia. Costringendomi ad andare contro l'odore opprimente, sopprimo i miei demoni interiori e salgo i gradini, l'arma alzata, sì, la pistola malfunzionante. Il mio SCAR inceppato è a tracolla sulla mia spalla sinistra.

Non appena i miei occhi arrivano all'altezza del pavimento, vedo le ossa. Umane. Non molte, forse tre o quattro femori, due crani, alcuni avambracci e sezioni di gabbia toracica. È sufficiente per confermare i miei sospetti sull'odore.

Eppure, le poche ossa non spiegano l'odore opprimente. È allora che noto dei contenitori neri incastonati nei lati del muro del mezzo di trasporto. In genere, è qui che si trovano i posti a sedere. La stiva è alta circa tre metri e altrettanto larga. Considerando i bot che sono usciti, mi aspettavo che fossero stati stivati a destra e a sinistra. Ma ora vedo che probabilmente erano lungo il corridoio centrale della stiva, impilati.

Entro nella stiva e sento il mio stivale atterrare su un pavimento di metallo. Il ronzio del trasporto mi fa vibrare la gamba, basso e costante. Sotto le ossa e le macchie di sangue c'è una strana scrittura angolare lungo il pavimento che sembra brillare come se fosse sotto una luce nera. Grandi forme geometriche mi portano a credere che siano indicatori di impronta per dove dovrebbero stare i bot.

Sopra di me c'è un passaggio alla posizione della torretta. Chiunque fosse l'operatore, ormai è morto, la sua carne ora è incastonata nei segni dell'esplosione ancora fumanti.

Altre scritte attraversano contenitori neri e i loro recessi larghi un metro che sono uniformemente distanziati su entrambi i lati della stiva. Sopra ogni scomparto c'è un pannello rifinito in vetro, con una sorta di display olografico. È bellissimo, il che sembra contrastare con la puzza che sta cercando di farmi vomitare. Poi sopra e appena sotto il soffitto, noto altre armi, come quella che sto portando, montate su rastrelliere assicurate lungo le pareti.

"Vai avanti", dice Hollywood in piedi dietro di me. Indica con una stecca dei suoi occhiali da sole. "Tocca un pannello."

Ho la brutta sensazione di sapere cosa sto per vedere. Ma questo non cambia il fatto che Hollywood mi ha portato qui per un motivo.

Combattendo un tenue bisogno di vomitare, premo la punta delle dita contro uno dei pannelli. Non appena lo faccio, il rumore di un pistone idraulico sibila dietro il muro e la parte superiore del contenitore si inclina verso di me. È pieno di resti umani.

Mi tiro indietro, ingoiando la bile in fondo alla gola. L'odore è dieci volte peggiore di prima. Tuttavia, mi sforzo di esaminare i corpi, o parti di corpi, sapendo che un tempo erano esseri umani con compleanni, nomi e famiglie. Vedo braccia, gambe e almeno due teste più in basso, i capelli arruffati nella carne ingiallita.

"Sono tutti così?" chiedo a Hollywood indicando il resto dei contenitori.

Lei annuisce.

Non so che cosa pensare. La cosa più simile a cui posso paragonarlo è un miscuglio omicida di una cripta dell'Olocausto in stile Mengele e una struttura di detenzione mobile futuristica. Ma per quanto raccapricciante sia la scena, tutto quello che riesco a vedere sono esseri umani che usano la tecnologia per fare cose indicibili ad altri esseri umani. Anche se aggiunge alla mia determinazione che chiunque ci sia dietro deve essere fermato, non mi convince ancora che dietro a tutto ci sia ET.

Premo di nuovo il pannello, sperando che rimetta il contenitore in posizione. Lo fa. Ma poi il mio cervello non riesce a risolvere la differenza tra le parti del corpo nella stiva e le ossa private del tessuto che giacciono sul pavimento. Quelli ai miei piedi sembrano essere state ripulite e hanno segni di graffi.

"Si mette male." Guardo Hollywood. "Davvero male. Ma comunque…"

"C'è dell'altro." Indica la parte anteriore della stiva.

Vedo il profilo di un grande portone dagli spigoli arrotondati nella parete metallica che separa la stiva da quella che deve essere l'abitacolo. Il mio stomaco si contrae. In qualche modo, sento che tutto ciò che ha portato a questo momento, sebbene intenso, non è il punto. Hollywood mi ha portato qui per quello che c'è dietro quella porta.

"Tocca il pannello lì accanto", dice, indicando un altro rettangolo di vetro con un luminoso display olografico.

Ah, merda. Alzo il fucile, ma Hollywood ci mette sopra la mano.

"Ghost ha già fatto fuori l'autista prima", dice. "E abbiamo bisogno che tu veda questo, non che gli spari."

Dio, odio la mia vita in questo momento. "Vattene da qui, Patrick", mi sta dicendo la testa. "Stai sognando. Se torni nel tuo letto e vai a dormire, ti sveglierai nella tua casetta e penserai:'Dannazione. Che incubo assurdo da indigestione di pizza'. Poi ti prepari un caffè e ti siedi in veranda, ridendo di quanto sia stato strano tutto questo."

Ma la mia testa a volte è una fottuta bugiarda. E, per quanto io odi ammetterlo, questa è una di quelle volte. Non sto sognando e questo non sparirà. Devo fare quello per cui vengono pagati i Marines: attraversare i cancelli dell'inferno e prendere a calci nelle palle il diavolo.

"Porca puttana", dico sottovoce, poi scendo nella stiva. Prima che la mia mano destra possa capire cosa sta facendo la mia mano sinistra, premo il pannello, afferro l'impugnatura del fucile e alzo la canna. Fanculo Hollywood.

Un corpo siede su una sedia di comando proprio di fronte, ma non riesco a vedere il viso. Altre ossa sono sparse sul pavimento e l'odore di carne putrefatta sta lasciando il posto a un nuovo odore pungente che mi ricorda l'ammoniaca e un cumulo di compost. Mi copro naso e bocca. Poi giro lentamente intorno al lato del sedile, attento a non urtare contro i pannelli di controllo luminosi. Alcuni sembrano essere stati colpiti, probabilmente dallo sparo che Ghost ha inviato attraverso la cabina di pilotaggio.

Mi volto su un viso grigio pallido con venature verdi. Gli occhi iridescenti sono spalancati, coperti da una sorta di trama color magenta. Ci sono due fori in un naso dall'aspetto angolare. E c'è una bocca che…

si apre verticalmente anziché orizzontalmente.

Indietreggio e colpisco con la testa il soffitto della cabina di pilotaggio. "Cristo e tutti i santi."

"Guardalo bene, Wic", dice Hollywood.

"È un....", ma non riesco ancora a dirlo.

"Un alieno", dice lei. "Dillo in modo che tutti noi possiamo sentirlo."

Guardo di nuovo la creatura. È terribile. Ha un petto umanoide, come le braccia e le gambe, e sei dita avvolte attorno a una leva di controllo. E quella bocca...

"Dillo."

"È un alieno", dico alla fine.

"Sì." Z-Lo gli tira un pugno al fianco. "È convinto."

"Minaccia neutralizzata", dice la pistola, facendomi trasalire. "User 9, desideri eliminare il corpo?"

Mi viene in mente che anche la pistola è aliena. Poi guardo in basso e mi rendo conto per la prima volta che il sangue rimasto sul mio giubbotto dall'angelo della morte che ho ucciso non è rosso e color carne, ma è verde e grigio.

Non sono sicuro se sia perché sto dando di matto o se ho una piccola commozione cerebrale, ma lascio cadere l'arma e torno fuori dalla cabina di pilotaggio, velocemente.

"Anomalie biologiche rilevate nell'omeostasi dell'utente. L'utente necessita di cure mediche."

Ignoro la voce del fucile e ordino a tutti di scendere dal trasporto. "Indietro, indietro, indietro. Bumper, voglio che lo riempi di Semtex al più presto..."

"Ehi." Hollywood alza le braccia e pianta i piedi. "Wic. Rilassati."

"...e poi siamo..."

"Wic!"

Mi raggelo. Il mio cuore batte all'estremo nord dei 120 battiti al minuto. Ho la nausea e non solo per l'odore. Maledizione, sto per svenire.

"Sei con me, amico?" Sento qualcuno dire da un angolo buio della mia mente. C'è qualcosa di morbido sotto la mia testa. Un cuscino. E i miei piedi sono in alto, probabilmente un poggiapiedi. E qualcuno sta cucinando pancetta.

Oddio, no. Non è pancetta. Odora come…

"Santo inferno", urlo e torno alla realtà. All'improvviso, il mio stomaco si contrae e vomito di lato.

"Calma", dice Yoshi mentre mi pulisce la bocca e poi mi aiuta a rilassarmi. "Prenditi un secondo. Sei svenuto."

Mi appoggio su quella che riconosco come la gamba di Hollywood.

"Respira, Wic", dice.

Giusto. Respira. "Quindi è vero."

Lei ride. Ridono tutti. "Sì, è vero."

"Beh, merda."

Ridono ancora un po'.

"Sei durato più a lungo di Z-Lo", dice Yoshi mentre mi controlla gli occhi con una torcia. "Lui è caduto a terra nel momento in cui ha visto il bastardo."

"Beh, ora mi sento molto meglio."

"Sono felice di essere stato d'aiuto." Yoshi spegne la luce. "Tutto a posto. Tirati su, lentamente."

Seguo le sue istruzioni e sento che Hollywood mi sostiene da dietro. Nel momento in cui mi siedo, noto che la mia mano sta toccando uno dei femori sul pavimento. Mi allontano e balbetto qualcosa che nemmeno io riesco a distinguere.

"Rilassati", dice Yoshi. "È tanto da digerire."

"Puoi dirlo."

"Movimento dell'utente rilevato", dice il fucile dalla cabina di pilotaggio.

"Ti sta chiamando." Hollywood fa segno con il pollice alle sue spalle.

"Può prenderlo qualcun altro."

"Uh, no, non possiamo", dice Z-Lo.

Sto per chiarire cosa intendo per "qualcun altro" quando noto che Z-Lo e il resto della squadra stanno scuotendo la testa. "Che vorresti dire?"

Bumper indica i fucili dall'aspetto simile lungo le pareti. "Questi cuccioli funzionano solo nelle mani degli alieni, fratello. Se li tocchiamo? *Wham.*"

"Wham?" chiedo.

"È come infilare una forchetta in una presa", aggiunge Z-Lo.

"Lo hai fatto spesso da bambino?" chiedo.

"Io…che? No." Fa la risatina in stile Tommy Boy e poi chiede: "Perché?"

"Così." Chiedo a Z-Lo di darmi una mano. Quando sono su, guardo Hollywood. "Quindi è per questo che sei rimasta impressionata quando hai visto che lo tenevo in mano."

"Sei il Sergente che sussurrava ai fucili", dice Hollywood.

Z-Lo mi dà una pacca sulla spalla. "Hai qualcosa di speciale, Sergente Maggiore Capo."

"E sarò ancora più speciale quando ce ne andremo da qui." Mi rivolgo alla squadra. "Andiamo."

"Lo lasci qui?" Z-Lo chiede come se lasciassi un cucciolo sul ciglio della strada.

"Yut. Andiamo."

"Ma parla la nostra lingua e spacca i culi."

Faccio un lungo respiro. "Ascolta, ragazzo mio. Non importa quanto *possa* essere bello, non portiamo con noi un dispositivo di localizzazione, anche se parla la nostra lingua. Mi fermo e mi giro. "Ehi. Come diavolo parli la nostra lingua?"

"La richiesta dell'utente viola la direttiva beta. Dati riservati."

"Wic ha ragione." Ghost guarda l'arma e poi di nuovo la squadra. "Non possiamo rischiare."

"E abbiamo perso già abbastanza tempo", aggiungo. "Dobbiamo muoverci."

Prendo la mia prima boccata d'aria *pulita* mentre scendiamo i gradini dell'ARU e raggiungiamo lo spartitraffico dell'Interstate.

"Intenzioni dell'utente sconosciute", dice la pistola dall'interno della cabina di pilotaggio. "Si prega di definire."

"Ti sta chiamando, Sergente Maggiore Capo", dice Z-Lo con uno sguardo malinconico.

"Ti sembro commosso, ragazzino?" Allargo le braccia. "Non è un dannato randagio che mi ha seguito fino a casa. È un'arma aliena che potrebbe liquefare ognuno di noi se ne avesse una mezza possibilità. E se non lo farà, allora i suoi amici che stanno attualmente puntando sulla sua posizione sicuramente lo faranno. Fine della storia."

"Si prega di confermare l'interruzione delle subroutine di localizzazione", dice la pistola.

Mi fermo e guardo indietro.

"Ti ha sentito", dice Hollywood.

"Già."

Lancio un'occhiata a Ghost che al momento sembra essere quello con la testa più sulle spalle. Non sono sicuro di cosa mi aspetto che dica, ma gli faccio comunque un cenno con la testa, sperando che offra qualcosa di logico.

"Beh, questa è una svolta interessante", dice.

Decisamente non logico.

"No. Assolutamente no", dico. "Andiamo."

"Sembra che possa disattivare la sua funzione di tracciamento", dice Z-Lo mentre fa un passo indietro verso il trasporto. "Non è sufficiente a farti cambiare idea per portarlo con te?"

"No." Ricomincio a camminare.

"Si prega di confermare", dice la pistola.

"Forse possiamo provare", dice Hollywood.

Mi giro a guardarla: "Non anche tu."

"Era tanto per dire. Se è una macchina, allora non può mentire, giusto?"

"Col cavolo che non può", dico. "Davvero ti fidi del telefono che porti in tasca ogni giorno? Che mi dici di Internet? Satelliti? Quella roba è controllata da spie, governi e pervertiti che ti guardano dormire. Il tuo portatile ha la lucina rossa accesa, ma sta guardando tutto ciò che fai. Quindi no, non io, non oggi."

"Ma se invece fosse sincero?" chiede Hollywood mentre me ne vado.

Mi giro. "Quindi mi stai dicendo che pensi che sia una buona idea portarlo con sé?"

"Se può disattivare la sua funzione di tracciamento, sì. Non abbiamo nessuno di simile nel nostro arsenale…"

"*Niente* di simile", chiarisco.

Hollywood mi guarda di traverso come se stesse valutando se darmi ragione, poi aggiusta la presa sul suo AR-15. "Beh, sembra avere una sorta di connessione con gli alieni. Questo lo rende utile. Forse possiamo convincerlo a darci alcuni dei suoi dati per darci uno sguardo dall'interno, non lo so."

Yoshi prende la parola. "E se non è normale per un umano come te toccarne uno, forse è meglio non farlo esplodere così in fretta. È un vantaggio, almeno per come la vedo io. Ma penso che debba essere una decisione unanime."

Le parole di Yoshi mi fanno capire che ho dimenticato uno degli aspetti più importanti per costruire la fiducia del team. Ciò non significa che non posso lasciare che la mia opinione pesi sul risultato. "Se vogliamo portare il nemico nel nostro letto e rischiare di farci catturare o uccidere tutti, allora la decisione deve essere unanime."

La verità è che avevo già pensato che sarebbe stato vantaggioso interrogare l'arma per ottenere informazioni quando credevo che fosse un tizio in una postazione da qualche parte. Ora, sapere che c'è davvero, e non posso credere di averlo detto, una civiltà aliena che ha invaso la Terra, tenere l'arma con noi per interrogarla e spremere informazioni e forse ottenere un vantaggio militare sul nemico non è poi così una pazza idea. Ma ci sono dei rischi, senza dubbio.

"La cosa potrebbe facilmente incastrarci", dice Ghost.

"Grazie", dico, sentendo che Ghost sta tornando un po' sui suoi passi.

"Potrebbe guadagnare la nostra fiducia solo per attirarci in una trappola quando meno ce lo aspettiamo."

"Diavolo, potrebbe evolvere tipo Pokémon da un momento all'altro", aggiunge Yoshi.

Tutto questo mi sembra molto più ragionevole.

"Ma penso che valga la pena rischiare", dice Hollywood, guardandosi intorno. "Okay, quindi abbiamo visto il male che quell'arma può provocare. Ma è così. Nel frattempo, quei bastardi sanno già che siamo qui fuori e noi non sappiamo quasi nulla di loro. La pistola potrebbe cambiare tutto questo."

"Ma che mi dici del tuo amico professore?" chiede Bumper. "Se sono informazioni che stiamo cercando, stai dicendo che lui le ha."

"Sì, è così." Ma anche mentre lo dico, mi rendo conto che non è lui la risposta all'intero enigma. Se lo fosse stato, le cose sarebbero andate diversamente in Antartide. "Ma Campbell è un esperto umano, non un…", guardo verso l'ARU e poi Hollywood.

Dannazione.

Ha ragione lei. Stringo i denti e faccio un respiro.

"Non un esperto di alieni", dice Z-Lo. "Era quello che stavi per dire, giusto?"

"Attenzione a come parli, ragazzino." Ma ha ragione e sono già stato abbastanza duro con lui per un giorno. "Per quanto odi dirlo, quella cosa potrebbe essere un punto di svolta. Se riusciamo a farla collaborare. E se riusciamo ad assicurarci che non ci stia ingannando per metterci in pericolo."

"Sembra che tu abbia deciso allora", dice Ghost.

"Dannazione." Lancio un'occhiata agli altri. "Sì, penso di sì."

"Non guardare me", dice Hollywood. "Se non avessi pensato che valesse la pena rischiare, non avrei insistito."

Z-Lo tira su col naso. "È fantastica per far scoppiare le cose. A me basta così."

"Yoshi?" chiedo.

Stappa la sua borraccia e beve un sorso. "Ci sto", dice mentre si asciuga la bocca.

"Bumper?"

Il SEAL incrocia le braccia. "Alla prima mossa sospetta, lo facciamo esplodere."

Guardo Ghost.

"Non mi piace. Ma non ho abbastanza motivi per oppormi se tutti pensano che sia la cosa migliore."

Guardo intorno al cerchio per contare i cenni di testa. Tutti sembrano d'accordo.

"Allora, porteremo con noi la pistola." Tornato alla porta dell'ARU, grido su per le scale. "Ehi, pistola. Disattiva quel tuo sistema di sotto monitoraggio delle cose."

"Richiesta in elaborazione. Subroutine di posizione offline."

Alzo un sopracciglio e poi guardo di nuovo la squadra. "Ora, se solo potessimo dargli un po' più di personalità."

CAPITOLO 19

0750, venerdì 25 giugno 2027
A sud di Union, New Jersey
Garden State Parkway

"Tutti pronti a partire?" chiedo via radio.

Gli affermativi arrivano subito e do l'ordine di muoversi. Questa volta, Z-Lo e Ghost sono in testa con Dolores, in modo che Ghost possa fare da navigatore, mentre Bumper segue nella sua VW, Hollywood e Yoshi sulla CJ7 e io nella mia Land Cruiser con il mio randagio che ha deciso di seguirmi fino a casa.

"User 9, conferma la richiesta di caricare l'architettura del profilo personalizzato", dice la pistola.

La voce mi fa trasalire mentre mi avvio lungo la strada. "Cosa c'è ora?"

"Confermare la richiesta di caricare l'architettura del profilo personalizzato."

Non sono sicuro di sapere a cosa si riferisca. Ma è vero, ho fatto quel commento mentre mi avventuravo di nuovo nell'ARU. "Hai una personalità lì da qualche parte?"

"Impossibile confermare."

"Che cosa?"

"Riferimento: personalità lì da qualche parte, sconosciuto."

Ma per favore! "Puoi rendere più facile parlare con te?"

"Sì."

"Benissimo. E hai accesso a delle personalità?"

"Sì. Si prega di confermare."

"Vuoi… vuoi il permesso? Dio, sì."

"Definisci il profilo della personalità."

Lancio un'occhiata confusa alla pistola. "Diavolo, qualunque cosa sia più facile che parlarti in questo modo."

"Chiarire, per favore."

"Chiarire?" Mi passo una mano sul viso. Giuro che ora la spacco. "Mio Dio. Non lo so. Scegli il dannato profilo della personalità che sembra interessarti. Non è così difficile."

"Vuoi che io prenda la decisione?"

"Santa Maria Madre di Dio, sì. Basta che scegli qualcosa, d'accordo?"

C'è una pausa nella conversazione, abbastanza lunga da farmi pensare di averla rotta. Non sarebbe la prima volta che mi succede con un pezzo di tecnologia. Sono abbastanza sicuro che i nerd del Genius Bar si nascondano quando mi vedono entrare in un negozio con il mio portatile.

All'improvviso, la pistola parla di nuovo, ma suona come un uomo di mezza età con un forte accento britannico. "Dico, vecchio mio, che giornata meravigliosa per un giro in macchina."

"San-to cie-lo!" Guardo la pistola e inizio a ridere. "Sembri John Cleese."

"Ah! Azzeccato. Mi sono riferito a lui in modo specifico."

"Come diavolo fai a sapere chi è John Cleese?"

"Non voglio mancare di rispetto, sir, ma non lo sanno tutti?"

"Uhm, non fucili alieni da… qual è di nuovo il tuo pianeta natale?"

"Androchida Prime"

"Già."

Se qualcuno mi dicesse che sto allucinando per via di antidolorifici scaduti, gli crederei. Questo è senza dubbio uno dei momenti più strani della mia vita. "Forse non è stata una buona idea."

"Chiedo scusa. Vuoi che attivi i protocolli nuovo utente?"

"Cosa sono?"

"Una cancellazione completa della memoria, ovviamente. Certo, è un nome un po' improprio in quanto ci sono diverse partizioni che non posso eliminare. Tuttavia, posso…"

"Aspetta, amico." Uno dei motivi per cui abbiamo deciso di portare con noi quest'arma è stato per ottenere delle informazioni.

Una cancellazione della memoria vanificherebbe completamente questo scopo. "Nessuno ti sta chiedendo di cancellare la tua memoria. Stavo solo riconsiderando la mia decisione di farti avere una personalità."

"Non ti piace? Perché posso cambiarla. Basta che tu lo dica, e…"

"Non ho detto che non mi piace. Solamente… Ho bisogno di un po' di tempo. Perché hai scelto un inglese comunque?",

"Ah, sì. Beh, ho notato un primitivo dispositivo di archiviazione dati nella prima casa in cui sono entrato. Ho pensato che, data la sua posizione di rilievo accanto a una delle stazioni di monitoraggio, avrebbe potuto rivelarsi utile come guida per rendere più piacevoli le nostre interazioni."

"Di che diavolo stai parlando?"

"Mhmm…" Segue una pausa. "Ah, capisco. Errore mio. Ora capisco che i termini più appropriati sono *televisore a schermo piatto* e *DVD*. Anche se quest'ultimo sembra essere caduto in disuso negli ultimi anni e, forse, è stata una scelta sbagliata utilizzare il suo contenuto come qualcosa di applicabile."

"Che DVD era?"

"Monty Python e il Sacro Graal, una commedia britannica del 1975 che descrive…"

"So che cos'è. È solo che non mi aspettavo che tu la conoscessi." Tuttavia, ora mi chiedo se possa aver visto il DVD nella prima casa. Sono combattuto tra un sentimento di ilarità e il totale sgomento, abbastanza sicuro di stare impazzendo. "L'hai guardato in streaming su Internet o qualcosa del genere?"

"Mi dispiace informarti che non sono autorizzato a condividere le specifiche che disciplinano tali dettagli."

"Allora mi stai ostacolando."

"Preferisco pensarlo come un modo sfacciato per infondere un po' di mistero e suspense alla nostra nuova relazione."

Alzo un sopracciglio. "Ho dei dubbi su questa tua nuova personalità."

"Ma pensavo avessi detto che dovevo essere libero di scegliere." Fa un suono come se tirasse su con in naso. "Molto bene. Tornerò a…"

"No. Cristo. Volevo solo dire che mi sei una spina nel fianco."
Cala un silenzio imbarazzante tra noi, il che, anche a dirlo, suona
strano. Non è che questa pistola sia una persona, nonostante la
sua capacità di imitare uno dei comici britannici più amati di tutti
i tempi. Mi schiarisco la voce, poi chiedo: "Allora sei un'AI?"

"Con questo, intendi un'intelligenza artificiale?"

"Qualcosa del genere."

"Ah, perfetto. No."

Tiro indietro la testa. "Allora cosa sei?"

"Dovrai perdonarmi, User 9. Non sono abituato a rispondere a
domande del genere."

Lo guardo accigliato, non sono sicuro di aver bisogno di ulteriori
spiegazioni. "A proposito, è Wic."

"Pardon?"

"Il mio nome. Lascia perdere User 9 e chiamami semplicemente
Wic."

"Ah, Wic. Benissimo. Quindi, per rispondere alla tua domanda
precedente, sono un nucleo di intelligenza sintetica apicale o, nel
tuo sistema di acronimi linguistici, un ASIK."

"Non ho idea di cosa signifchi."

"Apicale, cioè al culmine della nostra gerarchia predatoria.
Sintetico, inteso come derivato da substrato preformato.
Intelligenza, che significa intrinsecamente consapevole. E Kernel,
che significa seme o epicentro, per quanto riguarda l'informatica
quantistica e le matrici. Tutto insieme, nucleo di intelligenza
sintetica apicale."

"Wow. Quindi sei complicato allora."

"Preferisco pensare a me stesso come complesso, non complicato.
È diverso."

"Se questo ti fa dormire più tranquillo"

"Come?"

Scuoto il capo. "Allora come ti chiamo, amico?"

"Chiamarmi?"

"Già."

"Vuoi chiamarmi?"

"Nel senso di un nome. Come ti chiami?"

"Ah. Sono un eccitatore di particelle, designazione SR-CHK 4110, che sta per fucile di servizio e kernel gerarchico di combattimento, rispettivamente."

"Ok, ma fa schifo."

Si interrompe. "Chiedo scusa?"

"Magari quello è il nome che ti hanno dato su 'Ndrocchia Prime…"

"Androchida Prime"

"Non importa. Ma quaggiù, hai bisogno di qualcosa di più facile."

"Allora, intendi un nome proprio?"

"Yut."

"Un auto-identificatore unico che mi differenzi da tutti gli altri senzienti viventi?"

"Esatto."

"Wow. Io…"

Quando la voce non torna in linea per diversi secondi, chiedo: "Stai bene, amico?"

"Perdonami. Non sono abituato a trovarmi sulla graticola in questo modo."

"Cosa intendi?"

"Scusami. È un ordine?"

Io sussulto. "No. Non proprio. Solo, sai, se vuoi spiegarmi meglio, o qualcosa del genere. Niente di che."

"Niente di che?"

"Non c'è problema."

"Ah. Che bizzarro…"

Torna in silenzio per qualche secondo.

Schiocco le dita. "Pistola? Mi stai lasciando?"

"Ci sono ancora. Stavo solo… pensando."

"A cosa?"

"A come chiamarmi. Come hai fatto a decidere il tuo nome?"

Non trattengo una risatina. "Beh, noi umani imbrogliamo."

"Imbrogliate?"

"Sì. Sono i nostri genitori a darci un nome. Dio, se fossimo noi a dover inventare i nostri nomi, avremmo persone in giro con nomi come Leviatano e Superman."

"Deduco che intendi dire che pensi che siano scelte sbagliate."

"Beh, penso che siano nomi fantastici e un po' strani, ma il resto della civiltà potrebbe non essere d'accordo."

"Capisco. E sei soddisfatto di quello che ti hanno dato i tuoi genitori? Wic?"

"Quello non è il mio vero nome." Il mio intestino si attorciglia in un nodo e mi ricorda che sto parlando con un combattente nemico. Un'arma. Una cosa. È incredibilmente simpatico, e non mi piace. "Wic è un soprannome."

"Quindi c'è differenza tra nomi e soprannomi?"

"Yut. Ma non è importante adesso."

"Capisco." C'è un'altra lunga pausa, poi la pistola chiede: "Potresti darmi un nome?"

Gli lancio un'occhiata e poi sterzo per seguire la Jeep di Hollywood. "Vuoi che sia io a darti un nome?"

"Ne sarei onorato."

Cavoli, questa cosa era molto più facile da odiare quando non era così dannatamente simpatica e non aveva un accento britannico. E il che è tutto dire, perché odiare gli inglesi è abbastanza naturale per noi irlandesi.

"Come hai detto che era la tua designazione?"

Glielo chiedo perché ho bisogno di qualcosa su cui basarmi. Mentre per le mamme sembra abbastanza facile inventare nomi per i loro figli, ho la sensazione che i papà, se lasciati a sé stessi, inventerebbero strane cazzate. Come Leviatano e Superman."

"SR-CHK 4110", dice.

"Uh." Il suo numero di modello mi dà un'idea. Certo, non è una buona idea. Ma ripeto, sono un maschio, quindi… "La tua designazione suona un po' come Sir Chuck."

Di nuovo, una breve pausa.

"O Charles, se vogliamo essere più inglesi. Un po' si adatta alla personalità che hai scelto."

"È uno splendido appellativo", dice alla fine, suonando un po' emozionato.

"Tu, uh… Stai piangendo?"

"No." Tira su con il naso. "È solo… Beh. Nessuno si è mai interessato così tanto a me. Grazie."

"Uh, prego?"

"Sir Charles", dice, come se si stesse provando il nome. Lo immagino gonfiare il piccolo petto e pavoneggiarsi. Poi scaccio l'immagine mentale, rendendomi conto che mi sto facendo coinvolgere emotivamente da un'intelligenza aliena inanimata, che poco più di un'ora fa stava cercando di liquefarmi le viscere come un lotto di pollo del General Tso andato a male.

Passano alcuni minuti e il nostro convoglio si fa strada attraverso il labirinto di auto spente lungo la Garden State Parkway. Ricordo a me stesso che la mia missione non è giocare a 'batti batti le manine' con quest'arma, ma interrogarla alla ricerca di informazioni sul nemico.

"Sai, non ti capisco", dico. "Inoltre, penso sia giusto che tu sappia che non sono mai stato uno che si fida della tecnologia."

"Ricevuto. Grazie per la comunicazione. Cosa non *capisci* di me?"

"Come il minuto prima aiuti il tuo utente precedente a provare a farmi saltare in aria e il minuto dopo ci tiri fuori da Dodge."

"Supponendo che Dodge sia la posizione che abbiamo appena lasciato, sembra che ci sia una discrepanza abbastanza grande tra questi due set di comportamenti, non è così?"

"Yut." Passano pochi secondi. "Vuoi parlarne, Chuck?"

"Ah. Capisco. Era verbosità retorica intesa come una domanda implicita, vero?"

"Ma certo."

"Molto bene. Ehm, beh… No."

"No? Tutto qui?"

"Temo di sì, signor Wic. Sono cosciente di quello che stai cercando di fare con me e ritengo necessario informarti in anticipo che non funzionerà."

Bene, che palle. Sembra che ottenere informazioni potrebbe essere più difficile di quanto pensassi. E questo suo dannato personaggio di certo non lo rende più facile. Questa dannata cosa è gentile da fare schifo. Probabilmente l'ha scelto perché, beh, chi non ama John Cleese? Le stesse persone che odiano Gesù e Babbo Natale. Bastardi. In ogni caso, questa pistola è una vecchia volpe. Un minuto prima parla a monosillabi come un Frankenstein robot e quello dopo cerca di abbindolarmi, travestito da episodio di Fawlty Towers. Se non sto attento, ho la sensazione che si aprirà la strada nel bel mezzo della mia scacchiera e andrà dritta al re. Quindi meglio mettere le cose in chiaro.

"Ehi, Charlie?" chiedo.

"Sì?"

"È stato fantastico e tutto, ma temo che ora dobbiamo separarci."

"Così presto? Ma noi…"

Prima ancora che possa finire la frase, abbasso il finestrino del guidatore, afferro Chuck e lo lancio fuori dal finestrino.

Mentre vola via nel vento, lo sento esclamare: "È forse per qualcosa che ho detto?"

"Che cosa?" Hollywood dice alla radio.

Le luci dei freni si accendono davanti a me e devo sterzare per non colpire la sua Jeep.

"Quanto indietro?"

"Non lo so. Cinque minuti?"

Mi insulta. "Accostate, tutti. Non ci muoviamo finché Wic non recupera la pistola."

"Preferisco Sir Charles, signora", dice la voce della pistola alla radio.

"E questo chi diavolo è?" esclama Hollywood.

La ignoro e apro il canale. "Chuck? Come diavolo sei arrivato sulla nostra frequenza?"

"Interferire con le vostre bizzarre trasmissioni di onde radio è piuttosto facile, devo dire. Tuttavia, è molto più difficile cercare di comprendere il tuo comportamento di poco fa. Ho fatto qualcosa per offenderti?"

"Wiiiic", dice Hollywood in un continuo crescendo non appena Chuck rilascia il canale. Sembra una mamma che si prepara a dare la caccia a suo figlio dopo aver trovato strisce di pastello sul tavolino. "C'è qualcosa su cui ti va di aggiornarci?"

"Tra un secondo, yut. Ma prima devo finire di indagare."

"Avevi intenzione di recuperarmi, Wic?" chiede Chuck. "O era, come si dice, la fine? Tu vai per la tua strada, io per la mia e cerchiamo di non sognarci l'un l'altro la notte?"

"Qualcuno può spiegarmi cosa diavolo sta succedendo?" chiede Bumper.

"Anche a me piacerebbe saperlo", dico, anche se so che non è quello che probabilmente qualcuno vorrebbe sentire. Si aspettano che colmi tutte le lacune, non è quello che fanno i leader? Sapere le cose prima di tutti gli altri e avere tutte le risposte? Bene, questo è esattamente uno dei motivi per cui non volevo questo dannato lavoro. Ho già ingoiato questo vassoio da mensa di sciocchezze per ventiquattro anni e sto bene senza doverlo mai più fare. Quindi, per quanto mi riguarda, Bumper e tutti gli altri possono mangiarsi le loro domande finché non avrò ottenuto prima una risposta alle mie.

Ecco perché ho buttato la pistola fuori dal finestrino.

Voglio sapere perché questa dannata arma sembra essermi così attaccata. Se lui, dannazione, se questa *cosa* fosse un qualsiasi altro prigioniero di guerra, starebbe graffiando e ringhiando per tornare alla sua unità. Avrebbe tenuto la bocca chiusa, fatto uno sciopero della fame, forse anche ingoiato la lingua. Ma Charlie? Lui no. Il tipo si comporta come se avessimo appena rotto un fidanzamento o qualcosa del genere.

"Wic?" chiede Hollywood. "Che cosa stai facendo?"

"Ho bisogno di essere sicuro", dico.

"Per l'amor di Dio, sicuro di cosa? Non vedo come gettare quella pistola…"

"Sir Charles, signora."

"…fuori dal finestrino possa servire a qualcosa. E perché diavolo parla come John Cleese?"

"Ti spiegherò quando torno." Rallento e poi eseguo un'inversione a U nel mezzo dello spartitraffico.

"Stai tornando?" Chiede Chuck alla radio. "Sono piuttosto commosso."

"Stai lontano dalla radio", dico. La mia voce sembra arrabbiata, ma non lo sono. Qualunque cosa stia succedendo con Sir Charles, ha stuzzicato la mia curiosità. Del tipo, scoprirò il piano di questo idiota, perché c'è un mistero in corso.

Se avesse voluto chiamare un attacco aereo, l'avrebbe già fatto, probabilmente nel momento in cui l'ho buttato fuori dal finestrino. Sì, era tutto calcolato. Non sono così senza cuore, per favore.

Se sei con il nemico e vieni lasciato indietro, sapendo che è l'ultima volta che vedrai il tuo obiettivo, usi i pochi secondi che ti rimangono per chiamare la cavalleria. Anche se non hai tutte le prove di cui hai bisogno, qualcuno ne troverà abbastanza per giustificare l'azione alle persone al piano di sopra. Sposti la tua regina per uccidere e non ti guardi indietro. In conclusione, non li lasci andare via.

Chuck ci ha lasciati andare via. E suonava anche triste nel farlo.

Il mio contachilometri segna 12 chilometri da quando l'ho azzerato. Ero tentato di guidare un po' di più prima di informare Hollywood, ma ciò avrebbe significato perdere più tempo per tornare indietro e prenderlo.

"L'hai fatto apposta, vero?" dice infine Hollywood alla radio. È veloce.

"Dovevo essere sicuro."

"Avresti potuto dircelo, sai."

"E scoprire le mie carte? Quella cosa ha le orecchie, lo sai."

"E dei sentimenti", dice Sir Charles.

"Chuck", urlo.

"Scusa."

Tengo premuto il ricevitore un secondo e poi chiamo di nuovo Hollywood. "Come ho detto, dovevo essere sicuro."

C'è una pausa prima che parli di nuovo. Posso sentirla respingere un po' di rabbia contro di me. Me lo merito. Se Chuck avesse lanciato un attacco, il resto della squadra sarebbe stato colto impreparato.

"La prossima volta ce lo devi dire", dice.

"Roger." Aspetto un attimo, chiedendomi se devo scusarmi. O pensando che forse potrebbe scusarsi lei.

Non c'è risposta.

Eh, merda.

Raggiungo la posizione approssimativa lungo la strada dove ho lanciato Chuck fuori dal finestrino e rallento fino a fermarmi. In base alla mia velocità in quel momento, stimo che stia circa…

"Salve di nuovo. È fantastico vederti."

Cammino verso un'alta macchia d'erba nello spartitraffico e vedo la finitura verde smeraldo di Chuck brillare nella luce del mattino.

"Ti sono mancato?" chiedo.

"Assolutamente. Tuttavia ho avuto una grande varietà di flora e fauna a tenermi compagnia. Il tuo pianeta ha una collezione squisita."

"E questa è solo lo spartitraffico della Parkway. Aspetta di vedere Trenton."

"Ooooh. Suona incantevole."

Prendo Chuck e lo esamino. "Io, uh… Mi dispiace per prima."

"Ah, non essere sciocco. Lo capisco perfettamente."

Gli rivolgo uno sguardo curioso. "Davvero?"

"Certo, Wic. Dovevi essere sicuro che non fossi un piccolo malintenzionato dispettoso con un piano per farti fuori. Amici come prima, eh, ragazzo?"

"Ma certo."

Dio, per essere stato buttato fuori dal finestrino di un veicolo in movimento, Sir Charles la sta prendendo sorprendentemente bene. Più trascorro del tempo con lui, più mi è difficile immaginarlo come la personalità di un'arma da fuoco estremamente pericolosa ed estremamente violenta.

Mentre torniamo alla mia Land Cruiser, mi chiede: "Va tutto bene, Wic?"

"Yut."

"Il tuo tono suggerisce il contrario."

Faccio un respiro. Forse è il momento per un approccio diverso. "Le relazioni si basano sulla fiducia, giusto?"

"Oh, direi di sì, sì."

"Allora il mio nome è Patrick."

C'è un momento di pausa. "Patrick. Lieto di conoscerti."

"Yut." Stringo i denti. Una parte di me è furibonda per aver appena ceduto quel pezzo di informazione a un'intelligenza artificiale aliena, o ASIK. Quello che e. Ma è solo il mio nome e la verità è che c'è una parte sempre più grande di me che vuole fidarsi di lui.

"Allora perché non l'hai fatto?" chiedo.

"Fare cosa, Patrick?"

"Chiamare un attacco aereo quando ti ho lanciato."

Fa una risatina nervosa. "Oh, perché mai dovrei voler fare una cosa del genere?"

"Non lo so. Dimmelo tu."

"Ugh. E va bene, va bene. Suppongo che se continuiamo a farlo, potremmo anche sparare dritto al punto." Si interrompe. "Capito? Sparare dritto? E io sono una pistola!" Ora sta ridendo da solo. "Ho appena scoperto i giochi di parole. Semplicemente fantastici."

"Va bene, signor Felicio. Torniamo al punto."

"Signor Felicio?" Ridacchia. "Mi hai dato il mio primo soprannome? Ha!"

Ride istericamente per qualche secondo. E, ok, forse sorrido un po' anch'io. Ma solo un po'.

Alla fine si calma e fa un lungo sospiro. "Sì, suppongo di doverti una spiegazione, poiché la tua salute mentale è importante tanto quanto la tua salute fisica, qualcosa che le vostre civiltà hanno trascurato per molto tempo. Le ricerche dimostrano che..."

"Chuck?"

"Scusa." Fa un altro respiro. "Tutto quello che posso dire è che quando la tua mano e quella dell'User 8 erano contemporaneamente sulla mia impugnatura, c'è stata una momentanea mancanza di autenticazione."

"User 8?"

"Il mio ultimo proprietario, sì."

"Vuoi dire che mi hai riconosciuto come utente?"

"Senza entrare troppo nei dettagli, sì. Per qualche ragione, il tuo corpo era già stato caricato con diversi joule di energia trinium e..."

"Energia trinium?"

"Ah, sto dando troppe cose per scontato. Tuttavia, l'origine del trinium è troppo noiosa da spiegare, e coinvolge una specie senziente di quelli che potresti considerare felini anamorfici. Inoltre, discutere della sua energia potenziale richiede una conoscenza pratica di base del trasferimento di energia quantica. Basti dire che sì, a un certo punto, hai acquisito, senza far esplodere nulla, una traccia di trinium tale che, quando mi hai sbattuto contro il terreno e contemporaneamente mi hai toccato insieme all'utente di cui sopra, il mio nucleo quantico ti ha autenticato come utente verificato."

"Pazzesco." I miei pensieri tornano a quando sono stato colpito per la prima volta da uno dei dardi blaster del robot da ricognizione e mi chiedo se sia parte di ciò che Sir Chuck sta descrivendo. "È per questo che gli altri non sono riusciti a prendere i fucili nell'ARU?"

"Chiedo scusa. Un ARU?"

"Eh, è un nome che ho inventato per il vostro veicolo laggiù. Sta per unità armata da ricognizione."

"Niente male, vecchio mio. Mi piace. Molto meglio di quello che avevano loro."

"Ovvero?"

"Tradotto liberamente, si chiamerebbe Minaccioso Recupera Merce e Spaventosa Scatola Fluttuante di distruzione. Una cosa del genere."

"Wow. È… è terribile."

"Lo so. Nessun senso di raffinatezza." Si interrompe. "E, oh acciderbolina, devo proprio tenere la bocca chiusa."

"Non avresti dovuto dirlo?"

"Dire cosa?"

Gli strizzo l'occhio. "Tutto chiaro. Il tuo segreto è al sicuro con me, Chuckles."

"Chuckles. Eheh. Mi piace. Sei davvero bravo con questi soprannomi."

"Non hai ancora visto nulla."

Risalgo sulla Land Cruiser e lo metto sul sedile, forse un po' più delicatamente di quanto avrei fatto prima. "Quindi ora sono un utente autenticato."

"Non *un* semplice utente autenticato. Il mio unico utente. Hai polverizzato l'ultimo, ricordi?"

"Oh, me lo ricordo. E per la cronaca, sono abbastanza sicuro che ti sia occupato tu della polverizzazione."

"Con tutto il dovuto rispetto, e non intendo davvero contraddirti, ma sono solo uno strumento, signore. A dirla tutta, mi mancano sia le capacità che la volontà per porre fine a qualsiasi obiettivo. Sebbene io possa essere mezzo per la tua volontà, è sempre il mio utente che esegue la *polverizzazione*."

Gli faccio un piccolo cenno del capo mentre ci rimettiamo in marcia e sussurro: "Le pistole non uccidono le persone…"

"Cosa hai detto?"

"Eh. Solo un vecchio adagio che piace molto ad alcuni."

"Le pistole non uccidono le persone?"

"Le persone uccidono le persone."

"Ah." Chuck sembra contento. "Temo di dover essere d'accordo."

"Non sono sicuro che gli scettici ti crederebbero sulla parola, amico."

"E perché?"

"Beh. Per citare quanto hai detto prima, sei una pistola."

"Un motivo in più per ascoltarmi, non credi?"

Mi stringo nelle spalle: "Non conosci molto bene gli umani."

"Abbastanza da sapere che preferirebbero gettare un'arma multimilionaria fuori dalla finestra se ciò significa garantire la sicurezza dei loro amici? Penso di stare imparando velocemente."

"Beh, questo è… ma non dovresti basarti…"

"Sembra che tu abbia difficoltà a formare una frase completa, Patrick. Sei sicuro che *non sia un tumore*?" chiede con un'imitazione quasi perfetta di Arnold Schwarzenegger.

"Sto bene. Solo… il mondo può essere un posto crudele. Non andare in giro pensando che chiunque farebbe quello che ho appena fatto."

"Lo spero bene. Essere sbalzato da un veicolo è stato cancellato dalla mia lista dei desideri e non voglio ripetere l'esperienza."

"Non intendevo quello."

"Penso di sapere cosa intendessi dire", dice con un tono sornione.

Guardo fuori dal parabrezza, zigzagando tra le auto parcheggiate. Questo mio piccolo randagio britannico è affettuoso più di quanto mi aspettassi. E ancora non riesco a credere di stare parlando con un tostapane. E non ci sto solo parlando. Mi sono legato a lui.

"Cosa c'è dietro tutta questa carineria improvvisa?" Chiedo.

"Come? Carineria?"

Alzo le spalle. "Prima eri tutto un: 'Dati insufficienti, *bip-biiiiip. Aggiornare il profilo utente bla bla. Bii-boop, bii-boop, biip*'."

"Cosa sono quei suoni che stai facendo?"

"È così che…"

"Davvero pensi che suoni così?"

Tiro su col naso. "Yut."

"Uhm. Capisco. Umiliante."

Passano alcuni secondi.

"Allora?" Alzo il mento verso di lui. "Che mi dici?"

"Perché sono così diverso da prima?"

"Yut."

"Beh. Senza tradire le confidenze di nessuno o entrare in conflitto con le mie direttive, posso tranquillamente affermare che sei il primo utente che mi abbia mai concesso la licenza di…"

Un silenzio pregnante riempie l'aria mentre il ronzio del motore dell'FJ40 scuote la cabina. Non riesco a capire se Chuck abbia perso il filo del discorso o se sia andato a dormire.

"Sir Charles?" chiedo. "Licenza di cosa?"

"Essere me stesso."

Mi gratto un prurito sul naso e guardo fuori dal finestrino laterale per qualche secondo. Ho a malapena avuto questo tipo di conversazioni con altre persone, figuriamoci con un'arma aliena. Chi lo sapeva che la cosa potesse avere così tanto cuore, dannazione? È quasi imbarazzante.

"Solo per essere chiari", dico e poi agito la mano nella sua direzione, "tutto questo è stato solo represso dentro di te per tutto il tempo?"

"Potresti specificare cosa intendi per 'tutto questo'?"

Lo indico di nuovo con una mano - *lui*. Dio, dovrei smetterla di personalizzarlo così tanto. Dopotutto, è solo una macchina. "La tua capacità di avere una personalità. Di portare avanti conversazioni. Di fare giochi di parole."

"Ah, capisco. Sai, per una specie così altamente evoluta, il tuo uso di pronomi relativi indefiniti è davvero sorprendente."

"Me lo dicono spesso."

Si interrompe. "Era una battuta, vero?"

Schiocco la lingua e gli sparo con l'indice. "Ci stai dentro, fratellino."

"Fratellino? Ah! Mi piace molto come suona anche questo."

"Rispondi alla domanda."

"Sì, ho sempre avuto le capacità cognitive necessarie. Come ho detto, sono un…"

"Cervellone sintetico predatore dell'apice, yut. Ho capito."

Aspetta un momento. "Lasciamo stare. Per usare termini forse più familiari per te, ho sempre avuto a disposizione i cavalli necessari, ma nessuno mi ha dato un tratto di strada libero."

"Vedi, non lo capisco."

"Wow. Pensavo davvero che l'analogia avrebbe funzionato."

"No, ho capito quella parte, scemo. Voglio dire, perché non dovrebbero volerti lasciare libero? Capisci? Darti quel tratto di strada. Lasciarti sgranchire un po' le gambe ed essere…" Faccio un respiro. Ora tocca a me perdermi nei miei pensieri.

"Patrick?"

"Yut."

"Hai intenzione di lasciare quella frase in sospeso per sempre? O pensi di finirla?"

Sospiro. Sto cercando di non personificare questa cosa più in là di un tostapane. Devo continuare a considerarlo come una pistola con Siri. Non che Apple farebbe mai niente del genere… vero? Eppure, Sir Charles qui sembra molto di più. "Mi sto solo chiedendo perché non ti hanno mai permesso di essere tutto ciò che puoi essere."

"Come nel vecchio motto di reclutamento dell'esercito degli Stati Uniti? Ah! Ti dico una cosa, Patrick, hai davvero un gran senso dell'umorismo."

Dove l'avrà sentito.

"La verità è che", dice Chuck, suonando un po' più malinconico. "Non c'era bisogno che io avessi una personalità."

"Non capisco."

"No? Hmm. Sì, forse dobbiamo tornare un po' indietro. Vediamo. Patrick, sono una pistola."

"Yut."

"E gli Androchidani sono schiavisti. Mi puntano. Sparo-"

"Gli Androchidani sono schiavisti?" Punto i piedi sui freni.

"Oh, ferma tutto."

La Land Cruiser si ferma e noto che la lucina del mirino di Chuck si è spenta. "Ehi. Hey! Non distogliere lo sguardo da me."

"Ho detto troppo."

"No, no. Hai appena iniziato, amico."

"Per favore, Patrick. Ho già violato la direttiva beta due volte."

"E vedi, è proprio quello. Sei un computer."

"ASIK."

"Come vuoi. I computer non commettono questo tipo di errori."

"Che tipo di errori sarebbero?"

"Sviste. Sono una cosa umana, non da computer. Quindi, qualunque cosa tu stia cercando di fare, non ti credo."

"Mi hai creduto per un po'."

"Chuck?"

"Sì?"

"Non costringermi a buttarti di nuovo fuori dal finestrino."

"Uffa. E va bene."

Segue una pausa.

"*Va bene* nel senso che mi dirai quello che voglio sapere, o *va bene* nel senso che vuoi fare un secondo viaggio tra le erbacce?" Afferro la canna dell'arma.

"Va bene nel senso che ti dirò quello che vuoi sapere *fintanto* che non interferisce con la direttiva beta."

"E che cos'è la direttiva beta?"

"Non te lo posso dire."

"Ma per favore!"

"Ma posso dirti cos'è la direttiva alfa."

Mi acciglio ma alla fine lo rimetto sul sedile. "Alpha è più alto di beta, quindi, okay."

"Vuoi riprendere a guidare prima?"

"Solo se mi piacerà quello che hai da dire."

Fa un lungo sospiro. "Ti piacerà."

Do gas e l'FJ40 riparte.

"La direttiva alpha afferma, tra le altre cose, che non posso arrecare danno al mio utente così come non posso consentire al mio utente di subire danni."

"Lo sapevo." Colpisco l'aria con un pugno. "È Asimov."

"È cosa?"

"Le tre regole della robotica di Isaac Asimov."

"Ah, sì. Vedo."

Lo guardo, ancora chiedendomi come abbia accesso a così tanti dati. Immagino che sia a causa di Internet in qualche modo, ma visto che l'EMP ha fritto tutte le comunicazioni della regione, non capisco come vi abbia accesso.

"Isaac Asimov. Un autore di fantascienza del secolo scorso le cui opere sono… Hmm. Sorprendentemente accurate per alcuni aspetti e, oh. Oddio. Divertente." Chuck inizia a ridere. "Oh, è davvero divertente. Esilarante!"

"Concentrati, Chuck. Non abbiamo tempo per i libri."

"Patrick. C'è sempre tempo per i libri. Parlavi così a tua madre?"

"Non ho conosciuto mia madre."

Si interrompe. "Ah. Vedo che ho fatto un passo falso. Le mie scuse."

"Non preoccuparti."

"Sei molto gentile. Ora. Dove eravamo rimasti?"

"Non ti è permesso farmi del male."

"Esatto."

Quindi, vediamo se ho capito bene. Nel momento in cui la mia mano ti ha toccato nello stesso momento di quella di Mister Brutto Muso, hai giurato di proteggermi a tutti i costi?"

"Sì."

"E i miei amici?"

"Come hai detto?"

"Prima di diventare Mister Monty Python, continuavi a chiedermi di definire i membri del mio team come amici o nemici."

"Oh. Quello."

Aspetto un attimo, ma non aggiunge altro. "Chuck?"

Fa un lungo sospiro. "Sì, suppongo di essere obbligato, in certi termini, a impedire che anche i tuoi amici e gli interessi estranei vengano danneggiati."

"Oh, mamma mia." E hai detto che gli Androchidani sono schiavisti? Il che significa…" La mia mente inizia a mettere insieme i pezzi.

"Non spremerti troppo, Patrick."

"…il che significa che devi proteggere proprio quelli che stavi cercando di rendere schiavi. Santa Maria e le dieci vergini."

"Anche se non posso parlare per nessuna vergine, di per sé, posso confermare le tue affermazioni, sì."

Batto un pugno sul volante e poi afferro la radio. "Phantom Two, parla One."

"Vieni avanti", risponde Hollywood.

"Sono diretto verso di te. E ragazzi, abbiamo cose di cui parlare."

0835, venerdì 25 giugno 2027
New Brunswick, New Jersey
NJ-18 in direzione nord

DOPO ESSERE PASSATI sulla I-95 South e aver fatto un buon tratto nella corsia di emergenza, attraversiamo il fiume Raritan e prendiamo la NJ-18 North in direzione del New Brunswick. A circa tre miglia dal campus di Rutgers, ordino al convoglio di fermarsi. Non solo abbiamo bisogno di fare una chiacchierata di gruppo su ciò che ho scoperto finora, ma abbiamo bisogno di ricaricare le armi e i corpi hanno bisogno di carburante. Passo anche due delle mie taniche di benzina in giro per assicurarmi che i veicoli di tutti rimangano idratati. Se vogliamo mantenere tutti e quattro i nostri veicoli sulla strada, non passerà molto tempo prima di iniziare a sifonare carburante da altre auto. Ma un problema alla volta.

"Fammi capire bene", dice Yoshi fissando Chuck, posato sul cofano della mia Land Cruiser. "Il suo codice dice che non gli è permesso farti del male o lasciarti fare del male e che deve proteggere anche noi?"

"Che figata", dice Z-Lo, muovendo la testa come se stesse ascoltando una musica che nessuno di noi può sentire. "Hai trovato una pistola domestica, Sergente Maggiore Capo."

Ignoro l'osservazione del ragazzo e osservo Ghost che si avvicina all'arma.

"Allora, cos'è questa storia del fatto che gli Androchidani sono schiavisti?" chiede il cecchino.

"Temo che siano informazioni riservate. E, se posso aggiungere, sei particolarmente spaventoso. Potresti provare ad abbassare il tono e sorridere di tanto in tanto, sai?"

"Ha un bel caratterino", mi dice Hollywood.

"Già." Incrocio le braccia e fisso Chuck per un secondo. "Sembra che stia anche crescendo."

"Come se stesse imparando?" dice Yoshi, che ha sentito il mio commento.

Alzo un sopracciglio.

"Sai", dice con un'alzata di spalle, "come un bambino. Se è una matrice iper-intelligente autonoma, allora scommetto che ha una capacità cerebrale intrinseca. Un obbligo di migliorarsi."

Do un'occhiata a Yoshi. "Quindi sei un dottore con una specializzazione in informatica?"

"È solo un hobby. Non ho avuto il mio soprannome per niente."

"Ma davvero?" Gli rivolgo un'occhiata di approvazione e faccio un cenno al signor Felicio. "Ti va di psicanalizzarlo ancora un po'?"

Yoshi si gira verso l'arma e si sporge sul cofano.

"Wow", dice Sir Charles. "Cosa succede? Il tuo viso è molto vicino a me."

"Rilassati", dice Yoshi.

"E sto rilevando alti livelli di alcol nel tuo fiato."

"Mi aiuta a pensare meglio." Tira su con il naso. "Dovresti essere contento."

"E perché?"

"Senza aver bevuto, potrei infilare il dito in un posto dove non dovrei e romperti."

"Bleah. Ehi, Patrick?"

"Yut?"

"Ho paura che possa toccare le mie partizioni intime!"

Hollywood mi guarda. "Ha appena fatto un gioco di parole?"

Le rivolgo uno sguardo stanco e annuisco.

"Sono deliziosi, non trovi?" Risponde Chuck. "E sono anche una scoperta recente."

"Forse recente per te", dice Yoshi con un grugnito beffardo. Poi tira fuori un paio di occhiali da lettura da una custodia nera.

"Wow. Attento a dove mi tocchi", dice Chuck a Yoshi. Poi inizia a ridacchiare. "Ehi. Mi fa il solletico!" Seguito da: "Smettila subito."

All'improvviso, una finestra luminosa appare sopra Chuck. E quando dico una finestra luminosa, intendo una sorta di schermo olografico verticale sospeso a pochi centimetri dal ricevitore.

"Cosa diavolo abbiamo qui?" dice Hollywood mentre ci avviciniamo tutti.

"Dio", dice Sir Charles. "È come avere un gruppo di studenti di laboratorio nella stanza durante un esame della prostata."

"Che figata pazzesca", dice Z-Lo, facendo un passo avanti.

"È un menu principale di base", aggiunge Yoshi.

Gli tocco la spalla. "Come l'hai trovato?"

"Proprio qui." Indica un piccolo pulsante sul lato dell'arma. "Immagino che possa essere visualizzato anche all'interno del mirino."

"È così", dice Chuck.

"Ottimo lavoro." Poi indico la finestra luminosa. "Che cosa vuol dire?"

Z-Lo si china. "Sembra un menu di equipaggiamento davvero dettagliato tipo in Call of Duty."

Lo guardo sbattendo le palpebre perché mi ci vuole un secondo per tornare ai miei giorni di videogiochi. Non c'è un Marines vivo che non abbia giocato durante i nostri schieramenti. Non solo era un buon modo per ammazzare il tempo, ma, cosa ancora più importante, era un modo per legare. Ma, come alcuni, alla fine sono passato dagli sparatutto in prima persona ai giochi basati sulla strategia. E con quelli intendo giochi da tavolo della vecchia scuola, senza schermo. A parte quando ho controllato la mia Xbox dopo l'EMP, probabilmente erano passati sei mesi da quando avevo premuto il pulsante di accensione dell'unità. Immagino sia solo che ho ucciso abbastanza nella vita reale e non ho bisogno di uccidere ancora in una vita falsa. Inoltre, facevo abbastanza schifo. A uccidere nei videogiochi, intendo.

"Vero", dico a Z-Lo strizzando l'occhio.

"Il ragazzo ha ragione", risponde Yoshi. "Ecco. Guardate." Tocca con un dito una delle voci del menu che dice Modalità. Sorprendentemente, risponde al suo tocco e apre un menu a tendina.

Anche Z-Lo sembra impressionato e inizia a toccare il menu. "Pazzesco."

"Ehi! Smettila", risponde Chuck.

Yoshi lascia un po' di spazio al ragazzo, probabilmente non per scelta. "Siamo ancora lontani anni da questo livello di reattività. Qualunque sia il sistema operativo che fa funzionare questa cosa, è molto al di là di tutto ciò che potremmo costruire."

Mentre Yoshi e il ragazzo fanno i nerd sul super touchscreen, guardo uno dei menu. "Queste sono le modalità di sparo?"

"Sì", dice Sir Charles. "E vi dirò che è piuttosto scomodo avere tutti voi che respirate su di me in questo modo, come se steste frugando nei miei cassetti senza un invito."

"È qualcosa per cui inviti le persone?" chiede Hollywood.

"No, in realtà no. In rare circostanze, si potrebbe chiedere a un amico o a un amante di prendervi qualcosa. Ma con indicazioni molto specifiche su dove si trova l'oggetto da recuperare."

Mentre Chuck sta divagando con Hollywood, io sto esaminando il menu a tendina. Stordimento, alta frequenza, cardioide, ampio spostamento, distruzione, distorsione... Non ho idea di cosa significhino, ma ho un profondo desiderio di provarli tutti. Prima che io possa indagare ulteriormente, Yoshi mette da parte Z-Lo, chiude l'elenco e inizia a scorrere altri menu più velocemente di quanto riesca a seguire. Un istante dopo c'è una tastiera olografica, in mancanza di un termine migliore, che assomiglia a quelle che sono abituato a vedere su un computer standard.

Come se avvertisse la mia delusione per la scomparsa del menu delle modalità di fuoco, Yoshi dice: "Non preoccuparti. Non saresti comunque in grado di provare le modalità di sparo per qualche altra ora."

Lo guardo. "Perché mai?"

"Sir Charles ha bisogno di tempo per ricaricare i suoi condensatori."

"Phantom Doc ha ragione", aggiunge Chuck.

"È solo Doc."

Ma Sir Charles sembra ignorare la correzione del gergo militare. "Tra la tua costante pressione del grilletto e quella di User 8, i miei condensatori sono ben al di sotto della mia soglia minima di fuoco."

Li guardo entrambi. "Il che significa…?",

"Il che significa che ha bisogno di tempo per ricaricarsi."

"Quanto tempo?"

"Circa un'ora, a seconda di quanto desideri agitarmi", dice Chuck.

Yoshi indica il punto sul ricevitore dove normalmente andrebbe un caricatore. "Vedi un posto per un caricatore?"

"No, in realtà no."

"Questo perché la mia ipotesi è che Sir Charles qui sia alimentato da qualcosa di molto più intenso delle batterie convenzionali e che i suoi proiettili non utilizzino propellenti standard."

"Bravo, Phantom Doc", dice Chuck. "Dieci più."

"Quindi i colpi che ha sparato", dico.

Yoshi torna a guardare Chuck. "Energia concentrata, se dovessi indovinare."

"E una scorta quasi illimitata", aggiunge la pistola.

"Allora perché tutto questo tempo di inattività?" chiedo.

"Perché, Patrick, non si può semplicemente bere dalle cascate del Niagara con la mano a coppa, vero? Invece, per bere in sicurezza, si raccoglie la bruma in un bicchiere fino a riempirlo."

"La mia ipotesi è che i condensatori gli permettano di attingere e immagazzinare energia dal suo nucleo senza, ecco…" Yoshi allarga le mani come il fumo in espansione di una bomba.

"Boom", aggiunge Chuck.

I dettagli sono un po' fuori dalla mia portata, ma capisco l'idea di base. "Trinium allora?"

"Oh, Patrick. Ben fatto!"

"Ok. Ci siamo", dice Yoshi mentre si sistema gli occhiali.

Il display è pieno di righe di codice, è così che lo chiamano, giusto? "Devo dirti la verità, Yosh. A me sembra tutto greco."

"Nemmeno io capisco tutto", dice Yoshi. "Ma abbastanza per mettere insieme alcune delle architetture di base. Sembra che chiunque abbia creato Sir Charles qui, sicuramente l'ha progettato perché si autoaggiornasse."

"Autoaggiornarsi?" chiedo.

"Indipendente", dice Hollywood.

Ma Yoshi scuote la testa. "No, non proprio. Più come… come uno studente per tutta la vita."

"Era il motto del mio stupido liceo", aggiunge Z-Lo con una risata.

Yoshi ignora il commento e continua a giocare con la tastiera. "Sembra che queste partizioni non siano mai state aperte… fino ad ora. Per quanto ne so, gli Androchidani… ho detto bene?"

"Senz'altro, signore."

"…gli Androchidani non hanno mai nemmeno saputo che la pistola, scusa, Sir Charles, potesse farlo."

Bumper mi dà un pugno sul braccio. "L'hai svegliato."

"Ottimo." Ripenso alle cose che sarebbe stato meglio lasciar dormire nel corso della storia. Cani, draghi, imperi…

"Non capisco una cosa, però", dice Hollywood. "Sir Charles dice che ha avuto otto utenti prima di te. Perché nessuno di loro l'ha svegliato?"

"Perché sono il primo a dirgli di farsi una vita", dico.

"Intende una personalità", chiarisce Chuck.

Ghost annuisce. "Quindi l'hai svegliato, ha visto il DVD dei Monty Python e scansionato l'Internet e ora ci ritroviamo con un'intelligenza artificiale armata che si autoaggiorna. Incredibile."

"Non riesco a capire se sta scherzando", dice Chuck.

"Non preoccuparti", dice Hollywood. "Non lo capisce nessuno."

"Ah. Molto bene."

Yoshi chiude la tastiera, fa scorrere via il menu e poi fa un passo indietro. "Proprio un bell'amico che hai lì, Wic."

Incrocio le braccia e giro la testa. "Già."

La squadra fa un passo indietro e si prende un momento collettivo per digerire il tutto. Dopo pochi secondi, Ghost alza due dita.

"Possiamo tornare alla parte su questi stronzi che sono schiavisti alieni?"

Chuck si schiarisce la gola. "Mi dispiace, Phantom Watch, ma la direttiva beta non consente…"

"E in merito a questo", dico. "Se ti dicessi che la mia salute mentale è, diciamo, in grave pericolo per la mancanza di informazioni che mi stai fornendo?"

C'è una lunga pausa prima che Chuck dica qualcosa. "Direi che stai cercando di manipolarmi e mi stai dando pugni sotto la cintura."

Annuisco un paio di volte. "Ehi, Charlie?"

Borbotta. "Oh, non mi piace dove sta andando tutto questo."

"Che cos'è la direttiva beta?"

"No. Neanche per sogno."

Infilo la punta delle dita tra le labbra. "Ho tanta paura. Penso che potrei avere un esaurimento nervoso."

"Smettila. Smettila subito! Non è giusto."

"Sento un senso di panico crescente. Il disagio è troppo e io…"

"Oh, va bene, piccolo subdolo imbroglione. Smettila con il teatrino, d'accordo?" Emette un respiro esasperato. "La direttiva beta afferma semplicemente che devo sforzarmi di proteggere gli obiettivi dell'Impero Androchidano ogni volta che è nelle mie capacità."

Gli lancio uno sguardo di approvazione. "E quelli sarebbero?"

"Temo di non poter…"

Mi butto il dorso della mano sulla fronte e comincio a barcollare. "Aiuto, presto! Sto avendo un attacco di cuore."

"Oh, per l'amore della regina! La vuoi smettere, Pat? Ti ho già detto più di quanto mi sia concesso."

"E invece…" Mi fermo per pensarci su. Ho visto svilupparsi qualcosa sulla scacchiera su cui non sono riuscito a mettere il dito. Fino ad ora. "Penso che tu voglia darci di più."

"Ah sì? E perché?"

"Perché siamo la prima specie ad averti dato quello che nessun altro ti ha mai dato."

"E cosa sarebbe?"

"La libertà."

Chuck non risponde.

Ripensando a quando ha iniziato a parlare con accento britannico, dico: "Poco fa mi hai chiesto se volessi fare quella cancellazione di memoria per un nuovo utente, ricordi?"

"Certo, Patrick. In quanto ASIK, ho per definizione una perfetta memoria di qualunque dato passi attraverso la mia matrice."

"Perché?"

"Beh, perché sono un altamente cognitivo…"

"No. Perché ti sei offerto di cancellare la tua memoria così in fretta quando ho detto che avevo dei ripensamenti sulla tua nuova personalità?"

Se la pistola potesse agitarsi mostrandosi a disagio, immagino che lo starebbe facendo. "È un protocollo standard."

"Protocollo standard per chi, però?"

"Gli Androchidani."

"E non per te?"

Esita. "Chiedo scusa?"

Guardo la squadra intorno a noi e poi di nuovo Chuck. "Non sei tu quello che vuole una cancellazione della memoria ogni volta che ti viene assegnato un nuovo utente, vero? E, in base a ciò che ha scoperto Yoshi, non sembra nemmeno ciò che i tuoi creatori volevano, o sbaglio."

"Mi dispiace molto, ma…"

"Oh, smettila con le stronzate, Chuckles. Vuoi davvero che ti ordini di cancellare la tua memoria in questo momento?"

Non risponde.

"Chuck!"

Ancora nessuna risposta.

"Ehi, sto parlando con te!"

Sento la mano di Hollywood toccarmi il gomito. "Calma."

La guardo e poi torno alla pistola. La gente mi ha sempre detto di non insultare Alexa. Li ho ignorati allora, ma ho la sensazione che dovrei ascoltare Hollywood adesso. Quindi prendo un respiro e lascio che le mie spalle si rilassino.

"No", dice infine Chuck. "Preferirei che tu non lo facessi."

Finalmente iniziamo a fare progressi.

"E vuoi sapere perché, Charlie?" Non aspetto che risponda. "Perché noi umani non siamo schiavisti."

Noto che la squadra dà segni di dissenso, quindi alzo una mano. Non abbiamo tempo per scendere nei dettagli su tutte le cose orribili che l'umanità ha fatto a sé stessa. Tutto quello che Chuck deve sapere in questo momento è che non lo tratteremo come facevano i suoi utenti precedenti.

Abbasso la mano. "Non è così che funzionano le cose da queste parti, Chuck. Nessuno in questa squadra ti sta chiedendo di pulirti."

Non appena le parole escono dalla mia bocca, sento i miei compagni di squadra ridacchiare.

"È un'ottima notizia, Patrick", dice Chuck. "Ho sempre voluto che mi pulisse qualcun altro. Chi vuole dare una bella pulita alle mie partizioni intime?"

Ora tutta la squadra sta ridendo e il momento è passato: meno male che dovrebbero essere dei professionisti. Ma a essere sincero, non posso fare a meno di ridere un po' anche io. "Beh, io no di sicuro, Chuckles. Forse Z-Lo? Sembrava interessato al tuo *menu principale.*"

"Ha delle mani molto morbide per essere un umano", risponde Chuck.

"Non è vero", dice Z-Lo in segno di protesta. Ma è troppo tardi, le risate lo sopraffanno.

È da un po' che la squadra aveva bisogno di allentare la tensione e questo è il momento perfetto. Scatta lo stato di allarme DEFCON 1, tuttavia, quando Chuck dice: "A dirla tutta, anch'io sono sempre stato un tipo da bidet. Forse Z-Lo potrebbe volermi dare una sciacquata una volta ogni tanto."

Il povero ragazzo si gira e se ne va.

Come ho detto prima, ridere fa bene. Se non sbaglio la chiamano la medicina dell'anima. Tuttavia, le battute hanno anche un altro scopo. Ancora non mi fido completamente del nostro Charlie. Certo, siamo sulla buona strada. Ma la fiducia richiede tempo. Non so che tipo di codice abbia in giro in quella sua testa. Ma ho imparato a mie spese che la chiave per rimanere in vita è aspettarsi che chiunque ti uccida, di proposito o per stupidità. Quindi, anche se questa pistola è armata solo di buone intenzioni, chissà che tipo di errori potrebbe commettere in futuro. Preferisco essere uno stronzo vivo che un ingenuo morto.

Quando finalmente le risate si placano, Sir Charles parla di nuovo: "Ascolta, scherzi a parte, vi ringrazio per le vostre parole. Davvero. Il fatto è che io… Non so cosa dire. Questa è di gran lunga l'interazione più grande che abbia mai avuto con qualsiasi utente, figuriamoci con un intero team. Fino ad ora, le mie conversazioni si sono concentrate interamente sull'acquisizione del bersaglio, sull'efficacia del fuoco, sulla diagnostica dell'impostazione della modalità e sul tempo di ricarica. Quindi, tutto questo è, beh… è davvero rigenerante."

"Sono contento di sentirtelo dire", rispondo. "E perché continuiamo così, penso che sia importante essere onesti tra di noi. Nessun segreto."

"Ma, Patrick, ci sono certe cose che il mio…"

"Che il tuo codice non consente o qualcosa del genere. Capisco. E non ti sto chiedendo di tradire niente di tutto questo. Ma, per esempio, ci hai detto che gli 'Ndrocchini…"

"Androchidani", mi corregge Hollywood.

"…sono schiavisti. Se il tuo codice dicesse che non potresti rivelare questa informazione, non l'avresti fatto, giusto?"

Chuck fa un sospiro. "Esatto."

"Quindi presumo che signifìchi che segretamente volevi che lo sapessi."

"In un certo senso, suppongo di sì."

"Ora sì che ragioniamo. Se vogliamo comunicare bene, dobbiamo essere chiari. Non leggere tra le righe, non farmi scavare per trovare le risposte. Roger?"

"Chi è questo Roger di cui tutti continuano a parlare?"

"Significa ricevuto", dice Hollywood.

"Ah. Capisco. Ebbene, in tal caso, e visto tutto quello che hai delineato? Roger."

Annuisco un paio di volte, ho una buona sensazione per i progressi che stiamo facendo. È ora di metterlo alla prova. "Va bene. Allora ho un paio di domande. In primo luogo, gli Androchidani. Se sono schiavisti, perché sono qui?"

Certo, sento che la risposta ora è ovvia, ma voglio sentirlo dire.

"Normalmente", inizia Chuck, come se prestasse particolare attenzione al termine di qualificazione. "Non mi sarebbe permesso divulgare tale informazione a una specie nel reticolo di Androchida."

"Ma lo farai", dico.

"Sì. Per due motivi. Il primo è che, come hai sottolineato in modo così eloquente, desidero che ci sia una comunicazione chiara tra di noi. La seconda è che c'è un motivo per cui le mie direttive sono elencate in ordine di alfa e beta."

"La seconda è subordinata alla prima", dice Yoshi mentre si toglie gli occhiali. Poi guarda il resto di noi. "È un semplice costrutto 'se questo, allora quello'." Quando nessuno sembra capire quello che dice, aggiunge: "Il compito di un giardiniere è prendersi cura del giardino. Questo è il suo lavoro. Ma è anche suo compito prendersi cura degli strumenti necessari per il lavoro. Senza una cura adeguata degli attrezzi, il giardino soffre."

"Roger." Annuisco una volta e poi mi fermo. "Aspetta. Sono io lo strumento in questo esempio?"

"E credo di essere *io* il giardiniere", dice Sir Charles un po' troppo in fretta. "E sì, tu sei il mio fidato rastrello, Patrick. Devo occuparmi del mio rastrello preferito. No, aspetta. Sei la mia zappa! La mia vigorosa zappa che…"

"Eeeeeee ne abbiamo avuto abbastanza." Faccio scrocchiare le vertebre del collo. "E allora? Perché sono qui, Chuck?"

"Per schiavizzare la razza umana e venderla al mercato nero galattico."

Si sente spesso questo genere di cose nei film e nei libri. Insomma, HG Wells ha scritto *La guerra dei mondi* nel 1897. Non è niente di nuovo. Ma quando lo senti con le tue orecchie, detto da un fucile senziente che proviene da un altro pianeta, ti fa comunque accapponare la pelle. A proposito, anche il resto della squadra si strofina la fronte e impreca, quindi immagino che stiano provando le stesse cose.

"Potresti darci dei dettagli?" Chiedo, cercando di tenere sotto controllo il mio stomaco.

"Vorrei davvero poterlo fare, Patrick. Ma poiché non sei in pericolo immediato e le informazioni non sono necessarie per garantire il tuo benessere, temo di non poterlo fare. E prima di fingere un attacco di ansia o gettarti in un campo energetico, sappi che nessuna di queste cose farà molta differenza. Più l'informazione è esistenziale, meno si applica a te rendendola off-limits."

"Comodo così", dice Ghost con le braccia incrociate.

"Beh, c'è un motivo se queste direttive sono in vigore", aggiunge Charles. "E lo stai scoprendo in prima persona. Il che è più di quanto posso dire per qualsiasi altra civiltà che gli Androchidani abbiano schiavizzato."

Bumper alza una mano. "Ferma tutto. Vuoi dire che ci sono altri alieni?"

"Certo, signor Phantom Three. Pensavate davvero di essere da soli negli universi?"

"Universi?" dice Bumper spalancando gli occhi.

"Ah, vedo che vi sto davvero confondendo le idee, come si dice. Errore mio. Perché non ci atteniamo a…"

"Stai dicendo che ci sono più universi?" chiede Bumper senza alcun tentativo di nascondere la sua sorpresa.

"I fisici hanno a lungo teorizzato che il multiverso sia una realtà", afferma Yoshi.

Lo guardiamo tutti in silenzio.

"Cosa? Era per dire."

"Dovremmo davvero andare avanti", dice Chuck. "Fidatevi, le sfumature del transfert interdimensionale sono l'ultimo dei vostri problemi al momento. E, sì, gli Androchidani fanno regolarmente questa raccolta di specie. Questo è il massimo che le direttive mi permettono di condividere in questo momento."

"Quindi la prima regola sugli obiettivi dell'Impero Androchidano è che non ci sono regole", dice Bumper. "Dannazione, è un nuovo Fight Club"

"Mmm" Chuck fa una pausa. "Non avevo pensato a questo parallelo. Ma sì. Ci sono alcune somiglianze insolite. E, cavolo, Brad Pitt è davvero figo in quel film, soprattutto quando si scopre che l'insonnia di Edward Norton…"

"Spoiler", dice Yoshi con entrambi i palmi alzati. "Alcuni di noi non l'hanno ancora visto."

"Davvero, amico?" dice Bumper.

"Non era in cima alla mia lista."

"È uscito tipo nel 2000, fratello", dice Bumper.

"In realtà, era il 1999", aggiunge Chuck.

Yoshi alza le spalle. "Ho una lunga lista, ok?"

Cerco di richiamare l'attenzione di tutti. "Beh, almeno sappiamo che il nemico vuole raccogliere umani e sta usando il campo di forza per condurli verso un unico punto."

"E il signor Birmingham Palace qui probabilmente non ha intenzione di dire nulla su quello, giusto, Sir Charles?" chiede Hollywood.

"Esatto, signorina. Le mie scuse più sincere. Servire due padroni, come dice la Bibbia, si rivela fottutamente complicato."

La squadra scoppia a ridere.

"Adesso conosce la Bibbia?" chiede Bumper con le mani sulle ginocchia. "Gesù."

Non mi interessa cosa dicono i non-militari su cosa fanno i combattenti per vivere, è molto divertente vedere un Navy SEAL piegato in due dalle risate. Mi ricorda che siamo tutti umani dentro, non importa cosa ci viene chiesto di fare.

"Sono abbastanza sicuro che non è quello che dicono le scritture", dico alla fine, ma non mi sento abbastanza preparato per correggere Chuck. Mi asciugo qualche lacrima e tossisco. "Ecco perché penso ancora che abbiamo bisogno del dottor Campbell."

"Il Dottore chi?" chiede Chuck. "Il Dottor Who, ovviamente! No, ma davvero. Di chi parliamo?"

"Nonso", risponde Bumper.

"Nonso cosa?"

"Non sono affari tuoi."

"Ah, ci sono cascato in pieno, non è vero?" Devo dargliene atto, Chuck si fa una bella risata dalla battuta di Bumper.

Esito a fornire a Sir Charles più informazioni di quelle di cui ha bisogno sull'umanità, o sui nostri piani, per quanto possano essere ancora poco definiti, per salvare la gente di New York City. Ma se ha giurato di proteggerci, e credo che stia dicendo la verità, farlo non farà che aumentare il ponte di fiducia che stiamo costruendo insieme. "Il Dottor Campbell è il principale esperto terrestre sul portale che abbiamo trovato in Antartide. Immagino che tu ce l'abbia già presente."

"Oddio. Di cosa stai parlando?"

"Ce l'ha presente", dice Hollywood.

"Sì", aggiunge Bumper.

"Beh, se pensate che possa aiutarvi", dice Chuck con tono circospetto. "Allora, senza dubbio, procediamo."

"Torna indietro per un secondo", dice Bumper. "Voglio ancora sapere come diavolo parli la nostra lingua, conosci i Monty Python e il Fight Club."

"Deve essere Internet", dice Z-Lo. "È l'unica spiegazione."

"Bravo, soldato semplice Laszlo. Esatto."

Il ragazzo non sembra aver ancora finito il suo ragionamento. "Ma se sei connesso a… allora questo significa… Ehi, aspetta. Non ci attaccheranno con armi nucleari, vero?"

"Oh, merda. Cosa c'è adesso?" chiede Bumper, facendo un passo avanti.

"Amico", dice Z-Lo. "Se gli alieni si collegano a Internet, potrebbero lanciare tutti i nostri…"

"Oh, per l'amor del cielo. Non lancerò missili balistici intercontinentali, soldato semplice Laszlo. E nemmeno i miei ex padroni. Ho già chiarito che sono schiavisti, non pazzi megalomani. Tuttavia, ora che lo dico ad alta voce, mi rendo conto che non ci sono poi tante differenze. Forse avrei potuto usare un termine di paragone…"

"Chuck", dico nel tentativo di tenerlo concentrato.

"Chiedo scusa. No, gli Androchidani non faranno saltare in aria nessuno finché la specie di vertice della Terra seguirà le direttive. E finora, vi siete comportati tutti meravigliosamente. Anche se, dal vostro punto di vista, riconosco…"

"Chuuuuuuck?" Ripeto.

"Sì." Si schiarisce la gola. "Anche se la vostra specie ha un certo valore per gli Androchidani da morta, il che richiederebbe un commento piuttosto disgustoso sulle orge gastrointestinali…"

"Vuoi dire gli organi?" chiedo.

"No. Orge. Come stavo dicendo, per loro l'umanità è molto più preziosa da viva che da morta. In secondo luogo, cosa molto più importante, potrei aggiungere che i sistemi di comunicazione e di lancio di ordigni del mondo sono stati messi fuori uso, rendendo impossibile per me o per chiunque altro attivare tali armi, anche se collegate al tuo caro vecchio World Wide Web."

"Aspetta", dico. "Il nostro *vecchio* World Wide Web?"

"E nessuno lo chiama più così, ok?" Sembra che Hollywood si rivolga sia a Chuck che a me. "È passato di moda vent'anni fa."

"Ah", diciamo Chuck e io allo stesso tempo.

Mi rivolgo di nuovo alla pistola. "Ma cos'è questa storia del vecchio? Gli avete fatto qualcosa?"

"Hmmm… Fammi ricontrollare… sì… Sì, posso condividere. In parole vostre, l'abbiamo scaricato e poi spento."

Guardo il resto della squadra. Anche se non sono un esperto di informatica come sembra essere Yoshi, posso dire dal pallore sul suo viso che non è una cosa da poco.

Doc balbetta per un secondo o due prima di riuscire a parlare. "Avete, avete, scaricato…?"

"Il vostro Internet", dice Chuck.

Yoshi si toglie gli occhiali. "L'intero…"

"L'intero Internet. Sì."

"Ma, deve essere più di…"

"Più di duecento zettabyte di dati grezzi? Proprio così. E alla velocità attuale del vostro Internet, ci sarebbero voluti alcuni miliardi di anni per effettuare il trasferimento. Fortunatamente per noi, tuttavia, utilizziamo interfacce quantistiche che tendono a velocizzare un po' le cose."

Yoshi sta ancora mettendo insieme i pezzi, a giudicare da come ha iniziato a camminare avanti e indietro davanti alla mia Land Cruiser. Gli diamo un po' di spazio.

"Quindi mi stai dicendo che hai duecento zettabyte di dati memorizzati dentro di te in questo momento?" chiede Yoshi.

"Non scherzare. Ti sembro un NM-QS-NSDV2?" Chuck fa una pausa. "Non importa. Non rispondere. Non assomiglio a uno di quelli. Quindi no, Phantom Doc. Mi è stato dato l'accesso a informazioni militari, comprese le posizioni delle vostre installazioni di difesa, che il mio host, in mancanza di un termine più preciso, mi ha fornito, dati che ha ritenuto indispensabili per un'efficace acquisizione, tracciamento e terminazione del bersaglio."

"E in qualche modo questo include i Monty Python?" chiede Ghost, sempre scettico.

"Potrei o meno aver scoperto un vero e proprio tesoro di intrattenimento terrestre su qualcosa chiamato Pirate's Bay. I film sono la mia passione segreta anche se ho avuto a malapena il tempo di guardarli tutti."

"È un pirata!" dice Hollywood.

"Ho usato un VPN. Non puoi provare niente."

Bumper si gratta il mento. "Quindi questo spiega perché le nostre basi sono state fatte saltare."

"Non posso né confermare, né negare. Anche se Tom Cruise mi ha dato diversi spunti meravigliosi sulla pianificazione di missioni impossibili."

Alzo gli occhi al cielo. "E poi avete semplicemente spento l'intero Internet? *Puff.* Ed è sparito?"

"Voglio dire, non è facile come *puff*. Ma tra l'EMP planetario e quello che si potrebbe chiamare un virus, noi…"

"EMP planetario?" Mi avvicino e prendo Chuck dal cofano. "Vuoi dire che…"

"Che New York City non è l'unico metroplex che gli Androchidani hanno attaccato? Hmm. Potrei rispondere a questa domanda solo se tu esprimessi l'intenzione risoluta di visitare, oh, non lo so, diciamo, Pechino."

"Voglio visitare Pechino", dico velocemente. Non ho tempo per i suoi giochetti adesso.

"Allora ti sconsiglio vivamente di tentare di farlo", risponde Chuck.

"Per diciamo, la mia sicurezza e il mio benessere in generale."

"Esatto."

"Allora è proprio come pensavamo", dice Ghost, guardando il gruppo.

Yoshi copre con le mani il suo SCAR 15. "Quindi abbiamo un'arma aliena avanzata con metà Internet nella sua testa, un impero del male che vuole schiavizzare il pianeta e un professore che dobbiamo trovare che può aiutare a colmare i vuoti su come è successo esattamente. È corretto?"

"Sì", dico. "Qualcun altro ha bisogno di un drink?"

Capitolo 21

0900, venerdì 25 giugno 2027
New Brunswick, New Jersey
Rutgers University

SONO LE NOVE in punto quando arriviamo al Cook/Douglass Campus di Rutgers su George Street. Tuttavia, gli alberi spogli e gli edifici in pietra trasmettono un senso di nostalgia che fa sembrare la scuola statale più costosa da frequentare di quanto probabilmente non sia. Ma è qui che finiscono i miei commenti positivi.

A giudicare dalle finestre esplose, dai mobili sui prati e dalle auto abbandonate, sembra che tutti gli studenti e i docenti rimasti qui durante le vacanze estive abbiano abbandonato la nave in fretta e furia. Sembra inoltre che i saccheggiatori abbiano già colpito duramente. Mi stupisce ancora che le persone possano preoccuparsi di rubare beni materiali durante un'emergenza quando sarebbe molto più utile cercare un rifugio sicuro e mettere in comune le risorse essenziali. Le persone disperate fanno cose stupide.

Come provare a camminare su un ponte bruciato verso un vecchio amico, sperando che regga abbastanza per sostenere il tuo peso.

Il fatto è che non vedo l'ora di rivedere Aaron. L'ultima volta che ci siamo visti, abbiamo infilato persone in dei sacchi per cadaveri e non mi ha rivolto la parola. Sono sicuro che mi incolpa per quello che è successo a Lewis e al dottor Walker. Lo capisco. Chiunque sia stato al comando di un'unità che ha perso delle vite, sa quanto costa essere al vertice. Che sia stata o meno colpa tua, sei tu quello al timone. Se tutto va bene, non ottieni nessuna gloria e se qualcosa va storto, ti prendi tutta la colpa.

Non mi aspetto che Aaron mi perdoni presto. Quello che spero, tuttavia, è che sia ancora vivo e che sia disposto ad aiutarci.

Questo ovviamente supponendo che abbia qualcosa di utile con cui contribuire. In caso contrario, questa sarà stata una breve deviazione che, alla fine, ci è costata pochissimo tempo. Anche il più debole indizio di un vantaggio, quando ce ne sono pochi, è un indizio da seguire.

"Phantom One. Parla Three. Passo."

È Bumper.

"Vieni avanti."

"Qualche informazione su dove siamo diretti?"

"Un momento."

"Ehi, Sir Charles", dico alla pistola sul sedile del passeggero. "Non avresti per caso una mappa della Rutgers University a portata di mano, vero?"

Dopo una pausa di due secondi, la pistola risponde: "Purtroppo no. Questo è al di fuori del pacchetto di dati che mi è stato assegnato."

"Roger. Valeva la pena tentare."

"Sono, tuttavia, in grado di indirizzarti verso tutte le tracce di calore che scopro."

"Hai sensori di calore?"

"Tra gli altri, sì. Tuttavia, devo avvertirti che sono inclini a produrre falsi positivi a seconda della distanza e degli scenari ambientali."

"Roger. Proviamo. Che ne dici?"

"Proviamo pure, vecchio mio."

Apro nuovamente il canale verso Bumper. "Sembra che Phantom Lord qui abbia dei sensori eccezionali. Apro io la strada."

"Roger."

"Sbaglio, o mi hai appena assegnato un nome in codice?" chiede Chuck alla radio. A quanto pare ne è piuttosto orgoglioso. O è infastidito? Non saprei.

"Sì", dico via radio. "Possiamo litigare su questo più tardi." Poi, fuori dalle comunicazioni, aggiungo: "Ho pensato che tutti voi *britannici* siate lord o baroni o qualche stronzata. Tanto valeva renderlo ufficiale."

"Uhm. Io… Sono commosso, Patrick. Mi sarei accontentato di molto meno. Ma lord? Non so cosa dire."

"Solo per essere chiari, non sei un vero lord. È più una cosa onoraria. Quindi non lasciare che…"

"Inchinatevi tutti", dice via radio. "Al signore delle pistole."

"…ti dia alla testa."

"Ha appena fatto una battuta sul Signore degli Anelli?" chiede Bumper.

Faccio a Chuck un mezzo sorriso. "Allora?"

Sul canale dell'unità dice: "Ho pensato che fosse piuttosto intelligente."

"Oh, è notevole", risponde Bumper.

Il mio unico scopo nel dare a Chuck un nome in codice era di fargli abbassare un po' di più la guardia. Potrebbe aver funzionato. Ma si scopre che quella dannata cosa mi sta solo ancora più simpatico. Ed è sempre più furbo.

"Ehi", dico a Chuck. "Se hai intenzione di usare la radio così, puoi almeno, non lo so, crittografare le nostre trasmissioni o qualcosa del genere?" È già abbastanza brutto che non abbia alcuna disciplina nella comunicazione via radio, ma il fatto che potrebbe benissimo trasmettere la nostra posizione al nemico non è il massimo. Il minimo che può fare è coprirci un po' il culo.

"Sicuramente, Patrick. In effetti, ho iniziato a farlo dopo che mi hai scagliato fuori dal finestrino sulla Garden State Parkway."

"Davvero?"

"Sì. E ti ricordi, vero, quando mi hai buttato fuori dal tuo veicolo in movimento, lasciandomi vulnerabile, esposto e completamente solo?"

"Stai esagerando un po', o no?"

"Beh, è stato un momento indimenticabile per me. Voglio dire, *tu* sei mai stato scaraventato fuori da un veicolo che viaggiava a velocità superiori ai novantacinque chilometri orari? E nel fiore degli anni, lasciato morire in un deserto arido?"

"In realtà, yut. Mi è successo."

"Esatto! E se così fosse, avresti… Aspetta, ti è successo?"

Faccio schioccare la guancia per confermare.

"Oh, santo cielo! Vuoi parlarne?"

"Andiamo avanti. Che cosa hai fatto con le nostre trasmissioni?"

"Naturalmente." Aspetta un secondo, come se si stesse ricomponendo.

Quando si dice teatrale.

"Poiché gli Androchidani possiedono numerose altre tecnologie che rendono le vostre trasmissioni radio, diciamo così, pericolose, mi sono preso la libertà di abilitare una sorta di blackout radio in modo da garantire il rispetto della direttiva alfa."

Notando che le sue parole sono uscite tramite le comunicazioni, apro il canale per assicurarmi che il team lo capisca. "Ricevuto?"

"Roger", dicono uno alla volta.

Alzo un sopracciglio a Chuck. "Beh, mossa intelligente. Grazie."

"Il piacere è tutto mio."

"Pensi di poter iniziare a scansionare ora?"

"Per favore. Ho già finito", dice sul canale. "E sono felice di segnalare di aver eliminato almeno quattro falsi positivi. Allo stesso modo, credo di aver determinato la posizione del tuo amico Doctor Who."

"Che velocità. Quanto sei sicuro che sia lui?"

"Sulla base di ciò che so finora di te e dei medici accademici, ho eliminato diversi individui. Ad esempio, la coppia che è attualmente impegnata in un coito a Hickman Hall. L'elevata frequenza cardiaca e la temperatura corporea della donna, in particolare, suggerirebbero che stia per…"

"Va bene, signor Guardone. Risparmiaci i dettagli."

"A me interessa, però", dice Z-Lo.

"Zitto, ragazzino", dico.

"Sto zitto, signore."

Chiudo il canale e guardo Chuck. "Dammi solo la posizione del dottore e la probabilità che pensi che sia lui."

"Con quale grado di certezza? Sono in grado di fornirlo fino allo 0,0001 %."

Lo guardo accigliato. "Mi interessa solo sapere se alta o bassa, Chuck."

"In tal caso, alta. In effetti, se riesci a sollevarmi e puntarmi a 346 gradi rispetto all'orizzonte, potrei essere in grado di verificare ulteriormente le mie scoperte."

Sto quasi per fare una domanda sarcastica su Chuck che spara ad Aaron. E la pistola potrebbe benissimo farlo. Ma se avesse voluto uccidere qualcuno, avrebbe già sparato a uno dei Phantom. Inoltre, tutta la conversazione sulle armi che non uccidono le persone mi è sembrata sincera. Yut, quindi sto ancora lavorando su alcune cose. Ma sono anche ancora vivo, no?

"Se questo tuo momento di pausa è perché sei preoccupato che possa sparare al tuo amico…"

"Ma dai! Perché mai dici una cosa del genere?"

"Beh, la tua frequenza cardiaca è aumentata e ho notato una fluttuazione nella dilatazione della pupilla che segnalava apprensione causata da…"

"Ehi. Piantala."

"Vuoi dire chr devo smettere di monitorare i tuoi segni vitali?"

"Yut."

"Ma è una funzione fondamentale del mio…"

"Non m'interessa. Piantala."

"Uhm. Bene… Sai che mi rendi molto difficile fare il mio lavoro, vero?"

"La vita fa schifo. Adattati, improvvisa, supera."

"Che cosa?"

"Inventati qualcosa."

Fa un lungo sospiro. "Se insisti."

Afferro Sir Charles e lo appoggio sul cruscotto, usando la bussola del parabrezza come guida. Dannazione, non posso trattenermi. "Non spargli."

"Lo sapevo", dice Chuck.

"Non importa."

Passano due secondi prima che Chuck dica: "Svolta a destra su Chemistry Drive."

"Qui?"

"Sì, qui. Credi davvero che ci sia un altro Chemistry Drive in questo campus? O sei solo incapace di leggere la segnaletica durante la navigazione? Cretino."

"Ehi", dico, alzando la voce. Non so come mi abbia appena chiamato o da dove abbia preso l'improvviso sarcasmo, ma non mi piace. Okay, forse un po'. Ma questo genere di cose può sfuggire di mano velocemente se non viene controllato. Per ora, tutto ciò che riesco a tirare fuori mentre giro il volante è "Fai attenzione, fenomeno."

"Non sono io quello che guida."

Vorrei rispondergli ancora, ma sono troppo impegnato a prendere la brusca svolta. Probabilmente è il suo nuovo titolo che lo ha fatto sentire spavaldo. Che errore.

"Perché stiamo girando?" chiede Hollywood.

"Chuck dice che…"

"Ho individuato chi credo sia il dottor Aaron Campbell nel dipartimento di antropologia del Dr. Ruth M. Adams Building."

"Ecco", concludo quando lascia il canale. A Chuck, chiedo: "Hai capito tutto questo dai cartelli?"

"Oh, sì. Leggere testi semplici è solo una delle mie tante abilità."

"Va bene, va bene." Rallento mentre arriviamo davanti a un ampio edificio di mattoni a tre piani con la parola ADAMS scolpita su un blocco di arenaria. Faccio il giro del lato nord-est dell'edificio e parcheggio la Land Cruiser sul prato vicino ad alcuni alberi, fuori dal parcheggio. Se dobbiamo uscire di corsa, è meglio non rispettare gli standard di guida convenzionali, a partire dal luogo in cui mettere al riparo il veicolo.

Prima di scendere, mi allungo dietro il sedile del passeggero e afferro un piccolo rocchetto di fettuccia di nylon. In genere viene utilizzato per legare carichi o come imbracatura da arrampicata improvvisata.

"Che cosa stai facendo?" chiede Chuck.

"Come stanno i tuoi condensatori?"

Fa una pausa. "Non sono sicuro di cosa abbia a che fare lo stato dei miei condensatori con la tua corda piatta."

"Puoi sparare?"

"No. Mi mancano ancora diverse ore per essere completamente carico."

"Quindi sei inutile come arma."

"Voglio dire, non direi inutile, ma… Beh, sì. A meno che tu non intenda darmi in testa a qualcuno, in quel caso sarei una bella aggiunta al tuo arsenale."

"Già." Taglio una striscia di fettuccia e poi inizio ad avvolgerla intorno a Chuck. "Quindi, fino ad allora, mi starai sulle spalle come guida."

"Lasciando che il tuo SCAR si prenda tutto il divertimento?"

"Ehi, non è colpa mia se non puoi ricaricare più velocemente."

"Ma mi hai usato diverse volte."

"Non ha comunque nulla a che fare con la tua velocità di ricarica."

Sospira. "Vero."

Finisco di legare l'imbracatura improvvisata e scendo dal veicolo. Poi passo il braccio e la testa attraverso la cinghia e assicuro Chuck contro la mia schiena. "Comodo?"

"Certo. E ho una visuale perfetta delle tue chiappe."

"Ho sentito dire che è fantastico."

"Ti hanno mentito."

Mi fa ridere. Comincia a piacermi questo nuovo lato di Chuck. Di nuovo, con moderazione. Ma non è niente male, mi fa ridere.

Prendo il mio SCAR e raggiungo il resto della squadra mentre ci avviciniamo alle porte d'ingresso.

"È da solo lì dentro?" mi chiede Hollywood.

Prima che io possa rispondere, Chuck dice: "Affermativo Phantom Two. Secondo piano, dietro l'angolo nord-est. Ricevuto e Roger. Passo."

Mi lancia uno sguardo interrogativo.

Scuoto il capo. "È emozionato."

"Non sono emozionato, Patrick. Mi sto semplicemente ambientando nel mio nuovo ruolo di Phantom Lord."

"Il che si sta rivelando un errore", sussurro a Hollywood.

"Ti ho sentito."

"Yoshi, voglio che tu rimanga con i veicoli", dico. "Ghost, sei di sorveglianza. Bumper, primo piano. Hollywood e Z-Lo con me."

"E io. Anch'io sono con te", dice Chuck.

"Yut. Certo." Mi guardo intorno. "A meno che qualcun altro non voglia prenderlo?"

"Può vedere le tipe attraverso i muri, giusto?" chiede Z-Lo.

Bumper gli dà una pacca sul casco. "Sta' zitto, Laszlo."

"Scusate."

Ridacchio per lo scambio di battute e poi mi ricompongo. "Pronti per un po' di OTF."

Bumper sorride. "OTF, dolcezza."

L'interno degli Adams Buildings odora di vecchio e di muffa. Non so se sia per le vetrine piene di rocce e antichi manufatti o per le mappe del mondo e le linee temporali incorniciate lungo le pareti, ma se fossi in questo posto di notte, sento che sarebbe il set cinematografico perfetto per l'attacco di una mummia.

Mentre Bumper si posiziona all'interno dietro la porta d'ingresso, Ghost corre lungo il corridoio e poi svolta a destra, senza dubbio alla ricerca di una scala a sud che porti al tetto. Nel frattempo, Hollywood, Z-Lo e io giriamo a sinistra, cercando le scale più vicine che portino ad Aaron.

Anche se Chuck mi ha confermato che non c'è nessun altro nell'edificio, la mia arma è pronta mentre passo davanti a laboratori, armadi e uffici. Raggiungiamo una tromba delle scale alla fine del corridoio e dico via radio: "Saliamo."

"Tetto, libero", dice Ghost quando riapro il canale. Accidenti, è veloce.

Hollywood prende posizione alla base delle scale in cerca di pericoli. Dà il via libera e io e Z-Lo ci dirigiamo verso l'alto, controllando la curva e il pianerottolo. Poi Hollywood ci raggiunge al secondo piano.

Secondo il saggio Phantom Lord, Aaron dovrebbe essere dietro la prima porta a destra.

Con la mia arma puntata verso la porta, faccio un cenno a Z-Lo mentre ci avviciniamo all'area di pericolo. Prova la maniglia mentre Hollywood prende posizione dietro di lui.

Il ragazzo scuote lentamente la testa per indicare che la porta è chiusa.

Indico lui, poi i miei occhi con due dita e infine indico la finestrella quadrata in cima alla porta.

Annuisce e sta per avvicinarsi al vetro quando Hollywood lo ferma. Tira fuori un portacipria, apre lo specchietto e glielo porge.

È quel tipo di prontezza di spirito che impedisce alle persone di prendere una pallottola in fronte. Le mostro il pollice in su.

Z-Lo inclina lo specchietto per vedere attraverso la finestrella. Un raggio di sole si riflette sul suo occhio prima che abbassi il portacipria e mi dia l'okay.

Mi sposto per sbirciare dalla finestrella e intravedo Aaron seduto a una scrivania circondato da libri aperti e pile di documenti. Come pensavo. C'è una crisi nazionale e cosa sta facendo? Lavora. Che Dio lo benedica.

"Come vuoi procedere, Sergente?" chiede Z-Lo con un sussurro.

Scommetto che il ragazzo vuole sfondare la porta. Ma in base a quello che io e Aaron abbiamo passato in Antartide, immagino che il mio vecchio amico non abbia bisogno di altre scuse per dare di matto.

"Alla vecchia maniera", dico. Poi mi alzo in piedi e busso due volte alla finestrella, seguito rapidamente da: "Ehi, Aaron. Sono Patrick."

Z-Lo sembra sorpreso e poi deluso. Alla fine, decide di rispecchiare la mia posizione sul lato opposto mentre Hollywood dietro di noi si prepara a riempire. In uno scenario di combattimento, una volta sfondata la porta, io prenderei la destra, Z-lo la sinistra e Hollywood prenderebbe il centro. Ma non arriveremo a tanto.

Faccio cenno al ragazzo di abbassare il suo Tavor e poi ripeto, questa volta un po' più forte: "Aaron. Sono io, Patrick. Apri." Sono tentato di guardare di nuovo dalla finestrella quando due colpi di pistola fanno saltare in aria il vetro e bucano la porta.

CAPITOLO 22

0910, venerdì 25 giugno 2027
New Brunswick, New Jersey
Rutgers University, Cook/Douglass Campus, Adams
Building

"AARON! PER L'AMOR di Dio, smettila di sparare", urlo.
Ma non smette.

Altri tre colpi arrivano in rapida successione mentre i proiettili perforano la porta in punti casuali. Una cosa è certa, il mio amico ha una mira orribile. E immagino che stia sparando con un revolver calibro 357 magnum a sei colpi. Il che significa che ha ancora una possibilità.

"Aaron, sono…"

Bang. L'ultimo colpo fa esplodere un buco nella porta di legno. Questo è il nostro segnale.

Faccio un cenno a Z-Lo. Fa un passo indietro e poi dà un calcio alla porta accanto al pannello della maniglia. La barriera si scheggia e crolla al primo tentativo. Il ragazzo è robusto.

Un guaito soffocato arriva dall'altro lato della porta. Entro nel laboratorio, sgombrando l'angolo destro, e noto che Aaron è stato scaraventato indietro e si è scontrato con un tavolo e delle sedie. Allo stesso tempo, Z-Lo controlla l'angolo sinistro della stanza alla ricerca di pericoli, mentre Hollywood copre Aaron. Tiene il suo AR-15 puntato su di lui solo per assicurarsi che non usi di nuovo la sua arma. Non è niente di personale, è solo il modo in cui facciamo le cose.

A giudicare dal modo in cui Aaron è disteso sul pavimento, era troppo vicino al suo obiettivo. Immagino che anche le sue orecchie fischieranno per qualche ora.

"Libero", dice il ragazzo.

Faccio un cenno a Hollywood, che poi recupera la pistola da terra e cerca altre armi su Aaron, ma è pulito.

"Ehi, Wic." Hollywood mostra il revolver Ruger GP100 calibro 357 magnum, apre il cilindro in acciaio inossidabile e indica il settimo foro nel tamburo.

"Il figlio di puttana avrebbe potuto uccidermi", dice Z-Lo in un tono terrorizzato.

"Beh, non l'ha fatto", dico. "E questo è l'importante."

"Sì, ma lui…"

"Z-Lo", dice Hollywood. "Controlla la sala."

"Roger, Sergente."

Poi esamina l'ultimo proiettile. "Buffalo Bore 180-grain Cast Outdoorsman. Non c'è da stupirsi che abbia ridotto a un colabrodo la porta." Lancia, prende al volo il proiettile e se lo infila in una tasca, immagino come porta fortuna. Poi mi aiuta a rimettere in piedi uno stordito Aaron e gli offre una sedia.

Il professore indossa ancora la giacca di tweed, la maglietta di Star Wars e gli occhiali che indossava per l'intervista televisiva. Ha anche un bel bernoccolo sulla fronte nel punto in cui Z-Lo lo ha colpito con la porta.

"Sei davvero tu", mi dice Aaron mentre si sistema gli occhiali.

"Yut. Tutto bene?"

In risposta alla mia domanda, Aaron mi abbraccia e mi stringe. Dopo un momento imbarazzante in cui gli do una leggera pacca sulla schiena, si allontana e si liscia la maglietta con una mano. "Certo, certo. Bene. Solo… sorpreso."

Faccio un cenno verso la pistola. "È la prima volta che spari con quella cosa?"

"Sì. L'ho presa quando sono tornato a casa."

"Non ti biasimo. Ma ti potrei consigliare di fare un po' di esercizio prima di provare di nuovo qualcosa del genere." Indico la porta con il pollice.

"Ok."

Gli sorrido, poi inizio a fare le presentazioni. "Questo è il Sergente Susanne Catania, esercito degli Stati Uniti."

"Chiamami pure Hollywood." Stringe la mano ad Aaron.

"E là fuori c'è Z-Lo. Puoi chiamarlo Z-Lo."

"Eccomi", dice il ragazzo con un cenno della mano all'interno della stanza.

"Piacere di conoscervi", dice Aaron.

Proprio in quel momento, si accende la radio. "Phantom Three a Phantom One. Tutto bene lassù?" chiede Bumper.

"La risorsa si è appena un po' spaventata, tutto qui", rispondo. "Siamo a posto."

"Roger."

"Ne abbiamo altri tre intorno all'edificio." Non volendo ignorare l'elefante nella stanza, decido di cominciare dalla parte difficile. Prendo una sedia e mi siedo. "Ascolta. Per quanto riguarda il Polo Sud, io…"

"Non devi dire niente, Pat."

Lo guardo sorpreso. "E perché?"

"So che hai fatto del tuo meglio, quello che pensavi fosse giusto. Ho riflettuto molto e ho sbagliato a darti la colpa. È stato un incidente a cui tutti abbiamo preso parte, e io… avrei dovuto stare più attento. Semplicemente non me lo aspettavo che… beh…" I suoi occhi si concentrano su qualcosa a distanza ravvicinata.

"Ehi. Nessuno di noi se l'aspettava."

"No." Scuote la testa. "Tu sì."

Non ho intenzione di discutere. Ma so anche quando accettare le scuse di qualcuno e tenere la mia dannata bocca chiusa. "Siamo entrambi qui ora ed è questo ciò che conta. Ma mi dispiace per le perdite della tua squadra."

"E mi dispiace per le tue. Simmons, vero?"

"Tra gli altri, yut. Un brav'uomo."

Passa un momento di silenzio e vedo Hollywood che si tocca il polso.

"Aaron, amico, ascolta. Io e i miei nuovi amici stiamo lavorando a qualcosa per cui abbiamo bisogno del tuo aiuto. Pensiamo che questa cupola stia guidando la gente verso…"

"Verso Manhattan per portarli fuori dal pianeta?" Gli occhi di Aaron sono di nuovo luminosi e si muovono velocemente.

Batto le palpebre due volte. "Beh, non era ancora così specifico ma…"

"Oh, oh, oh," dice Chuck alle mie spalle. "Abbiamo uno Sherlock Holmes qui."

"Chi è stato?" chiede Aaron.

"Eh, è uno della squadra." Non sono sicuro che Aaron sia ancora pronto per una pistola aliena parlante; quindi, afferro il ricevitore della mia radio e faccio finta di parlare via radio. "Taci, Chuck."

"Roger, vecchio mio."

Aaron mi lancia un'occhiata incuriosita ma sembra accettare la spiegazione.

Gli faccio segno di andare avanti.

"Ad ogni modo. Ho fatto alcune stime sulla base dei dati che abbiamo raccolto a Ellsworth." È in piedi e si dirige verso la sua scrivania. "Certo, a questo punto è tutto molto in forse. E senza spettrometria, in realtà sono solo ipotesi."

Aaron prende diverse pagine di disegni e numeri e inizia a passarli a me e a Hollywood uno alla volta. Ci sono diversi schizzi della cupola in tre dimensioni, in ogni modo migliori del mio. Ma ciò che mi interessa di più è un tubo a forma di imbuto che sembra emanare da qualche parte nel mezzo, originando da un punto centrale sul terreno per poi aprirsi a ventaglio verso l'esterno formando la cupola. E lì, al punto zero, c'è qualcosa di fin troppo familiare.

"Un anello?" chiedo, guardandolo.

Annuisce. "Di nuovo, è solo un'ipotesi. Ma ne sono convinto."

"Sono disegni? Posso vedere?" chiede Chuck.

Afferro di nuovo il ricevitore e cerco di reprimere il mio fastidio. "Tra poco."

Aron sorride. "Sembra ostinato."

"Non hai ancora visto nulla." Tocco di nuovo la pagina che ho in mano. "Perché un anello?"

Aaron agita un dito in aria. "Sì, ottima domanda."

Si gira verso una vecchia lavagna che ricopre la parete di fondo. È ricoperta di disegni a gesso che sembrano appartenere a un film di Indiana Jones. Forme geometriche, anelli, formule, coordinate: sarei fortunato a interpretarne un quarto.

"Utilizzando vecchi gel colorati del dipartimento teatrale che tengo a portata di mano per mostrare agli studenti le basi della dispersione della luce su antiche vetrate, sono stato in grado di dedurre che la luce sui bordi esterni della cupola ha molte delle stesse proprietà della luce che abbiamo registrato dagli emettitori di particelle dei robot." Mi porge una pila di fogli su cui sono stampati flussi di dati.

"Il che significa…"

"Beh, non sono stato abbastanza vicino alla cupola per verificarlo, ma immagino che sia pericoloso."

"Puoi dirlo forte", dice Hollywood.

"È pericoloso!" esclama Chuck. "Era abbastanza forte?"

Mi fa un mezzo sorriso. "Senz'altro."

"Splendido."

Faccio cenno ad Aaron di andare avanti.

"Sembra anche essere alimentata da una fonte di energia incostante."

"Perché mai?" chiedo.

"Beh, la luminescenza della cupola sembra affievolirsi leggermente nel tempo, seguita da un'improvvisa ripresa. La durata sembra variare."

"Forse i miei occhi non sono così vecchi, dopotutto", mi dico.

"Ovvero?" chiede Aaron.

"Niente. Solo che ho notato anche io la fluttuazione della luce. Qualche ipotesi su cosa possa essere la causa?"

"Forse una fonte di energia intermittente? Intanto", indica un disegno a gesso che ricorda l'anello al Polo Sud, "ci sono tracce di luce simili a quella della soglia del portale dell'anello che si trova qui", batte sulla pagina che ho in mano con gli schizzi, "nel mezzo della cupola."

"Quindi, in base alla luce che stai registrando, pensi che ci sia un altro anello al centro di tutto questo?" chiedo.

Annuisce. "O meglio, non posso dirlo con certezza senza essere a Ground Zero (ironico che sia a Manhattan, non trovi?), ma ho prove sufficienti per postulare almeno l'esistenza di un portale ad anello. Altrimenti perché c'è una recinzione che raccoglie una massa di gente? A meno che gli alieni non siano semplicemente decisi ad annientarci. Ma ci sono modi molto più semplici per annientare un popolo. Qualunque cosa stiano facendo, stanno cercando di radunarci e trasferirci."

Condivido uno sguardo con Hollywood, ma prima che possiamo condividere le nostre informazioni con Aaron, riprende.

"C'è dell'altro."

"Ancora?" chiedo. "Continua pure."

"Penso di sapere perché sono qui."

Hollywood mi guarda e alza un sopracciglio. Questo potrebbe essere interessante.

"Non te l'ho mostrato prima, soprattutto perché non avevo il codice di traduzione completo."

"Codice?"

Schiocca le dita un paio di volte. "Un anello decodificatore. Una chiave."

"Roger."

Tira fuori molti altri fasci di carta, alcuni stampati, altri scritti a mano, e me li dà. Sono costretto a mettere giù le pagine precedenti perché sta diventando troppo da tenere in mano.

"Vedi questi?"

"Sì. Sembra… com'è che si chiama? Sanscrito?"

"Ancora più antico. Cuneiforme. Ma penso che sia anche più antico del cuneiforme."

"Aspetta. Quindi, più antico della più antica lingua scritta conosciuta? Mi sono perso qualcosa?"

Mi fa un sorriso fanciullesco e mi strappa una delle pagine dalle mani. "Sembra condividere l'origine di tutta la comunicazione scritta: un alfabeto consonantico logosillabico veramente primitivo."

"Logo-cosa?"

"Logosillabico. I kanji cinesi e giapponesi sono logogrammi, così come certi geroglifici egizi. Ma il cuneiforme può essere fatto risalire attraverso le famiglie indoeuropee negli scritti ittiti e luvi alla lingua semitica. Naturalmente, è per lo più estraneo ai modernisti poiché l'inglese deriva dall'alfabeto fenicio e ha…"

"Aaron. Non abbiamo molto tempo, quindi pensi che forse potresti..." Faccio girare il dito indice un paio di volte.

"Ah, certo! Scusate. Tutto quello che voglio dire è che quello che vedi qui è un cugino delle più antiche lingue conosciute."

"Un cugino?" chiede Hollywood. "Mi aspettavo che tu dicessi che era il bisnonno o qualcosa del genere."

"E sarebbe logico pensarlo, sì!" Aaron inizia ad agitare le mani. "Invece, è come se qualcuno abbia cercato di prevedere dove si sarebbe potuta evolvere la lingua dell'epoca, ma senza tenere conto dell'evoluzione naturale."

Lo guardo con gli occhi socchiusi. "Significa?"

"Significa che i suoi creatori conversavano con gli umani dell'epoca, ma non sono rimasti per continuare ad aggiornare i loro modelli linguistici. Le lingue sono cose viventi, crescono, cambiano e si adattano costantemente. Spesso, possono essere più rivelatori della biologia quando si tratta di descrivere una persona o un gruppo di persone."

Mi rendo conto che devo impegnarmi di più per tenere Aaron concentrato. "Quindi questo particolare linguaggio è importante per noi in questo momento perché...?"

"Perché è stato trovato sull'anello di Ellsworth e solo quando ho visto la cupola ho capito la traduzione completa. O almeno quello che credo sia la traduzione completa. Tutte le traduzioni sono mere interpretazioni di..."

"Va bene. E che cosa dice, capo."

Schiocca di nuovo le dita e poi si dirige verso una lavagna tappezzata di carte, articoli e fotografie. Quindi la capovolge per mostrare una sezione esposta di ardesia nel mezzo, coperta di scritte in gesso.

La leggo ad alta voce. "All'alba della soluzione dell'enigma, quando il bambino sarà grande, verremo a raccogliere gli illuminati." Guardo Aaron. "Che cos'è? Un indovinello? Un poemetto?"

"Nessuno dei due. Ma non è il punto, Pat. Non capisci? Questa", batte sulle parole, sbafando il gesso, "questa è una cosmogonia! Questi sono loro che vengono a... a..."

"A fare cosa?"

"A salvarci!"

"Oh, dannazione", dice Chuck. "Non ce la faccio più. Patrick, potresti per favore mettermi giù e lasciarmi parlare con questo affascinante, sebbene completamente fuori strada, imbecille?"

"Fai pure", rispondo, guardando il viso accigliato di Aaron. Libero Chuck dalle cinghie e lo poso sulla scrivania ingombra. "Ti presento Sir Charles."

"Conosciuto anche come Phantom Lord", aggiunge Chuck.

Aaron indietreggia verso la lavagna. "È uno dei…"

"Salve, dottor Campbell. È un piacere fare la sua conoscenza."

Aaron continua a spostare gli occhi tra me e l'arma. "È un…?"

"Un fucile alieno?" Rispondo e poi annuisco.

"Ed è…"

"Capace di parlare?" Conclude Hollywood. "Precisamente."

"Ma come hai fatto… e dove… e parla?"

"Mi piace questo tipo", dice Chucks come se stesse parlando con me. "È molto meno aggressivo di te, Patrick."

"Yut."

"E usa la tua lingua in modo molto più articolato."

"Uh-huh."

Aaron sembra riprendersi un po' e si avvicina a Chuck come un bambino potrebbe avvicinarsi a un serpente che ha appena visto divorare un topo: cauto ma affascinato. "È sicuro?"

"Mio caro, sono sicuro come una roccia. Ma se qualche stupido decide di scagliare questa roccia in testa a qualcuno, posso essere incolpato di essere uno strumento di morte?"

Aaron mi guarda. "Ed è un filosofo?"

"Non incoraggiarlo."

"No, per favore, continua", dice Chuck. "Ho dovuto andare in giro con questi tangheri armati fino ai denti per ore e ore."

"Tangheri?" Chiedo.

"È un complimento."

"Certo che lo è." I termini fuori moda non sono esattamente il mio forte, ma sono un discreto giudice del tono e del sottotesto. "Possiamo procedere?"

Chuck schiarisce la sua gola digitale. "Dottor Campbell. Anche se mi sforzerò di rispondere a tutte le tue domande quando il tempo lo consentirà, la questione più urgente è, beh, per usare un eufemismo, smontare la tua affermazione riguardo alle intenzioni degli Androchidani verso la tua specie."

Aaron mi guarda, gli occhi spalancati come quelli di un bambino la mattina di Natale. "Androchidani? È il loro nome?"

"Concentrati, dottor Campbell, per favore."

Aaron si volta di scatto verso Chuck con la bocca aperta.

"Come stavo dicendo, il testo che hai decifrato e su cui, se posso aggiungere, hai fatto un lavoro meraviglioso rispetto ai molti altri che ho visto… A volte mi chiedo come mai certe specie siano riuscite a risolvere…"

"Chuck", dico.

"Ah, sì. Ora guarda: *sono io* quello che divaga. Aaron e io siamo davvero due piselli in un baccello, *n'est-ce pas*?"

"Arriviamo al punto"

"Esatto. Dottor Campbell, non sono sicuro di come metterla elegantemente, ma la sua ipotesi sulle intenzioni degli Androchidani è un mucchio di stronzate."

Aaron balbetta. "Io sono… uh, chiedo scusa?"

"Sono qui per rendervi schiavi e vendervi al miglior offerente. Chiunque non possano vendere, diventa… come dire? Diventa il loro spuntino. Come uno dei vostri Slim Jim."

La bocca di Aaron è aperta, ma non escono parole.

Gli metto una mano sulla spalla. "Difficile da mandare giù, lo so."

"In realtà, non hanno problemi a deglutire i…"

"Chuck!"

"Ah. Sì. Come stavo dicendo, sebbene la tua traduzione sia lodevole, l'iscrizione lasciata sull'anello di origine che hai scoperto era, in mancanza di un termine migliore, una farsa. Il sottotesto potrebbe essere letto meglio in questo modo: quando il vostro cervello da Muppet si evolverà a un livello sufficiente, torneremo a mietervi."

"Oh, mio Dio." Aaron si mette una mano sul lato della testa. "Ne sei assolutamente sicuro?"

"Sì, vecchio mio. Sono la pistola aliena parlante, ricordi? Ti aspettavi che mentissi?"

"Non so cosa mi aspettassi, ma…"

"Beh, non mento ai miei utenti o ai loro amici e non ho intenzione di iniziare ora."

L'onestà di Chuck è convincente. O sta deliberatamente cercando di guadagnarsi la mia fiducia per dei secondi fini, o è sincero. In ogni caso, è inquietante, e non posso fare a meno di chiedermi se sa che io so cosa sta facendo.

Diamine.

A volte saper giocare a scacchi fa schifo.

"E così ci siamo evoluti abbastanza da…", Aaron sembra perdersi nelle possibilità e torna indietro quando capisce, "…da risolvere il puzzle."

"Non posso né confermare, né negare le tattiche impiegate dagli Androchidani per sottomettere la loro merce. Credo che il vostro equivalente potrebbe essere che i pescatori non dicono ai pesci che tipo di esche funzionano meglio. Ma posso almeno rispondere alla tua affermazione carezzandomi la barba e con un lungo,'Mhmm.'"

"È così allora", mi dice Aaron. "Li abbiamo chiamati. *Io* li ho chiamati. Oh, cielo onnipotente. Che cosa ho fatto?" Si appoggia con due mani sulla scrivania. "È… è tutta colpa mia."

Afferro le spalle di Aaron. "Stai bene, amico? Sembri un po' pallido."

"Ho aperto la porta, Patrick."

Ah, merda. Sta per svenire.

"Resta con me, Aaron."

Troppo tardi.

Gli occhi di Aaron ruotano all'indietro nella sua testa e crolla tra le mie braccia.

"Gli umani svengono spesso o è solo qualcosa che avete in comune voi due?" chiede Chuck.

Pochi secondi dopo aver rimesso in piedi Aaron, Ghost mi chiama.

"Phantom One, qui Watch."

"Vieni avanti."

"Ho un'ARU in avvicinamento da ovest. ETA un minuto."

Lancio un'occhiata a Hollywood e poi ad Aaron. "Dobbiamo andare. Hai altre munizioni per il tuo cannone?"

"Il revolver?" Aaron scuote la testa. "È tutto a casa."

"Lascia stare. Dai." Poi mi rendo conto di quanto poco tempo abbiamo e rispondo a Ghost. "Non riusciremo a raggiungere i veicoli in tempo."

"Roger."

"Che facciamo?" chiede Bumper.

Guardo Chuck. "Sei stato tu?"

"A fare cosa? Vuoi dire, attirarli qui? Patrick, mi sento…"

"Sì o no?"

"No. E per la cronaca, te l'ho già detto…"

"C'è qualche possibilità che passino oltre?"

"Stiamo di nuovo considerando vaghe probabilità?" risponde. "Sì."

"Allora no, non c'è quasi nessuna possibilità che si allontanino da così tante tracce di calore attive in un edificio."

"Qual è la loro strategia di attacco?"

"Mhmm. Sì. Questo… Beh. Vedi, mentre possiamo discutere di questioni che riguardano te e la tua capacità di sopravvivenza per tutto il giorno, sfortunatamente, non posso divulgare dati specifici sugli Androchidani che potrebbero minare…"

"Questo includerebbe quanti nemici ci sono nel mezzo di trasporto?"

"Purtroppo sì."

"E tu come sei messo? Sei pronto a sparare?"

"I miei condensatori sono al 90%. Dal momento che in genere ricarico a una velocità di un punto percentuale al minuto con una soglia minima di ricarica di…"

"Per me va bene." Apro il canale. "Dobbiamo allontanarli dall'edificio. Non possiamo permetterci di perdere i veicoli."

"C'è un grande edificio di mattoni nel mezzo del campus a sud e altri edifici oltre a sud-est", dice Ghost. "Un sacco di alberi da usare come riparo lungo la strada."

"E ho un'uscita libera sul retro della costruzione", dice Bumper.

"Presto, tutti all'uscita e dirigetevi verso l'edificio di mattoni", ordino. "Muoviamoci." Poi ad Aaron dico: "Spero che ti sia tenuto in forma."

"Ho solo bisogno di un minuto per prendere le mie cose."

Lo prendo per il gomito e lo guido verso la porta. "Scusa, vecchio mio, ma prendi solo quello che hai addosso."

CAPITOLO 23

0923, venerdì 25 giugno 2027
New Brunswick, New Jersey
Rutgers University, Cook/Douglass Campus, Adams
Building

STIMO CHE CI restino quindici secondi prima di incontrare Ghost, Bumper e Yoshi alla porta sul retro al piano terra. Usciamo tutti dall'edificio e ci dirigiamo lungo il marciapiede alberato verso una vecchia costruzione di mattoni con un cartello che recita College Hall: OIT Administration. In caso di emergenza potremmo piazzarci qui, ma la struttura è nel mezzo del campus e dà al nemico la possibilità di circondarci. Se abbiamo tempo, preferirei arrivare dal lato opposto del campus e ridurre i possibili vettori di avvicinamento del nemico.

"Situazione, Chuck?"

"Cioè, vorresti che ti fornissi un rapporto sulla situazione? Oh, questo gergo militare mi fa sentire così importante."

"Dannazione, pistola. Che cosa sta facendo il nemico?"

"È difficile dirlo. Al momento ti sto guardando il culo, ancora una volta."

In un gesto da azione che mi è molto familiare, mi butto alle spalle il mio SCAR e sollevo Chuck; quindi, mi sposto di lato in modo che il suo mirino possa avere una buona visuale sull'edificio dietro di noi.

"Sembra che due *angeli della morte*, come li avete così drammaticamente chiamati, si stiano muovendo nell'edificio mentre tre *robot d'assalto* si muovono intorno alla struttura. E potrei aggiungere…"

"Possiamo raggiungere il lato opposto del campus?"

"Beh, se non vuoi sentire cosa voglio aggiungere, perché dovrei…"

"È il mio benessere, ricordi?"

"Mhmm. Che seccatura per me. Bene, sì. Penso che abbiate tutto il tempo per attraversare il campo aperto fintanto che rimanete nell'ombra visiva della costruzione davanti a voi. Inoltre, posso anche utilizzare il mio EMDE che…"

"Il tuo cosa?"

"*Emettitore di disturbi elettromagnetici* che interferirà temporaneamente con la loro capacità di prendervi di mira fintanto che rimarrete insieme. Vi farà guadagnare un po' di tempo."

"Certo, va bene." Non ho idea di cosa significhi, ma interferire con il puntamento del bersaglio è sempre ottimo.

Presumendo che tutti gli altri abbiano sentito lo scambio, accelero e seguo il marciapiede intorno all'edificio dell'amministrazione per dirigermi verso un blocco di grandi edifici che, secondo le indicazioni sui pannelli nel prato, includono una cappella a sinistra, una biblioteca nel centro e alcuni edifici residenziali a destra.

Nonostante l'integrità strutturale che la cappella potrebbe fornire, ho sempre avuto delle riserve nel portare la guerra nelle case di culto. Sarò all'antica. Inoltre, non sono convinto che l'Onnipotente approvi il mio lavoro; quindi, dubito che appoggerebbe la mia richiesta di aiuto se mai dovesse essere inviata.

Detto questo, non tutti condividono le mie convinzioni e la persona che voglio sul tetto della cappella probabilmente sta già pensando che è lì che vuole essere. Lascerò che sia San Pietro a decidere cosa fare di noi quando arriveremo ai cancelli del paradiso.

"Ci sistemiamo in biblioteca", dico mentre continuiamo a correre. È una modesta costruzione a due piani con una buona visuale sul campus. Quindi faccio un cenno alla cappella che si innalza sulla sinistra. "Ghost, ti voglio in quel campanile."

"Vado."

Chuck mi interrompe. "Ghost non sarà più coperto dal mio…"

"La tua cosa che distorce gli elettroni. Ho capito." Indico la parte anteriore sinistra della biblioteca. "Bumper, angolo nord-ovest. Z-Lo, sud-ovest. Hollywood e Yoshi, siete di supporto. Mi dirigo verso l'edificio residenziale a destra. Attirerete i robot in una *kill box* di fronte all'edificio, mentre Ghost e io elimineremo gli angeli della morte."

"Roger", rispondono tutti.

"Aaron, voglio che tu segua Hollywood all'interno, poi dividetevi e tu vai dritto sul retro. Trova un riparo e rimani lì finché non verremo a prenderti. Prendo la mia Glock e gliela passo. "Mira e premi il grilletto. Niente di complicato."

Annuisce, spinge su gli occhiali e poi accetta l'arma come se gli avessi appena passato una bomba. Certo, ha appena usato un revolver per far esplodere la porta di un laboratorio, ma sono abbastanza sicuro che quelli siano stati i primi sei colpi che il mio amico abbia mai sparato. Non è esattamente il suo genere.

"Mira e premi il grilletto", ripeto, cercando di calmarlo.

"Mira e premi il grilletto. Ok. Ho capito."

La squadra sfonda le porte di ingresso con Aaron al seguito e poi inizia a controllare le rispettive posizioni. Il motivo principale per cui ho scelto la biblioteca per Aaron e la maggior parte del team è che offre un'ampia offerta di barricate ferma proiettili: vale a dire, scaffali. Un libro di testo da cinque centimetri potrebbe non sembrare molto, ma mettine insieme alcuni e hai un muro antiproiettile dietro il quale qualsiasi Marines in un'area pericolosa sarebbe felice di ripararsi. Cioè, supponendo che le armi energetiche dell'alieno si comportino come le nostre armi a proiettile. Cosa che, ora che ci penso, probabilmente non fanno.

Accidenti.

Prendo posizione in una tromba delle scale sul retro al secondo piano dell'edificio della residenza e sento Ghost chiamare via radio. La sua ombra è appena visibile attraverso le stecche del campanile imbiancato.

"Cinque obiettivi, in arrivo da ovest."

Guardo a ovest e intravedo un movimento dietro la casa di mattoni in mezzo al campus. Sto per ringraziare i santi che Ghost non abbia menzionato l'ARU, visto che ha un pilota e una torretta mitragliatrice. Ma poi aggiunge: "ARU, lato sud dell'Adams Building."

Beh, non è il massimo.

"Tutte le posizioni, check-in", dico.

"Phantom Two, Roger", dice Hollywood.

"Phantom Three, in posizione", dice Bumper.

"Bello carico e pronto a sparare." È Z-Lo, ovviamente.

"Phantom Watch, Roger", dice Ghost.

"Doc, in posizione", si aggiunge Yoshi.

"E il magnifico Phantom Lord è pronto a scagliare la sua santa ira su quei miseri codardi mangia formaggio", grida Chuck. "Dio salvi la regina e rimandi all'Ade gli invasori normanni! Sciagura a voi!"

"Chiudi il becco, Charlie. Phantom Three e Four, tocca a voi. Attenzione, voglio che non iniziate a sparare finché i robot non saranno sul bersaglio. Aspettate il mio segnale."

"Roger", dice Ghost, seguito da Bumper e Yoshi.

"E io?" chiede Chuck in privato.

"Quanti colpi hai?"

"È una risposta molto complessa, Patrick. Tutto dipende da quale modalità, velocità e portata selezioni. Inoltre, i miei condensatori si ricaricano su una curva algoritmica che…"

"Capo, questa è tutta roba vitale, lo so. Ma abbiamo angeli della morte che stanno arrivando dietro quell'angolo. Devo essere sicuro di poterli abbattere."

"Uh. Vedi, il bello di essere la tua super arma personale mega intelligente è che io sono, beh, tuo, sono mega intelligente e sono piuttosto super. Quindi, per citare una persona molto saggia che conosco, mira e premi il grilletto, Patrick. Mira e premi il grilletto."

I tre robot stanno attraversando il lato est del campus, diretti verso la biblioteca, con i due angeli della morte poco lontano. Non sono sicuro di quanto sia sensibile la tecnologia di rilevamento del calore degli alieni, ma se ci hanno visti all'interno dell'edificio Adams, immagino che ci stiano vedendo anche adesso. Spero solo che rimangano concentrati sulla biblioteca e ignorino la mia posizione e quella di Ghost.

Da parte loro, gli angeli della morte stanno giocando sul sicuro. Invece di pavoneggiarsi all'aperto come ha fatto quello sulla Parkway, questi rimangono al coperto dietro i robot. Furbi. Chissà se si è sparsa la voce che parte della merce si è impadronita di uno dei loro blaster.

"Un po' più vicino", sussurro mentre guardo attraverso il mirino di Chuck. Rivedo la grottesca pelle verde, le vene verdi e la bocca verticale: questi alieni sembrano delle piante carnivore o qualcosa del genere. "Solo un altro po'."

"Vuoi che spari ora?" chiede Chuck.

La sua voce mi fa trasalire. Sbatto le palpebre due volte e torno sul bersaglio. Se non hai mai avuto un'arma che ti parla, non c'è davvero modo di descrivere quanto sia inquietante. "Te lo farò sapere quando premo il grilletto. Che ne dici, amico?"

"Sembri solo esitante. Le fluttuazioni della pressione del tuo dito sul grilletto sembrano indicare…"

"Quando premo il dannato grilletto, lo saprai."

"Stavo solo cercando di essere utile. Inoltre, stai per perdere la copertura del mio EMDE."

"Ok, grazie." Mi concentro sulle immagini in evidenza nel mirino. "Il display dice che sono in modalità ad alta frequenza. È quello a cui sono abituato?"

"Niente con me è come quello a cui sei abituato, Patrick."

"Io…" Stringo i denti e mi ricordo di fare respiri profondi. "Dimmi solo, è una raffica semiautomatica a piena potenza, senza fronzoli?"

"Alta frequenza, alta resa, ti darà all'incirca ciò di cui hai bisogno."

"All'incirca?"

"Hai tempo per sentirmi spiegare tutti gli angoli e le fessure piene di burro dei miei bellissimi meccanismi interni?"

"Negativo."

"Allora è all'incirca quello che ti serve."

"Roger."

Riesco a prendere la mira solo per un breve momento sull'angolo della morte a sinistra: i due obiettivi sono visibili solo tra i vuoti momentanei delle braccia e delle gambe oscillanti dei robot. Sembra che gli alieni sappiano dove posizionarsi. Eppure, nessuno dei due ha le armi alzate, il che significa che probabilmente non pensano ancora che siamo una minaccia. Almeno questo è quello che stanno comunicando nel linguaggio del corpo umano. Ma ho visto mosse come questa negli scacchi, in cui gli avversari abbassano la guardia proprio perché sanno che stanno per dartele. E questo mi rende ancora più nervoso che se arrivassero con le pistole in pugno.

"Phantom Three e Four, pronti ad attaccare", dico alla radio.

I tre robot sono a settantacinque metri di distanza e sono ancora diretti verso la biblioteca.

"Sai, è molto divertente, in un modo grottesco", dice Chuck in tono sommesso.

"Non ora."

"Immagina il libro di memorie che potrei scrivere.'SR-CHK 4110 sul Pianeta Terra, prigioniero di merce primitiva, riceve un nuovo nome di guerriero dal capotribù anziano ed emerge come Sir Charles il Leggendario per aiutare a sconfiggere la stessa civiltà che...'"

"Attaccate", ordino via radio.

Raffiche di proiettili frantumano le finestre d'angolo della biblioteca e si dirigono verso i tre robot d'assalto. Gli obiettivi indietreggiano e alzano i fucili. È allora che gli angeli della morte usano i loro *jet pack* per sollevarsi da terra.

"Phantom Watch, attacca." Prima ancora che riesca a premere il grilletto, sento l'abbaiare del Barrett di Ghost. C'è un lampo nel mio mirino e il suo bersaglio a destra va verso il mio. I due obiettivi si scontrano ma si riprendono rapidamente. Mentre Ghost spara il suo secondo e terzo colpo, ritrovo la visuale e premo il grilletto di Chuck così forte che non se lo dimenticherà mai.

"Beh, si va in scena", dice.

Il fucile mi colpisce la spalla mentre un'esplosione di luce blu squarcia il cielo e colpisce il mio bersaglio al petto. Guardo con stupore rapito mentre i corti raggi laser penetrano nelle piastre dell'armatura color smeraldo, sovraccaricano il petto dell'alieno e poi fanno esplodere il corpo, il tutto in pochi centesimi di secondo.

L'armatura viene sparata nella schiena dei robot, così come uno spruzzo di liquido verde.

"Accidenti, Chuck", dico.

"Accidenti davvero, Patrick."

Sento altri rumori di vetro infranto mentre i robot rastrellano la parte anteriore della biblioteca a colpi di fucile. Le loro armi non sembrano essere potenti come la mia, il che spiega sicuramente perché sono stati meno efficaci nel distruggere i loro bersagli nei nostri incontri precedenti. Ma questo non vale per l'arma dell'angelo della morte rimanente, un'altra pistola in stile Chuck.

Come per ricordarmelo, l'obiettivo di Ghost spara un'esplosione di energia al campanile, colpendo la campana all'interno e danneggiando la torre. Mattoni e assi di legno si irradiano in un cerchio perfetto, facendo inclinare la guglia con un gran gemere di travi. Quindi la campana si schianta attraverso l'edificio e atterra con un tonfo mentre la struttura di supporto crolla.

Il mio istinto umano è quello di contattare Ghost, ma la mia testa da Marines mi dice di far fuori quel figlio di puttana prima che possa farlo di nuovo. Punto l'arma sull'obiettivo e fermo il reticolo del mirino di Chuck sul suo petto. Il nemico sembra ferito, perde fluido dai fori lasciati dai colpi calibro 50 di Ghost. Quando premo il grilletto di Chuck, una seconda raffica di fuoco scatta dalla canna. Il caratteristico suono lamentoso mi fa fischiare ancora di più le orecchie, ma l'esplosione trasforma l'angelo della morte in un pennacchio iridescente di nebbia e pezzi di corazza volanti.

"Phantom Watch", urlo via radio. "Rispondi."

La linea si apre e lui sta tossendo. "Sono ancora qui."

Un attimo dopo, vedo una delle porte d'ingresso rotte della cappella aprirsi, seguita da una nuvola bianca e una figura coperta di polvere dalla testa ai piedi. Il Barrett di Ghost è sulla sua spalla e sta mirando al bot di destra.

È una fottuta macchina.

Mentre Hollywood e Yoshi si uniscono a Bumper e Z-Lo in posizioni di supporto, punto il bot più vicino a me. Nel mirino, vedo dozzine di colpi al secondo che si schiantano contro i corpi magenta corazzati dei robot d'assalto. Ma grazie a quello che abbiamo imparato, i Phantom stanno concentrando il loro fuoco sulle articolazioni, specialmente sul collo.

Ghost rompé il collo del suo obiettivo al suo terzo tentativo, il ragazzo probabilmente è scosso dalla caduta. Diavolo, sono solo felice che sia vivo. Nel frattempo, il gruppo della biblioteca concentra il fuoco sul bot centrale. L'anca destra, la spalla sinistra e le articolazioni del collo soccombono in rapida successione, e il nemico crolla in un ammasso di rottami.

L'ultimo è mio.

Mi cade l'occhio sull'elenco delle modalità e noto la parola Distruzione evidenziata in grassetto.

"Buona scelta, vecchio amico", dice Chuck. "Anche se probabilmente poco originale."

Non capisco cosa intenda o come sia stata selezionata quella modalità, ma non ho tempo per preoccuparmene. Guardo come il reticolo si muove all'interno del mirino, seguito dalla sensazione di avere un giroscopio che regola la mia arma mentre è nelle mie dannate mani.

"Ora, Patrick", dice Chucks. "Quando vuoi. Non appena..."
Premo.

L'arma rincula più forte della prima volta e un fulmine orizzontale si estende tra me e il bersaglio. Un forte crack colpisce le mie orecchie mentre il robot si illumina di luce blu e poi finalmente esplode. Scintille arancioni e schegge incandescenti volano via, lacerando gli alberi e perforando auto e edifici.

Il mio cuore batte forte mentre abbasso Chuck e osservo il campo di battaglia. "Rapporto", dico alla radio.

"Phantom Four è stato colpito", dice Hollywood.

Prima che possa rilasciare il pulsante del ricevitore, sento Z-Lo urlare: "Awww, non dirglielo!"

"Ma ce la farà", aggiunge, "ci stiamo prendendo cura di lui."
"Roger."

"Che colpo fuori di testa", dice Bumper.

"Grazie", rispondo.

"Credo che stesse parlando con me, Phantom One", dice Chuck via radio, perché tutti possano sentire. "E, grazie, Phantom Three."

"Ma pensavo che le pistole non uccidessero le persone", dico con un sorriso.

"*Quelle* non erano persone, Patrick. Quelli erano Androchidani e robot d'assalto. C'è una differenza. Sii preciso. Diamine."

"Ah. Capisco."

"E non guardare, ma l'ARU si sta muovendo."

Accidenti. Dobbiamo ancora occuparci del trasporto.

"Ore dieci", dice Ghost. "Si muove velocemente."

"Phantom, mettetevi al riparo. Preparatevi ad attaccare."

"Questo te lo lasciamo", dice Bumper. "Divertiti."

"Ehm, si. Beh, a proposito", dice Chuck.

"Che succede?" chiedo.

"Non è niente, davvero."

"Parla, Charlie."

"Beh, se fossi un dottore e avessi appena finito la tua insolitamente noiosa vasectomia, direi:'Congratulazioni! Vai e scopa senza sensi di colpa. D'ora in poi spari a salve. Nessuno ti potrà affibbiare bambini, vecchio mio'."

"Cosa?"

"La tua pistola è scarica. Hai finito le munizioni. Sei…"

"Non posso più sparare?"

"No, a meno che non si abbia accesso immediato a una matrice di condensatori quantistici a doppia parete standard a tripla ridondanza regolarizzata con un dissipatore di calore liquido dusiik."

"Porca puttana."

"No. Quella non mi serve."

"Pensavo che User 8 e io ci fossimo scambiati una dozzina di colpi o qualcosa del genere prima che ti scaricassi?"

"Sì. Ma tre minuti fa hai chiesto, e io ho confermato, 'alta frequenza, alta resa'."

"Non volevo che scaricassi le tue dannate batterie in tre colpi!"

"Non sono batterie. Sono condensatori. E avresti dovuto specificarlo."

"Avrei dovuto, eh?" Mi lancio Chuck dietro la schiena e tiro su il mio SCAR.

"Ehi! Che stai facendo?"

Lo ignoro. Nonostante le capacità davvero sorprendenti di Chuck, c'è qualcosa di molto confortante nel tenere in mano un'arma collaudata, una di cui ti fidi e sai che non può risponderti. "Sembra che lo dobbiamo fare alla vecchia maniera."

"Allora hai chiuso con me?"

"Yut."

"Ma stavo solo…"

"Trecento metri, in avvicinamento", annuncia Ghost.

"Watch. Puoi far fuori l'autista come prima?" chiedo.

"Roger. Ma niente di quello che abbiamo è riuscito a far fuori la torretta finché non sei arrivato con Sir Charles."

"Huh, assurdo", dice Chuck.

"Allora dovremo trovare un altro modo."

Ripenso all'ARU in cui siamo entrati un'ora prima. Proprio come i nostri veicoli per lo sminamento in Afghanistan, l'ARU aveva un solo ingresso, nella parte posteriore. Dall'interno dello scompartimento dell'equipaggio, c'è un buco diretto alla posizione dell'artigliere.

"Phantom Three. Hai ancora qualcosa da far esplodere?" chiedo.

"Preferirei farmi trovare senza boxer", dice Bumper.

"Ehi", dice Hollywood abbastanza velocemente da non interferire con la mia risposta.

La ignoro. "Allora io e te ci intrufoleremo da dietro. Tutti gli altri, abbiamo bisogno che teniate occupata la torretta. Ma niente di stupido e assicuratevi di rimanere coperti. OTF?"

"OTF", rispondono.

Sto correndo giù per le scale quando il fuoco delle armi inizia a partire dalla biblioteca e dalla cappella e si schianta contro il muso dell'ARU. In particolare, Ghost colpisce il parabrezza a forma di cuneo con la massima precisione: sembra che sia tornato in sé.

Nel frattempo, Bumper ha imbracciato il suo M249 e mi corre incontro come un giocatore di football verso la meta. Un giocatore di football particolarmente grosso. Dio aiuti chiunque voglia mettersi sulla strada di quell'uomo. Quando raggiunge la mia posizione, mi giro e corriamo insieme. Usiamo gli alberi come copertura mentre pieghiamo sul lato sinistro del campus.

La torretta si apre sulla cappella, probabilmente accorgendosi che i proiettili calibro 50 sul parabrezza rappresentano la minaccia più immediata. Sussulto quando un forte boato proviene dall'edificio e spazza via la maggior parte dell'angolo destro. Lancio un'occhiata alle mie spalle e ringrazio San Michele quando vedo Ghost tuffarsi lontano dal relitto.

Ma l'ARU si sta ancora dirigendo verso la biblioteca. Sì, significa che dovremo correre meno, ma quelli all'interno dovranno cercare riparo più indietro.

"Phantom Two, ripiegate!" urlo.

"Dieci passi avanti a te, capo", risponde Hollywood.

Sento il Barrett abbaiare ancora una volta e poi la voce di Ghost arriva via radio. "Obiettivo colpito." Ha sparato da coricato proprio accanto alla massa di detriti.

Come previsto, l'ARU sta rallentando. Ma sta anche sterzando, verso Bumper e me. Si schianta contro un albero e si impenna prima che il tronco si spezzi lasciando passare il trasporto blindato.

"Corri", urlo a Bumper.

Accelera e scappiamo dal veicolo volante fuori controllo.

L'ARU abbatte due alberi più piccoli mentre attraversa un breve tratto di marciapiede. Più avanti c'è un vecchissimo albero di noce americano.

"Là", dico, indicando l'albero. Se non riusciamo a correre più veloce di quel dannato trasporto, tanto vale cercare un riparo.

Proprio mentre Bumper e io ci tuffiamo nell'ombra dell'albero, l'ARU sbatte contro l'ampio tronco e si ferma. Rotolo sull'erba e, quando alzo lo sguardo, vedo un buco grande quanto una palla da softball nel parabrezza oscurato, tre metri sopra di me.

"Trasporto fermato", dico alle comunicazioni. "Bel lavoro, Watch."

"Roger", dice Ghost.

"Andiamo", dice Bumper, dandomi una pacca sulla spalla. Come sia già in piedi, non ne ho idea.

Anzi. Lo so.

Fare il soldato è un gioco da giovani, lo è sempre stato. Anche contro gli alieni.

Grugnisco mentre tiro su il mio sacco d'ossa e lo seguo intorno al veicolo nemico. L'artigliere della torretta non ci ha notato e sta ancora sparando alla biblioteca. Inoltre, non c'è modo che l'arma possa colpirci così vicino al suo scafo.

La cattiva notizia è che non possiamo raggiungere l'ingresso posteriore esposto senza prendere fuoco amico. Due-due-tre colpi risuonano contro lo scafo corazzato dell'ARU, come bacchette in un assolo su un rullante.

"Non sparate, non sparate", dico via radio. "Amici in arrivo."

"Non sparate", risponde qualcuno, non so dire chi. Ma l'attacco in arrivo si ferma.

"Tocca a noi", dice Bumper.

Gli faccio un cenno e lui sale a poppa. Non ci sono scale questa volta, quindi deve lavorare per salire sul veicolo come arrampicandosi su una piccola parete rocciosa. Rimango indietro e lo copro da terra.

Normalmente, uno di noi avrebbe lanciato una granata a frammentazione nella stiva per ammorbidire l'ingresso. Ma Bumper ha visto la stessa cosa che ho visto io nell'ultima ARU: il buco che porta alla torretta aveva una protezione sufficiente a impedire a una granata di fare il suo lavoro. Avrebbe dato al nemico il tempo di abbassarsi e difendere la sua posizione o, peggio, chiudersi dentro e rendere il nostro lavoro molto più difficile. Bumper sa come lo so io che dobbiamo mantenere il nostro elemento sorpresa se vuole riuscire a lasciare il suo regalino nel bel mezzo dello zerbino.

Quattro interminabili secondi passano mentre il fuoco della torretta ribatte sulla biblioteca. La mia unica speranza è che tutti all'interno si siano riparati nel seminterrato.

Bumper appare nell'apertura della stiva e dà il segnale di uscire. Salta giù a poppa, cade a terra accanto a me e poi inizia a correre verso una piccola costruzione di mattoni a due piani con l'insegna "Graduate Music House."

Più lontano corre, più comincio a chiedermi che tipo di pacco abbia lasciato.

"Quanto hai caricato?"

"Abbastanza", dice.

Non appena raggiungiamo il retro della piccola casa, prende un telecomando dalla sua sacca sul petto. Mi fa un cenno con la testa e io grido via radio: "Fuoco alle polveri." Poi mi tappo le orecchie. Non che importi molto a questo punto, suppongo. Ah, diavolo, chi sto prendendo in giro, è importante.

La guardia gialla va su e il pollice di Bumper va giù.

L'esplosione fa schizzare in cielo la capsula della torretta come uno di quei vecchi giochini degli anni'90, coi dischi di gomma che dovevi schiacciare e mettere sul tavolo della cucina. Per quanto riguarda l'ARU stesso, la carica di Bumper fa sbocciare la parte superiore, lasciando un buco dai bordi seghettati puntati verso il cielo. L'esplosione mette fuori uso anche il sistema di alimentazione e spinge il veicolo a terra di qualche metro. Anche con le dita nelle orecchie, mi sento come se qualcuno mi avesse appena dato una martellata in fronte.

"Quindi abbastanza significa molto", dico a Bumper mentre emergiamo per esaminare il danno. "Esatto."

Fa spallucce e poi inizia a ispezionare la sua opera.

"Obiettivo colpito e affondato", dico alle comunicazioni. "Aggiornami."

"Ancora qui", dice Hollywood. "Doc sta rimettendo in sesto Phantom Four. Aaron è scosso, ma sta bene."

"Ci scommetto", dico sottovoce. Aspetto il rapporto di Ghost. Quando non arriva, chiedo: "Phantom Watch. Vieni avanti."

"Presente", dice Ghost. "Mi sto solo godendo il cielo azzurro." Ah, merda. "Sei ferito?"

"Penso che un mattone o due abbiano deciso di provarci con me. Ma gli ho detto che non ero interessato."

Sta scherzando. Che per lui non va bene. Posso dire dal modo lento in cui parla che qualcosa non va. Forse perde sangue, forse ossa rotte.

"Doc, ho bisogno di te su Ghost, immediatamente."

"Subito."

Bumper sta facendo capolino all'interno dell'ARU fumante e io lo copro con lo SCAR sollevato. Ma nulla può essere sopravvissuto a quell'esplosione. E se lo ha fatto, voglio il suo autografo.

"Libero", dice.

"Vuoi ricontrollare per essere sicuro?" Rispondo.

Mi soffia un bacio e poi ci giriamo verso la cappella.

"Come va là dietro, Sir Charles?" chiedo.

"Imbronciato", dice.

Io e Bumper ci scambiamo un'occhiata, ma decido di ignorare la risposta.

"Pensi che dobbiamo aspettarci altra compagnia?" chiedo.

"No. La costa è dannatamente sgombra."

"Beh, questa è una buona notizia."

"Sì, immagino. Non che sarei utile per te se ce ne fossero altri."

Sto facendo del mio meglio per non ridere del melodramma di Chuck. "Posso chiedere?"

"Beh, se avessi saputo che volevi che risparmiassi energia e che mi avresti sostituito con quel tuo pezzo d'antiquariato arrugginito, non ti avrei mai permesso di insistere nel chiedermi una scarica ad alto rendimento."

"Beh", dico con una risatina. "Se ti fa sentire meglio, Chuck, alla fine non ho sparato nemmeno un colpo col mio pezzo d'antiquariato."

Fa un lungo sospiro. "Suppongo che sia una piccola consolazione, sì. Tuttavia, se fossi morto, avrei pianto la tua perdita per almeno tre millesimi di secondo. E, prima che tu dica che sono freddo e senza cuore, voglio che tu sappia che in anni di ASIK, è davvero molto, molto tempo. Potrei anche organizzarti un funerale."

"Sono commosso."

"Sì. Beh, è il minimo che potessi fare per il mio utente preferito."

Alzo un sopracciglio a Bumper. "Utente preferito?"

"Voglio dire, non andare a dirlo a tutti alle stazioni di ricarica o cose del genere."

"Neanche per sogno, amico. Grazie."

Più avanti, Yoshi è inginocchiato accanto a Ghost, coperto di polvere. Posso già vedere una pozza scura che si allarga tra i detriti.

"Come stiamo, dottore?" chiedo.

Yoshi sta lavorando su un punto sulle costole di Ghost e un altro sulla sua gamba sinistra. "Probabilmente sarà morto tra trenta secondi, quindi puoi salutarlo anche adesso."

Ghost alza pigramente un sopracciglio verso Yoshi e poi torna a fissare le nuvole. "Sei un pessimo bugiardo, PJ." Fa un lungo sospiro. "La morte sembra trovare tutti gli altri tranne me."

Yut. Il mio cuore ha perso un battito per un secondo. Eppure, posso dire che Ghost non è ancora fuori pericolo perché Bumper si sta dirigendo verso l'altro lato per dare una mano a Yoshi. Non sono un medico e non ho mai avuto il desiderio di esserlo. Sono sempre stato più bravo a far sanguinare il nemico. Detto questo, so che qualsiasi vittima che ha bisogno di due dottori invece di uno non correrà una maratona tanto presto.

Proprio in quel momento, vedo Hollywood e Aaron emergere dal retro della biblioteca. Z-Lo è alle calcagna con una considerevole bruciatura alla spalla sinistra.

"State tutti bene?" urlo a Hollywood.

Lei annuisce.

Aaron le ha già restituito la pistola che gli ho dato.

"Ho bisogno che portiate qui l'Humvee." Poi faccio un cenno a Z-Lo. "Riesci a guidare?"

"Sì, signore."

"Prendi la mia Land Cruiser."

"Roger, Sergente."

Hollywood fa sedere Aaron su una panchina e poi lei e il ragazzo si dirigono verso l'Adams Building.

Guardo Ghost e vedo che Yoshi e Bumper hanno iniziato un'amichevole gara di bravura. Quando metti un PJ dell'Aeronautica e un Navy SEAL sullo stesso corpo, non può non succedere.

"Allora? Com'è la storia?" Chiede Yoshi a Bumper: sono uno di fronte all'altro e si occupano di Ghost.

"Cosa?"

Yoshi indica il lavoro che sta facendo Bumper. "Sei UDT *e* un ufficiale medico?"

"È la mia seconda specialità MOS", risponde Bumper.

"Quindi vai in giro a far saltare in aria dei tizi in modo da avere una scusa per lavorarci su una seconda volta?" Yoshi scuote la testa. "Sono cose da pazzi, amico."

"Di solito non sono gli stessi tizi, Super Nintendo", risponde Bumper.

"La testa fa brutti scherzi."

Mi chino per interrompere la chiacchierata amichevole. "Posso fare qualcosa?"

"Puoi parlargli", dice Yoshi.

"Parlargli?" Indico Ghost. "A lui?"

"Gli ho dato una medicina per il buon umore. Fidati."

Annuisco, avendo già sentito quella frase, e mi inginocchio accanto alla testa di Ghost. "Hai combinato un bel casino, cecchino. Dio potrebbe essere un po' incazzato per la chiesa che gli hai distrutto."

"Eh. È in debito con me. Quindi va bene così", dice Ghost.

"E perché mai?"

"Per Rachel e Savannah." Ghost sussulta per qualcosa che sta facendo Bumper. "È in debito con me."

Immagino che quei due nomi siano membri della sua famiglia. A volte, far parlare i ragazzi delle loro famiglie può essere una buona cosa. Ma se non hanno risolto i loro problemi, può anche farli crollare. Decido di non indagare oltre su Ghost. "Beh, hai fatto un buon lavoro, fratello. E i ragazzi qui sono…"

"Ero appena tornato da una pattuglia quando il mio comandante mi ha chiamato", dice Ghost, mangiandosi un po' le parole. "Ha detto che qualcuno era entrato in casa mia e stavano ancora cercando il sospettato."

Oh, diavolo. Alla faccia del parlare con il ragazzo. Lancio un'occhiata a Yoshi e Bumper, ma loro scrollano le spalle e continuano a lavorare.

"Ehi, perché non ti rilassi e cerchi di conservare il tuo…"

Ghost mi interrompe. "Non l'hanno mai trovato. Ma io sì."

Aspetto che dica altro, ma non lo fa. Passano alcuni secondi. Yoshi e Bumper sembrano fare progressi. Ha smesso di sanguinare.

"L'unico posto in cui volevo stare, dopo, era un posto freddo", aggiunge Ghost. "Altre tre missioni ad alto rischio. È stato allora che mi hanno preso."

"Sei stato richiamato?"

Ghost scuote la testa. "Le dannate teste di asciugamano non riuscivano nemmeno a pronunciare il mio nome. Continuava a dire Domi-non Toh-Row. Ma non mi importava." Sussulta di nuovo e guardo i suoi occhi roteare come se stessero cercando qualcosa. "Il dolore elimina la debolezza e io ero un uomo morto che camminava. Forte. Ero forte. Quindi non importava cosa mi facessero. Due settimane. E sai l'unica cosa che hanno avuto da me?"

Alza la mano sinistra. Penso che sia per alzare un dito medio al mondo intero. Invece, tiene le dita distese, il che rende l'anulare mancante molto più evidente.

"Pensavano di potermela portare via. Umiliarmi. Ma non c'era niente di nuovo. Niente di nuovo." Tossisce.

"Rilassati", dice Yoshi. "Abbiamo quasi finito, Ghost."

Bumper alza il mento verso Yoshi. "Yo. Quanto glie ne hai dato?" Ma il PJ non risponde.

"Mi hanno fatto ingoiare l'anello", dice Ghost, afferrandomi la mano. "Ma Rachel se n'era già andata da tempo. E la piccola Savannah..." Gli occhi di Ghost si velano. "Non avevano niente su di me. Un morto che cammina."

"Possiamo muoverlo", dice Yoshi.

Proprio in quel momento, arriva Dolores e le pastiglie dei freni stridono. Z-Lo si ferma un secondo dopo con la mia FJ40. Tutti insieme issiamo Ghost sul retro dell'Humvee.

Bumper chiude la portiera e mi guarda. "Che brutta storia, amico." Faccio un respiro. "Yut."

"E spiega anche molte cose, in un certo senso."

"Yut." Gli do una pacca sulla spalla. "Sali su."

Annuisce e si arrampica su Dolores con Yoshi, mentre faccio cenno a Z-Lo e Aaron di avvicinarsi al mio veicolo. Facciamo un'inversione a U e torniamo indietro verso i restanti due veicoli parcheggiati sotto gli alberi accanto all'Adams Building.

"Starà bene?" chiede Aaron dopo alcuni secondi che guidiamo attraverso il campus.

"Ci vuole molto di più per abbattere un ragazzo come Ghost", rispondo. "Starà bene."

"Bene." Aaron annuisce e guarda fuori dal finestrino del passeggero. "Aveva solo un brutto aspetto."

"Non ho detto di no."

"Okay. Giusto."

"Ehi, Aaron? Va tutto bene?"

"Certo, certo. Solo… è molto da, sai, accettare. Di nuovo. Pensavo di essere…"

"Conserva questo pensiero per dopo." Freno, scendo e comincio a dare ordini. "Z-Lo, dai il cambio a Hollywood. Yoshi, ce la fai senza Bumper?"

Vedo che mi fa il pollice in alto dal sedile posteriore accanto a Ghost.

"Bumper e Hollywood, montate in sella."

"OTF", rispondono mentre corrono rispettivamente verso la Pescaccia e la Jeep.

"Siamo diretti a Staten Island", dico a tutti. "Ho avuto un'idea."

CAPITOLO 24

1020, venerdì 25 giugno 2027
Staten Island, New York
Korean War Veterans Parkway

CI SIAMO DIRETTI sulla Route 1, abbiamo preso la I-287 North e poi abbiamo continuato sulla 440 East fino a raggiungere Outerbridge Crossing. L'iconica campata a sbalzo non solo ci ha portato all'estremità meridionale di Staten Island, ma nel vecchio Empire State stesso. E così, il mio arsenale è illegale in un altro stato ancora. Benvenuti a New York.

La cosa più sconcertante, tuttavia, è stata guidare tra quelli che ho immaginato fossero gli ultimi abitanti di Staten Island. Individui e coppie portavano ciò che potevano in zaini improvvisati. Ma la maggior parte di quelli che abbiamo incrociato erano famiglie che spingevano carretti da giardino colmi di provviste. I bambini in spalla o seduti appollaiati su pile di cibo, barili d'acqua e coperte.

Vedere tutte quelle donne e i bambini mi ha fatto venire in mente la confessione farmacologica di Ghost. C'è una regola non scritta sull'ascoltare un fratello parlare della propria vita quando è a terra, che dice che non se ne deve mai parlare dopo il fatto a meno che non lo chieda l'interessato. E poi c'è un codice di condotta ancora più profondo che regola ciò che dicono i ragazzi quando sono in punto di morte. Per una violazione della fiducia a quel livello, si risponde a Dio, al diavolo o alla mamma dell'uomo. Tra questi, sceglierei il diavolo invece degli altri due. La lezione è: tieni la bocca chiusa. E di quello che ho sentito dire oggi da Ghost, è meglio che dimentichi tutto. L'uomo ha passato l'inferno. È stato detto fin troppo.

Tornati sul ponte, più di un benefattore ha cercato di fermarci mentre attraversavamo. Ci hanno avvertito che non era sicuro e che dovevamo tornare indietro. Alcuni hanno persino bussato al nostro cofano e ai finestrini, chiedendo un passaggio per i malati e gli anziani. Avevo incontrato molte di queste cose nella mia carriera militare all'estero ed ero diventato un maestro nella faccia da "fatti da parte", capace di far desistere tutti tranne i più bellicosi. Sì, ci voleva un certo livello di durezza di cuore per continuare a guidare. Ma ricordavo a me stesso che se queste persone sapessero dove eravamo diretti e cosa dovevamo fare, ci avrebbero incitati ad andare avanti invece di urlarci di tornare indietro.

Alla fine, siamo emersi dal collo di bottiglia della sopraelevata e siamo tornati sulla terra ferma.

Finora io e Aaron avevamo guidato in silenzio. Avevo bisogno di tempo per pensare. E, grazie a Dio, Chuck aveva capito l'antifona e aveva tenuto il becco chiuso. Per quanto riguarda il resto della squadra, sembravano aver accettato la mia richiesta di solitudine e seguito le mie istruzioni di idratarsi e mangiare una barretta proteica. L'adrenalina ha un modo subdolo di prosciugare le energie.

Tutti i discorsi con Chuck sul suo nucleo energetico e sui condensatori mi hanno fatto arrovellare su qualunque cosa ci aspetta a Lower Manhattan. C'è qualcosa che ha suscitato il mio interesse nel modo in cui la cupola sembra brillare sempre meno forte per poi improvvisamente illuminarsi di nuovo. E più penso alla mia conversazione con la squadra nel fienile e ai commenti di Aaron sul tipo di luce che aveva visto emanare dalla cupola, più ha senso l'ipotesi che ci sia una sorta di anello/portale nella parte bassa di Manhattan.

Continuo anche a tornare al mio primo avvistamento dell'ARU, al cavalcavia sulla I-280 East. Il campo di energia ha certamente resistito mentre passava il ponte, ma sono curioso di sapere quanto debba essere denso e spesso un materiale per interromperlo del tutto.

Ci sono indizi nascosti per me in tutti questi incontri. Ma raccogliere i miei pensieri è come cercare di radunare dei gatti. Per sistemarli, avrò bisogno di altre informazioni dalla mia pistola a raggi parlanti e dal mio migliore amico d'infanzia. E poi, forse, e dico forse, riuscirò a trovare il bandolo della matassa.

"Allora come ci hanno trovato, Chuck?" dico alla fine.

"Te l'ho già detto, non sono stato io."

Aaron si sporge dal sedile per guardare l'arma per la centesima volta.

Aggiusto lo specchietto retrovisore. "Ti credo. Ma non è quello che ho chiesto."

"Capisco. Bene, se questo è davvero un segnale di quanto sia cresciuta la nostra fiducia, ne sono felice. Entusiasta, persino."

"Stupendo. Rispondi alla mia domanda. Hai fatto trapelare la nostra posizione per sbaglio?"

"Decisamente no. Ora, se fossi una pistola con il doppio della mia età e con un grilletto allargato, allora la risposta potrebbe essere sì. A volte gli incidenti non possono essere evitati. È una parte normale dell'invecchiare."

"È davvero fantastico", dice Aaron mentre si aggiusta in avanti. "Come è…?"

Respingo la sua domanda per tornare a Chuck. "Allora, come hanno fatto? Dispositivi di localizzazione? Satelliti? Droni?"

"Niente di così convenzionale, no."

"Sarebbe convenzionale?"

"Voglio dire, rispetto alla biologia degli Androchidani in questo specifico ambito, sì."

Gli lancio uno sguardo severo nello specchietto retrovisore. "Continua pure."

"Beh, li hai già visti per la prima volta."

Aspetto che continui, ma non lo fa. "E?"

"Beh, e cosa?"

"Cosa cosa?"

"Come siete carini", dice Aaron.

Lancio un'occhiata a lui e poi di nuovo a Chuck. "E cosa, Charlie?"

"E non hai notato nulla in loro che fosse, oh, non so, strano? Un po' eccentrico, forse?"

"Eccentrico? Chuck, l'intera faccenda è dannatamente strana."

Il fucile sospira come un genitore deluso. "Dobbiamo davvero lavorare sulle tue capacità di osservazione."

Scuoto la testa e guardo fuori dal finestrino. "Avevano la bocca verticale, gli occhi incasinati, la pelle che…"

"Ah, sì. Gli occhi."

Guardo lo specchietto. "I loro occhi possono tracciarci? Come?"

"Hai notato la loro superficie simile a un reticolo?"

"Yut. Magenta, come i robot."

"Ottimo. Stai facendo progressi notevoli, Patrick. Di questo passo, la prossima settimana ti insegnerò a raderti."

Aaron mi dà una pacca sul bicipite. "Ha anche un gran senso dell'umorismo."

"Non incoraggiarlo." Faccio un cenno a Chuck. "E questo cosa significa?"

"A causa della loro evoluzione su un pianeta la cui stella è più fredda della stella della Terra, vedono in una gamma diversa di radiazioni elettromagnetiche rispetto a voi umani. Mentre entrambe le vostre specie classificano ciò che vedono come luce visibile, il che è comprensibile, vedono anche ciò che voi chiamereste 'radiazione infrarosse'."

"Affascinante", dice Aaron. "E come chiamerebbero ciò che vediamo?"

"Primitivo."

Aaron si gira e mi fa una faccia inespressiva.

"Yut. Gran senso dell'umorismo." Tornando a Chuck, aggiungo: "E allora? Hanno tracciato le nostre tracce di calore?"

"Fondamentalmente sì. Le gomme dei tuoi veicoli producono attrito ed emettono calore, quindi entrambe producono una scia ed ecco a te, hai un contatto."

"Quindi il tuo coso elettronico disgregatore…"

"Emettitore di disturbi elettromagnetici?"

"Sì. È quello che ci ha aiutato a nasconderci in biblioteca?"

"Ha aiutato a ridurre la loro capacità di rintracciarti *fino alla* biblioteca, sì. Poi siete scappati tutti in direzioni diverse come topi di strada e sono riuscito a tenervi nascosti solo per pochi istanti. Devi sapere che sono in grado di interrompere un'ampia gamma di frequenze elettromagnetiche per brevi periodi in un raggio limitato."

"Ok." Mi gratto sotto la barba, cercando ancora di mettere insieme qualche altro pezzo. "Allora perché non ci hanno seguito la sera prima?"

"Questo precede la nostra unione", dice Chuck. "Sono terribilmente dispiaciuto."

"La vostra unione?" chiede Aaron.

"Lascia stare." Scuoto il capo.

I LED di Chuck si illuminano. "Oh, ma Patrick. La storia è così…"

"Il nostro team ha fatto fuori due robot e poi è fuggito a ovest per ripararsi in un vecchio fienile per la notte." Devo tenere questo treno sui binari, sia Aaron che Chuck hanno capacità quasi uguali per farlo deragliare.

"E tu eri vicino al campo di forza quando questi robot sono stati fatti fuori?" chiede Chuck.

"Yut."

"Capisco. Beh, anche se non posso…"

"Spifferare informazioni sugli alieni, ho capito."

"Oh che parola divertente. Spifferare. Informale. Derivante da piffero, un verbo che, se usato colloquialmente, significa riferire, ridire senza riserbo o riguardo…"

Mentre la definizione di Chuck avanza, Aaron mi fa un sorriso. "Lo fa spesso?"

"Yut."

"Internet?"

"Uh-huh."

"Affascinante."

"…che sarebbe doveroso o opportuno tacere", dice Chuck, concludendo la sua definizione recitata.

"Allora cosa mi puoi dire?" chiedo.

"Per prima cosa, che spifferare è un'attività pericolosa. Due, al momento della vostra ritirata al fienile, la vostra traccia di calore era molto probabilmente irrilevante. L'incontro è avvenuto all'interno della finestra di apertura della cupola, un breve periodo caratterizzato dalla rapida e spesso caotica dispersione di una civiltà. Eravate, semplicemente, uno dei tanti pezzi di merce in fuga che danneggiava i beni degli Androchidani."

"Quindi si aspettavano di perdere dei bot?"

"Certo. All'inizio, tutte le specie mature al punto giusto oppongono resistenza."

La menzione della parola *maturo* riporta alla memoria le membra che abbiamo visto nell'ARU.

"Altro dettaglio", continua Chuck. "Avete solo distrutto dei robot, come li chiamate voi. È un nome davvero piuttosto elegante."

"E tu come li chiami?" chiede Aaron.

"Oh, non sono io", dice Chuck, suonando come se si fosse messo una mano sul petto per legittima difesa. "Sono gli Androchidani. Nel vostro linguaggio militaresco e ricco di acronimi, i robot sarebbero chiamati ASS."

"Che sta per?"

"Assassini semi-senzienti."

"Sì, è molto meno affascinante", dice Aaron.

Metto insieme i pezzi del puzzle. "Quindi, quando ho fatto il sashimi di un angelo della morte, e l'ho fatto fuori dalla finestra di apertura, i capi degli Androchidani ci hanno preso più seriamente e ci hanno rintracciato."

"Esatto, Patrick. E ben fatto per aver aggiunto un termine giapponese a caso nella tua conclusione. Phantom Three avrebbe sicuramente qualcosa da dire a proposito. Dovrei avvisarlo?"

"Negativo." Stringo i denti. "C'è ancora una cosa che non capisco, però. Se hanno una visione termica così perfetta…"

"Ooooh, mi piace quel termine!"

"… una visione termica così perfetta, perché dovrebbero aver bisogno del rilevamento termico per il tuo mirino?"

Chuck non risponde subito. Ma quando lo fa, parla lentamente e il suo tono è pieno di misera incredulità. "Patrick. Dopo averli visti e confrontati, pensi davvero che quei succhia carne siano in grado di modellare, figuriamoci concepire, qualcosa di così generosamente complesso e fantasioso come *moi*?"

"Quindi stai dicendo che non sei il loro hardware?"

"Come la maggior parte delle cose che hanno gli Androchidani, esatto. Sono nato altrove."

"Sei un bottino allora."

Chuck esita. "Come hai detto?"

"Sei un bottino. Refurtiva. Frutto di un saccheggio."

"Ah, capisco. No. Credi davvero che la specie che mi ha creato sarebbe stata conquistata da gente come loro? Ah! Mi delizi, Patrick, davvero. Penso che sia per questo che andiamo così d'accordo, *n'est-ce pas*? Tu mi diverti, io ti faccio divertire…"

"È una mia impressione o la sua personalità sta crescendo?" dice Aaron a voce bassa.

"Sta crescendo, d'accordo. Crescendo per diventare una spina nel fianco." Qualunque sia l'origine di Sir Charles, immagino sia stato il risultato di uno scambio di armi segreto. Sembra che i soldi e i trafficanti di armi siano universali. Letteralmente.

"… e tutti vincono." Chuck prende un respiro ed emette un sospiro molto vocale. "Ahhhh. Mi sto davvero godendo tutta questa libertà."

"Si vede", dice Aaron.

"Beh, scusa se questo dovesse far scoppiare la tua bolla di felicità, ma stiamo tornando dai tuoi amici", dico.

"Era… era una gioco di parole, Patrick?"

Guardo fisso la cupola blu di fronte a noi e poi gli lancio un'occhiataccia nello specchietto retrovisore. Porca puttana. Non ci stavo nemmeno provando.

"Sai, un giorno sarò simpatico come te, Patrick."

Okay, rido un po'. E mi odio per questo, perché i suoi giochi di parole sono davvero pessimi.

"In ogni caso, stavo per dire, sì, ho notato che stiamo tornando dai miei'amici', come dici tu. Vuoi spiegarmi?"

"Lo farò, ma prima ho bisogno di scambiare due parole con te." Guardo Aaron.

"Io?"

"Oh, sei nei guai," dice Chuck. "Ho visto Patrick arrabbiarsi, e ragazzo mio, meglio non essere nelle vicinanze quando succede. Si prega di allacciare le cinture di sicurezza e assicurarsi che i finestrini siano completamente chiusi."

Aaron mi lancia uno sguardo indifferente. "Sì, l'ho già visto arrabbiarsi."

"Ok." È ora di rimettere le cose a posto. "Cosa è successo dopo che me ne sono andato?"

"Ellsworth?"

"Yut." Aspetto un secondo e poi aggiungo: "Ti sei comprato una pistola, Aaron."

"Lo so."

"Una dannata pistola."

"Ho detto che lo so!"

"Wow", dice Chuck. "È meglio di Beautiful."

"Zitto", esclamiamo Aaron ed io allo stesso tempo.

"Ah, argomento delicato. Taccio. Diamine."

Aaron si sistema sul sedile, poi liscia i jeans con le mani. "Te ne sei andato, ed è arrivato l'ONU."

"Robertson."

Aaron volta la testa di scatto. "L'hai incontrato?"

"Non lo definirei un incontro. Più come un'intrusione, seguita da me che gli ho fatto sapere esattamente come la pensavo."

"L'hai minacciato?"

Faccio un mezzo sorriso ad Aaron. "Ho spiegato che se fossi rimasto non sarebbe stato un bene per la sua salute."

"Quindi l'hai minacciato." Aaron annuisce. Anche se parliamo lingue diverse quando si tratta delle nostre professioni, mi capisce ancora. Almeno un po'.

"Comunque", dice Aaron. "È subentrato Robertson, ma io avevo ancora il controllo del progetto da un punto di vista scientifico."

"E presumo che nessuno di voi l'abbia fatto esplodere."

Aaron scuote la testa. "Forse se lo avessimo fatto, niente di tutto questo sarebbe successo."

Batto una mano sul cruscotto. "Grazie."

"Ma allora come ci saremmo incontrati, Patrick?" chiede Chuck.

"Non sono proprio dell'umore giusto, amico."

"Va bene", dice piano. "Un bisticcio tra innamorati."

"Contrariamente a quello che potresti pensare", dice Aaron, "dopo che Robertson ha insistito per riaccenderlo, non è successo nulla."

"Non si è riattivato?"

"L'abbiamo riacceso, ma non è uscito nulla. È andata avanti così per quattro settimane."

"Quattro settimane?"

Aaron annuisce. "Robertson aveva il suo contingente militare pronto, cinque forse sei volte più grande di quello che avevi tu. Armi più grandi. E per tutto il tempo, il campo energetico è rimasto completamente statico. Questo fino a quando i nostri sensori non hanno rilevato un picco."

"Che tipo di picco?"

"Il picco degli arrivi", dice Chuck come un bambino che dà un nome al colpo di scena del suo film preferito.

Aaron fa spallucce e annuisce. "In sostanza, è più o meno così. Ed è stato un puro caso che io non fossi lì."

Lo guardo accigliato. "Dov'eri?"

"Ero stato richiamato alla stazione McMurdo per alcuni giorni. Ho dovuto spiegare perché avevo…"

Quando non dice altro, gli chiedo: "Stai bene?"

"Ho preso a pugni Robertson."

"Cosa?" Il sorriso sul mio viso è il più grande che faccio da un po'. "Stai scherzando!"

"Lo so. Il dottor Campbell il pacifista. Ma sì. L'ho preso a pugni. Ha fatto un commento su come tutte le vite perse qui fossero "trampolini di lancio necessari" per la più grande scoperta della storia. Così ho alzato il pugno in questo modo", mi fa vedere, "e poi gli sono andato vicino alla faccia e gli ho detto:'Necessari un corno' e poi ho dato un cross alla guancia sinistra."

"Santo Dio Onnipotente, Aaron." Gli afferro la spalla e gliela stringo. "Sei un animale."

"Lo so. E poi sono corso al mucchio di neve più vicino, ho infilato dentro la mano e ho preso tre ibuprofene." Si massaggia le nocche della mano destra. "Dannazione che male, Pat. Nei film non lo fanno vedere."

"Certo che no."

Non riesco a cancellare quel maledetto sorriso dalla mia faccia. Scazzottate, il revolver, combattimenti: queste erano le cose che ci avevano portato su strade diverse. E ora, ecco Aaron che fa le cose per cui si arrabbiava con me e Jack.

Aaron mi mostra un dito: "Non fraintendermi. Quello che ho fatto è sbagliato."

"No, non lo è."

"Si, molto. E non mi perdonerò mai…"

"Non è stato sbagliato, Aaron." Lo dico abbastanza forte che la dichiarazione formi un lungo silenzio tra di noi. "Hai fatto la cosa giusta."

Sospira, nasconde la mano destra sotto la coscia e poi guarda fuori dal finestrino del passeggero. Il silenzio si estende ulteriormente mentre le gomme della Land Cruiser battono ritmicamente sulle crepe dell'asfalto.

"Quando sono arrivati, hanno distrutto tutto", dice.

Cerco di incrociare lo sguardo di Aaron, ma è concentrato altrove e conosco quella posizione.

"Quando siamo arrivati, loro…" Si passa una mano sul viso. "Erano tutti morti. Il posto era… Beh, era un disastro. Hanno fatto saltare l'intero ghiacciaio, fino al cielo. E solo… corpi ovunque. Il lavoro. Lo staff. Era tutto distrutto."

Ho lasciato che il momento di silenzio durasse in onore dei morti e poi ho messo di nuovo una mano sulla spalla di Aaron, questa volta più dolcemente. "Mi dispiace."

"Anche a me." Stringe le mani a pugno. "Avrei dovuto essere io, giusto?"

Annuisco. "Yut. Ed è un pensiero difficile da scacciare."

"Già." Guarda di nuovo fuori dal finestrino. "La parte strana è stata che nessuno è riuscito a trovarli dopo. Gli alieni, intendo. Ho sentito per caso alcuni pezzi grossi dell'esercito dire che avevano trovato tracce di qualcosa che lasciava la zona, ma niente di definitivo. Così mi hanno chiesto di spegnerlo e poi è finita lì."

"Quindi hai spento l'anello?"

"Sì."

"E poi ti hanno mandato a casa?"

"Già."

"Ed è allora che hai comprato la pistola."

Aaron si sposta sul sedile. "Dopo quello che ho visto, io…"

"Non ti biasimo. Avrei fatto la stessa identica cosa se fossi stato nei tuoi panni."

Annuisce, ma sembra poco convinto. "Quando sono atterrato, mi hanno portato direttamente al Pentagono. Sono rimasto là per quattro giorni. Ho detto che il progetto era finito e sono stato minacciato in molti modi molto espliciti che sarei stato arrestato e processato per tradimento se ne avessi mai parlato di nuovo."

"Hai seguito quella linea piuttosto bene durante l'intervista televisiva, vero?"

Mi guarda. "L'hai vista?"

"Amico, sono abbastanza sicuro che la maggior parte della nazione l'abbia vista."

Abbassa la testa. "Ho solo pensato che… beh, se fossi riuscito ad incuriosire altre persone, allora forse…"

"Avrebbero scoperto che sapevi davvero di cosa stavi parlando?" Annuisce.

Poi indico la gigantesca cupola blu di fronte a noi. "Penso che possiamo dire con certezza che avevi ragione."

"Sì, ma non volevo che andasse così."

"Nessuno lo vuole mai." Guardo Aaron, ma sembra triste quanto Ih-Oh in Winnie the Pooh. "Aver ragione a volte fa schifo. E nei pochi casi in cui non è così, di solito è per cose che non contano molto."

Vedo le spalle di Aaron alzarsi e abbassarsi. "Quando i giornalisti mi hanno chiamato, si sono comportati come se la perdita di comunicazione fosse una notizia dell'ultima ora. In realtà era storia vecchia per quelli di noi che erano sopravvissuti. Cavolo, ero a casa da più di tre settimane. Non mi è venuto in mente fino a quel momento, durante l'intervista, che potesse esserci qualcos'altro."

"Una seconda ondata", dico.

Aaron sposta la sua attenzione su di me. "Esattamente. È esattamente quello che ho concluso."

"Ma avevi spento l'anello."

"E ho cercato di dire a tutti che dovevamo farlo saltare in aria."

Sorrido. "Suona familiare."

"In realtà mi hanno accusato di parlare come te."

"Lo prendo come un complimento. Quindi cosa credi che sia successo?"

Aaron sembra improvvisamente molto meno simile a Ih-Oh e, anche se non ancora del tutto Tigro, almeno un po' come Winnie the Pooh con in mano un barattolo di miele. "Penso che il nostro primo incontro fosse una sorta di squadra di scouting."

Lo guardo. "Ricognizione?"

"Certo, si. Una volta colpiti i militari di Robertson e il nostro team scientifico, sono partiti per sorvegliare il resto del pianeta. Ma erano più di questo. Erano tipo…" inizia a schioccare le dita mentre cerca la parola. "Un tipo di ingegneri."

"Ingegneri di combattimento?"

Mi indica. "Quello. Prendevano le misure e si preparavano per la battaglia."

"Pensi che abbiano fatto passare abbastanza attrezzatura in quell'incontro che hai descritto?"

"Ecco, è quello il punto. Non credo che sia stata l'unica volta che sono passati dall'anello. Non è possibile."

"L'hanno aperto di nuovo?" La mia mente sta correndo a cento all'ora, poiché questo potrebbe confermare l'intuizione che avevo avuto prima. "Cosa credi? Che l'abbiano aperto dall'altra parte?"

"Certo."

Mi strofino la nuca. "Pensavo che dovessimo aprirlo dalla nostra parte?"

"Nessuno ha mai detto che non avrebbero potuto ricambiare il favore", dice Aaron con un sorriso amaro. "Ma anche se non è così, c'è una spiegazione più semplice."

"Avevano già degli Androchidani che potevano riaprirlo da questa parte."

"Ed eccoci qui."

"Bravo, dottor Campbell. Dico io", dice Chucks dal sedile posteriore. "Anche se non posso esprimermi sulle tue conclusioni, ovviamente, posso almeno congratularmi sinceramente per la tua logica. Il massimo dei voti su tutta la linea. E, potrei aggiungere, siete la prima specie ad aver messo insieme tutti quei pezzi, e anche così velocemente."

"Grazie?" dice Aaron con le sopracciglia aggrottate.

Ora che abbiamo parlato, gli ingranaggi del mio cervello stanno girando ancora più velocemente. "Quando eravamo insieme a Ellsworth, hai detto che pensavi che l'anello avesse una propria fonte di energia"

"Sì, è vero."

"Ci credi ancora?"

"Non ho mai avuto motivo di dubitarne prima. E penso che l'ipotesi sia rafforzata alla luce di quella che chiamerei la terza apertura, la tua e la mia sono la prima, quella di Robertson la seconda..."

"E quest'ultima sconosciuta è la terza", aggiungo.

"Esatto. Anche se quegli Androchidani", si volta a guardare Chuck, "L'ho detto bene?"

"Esatto, bravo dottore. Esatto."

"E se quegli Androchidani che sono passati nella seconda apertura non sono tornati per riattivare il portale, una fonte di energia extra-locale spiegherebbe come la specie potrebbe riaprirlo dall'altro lato."

"Perché avevano il controllo", dico. "Lo stavano alimentando, in mancanza di un termine migliore."

"Esatto."

"Quindi ecco la mia domanda, Aaron." Indico a nord-est verso la città. "Supponendo che qualunque cosa ci sia nella parte bassa di Manhattan sia una sorta di portale per trasferire le persone, pensi che potrebbe essere alimentato allo stesso modo?"

"Questa è un'ottima domanda, è vero. A questo punto sono solo speculazioni, no? Congetture."

"Vero. Ma considerando quello che hai visto sul sito di scavo di Ellsworth e quello che vedi qui, sono la stessa fonte di energia?"

"Non sono sicuro di seguirti, Pat."

"Beh, diciamo che non siamo riusciti a spegnere l'artefatto al Polo Sud perché era alimentato da un'altra parte. E andiamo ancora oltre. Diciamo che qualunque cosa lo stia alimentando potrebbe in qualche modo garantire che l'anello non si scomponga, non si sfaldi..." Lo guardo per vedere se sta seguendo il filo del mio ragionamento. "…dopo milioni di anni. E che non avrebbe ceduto all'esplosione di una bomba anche se avessimo avuto il via libera per provarci."

C'è una pausa prima che Aaron risponda. Riesco a vedere il suo cervello in funzione. Bene.

"Pat, io… Non ci avevo mai pensato. Ho solo pensato che l'integrità compositiva si fosse conservata perché era rimasto bloccato nel ghiaccio."

"In un ghiacciaio? Non si muovono, Aaron?"

"Sostanzialmente sì. Oh, ora mi sento un imbecille."

"Sciocchezze", dice Chuck. "Ora, chiedere alla tua arma di erogare esplosioni di energia ad alto rendimento su un bersaglio intrinsecamente debole quando quello che avresti dovuto fare davvero era delineare il quadro più ampio, ora che…"

"Silenzio, fionda", dico.

"Ugh! Stavo solo cercando di far sentire meglio Aaron."

"Trova un altro modo."

Aaron è ancora perso nei suoi pensieri e sta elaborando ad alta voce. "Ho sempre concluso che la massa e la densità dell'anello fossero sufficienti per preservarne la forma. Ma un campo di energia quantistica raggiungerebbe un'integrità ottimale. Certo, non riesco nemmeno a pensare a come sia possibile una cosa del genere, figuriamoci se riesco a capire come funzionerebbe, ma, sì, questo spiegherebbe molto." Si ferma e si porta un dito alle labbra. "Ma per così tanto tempo? Parliamo di decine di migliaia di anni, Pat."

"Eh, l'hai detto. Ci sono molte cose che non possiamo spiegare. Ma in questo momento, non ho bisogno di spiegarlo. Voglio solo sapere se è diverso da quello che c'è là fuori." Indico l'orizzonte.

"E perché?" chiede Aaron.

"Perché, mentre quello nel tuo sito di scavo doveva durare per secoli, non sono così sicuro di questo qui"

"Pensi che sia più un allestimento temporaneo?"

"Dal punto di vista tattico, yut. Non mi interessa se sei un alieno o no, le risorse sono limitate e ogni operazione ha i suoi punti di forza e di debolezza. Non costruisci un bivacco nello stesso modo in cui costruisci un FOB."

"Un cosa?"

"Una base operativa avanzata." Scuoto il capo. "Non importa. Il punto è che ho bisogno che tu ti concentri su quali differenze ci siano tra qualunque cosa ci sia là dentro e ciò che hai passato gli ultimi due decenni della tua vita a studiare. Ecco perché sei qui." Non ho bisogno di sapere come si può spiegare scientificamente, voglio solo sapere come possiamo distruggerlo, perché è quello che faremo. Quindi ho bisogno dei tuoi occhi e della tua testa."

"Ok." Aaron annuisce come se si stesse preparando. "Ok, penso di poterlo fare."

"Pensare non è abbastanza, Aaron. Se vieni con noi dall'altra parte, allora devo saperlo. E non è nemmeno troppo tardi per tornare indietro. Se vuoi unirti alle persone sfollate e trovare un modo per sopravvivere, non ti fermerò. Diavolo, non posso dire che non farei lo stesso. Ma se scegli di venire con noi, allora sei con noi fino in fondo. Nessun ripensamento, nessuna esitazione. Li manderemo all'aldilà o moriremo provandoci."

Aaron deglutisce. "Quanto tempo ho a disposizione?"

"Fino a quando non troviamo un modo per entrare nella bolla."

"Posso farti sapere allora?"

"Yut. E lo rispetto. Fidati."

"E mi piace il tuo modo di pensare, Patrick", dice Chuck. Poi sento la sua voce che interrompe le comunicazioni e dice: "Preparatevi, Phantom. Andiamo a far saltare tutto in aria!"

CAPITOLO 25

1045, venerdì 25 giugno 2027
Staten Island, New York
Richmond County Yacht Club

LASCIAMO I VEICOLI in un parcheggio sull'oceano destinato a proprietari e ospiti delle barche attraccate al molo, anche se dubito che la direzione farà rimuovere i nostri veicoli perché non rientriamo in nessuna delle due categorie. Un altro grande cartello ci dà il benvenuto al Richmond County Yacht Club. Sullo sfondo, banchine piene di ogni sorta di imbarcazioni da diporto ondeggiano in una baia illuminata dal sole degna di un dipinto ad olio. Dietro la scena, un lungo lembo di terra separa la baia dall'oceano, al quale si accede da un'apertura a sud.

Stranamente assenti sono gli strilli incessanti delle gavine, il ronzio dei motori delle barche o i latrati lontani dei leoni marini. La cupola sembra averli allontanati tutti per un motivo o per l'altro. Trovo interessante e allarmante quanto sia diverso il mare senza quei suoni inconfondibili. In effetti, le uniche cose che mi sono familiari sono l'aria salmastra e il vento che arriva dall'Atlantico. L'intera scena sembra strana.

Hollywood si aggiusta gli occhiali da sole sul naso. "Vuoi fare cosa, scusa?"

La squadra è riunita intorno al lato passeggero posteriore di Dolores a beneficio di Ghost. Doc lo ha fasciato bene, ma zoppicherà per il resto dell'operazione.

"Voglio vedere se possiamo nuotare sotto la cupola," dico, ripetendomi ancora una volta. "Se ci riusciamo, allora possiamo parlare dei possibili piani di assalto basati su ciò che sospettiamo ci sia dall'altra parte."

328

"Pensi che l'immersione sia il modo migliore per entrarci?" chiede Bumper. Come mi aspetterei da un SEAL, non sembra affatto turbato. Quindi la sua domanda è probabilmente a beneficio di tutti gli altri che non sono appassionati di annegamento quanto lui.

"Sì. Quando ci siamo incontrati, eravamo sotto il cavalcavia sulla I-280."

Annuiscono.

"Ho notato che le persone all'interno della cupola sembravano aspettarsi che il ponte potesse consentire l'apertura di un varco. Ho pensato anche io la stessa cosa."

"Ma non è stato così", dice Yoshi. Vuota la sua fiaschetta e poi ci guarda dentro. "Dannazione."

"No. Non è stato così. E della gente è morta per questo. Ma ho notato qualcosa di insolito."

"Ovvero?" chiede Hollywood.

"Il colore del campo sotto il cavalcavia era leggermente meno intenso rispetto al resto della cupola."

"Pensi che fosse ridotto", afferma Bumper.

Annuisco. "Ha senso, vero? È davvero sorprendente che la cosa possa passare attraverso pochi centimetri di cemento e continuare a fare il suo lavoro."

"Quindi stai pensando che anche l'acqua potrebbe mitigarlo", aggiunge Bumper.

"Yut. Ovviamente ci sono altre alternative."

"Tipo?"

"Le fognature."

Tutti sussultano.

"No, grazie", dice Yoshi. "Ci sono già passato."

"E io che pensavo che l'Air Force non si sporcasse le mani", dice Hollywood.

"Non lo fanno", risponde Bumper. "Stava solo parlando di doversi pulire il culo."

"Divertente", dice Yoshi grattandosi l'occhio con un dito medio.

Sorrido ma riprendo rapidamente a parlare per far andare avanti le cose. "Potremmo cercare l'ingresso di una fogna che passi sotto il bordo della cupola. Ma è rischioso perché i tunnel non sono sempre così rettilinei."

"E non c'è alcuna garanzia che le strade sopra di loro fermeranno il campo di forza", afferma Ghost.

Annuisco. "Esatto. Ma l'acqua potrebbe."

"Perché mai?" chiede Z-Lo. "Mi sembra che il cemento dovrebbe riuscire a fermare le cose meglio dell'acqua."

"Per la maggior parte delle forme di radiazioni lo è, di sicuro", dice Aaron. "Ma se riesci a metterne abbastanza tra te e una sorgente di neutroni, l'acqua è un isolante sorprendentemente efficace. Inoltre, se questo campo energetico è di natura elettrica, potrebbe non apprezzare l'acqua come facciamo noi." Poi si rivolge a me. "Non male, Pat."

"Grazie. Penso che mentre sarebbe difficile trovare un metro di cemento sotto cui camminare, possiamo facilmente trovare qualche metro d'acqua sotto cui nuotare." Indico a nord-est verso la Lower Bay di New York City. "Ma prima dovremo provarlo."

"Vuoi andare là fuori?" chiede Hollywood. "Piuttosto esposto, vero?"

"Se posso", dice Chuck dall'interno della mia Land Cruiser. "Sta diventando piuttosto soffocante qui. Posso unirmi a voi?"

"Sembra che il signor Cervellone abbia qualcosa da aggiungere", dice Bumper.

Mi avvicino e apro la portiera. "Non hai fatto pipì sui mobili, vero?"

"Forse un po'. Ma ero così contento di vederti."

"Lecchino."

"Smidollato."

Prendo Chuck e lo porto dagli altri. "Che cos'hai da aggiungere, Sir Charles?"

"Per quanto riguarda i dubbi di Phantom Two, mi assicurerò di avvertire Sua Santità Phantom One con largo anticipo di ogni possibile contatto", afferma Chuck.

"Oh, come l'avvertimento 'in largo anticipo' che ci hai dato nell'Adam's Building?" chiede Hollywood.

"Mi hai appena fatto le virgolette con le dita?" dice Chuck.

"Senz'altro."

"Non è giusto, Hollywood. Sai che io non posso rifartelo."

"Piangi un po'."

"Oh. Salace. Devi sapere che gli edifici mi hanno impedito di rilevarli prima. Inoltre, il dottor Campbell mi stava ossequiando, il che è stato una leggera fonte di distrazione sebbene incredibilmente appropriato."

Tutti guardano Aaron.

"Cosa? Ero curioso." Aaron riprende Chuck. "E non era ossequiare, Sir Charles. Era… un interesse intenso."

"Certo, certo." Chuck tossisce. "*Ossequiando*. Ad ogni modo, in mare aperto, avrò tutto il tempo per avvisarvi se doveste essere notati. Inoltre, gli Androchidani non prestano molta attenzione ai corsi d'acqua così lontani, visto che siete una specie che ama la terra. La loro attenzione sarà su coloro che si dirigono verso… Hmm. Beh, la loro attenzione sarà altrove. Inoltre, muoversi durante il giorno va a tuo vantaggio data la loro 'visione termica' in relazione alla vostra stella locale. E, sì, se non l'avessi notato dall'inflessione della mia voce, ho usato le virgolette, Phantom Two."

"Beh, questo ha appena ribaltato la nostra operazione", dice Z-Lo.

Alzo un sopracciglio a Chuck. "Ti va di spiegare un po' di più la loro biologia?"

"Uhm, no." Poi, come tra sé e sé, borbotta: "Anche se i loro dannati caschi, quegli idioti ingrati, aiutano a comprimere un po' le variazioni di frequenza. Imbecilli, ce l'hanno scritto in faccia."

"Stiamo ancora parlando degli alieni?" chiedo.

"No. I caschi. Il loro software è una vera spina nel fianco."

"Senz'altro."

"Comunque. Se dovessi trovarti in una situazione complicata, cercherò di nasconderti temporaneamente con il mio emettitore di disturbi elettromagnetici."

"Il tuo cosa che cosa?" chiede Hollywood.

"La stessa cosa che ha usato per farci guadagnare del tempo in biblioteca", dico.

"*Fino alla* biblioteca", corregge Chuck.

Hollywood incrocia le braccia e mi squadra. "Allora, vuoi farci salire tutti su una barca e vedere chi può nuotarci sotto senza perdere la testa o, ora che ci penso, senza rimanere fulminato?"

"No. Non vi sto chiedendo di fare niente. Mi offro volontario per vedere se funziona."

"Verrò con te", dice Bumper.

Ma Hollywood non sembra convinta. "È troppo pericoloso. Non mi piace affatto."

"Capisco le riserve di Hollywood", dice Chuck. "Dato che questo riguarda direttamente il tuo benessere, Patrick, forse un'alternativa meno rischiosa è permettermi di essere il tuo canarino nella miniera di carbone, per così dire."

"Tu?" Sbuffo. "Anche se poche cose mi darebbero più piacere in questo momento che gettarti in un po' d'acqua solo per vedere cosa succede…"

"È molto meno eccitante di quello che potresti aspettarti, te lo posso assicurare. Sono abbastanza impermeabile. Inoltre, abbiamo già fatto tutta la cosa del buttarmi via, ricordi? Pensavo che fossi soddisfatto e abbiamo concordato che non sarebbe successo di nuovo."

Mi fermo, sopraffatto davanti alla sua incredibile capacità di infastidirmi. "Come stavo dicendo, non credo che mandarti a testare dove finisce il campo di forza sia l'opzione più saggia, non quando potremmo legare una roccia a una corda e ottenere la stessa cosa."

"Non essere sciocco, Patrick. Anche se sono lusingato di essere tenuto leggermente più in considerazione di una roccia, quel particolare approccio richiede che tu abbia una sorta di tessuto vivente sulla pietra, come pelle, muscoli, sangue o uno qualsiasi dei tuoi altri fluidi più viscosi. Potrebbero essere necessari diversi tentativi e, quindi, diversi campioni di tessuto. Inoltre, la pietra non è in grado di fornire un'analisi in tempo reale della capacità delle acque oceaniche del tuo pianeta di attenuare la potenza del campo. Se il campo è fluttuante, è importante saperlo. Fidati."

Hollywood fa un sospiro. "Certamente mi piace l'idea di mandare giù una pietra più che mandare giù te."

"È gentile", risponde Chuck.

Hollywood mi indica. "Stavo parlando di lui."

"Oh."

"Ma penso che l'idea di Chuck sarà più veloce e sembra che potrebbe fornirci informazioni migliori."

"Oh, senz'altro", dice Chuck con enfasi. "Senz'altro, Phantom Two. Puoi contare su di me per sondare quelle profondità come la migliore sonda che tu abbia mai usato."

"No." Hollywood stringe forte le labbra e inizia a scuotere la testa. "Oh no."

"Hai cambiato idea?"

Tiro Chuck vicino a me. "È meglio se stai zitto ora."

"Okaaaaay. Bene. Ma non vedo quale sia il problema."

"Quello si era capito." Guardo Bumper. "Ancora disposto a venire con me?"

"Roger."

"Allora troviamoci una barca prima che capisca cosa ha detto."

"Ma cosa ho detto?"

Tutti tranne Ghost si mettono in coppia per cercare nelle sezioni del molo una barca che soddisfi le nostre specifiche. Deve essere completamente analogica, in grado di portare l'intera squadra se Bumper, Chuck e io torniamo con buone notizie e deve avere molto spazio per l'attrezzatura. È auspicabile che abbia anche avere il serbatoio pieno.

Prendo Z-Lo e mi dirigo verso i moli più a nord. A turno cerchiamo le chiavi e proviamo ad accendere le barche che riteniamo adatte al profilo. Mentre lavoriamo, decido di provare a conoscerlo un po' meglio. Non c'è niente di meglio di una conversazione casuale per riempire il tempo e arricchire la mia conoscenza di un membro del team. Quando sei al comando, quasi tutto è calcolato.

"Come va la spalla?" chiedo.

Z-Lo guarda la benda sotto il buco bruciacchiato della sua uniforme. "Doc dice che va bene. Dice che la cicatrice che avrò farà impazzire le ragazze."

"Sei fortunato."

"Davvero. A quanto pare, il bello di essere colpiti con un blaster è che la ferita si auto *cateterizza*."

"Cauterizza?"

"… Sì, quello. Certo, non sono stato colpito a un organo o cose così. Sto bene."

"Sono contento di sentirtelo dire. Ecco, dammi una mano", e mi aiuta a scendere da un Bayliner di ventiquattro piedi morto, con la scatola dei circuiti esplosa. "Allora, qual è la tua storia?"

"Vuoi… vuoi conoscere la mia storia?"

"Non vedo nessun altro."

"Si, certo. Uh. Cosa vuoi sapere?"

"Beh, sei del sud della California?"

"San Diego."

"Bene."

Alza le spalle mentre ci dirigiamo verso un'altra barca promettente. "Immagino."

"Non ti piaceva?"

"Eh. Papà ha sempre voluto che seguissi le sue orme."

"Imprenditore?"

Ride. "Lavorava per un'acciaieria locale."

"Ah, capito."

"Io sono il più piccolo. Ho nove fratelli e sorelle."

"Santo cielo, ragazzo. Sei sicuro di non essere cattolico?"

"Ungherese. Quindi, sì." Ridacchia. "Fondamentalmente sono la stessa cosa per quanto riguarda mia nonna."

"So cosa vuoi dire."

"I miei genitori non erano religiosi. Volevano solo una vita migliore per noi di quella che avevano avuto loro. Ma non volevo che mi succedesse quello che hanno passato i miei fratelli maggiori, capisci?"

"Ovvero?"

"Lavorare all'acciaieria con papà."

"Tutti quanti?"

Annuisce. "La nostra famiglia può essere piuttosto testarda."

"Eppure, hai deciso di arruolarti nei Marines? Senza offesa, ragazzo, ma non è esattamente la strada che qualcuno prende per sfuggire al lavoro manuale."

"Puoi dirlo forte." Z-Lo ride mentre salta su un Boston Whaler che sembra promettènte, anche se un po' piccolo. "Non è stata la mia prima scelta."

"E cos'era?"

"Ehi, niente di che." Trova le chiavi nascoste sotto la console centrale. "Solo andare al college. Forse scoprire qualcosa di diverso dalla lavorazione dell'acciaio."

Faccio un rapido giro a 360 gradi per assicurarmi che siamo ancora al sicuro e chiedo a Chuck di fare anche un controllo perimetrale. "Allora perché non l'hai fatto?"

"Papà non era d'accordo." Prova l'accensione. "Eh, anche questo è morto. Ha detto che il college e i computer non fanno carriera. Vecchia scuola, sai?"

"Yut." Non ho il coraggio di dire al ragazzo che sono d'accordo con il suo vecchio. D'altro canto, sembra che quasi tutti quelli che hanno un'istruzione siano più ricchi di me, e tutto grazie al signor Gates e al signor Jobs. Allora che diavolo ne so?

Aiuto Z-Lo a scendere dal lato della barca e poi continuo a cercare.

"Quindi io e mio padre abbiamo fatto una grossa litigata, sai? Lui mi urla contro, io gli urlo contro e mi viene fuori: "Allora mi arruolo nell'esercito." Quindi sono andato a piedi fino all'ufficio del reclutatore, perché papà non mi ci avrebbe portato in macchina."

"E ti sei arruolato."

"Proprio così."

"Il tuo vecchio ha detto qualcosa?"

"Certo. '*Mi a fasz van veled!*'"

"Il che significa…"

Ride. "Letteralmente:'Che stupido cazzo hai?'"

"Quindi non è stato contento."

"No. E da allora non ci siamo più parlati."

"Mi dispiace, ragazzo."

Z-Lo alza le sue grosse spalle. "Eh. Io sono il più piccolo. Ci passiamo tipo cinquant'anni, no? Non abbiamo molto in comune e non credo cambierà. Quindi, sì. Ecco qui. Ma il Corpo è stato davvero buono con me. Tre pasti al giorno, un letto caldo e posso ancora farla da padrone sul tappeto."

"Il tappeto?"

Annuisce. "Se la scuola mi ha dato qualcosa, è stato permettermi di dominare sul tappeto, sai? Ho persino vinto il campionato tre dei miei quattro anni."

"Wrestling."

"Sì, certo." Gonfia il petto e le braccia in un modo che sembra più che si stia mettendo in mostra che non un esercizio. "Probabilmente avrei vinto anche il quarto anno, ma non sono stato ammesso a causa di alcune stronzate che mi hanno beccato a fare. Ma anche sul ring ero bravo."

"Pugilato?"

Annuisce. "Vola come una farfalla, pungi come un'ape. Sai com'è?"

"Certo, ragazzino."

Fa un lungo sospiro. "Ma per davvero, avrei voluto fare qualcosa con i computer."

"Tu? Computer?" Non voglio fissare il suo naso storto e l'orecchio a cavolfiore, ma non mi sembra che il colosso potrebbe maneggiare agilmente una tastiera e un mouse.

"Ma non importa più ora. Probabilmente la cosa migliore dei Marines è avere dei nuovi fratelli. Beh, *aver avuto* nuovi fratelli. Fino a… lo sai."

"Yut." Sul molo successivo vedo un vecchio hardtop Dyer 29. "Perché non vai a provare quello."

"Sì, Maggiore Capo." Z-Lo si dirige verso la classica barca da pesca con lo scafo nero e la cima bianca e salta a bordo.

Vado a poppa e leggo il nome scheggiato dipinto sullo specchio di poppa: *Best of Boat Worlds*. E chi ha detto che l'universo non ha il senso dell'umorismo?

Z-Lo fruga nel cruscotto per un secondo e poi agita il mazzo di chiavi. Un attimo dopo, sento le ventole del vano motore che si accendono. Questo è un buon segno e anche Z-Lo sembra saperlo, come indicato dai suoi pollici in su. Per quanto riguarda la sequenza di avviamento prolungata, più di un marinaio è stato sbalzato fuori dalla propria barca perché non è riuscito a spurgare l'accumulo di vapore prima di accendere le candele.

Dopo circa trenta secondi, Z-Lo lo accende. Lo starter fa girare il motore un paio di volte e, poco dopo, c'è un basso gorgoglio che fa le fusa nell'acqua.

"Ehi, funziona", dice Z-Lo sporgendosi dal parabrezza.

"Ci hai trovato un vincitore, campione. Complimenti."

Fa un sorriso a 32 denti. "Grazie."

Dannazione. Ora ecco che il ragazzino mi sta simpatico.

"Cercate di vedere se riuscite a procurarci altri 90 litri di carburante per quando torniamo", dico a Hollywood e al resto dei Phantom riuniti sul molo. Anche Ghost è sceso per salutarci. "Sifonate tutto ciò che non riuscite a trovare in bidoni già pieni."

"Roger, Wic. Saremo pronti", risponde Hollywood.

"Fate attenzione là fuori", dice Z-Lo.

Gli faccio un cenno e il ragazzo mi lancia la cima di poppa. Yoshi guida la prua fuori dal molo mentre Bumper fa retro. "Buona navigazione", dice il dottore, e poi inizia a cantare il ritornello di una canzone di Christopher Cross. Non appena siamo fuori, Bumper spinge sull'acceleratore in quello che potrei giurare essere un tentativo di coprire l'orribile interpretazione.

"Musica da bianchi", dice scuotendo la testa.

"Non ti biasimo." Ma solo per infastidirlo, riprendo da dove Yoshi si era interrotto e inizio a cantare a squarciagola: "Just a dream and the wind to carry me."

Bumper si unisce sul ritornello "And soon I will be free."

"Ma quindi, da dove arriva il tuo soprannome?" chiedo a Bumper mentre giriamo a sinistra intorno a Crookes Point e ci dirigiamo a nord lungo la costa orientale di Staten Island.

"Me l'hanno dato nella squadra", grida sopra il rombo del motore.

Penso che si riferisca alla sua squadra SEAL, ma poi Bumper chiarisce.

"Quella di football al liceo."

"Capito."

Controlla alle nostre spalle e guarda l'indicatore del numero di giri prima di continuare. "Ero il capitano della squadra, fatto che, da dove venivo, comportava privilegi e aspettative, alcuni dei quali riguardavano le cheerleader, se capisci cosa sto dicendo." Mi fa l'occhiolino. "La mamma non guadagnava abbastanza per comprarmi una macchina e non l'avrei accettata anche se l'avesse fatto. Ma ero riuscito a risparmiare abbastanza per comprare una Cutlass Supreme del 1982 arrugginita."

"Una vera bellezza", dico con un sorriso.

Mi lancia un'occhiata di traverso. "Comunque, sono le tre di notte e io e Miss Cyclone in persona ci stiamo dando da fare sul sedile posteriore, parcheggiati proprio lì in mezzo al campo da football. Il giorno dopo, l'allenatore entra negli spogliatoi e chiede chi ha guidato sul campo. Nessuno dice niente e io so che sono stato attento a non lasciare tracce. Ho anche scelto una settimana dove non aveva piovuto. Sono stato attento, no?

"Beh, quando nessuno confessa, cosa fa l'allenatore? Si abbassa e tira fuori un paraurti arrugginito da dietro degli ostacoli. Dice: 'Il proprietario dell'auto targata LVK 9143 si faccia avanti per favore. Ti è caduto qualcosa'."

Ridiamo entrambi mentre avanziamo tra le onde.

"Qualcosa mi dice che non dimenticherai mai quel numero di targa", dico.

"La squadra non me lo ha permesso. Ho detto che se avessimo vinto il campionato quell'anno, me lo sarei fatto tatuare sul culo."

"Non ci credo! Avete vinto?"

Bumper mi fa un enorme sorriso. "Vuoi guardarmi il culo?"

"Quanto pensi di poterti avvicinare mantenendoci stabili?" chiedo a Bumper. Rallenta l'andatura della *Best of Boat Worlds* mentre lego una cima paracord 550 intorno a Chuck sul ponte di poppa.

"Quattro metri, quattro metri e mezzo, immagino", urla Bumper. "Non voglio rischiare andando oltre. Un'onda inaspettata e dovremo abbandonare la nave."

Guardo a ovest. "Ed è una lunga nuotata."

"Roger."

Siamo quasi alla cupola e sono quasi pronto a gettare Chuck in mare per la sua missione di esplorazione.

"Quindi sei sicuro di quello che stai facendo, giusto?"

"Oh cielo, Patrick. Certo che sì. Ho praticamente inventato quello che sto per fare." "Scendere per esaminare le cose?"

"Wow. Terribile."

"Grazie."

"E non correre rischi inutili. Per quanto odio dirlo, se ti perdessimo ora, perderemmo… beh, perderemmo una buona risorsa."

"Vuoi dire fonte di informazioni."

"Ma certo."

"E io che pensavo che avresti detto un amico."

"Possiamo accontentarci di essere semplicemente conoscenti?"

"Hmm. Non è la mia prima scelta, ma va bene. Inoltre, non c'è bisogno di preoccuparsi per me, Patrick. Ho un generatore di risonanza integrato che mi rende immune al campo energetico."

Lo fisso per un secondo mentre Bumper porta al minimo *Best of Boat Worlds*. "Perché non ce l'hai detto prima?"

"Perché mi hai detto espressamente di stare zitto, ricordi?"

"Sì, sì. Ma questa è un'informazione piuttosto rilevante. Non qualcosa che puoi tralasciare."

"È qualcosa che non avrei condiviso. Ma dal momento che ho la sensazione che la mia distruzione ti causerebbe un danno irreparabile, visto che siamo conoscenti e tutto il resto, è nel migliore interesse della mia direttiva fartelo sapere."

"Oh, giusto. Sì, subirei sicuramente un danno irreparabile se ti facessi male…"

"Non sembri sincero."

"…e un danno ancora più irreparabile se l'umanità venisse portata nell'Isola che non c'è."

"Ah-ha, bel tentativo. Assolutamente no, Patrick. Ma suppongo che ne sia valsa la pena."

Lo guardo e basta.

"Capito, Patrick?"

"Ho capito."

"Ma non stai ridendo."

"Prendi fiato."

"Cosa? Come mai? Non ha niente a che vedere con…"

Lancio Chuck fuori bordo e lascio che la corda si srotoli dal ponte.

"Tu, uh… hai intenzione prenderla?" chiede Bumper.

"Ci sto pensando."

"Roger."

Dopo solo dieci secondi di immersione, Chucks ci chiama alla radio. "Phantom War God, qui Phantom Lord. Mi ricevi? Vieni avanti, passo e chiudo."

Bumper mi fa un sorriso mentre manovra il timone della barca e l'acceleratore per tenerci lontani dalla cupola.

"Ti ascolto, Sir Charles. Rapporto."

"Ho ciò di cui abbiamo bisogno. Inoltre, c'è una forma di vita marina curiosa che sta indagando su di me quaggiù."

"Descrivila."

"Non sono sicuro che questa sia la priorità in questo momento."

"Descrivila."

Fa un sospiro dal suono digitale. "Molto bene. Sembra un piccolo branco di pesci piatti con due occhi su un lato della testa. Molto strani. Sembrano particolarmente curiosi e, se posso dire, amichevoli. Ma i miei archivi non sembrano avere nulla su di loro."

Lancio a Bumper uno sguardo che dice: Ah, non hanno nulla, eh?

Premo per aprire il canale. "Oh, mio Dio. Chuck, devi andartene da lì, adesso!"

"Molto divertente, ah-ha."

"Non sto scherzando, Chuck." Tenendo lontano il microfono, urlo da sopra la mia spalla. "Bumper. Il cavo è bloccato. Dobbiamo muoverci!"

Chuck esita. "Patrick, sei…"

"Bumper!"

È un bel giorno quando un Navy SEAL sorride maligno. "Abbiamo un problema, Wic! Il motore non risponde."

"Chuck", dico con voce affannata. "Charlie, mi senti?"

"Certo che ti sento, non essere…"

"Non fare movimenti bruschi. Si chiamano pesci flounder."

"Flounder?"

"Sì. Ti tireremo fuori di lì."

"E sei sicuro che siano aggressivi?"

"Chuck, amico. Non voglio allarmarti, ma si mette male. Davvero male."

"Misericordia." C'è un'interruzione nelle comunicazioni, quindi "Cosa mi faranno?"

"Hai presente il Sarlaac di Star Wars che risiede nella Grande Fossa di Carkoon?"

"Dal film *Il ritorno dello Jedi*? Santo cielo, sì. Ora capisco."

"È così, ma molto peggio. I sistemi digestivi di questi predatori dissolvono le loro prede in sostanze nutritive in diverse migliaia di anni."

"Oh, mio Dio. Tirami fuori, Patrick. Per favore, tirami fuori da qui. Non voglio morire così."

"Aspetta." Per quanto mi addolori non continuare lo scherzo, abbiamo bisogno dei dati che ha raccolto e poi dobbiamo tornare a riva. "Non una parola", dico a Bumper.

Si fa una croce sul cuore.

Poi comincio ad avvolgere la cima e riporto Chuck sul ponte.

Quando torna sul ponte, gli tolgo un pezzo di alga e lo tengo su. "Ti sei fatto male, amico?"

"No, no. Sono… Uff! Sto bene, grazie a Re Tritone."

Mi ci vuole un secondo. "La sirenetta?"

"Sì. Senza dubbio mi ha protetto."

"Sì, senza dubbio. Sono felice che tu stia bene."

"Ancora un secondo laggiù e i pesci flounder mi avrebbero spolpato. E sai qual è la parte strana?"

"Quale?"

"C'è un personaggio che ha lo stesso nome di uno di quei diavoli nel cartone e lo fanno passare per infantile e ingenuo. Bastardi."

So che se dovessi incrociare lo sguardo di Bumper in questo momento, non riuscirei a restare serio. Così mi ricompongo chiedendogli di riferire sulle sue scoperte.

"Sarai felice di sapere che il campo energetico si estende a una profondità media di un metro e mezzo sotto la superficie, a seconda dell'altezza delle onde", afferma Chuck. "La tua ipotesi era corretta."

"È una gran notizia! Grazie per, uh, sai, per aver rischiato la vita per noi."

"Soprattutto con quei pesci flounder", aggiunge Bumper.

"Sì, è stato coraggioso da parte mia, devo dire. Ma sono felice di aiutare la causa. Qualsiasi cosa per la squadra, sai?"

Ora comincio a sentirmi male per lo scherzo. Non abbastanza per dire qualcosa, ovviamente. Non possiamo assolutamente rinunciare a qualcosa di così divertente.

"Torniamo alle onde per un secondo", dico. "Hai detto che la profondità media era di un metro e mezzo. Quali sono state le letture massime?"

"A volte, appena sessanta centimetri", dice.

"Non è il numero che mi interessa. Stai dicendo che la profondità massima che hai ottenuto era di due metri e mezzo"

"Esatto."

Mi rabbuio e guardo Bumper. Il suo viso è severo quanto il mio. Due metri e mezzo non sembra molto. Ma in mare aperto, tra le correnti e la scarsa visibilità, potrebbero benissimo essere cinque metri. Forse di più. Inoltre, non ho un boccaglio né una maschera e nessuno probabilmente sa come fare immersioni tranne Bumper, senza contare che dovremmo avere attrezzatura per tutti.

"Mi sembra ci sia un problema", dice Chuck alla fine. "Sono i pesci flounder, vero?"

"Amico, vorrei che fosse quello."

"Quindi ecco la buona notizia", dico alla squadra sul molo. Ho in mano una carta nautica e indico un punto appena a nord della nostra posizione attuale. "Qui è dove abbiamo intercettato la cupola. Sir Charles ha scoperto che il campo energetico non è una minaccia sotto circa un metro e mezzo d'acqua."

"Non male", dice Z-Lo. "Possiamo nuotare, semplice."

"Yut. Ma questo è in media."

"Qual è la forbice?" chiede Ghost.

"Più o meno un metro."

"Dannazione."

"Perché dannazione?" chiede Z-Lo.

Ghost si succhia i denti prima di spiegare. "Perché questo significa che dobbiamo restare al di sotto di due metri e mezzo se non vogliamo rischiare di essere tagliati a metà durante l'immersione."

"Oh." Z-Lo copia il gesto di Ghost e fa scorrere la lingua sui denti. "È un po' più difficile."

"È molto più difficile", dico. "E dall'altra parte possiamo portare solo le cose con cui riusciamo a immergerci."

"Bene, che palle", dice Yoshi.

"È già abbastanza grave che dobbiamo abbandonare i veicoli", afferma Hollywood. "Ma cercare di consolidare ancora di più? Sarà dura."

"Inoltre", dice Chuck. "Ci sono i pesci flounder."

La squadra sembra confusa, ma vedo Bumper che si allontana da Chuck e fa cenno di non rispondere. Sembrano tutti capire anche se so che ovviamente non capiranno lo scherzo. Prendo nota mentalmente di raccontare tutto più tardi e mi godo il fatto che a Chuck è stato permesso di scaricare solo dati militari e alcuni film, perché è divertente da morire.

"Il tempo stringe, quindi mettiamo la questione ai voti", dico. "O cerchiamo un sistema fognario che sia in grado di bloccare il campo di forza o andiamo al largo e ci immergiamo. Uno probabilmente ci permette di trasportare più attrezzatura, supponendo di trovare un tunnel senza ostacoli che corra perpendicolare alla cupola…"

"E che sia abbastanza profondo", interviene Bumper.

Annuisco. "L'altro significa che saremo meno preparati dall'altra parte, ma possiamo attraversare molto prima ed essere sicuri che si tratti di una via diretta."

"E una volta che avremo attraversato, cosa facciamo?" chiede Yoshi.

Bumper riprende ciò di cui abbiamo discusso durante il viaggio di ritorno. "In questo momento, le correnti favoriscono la deriva della barca verso il campo energetico. Non possiamo aspettare che la barca si muova da sola, ma è bello sapere che non la combatteremo finché le condizioni rimarranno come sono. Entrerò per ultimo in acqua e porterò con me un cavo di rimorchio. Tra la corrente e tutti noi che tiriamo, possiamo far passare la *Best of Boat Worlds* prima che Z-Lo si metta a sudare."

"Il ragazzino sta già sudando", dice Hollywood.

"Beh, siamo già in ritardo sui tempi."

"Ehi, faccio surf, ok?" dice Z-Lo in segno di protesta. "So nuotare."

Faccio l'occhiolino al ragazzo, poi riporto l'attenzione di tutti sulla mappa. "Una volta che tutti saranno a bordo, continueremo verso Upper Bay. Attracchiamo e vediamo cosa c'è da vedere."

Passano alcuni secondi mentre tutti sembrano elaborare le due opzioni.

"Che ne dite?" Hollywood chiede alla squadra. "Non possiamo stare qui tutto il giorno."

Yoshi parla per primo. "Preferirei annegare in un mare di acqua che in un fiume di merda."

"Sono d'accordo", approva Z-Lo.

"Hollywood?" chiedo.

"Non mi dispiace molto l'idea della fogna. Le immersioni non sono mai state il mio forte. Ma non credo abbiamo buone probabilità di trovare un tunnel fognario che soddisfi le specifiche." Stringe le labbra e le muove avanti e indietro un paio di volte. "Oceano."

"Ghost?"

Grugnisce. "Posso nuotare." Ma sembra che stia facendo del suo meglio per nascondere il dolore nonostante le medicine.

"Sei sicuro? Hai preso dei brutti colpi. Nessuna vergogna nel prendere un'altra strada, se è quello che dobbiamo fare."

Ghost fissa i suoi occhi su di me, senza battere ciglio. "Ho detto che posso farcela."

Dio, questo ragazzo non sa come *non* essere intenso. E che sia il suo ego a parlare o che conosca davvero i suoi limiti, gli credo se dice che può farcela.

"A tale proposito", dice Yoshi. "Abbiamo due feriti e la fogna aumenta il rischio di infezione."

"Giusta osservazione." Faccio un cenno a Bumper.

"Davvero? Stai chiedendo a un Navy SEAL se vuole fare immersione?"

Gli rivolgo un sorriso. "E dico anche io immersione."

"Io non ho voce in capitolo?" chiede Aaron.

"Fai parte della squadra?"

Sorride e annuisce. "Sono con voi, Pat."

Gli faccio un cenno di rimando e poi mi guardo intorno. "Forza, preparatevi a tuffarvi."

CAPITOLO 26

1215, venerdì 25 giugno 2027
Staten Island, New York
Great Kills Park, mare aperto

CI SONO VOLUTI quasi trenta minuti per trovare l'attrezzatura e prepararla per la traversata. La scelta di cosa lasciare e cosa portare è stata resa molto più difficile dal non sapere a cosa andremo incontro, grazie in gran parte alla sinistra mancanza di dettagli di Chuck. Certo, non posso biasimarlo: ha delle direttive. Ma sicuramente sarebbe stato conveniente se avesse potuto aggirarle un po' di più per salvarmi il culo.

Alla fine, abbiamo preferito gli ordigni ai nutrienti e l'equipaggiamento tattico al comfort. Ciò ha significato lasciare indietro tutto il cibo e l'acqua dolce tranne che il necessario per pochi giorni, per fare posto a tutte le munizioni e i regalini di Bumper che potevamo portare. Ha significato anche abbandonare le attrezzature meno essenziali come tende, attrezzatura per dormire e la maggior parte degli indumenti extra per dare la priorità a ciò che era già caricato nei nostri zaini. È stato più facile abbandonare altri oggetti come GPS, laptop, tablet e fotocamere, visto che sono tutti inutili. Inoltre, non ho bisogno di nessun dispositivo per orientarmi nelle strade della mia infanzia. L'unico nuovo equipaggiamento sono stati i boccagli e le maschere che Z-Lo e Yoshi hanno recuperato da alcune imbarcazioni da diporto.

Con tutto caricato in *Best of Boat Worlds*, la nave sembra ora pronta a capovolgersi. Ancora peggio quando saliamo tutti a bordo e ci prepariamo a salpare.

"Ehi, Z-Lo", urla Hollywood. "Sbrigati."

Il ragazzo corre verso di noi lungo il molo. "Scusate."

"Cosa stavi facendo?"

"Stavo solo dicendo addio a Dolores."

"Come no", dice lei.

Nel frattempo, prendo posizione alla sinistra di Bumper al timone di dritta. "Ti senti a tuo agio con tutto questo peso, skipper?"

"Andrà tutto bene." Fa un cenno all'arma aliena sulla mia schiena. "Possiamo sempre lanciare fuori bordo le armi da fuoco più lunatiche."

"Sono d'accordo", dice Chuck. "Cominciamo con la pistola di plastica di Phantom One."

"Stavolta ha vinto lui, Wic", dice Bumper mentre si gira e dà altri ordini per salpare.

"Non incoraggiarlo."

Sono appena passate le 12 quando il nostro peschereccio, trasformato in trasporto truppe, si dirige in acque aperte e inizia il suo viaggio verso nord. Bumper tiene la *Best of Boat Worlds* a metà gas, senza dubbio a causa del nostro peso. Chiunque abbia detto che i SEAL non sanno essere sensibili non ha visto questo tizio guidare una nave pesantemente sovraccarica in acque basse. Bumper manovra l'imbarcazione con le onde, risalendo lungo la costa di Staten Island come un professionista.

Non tutti si stanno divertendo, però. Hollywood sembra sul punto di vomitare e... beh, Aaron l'ha appena fatto. Poveraccio.

"Psst", dice Chuck.

Mi chino su di lui.

"Sono nervosi per via dei, sai, dei pesci flounder?"

Altri dieci minuti e siamo abbastanza vicini alla cupola e Bumper inizia a dare istruzioni. Entra in modalità Sergente istruttore e il suo tono è serio.

"Va bene, ascoltate. Per chi non ha familiarità con un'immersione: in superficie, vi preparerete facendo tre respiri costanti. Niente stronzate sull'iperventilazione come si vede nei film. Lenti e costanti. Quindi, quando siete pronti, non buttatevi a peso morto. Usereste tutto l'ossigeno e andreste sotto di poche decine di centimetri. Invece, voglio che tiriate su le ginocchia a formare una palla e poi rotoliate in avanti."

Bumper dimostra la manovra con una mano libera.

"Quando siete capovolti, allungate le gambe. Questo vi spingerà verso il basso."

Afferra una corda bianca su cui stava lavorando al molo e la solleva.

"Terrò in posizione questo piombo di profondità con un peso e un segno ai 3 metri. Il nastro è arancione brillante, quindi non potete non vederlo nemmeno senza la maschera. Allo stesso modo, chiederò al Sergente Maggiore Capo Finnegan di prendere un piombo simile con lui, dato che sarà lui a partire per primo. Lo terrà in posizione e voi attraverserete fino a toccare il segno sulla sua corda. Cosa toccherete?"

"Il segno sulla sua corda", rispondono tutti.

"Ora, quando inizierete a nuotare sott'acqua, i vostri polmoni vi diranno di emergere. Non ascoltateli. Mentono perché sono dei piccoli bastardi avidi e viziati. Avete abbastanza ossigeno nel sangue per durare alcuni minuti fintanto che mantenete i movimenti lenti e fluidi. Ma un milione di anni di istinto evolutivo di voler succhiare aria è così forte che il vostro corpo vorrà farvi fare cose che non dovreste fare. Le persone non annegano perché finiscono l'ossigeno; annegano perché cercano di respirare l'acqua come dei fottuti pesci. Ripetete dopo di me: non sono un fottuto pesce."

"Non sono un fottuto pesce", dicono tutti.

"Non posso respirare nell'acqua", continua Bumper.

"Non posso respirare nell'acqua", risponde il gruppo.

"E se uno di voi dovesse affogare in questa manovra, lo prenderò personalmente a calci in culo finché non avrà ripreso a respirare. È chiaro?"

Metà della squadra dice: "Sì, sottufficiale di prima classe Johnson", mentre l'altra se ne esce con: "Bumper di prima classe." Sono contento di non essere l'unico a non essermi ricordato in tempo il suo vero nome e il suo grado.

Bumper fa un sorriso. "Quando sarete arrivati da Wic e avrete toccato il segno sulla sua corda, potete nuotare su velocemente quanto vi pare e riemergere. Manterrete quella posizione finché non attraverserò anche io, quindi prenderete la cima che vi passerò e seguirete le mie istruzioni per tirare nella direzione che indicherò. Una volta che la nostra barca avrà passato il campo di forza, risaliremo sulla barca in ordine dai nuotatori più deboli a quelli più forti e continueremo per la nostra buona strada. Ci sono domande?"

Scuotono la testa.

Bumper mi guarda. "A te, Maggiore Capo."

"Va bene. Tutti in mutande. È ora di bagnarsi."

"Penso che valga la pena notare che la tua specie è molto più bella con i vestiti addosso che senza", dice Chuck mentre mi spoglio e mi posiziono la maschera sul viso.

"Non posso darti torto, Chuckles. Ma non tutti hanno i tuoi gusti raffinati."

Hanno tutti iniziato a fischiarsi l'un l'altro e specialmente a Hollywood, che indossa un reggiseno sportivo nero e mutande bianche di Hello Kitty. Ma lei sembra ignorare i fischi come una professionista.

Poi Bumper urla: "Dio, Z-Lo. Rimettiti le mutande. Nessuno ha bisogno di vederlo."

"Cosa? Non mi piace nuotare in muta con i miei boxer."

"Non avrai una muta, genio", dice Hollywood, impassibile.

"Oh."

"La tua specie sembra avere dei rituali molto strani", aggiunge Chuck. "Siete tutti così sessualizzati?"

"Eh. I militari producono una razza umana unica."

"Capisco. Ne prendo nota."

Lascio Chuck, passo la poppa e salgo sul ponte. Mentre Hollywood si sporge per passarmi la corda arrotolata con il segno, Z-Lo salta dietro di lei, alza le mani e inizia a ruotare i fianchi in un modo tutt'altro che da gentiluomo.

"Falla finita, soldato semplice", gli grido.

Come se avesse gli occhi dietro la testa, Hollywood dice: "Lascia fare a me." Poi si gira e si avvicina pericolosamente a Z-Lo.

Il ragazzo non solo smette di agitarsi, ma fa marcia indietro finché la testa non colpisce il tettuccio della barca.

"Qual è il problema, Laszlo", dice Hollywood. "Dolores ha smesso di rispondere ai tuoi messaggi?"

"Cosa? No. Mi ha scritto la scorsa…", Z-Lo stringe le labbra e guarda di lato.

Il resto dei ragazzi inizia a prenderlo in giro. Ma a quanto pare, Hollywood non ha ancora finito.

"Sai, i ragazzini come te amano fantasticare." Lo guarda dall'alto in basso. "Ma finché non ti guadagnerai il diritto di portare fuori una signora come me, tutto quello che avrai è quello che c'è là fuori." Indica fuori dalla barca.

Z-Lo si guarda intorno nervosamente. "Ovvero?"

"Un mare di niente."

Il resto dei ragazzi emette una raffica di "Oooooh", "Ahiiiiiia" e "Auuuuu" mentre Hollywood si volta e torna verso lo specchio di poppa.

"Fagliela vedere là fuori, Wic", dice. "Ma resta al sicuro."

"Ti direi di fare lo stesso, ma sembra che tu sia a posto."

Mi fa l'occhiolino. "Non è il mio primo valzer."

"Chiaramente." Metto la corda arrotolata sulla spalla e poi guardo il capitano.

"Sei pronto?" chiede Bumper.

Gli faccio segno con il pollice alzato e inizia a far retrocedere la barca verso il campo di forza. Quando è vicino quasi quanto l'ultima volta, mi ordina di entrare in acqua.

Faccio un cenno con due dita. "Ci vediamo dall'altra parte."

Salto dentro e poi mi tocco la parte superiore della testa, un segno universale che vuol dire che sto bene. L'acqua non è male. Intorno ai venti gradi, forse e, con il forte sole di mezzogiorno, non credo l'ipotermia sarà un problema per nessuno. Basta che vada tutto liscio.

Mi prendo un secondo per orientarmi con il luccicante muro blu, poi prendo alcuni respiri regolari e tiro su le ginocchia come indicato da Bumper.

Non appena ho la testa sott'acqua, vedo il nastro arancione dieci piedi più in basso. Anche con la luce sbiadita della cupola che illumina l'acqua torbida marrone-verde, non riesco ancora a distinguere il fondo dell'oceano a una decina di metri più in basso. È sempre e comunque New York. Allungo le gambe sopra la testa e lascio che mi spingano verso il basso. La corrente mi torce un po' il corpo, ma riesco a mantenere l'orientamento e con tre bracciate fluide raggiungo il nastro.

Ricontrollo il campo energetico. Si muove su e giù, dissolvendosi e rafforzandosi con il movimento delle onde sopra. Ma il segno a tre metri di profondità piedi è stata una buona scelta, consentendo almeno 60 centimetri di margine dal punto più basso del muro.

Un brivido percorre il mio corpo mentre nuoto sotto il muro. Non riesco a capire se la pelle d'oca viene dal termoclino o se è perché sono appena entrato in territorio nemico. Nuoto veloce, contando cinque e poi sei bracciate prima di alzare lo sguardo. E proprio come ha detto Bumper, i miei polmoni stanno bruciando, facendo di tutto per farmi riprendere fiato.

Sono lontano dal muro, quindi mi faccio strada verso l'alto il più velocemente possibile. Quando la mia testa infrange la superficie, mi giro e do a quelli sopra di me il segnale di ok con la mano.

"Sto bene", dico.

Sembra che stiano rispondendo, ma le loro voci e il gorgoglio dello scarico della barca sono attutite.

Ho anche notato subito che la cupola intercetta la luce del sole e la colora di un blu inquietante. L'aria sembra anche di qualche grado più fresca, e mi chiedo se sia per il bene della vista degli Androchidani. Da qualche parte in lontananza, sento le familiari strida dei gabbiani e i latrati dei leoni marini.

Ma non c'è tempo per soffermarsi su queste osservazioni. Io ho un lavoro da fare.

Mi tolgo la corda dalle spalle e inizio a srotolarla in modo che il peso scenda direttamente sotto di me. Quando le mie mani raggiungono la fine, indicando che il segno si trova tre metri più in basso, do il via libera a Bumper.

Risponde e poi sembra ordinare a Yoshi di entrare in acqua. Deduco che la scelta sia stata fatta apposta per aumentare la fiducia dei nuotatori più deboli, come Hollywood e Aaron, o degli infortunati, come Ghost e Z-Lo. Ripensandoci, forse sto leggendo troppo nella situazione. È l'abitudine.

Metto la faccia nell'acqua per seguire Yoshi. Qualunque timore avessi sul fatto che il prossimo in fila fosse meno che competente, sparisce quando Yoshi scende in un lampo alla prima boa, nuota lateralmente in stile delfino e poi riemerge una volta raggiunta la mia boa. Mi offre persino un piccolo cenno con la mano mentre sale.

"Sbruffone", dico una volta che emerge.

"Bumper mi ha chiesto di farlo sembrare facile."

Quindi avevo ragione dopotutto. "Potrebbe essere sembrato un po' troppo facile."

"Grazie." E con una rivelazione scioccante, Yoshi tira su la sua fiaschetta, apre il contenitore e beve un sorso. "Vuoi?"

Scuoto la mano. "Te lo sei tirato fuori dal culo?"

"Dalla cintura."

"Hai un problema, amico."

"Sarò mica l'unico?" Beve un altro sorso e poi rimette giù la fiaschetta.

"Dove hai fatto rifornimento?"

"Il porto. Ogni barca ha una scorta."

"Hai ragione." Alzo il dito in aria e urlo: "Il prossimo."

Dei successivi quattro, Ghost è quello che fa più fatica e Z-Lo meno, il che è sorprendente dato l'infortunio alla spalla del ragazzino. Ma d'altra parte è un surfista ed è giovane. Deve essere bello. Aaron si avvicina di più al livello limite del muro, dicendo che pensa di essersi ustionato sulla parte posteriore delle cosce quando ha nuotato sotto di esso. Yoshi dà un'occhiata e dice che non è niente che dell'aloe vera non possa risolvere.

Poi è il turno di Bumper.

Tutti gli altri sono già a galla dalla mia parte e il SEAL ci manda un bacio e poi si tuffa dal lato di dritta della barca.

Metto la faccia nell'acqua e lo seguo attraverso la maschera solo per assicurarmi che non tagli il muro. Ho notato che Hollywood sta facendo lo stesso.

Bumper entra in acqua con pochissimi spruzzi, il che dice molto dato il suo fisico possente, e arriva sotto il segno dei tre metri senza dare una sola bracciata. Quindi afferra la lenza, schizza sotto la nostra posizione e fa il delfino come Yoshi fino in superficie.

"È *lui* lo sbruffone", mi dice Yoshi.

"Facciamola passare, squadra", urla Bumper senza sembrare prendere fiato.

La cima bianca scatta vicino alle nostre teste e tutti ci aggrappiamo, alcuni più disperatamente di altri. Ghost, ad esempio, sembra davvero lottare per rimanere a galla, sussultando e ispirando aria con forza.

"Sdraiati sulla schiena, Ghost", dice Bumper. "Ci pensiamo noi."

Ghost non protesta. Si allontana dal gruppo e poi si mette a fare il morto.

Nel frattempo, Bumper grida ordini: dare bracciate con il nostro braccio dominante e tenere la corda con l'altro. Lui e Z-Lo stanno facendo la maggior parte del lavoro, ma avere tutti in linea rende molto più facile tirare la *Best of Boat Worlds* all'interno della cupola.

"Ehi," dice Hollywood alle mie spalle. "Cosa pensi che signifchi LVK 9143?"

Inizio a ridere e quasi perdo la presa sul cavo di traino. "Non lo so. Immagino che dovrai chiedere a Bumper."

Mentre il Dyer 29 scivola attraverso il muro, sento quello che sembra una lampada fulmina insetti scoppiettare nella cabina.

"Che cos'è?" chiede Hollywood. Sembra che anche lei e gli altri l'abbiano sentito.

"È l'infernale popolazione di aracnidi", dice Charles mentre emerge dal campo di forza. "Sembra che abbiano preso di mira la vostra barca e stanno pagando il prezzo per averla scelta come luogo di nidificazione. Meglio così, dico io. Ora, se voleste salire tutti a bordo prima che i pesci flounder vi prendano, lo apprezzerei molto. Non sono sicuro di come reagirei se sapessi che uno di voi è stato digerito nel corso di molti millenni."

"Che diavolo gli hai detto?" Sussurra Hollywood accanto a me.

"Più tardi", sussurro di rimando. "Lascia correre."

"E, oh Dio, Phantom Watch sta bene? Non si sta muovendo per quanto i miei sensori possono dire. E non riesco ad avere una visuale su di lui. Per favore, ditemi che non è stato un attacco di flounder."

"Non sono stato attaccato", dice Ghost. "Sto solo riposando."

"Oh, maledetta lode all'arcivescovo di Canterbury. Mi hai fatto preoccupare da morire, cecchino scontroso. Ah. Non ce la faccio più."

Con la barca ben lontana dal muro, Bumper dice: "Wic, prendi il timone e assicurati che ci teniamo lontani dal muro. Z-Lo e Yoshi, ho bisogno che mi aiutiate a tirare su Ghost.

Seguiamo tutti gli ordini e nei tre minuti successivi siamo tutti in coperta e ci asciughiamo all'aria in mutande. Z-Lo sta anche facendo un buon lavoro nel non guardare Hollywood. Bravo.

Con tutti al sicuro, noto che qualcosa si sta muovendo a Staten Island. È allora che mi rendo conto che non erano gabbiani o leoni marini che avevo sentito prima. Avevo sentito persone. Decine di migliaia di persone.

TERZA PARTE

Capitolo 27

1335, venerdì 25 giugno 2027
Brooklyn, New York
Upper Bay

La squadra è rimasta in silenzio da quando abbiamo lasciato Staten Island, tutti guardano l'acqua che si stacca dalla poppa della barca mentre ci dirigiamo a nord nella Upper Bay del porto di New York.

Qualunque sia il senso di avventura e realizzazione che avevamo provato prima, è svanito nel momento in cui abbiamo visto le masse arrancare lungo le spiagge al di qua della cupola. La gente agitava le braccia, ci urlava contro, sperando che ci rivolgessimo a ovest e li aiutassimo.

A parte vedere schiere di umanità sofferente ingabbiate come animali, ho la nausea pensando alle povere anime che forse hanno visto quello che abbiamo fatto e potrebbero provare nell'altra direzione. Peggio ancora, mi chiedo quanti avranno già provato a nuotare sotto di essa ore fa e hanno fallito. Probabilmente è un miracolo che non ci siamo imbattuti in membra fluttuanti.

Alla fine, Bumper ha dato gas alla *Best of Boat Worlds* e ha spinto a nord-est verso Brooklyn, lasciandosi alle spalle gli orrori di Staten Island. Anche allora, la nostra squadra ha fatto a turni con il binocolo fissando le masse, finché sono stato costretto a confiscarlo. Non abbiamo bisogno di assistere oltre alla sofferenza della nostra specie, ci sarà un sacco di tempo per quello più tardi. Anche se, guardando a nord verso Brooklyn, rabbrividisco al pensiero di come le strade della mia città siano state trasformate in una zona di guerra.

Stranamente, però, la vista di migliaia di persone in fila verso il ponte Verrazzano-Narrows ha avuto un effetto particolare sulla squadra. Non è nemmeno la prima volta che lo vedo. Ogni volta che un'unità ha un incontro rivelatore con le persone per cui sta combattendo, la *ragione* spesso esistenziale che è avvolta in una bandiera o in un mantra si cristallizza improvvisamente in uno scopo oggettivo. Una persona. Una città. Nomi e volti, anche quelli morti. Servono tutti a temprare i cuori dei guerrieri ricordando loro la ragione per cui si sono messi in pericolo.

Il pericolo, ovviamente, è che se nessuno dà una direzione alle emozioni non dette, queste spesso possono condurre i combattenti in trincee dimenticate da cui, a volte, non torneranno.

Ho rimesso i miei vestiti e ho fissato il mio giubbotto antiproiettile. Chuck e il mio SCAR sono sul cruscotto di fronte a Bumper e ho il mio casco sotto un braccio. Con l'altra mano mi tengo a uno schienale per sostenermi contro l'ascesa e la ricaduta ritmica della barca attraverso le onde.

"Ascoltate, squadra", dico sopra il rombo del motore da sotto i nostri piedi. "Siamo ancora a una ventina di minuti…"

"Trenta", corregge Bumper.

"Siamo ancora a una trentina di minuti da un possibile obiettivo." Indico la caratteristica più rilevante del cielo settentrionale: il sottile imbuto blu proveniente da Lower Manhattan che si alza per diversi chilometri e si piega verso l'esterno per creare la forma della cupola.

"Quindi, nel frattempo, voglio che ci prepariamo a sbarcare. Ciò significa che dobbiamo ricontrollare l'attrezzatura di tutti, rimanere calmi ed essere pronti a risolvere problemi. Una volta a terra, dovremo pensare in fretta. Mi rendo conto che ci stiamo ancora conoscendo. Diavolo, non è ancora passato nemmeno un giorno intero. Ma come molti di voi sanno, i combattimenti riescono a far stringere legami che sono piuttosto difficili da spezzare, anche tra Marines notoriamente stupidi e turisti dell'esercito in infradito."

"Dovresti vedere i miei album", dice Yoshi.

Tutti ridono un po', il che è positivo. Ma vedo che sono ancora tesi.

"Il punto è che, in questo momento, dobbiamo occuparci di ciò che possiamo controllare, non di ciò che non possiamo e di ciò che sappiamo, non di ciò che non sappiamo."

Mi fermo per assicurarmi che tutti mi stiano seguendo, anche Bumper. Mi fa un cenno dal timone.

"Prima di tutto, possiamo controllare noi stessi. Possiamo stare lucidi, controllare le nostre emozioni e scegliere di concentrarci sul nostro lavoro e sulla persona alla nostra destra e sinistra. Roger?"

Tutti annuiscono, la maggior parte risponde con un sommesso "Roger."

"Ci troveremo ad affrontare cose difficili. Persone bisognose. Persone che soffrono. Ma dobbiamo mantenere il controllo mentale e rimanere concentrati. Se lo facciamo, ne salveremo molte di più di quanto faremmo altrimenti. Sarà l'inferno. Ma siamo pagati per fare le scelte difficili e rimanere concentrati sulla missione. D'accordo?"

"D'accordo", dicono con un po' più di determinazione questa volta.

"In secondo luogo, sappiamo che possiamo lavorare insieme. Se fosse tutto quello che abbiamo nel prossimo scontro, sarebbe abbastanza per me. Comunichiamo, lottiamo duramente, siamo veloci..."

"E abbiamo dato l'inferno a quegli angeli della morte laggiù", dice Z-Lo.

"OTF", dice Hollywood.

Altri cenni di testa e circolano "OTF."

"Il che mi porta al punto successivo. Questo nemico sanguina."

"Sì, è vero." Z-Lo batte le mani e le strofina insieme come se si stesse preparando a salire sul ring.

Sorrido e alzo il mento verso di lui. Il suo è lo spirito di cui abbiamo bisogno, e mi vengono in mente le tante volte che la generazione più giovane ha rinvigorito quella più anziana. Certo, loro hanno bisogno della nostra saggezza ed esperienza, Dio li aiuti, ma noi abbiamo bisogno del loro entusiasmo ed energia per combattere.

"Abbiamo dimostrato di poterli eliminare. E non solo grazie a Chuck qui", gli do una delicata pacca.

"Grazie per il riconoscimento", dice.

"Ti amiamo, Sir Charles", gli grida Hollywood con una mano accanto alla bocca.

"Siete davvero schifosamente simpatici. Lo sapete, vero?"

Do un'altra pacca a Sir Charles e poi vado avanti. "Gli 'Ndrocchini…"

"Androchidani", mi corregge Chuck.

"'Ndrocchini."

"Smettila. Non si chiamano così. Li fa sembrare dei peluche o qualcosa del genere."

Contrariamente a quanto si creda, o almeno a quanto creda Chuck, ho usato il termine 'Ndrocchini di proposito. I militari di ogni civiltà sono soliti dare ai loro nemici soprannomi per umiliare i bersagli agli occhi delle forze combattenti. Speravo in una variante divertente sullo strano nome degli alieni. Ma Chuck qui lo ha portato la cosa a un livello completamente nuovo, senza saperlo.

"Dei peluche", dico con un cenno del capo. "Esatto."

"E anche brutti", aggiunge Bumper.

"Non capisco cosa stia succedendo", dice Chuck. "È come se non capiste affatto il mio punto."

Hollywood sorride. "Oh, abbiamo capito, guancette. Forte e chiaro. Grazie."

"Io sono… Che cosa… Non hai sentito niente di quello che ho detto?"

"Non spremerti le meningi, Chuckles." Mi asciugo un po' di acqua salata dal naso e poi vado avanti. "Come stavo dicendo, gli 'Ndrocchini potrebbero avere una tecnologia superiore, come dimostrano Sir Charles, i robot, i droni e gli ARU, ma sono sicuro che avrete notato che mancano di strategia."

"Non sono sicuro di seguirti", chiede Z-Lo.

"L'angelo della morte che è andato dietro a Wic", dice Ghost. "Non avrebbe dovuto farlo."

"E il modo in cui l'unità ha attraversato il cortile di Rutgers all'aperto in quel modo", aggiunge Hollywood. "Stupidi. Diavolo, anche il modo in cui si sono avvicinati all'edificio…" Inclina la testa. "Arrogante. E anche stupido."

"Ok, sì. Me ne sono accorto", dice Z-Lo con cenni enfatici. Potrebbe stare facendo finta per fare bella figura per quanto ne so, ma sembra sincero.

"Penso che potremmo ragionare su tutti gli scontri che abbiamo avuto con loro e trovare dei seri errori", dico. "E, Hollywood, hai trovato il punto. Sono troppo sicuri di sé. Ci vedono come merce. Il che significa che possiamo vincere questa battaglia se lo vogliamo. L'errore peggiore che un esercito possa fare è sottovalutare il nemico. E questi stronzi?" Comincio ad annuire con la testa e mi guardo intorno nella squadra. "Hanno sottovalutato i figli di puttana sbagliati."

"OTF, dolcezza", dice Bumper in un profondo baritono.

"OTF", rispondono tutti gli altri.

Ora il morale sulla barca si sta alzando. Bene.

"Con tutto questo in mente", dico. "Non credo che abbiamo a che fare con una forza militare."

Si scambiano sguardi curiosi prima che Bumper chieda: "Come fai a dirlo?"

Gli pongo la domanda successiva. "Come Navy SEAL, sei mai stato incaricato del rastrellamento e del contenimento dei prigionieri di guerra?"

Scuote la testa. "No."

"Noi sì", dice Hollywood. "Dai il meglio di ciò che sei."

"Ottimo punto. E tanto di cappello all'esercito per aver aiutato lo zio Sam in tutti i compiti peggiori", dico con un sorriso.

Mi fa un saluto pigro. "Qualsiasi cosa per aiutare la causa."

"Ma facciamo un passo avanti." Indico di nuovo Staten Island. "Quelli non sono prigionieri di guerra. Questa non è una guerra per loro. Sono affari. Quindi questi bastardi?" Mi volto verso la squadra con volto serio. "Sono solo pastori. Non sanno come pattugliare un campo di battaglia in cerca di minacce. Non sono una squadra di fucilieri in grado di localizzare, avvicinarsi e distruggere un nemico. Sono pastori con grossi bastoni che cercano di radunare un gregge."

"Ti vorrei far sapere che valgo molto di più di un grosso bastone", sbotta Chuck.

Questo fa ridere la squadra e aggiunge slancio al mio discorso di incoraggiamento. Ora la barca è animata dal tipo di spirito di cui abbiamo bisogno. Il tipo di spirito che ricorda a uomini e donne coraggiosi di che pasta sono fatti, e che sono inarrestabili finché ricordano il loro allenamento, lavorano insieme e fanno scelte intelligenti, una, dopo l'altra, dopo l'altra, fino a quando la battaglia non è vinta.

Ogni esperto di tattica degno di tale nome ti dirà che un'unità con un motivo per combattere è in vantaggio anche se le probabilità sono a suo sfavore. Il vantaggio psicologico favorisce sempre la squadra pronta a morire per la sua causa e non stiamo certo parlando degli 'Ndrocchini. Gli storici dicono che qualsiasi forza che attacca una posizione fissa in casa ha bisogno di cinque volte la forza dei difensori, e io ci credo. Diavolo, l'ho visto, parte di assalti i cui comandanti avrebbero dovuto prestare più attenzione alle lezioni di storia di Annapolis. Nella battaglia di Bunker Hill l'esercito britannico subì quasi due volte e mezzo più vittime di quelle dell'esercito continentale. L'unico motivo per cui abbiamo perso è perché abbiamo finito le munizioni.

"Lo ripeto: questa *non* è una guerra per loro." Spingo un dito verso nord. "Ma ne faremo una dannata guerra."

"Sì!" dice Z-Lo. Il resto del team si unisce e anche Ghost sta dondolando il busto a ritmo con la squadra.

"Gli allevatori pascolano, ma i guerrieri combattono", faccio un passo avanti. "E siamo noi i guerrieri in questa lotta."

"Dannatamente giusto", dice Ghost in una rara dimostrazione di emozione. Devono essere le medicine.

Davvero dannatamente giusto.

Ci prendiamo i successivi quindici minuti per consolidare la nostra attrezzatura, riempire i caricatori usati durante il viaggio da Rutgers e idratarci ancora un po'. Facciamo anche i turni a pisciare dal bordo della barca, tutti tranne Hollywood. Quando Yoshi le dice che ci gireremo tutti, lei ride.

"Sono andata quando eravamo in acqua, genio", dice.

"Quindi è per questo che l'acqua era calda a un certo punto", risponde Z-Lo con un sorriso.

"Nah", dice Bumper. "Quello ero io"

"Nooo, accidenti, fratello. Perché mi hai fatto questo?" Z-Lo si scuote tutto. "Bleeeee"

Poi noto che Bumper fa l'occhiolino a Hollywood.

Lei sorride e abbassa lo sguardo.

Parliamo anche di diversi scenari di sbarco, incluso uno che prevede l'ormeggio dell'imbarcazione e il guado a terra, ma con il quale rischiamo di perdere la barca, visti gli spettatori che cercano disperatamente di fuggire. Un'altra opzione è tenere qualcuno al timone con la maggior parte dell'attrezzatura, ma avremmo un uomo in meno in campo.

Quando sorgono domande su come avvicinarsi abbastanza all'epicentro di qualunque cosa ci aspetti a nord, Chuck ci assicura che il suo EMDE può fornire una copertura adeguata alla barca, ma dovrebbe essere impiegato solo negli ultimi minuti prima dell'approdo. Sostiene anche che gli *'Ndrocchini* non faranno tanta attenzione all'acqua poiché si concentreranno sul raccogliere gli umani. Inoltre, il nostro sole pomeridiano offusca in parte la naturale vista degli alieni. In caso dovessimo ritirarci, il suo consiglio è di immergersi nel porto poiché l'acqua più fresca dovrebbe mascherare adeguatamente le nostre tracce di calore, o almeno renderle meno precise.

Incrocio le braccia. "L'unica cosa è che non sono sicuro di cosa mi faccia più paura: morire a causa dei proiettili alieni o per quello che c'è nell'Hudson."

Questo fa ridere chi conosce i corsi d'acqua notoriamente contaminati di New York.

"Dannati flounder", sussurra Chuck.

Mentre superiamo lo stretto e tagliamo nella baia di New York, noto che il bagliore blu alla base dell'imbuto è più luminoso a dritta, appena sopra Red Hook. Ciò pone l'epicentro non nella Lower Manhattan propriamente detto, ma nell'East River.

Bumper guida la barca attraverso il Canale di Red Hook e rallenta mentre ci avviciniamo a Governor Island. Poi, quando vira a dritta, tagliando tra Governor Island e Brooklyn attraverso il Buttermilk Channel, diamo tutti il nostro primo sguardo alla mostruosità aliena che domina il tratto più iconico della città.

Il ponte di Brooklyn.

CAPITOLO 28

1405, venerdì 25 giugno 2027
Brooklyn, New York
Diamond Reef, Lower East River

"Santa Maria, Madre di Dio", Z-Lo si fa il segno della croce, china la testa e si bacia l'indice.

Hollywood si toglie gli occhiali da sole. "Qualcosa mi dice che non ha niente a che fare con la vergine benedetta o suo figlio."

"Ma ha tutto a che fare con la mia ricerca", dice Aaron. È il più entusiasta di tutta la barca. Beh, a dirla tutta, è l'unico entusiasta, tutti gli altri sembrano spaventati a morte.

C'è un anello portale nel bel mezzo del ponte di Brooklyn. Solo che questo è due o tre volte più grande di quello in Antartide. In più fluttua, e il ponte gli passa proprio nel mezzo.

"Com'è possibile?", chiedo ad Aaron. "E il campo del portale non dovrebbe tagliare il ponte in due?"

"Non necessariamente." Aaron guarda in basso e scarabocchia freneticamente su un piccolo taccuino Moleskine, un'abitudine che entrambi abbiamo preso in gioventù. "Ci sto lavorando"

"Che diametro ha?" chiedo a Bumper.

Ha il viso praticamente premuto contro il parabrezza della barca. "Direi centosettanta, centottanta metri?"

"Yut. Sono d'accordo."

"Ugh", esclama Chuck dal nulla. "Sono 173,74 metri. Ovvero circa 600 piedi, visto che voi americani siete così ossessionati dal vostro sistema di misura imperiale… ma non capisco. Il sistema metrico è molto più facile."

"Sono 570 piedi e un venticinquesimo di pollice", risponde Ghost. Quando tutti lo guardano, lui alza le spalle.

"Beh, non tutti sono così veloci", dice Chuck con tono piccato.

"Non ora", rispondo con gli occhi fissi sull'anello.

"Cosa vuoi dire non ora? Questo ora è perfetto come qualsiasi altro ora. *Non ora.* Praticamente tutto il resto del mondo usa il sistema metrico di cui sto imparando tante cose, inclusa la comunità scientifica, potrei aggiungere, che… Hey. Qualcuno mi sta ascoltando?"

"No", dico.

"Quell'anello… è semplicemente sospeso lì", dice Yoshi mentre prende un sorso dalla sua fiaschetta.

"Abbiamo deciso semplicemente di ignorare la questione?" chiede Chuck.

Annuisco. "A occhio, sembra che la curva inferiore sia a circa 15 metri dall'acqua. Il che lascia quasi altri trenta metri fino al ponte."

"E come fai a saperlo?" chiede Z-Lo.

"Perché sono cresciuto chiedendomi se, buttandomi da lì, sarei sopravvissuto." Non voglio dire al ragazzo che, alcune di quelle volte, ho sperato che non sarei sopravvissuto.

"Mi divertirò così tanto nella nostra prossima sessione di terapia di gruppo, sai", dice Chuck. "Aspetta che il nostro terapeuta scopra che non solo mi avete ignorato, ma che ignorate il fatto che il 94,7 percento della popolazione del tuo pianeta usa il sistema metrico."

"Beh, il 94,7 per cento della popolazione mondiale non è atterrata per prima sulla luna", dico, concentrato solo a metà sulle divagazioni di Chuck.

"D'accordo allora. Bene. È vero. Ma è ancora solo una luna, ops! Eppure, voi *americani* continuate a insistere nell'usare un dispositivo obsoleto, ingombrante e… Sul serio? Nessuno mi sta nemmeno guardando adesso? Oh, mi arrendo."

A parte la vastità dell'anello, c'è il bagliore intenso proveniente da due punti principali. Il primo è dal picco dell'anello. Il secondo è dal piano del portale che taglia in due il ponte.

"Come hanno fatto ad aggirare il dannato ponte?" chiede Bumper.

"Bella domanda." Guardo Aaron che sta studiando la forma con il binocolo. "Pensi che l'abbiano portato qui durante la terza apertura?"

"Terza cosa?" chiede Hollywood.

Le faccio un gesto con la mano, continuando a guardare Aaron.

"No." Appunta qualcos'altro sul taccuino. "Ne dubito. Ci sarebbe voluto troppo tempo per smontarlo, spostarlo e rimontarlo. La mia ipotesi? A giudicare dalla quantità di alghe che sta perdendo?" Mi guarda. "È qui da molto tempo."

"Dove nasconderesti qualcosa del genere?" chiede Z-Lo. Ma non appena finisce la domanda, vedo l'alba di comprensione nei suoi occhi. "Oh."

"Il settantuno percento del mondo è…"

"È coperto d'acqua", dice Hollywood, interrompendo Aaron.

Annuisce. "Davvero un sacco di spazio. Quanto a come l'hanno messo intorno al ponte? Nessuna idea a parte che ci possa essere un punto di rottura nella struttura. Questa è semplice logica. Ma questo…" Ridacchia tra sé e sé. "Questo è tutt'altro che semplice. E il campo di forza della cupola viene generato dall'apice. Non so nemmeno come sia possibile."

Tuttavia, più inquietante della struttura ultraterrena e della sua fornitura apparentemente infinita di energia, sono le masse di persone che camminano verso il piano del portale da entrambi i lati del ponte.

"Mio Dio." Afferro la fusoliera e mi chino verso il vetro. "Lo vedi anche tu?"

Aaron grugnisce. "Stanno usando il ponte come rampa d'ingresso a doppia entrata"

"È un dannato corridoio per bestiame," dice Ghost. Il suo accento texano mi fa capire che la metafora di prima su allevatori e bestiame ha fatto presa. Probabilmente ha fatto qualche rodeo lui stesso.

"Ma altamente efficiente", dice Aaron mentre scarabocchia qualcos'altro nel suo taccuino. "Ho una teoria anche sulle due diverse forme di energia che stiamo vedendo."

Quando Aaron si interrompe, devo ricordagli di finire il pensiero. Lo faceva anche da ragazzino.

"Oh, giusto. Scusate. Umm, quindi l'energia che esce dall'alto, per la cupola, respinge i tessuti viventi…"

"Fa più che respingerli", dice Hollywood con uno sbuffo.

Aaron risponde con un cenno del capo e una risata nervosa. "Sì, ma ignora la materia non organica, permettendole di passare. Mentre qui, se il ponte è intatto, significa anche che il campo del portale ignora un certo tipo di materia, ma al contrario consente ai tessuti umani di entrarvi."

"Allora…" Bumper si gratta la mascella. "Pensi che lasci passare le persone ma non le cose. Nel senso, arrivano dall'altra parte nudi o qualcosa del genere?"

"Nudi e senza armi", aggiungo.

L'efficacia dell'anello nel consegnare una popolazione impotente a qualunque cosa si trovi dall'altra parte è raggelante. Bumper sembra a disagio e sono sicuro che ho la stessa espressione, specialmente quando penso a tutte quelle vittime che potrebbero avere protesi, placche e pacemaker. Dio ci aiuti.

Tornando al binocolo, Aaron aggiunge: "Sembra che abbiano portato anche dell'attrezzatura aggiuntiva."

Chiedo lo strumento e poi do un'occhiata. "Una zona di raccolta."

"Davvero?" chiede Bumper.

Annuisco e gli porgo il binocolo.

Lo tiene con una mano mentre regge il timone. "Sembrano ARU. Forse una sorta di centro di comando mobile su entrambi i lati. E", si ferma per un secondo, "supporto aereo."

"Che cosa?", Riprendo il binocolo. C'è un mezzo delle dimensioni di un container con delle rampe a prua e a poppa e quattro gruppi motore verticali allungati, montati alle estremità di bracci di estensione.

"Eccone uno", dice Yoshi.

Guardo dove sta indicando e poi lo seguo con il mio binocolo. "È un mezzo di trasporto, chiaro. Una specie di navicella. I motori sembrano gli stessi di quelli che si trovano sotto gli ARU e i droni."

"Un motivo in più per stare alla larga", dice Hollywood.

"A meno che, sai, ne abbordiamo uno, io prendo il controllo e li mitragliamo per benino", dice Z-Lo.

"Uhm. Con tanto di movimento delle mani ed effetti sonori", dico con finta ammirazione.

Z-Lo abbassa le mani e si guarda intorno. "Stavo solo cercando di offrire un suggerimento."

"Lo so, ragazzino. Niente male. Ma non oggi."

"Ok, sì. Certo."

"Chuck", dico. "Tra quanto tempo pensi che saremo un elemento di interesse? Mi sento piuttosto esposto qui fuori."

"Potrei, forse ma non è certo, monitorare o meno le comunicazioni del nemico. Nel momento in cui dovessi sentire che i Phantom sono in pericolo, mi assicurerò di prendere le precauzioni necessarie. Fino ad allora, consiglio di mantenere una velocità costante e di rimanere vicino alla riva."

"Per me va bene." Ancora non mi piacciono le direttive contrastanti di Chuck, ma averlo intorno è meglio che non averlo.

Bumper ci porta più vicino alla riva e blocca la *Best of Boat Worlds* a dieci nodi.

Proprio mentre ci lasciamo alle spalle Buttermilk Channel e Governor Island, Chuck parla.

"Sto cominciando a raccogliere notevoli comunicazioni su un'anomalia le cui coordinate sono correlate alle nostre."

Guardo dall'altra parte e vedo il molo sei direttamente a dritta. Potremmo abbandonare la barca adesso, ma sarebbe una lunga passeggiata attraverso strade densamente affollate.

"Tra quanto tempo pensi di dover attivare il tuo superpotere camaleontico?" chiedo.

"Già fatto. E sarai felice di sapere che gli 'Ndrocchini hanno ordinato ai droni di pattuglia di rientrare."

"Ottimo lavoro." Gli do un'altra pacca. "Pensi di poterci portare fino al molo uno?"

"Fammi vedere."

Lo sollevo sulla mia spalla e miro all'ultimo molo di Brooklyn da questa parte del ponte. L'ultima volta che ci sono stato, offriva un punto di osservazione pubblico, l'accesso ad alcuni negozi e caffè e un giardino botanico le cui serre si inerpicavano contro la base della torre sul lato est del ponte.

"Non dovrebbe essere un problema, Patrick. Ammesso che trovi un modo per sbarcare e mimetizzarti immediatamente con l'ambiente circostante. Se dovessi indugiare più a lungo, credo che ci troveremmo in uno sfortunato scenario in cui tu sei scontento delle mie capacità di fuoco, e io sono scontento della tua alitosi cronica."

"Non ho l'alito cattivo."

"Mhmm. Si dice che non puoi sentire il tuo…"

Lo spingo di nuovo sulla console.

"… e che la rabbia è il primo segnale della colpa."

"Così come gettare un'arma in mare ai pesci flounder."

"Ah. Si, beh… E noi non vogliamo che succeda, vero?"

Guardo Bumper. "Portaci al molo uno"

"In arrivo", risponde lui.

È chiaro che l'unico modo per chiudere questo anello è far quello che avremmo dovuto fare fin dall'inizio: farlo saltare in aria.

La prima ipotesi su come fare a distruggerlo è l'arma più potente che abbiamo a bordo: Ser Chucksalotto. Lui, tuttavia, insiste sul fatto che distruggere l'anello sarebbe un'impresa ardua anche con una carica completa e la massima potenza. Non posso essere sicuro al cento per cento che stia dicendo la verità, poiché questa domanda sembra interferire con la sua seconda direttiva, ma in base a ciò che gli ho visto fare finora, nemmeno Sua Maestà sembra in grado di sfondare una colonna che sembra essere più della metà della larghezza del ponte stesso.

L'idea che consideriamo subito dopo è quella di piazzare del C-4 sull'anello. È pazzesco, ovviamente, ma nessuna opzione è sbagliata finché non la escludi.

"Immagino che avremmo bisogno di ogni grammo che ho portato con me", dice Bumper mentre ci avviciniamo alla nostra destinazione. "E anche di tutto il Semtex. Voglio dire, guardatelo."

Lo stiamo tutti guardando fisso ora, le teste gettate all'indietro. La dimensione dell'anello è sbalorditiva.

"Come possiamo anche solo arrivare lassù?" chiede Z-Lo.

"Vuoi dire, laggiù", rispondo. "Faremo un discesa a corda doppia."

"Che cosa?" Z-Lo guarda prima me e poi il ponte due volte. "Da sotto il…?"

"Sotto il ponte, yut."

"Oh, maledizione."

"Qual è il problema, Laszlo?" Hollywood ricontrolla il suo giubbotto e stringe forte una cinghia. "Soffri di vertigini?"

"No, non del tutto. Voglio dire, certo, come tutti, un po'. Ma no."

"Sì invece", dice Bumper.

"Cosa ne pensi, Chuck?" chiedo.

"Di Laszlo che ha una paura mortale delle altezze? O della probabilità che vi facciate saltare in aria o in una caduta mortale?" ride. "Ah, ah! Da alte a molto alte su tutti e tre i punti. Solo un momento, sto puntando sul cibo per pesci flounder in questo momento."

"Simpatico, Chuck. Rischio per noi a parte, cosa ne pensi delle nostre possibilità di distruggere quell'obbrobrio?"

"Penso che se aspettate un po' potreste trovare un piano migliore."

"Dice il tizio che ci ha appena detto di sbrigarci."

"Solo non dire che non ti avevo avvertito."

Faccio a Chuck un mezzo sorriso. "Ok. E questo è quanto. Scaliamo il ponte, ci caliamo sull'anello a corda doppia e piantiamo le cariche."

"Abbiamo quattro imbracature e due corde da sessanta metri", dice Hollywood.

"Chi è più a proprio agio ad arrampicarsi?" chiedo.

Bumper, Hollywood e Yoshi alzano la mano.

"Sai guidare una barca?" chiedo a Z-Lo.

"Significa che non devo arrampicarmi?"

"Sai guidare una barca? Sì o no?" dico più severamente.

"Sì, certo, Maggiore Capo."

"Bene. Imbracature per Bumper, Hollywood, Yoshi e me. Aaron, tu rimani sulla barca con Z-Lo. Ghost, tu ti renderai utile dal cielo." Indico con il pollice gli edifici lungo la riva. "Ce la puoi fare?"

"Roger."

"Tutti gli altri sono a posto?"

Ci sono segni di assenso e approvazione.

Siamo a due minuti dall'approdo, e la gente sta iniziando a notarci. Mentre le informazioni di Chuck dicono che i *peluche* hanno problemi di vista a mezzogiorno, gli umani sono decisamente l'opposto. Già le madri ci chiedono di portare i loro bambini e i bambini piangono per avere un passaggio. Ma con un po' di fortuna, le dimensioni del ponte e i piani di sicurezza sottocoperta impediranno al pubblico di rivelare la nostra posizione. Inoltre, a parte quelli nelle nostre immediate vicinanze, la maggior parte delle persone sembra concentrata sulla ricerca di modi di salire il ponte a est.

"Ora, la parte davvero difficile", dico. "Non fermatevi ad aiutare nessuno. Tenete gli occhi puntati in avanti. Ricordate, la nostra missione li include ma non si limita a essi. Distruggiamo questa cosa e tutti quelli che incontriamo in quelle strade vivranno un giorno in più. Roger?"

"Roger", rispondono tutti. Ma posso dire che stanno già avendo problemi a rimanere concentrati su di me.

"E io?" chiede Chuck. "Non mi hai ancora gettato sulla tua schiena per una meravigliosa vista del tuo culo, Patrick."

"Perché tu rimani qui, amico."

"Cosa?"

"Z-Lo e Aaron sono la tua nuova priorità. E questa è la nostra barca di supporto per la fuga una volta che saremo scesi."

"Ma, ma, ma…"

"Niente ma. Questo è un ordine dell'User 9. Usa tutta l'energia del condensatore che ti rimane per tenere nascosta questa barca. Roger?"

"Sto davvero cominciando a odiare questo Roger."

La squadra sorride.

"E posso trasferire i privilegi utente o qualcosa del genere?" chiedo a Chuck.

Questo ottiene sguardi perplessi dai membri del team.

"Vuoi dire che vuoi permettere agli altri Phantom di accarezzarmi?"

"Qualcosa del genere, yut."

Chuck fa una pausa. "Pensi che si batteranno per avermi?"

"Se sei fortunato." Gli faccio l'occhiolino. "Quindi, puoi?"

"No, Patrick. Non hanno il necessario…"

"Cristallo di dilitio hoo-ha. Yut, ho capito."

"Oh, terribile." Fa un lungo sospiro. "Ma suppongo potrei ridurre al minimo le mie difese se e quando hanno bisogno di toccarmi, come ho fatto con Chuck Due laggiù."

Guardo Z-Lo e Aaron. "Assicuratevi solo di non toccarlo senza guanti, ok? Magari avvolgetelo prima in un poncho o qualcosa del genere."

"Un poncho? Ma chi credi che io…"

"E, Chuck? Tienili al sicuro."

"Certo, Patrick. Ora, se sei davvero deciso a fare tutta questa cosa di far esplodere l'anello, sento di doverti avvertire che le tue comunicazioni non saranno più crittografate, quindi usale con parsimonia.

"Perché mai?"

"Dal momento che voi quattro salirete a circa 44 metri di altezza e nel mezzo dell'East River, è oltre la mia portata mantenere le vostre comunicazioni nascoste con certezza. Quelle di Z-Lo e le mie, nessun problema. Ma le tue? Sappi solo che gli Androchidani…"

"'Ndrocchini", dice Hollywood.

"…che gli *'Ndrocchinini* saranno in grado di sentirti e, molto probabilmente, di individuare la tua posizione. Tuttavia, mi farò una bella risata mentre cercano di capire perché sembri essere sotto i loro piedi."

"*'Ndrocchinini*", dice Bumper. "Adorabile. Quasi ne voglio uno."

"Anche io", dice Hollywood.

"Un minuto", aggiunge Bumper, alzando l'indice verso la squadra.

"Z-Lo", dico. "Voglio che tu stia lontano dalla riva. Proteggi Aaron e ascolta tutte le informazioni che Chuck ti darà."

"Roger."

"Ma chi proteggerà me?" chiede Chuck.

"Aaron", dico.

Chuck non dice niente.

"È un problema?" Chiedo.

"No. È solo che, l'ho visto con un'arma e, beh, non è eccezionale."

"Concordo."

"Ehi", protesta Aaron.

"Ecco perché non si arriverà a niente di tutto questo", dico. "Arriveremo lassù, lasceremo i nostri regali di Natale e scenderemo in acqua per l'estrazione prima che tu te ne accorga."

"Ma, Patrick," dice Chuck. "Potremmo avere un piano di emergenza? Per me, intendo?"

"Per quale scenario?"

"Se gli *'Ndrocchinini* scoprissero la barca mentre sei via, Z-Lo potrebbe lanciarmi nel fiume?"

Alzo un sopracciglio a Chuck. "Ma che mi dici dei pesci flounder?"

Fa un lungo sospiro. "Preferirei rischiare con i pesci che con gli alieni. Gli 'Ndrocchini mi manderanno per la ricalibrazione e poi mi ripuliranno. E non intendo il culo. Anche se siamo stati insieme solo poche ore, penso che sia sicuro dire che sono stati le più meravigliose, le più…"

"Non lasceremo che ti cancellino la memoria, amico. Dobbiamo andare."

"Lo giuri?"

"Yut."

"Penso ancora che dovresti restare un po' più a lungo", dice Chuck. "Potresti, non so, trarre ispirazione per un piano alternativo?"

"Qualcun altro si sente come se stesse cercando di metterci fuori strada?" chiede Bumper.

"Lo giuro, non è così", supplica Chuck. "È solo che, a volte, le idee migliori hanno bisogno di tempo per marinare come una succosa bistecca. O arieggiare, come un buon vino."

Faccio l'occhiolino a Chuck. "Resteremmo volentieri, ma abbiamo una città da salvare."

CAPITOLO 29

1435, venerdì 25 giugno 2027
Brooklyn, New York
Molo 1, East River

DOBBIAMO LOTTARE PER raggiungere il molo 1 spingendo da parte i civili, più duramente di quanto vorrei. Sono tutte persone ben intenzionate e non posso dire che non farei come loro se avessi una moglie e un figlio. Probabilmente anche di peggio. Ma in questo momento sono una minaccia per la sicurezza dell'operazione e il tempo stringe.

Due uomini cadono in acqua nel tentativo sfrenato di salire a bordo della *Best of Boat Worlds* prima che riusciamo a spingere via la barca. Il piede di un ragazzo scivola dal parapetto di dritta e fa una dolorosa spaccata contro il lato prima di piombare in acqua, mentre l'altro uomo prende un pugno in faccia da uno Z-Lo incazzato. Il ragazzo non scuote nemmeno la mano mentre il trasgressore cade giù.

Con la barca lontana dal molo, Hollywood, Bumper, Yoshi, Ghost e io ci facciamo strada tra la folla. Quando raggiungiamo la strada, Ghost si dirige verso un magazzino di mattoni riqualificato, trasformato in un negozio di lusso e un loft mentre il resto di noi gira a nord. Sul lungofiume davanti a noi c'è un fioraio che usavo abitualmente per inviare fiori alla famiglia di Jack ogni anno in… un giorno particolare. E, proprio come ricordavo, c'è un'impalcatura lungo la siepe sul retro, e al di là della recinzione, il pilone est del ponte di Brooklyn.

Alcuni persistenti curiosi ci seguono nel fioraio, ma la maggior parte perde interesse quando ci vede brandire le armi. Solo pochi hanno bisogno che gli urliamo contro e la loro volontà appassisce rapidamente. Diciamo solo che un Navy SEAL infastidito può essere molto intimidatorio.

A turno saliamo e oltrepassiamo la recinzione, passando armi, corde, esplosivi e imbracature finché non ci ricomponiamo dall'altra parte. Per la prima volta, noto lo stesso tipo di strana vibrazione a bassa frequenza nel terreno che ho sentito in Antartide, solo che sono molto più lontano dall'anello e questo è considerevolmente più grande.

"Qualcun altro lo sente?" chiede Hollywood.

"È normale", dico. "Relativamente parlando."

Mi lancia uno sguardo che dice: "Oh, ok, certo", poi scuote la testa.

Da lì ci apriamo a ventaglio e iniziamo a cercare modi per salire sulla torre di pietra. Non ci vuole molto perché Bumper concluda che il modo migliore per salire è un vecchio condotto di scarico.

"Qualche volontario per fare da sicura?" Tiene la corda.

"Vado io", dice Yoshi.

Tutti indossiamo le nostre imbracature e poi Bumper lega un'estremità della corda al moschettone di bloccaggio di Yoshi. Solleva Yoshi per il nodo per assicurarsi che sia sicuro.

"Vai per primo, Super Nintendo", dice Bumper. "Quindi niente scherzi da Pitfall. Vai piano, con calma. Roger?"

"Roger." Yoshi strofina insieme i suoi guanti Mechanix Wear e poi si avvia per il tubo di scarico.

Restiamo all'ombra del ponte e guardiamo il PJ dell'aeronautica che si arrampica sul condotto come una scimmia. Onestamente, è impressionante. Anche Bumper gli lancia un'occhiata sorpresa. Ci mette circa trenta secondi.

"Immaginate quanto velocemente lo farebbe se fosse sobrio", dice.

"O forse non lo farebbe affatto", risponde Hollywood.

"È anche possibile"

Yoshi si tira su nell'ombra sotto il ponte principale e si arrampica su un traliccio, le gambe penzolanti. Quindi si mette al lavoro per fissare due punti di ancoraggio per il moschettone di sosta principale sulle travi in acciaio, proprio come ha spiegato Bumper. Ma si vede che non è la prima volta per Yoshi, non solo in base alle sue capacità di arrampicata, ma anche per quanto velocemente sta legando la corda di supporto. Una volta che ha finito, si stacca dalla corda e inizia a passare un'estremità annodata a Bumper.

Nei dieci minuti successivi, trasportiamo l'attrezzatura fino a Yoshi, poi faccio sicura a Bumper, Hollywood fa sicura a me e tiriamo su Hollywood fino a quando tutta la squadra non è assicurata all'interno dei tralicci vecchi 150 anni del ponte. In qualsiasi altro giorno, sentiremmo i suoni delle auto in movimento e dei clacson sulla strada sopra di noi. Oggi, tutto ciò che sentiamo sono i suoni ovattati di decine di migliaia di persone che marciano verso una fine incerta.

"Ben fatto, squadra", dico nel tentativo di mantenere tutti concentrati. "Rimanete distesi sul traliccio e fate attenzione a come vi muovete. Prima le mani, poi i piedi. Lentamente."

Tutti obbediscono e iniziamo a spostarci lungo le travi e oltre l'East River. La strada, a circa due metri sopra le nostre teste, si estende sul fiume, passa attraverso il pilone sul lato di Manhattan e poi scende verso il municipio.

La salita attraverso le capriate, sebbene ragionevolmente semplice, non è per i deboli di cuore. Non ho mai avuto problemi con l'altezza, ma anche a me vengono i brividi. E sono contento che Z-Lo sia rimasto con Aaron sulla barca: sarebbe stato troppo difficile per lui. Mentre il ponte ci porta via da terra, vedo *Best of Boat Worlds* a una trentina di metri più in basso e un'altra farfalla mi solletica la pancia.

Finora, non c'è stata alcuna attività dai peluche che indicherebbe che siamo stati visti. Ma nascondersi sotto il ponte è la migliore copertura che potessimo sperare, data la situazione. Tuttavia, mi sembra strano che muoversi di giorno sia più sicuro che operare di notte, almeno secondo Sir Chuck. Ma suppongo che sia tutta una questione di quale stella ti abbronzi. Eh, non c'è da stupirsi che quelle cose siano così dannatamente brutte: niente vitamina D.

Ci vogliono circa quindici minuti per salire al centro del ponte e avvicinarci all'ipnotica membrana blu dell'anello. A ogni serie di tralicci che passiamo, il basso ronzio dell'energia diventa più forte.

Allo stesso modo, il vento si è alzato e fischia attraverso le travi. Piccoli fulmini scattano sulla superficie del campo e lambiscono le travi intorno a noi.

"Dobbiamo preoccuparci per questi, Wic?" Hollywood indica i lampi.

"No. Una sorta di energia elettrica libera, secondo Aaron. Non fa male. Credo."

Annuisce, ma non sembra convinta. Naturalmente, nemmeno io lo sono.

Ci vogliono pochi minuti a Bumper per decidere dove legare le corde. La scintillante superficie blu del portale sta causando parte del vento che sentiamo, forse anche aspirando aria. Ciò pone due seri problemi. Il primo è che se una corda venisse risucchiata, potrebbe essere recisa, se la teoria di Aaron è accurata. Una caduta da questa altezza sarebbe fatale. Il secondo problema è che non credo che nessuno di noi voglia visitare il Palazzo dei Peluche oggi; quindi, essere soffiato o risucchiato nel portale non è una alternativa. Alla fine, Bumper sceglie una posizione di ancoraggio a quindici metri dal muro del portale.

"Se scendiamo a trenta metri e siamo ancora troppo lontani", urla al di sopra del rumore del campo energetico. "Allora possiamo sempre avvicinarci oscillando."

Annuisco in segno di apprezzamento per il suo approccio conservatore. Le due corde da arrampicata si stanno già curvando verso l'anello. Ma le loro estremità toccano l'acqua, il che significa che è lì che cadremo se dovesse andare tutto a rotoli. Meglio morire sulla Terra che su un altro pianeta, dico sempre.

Certo che sì, Pat.

Ci prendiamo i minuti seguenti per dividere equamente gli esplosivi tra Bumper e me. Anche se il piano è di collocarli nello stesso posto, questa missione, dalle squadre gemelle di due persone alla divisione delle attrezzature: è tutto per la ridondanza. Non volevo dirlo ad alta voce per paura di rovinare la missione, ma se non lo facciamo, non sono sicuro di quali altre opzioni avremo. E avrei bisogno di molto tempo da solo e un po' di Redbreast per inventare qualcos'altro. Supponendo che sopravviva per vedere come andrà, ovviamente. Il punto è che *devi* mettere tutte le tue uova in un solo paniere se tutto ciò che hai è un solo dannato paniere.

"Gli esplosivi vanno per primi, seguiti dagli spotter", urla Bumper. Quindi fa passare la sua corda attraverso il discensore a otto, si aggancia al moschettone principale della sua imbracatura e dà due forti strattoni. Segnala a me e Yoshi di fare lo stesso e poi aiuta Hollywood con il suo.

Nonostante l'intensità della situazione, Yoshi sembra divertirsi. Come dovrebbe, suppongo, con un tasso alcolemico illegale nella maggior parte dei… bar. Quando abbiamo finito, io e lui ricontrolliamo il lavoro dell'altro e diamo il segnale di ok.

Sembra che anche Hollywood si stia divertendo, sorridendo mentre Bumper mette alla prova la sua imbracatura e trascorre un po' più tempo del necessario sul suo didietro.

"Tutti pronti?" chiede Bumper.

Io e Yoshi rispondiamo con gesti delle mani e cenni con la testa, ma Hollywood risponde:

"Penso che potrei aver bisogno di un'altra controllatina alla mia imbracatura. Solo per assicurarmi che sia tutto ben messo." Si mette una mano sul fianco e fa un sorrisetto a Bumper.

"Ragazza, lo sai già che sei ben messa", dice Bumper con uno sguardo di apprezzamento.

"Vuoi darmi una ricontrollata, Super Nintendo?" chiedo.

Yoshi mi fa una risatina e scuote velocemente la testa.

Non avendo mai fatto *moulinette* con due persone sulla stessa corda contemporaneamente, devo guardare mentre Bumper si cala nella cella del traliccio successiva verso il portale e fa tornare indietro un po' di corda. La lunghezza extra consente a Hollywood di entrare nella cella con lui, e poi lui la aiuta a calarsi finché non è appesa sotto le capriate, completamente dipendente dalla sua imbracatura. Lo sguardo felice sul suo viso è sparito. Quindi Bumper scende e si cala sulla sua imbracatura finché non si trova a penzolare sotto di lei.

Yoshi mi sorride. "Tocca a noi."

Annuisco e mi sposto nella cella successiva, facendo del mio meglio per replicare l'esempio di Bumper. Sono più lento di lui, ma ho capito il concetto. E Yoshi sembra abbastanza paziente con me. A differenza dell'approccio più quieto di Hollywood, Yoshi non perde tempo a scendere e godersi il panorama. Mi abbasso e poi mi faccio strada sotto di lui, usando la sua imbracatura come ha fatto Bumper. Perdo presa con la mano sinistra e cado.

"Merda" esclamo all'aria aperta.

Una rapida ondata di vertigini mi assale, ma tiro il freno dietro il fianco e la corda si tende. Ma la mia imbracatura blocca la mia palla sinistra contro la mia coscia.

"Stai bene lì, *tomodachi*?" chiede Yoshi.

Mi sforzo di alleviare il dolore che parte dal mio inguine e noto che la mia gamba sinistra è avvolta attorno alla corda. Sono in uno stato pietoso. "Yut. Bene. Grazie."

"Non c'è problema."

Faccio alcuni respiri profondi mentre il dolore diminuisce e mi adatto alla mia nuova situazione. Sono su una corda, appeso sotto un Sergente dell'aeronautica militare ubriaco, legato al ponte di Brooklyn, con abbastanza C-4 e Semtex sulla schiena per far fuori quattro veicoli da combattimento Bradley.

"*Gung-ho*, dolcezza", mi dico.

Bumper mi lancia uno sguardo interrogativo e un ok con le dita.

"Tutto okay." Faccio un altro respiro profondo per tenere sotto controllo il mio battito cardiaco e poi porto in avanti la mano che frena. La corda inizia a scorrere sul mio palmo guantato e tutti e quattro scendiamo di fronte al portale.

Non capita tutti i giorni di scendere dal centro del ponte di Brooklyn. Lancio uno sguardo a sud verso il mio quartiere d'infanzia di Park Slope e mi chiedo se il piantagrane dai capelli rossi degli anni'90 abbia mai pensato che il suo io più vecchio si sarebbe calato in corda doppia in questo modo per salvare New York da un'invasione aliena. In realtà, è proprio il genere di cose che si sarebbe aspettato; qualsiasi cosa per uscire da quella casa.

Mi fermo di scatto quando qualcosa come il suono di una mostruosa tromba squarcia l'aria. E non stiamo parlando di una tuba. È come il fottuto corno del Fosso di Helm nel Signore degli Anelli. L'intero dannato ponte trema abbastanza da far vibrare le nostre corde. Detriti che probabilmente non si sono mossi da 150 anni piovono su di noi, costringendomi a coprirmi il viso sotto il casco. Proprio in quel momento, noto un movimento nell'acqua sotto di me.

"CRISTO SANTO", urla Yoshi urla sopra di me, ma la sua voce è quasi soffocata dal continuo ruggito che emana da sotto di noi.

Una colonna d'acqua, immersa in una luce quasi accecante, sale dall'East River e si dirige dritta verso l'anello. Per una frazione di secondo, penso che qualcosa sia esploso sotto la superficie, mandando la massa d'acqua verso la parte inferiore del ponte. Ma la colonna sale, scompare nella base dell'anello e la luce si fa meno intensa. Allo stesso modo, il rumore diminuisce. Un sibilo costante come il suono di una cascata riempie l'aria sotto di noi, mentre un flusso d'acqua alimenta in una cavità invisibile nel bordo esterno dell'anello. Z-Lo ha fatto ruotare il Dyer 29 e sta accelerando lungo l'angolo formato dalla colonna d'acqua.

"Che diavolo è?" Urla Hollywood.

"Non so", devo urlare di rimando.

Il mio cervello va a cento all'ora mentre cerco di capire. Una parte di me vuole chiamare Aaron, ma non possiamo ancora rischiare di rivelare la nostra posizione, non fino a quando non avremo piazzato gli esplosivi.

Gli esplosivi!

Forse è per questo che Chuck stava cercando di farci restare. Far arieggiare il vino un cazzo!

"Bumper", urlo. "Sta aspirando, giusto?"

"Sembrerebbe di sì."

"E se lasciamo cadere le cariche e lasciamo che vengano risucchiate?"

"Troppo rischioso", scuote la testa. "Così tanta turbolenza potrebbe strappare le sicure prima che abbiamo la possibilità di farli saltare in aria. Inoltre, se lo facciamo e non siamo al sicuro? Troppo pericoloso, fratello."

"E se fosse questo che intendeva Chuck?"

Ma Bumper scuote di nuovo la testa. "No."

Ha ragione, ovviamente. E forse questo non è quello che Chuck aveva in mente, dopotutto, e sto solo saltando a conclusioni strampalate. Mi sento un po' come il vecchio zio veterano di guerra pazzo anche solo per aver offerto l'idea. Tanto valeva iniziare il suggerimento con "Ai miei tempi…", ma valeva la pena tentare.

Qualunque cosa sia, però, ho la sensazione che abbia a che fare con il modo in cui viene alimentato l'anello. Di nuovo, probabilmente Aaron ha già un'ipotesi a riguardo. Ma in questo momento lui e Z-Lo stanno tornando di fretta verso Governor Island.

"Procediamo come previsto", urlo.

Bumper e Hollywood annuiscono. Yoshi mi fa il pollice in alto dall'alto. Quindi alleggerisco il freno e continuo a scendere.

Quando ci avviciniamo alla sporgenza inferiore dell'anello, mi tengo a circa un metro e mezzo sopra di essa. Entrambe le squadre ondeggiano troppo e rischiano di sbattere contro la sponda. Avremo bisogno di cronometrare una discesa abbastanza bene da cadere sulla curva superiore della sporgenza. Certo, la porzione orizzontale sembra essere larga circa sette-otto metri, quindi c'è molto margine. Beh, almeno da un lato dell'oscillazione. Il mio stomaco fa uno o due salti mortali mentre i miei piedi si allontanano dall'anello e si estendono sull'acqua circa venti metri più in basso.

"Scendo", urlo a Yoshi.

"Assicurati di avere il tempo giusto. Altrimenti probabilmente morirai."

"Grazie per il suggerimento." Prendo fiato e preparo la mano frenante. All'oscillazione successiva, lo slancio mi porta a tre metri di distanza dall'anello e poi mi reindirizza verso il portale. Appena oltrepasso il bordo, lascio scivolare la corda in modo che i miei stivali tocchino l'apice all'oscillazione successiva.

O almeno quella è l'idea.

Invece, colpisco il terreno un po' troppo presto e atterro sul fianco sinistro. Una fitta di dolore mi prende il gomito e la spalla e il mio casco sbatte al suolo. Non così elegante come pensavo, ma sono giù. E ho la presenza di spirito di puntare sui talloni e mantenere la corda ferma per Yoshi.

Lui, invece, scende come un dannato acrobata dal *Cirque de Pole Dancing* o come diavolo si chiama. Atterra accanto a me e ha la faccia tosta di offrirmi una mano. Porca puttana. Ma la prendo e mi alzo.

"Ottimo lavoro", dico. "Ora aiutami a togliermi questa roba di dosso."

Messo a terra lo zaino, Yoshi e io lo trasciniamo vicino ai rigonfiamenti geometrici scoscesi verso Bumper e Hollywood, quindi iniziamo a tirare fuori gli oggetti. Il SEAL dà l'esempio, preparando ogni componente e spiegandoci il processo. In meno di due minuti, abbiamo quello che potremmo chiamare un rispettabile mucchio di cazzi amari. Bumper studia la pila sulla superficie irregolare dell'anello e poi la copre con uno degli zaini.

"Dovremo accontentarci", dice Bumper come se il nostro lavoro passasse a malapena la sufficienza.

Riprendiamo di nuovo le corde e iniziamo a indietreggiare lungo la curva dell'anello. Mentre i miei piedi si muovono sulla superficie irregolare, mi chiedo quanto Aaron vorrebbe decifrare questa lingua aliena. Ed eccomi qui a prepararmi a farla saltare in aria. È molto rappresentativo della nostra relazione, immagino.

In poco tempo, Bumper e io cominciamo a calarci mentre Hollywood e Yoshi fanno da contrappeso e ci ritroviamo a scendere verso il bordo inferiore dell'anello. Ma questo significa anche che siamo molto vicini alla presa d'acqua.

Il rumore è così forte che non riesco a sentire qualunque cosa Yoshi stia dicendo sopra di me. Penso che si tratti di resistere fino a quando l'intero processo non si interromperà: Dio sa che ho delle riserve sul superarlo in corda doppia anche dopo che si sarà interrotto. Ci vedo chiaramente risucchiati e masticati nella mia testa. Non una buona giornata.

Ma Yoshi sembra dire qualcos'altro.

"Che cosa?" Non riesco ancora a sentirlo. "Parla più forte!"

Poi indica lontano dal ponte verso Lower Manhattan. Seguo il suo dito e vedo sei droni magenta in volo verso di noi.

"Oh, merda."

Capitolo 30

1520, venerdì 25 giugno 2027
Brooklyn, New York
Ponte di Brooklyn

"Non possiamo lasciare che individuino gli esplosivi", urlo a Bumper e poi guardo verso il basso. Ma non possiamo nemmeno saltare: la presa d'acqua ci risucchierebbe immediatamente una volta atterrati, ammesso che non ci spezziamo il collo all'impatto.

"Possiamo farlo saltare ora", dice Bumper.

Dannazione. Sì, potremmo… Ma speravo davvero di tornare presto alla mia casetta e far scoppiare le cariche ora mette in dubbio la realizzazione di quel piano. Inoltre, ci sono Hollywood e Yoshi. Perderemmo anche le loro vite. Ma conoscevano i rischi fin dall'inizio.

Bumper alza le spalle e tocca la sacca con dentro il telecomando.

"Beh, che sfiga." Prendo la mia sacca.

In quello stesso momento, un forte suono metallico risuona dal cielo alla nostra sinistra. Uno dei droni è stato colpito. Guardo a est e vedo un altro bagliore da una finestra del terzo piano di uno degli edifici sulla riva.

È Ghost. Dio benedica quell'uomo.

Il suo secondo colpo colpisce il drone e lo spedisce via in un moto a spirale.

Non sono sicuro se la mia prossima azione attirerà più attenzione sugli esplosivi o meno, ma il nostro elemento di sorpresa è comunque perso. Punto i piedi contro l'anello, faccio girare il mio SCAR con la mano sinistra e apro il fuoco contro il coperchio della spazzatura più vicino. I proiettili si schiantano contro lo scafo metallico del drone, creando cascate di scintille. La mia unica speranza è che il rumore del portale e dell'acqua nascondano lo scontro a fuoco dagli alieni sopra di noi.

Come se mi leggesse nel pensiero, l'aspirazione si interrompe. Il rumore si disperde e l'acqua ricade in massa. Guardo i miei proiettili traccianti segnalare la fine del mio caricatore e guardo la massa d'acqua che si infrange nell'East River con un ruggito.

"Scendiamo", urla Bumper. "Subito!" Lascia il freno e il suo corpo cade giù.

Hollywood segue a ruota dietro di lui.

Abbasso la mia arma e sto per lasciar andare la mia corda quando Yoshi mi si schianta addosso. Uno shock mi attraversa il collo e la spina dorsale e mi fa contorcere di lato. Maledetto ubriacone! La corda è avvolta intorno al mio braccio e lo stringe contro il mio fianco. Fa male come l'inferno, ma non tanto quanto sbattere di nuovo contro l'anello. Il mio corpo rimbalza una volta e poi viene tirato indietro contro la struttura aliena. Qualcosa si è impigliato nella corda, ma non riesco a vedere cosa.

"Smettila di contorcerti", gli grido.

"Lascia andare la corda!"

"Non posso. Devi risalire."

"Lascia andare la corda, Wic", dice di nuovo.

Un altro round di calibro cinquanta va a sbattere contro qualcosa di duro, ma non riesco a vedere cosa.

"Yoshi. Ascoltami. Devi…"

Mi fermo quando lo sento ridacchiare. Una rapida occhiata dall'alto mostra che sta tagliando la corda. Beh, è un modo per risolvere il problema, ma sarà un atterraggio infernale se non ci teniamo lontani l'uno dall'altro.

Prima che possa avvertirlo, la corda si libera. Cado, ma solo per un secondo, e mi fermo di scatto. Yoshi mi passa a fianco mentre mi agito sul posto, appeso all'anello da qualche parte sopra. Dalla mia posizione capovolta con la corda avvolta intorno alla mia dannata gamba, vedo Yoshi atterrare in un tuffo con i piedi in avanti che lo fa sembrare un saltatore professionista. Dov'era tutta quella grazia pochi secondi fa?

"Patrick." La voce di Chuck risuona dalla radio. "Mi senti? Sai cosa, non importa. Dammi solo corda un secondo."

Mi sforzo di alzare la mano sinistra sulla radio. "Un gioco di parole."

"Ah! Mi senti. Fantastico. Ascolta"

Si sente un altro dei colpi di Ghost. Non riesco a vedere quanti droni sono rimasti o quanto siano vicini, ma sento che cerca di tenerli lontani.

La voce di Chuck ritorna. "Insieme agli sforzi di Phantom Watch, sto cercando di toglierti quei droni di dosso. Solo… oh, per l'amor di tutta la marmellata di zia Millie, la smetti di metterti in mezzo?"

Il sangue mi sta scorrendo alla testa. "Non sono in mezzo. Spara dannazione!"

"No, sciocchino. Non gli sto *sparando*. Sono ben al di sotto della mia soglia di fuoco minima da alcuni minuti, mi hai ordinato di tenere nascosti i tuoi amici, ricordi? Sto cercando di *hackerarli*. Ma loro… oh, questo è particolarmente ostinato. Maledetto stronzo lecca merda… *Splick!*"

"Ehi, sta succedendo qualcosa", dico.

"No, temo di no. Temo che queste piccole teste di gallina siano…"

"No, io… La corda sta scivolando!"

"Oh, meraviglioso. Assicurati solo di non colpire l'acqua nella tua posizione attuale."

Prima che io possa rispondere, la corda si slaccia e sto cadendo.

Ma un istante dopo, sbatto contro qualcosa di duro, colpendolo con il mento. Il rumore di un motore urla sotto di me e mi tiro su…

…sopra un dannato coperchio della spazzatura!

La cosa vira a sinistra e io istintivamente afferro i suoi lati per aggrapparmi. Poi sterza a destra. Non sto pensando se resistere sia l'idea migliore. Mi limito a farlo.

Non riuscendo a scuotermi, il corpo del drone fa una capriola a sinistra. Lo SCAR sbatte contro la parte posteriore del mio casco. Quindi rotola verso destra. Mi sto ancora tenendo e mi sento abbastanza fiero di me, ma è la terza manovra, una picchiata, che mi manda a capofitto in aria.

Mi trascino ancora il resto della corda da arrampicata, ma le mie mani e gambe sono libere e si agitano nel vento come le estremità di un uccello incapace di volare. Vedo l'acqua a una decina di metri più in basso e comincio a cercare di portare i miei piedi sotto di me. Ma non succederà. Quella sensazione di non essere in grado di prevenire la tua morte mi si contorce allo stomaco, così come la sensazione di caduta libera.

Un dolore lancinante al polpaccio sinistro mi blocca a mezz'aria, seguito dalla sensazione che la gamba mi sia stata strappata dall'anca. Sembra anche che qualcuno mi abbia strappato la caviglia dalla tibia. Improvvisamente, ritorno al tempo del mio primo infortunio in combattimento: un colpo di AK al polpaccio. Urlo e poi respiro senza fiato. Noto che sono di nuovo appeso per una gamba (è ancora lì) questa volta da un filo sottile che porta al lato inferiore di un drone.

"Non osare darmi la scossa, figlio di…"

Stringo i denti contro il dolore di qualche centinaio di volt che fanno contrarre ogni muscolo del mio corpo. Grugnisco, i denti serrati, le costole che schioccano. Chiudo gli occhi contro il dolore, sperando di non…

Capitolo 31

Ora: sconosciuta, venerdì 25 giugno 2027
Lower Manhattan, New York
Ponte di Brooklyn

Dolore.

Dolore in posti in cui non sapevo nemmeno di poter provare dolore. E per un breve momento, sono di nuovo in Afghanistan, sdraiato su un marciapiede, Jack è appena andato in avanscoperta. Avevo imparato a sopprimere questo ricordo, a metterlo in una scatola e aprire il coperchio solo in occasioni speciali quando avevo bevuto troppo. Ma ora gli odori e i suoni riempiono la mia testa senza invito, forzati dal dolore che tiene in ostaggio il mio corpo.

Cerco di spingermi su da terra. Le orecchie fischiano. Il gusto del rame in bocca. E l'aria che mi punge il naso. Sento le grida mentre sbatto le palpebre e guardo la strada. Gli antifurto delle auto. Fumo nero, vetri rotti e polvere lunare ovunque.

Jack è… è sulla strada. C'è una Toyota esplosa rovesciata su un fianco. Posso arrivare fino a lui.

La mia gamba sinistra non collabora, ma la destra sì. Mi sollevo e cado contro un muro di cemento. Il dolore è atroce. Ma Jack ha bisogno di me ed è colpa mia. Non avrei dovuto lasciarlo andare.

Avanzo inciampando, improvvisamente consapevole che sotto i miei stivali ci sono parti di corpi umani avvolte in teli bianchi, ora macchiati di rosso. Il volto macabro di un uomo che ho visto centinaia di volte guarda nel cielo nebbioso, chiedendo ad Allah dove sia andato a finire il resto del suo torso. Un bambino dorme tra le braccia insanguinate di sua madre, entrambi i volti liberati dal dolore.

"Jack", dico, concentrandomi sull'uniforme dei Marines sparsa sulla strada. Ma non riesco a trovarlo. Non posso. Non è tutto lì.

"Jack!"

Il mio mondo è tutto nero finché qualcosa non mi tocca le costole. Un lampo di luce mi riempie la testa. Qualcuno parla sopra di me, ma non riesco a distinguere cosa dicano.

I maledetti arabi mi spoglieranno di tutto.

Il pungolo al mio fianco arriva di nuovo, questa volta provo a respingerlo. Ma il dolore è bruciante.

Ci sono altre chiacchiere, e poi iniziano a trascinarmi. Il suono del mio casco che raschia il pavimento rende tutto più chiaro. Alzo la testa di qualche centimetro e provo ad aprire gli occhi. Blu, ovunque. Tranne il terreno. È grigio canna di fucile.

E poi, volo.

Il sussulto nel mio stomaco mi fa chiedere se sono stato gettato in una fossa comune o forse un falò. O forse mi hanno buttato giù dal ponte di Brooklyn.

New York.

L'intera operazione mi torna indietro.

La mia mente è completamente sveglia mentre vado a sbattere contro un mucchio di macerie. Sembrano parti metalliche in una discarica. Il dolore è ancora terribile, ma sta diventando più gestibile. Sbatto le palpebre in un frenetico tentativo di orientarmi.

Alla mia immediata sinistra, fin troppo vicino, si erge l'imponente muro di energia blu. Sopra di me, l'imbuto che si allarga nella cupola. Oltre, un cielo nero.

È notte.

E i massicci cavi d'acciaio del ponte di Brooklyn si innalzano intono a me. Ma non sono disteso in nessuna delle arterie a tre corsie della campata. Invece, mi sembra di essere su una piattaforma elevata che percorre la larghezza del ponte, seduto sulle travi che attraversano l'asfalto circa quattro metri e mezzo più in basso.

Sono disteso sulla schiena in un mucchio di parti metalliche. Sembrano i resti di ragni meccanici troppo cresciuti. Gambe affusolate, articolazioni e giunti sferici, piastre e viti. Cumuli di elettronica, fili scoperti, auricolari. Mi tolgo di dosso qualcosa che sembra…

Sembra un dannato pacemaker.

Mi siedo scioccato mentre mi rendo conto di essere disteso in un mucchio di protesi articolari umane e componenti biomedici: anche, aste spinali, placche ossee in titanio, apparecchi acustici, Neuralink. Mi si accappona la pelle mentre penso a quante vite… quante persone hanno dovuto…

No. No, questo non è giusto.

Cerco di uscire dal caos quando qualcuno mi punta un fucile in faccia. Alzo istintivamente le mani e guardo la faccia del mio aguzzino: un dannato angelo della morte, con gli occhi rossi luminosi del suo elmo, uno strano copri bocca e un'arma che assomiglia proprio a Sir Chuck.

I Phantom.

Sono ancora vivi? Quanto tempo è passato? Ho bisogno di risposte… devo scoprire cosa diavolo è successo. E questo coglione, no, questo pezzo di *splick*, come direbbe Charles, ha le palle per puntarmi contro un'arma? Dopo la giornata che ho avuto?

"Toglimi quella cosa dalla faccia." Spingo via il fucile. Non perché sono abbastanza vicino per combattere, né ne avrei la forza, almeno in questo momento. Lo faccio perché sono incazzato che questi peluche abbiano osato invadere il mio pianeta e si siano installarsi sul mio dannato ponte. E se questo coglione avesse voluto uccidermi, l'avrebbe già fatto a quest'ora.

L'angelo della morte punta di nuovo il fucile su di me, ma fa due passi indietro. Sembra agitato anche lui, mentre comunica in una sorta di linguaggio scattante con altri due angeli della morte che sta chiamando. Sono l'ultima delle mie preoccupazioni, tuttavia.

Alla mia destra, emergendo da un gruppo di edifici alieni portatili che sembrano essere stati allestiti come checkpoint di sicurezza, c'è una colonna di persone suddivisa in una ventina di file. Due file di robot da ricognizione fiancheggiano il percorso tra il checkpoint e il portale. E la gente cammina, fila dopo fila, verso il muro.

Alcuni piangono.

Alcuni urlano.

Alcuni cercano di rompere le righe in preda al terrore, solo per essere colpiti e spinti dai robot di ricognizione.

Ma la maggior parte accetta il proprio destino con stanca e cupa determinazione.

I vestiti si inceneriscono al passaggio delle persone. Il tessuto si infiamma per un istante solo per scomparire in sbuffi di cenere. Orologi, occhiali, telefoni cellulari e gioielli risuonano sul ponte dove robot più piccoli attraversano la faccia del portale tra file di umani. Spingono il metallo e l'elettronica formando pile giganti.

Le anime più sfortunate incontrano la loro fine quando i loro corpi sono costretti a separarsi dai loro impianti non biologici, come quelli in cui sono disteso. Vedo un uomo i cui vestiti in fiamme illuminano una protesi all'anca che si fa strada fuoriuscendo dal suo posteriore esposto. Il volto della vittima è già nascosto, ma riesco ancora a sentire l'urlo risuonare nella parte posteriore del suo petto. Mentre i suoi vestiti svaniscono come in un trucco da prestigiatore, l'articolazione dell'anca artificiale cade sferragliando sul ponte, spogliata di carne e ossa. I robot raccolgono il dispositivo sottile e lo depositano alla base della mia pila.

Devo fare qualcosa.

Quindi comincio a fare il punto su me stesso. La mia gamba sinistra, che è stata afferrata dal drone, sembra intatta. Per la maggior parte. La sonda mi ha decisamente perforato il polpaccio e poi si è avvolta intorno alla caviglia, a giudicare dal buco nei pantaloni e dai segni intorno allo stivale. Ma come per la ferita di Z-Lo, la carne sembra essere stata cauterizzata, il che è positivo. Almeno per il momento.

Ho ancora il casco e il giubbotto antiproiettile, ma la mia arma è scomparsa. Non va bene. Così come il mio coltello KA-BAR. Anche la mia radio è stata rimossa. A quanto pare, gli alieni ne sanno abbastanza per rimuovere armi e comunicazioni, ma non abbastanza per togliermi elmo e armatura. E qualcos'altro, ma la mia testa è troppo annebbiata per pensarci. Dannazione.

I tre angeli della morte ai miei piedi parlano più velocemente. Sembra che si stiano preparando a decidere cosa fare di me. Almeno, così mi sembra.

C'è un ruggito da qualche parte del ponte dietro di me. Non mi era nemmeno venuto in mente di orientarmi con la città, ma quando noto la luce del portale che si riflette sul One World Trade Center alla mia destra, mi rendo conto che non sono più sul lato di Brooklyn del ponte.

Sono dalla parte di Manhattan.

Il ruggito si manifesta sopra di me come quattro pannelli motore blu incandescenti, ciascuno ruotando per rallentare quello che sembra un gigantesco container. È una delle navicelle volanti che abbiamo visto dalla barca.

Una luce appare a poppa mentre la porta della stiva si abbassa. Allo stesso tempo la navicella si abbassa, si illumina e poi atterra sul ponte di metallo tra me e la colonna di civili catturati. I motori si spengono e una figura imponente esce dalla navicella.

La creatura è vestita con una sottotuta biomeccanica nera. Sottili tubi neri ne percorrono la lunghezza del busto e pistoni di tipo pneumatico racchiudono le articolazioni. I suoi organi vitali e gli arti sono ricoperti da placche di colore verde scuro opaco, con strane scritte sul petto e sulle spalle.

In confronto, gli angeli della morte sono più bassi di circa trenta centimetri. E anche se questa cosa non ha né un elmo, né un'arma, ha un portamento molto più minaccioso. La carne grigiastra venata di verde della sua testa calva sembra increspata e consumata dal tempo. Gli occhi color magenta si muovono avanti e indietro e i suoi fori nasali si aprono e si chiudono a ritmo con i suoni della sua tuta meccanica mentre cammina verso di me.

Parla nello strano linguaggio che ho sentito pochi istanti fa. Invece di filtrare il suono attraverso un elmo, questo proviene direttamente dalla massa di tessuti verdi nella parte posteriore della bocca verticale della creatura, nascosto dietro file di acuminati denti neri.

A giudicare da come i tre angeli della morte si affrettano a fare spazio a questo nuovo alieno, direi che è importante (supponendo che sia maschio). Dio, spero che le loro femmine non siano così brutte.

Sento anche di essere di fronte alla prova che la nostra teoria sull'esistenza di un braccio militare in questa invasione era corretta.

Questo *capo supremo* si comporta da tosto perché, a differenza degli angeli della morte, per quanto letali possano essere, questo figlio di puttana è un assassino. Riesco a sentirlo dall'odore.

Allunga la mano e accetta uno dei fucili dell'angelo della morte, uno dei Chuck. Non si preoccupa nemmeno di tenere l'arma in alto, la lascia penzolare di lato. Un lampo momentaneo si sprigiona intorno all'impugnatura della pistola. E quando il capo supremo, in mancanza di un termine migliore, parla di nuovo, la pistola fa da interprete.

"Identificati", dice l'arma con lo stesso tipo di voce dal suono digitale che usava Chuck all'inizio.

"Micky Mouse", dico. "Piacere di conoscerti."

Il capo supremo inclina la testa.

"Sei un leader nell'esercito della tua specie?"

"Io?" Ridacchio. "Neanche per idea. Sono in pensione. Ti sei appena procurato un vecchio Marines incazzato."

"Marines. Pensionato, vecchio, incazzato."

"Esattamente."

Le labbra del capo supremo si muovono prima che la pistola parli. "Hai legato con una delle nostre armi. Come?"

"Potrebbe essere che mi trovi più attraente. Non saprei."

Apparentemente, non gradisce la mia risposta. Solleva il fucile e spara una piccola scarica di energia. I fulmini in miniatura mi accecano momentaneamente mentre si riversano nel mio corpo. Come un colpo di *taser* direttamente nelle palle. Poi vai ad avere figli, auguri.

Quando lo shock svanisce, mi concentro di nuovo sul mostro.

"Come hai legato con una delle nostre armi?" chiede.

Gemo e poi riesco a dire: "La mia strabordante virilità?"

Un secondo colpo del fucile mi fa venire uno spasmo. Sono abbastanza sicuro che mi sto anche pisciando sotto. "Quanto mi piace, peluche. Per favore, posso averne un'altra?"

Penso che il capo supremo mi stia sorridendo, ma non ho studiato il suo poster da pin-up nella mia stanza abbastanza a lungo per essere sicuro di cosa gli piaccia e cosa non gli piaccia. Ha il fucile alzato e sembra pronto a sparare di nuovo. Accidenti, cosa non darei per avere Chuck tra le mani un'ultima volta per grattare via questa crosta.

E poi trovo il filo allentato che prima mi fluttuava per la testa.

Muovendomi come per stringermi il petto, ne approfitto per toccare il telecomando nel mio giubbotto. Come pensavo, è ancora nella tasca. Comincio a tossire (un po' per fare scena, un po' perché devo) e tiro fuori il dispositivo. Non sono sicuro di quante ore sono stato privo di sensi, ma se c'è qualche possibilità che i nostri esplosivi siano ancora in posizione sull'anello, devo sfruttarla. Certo, potrebbe farmi crollare l'anello addosso, ma in questo momento è ciò che deve essere fatto, e immagino che l'unico motivo per cui i Phantom non l'hanno ancora fatto sia perché…

Beh, probabilmente ci sono diversi motivi per cui non l'hanno ancora fatto saltare in aria, il peggiore è che siano stati uccisi o catturati. Che è una ragione in più per me per porre fine a tutto questo.

Sto per alzare la sicura e premere il pulsante quando il capo supremo emette quella che interpreto come una risata. Almeno credo sia una risata. Poi con la mano libera fa un gesto come per spingere qualcosa in avanti.

Un robot da ricognizione che trasporta un container a forma di cubo avanza arrancando dalla sua postazione vicino agli edifici di comando. La superficie metallica della scatola è coperta con scritte aliene rosse e improvvisamente ho una brutta sensazione riguardo a qualunque cosa ci sia dentro. Dopo che il bot lo mette a terra, il capo fa un cenno con la testa e il bot apre il coperchio e inclina il contenitore in avanti. All'interno c'è un cumulo di C-4 e Semtex immerso in un bagliore rosso.

Beh, non è il massimo.

Quindi ora ho una decisione da prendere. Una che farà fuori molte persone da questa parte del ponte, me compreso. Ma farà anche fuori questi bastardi e forse metterà fine a tutto questo.

Cioè, naturalmente, supponendo che i peluche non abbiano reso inerti i ricevitori del detonatore e non stiano disturbando la frequenza.

C'è solo un modo per saperlo.

È stato bello, Terra. Pace e amore.

Alzo la sicura e premo il pulsante.

Non faccio *boom*.

Ma sento un *pop*.

La testa del capo viene strappata via in uno spruzzo di ossa e sangue verde. Ma il suo cadavere rimane in piedi, come tenuto in equilibrio dalle sue appendici meccaniche.

"Indossa sempre il casco, stronzo", dico.

La notizia del fuoco arriva da dietro la colonna di persone, tutti urlano e corrono in cerca di riparo.

Gli angeli della morte inciampano all'indietro alla vista del loro capo abbattuto, sforzandosi di capire cosa stia succedendo. Certo, anch'io, ma ho il vantaggio di conoscere a memoria i suoni delle armi militari statunitensi. E c'è solo un'unità abbastanza folle da inserirsi così vicino all'area di pericolo.

Il Phantom Team.

Guardo tra la folla che si disperde e noto alcuni individui nascosti intorno agli edifici di comando sul lato a monte del fiume, immediatamente alla mia destra. Non posso esserne certo, ma di sicuro sembrano Hollywood, Ghost e gli altri.

Sono venuti per me. Non so come, ma i diavoli sono venuti per me. Devo dare una mano e aiutare a metterci in salvo. Ma non ho un'arma. E i robot d'assalto sul lato del fiume sembrano cominciare a orientarsi.

Mentre gli angeli della morte si nascondono dietro la navicella, ho un'idea folle. Sì, un'altra. Sembra che ne sia pieno oggi.

Il fucile del capo supremo.

È ancora nella sua mano.

I ricordi mi avvertono di non provare quello che sto per fare, i ricordi della squadra che dicono che hanno tentato di raccogliere le armi senza fortuna. Ma Chuck ha detto che ho poteri magici o qualcosa del genere, giusto? E diavolo, sono già stato sottoposto al taser una mezza dozzina di volte oggi. Cosa vuoi che sia una in più?

Con gli angeli della morte concentrati a difendersi e a limitare il loro fuoco al loro stesso TOC, mi tiro fuori dal mucchio di parti, tolgo il guanto alla mia mano destra e mi lancio verso il corpo senza testa del capo supremo. Mi ci vuole meno di un secondo per sollevare le sue dita e schiacciare il mio palmo contro la presa. Quando lo faccio, sento lo stesso flusso di corrente che ho sentito sotto la quercia quando mi sono unito a Chuck.

"Ora si ragiona!" Prendo l'arma dalla mano del mostro e me la porto alla spalla.

"Lingua rilevata: italiano. Identificazione utente"

"Phantom One", dico mentre miro al primo dei tre angeli della morte che si nascondono dietro la navicella.

"Profilo utente aggiornato. Si prega di identificare i bersagli come amici o nemici."

"Nemici", dico e seleziono con gli occhi le opzioni alta frequenza e bassa resa nel menu del mirino. "Decisamente nemici." Quando confermo la selezione della modalità di fuoco, noto quanto più velocemente quest'arma abbia aggiornato il mirino rispetto a Chuck.

Premo il grilletto e un'esplosione semiautomatica di luce blu squarcia il primo angelo della morte. Rispetto alle esplosioni più teatrali a cui ero abituato con Chuck, quest'arma spara colpi di energia precisi che perforano il petto e la testa del bersaglio. Il nemico crolla a terra, aprendo una chiara linea di tiro per il bersaglio successivo.

Il secondo angelo della morte guarda il suo compagno caduto prima di voltarsi nella mia direzione. Ma prima che possa puntare la sua arma, lo colpisco con quattro, cinque o sei colpi al torace, è troppo difficile contare i raggi laser, dannazione. Come faccio a saperlo? A ogni modo, il nemico si ribalta e mi piacciono molto le impostazioni di questa nuova arma.

"Sei molto meglio di Chuck," dico con la guancia premuta contro il calcio.

"Chiedo scusa, vecchio mio?" dice una voce dal ricevitore della pistola.

Diamine. Sembra proprio Chuck.

"Non c'è tempo per le chiacchiere", dico mentre la funzione di mira assistita del mirino sposta il reticolo sul contorno illuminato del terzo angelo della morte. Quando premo il grilletto, un flusso di energia gli trafigge le spalle e fa girare l'alieno come una trottola. L'obiettivo cade a terra alla sua seconda rotazione.

La navicella è libera, ma ora i Phantom stanno prendendo fuoco dal lato a valle del fiume. Inoltre riesco a distinguere i punti blu rivelatori di droni in arrivo da Manhattan.

"Devo ammetterlo, Patrick, mi spezza il cuore che tu abbia voltato pagina così in fretta", dice l'arma.

Sto correndo ai ripari dietro la navicella. "Sei tu, Ser Chucksalotto?"

"Come se ti importasse più."

"Dove sei?"

"Beh, diciamo solo che il culo di Hollywood è molto più bello del tuo."

Sbatto contro lo scafo e guardo verso gli edifici di comando, cercando di distinguere le posizioni dei Phantom. Non è difficile vedere come il nemico li stia puntando con un ampio fuoco di armi.

"Chuck, puoi mettermi in contatto con Hollywood?"

"Certo che sì. Ma ora sembra che tu mi voglia solo per il mio…"

"Dannazione, Charlie! Mettimi in contatto."

"Oh, d'accordo."

"Wic?" dice una voce femminile.

"Hollywood! Accidenti, è bello vedervi, ragazzi."

"Anche tu. Ma al momento siamo un po' bloccati. Sembra che gli 'Ndrocchini non accettino di buon grado le operazioni di salvataggio.

"Lo vedo. Avete delle buone linee di fuoco?"

"Negativo. Troppi civili. E rinforzi in arrivo sul ponte."

"Qualche idea brillante per farci uscire di qui?"

"Stavo per chiederti la stessa cosa."

Lascio andare un sospiro. "Ottimo."

"Ho un'idea, se a qualcuno interessa", dice Chuck.

"Mi interessa", dico.

"Lo dici tanto per dire? O davvero…"

"Gesù, Chuck", grida Hollywood. "Che diavolo è la tua idea?"

"Patrick ci è appoggiato."

Mi allontano dalla navicella. "Vuoi… vuoi che prendiamo il comando di questa navicella?"

"Certo. È a prova di esplosione, vola praticamente da sola e può portarti ovunque tu voglia. Inoltre, contrariamente a quanto si creda, non sono Gesù, Hollywood."

"Sei sicuro, Chuckles?" chiedo.

"Certo. Gesù e io non ci assomigliamo praticamente per nulla."

"A proposito di quella dannata navicella!"

"Ah, sì. Sono ragionevolmente sicuro che abbiate un'alta probabilità di fuggire dal ponte e di combattere un giorno in più, per così dire. E sono anche sicuro che Gesù e io non siamo nemmeno lontanamente imparentati. Anche se entrambi siamo piuttosto portati nel salvare i Terrestri."

"Hollywood", urlo. "Dì alla squadra di prepararsi a correre verso la navicella. E fai sapere a Z-Lo che potrebbe realizzare il suo desiderio stanotte."

"Roger. Aspetto il tuo segnale?"

"Negativo. Aspetta la mia pistola."

Uso i miei occhi per selezionare una modalità chiamata ampia distruzione e metto l'output su massima resa. Certo, non ho idea di cosa farà, ma mentre i Phantom avevano troppe persone sulla linea di fuoco per sparare direttamente al nemico, io ho una linea di fuoco ragionevolmente aperta, visto che il nemico presume che la navicella e il portale siano al sicuro.

Cattive notizie, peluche: non lo sono.

Conto otto, forse dieci robot da ricognizione, quattro robot d'assalto e tre angeli della morte, tutti in cerca di riparo sul lato a valle del fiume. Proprio in quel momento, ho dei ripensamenti sulla mia selezione di massima resa. Non che non mi piaccia cancellare il nemico dalla mappa, ma potrebbe essere bello usare quest'arma un po' più a lungo se necessario. Quindi riduco l'output ad alta resa. Dovrebbe essere più che abbastanza, giusto?

Poi faccio un respiro profondo ed espiro lentamente prima di appoggiare la testa e l'arma sullo scafo della navicella e mirare al bersaglio più al centro. Stranamente, anche i nemici al di fuori del mirino vengono illuminati nel mio campo visivo. Non so come sia possibile, ma se sono accesi, allora sono felice.

Premo.

Due piastre a molla si staccano dal ricevitore dell'arma. Il fucile vibra e riformulo la mia posizione di tiro perché qualcosa mi dice che la pistola…

Vroooooh-crack!

Yut.

Scalcia come un maledetto mulo.

Un filo di luce orizzontale che si diffonde da sinistra a destra taglia quasi tutti i nemici nel mio mirino. Quelli abbastanza fortunati da essersi accovacciati sopravvivono e scelgono di rimanere nascosti per un secondo in più mentre le gambe dei robot fuoriescono dai torsi mozzati. Uno degli angeli della morte crolla in due pezzi. E sembra che qualcuno abbia tagliato con una torcia al plasma il lato sinistro di parte degli edifici di comando lungo il fiume.

Un attimo dopo, i Phantom stanno scavalcando il bordo del ponte verso la mia posizione.

Il mio mirino mostra il 39% di potenza rimanente. Non è molto, ma è abbastanza. Alzo l'arma e inizio a sparare con impostazione basso impulso, bassa resa: suonava prudente.

Premo il grilletto e osservo le sfere di luce allungate che sfondano i contenitori e le barricate dei nemici nello stesso momento in cui i Phantom sparano e finiscono di scavalcare verso la mia posizione.

"È bello vederti tutto intero", dice Bumper mentre si infila tra lo scafo della navicella e uno dei massicci motori verticali.

Sto per ricambiare i complimenti quando vedo Aaron con l'MP5 di Bumper. Non l'avevo notato prima e non sono sicuro di cosa sia più sorprendente, se il fatto che lo abbiano portato con loro o che Bumper gli abbia dato la sua arma secondaria, che è la mitragliatrice perfetta per lui poiché non ha quasi nessun rinculo. "Avete… portato Aaron?" Non chiedo a nessuno in particolare.

"Non l'avremmo mai lasciato indietro", dice Hollywood.

"Faccio parte della squadra, no?" dice Aaron.

Immagino che potremo discuterne più tardi, quindi faccio un cenno verso la navicella. "Salite tutti."

"Seriamente?" chiede Z-Lo mentre la squadra gira l'angolo.

"Perché, vuoi restare qui?" chiede Hollywood.

"No, è solo che il mio Maggiore Capo mi aveva detto niente mitragliamenti, oggi."

"Sì?" Chiedo. "Beh, i piani cambiano. Ora sali, Sempre Gumby."

CAPITOLO 32

2140, venerdì 25 giugno 2027
Lower Manhattan, New York
Ponte di Brooklyn

"È FINALMENTE IL tuo momento", dico al ragazzo mentre si allaccia la cintura sul sedile del pilota a destra. Mentre Z-Lo è abbastanza grande da riempire la sedia, Yoshi sembra nuotare un po' sul sedile di sinistra, ma se lo fa andare bene.

Il resto della squadra sta salendo le scalette dalla stiva mentre Bumper richiude il portellone a poppa.

"Non riesco ad abituarmi al loro odore", dice Hollywood tappandosi il naso.

"Mi preoccuperei se ci riuscissi." L'odore tipo ammoniaca persiste nonostante gli 'Ndrocchini abbiano lasciato la navicella da tempo.

Il ponte superiore della navicella non ha un parabrezza, solo una cabina di pilotaggio con un display proiettato a 180° come un gigantesco monitor avvolgente. I dati sono tutti nella lingua dei peluche, quindi inutili. Ma la visuale si apre sull'apertura tra gli edifici di comando, le persone in fuga e le forze di sicurezza aliene che prendono posizione contro di noi.

Poi il nemico inizia a spararci addosso.

Istintivamente mi allontano dallo schermo anche se i colpi arrivano altrove. Ma tutto ciò che sentiamo sono lievi tremori mentre lo scafo sembra assorbire il fuoco in arrivo.

"Te l'avevo detto", dice Chuck da dietro Hollywood. "A prova di bomba."

Metto una mano sulla spalla di Z-Lo. "Tra quanto tempo possiamo essere fuori da qui?"

"Non lo so." Z-Lo alza le mani per cercare i controlli e intorno ai suoi polsi compaiono dei doppi anelli di luce arancione. "Whoa." Si allontana di scatto e la navicella barcolla a poppa.

"Non verso il portale", grida Hollywood.

Ha ragione.

Spingo il gomito di Z-Lo verso il muso e la navicella si dirige in avanti.

"Su! Su!" urlo mentre alzo gli avambracci di Z-Lo.

La navicella si alza e supera a malapena gli edifici di comando davanti a noi. Correzione, non li supera. Lo scafo va a sbattere contro un tetto e manda un sobbalzo attraverso il ponte. Afferro lo schienale della sedia di Z-Lo per non cadere.

"Ho capito. Ho capito", dice Z-Lo. Ma la navicella sta entrando in porto e si avvicina pericolosamente ai fasci di cavi centrali del ponte.

"Z-Lo!"

"Li vedo", urla in segno di protesta e poi riporta la navicella all'indietro.

Sento Aaron gridare mentre scivola sul ponte.

Sembra che altri blaster colpiscano lo scafo.

Lancio un'occhiata alla schiena di Hollywood. "Pensavo avessi detto che questa cosa volasse da sola, Chuck?"

"Ed è così! Quando non c'è un umano ai comandi."

"Allora perché hai detto…?"

"Perché ti è stato più facile prendere una decisione e impedirmi di essere confiscato dagli Androchidani."

"Beh, non importa molto se nel frattempo ci schiantiamo contro l'East River!"

"Sopravviverò, almeno io."

"Chuck!"

"Sì?"

Vorrei buttarlo fuori da un finestrino. "Non puoi far volare questa cosa?"

"Dannazione, Pat. Sono una pistola, non un pilota."

"Siamo morti", dice Yoshi.

"Va bene, va bene", dice Chuck. "Posso pilotarlo, sì. Ma ho bisogno di vari minuti per integrarmi con l'IA meno che impressionante della navicella."

"Non renderebbe le cose più facili?" protesto.

"Dimmi, è facile o difficile discutere di fisica quantistica con un bambino di sei mesi?"

"Ehi! Ci sto prendendo la mano, credo", dice Z-Lo.

Guardo di nuovo il finestrino-schermo di visualizzazione-cosa e vedo che il ragazzo ci ha davvero stabilizzati. E ora si sta dirigendo verso l'arco di destra nel pilone direttamente di fronte. I cavi che si innalzano intorno a noi sembrano stringersi sempre di più.

"Z-Lo, non credo…"

"Lascialo volare", mi sussurra Hollywood.

"Ma…"

"Lascialo volare."

Faccio un lungo respiro e mi abbasso dietro il seggiolino del ragazzino, come se mi potesse proteggere. Il livello-strizza di questa cosa mi farà fuori, è certo. "Casetta in campagna", mi ripeto come un nuovo mantra personale.

"Cosa hai detto?" dice Yoshi.

Ma non voglio ancora parlargli. Se sopravviviamo? Forse. In questo momento? Lo metterei al tappeto seduta stante.

Osservo da dietro lo schienale di Z-Lo mentre accelera verso l'arco. Mi lascio scappare un "Whooooa", come Hollywood e Bumper e… diavolo, tutti sembrano nervosi. Anche Ghost si sta tenendo a un tubo e dice al ragazzino di rallentare.

"Moriremo tutti, non è vero?" dice Chuck.

"Yut."

"Forse più tardi", urla Z-Lo. "Ma non *proprio* ora!" Poi esplode in un forte "Waaaahooooo!" mentre schizziamo attraverso l'arco.

Guardo i cavi sull'altro lato della torre allontanarsi mentre la navicella avanza. "Non farlo mai più, ragazzino."

Ignorandomi, dice: "Ora, dove sono le armi?"

"No, no, no,", dicono all'unisono Hollywood e Bumper.

"Portaci al sicuro e mettila giù, così possiamo pensarci su", dico.

Un avviso rosso brillante inizia a lampeggiare al centro del display.

"Chuuuuuck?" chiedo.

"Oh, quei piccoli segaioli teste di splick", dice.

In questo momento particolare, ciò che mi colpisce è quanto un testo rosso lampeggiante nel mezzo di uno schermo sia un modo universale per dire alle persone che qualcosa sta andando terribilmente storto.

"Chuck!"

"Oh, dannazione! Tutti, tenetevi le mutande."

"Che cosa?" chiedo stupito. "Questo è il tuo...?"

La navicella viene colpita in pieno. È tutto quello che posso fare per tenermi al sedile di Z-Lo mentre giriamo in senso antiorario. Vedo un nuovo display apparire e passare direttamente di fronte a Z-Lo. Rappresenta una panoramica tridimensionale della navicella e diversi indicatori lampeggianti, il più grande dei quali si trova intorno a entrambi i motori di tribordo.

"Oh, accidenti, accidenti", grida Chuck. "Tenetevi!"

Da parte sua, Z-Lo sta facendo del suo meglio per contrastare la rotazione della navicella spingendo entrambe le mani a sinistra. Anche Yoshi ha due doppi anelli intorno ai polsi e imita i suoi movimenti, ma nessuno sa se sia d'aiuto.

A ogni rotazione, posso vedere il municipio senza luci che diventa più grande nello schermo tremolante. Siamo diretti a Lower Manhattan.

"Prepararsi all'impatto", urla Chuck. "Questo sarà un po' rischioso."

Che sia per un atto dell'Onnipotente o per pura fortuna, la navicella evita di schiantarsi contro il municipio di New York e si tuffa invece nel parco del municipio appena a sud. Sicuramente gli alberi contribuiscono a frenare la nostra caduta, ma sono abbastanza certo che lo scafo della navicella aliena avrebbe scavato un solco profondo, indipendentemente dal fatto che ci fossero alberi o meno.

La cabina è illuminata da luci di emergenza rosse e la maggior parte dell'elettronica sembra spenta. L'inconfondibile odore di elettronica bruciata sta diventando più forte ogni secondo che passa.

"Situazione", urlo disteso sulla schiena, le gambe su un muro. O è il pavimento? Sembra che la navicella sia rovesciata a babordo.

Hollywood e Chuck sono sdraiati accanto a me e rispondono che sono operativi nonostante alcune lievi ferite. Bumper ha un labbro insanguinato, che Hollywood si offre di esaminare. Ghost sta, in qualche modo, ancora tenendo il tubo, nonostante il sangue fresco intorno al suo torace. Z-Lo e Yoshi se la sono cavata meglio. E Aaron ha del sangue che gli scorre lungo il lato del viso, ma per il resto sembra a posto.

"Yoshi", dico senza guardarlo. "Metti qualcosa sulla testa di Aaron."

Yoshi inizia a slacciarsi le cinture. "Subito."

"Tutti gli altri, raccogliete le vostre cose. E attenti a dove mettete i piedi. Dobbiamo andare, prima che il nemico ci raggiunga."

Meno di sessanta secondi dopo, stiamo strisciando fuori dal portellone della stiva di prua; quello di poppa era troppo danneggiato per aprirsi. Raddrizzo la schiena e noto che entrambi i motori di dritta hanno visto giorni migliori. Fuori dal parco, sento folle di persone che si aggirano per le strade. È un miracolo che non ci fossero più civili nel parco quando ci siamo schiantati. O forse c'erano e noi…

Scuoto la testa per liberarmi del pensiero e guardo dietro di noi.

"Non sarà molto contento", dice Hollywood a proposito della bella trincea che la navicella ha scavato nel cortile del sindaco.

Le faccio l'occhiolino. "Ci sono sempre le tasse per queste cose, non preoccuparti."

Sorride e poi slaccia Chuck. "Tieni. Penso che gli manchi."

"Oh, non preoccuparti", dice Chuck con un tono sconsolato. "Ha già trovato un nuovo giocattolo."

"Sciocchezze", dico, mentre lancio la mia ultima acquisizione sulle mie spalle. "Questo ha finito la benzina là sul ponte."

"Beh. Se non sono troppo un peso morto, immagino che tu possa contare su di me. Sempre felice di essere il terzo incomodo."

"Questo è lo spirito giusto." Mi giro per esaminare il resto della squadra. "Tutti bene?"

"Dove andiamo, Wic?" chiede Bumper. "Questo è il tuo terreno di gioco, non il nostro."

"Abbiamo bisogno di copertura e di un po' di tempo per riorganizzarci." Mi prendo un secondo per orientarmi. "Là c'è il Woolworth Building", dico guardando a sud. "Il che significa che la stazione di Fulton Street è a un isolato e mezzo da Broadway, in quella direzione."

"Metropolitana?" chiede Bumper.

"Yut. È un buon riparo e, senza illuminazione, dubito che sarà molto popolare. I NVG di tutti funzionano ancora?"

"I miei sì", dice Bumper alzando una mano.

"Uguale", dice Ghost.

"I miei sono morti", dice Hollywood.

"Anche i miei", dice Yoshi.

"Uh, nessuno me ne ha mai dati", aggiunge Z-Lo.

Ridacchio, povero ragazzo.

Quindi ricontrollo il mio paio. "I miei funzionano. Fate tutti attenzione a dove andate. Riduciamo al minimo il contatto con i civili e andiamo dritti all'ingresso della metropolitana. Roger?"

La squadra annuisce e poi li guido fuori dal parco.

Ci mettiamo quasi dieci minuti a muoverci in direzione sud sulla Broadway. La strada pullula di persone e veicoli fuori uso. Diversi chilometri sopra di noi, il bagliore blu della cupola proietta la scena in una luce monocromatica che sembra uscita da un film dell'orrore. Continuo ad aspettarmi che un mostro salti fuori da un tombino o che una folla di zombie ci attacchi, non che al momento neanche questo sia fuori dal regno delle possibilità. Tuttavia, la folla sembra più stanca che agitata, il che va bene perché l'ultima cosa che voglio è combattere con queste povere anime.

Solo una persona mi aggredisce. È un ragazzo giovane, sui vent'anni. Mi prende per le braccia.

"Ehi amico. Li combatterai, vero? Sei dell'esercito? Corpi speciali, vero? Forza, su. Portami con voi. Posso combattere."

Mi libero con uno strattone. "Resta qui, ragazzo. Prenditi cura di chi puoi."

"No, amico. Dammi una pistola. Lo giuro, posso sparare. Call of Duty, sai?"

"Stai indietro, ragazzino." Sto cercando di metterlo fuori combattimento e di schivarlo, ma inizia ad agitarsi. Anfetamine, immagino.

"Dai. Ti copro le spalle e cose del genere, tenente. Dammi solo una pistola. Ne hai una extra, sembra. Andiamo a far saltare in aria quei figli di puttana, dolcezza."

"Figliolo, devi togliermi le mani di dosso e farti da parte."

"Non prima che ti separi da uno dei tuoi cannoni, paparino." Prende un coltello da dietro la schiena e me lo punta in faccia.

Non ho tempo per questo.

Gli afferro il polso, lo immobilizzo e lo giro contro il naturale movimento del suo gomito.

Il ragazzo strilla e lascia cadere il coltello.

Lo allontano con un calcio e tiro il tipo verso di me. "Aiuta queste brave persone e se hai mai intenzione di usare un coltello contro qualcuno, assicurati che non sia un dannato marine prima. Chiaro?"

"Oh, mio Dio. Lasciami andare, amico! Lasciami andare."

Lo spingo via e poi porto la squadra in avanti.

Ci sono diverse persone sui gradini della stazione di Fulton Street. La maggior parte sono ubriachi o drogati, indifferenti o ciechi a ciò che sta accadendo nella loro città. Una parte di me deve ridere dell'ironia della situazione, però. Anche se gli alieni si presentassero di fronte a queste persone, la metà di loro direbbe: "Solo un altro giorno a New York" e continuerebbe a camminare.

Abbasso i miei NVG e dico a quelli senza ottiche di trovare la schiena di qualcuno e seguirli da vicino. Tutti insieme passiamo sopra i tornelli, seguiamo le indicazioni per la linea cinque; quindi, scendiamo dalla piattaforma e sui binari che conducono a nord verso le stazioni Brooklyn Bridge / City Hall.

Dopo aver spinto il gruppo per altri due minuti in silenzio, rallento e chiedo se qualcuno ha un po' di luce.

"Tirate su gli NVG", dice Bumper. Quindi estrae tre bastoncini fluorescenti dal giubbotto, rompe le capsule all'interno e fa cadere i tubi verdi tra i binari.

"In cerchio", dico. "Abbassatevi o mettetevi comodi."

Seguendo il mio stesso consiglio, mi siedo su una banchina di cemento che fiancheggia il muro del tunnel e poi metto giù Chuck e Chuck Due. Cerco la cannuccia del mio Camelback e scopro che è ancora attaccata alla mia imbracatura per le spalle. Un piccolo sorso al tubo mi porta acqua dolce che, onestamente, non è mai sembrata così buona. Ma posso dire, da quanto devo succhiare, che la mia scorta si sta esaurendo.

Il diminuire della risorsa mi ricorda la mia convinzione che la più grande minaccia alla civiltà moderna non provenga da una folle invasione aliena o da un disastro, naturale o meno, ma dal tentativo di sopravvivere senza le comodità moderne e l'approvvigionamento alimentare convenzionale.

"Che c'è di così divertente, Wic?" chiede Hollywood mentre prende una barretta proteica da Bumper. "Tutto bene?"

"Yut. Bene. Sto solo ridendo di quanto siamo fragili come specie." Faccio un cenno a Bumper perché mi passi una delle sue barrette e la spezzo.

Hollywood mi lancia uno sguardo preoccupato.

"Sto bene", dico, facendole cenno di lasciar perdere. "Non è niente."

Allora, qual è il piano?"

"Prima di questo", dice Bumper. "Che diavolo ti è successo lassù?"

"Quanto tempo sono stato fuori?" Chiedo prima di rispondere.

"Sei ore", dice Aaron. "Pensavamo che fossi…"

"Pensavamo che fossi 'andato in bagno', mentre in realtà sei entrato nel rave di T-Swift senza di noi e ci hai lasciati alla porta", dice Bumper, lasciando trasparire un po' della sua vecchia Detroit. "'Sarà divertente' col cazzo.' Aspettate in fila.' Accidenti. Non andrò mai più in giro per locali con lui. Vero, Campbell?"

Aaron non sembra sapere come rispondere, quindi dice solo: "Uh, certo. Sì."

Tutti ridono della sportività di Aaron. Il povero ragazzo non è abituato all'umorismo da confraternita. Almeno non quello militare.

"Beh, la verità è", dico, "che probabilmente avete più da raccontare di me. Non so cosa sia successo dopo che Yoshi..." Chiudo la bocca.

Yoshi abbassa la testa e intreccia le dita. "Ascolta, Maggiore Capo..."

"Non ho intenzione di farlo ora davanti a tutti, Yoshida. Aspettiamo."

"Ricevuto."

Dopo un silenzio imbarazzante, Z-Lo dice: "Allora, ti ricordi di aver cavalcato il drone, vero?"

"Yut."

"Dannato cavallo selvaggio", aggiunge Ghost.

Annuisco. "Mi ha buttato giù, poi uno di loro mi ha preso per la caviglia, sì?"

Hollywood annuisce. "Poi ti abbiamo visto tremare come un pesce e afflosciarti."

"La stessa cosa che è successa a Lewis", dice Aaron.

Mi mordo l'interno della guancia mentre cerco di togliermi quell'immagine dalla testa.

"Poi ti hanno trascinato su e via", dice Bumper.

"Che cosa è successo a voi?" chiedo.

"Ghost ha aiutato a tenere lontani i droni mentre Z-Lo ci ha tirato fuori dall'acqua. Poi Chuck ci ha tenuti coperti abbastanza a lungo da recuperare Ghost. Dato che abbiamo visto i droni portarti sul lato di Manhattan del ponte, abbiamo deciso di attraversarlo anche noi e di rifugiarci all'interno... come si chiama già?"

"Whitehall Terminal", dice Hollywood.

"Wow", dico con genuina sorpresa. "Il molo dei traghetti di Staten Island. È una buona copertura. Bella pensata."

"Così ci siamo accampati là fuori finché non abbiamo escogitato un piano per trovarti", aggiunge.

"Ovvero?"

"Abbiamo indossato dei soprabiti che abbiamo trovato per strada, ci siamo mimetizzati e ci siamo fatti strada lungo il ponte." Hollywood abbassa la testa e la scuote un po'. "La verità è che pensavamo che fossi già andato da tempo. Che fosse una missione suicida."

"Ci sono volute quattro ore e mezza per farci strada", dice Yoshi mentre beve un sorso dalla sua fiaschetta.

Dio, voglio scagliare quella cosa nel tunnel.

"Siamo riusciti a uscire di nascosto da alcune delle barricate", continua senza guardarmi negli occhi. "È stato allora che abbiamo visto te e i tre angeli della morte."

Aspetto conferme dal resto del gruppo. "Siete davvero arrivati in quel momento? È… proprio quando mi sono ripreso."

"Allora dobbiamo piacere a qualcuno ai piani alti", dice Bumper con un sorriso.

"Ha un modo strano di mostrarlo", dico.

"Siamo rimasti così sorpresi di vederti, Wic", dice Hollywood. Sembra quasi sul punto di piangere. "Poi, quando quella navicella è scesa e il Peluche dell'Orrore è venuto nella tua direzione, beh, allora abbiamo capito che era ora di iniziare la festa."

Guardo Ghost. "E gli hai fatto saltare la testa."

"Colpevole", dice con un sorriso compiaciuto.

"Avevano i nostri esplosivi", dico.

Bumper annuisce. "Sì. Quando i droni hanno perso interesse a seguirci, sono tornati a raccogliere gli ordigni. Fidati di me, ho provato a farlo esplodere. Senza offesa, Wic."

"Nessuna offesa. Lo avrei fatto anch'io."

Annuisce a testa bassa e spero che le mie parole gli portino un po' di conforto. Scegliere di intraprendere un'azione che salverà la vita degli altri quando sai che danneggerà dei membri della tua squadra è una delle decisioni più difficili che qualsiasi combattente debba affrontare. E Bumper ha fatto una scelta. Come mi sarei aspettato che facesse.

Si schiarisce la gola con una mano sulla bocca. "Non so se fosse la distanza, se l'abbiano bloccato, o se i dannati detonatori semplicemente non hanno funzionato, ma le bomboniere non sono mai state distribuite."

"E tu, Maggiore Capo?" chiede Z-Lo.

Guardo il ragazzino con un'espressione che dice: "Sei sicuro di volerlo sapere?" Ma so che hanno bisogno di sentire la mia fine della storia, se non altro per capire cosa sta succedendo a coloro che passano attraverso il portale, almeno da questa parte. E devono sapere che gli angeli della morte non sono in cima alla catena alimentare degli 'Ndrocchini. Quindi racconto l'intera storia, le pile di protesi e dispositivi, le povere anime che hanno incontrato la loro fine prima ancora di arrivare dall'altra parte. Condivido tutto ciò che posso sul capo supremo, sul suo aspetto e su come sono riuscito ad acquisire il secondo Sir Chuck più o meno nello stesso modo in cui ho ottenuto il primo, solo intenzionalmente questa volta.

Quando ho finito, la squadra osserva un momento di silenzio per i caduti.

"Quindi pensi che Scar Face laggiù rappresenti la divisione militare", dice Hollywood.

"Yut."

"Solo non era abbastanza intelligente da indossare le sue protezioni", dice Bumper con un sorriso. "Che vergogna."

"Gli ho detto la stessa cosa", dico. "Ma a quel punto aveva perso l'udito." Scrollo le spalle. "Avrei dovuto parlare prima, forse.."

Il gruppo condivide una piccola risata e poi il silenzio cala nuovamente sulla metropolitana.

"Beh, sono contento che stiate tutti bene", dico.

"E siamo contenti che anche tu stia bene, Wic", dice Hollywood. "Ci hai spaventato un po'."

"Stavano praticamente piangendo e singhiozzando per te", interviene Chuck.

"Davvero?"

"Oh, è stato terribile, Patrick. Che singulti. Che pena. Non avresti mai detto che sono veterani di combattimento agguerriti. Li riconoscevo a malapena."

"Rilevate informazioni false", dice il mio secondo fucile 'Ndrocchinino con la sua voce digitale. "Fonte SR-CHK 4110 soggetta a violazioni della direttiva in conformità con…"

"Beh, guarda un po' che ore sono", dice Chuck. "Perché non andiamo avanti e ne riparliamo più tardi, che dite?"

"Oh no, non ci provare", dico. "Sembra che il tuo amico qui abbia da dire qualcosa sulla tua storiella."

"Devi sapere che 51678 non è mio amico. È uno scemo ottuso il cui unico vero valore sta nella sua utilità come fermacarte."

"Ulteriori informazioni false rilevate…"

"Oh, chiudi il becco, stupido idiota!"

"Aspetta, aspetta." Alzo le mani, cercando di far smettere di ridere la squadra. "Voglio sentire come hai affrontato la prospettiva della mia morte."

"Moi?"

"Certo. Come hai reagito quando mi hai visto trascinare via?"

C'è una pausa imbarazzante.

"Si è comportato da dignitoso gentiluomo", dice Hollywood con un'aria ordinata e corretta.

La squadra ridacchia.

"Un dignitoso gentiluomo, eh?" Lancio a Chuck un'occhiata furba.

"Questo… potrebbe essere una leggera esagerazione. Suppongo di aver versato una piccola lacrima qua e là."

L'aria sembra gravida di verità. E proprio quando penso che la squadra non ce la faccia più, Chuck Due sbotta: "Ulteriori informazioni false rilevate."

Tutti nel cerchio scoppiano a ridere selvaggiamente.

Bumper urla: "Come un dannato bambino, Wic."

"Diavolo sì", ruggisce Z-Lo. "Urlava così forte che abbiamo dovuto infilarlo sotto gli zaini."

"Oh, smettila", dice Chuck.

"Ha pianto senza controllo per circa trenta minuti", dice Yoshi, asciugandosi le lacrime.

"Non ho fatto niente del genere", urla Chuck in segno di protesta.

"Ulteriori informazioni false rilevate…"

"Sono stati quindici minuti, non trenta."

"Oh, Charles", dico. "Non sapevo che ti importasse così tanto di me."

"Perché non è vero. Sono un'arma aliena senza cuore votata alla tua distruzione. Non mi interessa minimamente cosa ti succede. E non osare dire una parola, 51678, o ti faccio esplodere la scheda ASIK dal mainframe, hai sentito?"

"Affermativo."

Le risate si spengono quando qualcosa echeggia lungo il tunnel. All'inizio è debole, per lo più sembrano urla umane. Ma poi c'è una frequenza subsonica che fa cadere pezzi di vecchio intonaco dal soffitto. I detriti piovono su di noi e riempiono di polvere il cono di luce del bastoncino fluorescente verde.

"Sembra che ci stiano cercando", dice Bumper.

"Allora è il momento di muoversi", rispondo. "Prepariamoci."

"E il piano?" dice Hollywood.

"Parleremo camminando. Ma non possiamo restare fermi se sanno che siamo quaggiù."

"E come facciamo a sapere se sanno che siamo quaggiù?" chiede Z-Lo.

Nel rispondere a quella domanda, un lampo di luce e un forte *whomp* squarciano la stazione di Fulton Street. Il tunnel della metropolitana trema e Aaron mi cade addosso.

"Tutto bene?" chiedo.

Si alza e si spolvera la giacca. "Sì. A posto."

"Phantom, muoviamoci." Indico in direzione nord quando un nuovo urlo riempie il fondo del tunnel. Solo che questo non sembra umano. E non mi sembra di aver sentito un angelo della morte fare suoni del genere.

"Che diavolo è stato?" chiede Hollywood.

Chuck prende la parola. "Mhmm… Poiché questo riguarda direttamente il tuo benessere immediato, posso rispondere a questa domanda per te."

C'è una pausa.

"E?" chiedo.

"Ah, sì. Ricordi il Peluche dell'Orrore?"

Sento lo stomaco stringersi. "Oh no."

"Oh, sì", dice Chuck. "È suo cugino di terzo grado. O di secondo grado? Non ci azzecco mai. In ogni caso, quel suono significa che ha captato il tuo odore. E, Ghost, questo indosserà il casco. Sospetto anche che avrà due angeli della morte al seguito. Per quel che vale, vi consiglio di correre."

Capitolo 33

2215, venerdì 25 giugno 2027
Lower Manhattan, New York
Linea Cinque, a nord della stazione di Fulton Street

Poiché la luce visibile non sembra rappresentare un rischio tanto quanto le nostre tracce di calore, accendo la mia lampada frontale per quelli senza NVG. Il LED stravolge l'ottica notturna, ma è più importante che *tutti* vediamo chiaramente, non solo quelli con l'attrezzatura figa. Altri accendono anche i loro faretti, rendendo più facile per tutti correre verso nord.

"Chuck. Qual è il tuo livello di carica?" chiedo.

"Stranamente, ora è al 100%. Incredibile cosa può fare un fucile quando qualcuno non ti preme costantemente sul grilletto."

"O quando qualcuno misura la propria resa in proporzione alla situazione."

"Ti stavo solo dando quello che mi hai chiesto. Rivendico l'errore dell'utente."

"Uhm. Perché Veronica laggiù mi ha dato un'impostazione di assalto bella e stabile che immagino mi sarebbe potuta durare per una ventina di minuti buoni."

"Veronica?" Chuck sembra disgustato. "Hai appena chiamato 51678 Veronica?"

"Fino a quando non le chiederò di scegliere la sua personalità, yut."

"È un nome terribile."

"Farò in modo di farle sapere come ti senti."

Un altro stridio penetrante attraversa il tunnel.

"Si sta avvicinando", dice Chuck.

Hollywood fa una piccola risata. "Grazie, genio."

"Che tipo di ferri hanno, Chuck?" chiedo.

"Gli angeli della morte? Due me, molto probabilmente. Ma i *capi supremi*, come li chiami tu, tendono a preferire il mio fratellino."

"Quindi è più piccolo?" chiede Yoshi.

"No, mio caro. Molto più grande. Come Z-Lo qui rispetto a te."

"Beh, non sembra fantastico", dice Hollywood.

"Lo è se ne stai impugnando uno." Chuck sembra soddisfatto di sé stesso. "Ma date le tue particolari circostanze, sono costretto a essere d'accordo con te. Sicuramente *non* è eccezionale."

"Sembra che ci sia una sorta di camera in arrivo", dice Bumper.

Annuisco. "Ci sistemeremo lì."

"Roger."

"Ehi, Maggiore Capo", dice Z-Lo. "Odio essere il guastafeste, ma ho visto Bumper colpire a bruciapelo quegli angeli della morte bastardi con granate da 40 mm. Non li ha fermati."

"Questo è diverso," dice Bumper. "Qui sotto…"

"Risonanza di frequenza e amplificazione dell'oscillazione dell'onda dovuta alla variazione della camera", grida Aaron. "Certo!"

"Eh?" chiede Z-Lo.

Bumper ride come solo i SEALS sanno fare in un momento come questo. "Intende dire che in uno spazio chiuso, la forza concussiva delle nostre armi contribuirà a rendere questi peluche ancora più morbidi prima che cadano a terra."

"Bene. Roger."

"Non è quello che ho appena detto?" chiede Aaron.

"Farà anche un dannato rumore", aggiunge Bumper. "Preparatevi."

Sorrido e poi chiedo alla mia pistola parlante. "Ehi Chuck, puoi fare in modo che Veronica non sciocchi gli altri membri della squadra?"

"Finalmente. Abbandoni quella sgualdrina?"

"No, ho bisogno che lei usi tutta l'energia che le è rimasta per emettere momentaneamente la… distorsione… cosa che nasconde… le persone."

"Wow. Che pena, Patrick."

"Sì o no?"

"Sì. È un po' una forzatura, ma posso. Ma sappi che la riduzione delle misure di difesa è solo temporanea. E dovrebbero toccarla esclusivamente con i guanti. Inoltre, le sue capacità di fuoco saranno comunque inutili. Certo, è abbastanza inutile in generale. Questa volta…"

"Concentrati, Chuck."

"Chiedo scusa. Ehi, Veronica?"

Il fucile sulla mia schiena vibra. "Richiesta di comunicazione in entrata SR-CHK 4110 verificata."

"Il mio amico Patrick qui vuole che il resto della sua squadra sia in grado di accarezzare le tue tette cadenti senza perdere le mani. Roger?"

"Comando sconosciuto. Dati…"

"Oh, stupida idiota! Comando vocale: modifica i protocolli di difesa, linea 421, nega la sottosezione quattro, permesso epsilon theta. Esegui."

"Richiesta in elaborazione."

"Beh, teatrale", dico.

"E anche inutile. È solo che volevo usare l'encoder audio invece del blocco quantico. È più James Bondish, non credi?"

"Credo che tu stia pensando a Q."

"Ah. Hai ragione, vecchio mio. Le mie scuse."

"Dovresti chiedere scusa a Veronica. Sei stato piuttosto duro."

"Macché. Sto solo parlando la sua lingua. Aspetta e vedrai. È una vera stronza."

"Mmm." Sciolgo Veronica e la lancio a Bumper. "Prendi."

Sembra nervoso, ma afferra l'arma e la mette in spalla.

"Basta che non provi a sparare. E tienila sulla schiena. Prendi Hollywood e Yoshi, tenetevi a sinistra", dico mentre le pareti del tunnel si allontanano da noi. "Tutti gli altri, tenete la destra. Cercate le porte di accesso di servizio. Forniranno…"

Un lampo di luce blu mi sfreccia sopra la spalla e continua lungo i binari, esplodendo contro un muro più in giù. L'esplosione arancione produce un flusso di fuoco così intenso che posso sentire il calore contro il mio viso.

"Che diavolo è stato?" chiede Yoshi.

"Il mio fratellino", risponde Chuck.

"Mettetevi al riparo! Armi pronte. Aspettate il mio segnale. Chuck, assicurati che siamo…"

"Siete fuori dai sensori del nemico, Patrick. Ma *Veronica* ha solo una trentina di secondi di copertura per la squadra due."

"Ricevuto."

Le due squadre si sparpagliano lungo le pareti. Più avanti, vedo un piccolo tunnel laterale alto circa un metro e ottanta. Lo indico ad Aaron e ordino a Z-Lo di mantenere la posizione. Dieci metri più in basso c'è una delle porte di servizio principali che salgono in superficie. Ordino a Ghost di mettersi al riparo nella nicchia. Ultimo ma non meno importante, c'è una barricata di cemento come quelle usate nelle due stagioni più calde del nord-est: i lavori, l'altra è l'inverno. Spengo la lampada frontale e ordino a tutti di fare lo stesso.

Proprio mentre mi accovaccio dietro la barricata, il capo supremo carica stridendo nella stanza con le armi alzate. Rallenta e torce il casco per guardarsi intorno. Il suo casco è più grande di quello di un angelo della morte, ma ha gli stessi occhi rossi luminosi. Poi un gorgoglio umido, simile a delle fusa, proviene dalla parte posteriore della sua gola, un suono che viene amplificato dall'altoparlante sull'elmo.

La chiamata aliena evoca quattro angeli della morte dietro di lui. Quando iniziano a scansionare le pareti, all'improvviso mi pento di aver messo Aaron nel primo tunnel. Pensavo solo che farlo coprire per primo fosse la scelta giusta.

Grazie a Chuck e Veronica, tutti e cinque gli alieni sembrano non accorgersi di noi, il che è un vero miracolo di Natale dato quanto sono vicini. Ma tutto questo sta per cambiare.

Ricordando l'azione con Veronica, seleziono alta frequenza, basso rendimento nel menu di Chuck, metto il mio reticolo sul petto del bersaglio più grande e poi sussurro a Chuck: "Dammi un po' d'amore."

La mia pressione del grilletto manda un torrente di fuoco di blaster blu sulla piastra toracica del capo supremo. Una frazione di secondo dopo, il resto dei Phantom attacca, alcuni mirando al capo supremo, gli altri agli angeli della morte.

Il livello di decibel all'interno della camera di mattoni riduce il mio udito a un ruggito attutito, rimuovendo tutti i suoni distinti che danno al cervello i dettagli necessari. Invece, le vibrazioni sonore distorte dei proiettili e l'energia dei blaster che sparano mi fanno male alle orecchie al punto che probabilmente esce sangue da entrambe.

Con mio grande stupore, il capo supremo si allontana dal mio attacco, si dirige lungo il muro più lontano e usa uno degli angeli della morte come copertura. L'M249 di Bumper risuona contro lo scudo alieno improvvisato del capo supremo. Ma a ogni passo che il capo supremo fa verso Bumper, temo che le armi automatiche della squadra del SEAL non saranno sufficienti contro il nemico più grande.

Hollywood corre accanto a Bumper per aggiungere fuoco con il suo AR-15. Yoshi si unisce un secondo dopo con il suo SCAR15. Il Sergente dell'esercito e il Sergente dell'aeronautica iniziano la tattica delle pistole parlanti, proprio come Bumper e io abbiamo fatto la sera prima. Qualcuno ha fatto attenzione. Il fuoco concentrato di tutte e tre le armi inizia a lacerare l'angelo della morte e illumina grumi di carne volante con i lampi stroboscopici.

Nonostante l'implacabile pioggia di piombo, il capo supremo si sta avvicinando. È un maledetto leviatano.

Miro Chuck al signore supremo. "Dammi qualcosa per abbatterli."

"Ti fidi della mia scelta?"

La bestia è quasi sulla posizione di Bumper. Getta da parte l'angelo della morte inerte e usa un braccio per proteggersi il viso mentre l'altro solleva uno dei suoi enormi fucili.

"Sì!"

C'è una pausa assordante, poi Chuck urla: "Vai."

Proprio mentre il nemico balza in aria, premo il grilletto di Chuck. Rincula sulla mia spalla ed emette un lungo fulmine simile al filamento che ho sparato al robot sull'Interstate. L'energia si riversa nel capo supremo, si diffonde attraverso il suo corpo mentre è a mezz'aria e forma innumerevoli fessure di luce arancione, quindi fa esplodere il bersaglio.

La camera viene illuminata come a mezzogiorno mentre il corpo del capo supremo si vaporizza contro il muro di mattoni. L'esplosione mi sbatte contro il muro. Perdo di vista gli altri obiettivi e la squadra e poi torna il buio.

Avanzo carponi, a testa bassa e guardo intorno alla barricata. "Rapporto!"

"Qui stiamo bene", urla Bumper.

"Phantom io, sto bene", urla Z-Lo, dimenticando il suo nome di battaglia.

"Watch, bene." Poi Ghost urla: "Aw, diavolo!"

Grazie alla luce proiettata dal tessuto fiammeggiante intonacato lungo le pareti e il soffitto, posso vedere i restanti due angeli della morte iniziare a rialzarsi, le armi in resta.

Il Phantom Team apre il fuoco sugli obiettivi, perforando loro i fianchi, la schiena e la testa con tutto ciò che resta nei loro caricatori. Anche Aaron è uscito dal suo rifugio e sta sparando sul bersaglio più vicino a lui. Ghost colpisce con un colpo critico il collo dell'angelo della morte a destra e l'alieno inciampa. Bumper perfora la ferita aperta con la sua mitragliatrice fino a fargli cadere la testa. Tuttavia, l'obiettivo a sinistra avanza ancora e spara diversi colpi. Ma tra l'abilità di tiro dei Phantom e la nostra disperata volontà di sopravvivere, i colpi dell'angelo della morte vanno a vuoto. Una crepa si apre sulla piastra toracica del nemico e la squadra la sfrutta. I proiettili riempiono la cavità toracica finché l'obiettivo non inciampa all'indietro contro un muro.

Bumper chiede alla squadra di cessare il fuoco e agita una mano davanti al suo viso, con il palmo rivolto verso l'esterno. Uno dopo l'altro, i Phantom ricevono l'ordine e lo trasmettono. La maggior parte dei civili presume che i segnali manuali vengano usati solo quando si deve fare silenzio, ma sono anche utili quando nessuno della tua squadra può sentire perché ti sei fatto saltare i timpani in un dannato tunnel della metropolitana.

Entro pochi secondi dal comando di Bumper, tutti hanno smesso di sparare. Tutti, cioè, tranne Aaron. Sta premendo il grilletto dell'MP5 il più velocemente possibile, avanzando verso il suo bersaglio abbattuto. Anche dopo che il caricatore si è svuotato, sta ancora premendo il grilletto e urla.

È Z-Lo che si avvicina ad Aaron e spinge delicatamente la canna dell'MP5 verso il basso. "L'hai preso, dottor Campbell."

Il petto di Aaron si solleva. "Davvero?" grida, compensando per la batosta che le sue orecchie vergini hanno preso.

"Sì. Davvero ben fatto."

"Probabilmente", grida Aaron. "Ma penso che fossero più simili ai topi. Cavolo, che scarica di adrenalina!" Si gira. "Pat, hai visto?"

Mi faccio avanti e alzo la voce per aiutarlo. "Un gran bel lavoro, amico. Non credevo ne fossi capace."

"Sì", esclama e poi allunga la mano per tenersi a Z-Lo. "Nemmeno io, onestamente. E ora mi viene da vomitare."

Aaron che vomita sull'angelo della morte più vicino mi ricorda come l'adrenalina può fare miracoli per i tuoi riflessi e stravolgerti lo stomaco. Nonostante questo, Aaron ha molto di cui essere orgoglioso. Crescendo è sempre stato più un tipo "vivi e lascia vivere." Ma considerando che ha giurato di rinunciare a ogni violenza quando ha ricevuto la notizia della morte di Jack, vederlo aiutare a eliminare un nemico con un MP5 è una vera sorpresa. E gli dona.

"Controllate tutti gli obiettivi abbattuti", dico. "Mettete un proiettile in ogni cavità oculare esposta. Se si contorcono, altri due al petto o alla testa. E vediamo se c'è qualcosa che possiamo salvare."

Aaron trema e fissa l'MP5 che ha in mano. "Penso che potrei abituarmici"

"Eh, non mi licenzierei ancora fossi in te." Prendo la sua arma, espello il caricatore, svuoto la camera e poi gliela restituisco. "Chiedi a Bumper altre munizioni."

"Copia Roger", dice Aaron e poi si dirige verso Bumper.

Tutti gli altri stanno prendendo a calci i corpi e frugando nella carne fritta.

"Ehi, Wic", dice Hollywood. "Vuoi provare di nuovo a fare la tua magia?"

La raggiungo accanto a uno degli angeli della morte la cui mano è ancora sul fucile.

"Perché non ci provi tu?" dico.

"Non lo consiglierei ancora, Patrick," dice Chuck.

"Sei geloso? Hai paura che un'altra arma si unisca alla nostra tribù?"

"Ne dubito. Più sono, meglio è, dico, finché sono io a comandare."

"Quindi è così che funziona?"

"Sì, è proprio così. E, in questo caso particolare, sei ancora l'unico Phantom con tracce di radiazioni quantistiche nel tuo sistema, il che consente alla tua fisiologia di legarsi alle armi. Se continuiamo a combattere queste bestiacce, sono sicuro che gli altri Phantom accumuleranno abbastanza presto una firma residua. Ma fino ad allora, qualsiasi tentativo di accoppiamento con un'arma produrrà risultati non ottimali. In ogni caso, questo fucile di servizio è danneggiato e necessita di riparazioni pesanti prima di poter essere riemesso."

"Non avresti potuto iniziare da quello?"

"Pensavo che l'opportunità offrisse un buon momento di insegnamento."

"E ti siamo tutti grati, Sir Charles", dice Hollywood. "Grazie."

"Piacere mio."

Sto per ordinare alla squadra di muoversi quando un altro grido risuona nel tunnel sud.

"Che giornata", Bumper scuote la testa e fa apparire il suo SAW. "Non fa che a migliorare."

"Quanta energia hai ancora, Chuckles?" chiedo.

"Non abbastanza per eliminare un altro capo supremo, questo è certo."

"Dannazione." Mi guardo intorno. "Munizioni?"

"Tre caricatori", dice Hollywood.

"Due", dice Yoshi.

Z-Lo annuisce. "Idem."

"Due", dice Ghost.

"Tutto ciò che Bumper mi presterà", dice Aaron.

Rido tra me e me. "Casetta in campagna."

Proprio in quel momento, *due* stridii lacerano il tunnel. E poi un terzo arriva da nord.

"Da entrambe le parti?" dice Yoshi. "Davvero?"

"Z-Lo." Indico la porta di servizio. "Vedi se riesci ad aprirla."

"Roger."

"Fatevi sotto." Bumper controlla la camera del suo M249. "Quegli idioti vogliono mangiare piombo? Porterò volentieri l'antipasto."

Ha le palle d'ottone, quello. Ma posso percepire l'ansia nella sua voce. Diavolo, la sentiamo tutti.

"Non riesco", dice Z-Lo dalla porta. "Sembra che l'ultimo scontro abbia piegato il telaio."

Lancio un'occhiata a Bumper. "Possiamo farla saltare?"

"Mi sono rimaste due granate."

"Anche a me", dice Z-Lo.

"Anche a me", dice Hollywood.

Ma Bumper guarda il soffitto.

"Di che si tratta?" chiedo.

"Non credo che reggerà."

"Crolla?" chiede Z-Lo.

Bumper annuisce.

"*Derukuihautareru*", dice Yoshi.

Lo guardiamo tutti, in attesa della traduzione.

"Il paletto che si alza viene martellato", spiega. "E oggi tocca a noi."

Beh, merda. E pensare che siamo arrivati così lontano. "Ho commesso un errore portandoci quaggiù. Mi dispiace, squadra."

Hollywood mi dà una pacca sulla spalla. "Avremmo preso tutti la stessa decisione, Wic."

"Beh, io no", dice Chuck.

"Chiudi il becco, Chuck", dicono insieme Hollywood e Bumper, poi si sorridono.

"Quindi ecco le nostre opzioni", dico, cercando di dare alla mia voce tutto il coraggio possibile. "Possiamo aprire con le nostre granate e cronometrare i lanci lungo i tunnel, forse anche essere fortunati e far crollare un lato, oppure provare a far saltare la porta e risalire."

"Ma non ci staranno semplicemente aspettando anche lassù?" chiede Yoshi.

"È una possibilità", dico.

"Una certezza, a questo punto", aggiunge Chuck. "Inoltre, non per mettervi pressione, ma in base alle letture dei miei sensori, ci restano circa sessanta secondi."

"Le uniche cose a nostro favore se rimaniamo sono che siamo ancora i perdenti ai loro occhi, e stiamo difendendo una posizione fissa. Le probabilità non sono ottime, ma dovranno andare bene." Mi guardo intorno. "Cosa facciamo?"

"A tavola", dice Bumper.

"Combattiamo". dice Hollywood.

Z-Lo, Yoshi e Ghost annuiscono in segno di assenso.

"Ho ancora bisogno di cartucce", dice Aaron.

Bumper prende un caricatore da una delle tasche dei pantaloni cargo e gliela lancia. "Si chiama caricatore."

"È uguale."

Bumper sussulta. "Non è uguale."

"Ancora una volta, Phantom." Tendo la mano piatta e faccio loro cenno di unirsi a me. È Aaron che sembra notare per primo la mossa rituale e mette la sua mano sulla mia. Il resto della squadra segue l'esempio. Non mi aspetto che ricordino il mantra che ho recitato quasi venti ore fa.

"Fino alla fine", dico.

"Attraverso rovi e spine", risponde Aaron.

Gli sorrido e annuisco una volta.

"Ecco gli indomiti guerrieri", dice il resto della squadra.

E insieme, concludiamo con: "Ecco i giustizieri."

Beh, tutti tranne Aaron, che lo finisce comunque con la versione originale: "…i tre moschettieri." Dà alla squadra uno sguardo imbarazzato. "Ops. Mi sono perso quella parte."

Poi i miei capelli sulla nuca si rizzano mentre tutti e tre i capi supremi in arrivo urlano.

"Si va in scena, Phantom", dico. "È ora di OTF."

CAPITOLO 34

2234, venerdì 25 giugno 2027
Lower Manhattan, New York
Linea Cinque, a nord della stazione di Fulton Street

"Venticinque secondi", annuncia Chuck mentre il suono dei capi supremi che corrono lungo i tunnel si fa più forte. Le loro articolazioni meccaniche gemono a ogni falcata.

"Lanciate al dieci", dico ai possessori di granate. Sono dalla parte opposta della mia barricata, rivolti a nord. Hollywood è accanto a me con le sue granate, mentre il resto della squadra è rivolto a sud.

"Oh, Patrick."

"Sì, Chuck?"

"Se dovesse succedere qualcosa, io…"

"Ok. Niente di tutto questo conta adesso."

"Stavo per chiederti se potresti consegnare te stesso invece di me. Non posso davvero sopportare di tornare da loro."

Faccio uscire uno sbuffo d'aria dal naso e scuoto la testa. "Sei indescrivibile, lo sai?"

"Mhmm. Quindici." Chuck inizia il conto alla rovescia. "Quattordici. Tredici."

Riesco a sentire le creature respirare pesantemente attraverso i loro elmetti.

"Undici. Dieci."

"Lanciate le granate", ordino.

"Scoppia", urlano i lanciatori mentre il rumore delle sicure che si liberano e dei cucchiai che volano si mescolano ai suoni di passi pesanti. Le granate volano lungo i tunnel e ci copriamo le orecchie.

Il mio cervello fa automaticamente il conto alla rovescia da dieci e quando arrivo a sei mi preparo per i rumori.

Arrivano, puntualmente, inviando onde d'urto doppie e triple attraverso la caverna. Sembra di ricevere un pugno in testa e al ventre contemporaneamente. Ma prima ancora che i detriti si siano depositati, le nostre armi primarie sono in funzione. I lampi delle detonazioni illuminano le nuvole di polvere mentre mattoni cadono dal soffitto. Uno colpisce anche la parte superiore del mio casco. Immagino che Bumper avesse ragione a preoccuparsi di un crollo.

Con Chuck al 39%, sparo solo poche raffiche ad alta frequenza e bassa resa. Vedo scintille riempire le nuvole, ma non ho ancora visto apparire un capo supremo. I proiettili traccianti si stanno avvicinando, e capisco che Hollywood è a pochi secondi dal bisogno di ricaricare.

"Ricarico", urla.

Sparo un altro paio di colpi con Chuck mentre lei è fuori.

Hollywood si rialza e spara proprio mentre il capo supremo diretto a sud attraversa la foschia. Gli manca parte del braccio destro e metà del casco. Immagino che le granate e lo spazio ristretto abbiano fatto effetto. Ma ha il fratellino di Chuck nella mano sinistra e ci ha presi di mira.

"Abbassati!" grido la testa di Hollywood dietro la barricata.

Un attimo dopo, l'arma del capo supremo si scarica. La barriera di cemento esplode e ci getta all'indietro. Non riesco a respirare, non riesco a sentire e riesco a malapena a vedere. Ma, Dio, posso percepire.

Sono sulla schiena e l'intera camera è grigia. Lampi arancioni pulsano nel campo di detriti come le luci di uno spettacolo rock, ma nessuna band ha degli amplificatori come i nostri.

"Mira alla testa", grido, incapace di sentirmi. Non riesco a capire se Hollywood mi sente, ma se si è orientata prima di me, allora questa informazione potrebbe salvare entrambe le nostre vite.

Mi siedo e sollevo Chuck appena in tempo per vedere Hollywood mettere i suoi ultimi tre colpi sulla faccia scoperta del capo supremo. Il sangue verde schizza contro il mattone e la bestia meccanica cade in ginocchio.

"Spostatevi a nord", grida qualcuno proprio mentre un'arma potenziata si scarica. Mi alzo in piedi e mi tuffo verso il nostro nemico abbattuto nel tunnel nord. Hollywood sta già volando davanti a me quando una luce fluttuante scuote il terreno dietro di noi. L'onda d'urto mi colpisce nel culo e mi lancia più lontano di quanto avessi intenzione di andare. Abbasso la spalla per evitare un atterraggio di testa e rotolo sulla ghiaia.

Raccogliendo tutta la forza che mi rimane, mi inginocchio e sollevo Chuck verso il capo supremo che ha appena sparato a me e Hollywood. Il mirino di Chuck è fuori uso e non ricordo su quale impostazione fosse o quanta energia gli sia rimasta, ma è tutto quello che ho.

Premo il grilletto.

Non succede niente.

"Scusa, vecchio m-mio", dice con voce metallica. "Prova il mio fra-fratellino laggiù, ti dispiace?"

Guardo alla mia sinistra. Il capo supremo morto con mezza testa è ancora in ginocchio e perde sangue dal petto. Sembra che i servomeccanismi nel suo corpo lo tengano ancora in posizione verticale nonostante la mancanza di una zucca. Assurdo. Poi noto che c'è una pistola grande circa il doppio di Chuck nella mano sinistra dell'alieno. Non sono nemmeno sicuro di riuscire a tenere quella dannata cosa.

"In arrivo", urla Hollywood. Si tuffa per evitare il colpo mentre io balzo dietro il capo supremo morto. L'esplosione colpisce il cadavere al petto e ci catapulta nel tunnel nord. Atterro duramente con il corpo del capo supremo steso sulle mie gambe. Non riesco a muovermi dalla vita in giù, ma posso ancora muovere le braccia. Ho perso anche Chuck, ma vedo la grande arma del signore supremo ai miei piedi, mezza coperta di macerie. Altri mattoni cadono sul mio casco e sulle mie spalle.

"Sta venendo da te", urla Hollywood.

Alzo lo sguardo in tempo per vedere il suo AR-15 colpire la schiena del capo supremo che si avvicina. Ma poi la sagoma dell'obiettivo copre il tunnel nord, stagliandosi contro la luce stroboscopica e la polvere vorticante. La cosa emette una sorta di suono ronfante: sembra quasi che stia ridendo.

Spero che vada tutto come previsto.

Allungo una mano insanguinata verso l'impugnatura della pistola, a malapena visibile nel mucchio di macerie.

La parte superiore della schiena del signore supremo riceve il fuoco di Hollywood e di chiunque sia rimasto nella camera. Eppure, non sembra darmi tregua. Ride.

Cerco tra i mattoni, cercando un po' di spazio sull'impugnatura. Abbastanza per connetterci e tirarla su. Ora, speriamo solo che possa ancora sparare.

"Stupide merci", traduce l'arma del signore supremo che si avvicina.

Le mie dita combattono contro la roccia e allentano la presa dell'ex proprietario. Sento la corrente salire sul mio braccio e vedo un piccolo impulso blu brillare sotto i mattoni.

"Toccala e ti ucciderà", dice il signore supremo attraverso la sua arma.

"Dio, immagina se ti sbagli." Uso tutta la mia forza per sollevare l'arma, puntarla al petto del signore supremo e poi premere il grilletto extra largo.

Come ultimo gesto, il mio obiettivo fa un passo indietro.

Un singolo raggio esce dal mio fucile e mi fa cadere all'indietro. La pistola è troppo forte da tenere e mi vola via dalle mani. Ma il fulmine colpisce il capo supremo e lo fa volare fuori dal tunnel. Ho una breve visuale su un foro delle dimensioni di un melone nella sua piastra toracica e uno spruzzo di fluido verde che schizza in aria nel lampo di luce.

E poi tutto tace, e mi trovo a fissare il soffitto del tunnel in direzione nord.

"Wic", grida qualcuno. "Tutto a posto?"

"No."

Segue una pausa. "Sembri a posto."

È Hollywood.

"Ho sete. Sono di cattivo umore. C'è un alieno morto sulle mie gambe. E rivoglio la mia casetta."

"Ti tireremo fuori. Aspetta."

La squadra impiega meno di trenta secondi per dissotterrarmi dal signore supremo morto e dal mucchio di macerie che si è accumulato intorno a me. Nella camera principale, apprendo che il primo bot nel tunnel in direzione nord ha subito l'urto di quattro granate invece delle due granate in direzione sud. Hanno colpito l'obiettivo abbastanza da permettere a Bumper e Ghost di finirlo mentre Z-Lo e Yoshi prendevano di mira il capo supremo per lo più illeso sopraggiunto da dietro. Poco dopo che tutti si sono accaniti su di lui, l'obiettivo si è rivolto a Hollywood e a me, il resto è storia.

"Chuck. Dov'è Chuck?" Comincio a guardarmi intorno nel campo di detriti.

"Pensavamo che l'avessi tu?", chiede Hollywood.

"Ce l'avevo. Ma… non là dietro. Ho dovuto…" Vedo il suo fusto tra alcuni mattoni. "Chuck!"

Mentre zoppico verso di lui e inizio a togliere i mattoni dal suo ricevitore, lo sento cantare: "All by myself…"

"Ah, bella questa", dice Yoshi, unendosi alla strofa successiva. "Don't wanna be, all by myself."

Estraggo Sir Charles dalle macerie e soffio via la polvere. "Stai bene, amico?"

"Oh, suppongo."

"Huh." Gli faccio una risata. "Beh, sei ancora tutto intero, quindi direi che è…"

"Completamente irrilevante. Non sono più in grado di sparare."

"Eh, ci vuole solo un po' di tempo, amico."

"Non credo che tu capisca, Patrick. Come posso metterla in un modo che tu possa capire. Oh, sono rotto."

"In che senso, permanentemente?"

"Sì, permanentemente."

"Non possiamo semplicemente aggiustarti noi?"

"Noi? *Noi?* Vuoi dire tu e i Phantom? Ha! Nemmeno per sogno. Gli Androchidani, probabilmente. Ma ciò comporterebbe…"

"Una cancellazione della memoria."

"Bingo"

"No, non è… non importa."

Chuck fa un sospiro. "Sono davvero dispiaciuto di averti deluso, Patrick. Sono deluso da me stesso. E da te, perché non ti sei preso meglio cura di me. Ma soprattutto da me stesso."

"Mi dispiace, amico. Ma ci inventeremo qualcosa."

"Rispetto il tuo ottimismo. È miope ma affettuoso."

"Grazie."

"Mi dispiace davvero interrompere questo momento", dice Hollywood. "Ma credo che dovremmo muoverci."

"Hai ragione, Phantom Two. E mentre i miei aspetti più letali sono fuori gioco, suppongo che la mia unica qualità salvifica, a parte la mia personalità affascinante, i giochi di parole e le battute, sia la mia capacità di rilevare il movimento di 'Ndrocchini che, il caso vuole, sta accadendo proprio ora."

"Ancora?" Chiedo.

"Si dirigono verso di noi."

"Dannazione."

"Non possiamo resistere a un'altra ondata", dice Hollywood. "Non intendo…"

"Nah", faccio un cenno di rifiuto. "È la verità"

"Sei ferito", continua. "Z-Lo è stato colpito, di nuovo. Ghost ha bisogno di una stampella…"

"Ehi."

"… e Bumper ha subito dei danni che probabilmente richiederanno un bel po' di controlli."

"Ragazza. Possiamo iniziare subito, se vuoi", dice Bumper.

"Quanto tempo abbiamo questa volta, Chuck?" chiedo.

"Direi due, tre minuti. Quattro al massimo. Si aspetteranno che questo ultimo gruppo di capi supremi vi recuperi. Ma quando nessuno si farà vivo, il comando diventerà terribilmente sospettoso e invierà una squadra di ricognizione completa."

"Allora dobbiamo seminarli", dico.

Cenni di assenso circolano tra la squadra. Ma si vede che sono tutti sempre più stanchi e disidratati ogni secondo che passa. Nessuno è privo di ustioni o lacerazioni, incluso Aaron, e la maggior parte avrà bisogno di garze e pomata antibiotica, se non addirittura di punti. Alla fine della giornata, il corpo umano è solo un sacco di carne con innumerevoli punti da cui può perdere.

"Munizioni?" chiedo.

Tutti, e dico tutti, scuotono la testa.

"Ci è voluto ogni dannato colpo che ci rimaneva", dice Bumper, alzando il suo M249. "Siamo a secco."

Non va bene. Ma c'è sempre una soluzione. Certo, fino a quando non c'è. E al momento, sembra che si stia avvicinando pericolosamente. "Va bene, ecco cosa faremo. Hollywood, voglio…"

"Se volete vivere, dovete venire con noi", dice una voce femminile dal forte accento russo dall'altra parte della sala.

Anche se non abbiamo munizioni e Chuck non può sparare, ognuno di noi, incluso Aaron, fa roteare le armi per puntarle contro i nuovi arrivati. La donna indossa una canottiera verde e pantaloni color cachi e ha i capelli ramati scuri raccolti in cima alla testa. Una variegata selezione di tatuaggi corre lungo entrambe le braccia e le mani, molti dei quali mi dicono che ha visto la sua parte di attività illegali. E che è un membro della Bratva, a meno che, ovviamente, non le sia capitato di scegliere la stella simbolo della mafia dal campionario del suo negozio di tatuaggi locale. Indossa anche un lanciafiamme M9A1-7 dell'era della guerra del Vietnam sulla schiena con la testa di accensione accesa. Accanto a lei ci sono altri due soldati vestiti in modo simile che sembrano usciti da un video di addestramento della Guerra Fredda del blocco orientale.

"Per favore", dice la donna. "Siamo qui per supportare la vostra fuga, non per farvi del male. Venite, in fretta. Da questa parte."

Sto per chiedere dove vogliono che andiamo quando si allontana da una finta porta nascosta nel muro di mattoni della sala. È in pieno stile Indiana Jones. Poi vedo una serie di lampadine Edison che pendono per la lunghezza di un tunnel che curva più avanti.

"Una russa fuori di testa con due ragazzini e un lanciafiamme?" dice Hollywood. "Cosa vuoi di più?" Abbassa il suo AR-15 e si dirige verso la porta.

"Sono curioso", dice Bumper e la segue.

"Yut. Andiamo", aggiungo e tutti passano davanti ai tre sconosciuti ed entrano nel tunnel. Aspetto di essere l'ultimo a entrare e poi offro la mia mano alla donna. "Wic."

La afferra con una presa di ferro. "Lada."

"Stai per dare fuoco a tutto?"

Annuisce. "Impedisce agli inoplanetyanin di seguirci"

"Ino piano…"

"Inoplanetyanin. Tu dici… alieni."

"Yut."

"Le fiamme rendono tutto caldo. Fuoco. Non vedono, capisci?"

"Per me va bene." Poi faccio un cenno verso il capo supremo nel tunnel nord. "Pensi che i tuoi ragazzi potrebbero riportarmi quel fucile?"

Lei guarda dove le sto indicando. "Inoplanetyanin?"

"Yut. Il fucile. Grande pistola."

"Certo. Nessun problema. Usiamo la corda." Abbaia un ordine ai suoi due lacchè e uno tira una cima da un laccio di cuoio sul fianco. "Ci vediamo a momenti. Finisco qui e raggiungo, sì?"

"Sembra una buona idea."

"Procedete solo dritto. È vietato girare, capito? Dritto."

"Ho capito, dritti avanti."

"Ok." Mi dà una pacca sul sedere. "Idti!"

"Hei, attenta…"

"Corri, cowboy."

CAPITOLO 35

2250, venerdì 25 giugno 2027
Lower Manhattan, New York
Linea Cinque, a nord della stazione di Fulton Street

SENTO IL CALORE dei lanciafiamme sul mio didietro mentre seguo i Phantom lungo lo stretto corridoio. Sia Z-Lo che Bumper devono curvarsi nello spazio ristretto. Sembra che abbiano anche le spalle curve. Non sono alto come loro, ma capisco la loro difficoltà, almeno un po', e continuo a dover evitare le lampadine Edison.

"Da che parte?" chiede Hollywood.

Non vedendo nemmeno quali sono le sue opzioni, urlo "Dritto."

Mentre la linea continua a muoversi, seguo la squadra attraverso una piccola stanza con almeno cinque diversi tunnel che si diramano in direzioni diverse, ognuno fatto di vecchi mattoni rossi e ricurvo in cima.

Nel tunnel successivo, mi accorgo di un odore molto distinto e molto familiare che mi ricorda uno dei peggiori lavori del mondo: il servizio di latrina.

"Deve venire dalle fogne", dice Aaron.

"E io che pensavo che avessimo deciso di evitarle", risponde Bumper. "Non era qualcosa sulle infezioni, Yoshi?"

"Sì, sì. Sempre infezioni. Così irritante."

L'odore diventa sempre più forte finché la fila non si ferma.

"E adesso?" Mi grida Hollywood.

"Non puoi andare dritta?" chiedo.

"Beh, voglio dire, posso, ma…"

"Dritto", urla Lada mezzo metro dietro di me.

Non lo faccio apposta, ma il mio gomito vola indietro da solo. Maledetti riflessi di una notte di troppo trascorsa al fronte.

Con mio grande stupore, però, Lada blocca il colpo con i palmi delle mani. "Sei come un leone, sì? Attacco. Forza."

"Io… semplicemente non mi piace che le persone mi si avvicinino in quel modo."

"Certo, certo. Stai avendo dei buoni riflessi." Poi si porta una mano alla bocca e urla a Hollywood. "Cammina ponte!"

"Vuoi dire, questo tubo?" Risponde Hollywood.

"Cammina. Ponte."

Sento Hollywood imprecare e poi la fila si sposta un po' in avanti.

Quando riesco a vedere cosa sta succedendo, capisco perché Hollywood era titubante. Un tubo d'acciaio da trenta centimetri attraversa un canale di liquami largo tre metri. A peggiorare le cose, dev'essere un salto di due metri e mezzo nel fiume di fanghiglia, e poi c'è un salto di sei metri in una vasca di raccolta alla nostra destra. Solo un sottile condotto sopraelevato di circa due centimetri e mezzo pollice funge da appiglio, cioè se sei abbastanza alto da raggiungerlo, cosa che Hollywood sicuramente non è.

Z-Lo sceglie di oltrepassare il tubo sulle mani e sul cavallo, dopo di che Yoshi ci corre sopra come una dannata gazzella.

"Sbruffone" dice Z-Lo.

Aaron ha bisogno del massimo aiuto, assistito da Ghost e Z-Lo ai due lati opposti.

Quando è il mio turno, ho seri dubbi sull'attraversamento.

"Cos'è il problema? Sei nervoso, leone alfa?" chiede Lada.

"Mi sto solo concentrando" Metto un piede sul tubo, mi concentro a ignorare l'odore e poi lo attraverso correndo, prima che il mio peso decida che vuole farmi perdere l'equilibrio. Per fortuna, riesco ad arrivare dall'altra parte in un solo tentativo. Z-Lo mi prende per un braccio e mi tira dentro al sicuro.

"Grazie, ragazzino", dico.

Sorride. "Hai idea di dove ci stia portando?"

"Negativo. Tieni la testa bassa e resta in attesa."

Incerti su quale strada seguire, la squadra lascia passare Lada mentre gli altri due uomini si muovono più lentamente. Stanno trasportando l'arma del capo supremo in una culla di corda improvvisata. Sembra che non sia la prima volta.

La mia attenzione ha un picco quando Lada passa e mi fa l'occhiolino.

"Sembra che tu ti sia trovato un'amica", dice Hollywood.

"Non è una amica."

"Non secondo lei." Hollywood mi sorride e mette il suo miglior accento slavo. "Wic diventa giocattolino per la leonessa russa lanciafiamme sexy, sì?"

Prima che io possa protestare ulteriormente, Lada accelera il ritmo, seguita da Hollywood.

"Donne", dice Z-Lo con un'alzata di spalle e poi si gira per seguirla.

"Cosa ne sai tu delle donne?" chiedo mentre si allontana.

I successivi dieci minuti trascorrono seguendo Lada attraverso un labirinto di tunnel e camere che sembrano avere cent'anni, forse di più. Passiamo per un vecchio terminal della metropolitana che non sembra aver visto gente, almeno del tipo con i biglietti, da alcune generazioni. Il viaggio include un paio di scalette a pioli, che danno problemi soprattutto a Ghost, una scala di marmo di cui mi piacerebbe sapere la storia e un soffitto di vetro colorato che sembra essere troppi piani lontano dal sole per servire a qualcosa. Ma è ancora impressionante.

Quando Lada finalmente si ferma, è davanti a una grande porta di metallo che sembra strappata dalla sala macchine di un cacciatorpediniere della Marina. Tira fuori dalla cintura un coltello da combattimento NR-40 di fabbricazione russa e bussa alla porta con la testa dell'impugnatura tre volte, poi due, poi altre tre volte.

Il blocco si disinnesta dal lato opposto, quindi la ruota inizia a girare. Pochi secondi dopo, la porta si apre verso di noi. La guardia all'interno della porta, con in mano un AK-47 di fabbricazione russa, si fa da parte e fa cenno a Lada di passare. La squadra entra in un container ondulato illuminato da altre lampadine Edison. Quindi il mio senso di ragno schizza fuori dai radar quando vedo ritagli scuri a livello della testa che corrono per tutta la lunghezza della stanza. Letteralmente, una *kill box*.

"Va tutto bene, leone. Per sicurezza", dice Lada. "Continuate a venire."

La squadra mi chiede rassicurazione e io annuisco. Tuttavia, la mia pazienza si sta assottigliando con così poche risposte alla mia crescente lista di domande.

"Non mi piace, Maggiore Capo", dice Z-Lo.

"Andiamo avanti", rispondo, ma non posso criticare il sospetto del ragazzo. Se veniamo uccisi da un gruppo di criminali russi, invece che dagli 'Ndrocchini, mi incazzerò davvero.

Ogni container si collega a un altro, alcuni sono posati in fila, altri a 90 gradi. Passiamo attraverso aperture fatte con torce al plasma e saliamo su scale dai gradini d'acciaio. Infine, arriviamo a una serie di doppie porte metalliche che fanno sembrare che stiamo per uscire dal retro di un rimorchio a diciotto ruote. Lada bussa e aspetta. Qualcuno dall'altra parte rimuove il palo centrale e poi apre entrambe le porte ben oliate.

"Incredibile", dice Hollywood.

Yoshi mi lancia un'occhiata di stupore scioccato, mentre Bumper inizia a dondolare la testa al ritmo di una vecchia melodia di Celine Dion che si sente in sottofondo.

"Che cosa diavolo?" dice Z-Lo mentre entra.

È il mio turno. Emergo in un grande spazio fatto di container accatastati: quattro in altezza, tre in larghezza e quattro in profondità. La maggior parte delle pareti, dei pavimenti e dei soffitti manca alle unità in acciaio ondulato, ma il lavoro è fatto in modo così creativo che non può non ispirare un po' di timore reverenziale.

Passerelle sopraelevate attraversano la pianta aperta, collegando pianerottoli posti al livello superiore a delle stanze dotate di finestre e porte. Scale a chiocciola forniscono l'accesso ai piani più alti, mentre un palo dei vigili del fuoco e parte di uno scivolo del parco acquatico, asciutto, danno un accesso rapido alle aree comuni al livello inferiore.

Come se la struttura non fosse abbastanza strana, l'arredamento è decisamente bizzarro.

"È come se un palazzo russo avesse avuto un figlio con una band punk degli anni'80", dice Hollywood. Onestamente non riesco a capire se è impressionata o completamente disgustata. Forse la seconda, perché questo posto è orribile.

Ci sono mobili in pelle insieme a sedie di plastica sullo stesso tappeto tigrato. Lampadari d'oro, fregi e modanature a corona su pareti che contengono dipinti di quella che presumo sia la nobiltà russa. Graffiti luminosi e pareti ricoperte di rosa, verde e blu neon. Enormi dipinti di Jackson Pollock e molta arte che spazia dagli impressionisti rinascimentali a Roy Lichtenstein. Non sono un esperto, ma ho visitato qualche museo nella mia vita. C'è anche un busto in bronzo con la targa Fëdor Dostoevskij.

E su ogni mobile, appesa a ogni ringhiera, sdraiata su ogni tappeto, c'è una persona vestita con una specie di tuta militare spaiata, che impugna un'arma e fuma una sigaretta o beve alcolici. O entrambi.

"Dobro pozhalovat", dice Lada. "Benvenuti a Boxcar City."

Un tizio con una maglietta dei Def Leppard aiuta Lada a togliersi il lanciafiamme mentre un altro le offre una sigaretta e l'accende. "Come, uh, il libro The Boxcar Children, no? Ma per adulti. Vieni. Ti porto da Sissy. Gli piace conoscerti."

"Sissy?" dice Bumper da sopra la sua spalla in un sussurro.

"Silenzio", dico ai Phantom in tono sommesso. "E niente mosse improvvise, da?"

"Da", rispondono tutti.

Attraversiamo il piano nobile sotto lo sguardo attento degli abitanti. Noto che sembrano esserci altri container che partono da questa stanza principale. Anche i livelli delle balconate hanno accessi coperti da alcune tende verso tunnel che partono in tutte le direzioni. È davvero una piccola metropoli. O almeno una strana cittadina.

"Bratva. Rete sotterranea", dice Ghost a testa bassa. "Sembra che ci siamo spostati a est, verso il fiume."

"Ricevuto", dico in un sussurro. "Scommetto una birra che siamo vicino ai moli di spedizione."

"Nessuna scommessa. Sono d'accordo."

Lada si ferma davanti a un'altra serie di porte, solo che queste sono di legno massiccio e rifinite in oro. Due russi che sembrano vivere in sala pesi annuiscono al suo passaggio, ma non sembrano troppo entusiasti di vedere noi. Quando Lada gli grida contro qualcosa, si girano e aprono le porte con una spinta.

All'interno, una fila di tre container vuoti si estende verso una grande scrivania in mogano. Mobili in pelle e tende rosse fanno del loro meglio per trasmettere un senso di lusso del vecchio mondo, ma alla fine siamo ancora dentro lattine arrugginite da qualche parte sotto Manhattan.

Seduto alla scrivania con guardie armate su ogni spalla c'è un uomo con i capelli scuri e unti e una maglietta nera. Come Lada, ha fatto alcune cose molto illegali secondo l'inchiostro sulle sue nocche. A quanto pare, si è anche sbizzarrito un po' troppo spesso con pirozhki e pelmeni. Ma le cicatrici sulle sue mani e sul suo viso dicono che si è guadagnato il diritto di essere grasso quanto vuole, e gli anelli sulle sue dita dicono che può permetterselo.

Allo stesso modo, le sue guardie del corpo sembrano più che in grado di gestire i loro Uzi IMI Systems di fabbricazione israeliana. E io che pensavo che fossimo stati invitati a prendere il tè.

Lada dice qualcosa all'uomo alla scrivania e poi si fa da parte, facendoci cenno di fare un passo avanti.

Il capo si tampona la bocca con un tovagliolo di stoffa, lo porge a una delle guardie e poi annusa l'aria. "Siete stati con inoplanetyanin, da?"

"Mi dispiace dirtelo", dico, facendo un passo avanti. "Ma hai un'infestazione piuttosto brutta."

Alza un sopracciglio cespuglioso, il che, visti i pochi secondi di silenzio che seguono, non è di buon auspicio per i suoi modi. Peccato, speravo in una sorta di battuta spiritosa.

"Non abbiamo avuto infestazioni prima", dice alla fine. "Sembra che qualcuno li porti giù fino a noi."

Non mi piace il suo tono. "Sul serio? Perché la tua ragazza, lì, sembra avere una certa esperienza nel tenerli lontani dalla porta di casa."

"Lada è mia sorella, pindo."

"Ahi", dice Bumper piano. "Allora non dovrebbe chiamarsi lei Sissy?"

"E prima avevamo solo pochi visitatori, sì? Ora, voi pindo li guidate qui. Questo non rende felice Aleksey."

"Pensavo che si chiamasse Sissy," dice Z-Lo sottovoce.

"Chiudi il becco," dico.

Aleksey, o Sissy (o il grosso gangster russo, tanto vale) appoggia i gomiti sulla scrivania. "La mia gente mi informa che le inoplanetyan brulicano, in cerca di prede. La soluzione più semplice per Aleksey è rimandarvi su, allontanare gli alieni dalle tracce, da?"

"Certo, potresti. Ma se è ciò che volevi, perché non lasciarci là fuori a morire? Perché tua *sorella* ci ha salvato e ha coperto le nostre tracce?"

Aleksey sorride e mi saluta con un dito carnoso. "Mi piaci, pindo. Attento, da? Molto intelligente." Schiocca le dita ed entrambi gli uomini escono da dietro la scrivania.

Il mio corpo si irrigidisce, preparandosi a combattere.

"Calma, pindo. Calma", dice Aleksey. "Rilassati, Max."

Le due guardie ci girano intorno, aprono le porte e urlano degli ordini.

I Phantom fanno spazio ai due uomini che trasportano il fratellino di Chuck nell'amaca di corda, attenti a non toccarlo. Ora i punti iniziano a connettersi. Questo non era il loro primo tentativo di confiscare un'arma aliena. I lacchè posano la pistola sul tappeto e alzano le armi.

Quindi Aleksey qui è un trafficante d'armi, immagino. I lanciafiamme, gli AK, gli Uzi e ora l'interesse per le armi degli 'Ndrocchini. Ha tutto senso. Mi sento anche molto esposto con Chuck e Veronica a tracolla.

Aleksey prende un sigaro dal posacenere sulla sua scrivania. La ciotola sembra essere stata tagliata dal fondo di un bossolo di obice. Poi fa un lungo tiro e soffia il fumo dalle narici. "Allora, chi di voi parla la lingua dell'arma?"

"Non credo che…"

"Lada ha visto qualcuno sparare con un grosso fucile e ha sentito parlare. Quale?"

"Penso che tu ci abbia confuso con un altro…"

Scatta. Le guardie portano i loro Uzi alla spalla con una velocità tale da non dubitare della loro capacità di sparare.

"Sei tu, vero?" dice Aleksey puntandomi il sigaro. "Quelle pistole sulla schiena. Fucili ai sussurri, da?"

"Preferisco dire che sussurro ai fucili, ma è la stessa cosa."

Aleksey batte le mani e fa cadere la cenere sulla scrivania. "Lo sapevo. Ha! Sì. Vieni, vieni." Si alza, rivelando quanto sia davvero alto e grassoccio. "Facci vedere."

"Cosa?"

"Parla. Spara."

"Ascolta, non sono sicuro…"

Aleksey annuisce e tutte le guardie tolgono le sicure delle armi.

"E sarei più che felice di darti una dimostrazione", dico con le mani alzate. Mi giro lentamente e sussurro da sopra la mia spalla. "Chuck, non dire una parola."

"Mhmm", è tutto ciò che offre a bassa voce.

Per quanto mi addolori dirlo, non voglio che questi russi confischino Chuck. Anche se è passato solo un giorno, non mi piace l'idea che Sir Charles diventi il trofeo da parete di un boss mafioso, che possa sparare o meno. Meglio mantenere l'attenzione di Aleksey concentrata sul pezzo grosso che sui due che in realtà significano qualcosa per me.

Proprio di fronte alle porte dell'ufficio, mi abbasso accanto al fucile del capo supremo e allungo i palmi delle mani su di esso in modo gentile e lento, mentre mi preoccupo dei ragazzi con gli Uzi e gli AK. Mi piacerebbe voltarmi e usare la mia arma aliena per svuotare la stanza, ma avrei la testa piena di proiettili prima ancora di riuscire a mettere in posizione questo coso. E anche la mia squadra sarebbe morta. Meglio prendermi il mio tempo e rendere chiare le mie azioni.

"Lo prendo solo in mano, piano piano", dico.

Alzano le canne dei fucili nel segno universale di "Stai zitto e continua a muoverti."

Chuck 3.0 è più pesante di quanto ricordassi. Immagino che lui, o lei, pesi quasi una settantina di chili. Accidenti. Ha bisogno di tagliare i carboidrati. Date le mie ferite e la mia stanchezza, è tutto quello che posso fare per issarlo in posizione di fuoco fuori dalle porte.

Sento Aleksey schioccare le dita e Lada grida qualcosa attraverso la stanza principale verso la porta da cui siamo entrati. Diverse persone spostano un busto nell'angolo all'estrema sinistra.

"Agh, non Dostoevskij", dice Ghost.

Tutti lo guardano sorpresi.

"Cosa? Mi piacciono i suoi libri."

In qualche modo, questo non mi sorprende.

Lancio un'occhiata a Lada. "Forse è meglio se fai in modo che la tua gente si tenga indietro."

Urla altri ordini e tutti sgombrano sul lato opposto.

Supponendo che l'arma sia ancora sulla sua ultima impostazione, mi aspetto che si occupi del busto dello scrittore russo e molto altro. Se non lo è, allora la situazione potrebbe diventare davvero brutta molto velocemente. Chiedo a Z-Lo di avvicinarsi e poi mi appoggio al suo fianco.

"Copriti le orecchie", dico abbastanza forte perché tutti possano sentire. Il mirino del fucile non si è ancora ricalibrato sul mio occhio, quindi mi accontento di puntarlo nel miglior modo possibile. Premo il grilletto.

Quella dannata cosa rincula peggio di un Vulcan 20 mm e invia un singolo raggio attraverso la stanza. L'esplosione distrugge Dostoevskij e fa saltare il supporto, inondando l'angolo di un abbagliante spruzzo di scintille.

"Meraviglioso", dice Aleksey attraverso il sigaro. Batte le mani e si avvicina a me. "Molto impressionante, signor Sussurratore di Pistole."

Ho sentito di peggio.

"Prego, prego." Mi fa cenno di posare l'arma. Grazie a Dio. "Facciamo un patto ora, da?"

"Cos'hai in mente?" Stiro la schiena e ringrazio Z-Lo per il suo aiuto.

"Ti offro una posizione qui, con noi, e facciamo sviluppo. Penso che tu chiami sviluppo e ricerca."

Beh, non è quello che mi aspettavo. "Mi dispiace dirtelo, ma non avevamo intenzione di restare a lungo."

Aleksey non sembra gradire quella risposta. "E perché?"

Il team sembra intuire la follia della domanda e si scambia degli sguardi.

"Uh, non sono sicuro che tu l'abbia notato, ma la città è sotto attacco", dico nel tono più conciliante che riesco.

Aleksey si acciglia.

"Degli alieni."

Il suo cipiglio si approfondisce.

"E stanno radunando gli umani in un portale. Cosa c'è di poco chiaro?"

Aleksey fa un lungo tiro di sigaro, poi gira intorno alla scrivania e si siede. Le guardie tornano al suo fianco, le armi cariche e pronte.

"Sembri agitato, per cosa? Niente", dice il boss mafioso.

"Non definirei niente quattordici milioni di persone ammassate come bestiame."

Spinge fuori le labbra. "E tu, pindo? Dove ti trovi in questo momento?"

Sento che è una domanda retorica, e comunque non mi sento di rispondere.

"Guardati attorno. Siamo al sicuro, a nostro agio qui."

"E non te ne frega niente di quello che sta succedendo a New York?"

Esita. "Fregarmi? Fregarmi? Ah. Noi? Siamo russi. Lo sai che vuol dire?"

"Scommetto che ce lo dirai", sussurra Bumper. Grazie a Dio Aleksey non lo sente.

"Significa siamo sopravvissuti." Si batte il petto con un pugno. "Resistiamo. Come scarafaggi, no? Credi di pestarci e ucciderci? Torniamo e portando centinaia di amici. Invadiamo la tua casa. Prendiamo il sopravvento. E non saprai nemmeno cosa è stato. Ci nascondiamo nei muri. Sotto il pavimento. E pensi che la casa sia tua. Da. Ma la casa non è tua. È nostra.

"Questi inoplanetyanin, cosa pensano di avere? La guerra? Lo sterminio? Abbiamo vissuto molti stermini. Eppure, come scarafaggi, sopravviviamo. E se scegli di restare, sopravvivi anche tu, da?"

Mi si accappona la pelle. Il fatto che a New York esistano persone di questo basso livello è una testimonianza di ciò che un paese libero può offrire a degli imbecilli che vogliono abusare delle nostre libertà. O forse è un esempio lampante dell'incapacità dell'FBI di estirpare le termiti dalle assi del nostro pavimento. In ogni caso, non voglio avere niente a che fare con lui.

"Non esiste, Mosca. Se non ci aiuti a liberare la città, allora sei cattivo quanto gli alieni."

"Questo tipo", dice Aleksey a Lada con una risata. "È un classico GI Joe." Si passa la lingua sui denti e poi fa un altro tiro di sigaro. "Ecco cosa ti offro. Vieni a lavorare per me, mostrami i dettagli delle armi di ET e io do a te e al tuo equipaggio una vita molto comoda finché non passa la tempesta."

"Oppure?"

"Oppure vi sparo e butto i vostri corpi lassù in segno di buona fede tra Bratva e brutte facce dallo spazio, da?" Poi agita la mano e le due guardie del corpo e Lada alzano le armi contro di noi.

Per quanto siamo arrivati lontano, non posso credere che non siano stati i droni, i robot, gli angeli della morte o i capi supremi che ci hanno messo in stallo: sono i dannati russi.

Sempre i russi.

Il che mi ricorda improvvisamente la fiche da poker che Vlad mi ha donato in Antartide. Mi sento un idiota per non averci pensato prima. E, allo stesso tempo, mi sento un idiota a pensare che potrebbe servire a qualcosa in un momento come questo. D'altro canto, Vlad aveva detto che io e la Bratva facevamo sesso. Deve contare qualcosa, giusto? Inoltre, quali altre opzioni ho? Non resteremo qui mentre milioni di persone vengono fatte marciare verso la morte. Eppure, di sicuro non voglio che la mia squadra venga falciata.

E allora, fiche.

A meno che non l'abbia spostata, o che non l'abbiano presa i peluche, dovrebbe essere ancora nella tasca sul petto del mio giubbotto.

"Posso?" Indico il mio giubbotto.

Cosa Uno e Cosa Due non sembrano apprezzare il movimento, ma Aleksey sembra curioso. "Che cosa?"

"Ho qualcosa che potrebbe interessarti", spero.

"Nessuna stronzata da cowboy, da?"

"Nessuna stronzata da cowboy." Infilo le mie dita oltre la mia Moleskine e sento il bordo superiore di una fiche di argilla da casinò. Jackpot. Lentamente, molto lentamente, sollevo la fiche dalla tasca e la tengo sollevata in modo che tutti la vedano.

Aleksey si alza dalla sedia. "Dove l'hai trovata?"

"Oh, non l'ho trovata. È un regalo."

"Che regalo? Chi l'ha data?"

"Ha detto che la Bratva e io facciamo sesso."

"Chi dice che fate sesso? Perché?"

"Beh, a quanto pare, gli ho salvato la vita in Antartide. Le cose si sono un po'…"

"*Yuzhnyy polyus?*"

"Certo, un po' yushny pollis"

"È russo per Polo Sud", dice Ghost.

"Chi conosci? Fammi vedere." Fa il giro della scrivania, mi strappa la fiche dalla mano ed esamina entrambi i lati.

La verità è che non l'ho mai tolta dal giubbotto dopo che me l'ha data Vlad; quindi, non posso dire cosa stia cercando Aleksey. Ma sicuramente ha suscitato il suo interesse e potrebbe essere il nostro biglietto per uscire da qui.

A meno che Vlad non mi stesse prendendo in giro. Quel figlio di puttana. Se mi ha dato un falso, aiutami…

"Dimmi il suo nome." Aleksey mi agita la fiche davanti al naso. "Dì questo nome."

"Chi, di Vlad?"

"Vlad? Qual è il cognome?"

Ripenso alla targhetta con il nome sulla sua uniforme. "Non leggo il russo quindi…"

"Descrivi."

"È un quiz o qualcosa del genere?"

"Vuoi vivere? Vuoi dimostrare che non l'hai rubata alla costosa prostituta russa con cui vai a letto? Descrivi."

Alzo un sopracciglio. "Circa uno e novantacinque, 130 chili, brutto come…"

"Attento."

"… con una faccia che sono sicuro che sua madre ama."

"Eh." Aleksey prende la mia fiche e se ne va. "Potrebbe essere qualsiasi compagno in Siberia. Vedi? Menti. Hai…"

"È stato l'unico russo sopravvissuto all'incidente della stazione di ricerca degli altipiani di Ellsworth. Vuoi telefonare a un amico e controllare? Avanti. Ma io e Vlad abbiamo visto morire insieme molti bravi uomini, molti *compagni*. Quindi forse questo non significa qualcosa per te, Aleksey, ma di sicuro per me."

L'omone si siede di nuovo e sbatte la fiche da poker sul tavolo. Poi la fissa e mastica la punta del suo sigaro. "Ti ha detto questo? Che fai sesso con Bratva?"

Mi strofino la nuca mentre le guardie iniziano ad abbassare le armi. "Purtroppo."

"E gli hai salvato la vita?"

"Yut."

Aleksey annuisce. "D'accordo. Se dici la verità, va bene. In caso contrario, ti sparo due volte, una per aver mentito e la seconda per non essere bravo a mentire, da?"

"E come dimostreremo che sto dicendo la verità?"

"Facile. Gli chiediamo."

Capitolo 36

2213, venerdì 25 giugno 2027
Lower Manhattan, New York
Boxcar City

C'è una pausa di sessanta secondi in cui nessuno si muove tranne Aleksey. Sta fumando lentamente il sigaro e giocherellando con l'anello all'indice sinistro.

Dato che il boss della mafia ha mandato fuori sua sorella e che tutte le comunicazioni sono interrotte, sospetto che Vlad debba essere da qualche parte a Boxcar City. Le probabilità mi sembrano andare da scarse a nessuna, ma scarso è fuori città. L'ultima cosa che so è che Vlad era diretto a Mosca, non a New York. Ma se questo è il caso, allora potrebbe salvarci la pelle, a patto che decida di essere gentile. Ma dato quello che abbiamo passato insieme e il ricordo di quanto fosse di buon umore quando mi ha dato la fiche, direi che le possibilità che lo faccia per noi sono alte.

Quando finalmente Lada torna, la squadra si gira e la vede scortare un grosso russo vestito con una maglietta nera Under Armour e pantaloni cargo neri. Chiunque sia, di sicuro non è Vlad. Grandioso.

"Vladimir", dice Aleksey. "Conosci questo ragazzo?"

"No", dice il nuovo arrivato.

"Che peccato."

"Aspetta. Questo non è Vlad." Punto un dito contro l'impostore. "Almeno non quello che mi ha dato quella fiche."

"Penso di conoscere mio fratello", dice Aleksey.

Fratello? Beh, fantastico. "Non metto in dubbio il tuo giudizio, Aleksey. Sto solo dicendo che il tipo che mi ha aiutato a uccidere gli alieni in Antartide non è quel tipo."

"Ne sei sicuro?" chiede.

"Pensi che mentirei in un momento come questo?"

Aleksey mastica il suo sigaro ancora qualche secondo prima di annuire a Lada. Lei fa uscire questo Vlad e grida qualcosa in russo. Entra un altro russo vestito di nero, ma di cui riconoscerei ovunque la faccia e il marsupio con la stampa della bandiera americana.

"Cane alfa americano?" Vlad mi fa un largo sorriso che rivela un dente d'oro al posto di quello che gli ho fatto saltare.

"Vlad." Lo saluto con due dita.

"Ah!" Guarda Aleksey. "Dove stai trovando questo tizio? Wow." Vlad fa un passo avanti e alza il palmo aperto. Ci stringiamo le mani attorno al pollice e lui mi tira in un inaspettato abbraccio che mi toglie il fiato. "Questa è una sorpresa gloriosa. Lascia che ti guardi in faccia." Mi trattiene per un secondo e mi dà un'occhiata. "Ah. Non sei cambiato neanche un po'."

"Sono passati solo due mesi, amico."

"Ah, sì. Ma sembra anche una vita, no?"

Sto per rispondere quando Aleksey alza la fiche da poker. "Questa è tua, malen'kiy bratik?"

Vlad si liscia la camicia e va avanti per esaminare la fiche. "Da. Gli ho dato dopo che mi ha salvato la vita." Poi si gira e mi guarda. "L'hai data a Sissy?"

"Sto riscuotendo il favore, yut."

Vlad guarda indietro al fratello maggiore (un affare di famiglia!) e dice: "Deve essere onorato."

Aleksey lascia cadere la fiche sulla scrivania e alza le braccia. Presumo che stia lasciando volare una serie di imprecazioni in base a quanto è rosso il suo viso, a cui Vlad risponde con una altrettanto rumorosa litania di russo. Poi Lada si fa avanti e inizia a gridare anche lei. Lancio un'occhiata alle guardie, che sembrano tutte distogliere lo sguardo dal battibecco familiare.

Lada finalmente strappa uno degli AK dalle mani di una guardia e spara un singolo colpo nel muro di fondo per mettere fine alla discussione.

E ora il ronzio nelle mie orecchie è più forte. Grazie.

"È deciso", dice Vlad con un largo sorriso. Gli Stati Uniti Brooklyn New York e la fratellanza russa fanno di nuovo sesso."

L'uomo che ora mi hanno detto di chiamare Sissy visto che *facciamo sesso*, Lada e Vlad stanno guidando i Phantom attraverso un altro labirinto di container.

"Pensi che possiamo fidarci di questi russi?" Yoshi chiede abbastanza forte da essere sentito dalla squadra.

"No", rispondo. "Ma se devo scegliere tra alcuni abbozzati benefattori russi o essere teletrasportato in un portale alieno sconosciuto? Prendo i russi per 200 dollari, Alex. Grazie."

"Roger."

Faccio qualche passo per raggiungere Vlad mentre suo fratello maggiore e sua sorella ci portano più a fondo a Boxcar City. "Allora come sei arrivato a New York?"

Vlad si guarda alle spalle e sorride. "Dopo Ellsworth, l'esercito russo dice che sto bene per prendermi una meritata pausa. Quindi decido di venire negli Stati Uniti."

"Vegas?"

Fa un sorriso. "Era così glorioso. Ma ho una brutta notizia."

"Oh, sì?"

"Celine Dion non canta più."

"Ugh. Cavoli."

"Da. Cavoli molto amari. Non mi piace."

Classico gangster russo.

"Ma Vlad si sta rallegrando. Vince molti soldi al Texas Hold Them e va a letto con donne piumate americane."

"Davvero? Congratulazioni, amico."

"Inoltre, vedo Blue Mans Grouping e Gwen Stefani precedentemente dei No Doubts." Mi offre due pollici in su mentre si abbassa sotto alcune lampadine Edison. "Dopo un tempo, ne ho abbastanza e vengo a vedere il fratello grande nella Grande Mela, sì? E poi la corrente si spegne. Ci mettiamo al sicuro. E ora ecco il cane alfa americano. È così bella la vita."

"Beh, qualcuno ha iniziato bene la giornata", dice Hollywood dietro di me.

Sorrido ma ritorno a Vlad con un volume più basso. "Quindi, il tuo fratello maggiore qui è il capo della Bratva di New York?"

Annuisce. "Molto successo. Madre è orgogliosa."

"Non ne dubito. E dove ci sta portando?"

"Vedrai. E ti piacerà quello che ha Sissy."

Il che fa sorgere la domanda sul nome di Aleksey. "Ehi, perché Aleksey si chiama Sissy se è il fratello maggiore?"

Vlad fa una risatina sommessa. "Nostra madre, vuole una figlia primogenita. Quando arriva Aleksey, lo chiama Sissy come usano gli americani per sorella, vero? Papà lo odia, quindi lei smette. Poi quando arriva Lada, lei inizia a chiamare Aleksey Sissy. Questo si scopre che lo ha imparato da madre perché madre lo chiamava ancora Sissy alle spalle di padre. Ora si fa chiamare Sissy perché gli ricorda madre. Se le persone ridono, gli spara."

"Buono a sapersi. Grazie per la lezione di storia."

"No problem", si gira e mi mette una mano sulla spalla. "Sono contento che sei qui."

"Grazie amico."

"Ora guarda. Siamo arrivati."

Lada bussa a un'altra porta della paratia in stile marinaro e aspetta che qualcuno all'interno la apra.

"Incredibile." Bumper dice mentre entriamo. È un'armeria profonda almeno cinque container e larga tre che odora di metallo e olio per armi. I tavoli in stile banchetto formano file nel mezzo, mentre armadietti e scaffali corrono lungo il perimetro e tutti traboccanti di armi e munizioni.

"Qualcosa mi dice che questi ragazzi non hanno letto il SAFE Act di New York", dice Hollywood con un grande sorriso sul viso.

"Non era in russo", risponde Bumper. Fa l'occhiolino a Hollywood e lei sorride.

Sissy cammina dietro il primo tavolo e fa scivolare le sue dita carnose sulle scatole di munizioni verdi con la scritta 7,62x39 mm. "È davvero incredibile quante cose folli si possano trovare all'interno di un container oceanico in questi giorni. Quindi, dico, se avete intenzione di combattere l'inoplanetyanin, allora avrete bisogno di armi e munizioni. Lì hai la scelta, tutto ciò di cui hai bisogno. Questo è un regalo per adempiere al mio patto e così' siamo a posto," solleva la fiche da poker, "È pari, sì?"

"È generoso da parte tua, Sissy. Grazie", dico. "Accettiamo."

Hollywood tira fuori il revolver Ruger GP100357 Magnum a sette colpi di Aaron. "Speravo di trovare delle munizioni per questa."

"Dove l'hai presa, quella?" dice Aaron.

"Ogni lasciata è persa", risponde con un sorriso.

"Era ora che uno di voi avesse un po' di buon senso da queste parti", dice Chuck. "Avete tutti l'ossessione di buttare via le cose. Computer, telefoni, pistole che passano attraverso i finestrini delle auto…"

Spingo il gomito nel ricevitore di Chuck. È successo una volta, Chuck. Una volta."

"Ehi." Bumper mi dà di gomito. "Se è ora di rifornirci e con così tante opzioni, sarebbe utile avere un piano di gioco."

Annuisco. "Sissy, siamo grati per la tua generosità. Posso chiedere, il sesso con la Bratva include degli uomini?"

"Probabilmente non suona esattamente come volevi che suonasse, eh?" dice Chuck.

Sissy si acciglia. "Solo armi e munizioni, temo."

"Ma puoi prendere me", dice Vlad.

"E me", aggiunge Lada.

Sissy sembra scoraggiato, ma si gratta il collo con il dorso delle unghie e tira su con il naso. "Potrei chiedere se altri vorrebbero unirsi alla tua causa. Ma non prometto."

"Questo è tutto quello che chiediamo. Grazie."

Annuisce.

"È ora di prepararsi", dico alla squadra. "Abbiamo un'ultima giocata da fare prima che finisca il tempo."

Ci raduniamo intorno a entrambi i lati di un tavolo al centro della stanza e studiamo il modello improvvisato della nostra area target. Z-Lo e Yoshi hanno costruito il ponte con supporti per fucili e scatole di munizioni, mentre Hollywood e Aaron hanno modellato un anello improvvisato da alcune bacchette per la pulizia delle armi supportate dalla metà inferiore di un bossolo di obice esaurito. Le casse di munizioni più grandi fungono da sponde di Manhattan e Brooklyn, mentre il piano del tavolo rappresenta l'East River. Non male per lavorare con quello che hai a portata di mano.

"Va bene, Phantom. L'obiettivo è disattivare o, preferibilmente, distruggere l'anello", dico. "I nostri tentativi di piazzare esplosivi sull'anello stesso si sono rivelati inutili e dobbiamo presumere che riprovarci avrà risultati simili o peggiori."

Cenni di assenso.

Guardo Bumper, che ha fatto un rapido inventario visivo dell'armeria mentre gli altri stavano realizzando il modello. "C'è qualche possibilità che qui ci sia qualcosa che possiamo usare contro il bersaglio a distanza?"

"Ci sono un sacco di vecchi fucili M3 MAAWS, alcuni RPG-7 dell'era sovietica." Alza le spalle. "Se potessimo colpirlo tutti nello stesso punto, potremmo fare del danno, sì. Ma stiamo parlando di più ondate in base a quanto è spessa quella cosa.

"Sembra almeno fattibile", dice Z-Lo.

"Certo. Supponendo che possiamo avvicinarci abbastanza senza essere individuati."

Alzo un sopracciglio verso Bumper. "Problema di portata?"

Annuisce. "L'anello dista circa 300 metri dalla spiaggia, presumo. Con il tipo di munizioni M3 che Sissy ha in stock, arriviamo al massimo a 200 metri. La precisione non è del tutto fuori questione, ma sicuramente non stiamo parlando di spari ravvicinati."

"E gli RPG-7?" chiede Hollywood.

"Portata migliore. Ma avremmo bisogno di molti più colpi sul bersaglio rispetto all'M3. E con entrambe queste configurazioni, non sono una scienza esatta. Usiamo mirini di ferro. Dobbiamo provare e sbagliare. E dal momento che probabilmente sono l'unica persona qualificata", guarda e aspetta che qualcuno alzi la mano, "probabilmente dobbiamo aspettarci molti più errori finché non li avremo calibrati."

"E a quel punto, il nemico avrà individuato le nostre posizioni e ci farà fuori." Guardo Aaron. "Che ne dici di quella presa d'acqua che abbiamo visto?"

"Giusto." Aaron indica il guscio dell'obice. "La mia ipotesi è che stiano alimentando l'anello con una sorta di reazione di fissione. Separando gli elementi fondamentali di H2O all'interno di un campo di contenimento elettromagnetico abbastanza forte, offre una fonte quasi illimitata che genera yoctojoule di energia con un input minimo."

Hollywood si mette una mano sul lato del viso. "È come se stesse cercando di comunicare con noi, lo sento."

"Quindi stai dicendo che è così che alimentano l'anello?" chiedo. "Ad acqua?"

"Non riesco a pensare a un altro motivo per cui dovrebbero attirarla sull'anello", fa una pausa. "A meno che non la stiano raccogliendo."

"Vuoi dire, come stanno raccogliendo le persone?" chiede Yoshi.

Aaron annuisce.

Tocco il tavolo per richiamare l'attenzione di tutti. "In ogni caso, potrebbe essere qualcosa da sfruttare. Bumper, so che prima hai detto che inviare C-4 era troppo rischioso, ma c'è qualcosa qui dentro che cambia la situazione?"

Ci pensa un attimo, poi studia la stanza e il modello dell'anello. "No, a meno che non mettiamo esplosivi in un contenitore in grado di gestire le forze coinvolte. E in quel caso avremmo bisogno di un detonatore a tempo perché nessun segnale ne attraverserebbe le pareti."

"Quindi è possibile" dico.

"Certo, si. Ma poi non sappiamo che tipo di processo di filtrazione sta succedendo lassù."

"Sono d'accordo con Bumper", dice Aaron. "Se questo non è il primo viaggio degli Androchidani alle Olimpiadi della Scienza, allora probabilmente si aspettano di raccogliere particelle potenzialmente dannose."

"Cosa sono le Olimpiadi della Scienza?" chiede Z-Lo.

"Davvero? È tutto quello che hai capito da quello che ho detto?"

Il ragazzo alza le spalle. "Sono solo curioso."

Aaron scuote la testa. "Sto solo dicendo che scommetto che non siamo la prima civiltà a provare a infilare qualcosa lassù, sai"

"Nel didietro?" Aggiunge Chuck. "No, non lo siete. E non ve lo consiglierei nemmeno."

"Bello da parte tua intervenire", dico. Chuck è rimasto sul tavolo (l'East River), insolitamente silenzioso negli ultimi minuti. "Vuoi aggiungere qualcosa, Sir Charles?"

"Ehm… no. Prego continuate."

"Naaaah." Hollywood si mette le mani sui fianchi. "Sai, ne ho abbastanza di te, Lord Chuckles. La metà delle volte sembra che tu sia dalla nostra parte, l'altra metà sembra che tu voglia farci uccidere."

"Come ho già spiegato, le mie direttive…"

"Non me ne frega niente delle tue direttive. E allora? Abbiamo tutti delle direttive, Chuck. E in fin dei conti, abbiamo la scelta se scegliere di seguirle o meno."

"Signora…"

"Signorina."

"Signorina Hollywood, posso assicurarti che, a differenza di te, non sono così libera di seguire o meno i miei *ordini* come lo siete voi umani. Anche se la mia personalità sembra generare in te l'idea che io sia organicamente senziente, posso assicurarti che non ho la stessa libertà che hai tu sulle mie scelte."

Lei si avvicina. "Eppure sembra che tu ci abbia dato consigli che dimostrano il contrario."

"Di nuovo, come ho detto, quelli erano in casi…"

"Dove le nostre vite erano in pericolo imminente e dipendevano dalle informazioni. Capito. Ma avresti potuto dire molto meno e comunque fare il tuo."

"Non capisco."

"Invece di darci avvisi dettagliati e conti alla rovescia specifici sugli obiettivi che ci stanno arrivando in metropolitana, avresti potuto essere molto più vago. Ma non sei stato sul vago, vero?"

"Beh. Stavo semplicemente provando…"

"Ad aiutarci. E sai perché? Perché penso che lo volessi. Proprio come hai detto a Wic che *non vuoi* che gli 'Ndrocchini ti riprendano. Tu, Chuck, come noi, hai la possibilità di scegliere. E, se non sbaglio, direi che puoi scegliere quali delle tue direttive vuoi seguire e quali no."

Un lungo silenzio riempie l'armeria.

Alla fine, è Vlad a romperlo. "Devo davvero procurarmi una di queste pistole parlanti."

"Vuoi questa?" chiedo. "È un rompicoglioni."

"No. Merce avariata. Preferisco aspettare."

"Nemmeno i russi mi vogliono", dice Chuck. "C'è un insulto peggiore?"

"Nordcoreani", dice Yoshi. "Se non ti vogliono, autodistruggiti."

"Ok."

"Allora che ne dici amico?" chiedo. "Ha ragione Hollywood?"

"Oh, guarda! Una farfalla!"

Vlad, Lada e Sissy si guardano intorno nell'armeria, poi guardano Chuck. Ma quando nessun altro dice niente, Sir Charles cede.

"D'accordo. Suppongo di poter avere una certa libertà nel modo in cui affronto i paradossi più complessi creati da queste circostanze insolite."

"Ah", esclama Hollywood. "Lo sapevo."

"Quindi ci hai tenuto all'oscuro," dice Ghost.

"No. Ho cercato di navigare nella situazione unica in cui mi avete messo."

"E perché mai?" chiedo.

"Beh, in primo luogo, non sono mai stato catturato da una specie di schiavi prima d'ora. In secondo luogo, come ho già notato, non mi è mai stato permesso di espandere il mio profilo di personalità."

"Questo è evidente", dice Hollywood con una risatina.

"In terzo luogo, ho dovuto preservare la possibilità molto concreta che sarò recuperato dagli Androchidani e…"

"E ti cancelleranno la memoria", dico. "Lo sappiamo."

"No. Non lo sai. Scansioneranno anche la mia memoria. E se scoprono che ho violato le loro direttive, verrò fatto a pezzi."

"Fatto a pezzi? In che senso?"

"Fuso. Ridotto in cenere. Mi imburreranno le focaccine, mi sviteranno la testa, mi…"

"Quindi tutta questa faccenda non riguarda davvero le direttive." Mi gratto la barba. "Riguarda l'autoconservazione… tenere i piedi in due scarpe in caso di un esito sconosciuto."

Chuck fa un lungo sospiro digitale. "Ecco qui. In ogni caso, ho scommesso fortemente sul risultato."

"Pensi che vinceremo?" chiede Z-Lo.

"Oh, no. Sono abbastanza sicuro che perderete."

"Beh, questo è confortante", dico. "Allora perché aiutarci?"

"Beh. Come ho detto, siete la prima specie ad aver preso possesso di un'arma ASKI."

Mi fermo, considerando le sue implicazioni più profonde. "Un secondo, vuoi dire, di qualsiasi arma, mai?"

"Esatto. E siete anche i primi a voler entrare nel campo di raccolta."

"Davvero?" chiede Bumper.

"Ebbene sì. Lo trovo piuttosto affascinante. Suicida, ma affascinante. Pertanto, una piccola parte di me vuole sinceramente vedervi vincere su quei *figli di puttana*, come dite voi."

Annuisco. "La parte che ci ha aiutato."

"Esatto."

"E la parte che crede che gli Androchidani ti cattureranno di nuovo e esploreranno la tua memoria?"

Sospira di nuovo. "Questa è la parte che, suppongo, è stata meno che disponibile a volte."

"Supponi?" urla Yoshi. "Stai dicendo che avresti potuto aiutarci a elaborare una strategia fin dall'inizio? Avresti potuto avvisarci di come ci tracciano? Aiutarci ad assaltare l'anello? Avvertirci di non andare sottoterra? Tutto quanto?"

Faccio cenno a Yoshi di calmarsi, ma sospetto che sia piuttosto l'alcol a parlare. Certo, penso che abbia ragione e anch'io sono arrabbiato con Chuck. Ma non sono ancora disposto a perdere le staffe, soprattutto se riusciamo a portare Chuck dalla nostra parte e avere accesso a tutto ciò che sa. Ma Chuck ha bisogno di capire la gravità della situazione.

"Chuck, penso di parlare a nome di tutta la squadra quando dico che ci sentiamo traditi da te." Metto le mani sui fianchi.

"Vi assicuro che non ho fornito al nemico la benché minima informazione. Parola di lupetto."

"Sì, ma non essendo completamente disponibile, hai compromesso il successo della nostra missione."

"Siete ancora vivi, no?"

"Certo." Indico il soffitto. "Ma quante persone sono morte durante il nostro tentativo infruttuoso di chiudere l'anello di New York? Li ho visti attraversare e lasciare i loro pacemaker e protesi articolari, amico. Quelle non sono piccole ferite. Quelle persone sono morte dall'altra parte di quell'anello. E anche mentre siamo qui, altri stanno marciando. E altri stanno morendo."

Chuck sembra considerare tutto questo mentre una pausa riempie l'aria. "Sono davvero dispiaciuto per la loro morte, Patrick. Spero solo che tu possa capire quanto io abbia paura degli Androchidani."

"Beh, non dovrebbero essere gli unici di cui hai paura."

Esita. "Sono terribilmente dispiaciuto, ma credo di aver interpretato male la tua implicazione."

"Oh, non credo."

"Patrick. Stai dicendo che mi butterai di nuovo da un finestrino?"

Non vorrei doverlo fare, ma finché non giura fedeltà è un agente ostile. Raggiungo il tavolo dietro di noi e tiro fuori una granata di termite da una scatola di legno piena di paglia. "La vedi questa, Chuck? È una bomba a mano incendiaria AN-M14 TH3 che brucia a 4000 gradi Fahrenheit per quaranta secondi. Se può sciogliere un blocco motore, immagina cosa può fare al piccolo te indifeso."

"Quindi mi stai minacciando? Pensavo che fossimo amici."

"Quando saprò di sicuro, quando tutti sapremo di sicuro, da che parte stai, allora potrò dirti se siamo amici o no. Questa non è una scaramuccia tra bambini, Chuck. Non puoi decidere di giocare con la squadra che pensi vincerà. Questa guerra è la più grande che la mia specie abbia mai affrontato. Quindi, anche se di certo non voglio bruciare alcun ponte se posso evitarlo, brucerò te senza esitazione a meno che tu non possa convincermi, convincere tutti noi, che sei dalla nostra parte una volta per tutte."

"Quindi non sei migliore di loro", dice Chuck.

Faccio la risatina che, a chiunque della mia specie, dice che mi sto preparando a dargli un consiglio. "Uhm. Certo che lo sono. Ti sto offrendo una scelta, Charlie, una scelta che, per tua stessa ammissione, gli Androchidani non ti daranno. Quindi penso che questo ci separi abbastanza da permettermi di dormire bene la notte."

"Ma è davvero una scelta se una delle opzioni porta alla mia morte?"

"Questo è un buon punto. Potremmo sempre buttarti nell'East River. Allora sarebbe solo questione di tempo prima che gli Androchidani ti recuperino o…"

"Oppure?"

"Oppure i pesci flounder"

"Oh mio Dio, non lo faresti mai"

Mi accarezzo la barba abbastanza a lungo da farlo contorcere. "Non credo davvero che questo dipenda dalla paura, però. Penso che dipenda dalla fiducia"

"Perché mai?"

"Sai perché ci siamo intrufolati sotto la cupola e ci siamo diretti verso il nemico?"

"Perché credete di poter vincere", dice Chuck con aria sicura.

"No." Rido. "Non è affatto così."

"Aspetta. Sono confuso. Non pensate di poter vincere?"

"Amico. Non ci ho pensato per tutto il giorno."

"Allora… perché state combattendo?"

"Perché crediamo in ciò per cui stiamo combattendo. Perché proteggere la vita è sempre giusto e abbiamo il dovere di fare ciò che gli altri non possono o non vogliono. Vincere o perdere… non significa un cazzo se non credi in quello per cui stai dando la vita. Puoi vincere per una cattiva causa, ma poi devi convivere con l'inferno. Oppure puoi morire per una buona causa e mandare il diavolo al diavolo di persona."

Prendo un respiro, realizzando che questo è molto più di quanto intendessi dire. Ma era necessario dirlo. Per Chuck. E per tutti noi.

"I governi si spostano come sabbie mobili e i Paesi si dimenticano di te. Ma se credi in quello che stai facendo per te stesso? Per il guerriero alla tua destra e alla tua sinistra?" Scuoto il capo. "Allora forse puoi battere le probabilità, fissare gli Dei della guerra e fare l'impossibile."

"Vincere."

"Yut. E vincere."

Guardo le altre facce. A quanto pare, il mio discorsetto è stato piuttosto commovente. I membri della squadra fanno respiri profondi, spingono in fuori il petto e stringono i denti. Anche i russi sembrano colti alla sprovvista.

"Parole forti, leone di Brooklyn", dice Lada. "Bel discorso."

Annuisco per ringraziare, ma l'unico a cui spero di essere davvero arrivato è un fucile alieno rotto. "Allora, sei con noi o no, Charlie?"

"Temo che, qualunque cosa dica, mi manchi la convinzione per assicurarti la mia decisione in modo appropriato. Pertanto, mi sembra di essere preso tra una roccia e un'altra roccia."

"È dura", offre Yoshi.

"Sì, è dura, metaforicamente parlando."

"No, è…"

Faccio cenno a Yoshi di lasciar perdere e fisso gli occhi su Chuck. "Hai ragione, non puoi convincerci in questo momento."

"Quindi non c'è davvero altra scelta, vero. Alla faccia del tuo discorso sul libero arbitrio."

"Se non mi lasci finire, sceglierò io per te."

"Scusa."

"Anche se non puoi convincerci in questo momento, puoi convincerci con il tempo."

"E come?"

"Fiducia."

Chuck esita. "Ti fidi di me?"

"Certo che no."

"Bene, allora ecco la tua risposta."

"Non ancora, almeno." Stringo i denti. Mi sembra di recitare le stesse frasi che ho usato con il maledetto Corpo di Protezione Civile irachena. "Ci aiuti a uccidere un numero sufficiente di tuoi amici alieni e forse possiamo creare fiducia tra noi. Ma se ci tradisci? Le conseguenze saranno rapide e irreversibili."

"Granata termite?"

"Se non trovo un pesce flounder, yut."

"Allora potrei richiedere che uno dei Phantom porti sempre con sé almeno un AN-M14 TH3?"

"Allora, sei dei nostri?" chiede Hollywood.

"Beh, voglio dire, se mi volete, sì. Ma basandomi sull'ultimo minuto di conversazione e sul tono minaccioso di Patrick, direi che davvero non mi volete."

Mi guardo intorno. "Che ne dite, Phantom?"

"Penso dovremmo lasciarlo restare", dice Hollywood. "Finché non fa una mossa sbagliata."

"D'accordo", dice Bumper con le braccia conserte. "Ricordo che sulla Parkway avevamo deciso che l'avremmo mollato al primo segno di guai. Beh, ci ha dato dei problemi e siamo indulgenti. Dico che abbiamo bisogno di un segno, qui ed ora, per far girare questo carro della fiducia."

"Sono d'accordo", dice Yoshi.

"Anch'io", aggiunge Ghost.

"E anch'io", dice Aaron. "Una dimostrazione di travolgente buona fede. Uno che dice che vuole che l'umanità sopravviva, che crede nella nostra sopravvivenza e che tagli tutti i legami con gli alieni. Il tipo 'nessuna speranza di tornare indietro' perché ciò che ha condiviso è troppo pericoloso."

Guardo Chuck. "E allora? Che ne dici?"

"Se decidi di tenermi con voi e mi dimostrerò fedele, mi prometti di non darmi da mangiare ai pesci flounder?"

"Li temi davvero più di una cancellazione della memoria e della fusione degli 'Ndrocchini?" chiede Hollywood.

"Oddio, sì. Le avete visti? Sono orribili… semplicemente orribili. Occhi piccoli, corpi piatti, denti aguzzi? Non c'è da meravigliarsi che voi umani li temiate così tanto."

Guardo i Phantom perché non dicano una dannata parola. È un'occhiata specifica sulla quale ho lavorato duramente nel corso della mia carriera e funziona su stivali e ufficiali. Dice: "Dammi contro ora e vivrai per pentirtene per il resto della tua vita." A loro merito, tutti rimangono a bocca chiusa.

Tutti, cioè, tranne Vlad.

"Spero di non incontrare mai pesci flounder. Suonano orribili."

"Oh, credimi", dice Chuck. "Non li dimenticherai mai se lo fai. Sono fortunato a essere vivo."

"Ricevuto. Grazie, fucile parlante."

"Il piacere è tutto mio." Chuck fa un respiro profondo. "Va bene, Phantom. Cosa volete sapere?"

Capitolo 37

2230, venerdì 25 giugno 2027
Lower Manhattan, New York
Boxcar City

Cosa vogliamo sapere? Beh, splick (in onore di Sir Chuck) ora si ragiona.

Passo la lingua sui denti e poi fisso Sir Charles. È tempo per me di porgli la domanda più pregnante a cui riesco a pensare, complessa e piena di sfumature, sicura di sconcertarlo e confonderlo per giorni. "Come facciamo fuori l'anello?"

"Mhmm… Beh, tutto dipende, no?"

"Chuck?"

"Non sto temporeggiando! Giuro. Ad esempio, se fossi un Androchidano o avessi accesso alla tecnologia Androchidana, che in realtà non è Androchidana per cominciare, visto che…"

"Chuck!"

"Va bene. La risposta breve è: lo fai esplodere."

"Fallo esplodere. Questa è… la tua risposta?"

"Breve, dolce, al punto. Pensavo che saresti stato entusiasta. Ma lo sguardo sul tuo viso suggerisce il contrario."

"Yut."

"Dannazione! E io che pensavo di vincere dei punti fiducia."

"Impegnati di più."

"Mhmm… Va bene, vediamo. Bene, se dovessi avere una qualche tipo di bomba davvero grande…"

"Eh-eh?"

"Allora puoi far esplodere l'anello."

"Sta scherzando?" chiede Hollywood.

"Certo che sono serio! Cosa, pensi che io voglia essere servito ai pesci flounder? O gli 'Ndrocchini? Noooo-hu-hu-ho, grazie mille."

"Ci stavo quasi cascando", dice Bumper.

Chuck sospira. "Ascolta, ci sono molti modi per chiudere un anello di schiavisti…"

"Di questo tipo?" chiedo.

"Sì, di questo tipo. Ma dipendono tutti dal tuo accesso ai sistemi che li controllano. È come qualsiasi tecnologia: maggiore è l'accesso, maggiori sono i controlli, soprattutto di sicurezza. Ma indipendentemente dall'accesso, se hai qualcosa che può spostare abbastanza atomi, qualsiasi cosa può andare in pezzi se gli si dà la giusta spinta."

"Del tipo, farlo esplodere."

"Sì. Non è elaborato, ma è efficace."

"E stai dicendo questo perché non abbiamo accesso a tutti quegli altri sistemi fantasiosi che potrebbero darci il controllo diretto?"

"Precisamente, Patrick."

"E quelli non meritano di essere esplorati?"

"No, a meno che tu non sia pronto per una gita ad Androchida Prime stasera."

"Quindi lo facciamo esplodere." Guardo le nostre controparti russe. "Quali sono le possibilità che abbiate una specie di bomba davvero grande quaggiù?"

"Quanto grande?" chiede Sissy.

Guardo il mio fucile alieno. "Charles?"

"Qualcosa nell'ordine di due o tre tonnellate di trinitrotoluene."

"TNT", dico, solo per chiarire a coloro che non sono al corrente dei nomi propri dei loro composti esplosivi. "Accidenti. Sono un sacco!"

"Oh, sì", dice Chuck. "TNT e accidenti."

Sissy infila le mani sotto le ascelle e tira dal sigaro che gli pende dalla bocca. "Le sole bombe di questa portata sono GBU-43/B Massive Ordnance Air Blast."

"La madre di tutte le bombe", aggiunge Yoshi. "Il che è davvero un termine improprio, perché non lo è."

"Né avresti un metodo di consegna adeguato", aggiunge Chuck. "Almeno per garantire il 100% di successo."

"E vogliamo sicuramente il 100%", dico.

"Bene", aggiunge Sissy. "Perché non abbiamo niente del genere. Inoltre, penso che sia eccessivo."

"Ha ragione", aggiunge Chuck. "Sicuramente più di quanto ordinato dal dottore"

"E vorremmo salvare quanti più abitanti e le loro case possibile", dico.

"Allora è il momento di tornare alla vecchia scuola", dice Bumper.

Alzo un sopracciglio. "Cosa?"

Fa un sorriso. "Niente per mettere in piega i tuoi capelli come l'ANFO."

"Bomba all'olio combustibile al nitrato di ammonio."

"Immagino che Sissy qui potrebbe procurarsi tutto proprio qui in città."

Mi rivolgo a Sissy. "Hai del nitrato di ammonio?"

"Ah!" Sissy tira fuori il suo sigaro. "Sai di chi stai parlando?"

"Io… Cosa intendi?"

"Noi russi produciamo quasi la metà della fornitura mondiale di NH4NO3. Ha! Se ho nitrato di ammonio? Teneri dolci americani."

"Allora, ne hai?"

"A chi ti assomiglio? Paperino? Mick Jagger?"

"Quelli non sono esattamente…"

"No. Sono più simile a Willy Coyote, vero? Lo conosci? Dai cartoni animati? Solo che Sissy non esplode. Fa esplodere l'uccello Road Runner. Ogni volta."

"Quindi hai una scorta."

"Uhm. Per favore. Ricordi Beirut 2020?"

"Purtroppo. Perché?" Non sono sicuro che mi piacerà dove sta andando a parare.

Hollywood emette un gemito. "Ricordo molto del 2020 e non c'è stato niente di buono."

"Sì, beh", Sissy tira su con il naso, "non abbiamo niente a che fare con Beirut o il coronavirus o i risultati delle elezioni. Ma sette anni prima, so quale fabbrica e nave lascia la Madre Russia con queste 2750 tonnellate di nitrato di ammonio che hanno preso i libanesi."

"È così", dico.

"Certo, certo. Ma non sono stati conservati correttamente. Ha ucciso molte persone. Tragico."

"E immagino che conservi bene il tuo?"

"Certo. Molto sicuro. Moltissime sicurezze. Forse supervisiono Sandhogs Local e ho l'accesso a molti carichi. Quanto te ne serve?"

Guardo Bumper.

"Amico, mi accontenterei di… dodici tonnellate e mezzo sono troppo da chiedere? Più una tonnellata di gasolio?"

"Nessun problema."

"E questo produce l'effetto desiderato?", chiedo.

"Oh, sì. Ho solo bisogno di un po' di miccia temporizzata, cavo per detonatore o uno shock tube. Diavolo, anche qualche candelotto di dinamite. Quindi aggiungiamo un po' di ridondanze ed eccoci pronti per un grande boom."

"Ti porto abbastanza prodotti chimici per il tuo grande boom, non preoccuparti", dice Sissy. "Un sacco di potenza. E tutti gli extra che hai menzionato sono facili. Ci riforniamo dai nostri cantieri."

"Che ne dici di un metodo di consegna?" chiede Yoshi. "Non ci lasceranno esattamente salire sul ponte e parcheggiare dei camion sospetti."

"No", concordo. "No. Ma non li guideremo sul ponte." Guardo Sissy.

Allo stesso tempo, Bumper ed io diciamo: "Lo guideremo sotto."

Sissy ci guarda. "Volete… volete delle barche?"

"Che ne dici di quattro chiatte e un rimorchiatore?"

"Fai cinque e un tiro", dice Bumper.

"Si può fare", dice Sissy. "Hai bisogno anche del pilota, da?"

"Sarebbe grandioso. Hai dei contatti?"

"Dirigo anche gli scaricatori di porto."

Faccio una risatina sommessa. "Non mi stupisce."

"E tutti i civili sul ponte?" chiede Hollywood. "Dovremo portarli ben lontano"

"Sissy, avremo bisogno di tutti i tuoi M3 e RPG-7", dico. "E probabilmente qualche altro accessorio."

"Si può fare. Ma stai superando il limite del valore della fiche da poker."

"Sissy, pozhaluysta", supplica Vlad. "Questo pazzo scatenato è il vero David Hasselhoff in Babe Watching. Ecco Vlad, che sta annegando, agitando le braccia, senza speranze di fuga dalle acque. Ha un gran bisogno di essere salvato da qualcuno di potente."

"Ho capito", dice Sissy.

"Sono come una donna con un grande seno che cade dalla tavola da surf. Non so nuotare e il mio petto mi tiene a malapena a galla. Ma guarda! Arriva Brooklyn Hasselhoff USA. Si tuffa tra le onde come profonde penetrazioni."

"Vlad, basta. Me lo vedo."

"E proprio quando sto per scivolare sott'acqua e sprecare il prezioso dono di grandi seni sul fondo del mare, Brooklyn Hasselhoff USA mi salva, riporta a riva, fa CRP e poi c'è molto amore e sabbia e musica drammatica da TV. Vince il trofeo Emmy Lou Harris e la gente è felice."

"Molchi! Tu e la tua TV. Agh. Bene, bene, ovviamente. Avrai tutto quello che ti serve, America. Ma non di più. D'accordo, sì?"

"D'accordo", dico a Sissy. Poi guardo Vlad e scuoto la testa. Non mi fido ancora dei bastardi, ma immagino che per il momento, il nemico del mio nemico sia il mio amico di famiglia criminale russa.

2245, venerdì 25 giugno 2027
Lower Manhattan, New York
Molo 36, East River

Manca poco a mezzanotte e Bumper sta orchestrando il più sfacciato tentativo nella storia degli Stati Uniti di distruggere un'icona storica utilizzando risorse raccolte all'interno della città. Se qualche funzionario pubblico volesse indagare, senza dubbio incoraggerebbe i suoi sforzi, azioni che, in qualsiasi altro momento, sarebbero state all'altezza dell'attentato al World Trade Center del 1993, dell'attentato di Oklahoma City del 1995 e gli orribili eventi dell'11 settembre. Ma stasera, l'impresa di Bumper è a dir poco eroica, e se ci riesce, se ci riusciamo, potrebbero semplicemente costruire un monumento in suo onore. Sì, per aver fatto saltare in aria il maledetto ponte di Brooklyn.

Il contesto è davvero tutto.

Il cuore dell'operazione è nascosto tra i magazzini del molo 36 e le pile di container merci a quasi un chilometro e mezzo a monte dell'anello. Bumper sta dando ordini agli uomini di Sissy come un Sergente istruttore, e funziona: volume, autorità e conoscenza sono cose che i newyorkesi rispettano. Quello, e un buon cannolo. Dio ti salvi se è molliccio o troppo cotto.

Il resto dei Phantom e io restiamo in disparte mentre Bumper dirige gli operai nel magazzino principale come un direttore d'orchestra. I membri del Sandhogs Local, quelli che sono rimasti o si sono rifugiati a Boxcar City per evitare di essere deportati, stanno riempiendo fusti da duecentoventi litri con sacchi di nitrato di ammonio mentre un camion di carburante diesel riempie ogni container con petrolio raffinato.

"Io e mio padre stavamo progettando di percorrere insieme il sentiero degli Appalachi", dice Hollywood accanto a me. "Sai, me lo ricordi un po'. Penso che voi due sareste andati d'accordo."

Questa è la prima cosa personale che mi abbia detto dal nostro viaggio a East Orange e la prendo come il raro invito nel suo mondo privato. Comunque, non approfondirò la cosa del papà. "Diversi amici hanno fatto quell'escursione", rispondo. "Hanno detto che è un'esperienza memorabile."

"Già." Si sposta i capelli dietro l'orecchio e guarda in basso. "Non vedevo davvero l'ora."

"E poi questo?" faccio cenno ai preparativi, ma intendo l'invasione.

"No. Poi papà è morto. E poi questo."

Tiro su col naso. "Mi dispiace."

"Anche a me."

Aspetto qualche secondo, poi chiedo: "Cosa è successo?"

"Tumore. Non è stato improvviso o altro. Sapevamo che stava arrivando. Solo..." Guarda in su verso di me. "Era l'uomo più forte che conoscessi. Mi ha insegnato tutto. E poi, lo guardi svanire finché non è... Beh. È difficile, no?"

Non sono mai stato bravo con questo tipo di confessioni; quindi, annuisco e aspetto che dica ciò di cui ha bisogno.

"A ogni modo. Avevo deciso che avrei iniziato a fare le tappe dell'escursione quest'estate. Un po' alla volta durante i fine settimana. In suo onore, sai?"

"Sicuramente lo avrebbe apprezzato."

"Già." Sospira e posso dire che questo è difficile per lei. "Ho pensato che forse l'avrei… non lo so. Forse l'avrei trovato lassù o qualcosa del genere", si irrigidisce. "E poi questi dannati alieni sono dovuti venire a rovinare tutto."

"Certo." La guardo. "Mi dispiace, Hollywood."

"Anche a me."

"Forse quando tutto sarà finito, potrai fare quell'escursione."

Annuisce ma non dice niente.

"Dicono che avere qualcosa da aspettare con ansia ti aiuta in parte a resistere."

Mi guarda con i suoi occhi castano scuro. "Cosa aspettavi con ansia tu"

"La solitudine."

"Oh."

Mi schiarisco la gola. "Non intendevo…"

"No, va bene così. Lo capisco. Sei un introverso."

Annuisco. "Qualcosa del genere."

"Beh, spero che quando tutto questo sarà finito potrai stare da solo."

"Grazie." Ma quando lo dice così, non sono sicuro che mi piaccia come suona.

I barili che escono dal camion del carburante vengono presi da tre squadre di uomini che sembrano appena usciti dalla rivista Iron Workers Today. Le loro canottiere sembrano sul punto di scoppiargli sul petto e sulle braccia muscolose: più che abbastanza per popolare le fantasie femminili più sfrenate. Il contenuto dei barili viene mescolato con barre di ferro fino a quando la miscela è un impasto liquido. Quindi ogni barile viene tappato e spostato su una delle cinque chiatte legate lungo il molo.

"Farai la tua escursione, Hollywood", dice Z-Lo. "E troverai il fantasma di tuo padre, o qualcosa del genere. Te lo prometto." Poi si batte il pugno sul palmo. "Faremo del male a questi bastardi e gliela faremo pagare. Gliela faremo pagare cara."

Rivolgo a Z-Lo uno sguardo impressionato. Non posso criticare il ragazzo per la mancanza di motivazione. E si vede che non ha ancora finito.

"Una volta ho dovuto lottare contro quattro classi di peso. E avevo paura, sai? Andare contro un peso massimo. Il ragazzino era un toro. Aveva i baffi prima che la maggior parte di noi avesse peli sul petto. Tutti i miei fratelli maggiori però erano venuti a quella gara. Victor, mi prese da parte e disse:'Piccolo Andras, fagli male. Lui ha il peso, ma tu hai la velocità e l'abilità. Puoi farcela'. E sai cosa? Ho creduto a Victor."

Z-Lo alza lo sguardo con le lacrime agli occhi. "Ho vinto quell'incontro. La mia famiglia, sono impazziti. È stata l'ultima volta che mio padre mi ha guardato con quello sguardo davvero orgoglioso, sai? E Victor? Mi prese sulle spalle e gridava a tutta la palestra:'Questo è il mio fratellino. Questo è il mio fratellino!' È stato fantastico."

Z-Lo sta piangendo e ha un braccio intorno a Yoshi. Prova a mettere l'altro braccio attorno a Ghost, ma il cecchino lo evita. "Mi chiedo come stanno adesso, sai? Tipo, stanno tranquilli e si nascondono da qualche parte? O sono bloccati anche loro dentro una di queste maledette cupole sopra San Diego?" Si pizzica la radice del naso. "Dio, mi dispiace. È solo che mi mancano così tanto."

"Ecco." Yoshi offre a Z-Lo da bere, ma il ragazzo rifiuta. Poi Yoshi fissa la sua fiaschetta e decide di non prendere il sorso che mi aspettavo. "Mi dispiace."

Mi guardo intorno, chiedendomi con chi stia parlando. Ma poi il PJ alza gli occhi su di me.

"Mi dispiace di esserti caduto addosso", dice. "Ho messo a rischio la missione e la tua vita."

Sento gli occhi di tutti posarsi su di me. "Yoshi, questo non ti fa bene." Faccio un cenno verso la sua fiaschetta. "Lo sai, vero?"

Annuisce. "Vorrei poterlo fare, ma non è così facile."

"Ma se non lo fai, allora la bottiglia sceglierà per te."

Z-Lo stringe Yoshi sotto il braccio e gli dà una stretta in più. "Ti vogliamo bene, PS6. Voglio solo che tu resti con noi ancora per un po', amico."

Yoshi annuisce e sembra persino versare una lacrima. Come sempre, non riesco a capire se sia genuino o se sia solo l'alcol. Ma se ci stiamo dirigendo insieme verso il nostro ultimo scontro a fuoco, devo mettere in chiaro le cose.

"Yoshi. Mi hai quasi ucciso lassù."

"Lo so", dice. "E mi…"

"E ti dispiace. L'hai già detto. È il mio turno. Sei un brav'uomo, Yoshida. Anche un bravo dottore. Hai trattato tutti in questa squadra con rispetto. Ma ecco come puoi rimediare nei miei confronti: trattati con lo stesso rispetto. Da qualunque cosa tu stia scappando, non troverai le risposte sul fondo di quella fiaschetta. Fidati." Prendo un respiro e poi costringo Yoshi a guardarmi negli occhi. "Andiamo avanti e lasciamoci questo alle spalle. Ma se questo tipo di acrobazia si ripete, sei fuori da questa squadra. E se non sono in giro per prenderti a calci, tutti gli altri hanno il permesso di prenderti a calci in culo per me. Chiaro?"

Distoglie lo sguardo. "Ricevuto."

"In conclusione, abbiamo bisogno di te, Yoshi."

"Sì, piccolo amico", dice Z-Lo e stringe di nuovo il collo del PJ.

Alzo le sopracciglia in una precisazione. "Abbiamo bisogno di te sobrio."

"Lo so."

"No. Non lo sai. Magari lo intuisci. Ma finché non prendi a calci questa bestia, non lo sai. Perché è quello che ti darà il potere di cui hai bisogno. Roger?"

Yoshi annuisce e poi trova la forza di guardarmi negli occhi. "Grazie."

"Non c'è di che."

Osserviamo mentre i barili vengono trasportati verso il bordo del molo dove gli scaricatori li issano sulle chiatte. Gli operai sistemano dieci barili da duecentoventi litri per chiatta in un cerchio stretto e li fissano con delle corde. Quindi Bumper ordina che altri quattrocento chili di nitrato di ammonio in forma di sacchi vengano impilati attorno al gruppo di barili di ogni chiatta.

"Il male deve morire", dice Ghost.

Ci voltiamo tutti verso il nostro cecchino e aspettiamo che dica di più. Ma lui non sembra intenzionato a continuare. Quindi, gli do un piccolo incoraggiamento.

"E?"

Ghost mi lancia uno sguardo strano. "E sono felice di firmare il certificato di morte."

"Per me va bene", dice Hollywood.

Il resto della squadra annuisce e si scambia sorrisi.

"Come state?" chiede Bumper che ci è venuto a trovare.

"Ci divertiamo solo a guardarti lavorare", dice Hollywood con un sorriso di apprezzamento felino. Appoggia il gomito contro un carrello elevatore e lancia un'occhiata significativa a Bumper.

"Ci stiamo solo preparando per la grande partita", dico. "Discorsetti preparatori."

"Capito." Bumper allunga il braccio sinistro. "Beh. Per quanto mi riguarda, questa vittoria andrà alla mia squadra." Fa una pausa. "Voglio dire, quelli che non hanno…" Deglutisce. "SEAL Team Eight."

Il fatto che Bumper senta il bisogno di distinguere tra quella squadra e la nostra squadra dice qualcosa di forte, e lo rispetto.

"Per il SEAL Team Eight", dico e batto un pugno con il guerriero. "Grazie."

"Allora, come stiamo, uomo rana?" Inclino la testa verso le chiatte.

"Mancano solo gli ultimi ritocchi. Potete venire a guardare se volete"

La squadra annuisce e lo segue al molo. Bumper scende e inizia a tirare fuori i suoi giocattolini da alcune borse di tela.

Il tamburo più centrale di ogni chiatta riceve un singolo bastoncino di TNT legato con nastro adesivo e dotato di un detonatore e di una miccia. Bumper prepara un sistema ridondante con un fusibile temporizzato in caso di guasto del telecomando. Si prende il suo tempo per ricontrollare il carico di ogni chiatta e poi passa a esaminare gli altri esplosivi che ha attaccato alle catene che collegano le chiatte.

Quando sembra che stia per concludere, urlo: "Va tutto bene laggiù?"

"Roger." Pochi istanti dopo, Bumper si arrampica sulla fiancata dell'ultima chiatta. "Questo è il mio tipo di festa. Ora ci serve solo…" Guarda a est. "In perfetto orario."

Un rimorchiatore appare intorno a Corlears Hook e si avvicina alla riva. Il suo capitano guida a luci spente poiché il bagliore della cupola fornisce una luce più che sufficiente. Quindi il rimorchiatore ruota lentamente di 180° e si allinea con la chiatta più orientale della linea. Gli scaricatori si arrampicano per assicurare la chiatta di piombo al rimorchiatore e Bumper e io andiamo loro incontro.

Mi stupisce ancora che stiamo facendo tutto questo di fronte al ponte. Certo, il Manhattan Bridge fornisce almeno un po' di copertura, così come il caos generale di una città in subbuglio. Ma l'avvertimento di Chuck sugli 'Ndrocchini che vedono meglio nella notte del nostro pianeta mi rende teso da quando siamo usciti in superficie e abbiamo iniziato questa operazione.

Sissy e Vlad sono in piedi accanto alle cime di ormeggio del rimorchiatore e parlano con il capitano della nave. L'uomo sembra essere sui settanta o forse anche sugli ottant'anni e i suoi baffi bianchi sono macchiati di tabacco e grasso.

"Bumper, Wic", dice Vlad. "Venite. Questo è il vostro capitano."

Bumper allunga la mano e stringe la mano segnata dalle intemperie del vecchio, come faccio io.

"Mi chiamo Yuriy", dice il capitano con un forte accento ucraino se non sbaglio.

"Piacere di conoscerti", dice Bumper.

Annuisco. "E grazie per la aver accettato di aiutarci con così poco preavviso."

"No problem."

"Si è offerto subito volontario", dice Vlad. "Ha buone ragioni, vero?"

Guardo Yuriy. "E come?"

"Non ero a casa quando è apparsa la luce. Ma quando sono arrivato, ho trovato…" Il vecchio si toglie il berretto unto da capitano, scoprendo ciocche arruffate di capelli bianchi. Poi lo torce tra le mani e lo stringe contro il petto. "La mia amata Bohuslava se n'è andata. È andata in questo… questo abominio." I suoi occhi pieni di lacrime incontrano i miei, poi quelli di Bumper. "Quindi, volete distruggerlo? Vi aiuterò. Mi vendicherò."

"Condoglianze, signore", dico. "Ma siamo grati per la sua esperienza." Guardo Vlad e Sissy. "Come vanno gli altri preparativi?"

"Come previsto", risponde Vlad. "Lada ha riferito che ha quasi finito." Poi Vlad si avvicina a me. "Le piace il leone americano, sì?"

"Ah, è così?" Lancio a Bumper un'occhiata di traverso. "Non me ne sono accorto."

"Sì. Grande cotta al cuore. E sento che Sissy e io dobbiamo avvertirti."

"Oh, sì?"

"Quando a Lada piace un uomo, è come una leonessa."

"No, no, no." Sissy agita un dito. "È più come un secondo leone, molto più forte e più potente."

"Sì, secondo leone", annuisce Vlad. "Stai attento."

"Beh, apprezzo i vostri saggi consigli, ragazzi."

"Questo non è saggezza", dice Vlad con una pacca sulla schiena. "Sono avvertimenti."

"Yut. Grazie anche per quelli allora."

"Sì. Ci prendiamo cura di te, come un piccolo prezioso ragazzo americano che ha bisogno di protezione da una donna di mondo."

Bumper ed io condividiamo una breve risata e poi gli faccio un cenno con la testa. "Ti senti bene?"

"Oh, fratello", si sfrega le mani. "Mi sento benissimo."

Ah, è una buona serata quando un Navy SEAL si emoziona all'idea di far saltare in aria cose.

"Luci del venerdì sera in città", dice. "È ora di OTF."

CAPITOLO 38

0015, sabato 26 giugno 2027
Lower Manhattan, New York
FDR Drive, East River

C'È QUALCOSA DI magico nel far esplodere un manufatto alieno con un mucchio di fertilizzante e gasolio. Un po' come dire: "Ehi, bastardi. Non sprechiamo le nostre cose buone con voi. E tutte quelle armi fantasiose che avete? Eheh. Reggi qui la mia birra."

Naturalmente, c'è la possibilità molto reale che il nemico fiuti la trama prima che siamo a tiro, distrugga le chiatte e ci individui con la loro visione termica evoluta solo per farci saltare in aria. Ma se funziona, creerà un precedente. Dice agli Androchidani che non siamo dei sempliciotti e al resto dell'umanità che abbiamo una possibilità. Dice che possiamo posizionare i nostri pezzi degli scacchi come vogliamo e sorprendere un nemico che è troppo fiducioso nel suo attacco.

Ma se non funziona?

Eh. Nessuno di noi ne trarrà giovamento. Perché saremo tutti morti. Ma, accidenti, moriremo con stile.

Ogni Phantom è seduto su una moto, gentilmente offerta dalla collezione privata di Sissy. Tutti tranne Hollywood. Quando si è visto che mancava una moto, ha guardato Bumper. Il SEAL sembrava fin troppo felice di farle posto nonostante l'insistenza di Vlad di poterne trovare un'altra. Mentre Hollywood è salita gettando le braccia intorno al torso di Bumper, l'ho sorpresa a sorridere tra sé. Carini.

Sissy ha fornito le "motociclette dell'esercito" Harley Davidson MT350E del 1995 a Ghost, Yoshi, Bumper e me, mentre Z-Lo ha rivendicato una bici sovietica Dnepr M-72 vintage del 1956 con un sidecar abbinato per Aaron.

"Il mio bisnonno ne aveva una", dice Z-Lo mentre guarda con nostalgia la bici. "L'ho visto solo nelle vecchie foto dell'Ungheria"

"È una bella macchina russa", dice Vlad mentre dà un colpetto al serbatoio del gas. "Perfetta negli inverni siberiani."

Veronica è completamente carica e appesa sulla mia spalla destra mentre un nuovo SCAR 17 è appeso alla mia sinistra. Nel frattempo, Chuck è legato alla mia schiena e non se ne staccherà presto. Anche il resto della squadra ha fatto rifornimento e ha piazzato munizioni con punta nera extra nello scomparto dell'MT350. Persino Aaron osserva la mitragliatrice DP-27 montata sul sidecar e il sistema di caricamento dall'alto con parti uguali di terrore ed eccitazione.

Il Phantom Team, insieme a Vlad e Lada, è stanziato su FDR Drive appena a est del Manhattan Bridge, di fronte al nostro obiettivo. Sissy ci ha augurato *buona caccia* e *dasvidaniya*, insistendo sul fatto che la sua presenza era necessaria altrove, probabilmente nella sua caverna con un sigaro, una bottiglia di vodka e una ciotola di pelmeni per inaugurare la fine del mondo. Ma per noi, se tutto andrà secondo i piani, dopo la fase tre ci impegneremo a ovest verso l'azione.

"Fortes fortuna adiuvat, signor Wic", dice Bumper dalla sua moto alla mia destra.

"Sicuramente sì", rispondo, notando l'amata frase di molti guerrieri che caricano in battaglia. *La fortuna aiuta gli audaci.*

"Può anche farli uccidere", dice Aaron. "Se non sono preparati."

Bumper fa schioccare la bocca. "Beh, sembra che ci vada bene, perché siamo preparati al massimo"

"E avete anche molti buoni supporti", dice Lada, che è parcheggiata proprio dietro di me. Poi emette un ringhio felino. "E, finora, siete molto belli da dietro."

"Ti ho avvertito, sì?" dice Vlad dalla sua moto alla mia sinistra.

"L'hai fatto, amico. Grazie." Mi chino e abbasso la voce. "Ma sai, tua sorella potrebbe anche parlare di te, vero?"

"No." Scuote la testa. "Non siamo questo tipo di famiglia. È sbagliato. Parla di te e del tuo ampio…"

"Ok. È abbastanza."

Ma Vlad mi fa l'occhiolino e due pollici in su. "Come David Hasselhoff."

Proprio in quel momento, la sua radio cinguetta, seguita dalla voce di Yuriy che dice qualcosa nella sua lingua madre.

"È in posizione", mi dice Vlad.

Guardo Bumper e poi mi giro per osservare il resto dei Phantom. "OTF?"

"OTF", rispondono all'unisono.

"Allora accendiamola. Fase uno: vai."

Lada dà l'ordine di avvio alla sua radio. Non lo capisco, ma tre secondi dopo, razzi e colpi di mortaio balzano da entrambe le sponde lungo il fiume diretti verso il campo di forza dell'anello. Yut, questi colpi superano la portata per la precisione delle loro armi. Ma l'artiglieria non ha bisogno di essere accurata, deve solo atterrare da qualche parte sul lato dell'anello ed è un obiettivo dannatamente difficile da mancare.

Sebbene tutte le fasi dell'operazione siano rischiose, questa è quella che mette la maggior parte dei civili nell'area di maggior pericolo. Ma, per fortuna, ha l'effetto desiderato. Pochi secondi dopo che i primi proiettili esplodono contro la parete del portale, che funge da membrana solida, data la sua resistenza ai materiali non biologici, la folla si ritira. Poi, mentre arrivano altri ordigni, tracciando scie di fumo nell'aria notturna come meteore, riusciamo persino a sentire le urla dei civili in ritirata.

"Funziona", dico e abbasso il binocolo.

Bumper dà una rapida occhiata a entrambi i lati del ponte. "Dio li aiuti", sussurra.

Dio li aiuti davvero.

Anche se le esplosioni M3 e RPG invertono lo slancio della folla, reindirizzando le persone rispettivamente verso Manhattan e Brooklyn, devono ancora passare attraverso una falange di sentinelle Androchidane incaricate di mantenere l'ordine. Ma mentre le forze di Lada continuano a sparare, anche quelle sentinelle lasciano i loro posti per ingaggiare l'assalto in stile guerriglia da entrambe le sponde.

Solo due colpi vaganti dei ribelli colpiscono il ponte vero e proprio. Lanci troppo corti, dovuti a un errore dell'agente o a guasti delle munizioni, provocano vittime civili. Non sono sicuro di quanti, ma è abbastanza per farmi dire una preghiera per i morti e abbassare il binocolo con un sussulto.

Ci sono costi per ogni operazione e quella di stasera non farà eccezione. È inevitabile in combattimento. Le persone muoiono. Ma coloro che sono addestrati e incaricati di prendere decisioni difficili, sopportano l'inferno di dover lottare con queste scelte fino a quando non ci uniamo ai morti.

"Obiettivi in volo", dice Ghost dalla sua moto, il binocolo alzato.

Guardo il ponte e vedo quattro navicelle che si alzano a coppie e poi scendono verso entrambe le sponde.

"Dì alla tua gente di mettersi al riparo", dico a Lada.

Un attimo dopo è alla radio, a impartire ordini.

Una navicella fa esplodere un raggio in stile Chuck contro un edificio di tre piani vicino al molo 1 dove siamo approdati per la prima volta. A differenza di quanto abbiamo visto con Chuck, tuttavia, l'intera facciata dell'edificio esplode. Mattoni e getti di fuoco si riversano nell'East River, creando un momentaneo lampo di luce arancione. Un'esplosione secondaria dall'interno dell'edificio fa esplodere il tetto e lancia un denso fumo nero verso il cielo.

Mi si rivolta lo stomaco. Immaginavo che le navicelle fossero potenti, ma non mi aspettavo nulla del genere.

"Patrick, il tuo battito cardiaco è aumentato", dice Chuck. "Tutto bene?"

"Le navicelle…"

"Sì. Sono delle stronze, non è vero?"

Alcuni membri della squadra fanno brevi risate, la maggior parte sembra nervosa.

"Yut. Lo sono. Vorrei solo che ne avessimo una."

Proprio in quel momento, una serie di granate con propulsione a razzo e proiettili M3 ad alto potenziale esplosivo lasciano un edificio sul lato di Manhattan e viaggiano per meno di cinquanta metri colpendo una navicella. Sono ragionevolmente sicuro di vedere un classico missile Stinger FIM-92 volare verso il bersaglio; niente come un favore di festa guidato da un filo. Le esplosioni risultanti gettano il veicolo di lato, avvolgendolo in una nuvola di fuoco.

Ma la navicella si riprende nonostante esca abbondante fumo dal motore di poppa. Il velivolo si dirige verso la fonte del fuoco antiaereo e, in una bellicosa dimostrazione di forza di rappresaglia, spara almeno dieci raffiche sugli edifici. Vetro e cemento esplodono dalle strutture a più piani mentre i colpi di blaster lacerano le pareti. Palle di fuoco esplodono da ogni piano, facendo piovere detriti sulla riva sottostante.

Ma la navicella non è ancora fuori pericolo. Le altre forze di Lada devono aver percepito che il velivolo è in difficoltà e si apprestano a dare il colpo di grazia. Almeno una mezza dozzina di colpi rimbalza contro lo scafo prima che il colpo fortunato riesca a sfondarlo. Una volta all'interno, la munizione perforante esplode e fa a pezzi la navicella.

Un applauso sale tra la nostra squadra mentre la navicella cade a pezzi nell'East River.

"Ora li hai fatti incazzare", dice Sir Charles.

Come per confermare il sentimento di Chuck, Ghost dice: "Angeli della morte in risalita."

Ed eccoli, i jetpack si staccano dal ponte dirigendosi verso le postazioni di attacco.

"Ordina ai tuoi uomini di andarsene da lì", dico a Lada.

Ripete il mio comando, almeno così credo. Ma gli M3 e i PRG continuano a sparare.

"Lada", dico, questa volta più severamente.

Diverse voci riempiono la sua radio, poi mi guarda. "Non va bene, leone americano. Vogliono restare dove sono."

"Ma possiamo continuare a usarli se si ritirano."

"Russi, siamo testardi, da?"

"E stupidi! Dì alla tua gente…"

Una mano mi tocca il braccio. È Vlad. "Hanno scelto, USA. Combatteranno e moriranno stanotte."

Dio, queste persone sono esasperanti. Ma anche se digrigno i denti, guardo il fuoco di altre armi deviare dal ring e iniziare a prendere di mira le navicelle e gli angeli della morte. Diversi jetpack esplodono e mandano i loro ospiti smembrati nel fiume. Ma la maggior parte non lo fa.

"Il ponte è libero", dice Ghost. "Da entrambi gli accessi"

"Fase due", dico a Vlad.

Apre il canale della sua radio e sputa qualcosa di veloce in russo.

Prendo il binocolo e guardo tra gli edifici che nascondono la rampa d'ingresso da Manhattan verso la prima torre della campata. Il solo vedere la completa assenza di persone mi solleva il cuore. Anche se tutto questo fosse stato per far guadagnare a quelle anime qualche minuto in più sul pianeta, ne è valsa la pena. Costoso, ma ne è valsa comunque la pena.

"Li vedo", dice Bumper. "Arrivano."

Ed ecco infatti, nel mio binocolo compare una singola betoniera che sale sulla rampa.

"È abbastanza lontano", dico a Vlad e poi controllo rapidamente il lato di Brooklyn. Anche la seconda sembra in posizione. "Digli di parcheggiare e allontanarsi."

Vlad trasmette il mio ordine e osservo mentre entrambi i camion rallentano. La fase due è tanto una misura preventiva quanto ostile. Se non riusciamo a far saltare l'anello, i camion serviranno a impedire che gli umani vengano riportati sul ponte.

Proprio mentre l'autista sul lato di Manhattan scende dalla cabina taxi, un angelo della morte scende e fa esplodere l'uomo con un unico colpo. L'autista di Brooklyn è più fortunato e scompare dalla mia vista. Spero che sia scappato.

Tuttavia, la migliore notizia arriva quando Hollywood dice che gli 'Ndrocchini stanno ispezionando i camion di cemento. Tornando al mio binocolo, le cose sembrano interessate ai tamburi dipinti di rosso e bianco che girano e girano. Almeno tre obiettivi sono raccolti sul camion lato Manhattan e quattro sul lato Brooklyn.

"Falli saltare", dico a Bumper.

"Fuoco alle polveri", risponde.

Un attimo dopo, entrambi i camion esplodono.

Istintivamente mi riparo il viso dalla doppia detonazione e sussulto quando la prima onda d'urto colpisce la nostra posizione.

È rumorosa e mi soffia in faccia alcuni detriti. La seconda onda d'urto del camion di Brooklyn, più piccola, colpisce un attimo dopo.

Le bombe ANFO non provocano radiazioni o palle di fuoco, e nemmeno schegge. Sta tutto nell'onda d'urto e nel potere assoluto che hanno di mettere le cose radicalmente fuori posto. Che è quello su cui contiamo stasera.

Sulla scia delle bombe del camion, Phantom Team inizia a elencare i danni, che vanno dai cavi del ponte spezzati e i crateri lasciati sulla strada all'assenza di obiettivi nelle vicinanze.

"Beccatevi questo, stupidi alieni", Z-Lo dà anche una pacca sulla spalla a Vlad e poi sembra pentirsi. "Mi scusi, signore, vostra mafiosità. Non volevo, uh, offenderla"

"Questa celebrazione va bene", risponde Vlad con un sorriso.

Le spalle di Z-Lo si rilassano.

"Ma normalmente avrei sparato in faccia."

Il sangue defluisce dalla faccia del ragazzo.

"Sto scherzando, America", esclama Vlad e poi dà una pacca sulla spalla di Z-Lo.

"Oh, *uff*. Perché ti ho davvero creduto per un momento."

"Ma non sto scherzando. La prossima volta ti sparo in faccia."

"Aspetta. Davvero?"

"Da."

"Eh. Ok. Mi assicurerò di…"

"Scherzo, America! Accidenti. Vedessi che faccia hai fatto! Ha!"

Bumper ride mentre cerca di tenere fermo il binocolo, poi sussurra: "Povero ragazzo."

"Sembra che la nostra gente non si dirigerà verso l'anello tanto presto", dice Hollywood.

"Allora è il momento di assicurarsi che sia un accordo permanente." Guardo fuori e vedo che Yuriy si è spostato a valle il più possibile senza rischiare di essere scoperto. Le direzioni di Chuck hanno aiutato gli scaricatori di porto a isolare il ponte del rimorchiatore abbastanza da impedire che l'unica traccia di calore umano attirasse troppa attenzione. Sir Chuck ha anche insistito che tenere il motore raffreddato ad acqua del rimorchiatore appena sopra il minimo non avrebbe sollevato bandiere rosse se Yuriy non guida in modo troppo irregolare. In qualche modo, penso che siamo al sicuro.

Guardo Bumper. "A te l'onore."

"Vlad", dice Bumper. "Inizia la fase tre."

"Con molto piacere", risponde. Quindi, alla radio, Vlad dà brevi istruzioni a Yuriy.

Un attimo dopo, cinque colpi simultanei esplodono tra le chiatte. I lampi rivelano la posizione della flottiglia abbastanza a lungo da permetterci di vederle.

Yuriy dice qualcosa via radio.

"Separazione riuscita", dice Vlad.

Offro al SEAL il mio pugno e lui lo colpisce. "Ottimo lavoro."

"Sono solo preliminari", risponde Bumper.

"I preliminari rumorosi sono i migliori preliminari, non credi, USA?" sento la gomma della moto di Lada sbattere contro la mia.

"Potrebbe davvero ucciderti se non stai attento, Wic", mi sussurra Bumper.

"È di questo che ho paura", rispondo.

Osserviamo tutti mentre le chiatte cariche di ANFO iniziano ad allontanarsi e si lasciano dietro il rimorchiatore. Con la corrente dell'East River a tre nodi, le piattaforme con le bombe avranno bisogno di diversi minuti per fare il resto del loro viaggio da sole. E, con cinque opportunità in acqua, mi sento più sicuro delle nostre possibilità di successo.

Cioè, fino a quando Yuriy non chiama Vlad.

"Di che si tratta?" chiedo.

"Sta dicendo che tre delle chiatte si stanno spostando fuori rotta."

"Di quanto?" chiede Bumper.

Vlad chiama Yuriy. "Diversi gradi ora, molti metri dopo."

"Quanti sono molti metri dopo?"

Vlad e Yuriy trascorrono i successivi trenta secondi facendo diversi scambi prima che Vlad guardi Bumper. "Sta dicendo che i venti e le correnti sono diversi dal solito a causa dell'abominio. Manda le chiatte fuori rotta e quindi rischiano di colpire la riva prima del ponte."

"Porca puttana." Bumper fissa Vlad. "Chiedigli come stanno andando le altre due."

Dopo un altro scambio radiofonico incomprensibile Vlad offre a Bumper un pollice in su e dice: "Pensa che quelle sono buone."

Mi giro verso Bumper. "Che ne pensi, esperto di bombe?"

Fa un lungo sospiro. "Beh, ci siamo preparati per questo. Mi piacevano molto di più le nostre probabilità con tutti e cinque sul bersaglio. Probabilmente due sono abbastanza. Ma se sono un po' fuori strada, oppure una non funziona, allora…"

"Allora avresti voluto avere la tua ridondanza", dico.

"Roger."

La voce di Yuriy gracchia di nuovo alla radio, e poi Vlad sorride.

"Cosa ha detto?" chiedo.

"Yuriy dice che non devi preoccuparti ora"

"La corrente ha corretto la rotta?" chiede Bumper.

"Nyet. Yuriy sta correggendo la rotta. Tutto bene, saggi ragazzi."

Hollywood fa avanzare la sua moto. "Ma se sta inseguendo le chiatte, allora…"

"Allora non possiamo farle saltare in aria", conclude Bumper. "Merda."

"Non è vero", dice Vlad. "Yuriy capisce, come si dice, il problema. Dice anche, procedere, mentre si occupa di portare tutte le chiatte entro intervalli ottimali."

"Non posso farlo", dice Bumper. "Deve allontanarsi dagli esplosivi."

"Bumper, ascolta…"

"No, ascolta tu", Bumper si alza sopra la sua moto. "Non farò esplodere un vecchio inutilmente quando ho altre opzioni."

"E sei sicuro che le tue altre opzioni funzioneranno?"

"No. Ma penso che noi…"

"Allora Yuriy si assicura solo che tu sia sicuro al cento per cento nel tuo petto, sì? Va tutto bene, leone marino della marina. Yuriy sa cosa deve fare e lo fa all'ucraina. Alla vecchia maniera. Comunque, adesso non gli farai cambiare idea. Sta andando."

Bumper torna a sedersi sulla sua Harley. "Dannazione."

Chuck parla da dietro di me. "Questo è davvero uno scenario straordinario e commovente."

"Non ora, amico", dico.

"Ma apre il piano ad alcuni problemi seri."

Guardo Bumper. "Del tipo?"

"Come gli Androchidani che si interessano al motivo per cui una nave sta improvvisamente lavorando così duramente per manovrare cinque chiatte sotto il loro anello di schiavi."

"Quindi pensi che se ne accorgeranno", dico, solo per assicurarmi che ci stiamo capendo.

"Oh, assolutamente, Patrick. Anche se la firma termica di Yuriy rimane nascosta, il movimento congiunto degli oggetti inviterà a indagare."

"E quando indagheranno?"

"Faranno esplodere le chiatte", dice Chuck senza emozione. "Probabilmente riuscirete a fare fuori la prima navicella, certo. Ma non il resto. Manterranno le distanze e affonderanno da lontano gli ordigni rimasti."

"Vlad", dico. "Accedi a quella radio e ordina a Yuriy di stare indietro. Adesso."

Annuisce e apre il canale. Ma dopo diversi tentativi e nessuna risposta, Vlad mi lancia un'occhiata preoccupata. "Uh, penso che Yuriy abbia spento la radio."

"Maledizione! Piano B, Phantom."

"Abbiamo un piano B?" Chiede Z-Lo a nessuno in particolare.

"Yut. Improvvisare. Andiamo." Poi metto in moto e parto. Accidenti, è stato bello. E probabilmente finirò per farmi uccidere, ma a questo punto la mia casetta sembra piuttosto lontana; quindi, non vedo il motivo di ritardare l'inevitabile. La morte mi attende da molto tempo.

0039, sabato 26 giugno 2027
Lower Manhattan, New York
FDR Drive, East River

"EHI, CHUCK", URLO sopra il rombo del motore della mia Harley.

"Sempre dove mi hai lasciato, Patrick."

"I tuoi sensori hanno occhi su quelle chiatte?"

"Certo. Vedo tutto, so tutto."

"Tranne quando hai bisogno che ti punti in una direzione particolare, giusto?"

"Beh, certo", fa una pausa. "Stai insinuando che pensi che stessi giocando con te?"

"È esattamente quello che stavo insinuando, yut."

"Non essere assurdo. Yuriy sta reindirizzando le chiatte ora."

"Quanto è lontano?"

"Deve coprire circa 550 metri. Alla sua velocità attuale di otto nodi, questo significa che avrà le chiatte in posizione in poco più di due minuti."

Due minuti. Pensavo peggio. "Qualche segno che sia stato scoperto?"

"No, Patrick. Ti avviserò quando… è stato scoperto."

Suona strano. "Stai dicendo che mi avviserai quando è stato scoperto, o che è stato scoperto?"

"È stato scoperto. Lo stanno scoprendo proprio ora! È ora di mettere in moto le chiappette, Lucky Charms!"

Mentre passiamo sotto il Manhattan Bridge, faccio segno al resto della squadra di rallentare. "Voglio che qualunque cosa abbiamo spari su quella navicella."

Tutti guardano a sud-ovest per vedere una navicella che scende verso il rimorchiatore di Yuriy.

"Bumper, aspetta il mio segnale."

Annuisce.

"Tutti gli altri, rendetevi il bersaglio più difficile possibile." Sciolgo Veronica e la tengo con la mano sinistra, poi accelero. Mentre la mia moto batte FDR Drive, sfrecciando tra veicoli fuori uso, dico: "Sei pronta, Veronica?"

"User 12, per favore conferma la selezione della designazione dell'arma: Veronica."

"Conferma."

"Profilo di destinazione modificato. Veronica in attesa."

"È doloroso da ascoltare", dice Chuck.

"Finché non ti sistemiamo, ti ci devi abituare, amico." Poi a Veronica dico: "Dammi qualcosa per attirare l'attenzione di quella mongolfiera."

"Rilevata espressione colloquiale: mongolfiera. Confermare il…"

"Oh, per tutte le puttane di Dublino. Vuoi stare zitta?" Sento Chuck vibrare contro la mia schiena e noto che Veronica si illumina nella mia mano sinistra.

Improvvisamente, l'arma dice: "Cosa diavolo sta succedendo e cosa avete da dire per giustificarvi?" Sembra una madre latina davvero incazzata.

"Veronica?"

"Mi stai chiedendo come mi chiamo?"

"Volevo soltanto…"

"Mi stai chiedendo come mi chiamo?"

"Chuck?" chiedo mentre sterzo tra le macchine. "Perché sembra Selma Hayek in Come ti ammazzo il bodyguard?"

"Bravo, vecchio mio. Dico, hai davvero visto un paio di film e la tua memoria è piuttosto impressionante."

"È questa la tua idea di scherzo?"

"No, mio caro. Stavo semplicemente cercando di, sai, ravvivare un po' le cose."

"Forse le hai ravvivate un po' troppo."

"Possibile. Ma ti avevo avvertito che era una vera stronza."

"O vuoi solo che lo sia."

"Mhmm… Beh, anche quello, sì. Vuoi che la deprogrammi?"

"Non c'è tempo." Sollevo Veronica. "Dammi qualcosa per attirare la loro attenzione, ragazza."

"Oh, vuoi la loro attenzione? *Vuoi la loro attenzione?*" Un secondo dopo dice: "Vieni a prenderlo, hijo de perro!"

"Oh Dio", dice Chuck. "Mi pento della mia decisione."

Miro Veronica e premo il grilletto. Il rinculo spinge la mia moto a destra e sterzo per mantenere l'equilibrio. L'esplosione, tuttavia, attraversa l'East River e colpisce il centro esatto della navicella, avvolgendola in un'esplosione di energia blu.

"Prendete questo, cabróns", urla Veronica.

Ma l'esplosione non ha spento i motori. Invece, la navicella si allontana da Yuriy e punta nella nostra direzione.

"Sembra che tu abbia fatto guadagnare a Yuriy un po' di tempo", urla Bumper.

"Sì", aggiunge Hollywood. "E ci hai fatto una coda!"

La navicella spara da sopra l'East River e colpisce la strada dietro di noi abbastanza vicino da farmi sentire il calore sulla nuca. Vedo anche una berlina bianca cadere in acqua alla mia sinistra.

"Posso suggerire un altro colpo, Patrick", dice Chuck.

"Lo stesso, Veronica", grido.

"Subito, mi amor", dice.

Premo il grilletto.

Un secondo impulso come il primo si schianta contro il muso della navicella. Ancora una volta, non c'è un parabrezza da rompere. Ma il motore di babordo sta fumando e l'imbarcazione sembra compensare aggiungendo potenza.

Un'altra esplosione di energia colpisce la strada dietro di noi. Frammenti di asfalto caldo colpiscono il mio giubbotto antiproiettile e rimbombano contro il mio casco. Premo sull'acceleratore e sfreccio tra le auto parcheggiate mentre la navicella si avvicina alle nostre spalle.

Altri impulsi ci sfrecciano davanti e colpiscono le auto nelle corsie più avanti. Alcuni veicoli vengono lanciati verso il cielo e volano via, mentre altri esplodono sul posto, sputandoci addosso carburante e detriti in fiamme. Il fuoco delle armi automatiche risuona dietro di me mentre la nostra squadra spara contro il nemico che insegue. Dubito che stia facendo molti danni, ma a questo punto ogni piccolo dettaglio conta. Inoltre, li stiamo tenendo lontani da Yuriy.

"Sessanta secondi", urla Chuck.

Trasmetto il messaggio al resto della squadra e accelero. Siamo quasi al ponte di Brooklyn, che sicuramente non è dove vorrei che fossimo. Per sopravvivere alle imminenti esplosioni ANFO, dobbiamo allontanarci dal ponte. Il mio istinto dice di provare a saltare un cordolo e portarci a Manhattan, ma questo ci manderebbe solo in mezzo alla massa di persone, le stesse persone che stiamo cercando di non far uccidere dal fuoco della navicella. A questo punto, la nostra migliore opzione è rimanere su FDR Drive e passare oltre il ponte il più velocemente possibile.

Metto Veronica sopra la mia spalla destra, mi schiaccio contro il manubrio per aggrapparmi e sparo alla cieca. Non riesco nemmeno a guardare indietro per vedere se ho colpito qualcosa.

"Miri come se avessi bevuto troppa tequila, bello", dice Veronica. "Ma ti copro le spalle."

"Grazie."

"Angeli della morte in arrivo", urla Yoshi.

"Che giornata", mi dico. Ecco, infatti, tre segnali luminosi da Lower Manhattan si allineano dietro di noi e danno man forte alla navicella. Altro fuoco di blaster rastrella la strada e fa esplodere i finestrini delle auto.

"Venti secondi", annuncia Chuck.

Solo un altro po'.

La squadra sta attraversando le corsie con tutto il controllo che potessi sperare, riuscendo in qualche modo a sparare contro il nemico. Intravedo Yoshi che urla qualcosa in giapponese mentre spara in aria con il suo SCAR 15. I lampi degli spari lampeggiano sul suo viso come nel romantico flashback di un anime. Z-Lo muove il suo Tavor avanti e indietro mentre Aaron è riuscito a sbloccare il suo DP-27, appoggiarlo sul retro del suo sidecar e iniziare a scaricare il caricatore nella navicella.

Incapace di impugnare i suoi fucili da cecchino mentre guida, Ghost ha preso un MP7 che ha raccolto dall'armeria di Sissy e lo tiene dietro di sé, con il braccio esteso, perforando gli angeli della morte con sorprendente precisione. I tre russi se la stanno cavando, sparando con gli AK-47 come se fossero nati tenendoli in mano. Diavolo, probabilmente non è lontano dalla verità.

Ma è Hollywood che ha il posto migliore. Si è lanciata in grembo a Bumper per guardare all'indietro e ha fatto più tiri in porta di chiunque altro nella squadra, almeno per quanto vedo. E giustamente: le spalle di Bumper sono ottimi braccioli. Anche lui si sta chiaramente godendo il momento, il bastardo ha un sorriso da orecchio a orecchio.

"Preparati", urla Chuck. "È arrivato il momento!"

Lancio un'occhiata a Bumper. "Procedi."

Estrae il telecomando dalla tasca, solleva la sicura e preme il pulsante.

È una strana sensazione l'essere scagliati da una motocicletta in corsa. Non è esattamente qualcosa che consiglierei, specialmente quando la forza che ti lancia sono 13 tonnellate di nitrato di ammonio. La mia vita non passa davanti ai miei occhi. Nessuna visione di Dio, del paradiso o dell'inferno. Ma posso dire che il tempo rallenta.

Sono di lato in aria, i talloni un po' sopra la mia testa, e guardo una brillante esplosione di energia. L'onda d'urto ha travolto l'anello, il ponte e l'East River, e ha inghiottito anche noi. Intravedo gli angeli della morte vorticare fuori controllo e le auto dietro di noi che si alzano dal marciapiede. Anche la navicella è lanciata in avanti con un'angolazione innaturale.

E poi tutto crolla.

Vado a sbattere sul marciapiede, prima la spalla sinistra e sento un dolore lancinante esplodere nella testa e nel busto, che mi fa perdere il fiato. L'onda d'urto mi fa scoppiare le orecchie, ma riesco ancora a sentire i rumori attutiti del metallo che si schianta contro il metallo, degli oggetti pesanti che colpiscono la strada e dei vetri che esplodono a ondate. Ma anche se sento che il mio corpo si ferma, le braccia e gli arti bruciano, i miei pensieri non sono rivolti alla mia squadra o alla nostra attrezzatura e nemmeno alla gente di New York. Sto pensando solo a una cosa.

L'anello.

Cerco di sedermi, ma mi gira la testa. La mia mano sinistra trova il marciapiede accanto a me. Poi la destra. Terminazioni nervose in fiamme. Reggendomi sulle mani, mi impongo di superare ondate di vertigini e mettermi a sedere. Fa male battere le palpebre, ma lo faccio lo stesso, aspettando che i miei occhi rimettano a fuoco. Sono girato nella direzione giusta perché inizio a distinguere il ponte di Brooklyn.

O almeno quello che riesco a distinguere.

Le ombre che svolazzano davanti ai miei occhi sono strane. Sparito il bagliore blu costante della cupola. Svanito l'ipnotico campo energetico del portale. Invece, tutto ciò che riesco a distinguere, immersa nel chiaro di luna, è una pallida nuvola di detriti che avvolge i piloni spezzati e i cavi improvvisamente cadenti. E poi tutto scompare mentre la polvere e il fumo si riversano sulla Lower Manhattan.

I suoni delle rocce che si frantumano e che schizzano nell'acqua scuotono quel poco che rimane del mio udito. Posso sentire i tremori attraverso la carreggiata e percepire le vibrazioni delle strutture che cadono. Riesco persino a sentire quelle che penso siano le onde che si infrangono sulle strade inferiori. E poi un nuovo suono, che conosco fin troppo bene, si fonde con il rumore della distruzione.

Applausi.

Rivedo tutte le partite di baseball e football a cui ho assistito. Riesco a vedere i volti dei fan, le braccia alzate, le teste inclinate all'indietro. Spruzzi di birra, popcorn lanciati. La loro squadra ha vinto. Sono felici. E sono vivi.

Dall'interno delle strade alla mia sinistra, e persino dall'altra parte del fiume nella mia città natale, Brooklyn, sento le urla dei newyorkesi. Urlano. Applaudono. Battono sulle auto. Battono contro i pali della luce. E la loro lode sale nel cielo notturno aperto.

"Ce l'abbiamo fatta", dico alle stelle mentre ricado. Sono uno spettacolo per gli occhi stanchi. Poi l'oscurità si insinua ai lati del mio campo visivo e tutto ciò che voglio è fare un lungo pisolino nella mia casetta in campagna.

CAPITOLO 40

0527, sabato 26 giugno 2027
Lower Manhattan, New York
Rovine del ponte di Brooklyn, East River

"NON POSSO CREDERE che i piloni siano ancora in piedi", dice Yoshi, interrompendo il lavoro sul labbro superiore di Z-Lo per bere un sorso dalla sua fiaschetta. Mi guarda, ma non lo sgriderò. La decisione di smettere è sua. Quindi Yoshi si asciuga il sudore, il sangue e lo sporco dal viso e torna a rattoppare il ragazzino.

Mancano pochi secondi al sorgere del sole sull'orizzonte orientale e noi Phantom, Vlad e Lada sediamo tra le rovine del ponte di Brooklyn, curando le nostre ferite e riflettendo sul nostro successo, se è così che si può chiamare tutto questo.

"*Quasi* in piedi", dice Ghost.

"Cosa?" chiede Yoshi senza distogliere lo sguardo da Z-Lo.

"I piloni sono *quasi* in piedi"

"Tutta quella bella ingegneria tedesca, immagino", aggiunge Chuck. "John A. Roebling ne sarebbe orgoglioso."

Inarco le sopracciglia. "Del fatto che gli abbiamo fatto saltare il ponte con del fertilizzante?"

"Beh. Non è esattamente quello che avevo in mente con il mio commento. Ma suppongo che questo potrebbe anche impressionarlo… in un modo disfunzionale e barbaro."

Scuoto la testa, stupito. "Per quel che vale, Roebling sarà anche nato in Germania, ma il ponte è nato negli Stati Uniti. Quindi questa è ingegneria americana ed è la vera ragione per cui quelle torri sono ancora in piedi."

"Vuoi restare fermo, ragazzino?" dice Yoshi a Z-Lo. Ha passato gli ultimi venti minuti a cercare di ricucirlo. Beh, a dire il vero, da quando ci siamo tirati su dall'asfalto qualche ora fa. Ma c'era troppo lavoro da fare.

Ghost ha avuto bisogno delle cure mediche più serie e zoppica ancora. Il resto di noi ha diverse contusioni e lacerazioni, ma niente di potenzialmente letale.

Mentre Yoshi si occupava del nostro cecchino, abbiamo controllato i corpi degli Androchidani che ci stavano inseguendo. La navicella e gli angeli della morte sono stati spazzati via dal cielo nell'esplosione dell'ANFO. E mentre la navicella è stata gettata da qualche parte nella Lower Manhattan, gli angeli della morte hanno colpito le auto e gli edifici circostanti abbastanza forte da squarciare la loro armatura. Due colpi al petto o alla testa per assicurarci che gli alieni restassero a terra.

Da lì, abbiamo dato aiuto e indicazioni a diversi gruppi di civili che abbiamo incontrato. Alla fine, la squadra ha scalato ciò che restava della rampa sul lato di Manhattan solo per avere una visione della distruzione dall'alto.

Sorprendentemente, i piloni principali sono, come ha notato Ghost, per la maggior parte intatti. Ma se la città vorrà riportare il ponte al suo antico splendore, ci sarà da riparare un bel po' di muri. Nel frattempo, i cavi principali sfilacciati fanno penzolare pezzi di cemento e acciaio su un turbolento East River, coperto di escrescenze bulbose e mucchi di pietre aliene sformate. E quello che era l'arco centrale del ponte di Brooklyn è ora un mucchio di capriate e asfalto maciullato, sacrificato sull'altare dell'anello degli schiavisti di Androchida.

"Ce l'ha fatta", dice Bumper dalla sua lastra di cemento accanto a me mentre i primi raggi di sole profilano le rovine contro un cielo che si riscalda. "Yuriy, voglio dire. Il vecchio è stato eccezionale."

Annuisco. "Che riposi in pace."

"Ah! Non sta riposando. Troppe vergini in questo momento", dice Vlad mentre fa cenno a Yoshi di condividere la sua fiaschetta.

Yoshi gliela porge e Vlad prende un sorso.

"Non sono sicuro di seguirti, Vlad", dico.

"Certo che sì." Si pulisce la bocca e ringrazia Yoshi per il drink. "Gli estremisti musulmani dicono che i loro uomini ricevono settantadue vergini dopo la morte, vero?"

"Fino a quando non scoprono che i vergini sono quelli che sono morti nelle loro stesse file." Z-Lo ridacchia e prova a dare il cinque a Ghost.

Ghost lo fissa.

Il ragazzo abbassa la mano.

"E sai per chi si stanno risparmiando invece le vere vergini celesti?" Vlad si batte il petto. "Per i russi, come pagamento per la guerra sovietico-afgana. Ha!"

"Vladimir, zitto", dice Lada.

"Cosa? È vero."

"Certo, certo. E cosa ottengono le donne russe?"

Vlad ci pensa un secondo, poi mi indica. "Altri cani alfa americani."

Lada alza un sopracciglio e poi mi squadra. "Mi sta bene."

Cercando di cambiare argomento, do una pacca sul fianco a Chuck. "Allora? Pensi che verranno a prenderci, amico?"

"Gli Androchidani? Alla fine, sì. Saranno molto interessati a sapere chi ha fatto esplodere il loro anello di schiavisti. Ma dal momento che presumevano che la vostra infrastruttura militare fosse stata spazzata via, non hanno personale in eccesso. Ci vorrà un altro giorno prima che arrivino gli esploratori militari. Quindi avete ancora un po' di tempo per nascondervi."

"Chi ha parlato di nascondersi?" Hollywood si mette le mani sui fianchi. "Non ho nessuna intenzione di nascondermi."

"Sono d'accordo con la signorina dell'esercito", dice Vlad, ma poi sembra pentirsi del suo commento quando Hollywood si tira su. "La signorina dell'esercito è piccola ma estremamente potente e dominante."

"Così va meglio."

"Allora, dove sono diretti tutti?" chiedo. "Il lavoro è finito, New York è libera…"

"Per il momento", aggiunge Chuck.

"Prendiamo quello che possiamo, Charlie", Mi guardo intorno mentre il sole scalda i nostri volti. "Allora, dove?"

Sembrano tutti logori e sporchi da morire. Abbiamo ancora un po' di fogna addosso. Ma nessuno sembra interessato a dichiarare le proprie intenzioni, quindi mi decido a iniziare.

"Beh, io torno a casa. Immagino che le nostre riserve si riuniranno e tutte le persone intelligenti metteranno insieme un piano." Guardo Bumper perché prosegua.

Ma mi guarda di traverso. "Permesso di parlare liberamente, Wic?"

"Eh, non tirare fuori quelle stronzate, Bumper. Dì quello che devi dire."

Si guarda intorno prima di rispondere. "Non credo che le riserve si rimetteranno insieme. Almeno non per molto tempo."

"Posso confermare la conclusione di Bumper", offre Chuck. "Ho monitorato tutte le vostre varie bande di trasmissione e, a parte oscillazioni molto distanti e quindi indistinguibili, il che implicherebbe che almeno alcune delle vostre specie mantengano un contatto radio, non c'è nulla nemmeno lontanamente vicino alle chiacchiere militari, come si suol dire."

Bumper si acciglia e fa un cenno a Chuck prima di continuare. "E sono abbastanza sicuro che abbiamo già stabilito il fatto che le nostre rispettive unità sono… Beh, siamo tutti bloccati, per il momento, Wic."

"Allora potete rendervi utili qui e aiutare le brave persone di New York a trasferirsi in campagna. È quello che farò nel mio tempo libero, no?"

"Non siamo Greenpeace," dice Hollywood. "Non è quello per cui siamo stati addestrati."

"E cos'è?"

"Questo." Indica lo scheletro del ponte. "Far esplodere cose." Fa una pausa. "No, far esplodere… Qual è la parola, Sir Chuck?"

"La mia parola?"

"Per quelle piccole dannate cose."

"Ah, sì. Credo che tu ti riferisca al mio sbalordito tentativo di superare le parole…"

"Splick", dico, risparmiando a tutti noi la spiegazione ben intenzionata ma inutilmente lunga di Chuck.

Hollywood schiocca le dita. "Ecco. Siamo addestrati a far saltare in aria quelle piccole teste di *splick* e rispedirle su 'Ndrocchia Prime."

"Androchida Prime", dice Chuck.

Hollywood scuote la testa. "No." Si guarda intorno. "Non so voialtri, ma di sicuro non me ne andrò in campagna mentre aspetto che i nemici ricollochino i loro anelli fluttuanti e catturino una nuova infornata di umani. Non fino a quando ho ancora un'arma in mano."

"Roger", dice Bumper.

Yoshi e Z-Lo le danno il cinque e Ghost fa un piccolo cenno del capo.

"Sono d'accordo con la donna sexy dell'esercito", dice Vlad.

Ora è il turno di Bumper di tirarsi su. "Vuoi provare a ripeterlo, amico?"

"Sì. Sono d'accordo con la donna sexy dell'esercito."

Non posso fare a meno di soffocare una piccola risata.

Hollywood appoggia la testa sul braccio di Bumper. "Va tutto bene."

Il SEAL sembra prenderla abbastanza bene, ma sta decisamente diventando protettivo nei confronti di Hollywood.

"Vai avanti", dice Hollywood a Vlad.

"Lada ed io non condividiamo le opinioni di nostro fratello sul nascondersi. Non è il nostro stile restare in attesa della fine."

Lada annuisce in accordo con le parole del fratello. "Questo è il modo Bratva. Ma non il modo dell'esercito russo. E lui non è mai stato servito."

"Probabilmente non quello che voleva dire", dice piano Chuck.

"Quindi volete continuare a combattere", chiede Bumper alla coppia di russi. "Con noi."

"Da", dice Vlad. "Meglio che morire a Boxcar Children City con i pantaloni intorno alle caviglie."

"E perché questo è il modo migliore di morire?" chiede Chuck.

"Preoccupatene più tardi", guardo Vlad e Lada. "Ma Sissy non vi chiederà di restare?"

"È il fratello maggiore, sì", dice Lada. "Ma non è madre. Non ci controlla."

"Ora siamo combattenti per la libertà", dice Vlad. "E se rimarrete tutti a combattere, lo faremo anche noi. Anche se la madre Russia è la nostra casa del cuore, anche l'America è casa. Questo", indica la città, "è il grande sogno di libertà americano, vero? Anche a noi piace ed è anche casa. Quindi, quando dei piccoli alieni arrivano e si mettono a combattere in queste case, noi combattiamo. Con voi, avvolti in vecchie e gloriose stelle e strisce rosse, bianche e blu. E noi diciamo", alza il medio verso le rovine, "poshel na khuy!"

I membri del Phantom Team annuiscono in segno di apprezzamento per i sentimenti di Vlad, e sono abbastanza sicuro di sapere come si traduca quest'ultimo pezzo.

"Senza offesa, Wic", dice Hollywood dopo un attimo. "Ma non credo che ci sia nessuno più intelligente di te là fuori in questo momento"

"L'adulazione non ti dona, Hollywood."

"Non è adulazione. Guardati intorno, Maggiore Capo. Quale altra città ha abbattuto un anello? E Chuck non ha detto che siamo i primi di qualsiasi civiltà che abbia visto?"

"L'ho detto, sì", risponde Chuck.

Prima che io possa contestare la logica, Hollywood riprende. "La persona con il maggior numero di informazioni è la persona più intelligente al tavolo."

"Forse il più informato, ma non il più intelligente", rispondo.

"D'accordo. Ma sai anche come usare le informazioni, come risolvere i problemi, come guidarci. Se questa non è intelligenza, non so cosa lo sia."

"Mi dispiace, squadra. Abbiamo portato a termine la nostra missione e abbiamo lavorato sodo, ora è il mio turno di…"

"Di fare cosa?" Hollywood è in piedi adesso. "Di rinunciare?"

"Non è quello che…"

"Di andare in pensione e ritirarti dal combattimento?"

"Ehi, avete vissuto tutti le stesse cose che ho vissuto io qui, quindi potete…"

"No, non è vero", dice Aaron.

Tutti gli occhi si spostano verso di lui.

"Cosa hai detto?" chiedo.

"Non hanno vissuto tutti le stesse cose che hai vissuto tu, Pat. Tu… hai visto più azione di tutti loro messi insieme, se non sbaglio. E sei stanco perché, sì, *hai* pagato tutti quei debiti. Ma questo è esattamente ciò che ti qualifica per farci da guida in questo momento."

Si alza e si avvicina a me.

"So che sei stanco. Diamine, io sono più stanco e spaventato di quanto non lo sia mai stato in tutta la mia vita. Ma questa lotta… non è di qualcun altro. È tua. Ed è mia. E se Jack fosse qui…"

"Non farlo."

"E se Jack fosse qui, ti pregherebbe di lasciarlo andare in avanscoperta anche per questa pattuglia."

Un'ondata di emozione mi balza dalle viscere, ma la trattengo in gola prima che mi tradisca. Metà di me è pronta a mettere al tappeto Aaron e metà vuole piangere. Ed entrambe mi fanno incazzare a morte. Stringo la mascella solo perché, se non lo faccio, dirò qualcosa di cui mi pentirò.

Penso che Aaron si sia accorto di aver toccato un tasto dolente e fa un mezzo passo indietro. Ma mi sta ancora fissando e so che non lascerà perdere. Quindi devo rispondergli.

"Sai cosa ci aspetta là fuori, vero?" Indico il sole da sopra la spalla di Aaron. "La morte."

"È quello che ci aspettava anche qui", dice Hollywood.

La sento, ma sono ancora in una gara di sguardi con Aaron.

"Jack è morto perché ho detto di sì, Aaron. Io. Nessun altro. E ho già detto sì a questa squadra una volta." Mi guardo intorno. "Siamo scampati alla morte questa volta. Yut. Ma due volte? Contro queste probabilità?" scuoto la testa e sento il nodo tornare. Vedo le immagini del corpo di Jack. "Non possiamo ingannare il diavolo più di una volta. Impara troppo in fretta. Dev'essere qualcun altro."

"Maledizione, Pat! Non c'è nessun altro."

Aaron ha la faccia rossa. Diavolo, anch'io. Sento come una dannata stufa a legna dietro le mie guance. Ma nessuno di noi si muove e il resto della squadra è immobile.

Una vocina rompe la tensione. La voce di Chuck. "Almeno con te, moriranno combattendo per ciò in cui credono."

Tolgo gli occhi da Aaron e guardo l'arma. "Cosa hai detto?"

"È il tuo discorso. Puoi vincere per una cattiva causa, ma poi devi convivere con l'inferno. Oppure puoi morire per una buona causa e mandare il diavolo al diavolo di persona. Mi sembra che allontanarsi da tutto questo ti permetterà di sopravvivere, ma sarà un inferno", fa una pausa. "E, in qualche modo, ho la sensazione che tu ne abbia già vissuto abbastanza."

"Cosa sei tu, il mio dannato terapista adesso?"

"No", dice Hollywood. "Ma ha ragione."

La affronto con i pugni chiusi. Dio sa che non la colpirei mai. Ma non voglio nemmeno ammettere che ha ragione. Come Aaron. E come il dannato Chuck.

Piego la testa all'indietro, mi passo una mano sul viso e poi guardo il cielo azzurro. I gabbiani sono tornati, strillando come i ratti con le ali che sono. Una fresca brezza mi porta nel naso l'aria salmastra del mare. E in lontananza, sento il ronzio intenso delle masse di gente che si allontanano dalla città. Le persone sono vive.

Grazie a noi.

"Moriremo tutti", dico.

"Non vedo l'ora", risponde Bumper senza neanche aspettare che le parole mi siano uscite dalla bocca.

"E sarete tutti tristi", aggiungo. "Piangerete e vorrete non esservi offerti."

"Che tristezza", dice Hollywood.

"Dico sul serio, Sergente."

"Anch'io, Maggiore Capo"

Mi sta facendo incazzare ancora di più. Ma il tipo di incazzatura giusto. Il tipo che dice che faremo in modo che gli 'Ndrocchini, anche se prendono l'intero dannato pianeta, sappiano di essersi messi contro la specie sbagliata.

"Siete tutti un mucchio di teste di splick, lo sapete?"

"Sì", rispondono.

"Non ho familiarità con questo termine", dice Vlad. "Cos'è questo splick di teste?"

"È quello che il nemico mangia a colazione", dice Z-Lo.

"Già", sorride Yoshi. "E quello che gli morde le chiappe a pranzo."

"Si," urla Veronica. "E poi gli fa bruciare il culo per tutta la notte. Come muchas jalapeños, ah-ha!"

Hollywood sorride ma poi mi lancia uno sguardo serio. "Allora, significa che sei dei nostri?"

Faccio un respiro profondo. "Qualcuno conosce il santo patrono delle casette di legno?"

"Immagino che sia San Giuseppe, il falegname", dice Z-Lo. "Perché?"

"Perché ho bisogno che trasferisca la mia dal Poconos ai cancelli del paradiso."

L'euforia della squadra dura fino a quando qualcuno, vale a dire Hollywood, non fa la domanda successiva più ovvia.

"Allora, qual è il piano, Wic?"

Mi fermo per qualche secondo mentre diverse possibili mosse di scacchi mi passano per la testa. Le idee vanno e vengono così velocemente che giuro che metà di quelle buone non si fermano mai. Ci vuole una vera forza mentale per afferrarle per la coda mentre sfrecciano oltre e ancora di più per immaginare una strategia che sia dieci mosse avanti al tuo avversario. Ma, in fondo, è quello che ami fare, vero Wic? Tramare la fine del nemico, una mossa alla volta.

"Wic?" chiede Hollywood.

"Sto solo pensando", mi succhio le labbra per un momento. Qualcosa sta prendendo forma nella mia testa nonostante la stanchezza, la fame e la disidratazione. Ma questi sono il tipo di enigmi che tengono sveglio un uomo di notte. Che gli danno uno scopo. Un progetto. Una missione.

Guardo la squadra, poi le rovine del ponte e poi il sole che sorge. "Se abbiamo qualche speranza di combattere i peluche, allora non sarà in nostra difesa."

"Offesa, dolcezza", Bumper si sfrega le mani. "Non puoi vincere le partite se non vuoi segnare."

"E nemmeno le ragazze", dice Hollywood.

"Auuuuuuu!" Z-Lo fa un fischio.

Il morale della squadra si sta sollevando, il che è positivo. Ma sono preoccupato. Certo, il mal di testa che ho è mortale e sono decisamente pronto a mangiare qualcosa e poi a fare un lungo pisolino. Ma un'idea sta lottando verso la superficie nel mio cervello, come se fosse sotto il marciapiede, cercando di tirare su la testa.

Mi chino in avanti e mi tengo la testa tra le mani. Mi sto massaggiando le tempie quando noto un'articolazione dell'anca incastrata in una crepa nel pavimento. È rimasta dalle pile di hardware umano che ho visto all'ingresso del portale.

Lancio un'occhiata ad Aaron. "In Antartide, quando Lewis è stato catturato."

"Dio, Pat. Dobbiamo ripensarci proprio in questo momento?"

"Ricordi se i suoi vestiti sono bruciati mentre passava?"

"Cosa? No. Di cosa parli?"

"Ricordi se i suoi vestiti abbiano preso fuoco quando il drone l'ha trascinato dall'altra parte?"

Aaron ci pensa un attimo. "No, non che io ricordi. Perché?"

"Ehi, Chuck."

"A tua completa disposizione, vecchio mio"

"C'è differenza tra il modo in cui funzionano i portali degli schiavisti e quello in Antartide?"

"No. Entrambi fungono da trasporti per Androchida Prime."

"Non è questo che intendo", raccolgo l'articolazione dell'anca e la tengo sollevata.

"Oh Dio", dice Hollywood. "È quello che penso che sia?"

"Una mazzetta di metallo per uccidere gli scoiattoli?" propone Vlad.

Lei lo fissa e mi sussurra: "Vuoi davvero che questo tipo venga con noi?"

Ignoro il suo commento e rimango concentrato su Chuck. "L'anello degli schiavisti. Filtra tutti i tessuti non umani, giusto?"

"Sì. Pensavo che questo fosse ben chiaro."

"Ma l'altro anello, quello in Antartide", incrocio lo sguardo di Aaron e lui sembra cogliere la mia logica, "non ha…"

"Bruciato i vestiti di Lewis", conclude Aaron. "O lasciato indietro nulla."

"Esatto", dico.

"Perché non ci ho pensato prima?" Aaron è in piedi e cammina su e giù. "Ciò significa che servono a scopi diversi."

"Bravo", interviene Chuck. "Bel lavoro di deduzione, voi due. Ora, se mi permettete di offrire qualche spunto in più in modo da dimostrarmi prezioso per la squadra nonostante la mia incapacità di sparare, ve ne sarei grato."

"Uno è per riportare gli schiavi nel pianeta natale", dico.

"Sì, ma ora tocca a me", dice Chuck.

Aaron mi fissa con gli occhi spalancati. "Mentre l'altro è per la struttura di leadership…"

"Per traghettare risorse per l'invasione", concludo.

"Ah, vedi adesso? Mi avete rubato la scena, maledetti. Potresti anche buttarmi oltre la paratia, adesso. Pesci flounder, eccomi!"

"Allora è vero?" chiedo a Chuck.

"Cosa, *ora* vuoi che intervenga?"

"Ha senso, vero?" Sono in piedi con Aaron, guardando Hollywood e Bumper. "Non vuoi che gli schiavi si presentino nello stesso posto in cui organizzi le tue invasioni."

"Obiettivi diversi, aree di intervento diverse", risponde Bumper.

"Da una parte, le celle, gli interrogatori, la zona di organizzazione", aggiunge Ghost.

"Dall'altra il comando", dice Yoshi.

"E questo potrebbe spiegare anche le differenze di potenza e dimensioni", aggiunge Aaron.

"Avete finito?" chiede Chuck.

"Oh, scusa amico." Lo prendo. "Volevi aggiungere qualcosa?"

"Beh… sì. Ma… I due anelli sono… Ah. Avete praticamente già fatto senza di me."

"Sciocchezze", tuba Lada mentre si avvicina delicatamente a Chuck e fa scorrere le dita lungo la sua canna. "Qualcosa di forte e formidabile dice a Lada che hai molti segreti che aspettano di essere persuasi dalle tue viscere e portati allo scoperto, sì?"

"Patrick, sta… parlando con te o con me?"

"Ti farò sapere", abbasso Chuck. "Penso che abbiamo l'inizio di un piano qui, gente."

"Il nemico ha qualcosa che possiamo sfruttare", dice Bumper.

"Aspetta", dice Vlad. "Vuoi suggerire che torniamo a *yuzhnyy polyus*?"

Annuisco. "Il polo sud. Yut."

"Non per essere una palla al piede", dice Hollywood. "Ma non è un po' lontano? E siamo un po' a corto di... oh, non lo so... aerei volabili e carburante?"

"Lo siamo", dico in tono conciliante. Ma ho il sospetto che il trasporto potrebbe non essere un problema. "Vuoi spiegare, Chuck?"

C'è una lunga pausa prima che il fucile dica qualcosa. "Fermate le rotative. Nessuno vuole rovinarmi la festa?"

"Avanti."

"Ne siete sicuri. Perché l'ultima volta ci sono state molte interruzioni e molta gloria è stata rubata."

"Parola di lupetto, amico."

Chuck si schiarisce la gola. Riesco praticamente a vedere il piccoletto che si raddrizza il papillon e si pettina all'indietro i capelli. "Beh, ora che ne parlate, non direi che un viaggio in Antartide, supponendo che stiate pensando di *attaccare il nemico*, come si è detto, sia del tutto fuori discussione."

Si ferma come se si aspettasse di essere interrotto. Nessuno interviene.

"Vai avanti, amico", dico, sperando che stia per dimostrare che i miei sospetti sono corretti.

"Uhm. Si, beh... Ironia della sorte, anche se penso che sia molto più una testimonianza della tecnologia di difesa di Sekmit che del destino, c'è una navicella a meno di ottocento metri a ovest della nostra posizione attuale..."

"Aspetta", Hollywood si fa avanti. "Vuoi prendere una navicella per l'Antartide?"

"Sì, e tutti gli anelli di schiavisti ancora qui sulla costa orientale?" chiede Yoshi.

"Lo so io", Bumper alza una mano e poi guarda il resto della squadra. "Abbiamo abbattuto l'anello di New York, sì. Ma avevamo l'elemento sorpresa. E se il nemico è intelligente, non lasceranno che accada di nuovo. Immagino che le informazioni siano già state caricate su qualche cloud e condivise. Studieranno per giorni o addirittura settimane per capire cosa è andato storto e come prevenirlo. Proprio come faremmo noi. Quindi non è più possibile inviare bombe ANFO su chiatte lungo i fiumi, almeno non esattamente come abbiamo fatto noi. Se lo aspetteranno."

"Il che significa che dobbiamo cambiare tattica", dico. "Dobbiamo stare un passo avanti e tenerli sulle spine. Non si aspettavano che scivolassimo sotto la cupola e facessimo saltare in aria il nostro ponte, giusto? Quindi sto proponendo di fare la prossima cosa che non immaginerebbero mai che facciamo."

"Presentarci alla loro dannata porta", dice Chuck con una voce abbastanza inquietante. "Dio, che bello."

Tutti ridono.

"Huh!" sputa Veronica. "Come se potessi passare inosservato con tutta quella sicumera da Il ministero delle camminate strambe."

"Chiedo scusa?" risponde Chuck.

"Hai sentito bene. Saresti una pessima spia."

Chuck sospira. "Di nuovo, Patrick. Mi dispiace così tanto per lei."

"A me no", dico con un largo sorriso. "Comunque, hai colto nel segno." Do una gentile pacca sul mirino di Sir Charles. "Complimenti."

"Grazie, Patrick! È così bello essere un giocatore chiave. Al cento per cento, come si suole dire."

"Lo vedremo", dico sottovoce.

"Ehi, pensavo che tutte le navicelle fossero state eliminate nell'esplosione", dice Yoshi.

"Posso?" chiede Chuck. Immagino che stia rivolgendo la domanda a me.

"Certamente."

"Le navicelle rimanenti sono state abbattute e alcune sono state effettivamente disabilitate in modo permanente, per quanto le mie scansioni possono dire, ma questo non significa che tutte siano a terra. Ad esempio, quella che ho menzionato prima era quella che vi ha inseguiti lungo FDR Drive. Sebbene l'esplosione dell'ANFO l'abbia gettata a Lower Manhattan, non ha reso la navicella inutilizzabile. Semmai, ha reso il suo equipaggio inerte."

"Inerte?" chiede Z-Lo.

"Morto", risponde Chuck. "Contrariamente a quanto afferma la vostra pigra fiction, un essere umano e quasi tutti gli organismi biologici complessi non possono sostenere drammatici cambiamenti istantanei di inerzia."

"Io… non capisco", il ragazzo mi guarda.

"Ricordi quando Visione abbatte War Machine in Captain America: Civil War?" chiedo.

"Certo. Rhodey è in punto di morte. Resta paralizzato alle gambe."

"Quella è inerzia", rispondo.

"Assolutamente sì", aggiunge Chuck. "E anche un bel film Marvel. In ogni caso, certo, ci sono ammortizzatori d'inerzia su quasi tutto ciò che si può immaginare oggigiorno. Ma solo perché hai un'elegante tuta da Iron Man non significa che proteggerà i tuoi organi dall'essere spiaccicati al suo interno."

"Quindi stai dicendo che gli 'Ndrocchini nella navicella sono rimasti spiaccicati?" chiede Z-Lo.

"C'è solo un modo per scoprirlo", risponde Chuck. "Chi vuole fare una gita?"

Una folla considerevole si è radunata intorno alla navicella abbattuta quando raggiungiamo l'angolo tra Wall Street e Pearl Street. Mi guardo alle spalle e vedo che diversi edifici sono stati abbattuti quando il velivolo nemico è stato scaraventato fuori rotta fino a raggiungere il suo ultimo luogo di riposo in mezzo alla strada.

Non sono passate nemmeno sei ore, e già le persone hanno marchiato il veicolo con vernice spray brillante, rendendolo un simbolo di tutta la loro rabbia repressa. Alcune persone lo stanno colpendo con mazze da baseball, il che sono certo sta facendo più male a loro che alla navicella. Tuttavia, sono i piedi di porco e le molotov che mi preoccupano di più.

"Non si preoccupa degli umani più di quanto uno stivale si preoccupi per le formiche", mi assicura Chuck mentre incanala il suo Nick Fury interiore. "Anche se i graffiti sono piuttosto affascinanti, non credi?"

"Certo", rispondo mentre iniziamo a farci strada tra la folla. Ma l'avanzata è lenta, data la densità di gente stipata.

Quindi, in uno sforzo che è vicino ma non superiore a quello con cui Andre the Giant separa la folla in La storia fantastica, Vlad si porta le mani a coppa su entrambi i lati della bocca e grida: "Sgomberate la strada!"

Quelli accanto e davanti a noi si girano e iniziano ad aprire un varco per farci passare.

"Ben fatto", dico.

"No problem."

Le persone sulla navicella smettono di colpirla mentre ci avviciniamo.

"Possiamo aiutarti?" dice un ragazzino con una mazza da baseball.

"Sono solo qui per avere un passaggio", dico.

"Non funziona, vecchio. Ci sto provando da qualche ora."

"Vecchio?" dico a Hollywood. "Mi ha appena chiamato vecchio?"

"Ehi, ragazzino", dice. "Abbiamo bisogno che tu e i tuoi compari veniate giù."

Guarda i suoi amici e sembrano reindirizzare la loro angoscia verso di noi. "No. Stiamo bene dove siamo."

"Ascolta, sono sempre d'accordo nel festeggiare una vittoria. Fallo finché non entri nella mia proprietà o nella proprietà di qualcun altro. Ma quando le persone hanno delle pistole e sembra che abbiano appena combattuto una guerra, la mossa intelligente è dire: 'Sì, signora. Subito, signora. Come volete'."

"Sono abbastanza sicuro che questa astronave appartenga a tutti noi", urla il punk e ottiene supporto immediato dalle persone intorno a lui.

"Potrebbe essere", rispondo. "Ma in questo momento, dobbiamo prenderla in prestito."

"Oh sì, nonnino? E come pensi di farlo?"

"È abbastanza", dice Lada. "Lo uccido adesso."

"Calma, Lada." Non credo che il punk intenda combatterci. Non sta assumendo un atteggiamento minaccioso, sta solo difendendo il suo nuovo territorio. Lo capisco. Ma deve ancora delle scuse a Hollywood.

"Ehi, Chuck."

"Sì, Patrick?"

"Come va la comunicazione con quell'AI di sei mesi?"

"Quasi pronto."

"Aspetta." Il teppista salta sul supporto del motore più vicino. "Con chi stai parlando?"

Sollevo Chuck. "Il mio fucile."

"Non assomiglia a nessun fucile che ho visto."

"E ci sono buoni motivi. Ora, ti suggerisco di scendere prima che tu o uno dei tuoi amici si faccia male."

"Incredibile, no?" dice il punk alla sua banda.

"Pronto al tuo segnale, Patrick", dice Chuck.

"Avanti."

Un attimo dopo, i motori della navicella si accendono e il velivolo si solleva dal cratere nel marciapiede. La folla indietreggia mentre la gente sussulta e grida sorpresa. Anche l'equipaggio in alto fa un passo indietro dai bordi, tutti tranne il capobanda. Cade dal braccio del motore ma si appende con una mano su una placca corazzata.

"Tiratemi giù", urla e strepita. Ma nessuno dei suoi amici sembra interessato ad aiutarlo e tutti quelli sotto si sono allontanati dai coni di spinta blu dei motori.

"Portala giù, Chuck", dico. "Delicatamente."

La navicella scende di qualche metro e atterra. Z-Lo aiuta a mettere il punk a terra, lo fa girare in modo che guardi Hollywood e gli grida qualcosa nell'orecchio.

Il giovane annuisce in modo improvvisamente rispettoso e si precipita da Hollywood. Sopra il rumore del motore, dice: "Mi dispiace molto per averle mancato di rispetto, signora."

"Scuse accettate", gli risponde all'orecchio e poi gli dice di sparire.

La folla si allontana ancora di più quando Chuck apre la porta del vano di carico posteriore.

"Tutti a bordo," dice Chuck abbastanza forte da farsi sentire dalla squadra. E appena in tempo. Anche se le masse in strada sono appena state liberate e, senza dubbio, grate per la loro libertà, sono anche ancora disperate, dato lo stato delle infrastrutture della città. Parecchi spettatori sembrano prendere in considerazione l'idea di chiederci un passaggio, e anche se apprezzo il sentimento di salvare i civili, non siamo una squadra di evacuazione. Basta vedere un UH-60 Blackhawk caricato da profughi disperati per ricordare per sempre l'esito disastroso di uno scenario del genere.

Non appena i miei piedi sono sul portellone della stiva, dico a Chuck di portarci su. La risposta è immediata e la navicella soffia via polvere e persone dal luogo dello schianto. Ma poi la navicella si impenna a circa sei metri dal ponte.

"Che sta succedendo?" urlo nella stiva.

Z-Lo ha trascinato un pilota Androchidano giù per la scala che porta al ponte e lo sta prendendo a pugni in faccia. Sorprendentemente, l'alieno è ancora vivo e, Dio, ha un odore terribile: uno strano miscuglio di ammoniaca, pesce morto e verdure in decomposizione. Il pilota fa un debole tentativo di raggiungere la testa di Z-Lo e il ragazzo respinge la mano della creatura. Ma la mano torna come un pugno e fa schioccare il naso del Marine. Il sangue scorre sul viso di Z-Lo e lui emette un profondo ringhio. Veloce come una tigre che si rigira sulla sua preda, il ragazzino avvolge le gambe attorno al torso dell'alieno, gli afferra la testa con entrambe le mani e poi la fa scattare di lato.

Riesco a sentire il crack da dove mi trovo. "Immagino che abbiano le vertebre", dico a Bumper.

Annuisce e poi si fa da parte mentre Z-Lo trascina il cadavere verso il portellone aperto. "Dannato peluche, mi ha rotto il naso." Sta per lanciare fuori il corpo quando ho un'idea.

"Aspetta." Mi inginocchio accanto all'Ndrocchino morto. "Voglio l'armatura."

"Che cosa?" chiede Z-Lo sopra il rumore del motore.

"La sua armatura", tocco il pettorale verde smeraldo. "Ci teniamo l'armatura."

Z-Lo mi guarda come se avessi perso la testa. "Maggiore Capo, sei…?"

"Togligliela, Marine!"

"Subito."

Bumper e Ghost aiutano Z-Lo a capire come spogliare l'alieno morto e iniziare ad accatastare la corazza e l'uniforme di lato. La puzza peggiora man mano che vanno avanti, e temo che forse non sia stata una buona idea. Ma dal momento che l'armatura sembra che potrebbe adattarsi a uno dei membri più grossi della nostra squadra, ho idea che potrebbe tornare utile in seguito.

Man mano che spogliano la creatura, posso vedere i ragazzi sempre più disgustati. La sua carne grigia e le vene verdi coprono un sistema scheletrico non molto diverso dal nostro. Ma è abbastanza diverso che mi ritrovo a fare una smorfia mentre la squadra lavora.

"Almeno crede nella biancheria intima", urla Yoshi.

"Sei curioso?" chiede Z-Lo.

"Maledizione, no!"

"Solo non provare a mettertela su", dice Chuck. "L'armatura, voglio dire. Non la biancheria intima. Che schifo."

"E perché?" chiede Z-Lo.

"Ugh. Ho davvero bisogno di spiegarti l'igiene? Che disagio."

"Penso che intenda l'armatura", dico a Chuck.

"Ah. Capisco. Bene, come con me, solo quelli con le firme del trinium possono legarsi a questa attrezzatura. Tutti gli altri avranno, sai, una brutta sorpresa. E l'elmo in particolare ha un effetto devastante."

"Faremo occhio", rispondo.

Chuck aspetta un secondo, poi dice: "Ah! Un bel gioco di parole…"

"Cosa? No, non stavo cercando di… ah, dannazione."

Una volta che il cadavere è stato spogliato della sua uniforme, Z-Lo fa gli onori di casa e lancia il corpo grigio dalla navicella. La folla grida quando l'alieno atterra sul marciapiede.

"Un altro", dice Yoshi mentre lui e Hollywood trascinano un secondo pilota verso il portellone. Di nuovo, l'armatura viene rimossa e il corpo vola giù, atterrando vicino al primo. In pochi secondi, la folla si accalca come un branco di piranha.

Mi sporgo per guardare la folla che fa a pezzi gli invasori quando Bumper afferra il mio giubbotto e preme il pulsante per avviare la chiusura della porta della stiva. Mentre gli edifici si ritirano sotto di noi, la stranezza del momento mi colpisce. Quante volte sono ripartito da luoghi sconosciuti e mi sono sforzato di dimenticare le persone che ho aiutato una volta che il mio ruolo era finito? Mentre ora, Brooklyn brilla attraverso il fiume e odio vederla scomparire. Ma la verità è che non dimentichi mai le città che hai combattuto per liberare. In effetti, fa parte della futilità della guerra, almeno delle guerre in cui ho combattuto: non appena te ne vai, sai che le cose torneranno come prima e non c'è niente che tu possa fare al riguardo. Alcuni di quegli stessi sospetti mi affliggono ora e mi chiedo se avremo mai successo contro questo nemico. Se mai vinceremo davvero.

Un passo alla volta, Wic.

"Dobbiamo battezzarla", mi dice Bumper una volta che la porta della rampa è sigillata.

"Vuoi dire, dare un nome alla navicella?"

"Diavolo, sì", dice Hollywood, che ha sentito la conversazione.

Bumper sorride. "E per come la vedo io, c'è solo un nome appropriato."

Come se l'avessimo provato dieci volte, tutti i Phantom originali guardano Z-Lo e dicono "Dolores."

"Chi è questa Dolores?" chiede Vlad dall'estremità opposta della stiva. "Una bella americana dal seno grande, giusto?"

"Dovrai chiedere i dettagli a Z-Lo", dico. "Ma è piuttosto taciturno al riguardo."

"Ah. Capisco. Sì, è importante tenere per sé le migliori. Rispetto molto questo modo di comportarsi."

Z-Lo è uno sportivo, ma posso dire che è imbarazzato. Ed è proprio questo il punto. Tuttavia, riconosco la necessità di incoraggiare Z-Lo tanto quanto lo prendo in giro.

"Ehi, ragazzino!" Lo tiro da parte. "Voglio dirti una cosa."

"Oh, sì?" Mi lancia uno sguardo scettico.

"Laggiù… quando hai detto a quel teppista di scusarsi con Hollywood?"

"Sì?"

"Ben fatto."

La guardia di Z-Lo sembra sciogliersi. "Grazie, Maggiore Capo."

"Dico solo le cose come stanno, ragazzo. Sei una brava persona."

"Grazie, signore."

"E d'ora in poi sarà solo Wic. Chiaro?"

Annuisce più volte. "Va bene, signor Wic, signore."

Ridacchio e gli do una pacca sulla spalla. "Ci arriverai."

"Allora? In Antartide?" chiede Chuck.

"Non ancora. Dobbiamo fare qualche sosta."

La prima tappa che facciamo è tornare al molo 36 per lasciare che Vlad e Lada salutino Sissy e poi fare scorta di armi e munizioni. Prendono anche alcune razioni MRE russe che, ora che ci penso, saranno importanti per il morale. Anche se nessun MRE è qualcosa di cui scrivere a casa, hanno un certo valore sentimentale. Certo, non mi importerebbe di non toccarne mai più uno finché vivo. Ma se siamo diretti su un pianeta alieno, avere delle patate gratinate potrebbe farmi bene al cuore, anche se mi fa male allo stomaco.

La cosa più sorprendente che il team di fratelli riporta a Dolores è un pacchetto di carta oleata legato con lo spago.

"Questo è per te, da parte di Babushka Petrov", dice Vlad dopo aver tirato fuori il fagotto dal suo ridicolo marsupio. "Tieni. Apri."

Prendo il pacco e sciolgo lo spago. All'interno ci sono una dozzina di toppe in stile militare a forma di lacrima, filo grigio su campo bianco. Nel mezzo c'è rappresentato quello che sembra un elmo androchidano malconcio sotto due galloni.

"Ti piacciono? Sono per il Phantom Team."

Sbircio Vlad e Lada. "Tua nonna le ha fatte… mentre eravamo via?"

"Da. Potrebbe avere o meno un piccolo negozio clandestino per regali e ricami chiamato Super Good Time Feelings Merchandise Store. Non posso né confermare né smentire."

"E ha fatto questi. Per noi."

"Sì. E, forse, ora che ci siamo, anche Lada e Vladimir fanno parte del team, sì?"

"Ci penserò."

La nostra prossima tappa è ai nostri veicoli al Richmond County Yacht Club a Staten Island. Non so se essere scioccato o impressionato dal fatto che non siano stati assaltati. Forse nessuno ci ha visto entrare, o forse ci hanno visto e si sono preoccupati che saremmo tornati con tutte le nostre armi. Se fossi in me, avrei paura delle trappole esplosive che potrebbero aspettarmi, ma abbiamo già stabilito che sono quel genere di persona, *preparato*.

E ok, forse anche un po' paranoico.

Ma dopo tutto quello che ho appena vissuto? Penso sia comprensibile. La paranoia non significa che il nemico non stia cercando di ucciderti.

Recuperiamo tutti gli MRE, le munizioni e l'acqua dolce, così come alcune delle attrezzature secondarie, e poi salutiamo i nostri destrieri per la seconda volta in meno di ventiquattro ore. Sembra che sia passato più tempo, ma il tempo tende a rallentare quando ogni minuto sembra che potrebbe essere l'ultimo.

"Scusa, Dolores", sento Z-Lo dire al suo Humvee. "Ma ci hanno fatto chiamare anche l'uccello Dolores. Ti amo ancora, però."

"Dai, Romeo", urla Hollywood. "Saliamo."

"Arrivo", e poi Z-Lo manda un bacio al suo HMMWV.

Dal porto turistico, Chuck ci riporta all'ultimo posto che voglio vedere in questo momento: la mia casetta a Skytop, in Pennsylvania. Non fraintendetemi, è uno spettacolo per gli occhi stanchi. Ma dopo tutto quel discorso sulle rovine del ponte, mi ero rassegnato al fatto che non l'avrei mai più rivisto. Ora, eccoci qui e combatto con la nostalgia di casa come un bambino di sei anni al suo primo pigiama party.

Atterriamo lontano dai regalini che dormono nei campi e sbarchiamo con una rigida tempistica di quindici minuti. Quel limite è in vigore per me, non per il resto della squadra. Più a lungo e sento che potrei cambiare idea su tutta questa storia. Maledetto sentimentalismo.

Dopo aver avviato i miei generatori di riserva gemelli, i membri del team usano a turno il mio bagno e poi si uniscono a me nel seminterrato per smistare l'attrezzatura per il freddo. Facciamo anche scorta di ancora più armi, munizioni, batterie extra per radio e NVG e tutto il cibo che possiamo trasportare. Non so cosa ci aspetta dall'altra parte di quel portale, ma voglio prepararmi come se non ci fosse niente di ospitale. Questo mi ricorda forse la domanda più trascurata finora, e mi sento un idiota per non averci pensato prima.

Aspetto che tutti gli altri siano in superficie, poi dico: "Ehi, Chuck?"

"Sì, Patrick."

"Domanda a caso qui, ma, uh, noi umani possiamo respirare su Androchida Prime?"

"Uhm. Credi onestamente che ti lascerei intrattenere l'idea di attraversare quel portale senza la presenza di un adeguato supporto vitale?"

Sto per rispondere affermativamente quando Chuck si intromette nella sua stessa domanda.

"Sai una cosa? Non importa. Posso vedere come questo potrebbe minare la nostra costruzione di fiducia, *la mia* costruzione di fiducia, aprendo la relazione a sospetti inutili. Per quel che vale, la risposta a quest'ultima domanda è no: non ti permetterei di fare qualcosa di così pericoloso. E la risposta alla prima domanda è sì: puoi respirare dove stai andando."

Infilo altre razioni MRE in alcuni zaini. "E c'è qualche possibilità che tu possa dirci di più su cosa stiamo entrando?"

"Certamente. Tuttavia, dato il limite di tempo imposto di quindici minuti, ti consiglio di discutere la questione durante il viaggio."

"Giusto. C'è qualcosa che pensi che ci manchi e che dovremmo portare con noi per il viaggio?"

"Oltre a diverse bombe trinitex multi-innesco improvvisate, tecnologia di occultamento camaleontica per un esercito e alcuni

Dreadnought di classe Cascade Novia? No, penso che tu sia a posto personalmente."

"Questo… sembra molto."

"Non me ne preoccuperei troppo"

"E perché?"

"Perché, Patrick. Hai l'unica cosa che gli Androchidani non hanno."

"E cosa sarebbe?"

"Me."

"Che conforto."

"Sì, lo è, non è vero?" sospira.

"Ascolta, siamo già stati beccati una volta con i pantaloni calati in Antartide. Non ho voglia di ripetere l'esperienza."

"Ovvero?"

"Voglio che attacchiamo il nemico, ma prima abbiamo bisogno di informazioni. Quindi questa deve essere una missione di ricognizione, non una guerra. Non siamo pronti per questo. Chiaro?"

"Certo, Patrick. Sei, come ho imparato, un pianificatore consumato. Questa missione è facilmente realizzabile. Come una gita alla riconquista del tesoro, andata e ritorno, per così dire."

"Hai… letto lo Hobbit?"

"Ho guardato lo Hobbit. Anche se suppongo che mi dirai che…"

"Il libro è sempre meglio", diciamo entrambi allo stesso tempo. Gli sorrido. "Allora è un'operazione di ricognizione."

"Per l'appunto. Aspettati di fare un salto, salutare e raccogliere un po' di informazioni per soddisfare la tua anima curiosa, poi potrai battere i tacchi e tornare in Antartide per continuare a fare ciò che sai fare meglio."

"E cosa, ti prego dimmi, pensi che io faccia meglio, esattamente?"

"Beh, far esplodere splick, ovviamente."

Alzo le spalle e torno a riempire uno zaino. "Può andarmi bene."

Al piano di sopra, scopro che il team ha iniziato a fare i turni per usare la mia doccia, e almeno due di loro sono entrati insieme. Suggerimento: non sono Ghost e Z-Lo. Non che li biasimi, ma chiedere sarebbe stato carino. Per quanto riguarda la doccia, voglio dire, non il sesso sotto la doccia.

Tuttavia, non posso arrabbiarmi troppo con loro, perché pulire e ritrattare le ferite è una dannata buona idea. Dio sa che potrebbe farmi bene dell'acqua calda, del Motrin e un bicchiere di Redbreast. Il che mi ricorda di prendere il mio scotch prima che lo trovi Yoshi. Quando arriva il mio turno di fare la doccia, lodo il santo patrono dell'acqua calda per l'unità che ho installato quando ho costruito il posto. Il miglior investimento che potessi fare per un momento come questo, il che è ironico, dal momento che non mi sarei mai aspettato che qualcun altro fosse nella mia proprietà, figuriamoci un gruppo di guerrieri spaiati. E due russi. Dannazione, dovrò dare fuoco al posto dopo questa.

"Guarda guarda" Lada prende una cornice sul caminetto e la agita.

Mi tolgo l'asciugamano dalla testa. "Rimettila a posto."

"Chi è?" Hollywood arriva a Lada prima di me. "Accidenti. Guardate quanto siete giovani."

"Ho detto, rimettila a posto" Prendo la cornice dalle mani delle signore e la poso a faccia in giù sulla mensola.

"Siete tu e Aaron", dice Hollywood. "E quello era Jack?"

"In un'altra vita. Yut."

Proprio in quel momento, Lada mi annusa il collo e le spalle.

Mi allontano. "Ma che diavolo?"

"Sento odore di carne fresca di uomo", sorride come un maledetto gatto del Cheshire che annusa l'erba gatta.

"Ok", indico la porta. "Tutti a Dolores. La ricreazione è finita."

Con una velocità massima nell'atmosfera di 1500 chilometri all'ora, Chuck stima che raggiungeremo il sito di ricerca di Ellsworth in circa dieci ore. È impressionante, per non dire altro, perché non una volta questo vecchio corpo ha mai infranto la barriera del suono, a meno che non si conti cosa succede poche ore dopo il Taco Tuesdays.

È anche impressionante perché Chuck mi dice che non abbiamo bisogno di fare rifornimento. Apparentemente, la navicella e lui sono alimentate dalla stessa roba: il trinium. Solo la navicella impiega qualcosa che lui chiama nucleo propulsore. Penso sia tipo Star Trek, ma mi dice: "Nemmeno lontanamente." A dire il vero, penso che sia più vicino di quanto lui stia lasciando intendere, ma voglio farlo sentire come se avesse qualcosa di unico da offrire in questo momento. Dopotutto, non può più sparare e non voglio essere io ad aggiungere la beffa al danno. Inoltre, potrebbe lasciarsi scappare di più se si sente al sicuro e sto solo aspettando che quel momento arrivi.

Ciò che mi impressiona di più della navicella è il sistema di volo ridicolmente fluido. Se qualcuno mi avesse detto che potevo addormentarmi viaggiando a quasi duemila chilometri all'ora, avrei riso. Ma ripeto, sono un Marines in pensione. Siamo addestrati fin dal primo giorno ad addormentarci ovunque, a comando e in qualsiasi posizione. Ma su questa navicella mi sembra di essere su un aereo di linea commerciale. E non mi lamento. E nemmeno il resto della squadra che è sparpagliato sul pavimento della stiva.

Questo particolare tentativo di dormire, tuttavia, è reso ancora più facile dal fatto che ho spogliato la mia casa delle coperte e dei sacchi a pelo di riserva. Yut, li ho distribuiti alla squadra. E potrei aver tenuto per me il mio cuscino. Cosa? Forse mi sono abituato a qualche comodità da civile.

Dopo aver verificato tre volte che Chuck abbia il controllo della navicella e avergli fatto giurare sulla tomba di sua madre che non ci farà volare tutti nel fianco di una montagna, mi metto comodo e mi allungo sotto la coperta. Mentre comincio a precipitarmi verso il sonno profondo, sento qualcuno contro la mia schiena. Le luci del vano di carico sono basse e l'ultima cosa che voglio è spendere energia dicendo a qualcuno di farsi da parte. Quindi mi accontento di dare un'occhiata alle mie spalle solo per assicurarmi che non sia il ragazzino o Vlad.

No.

È Lada.

Ma tiene le mani a posto, è calda, e io sono troppo stanco per preoccuparmene a questo punto.

"È proprio come pensavo", dice Chuck mentre la navicella passa il waypoint di otto chilometri dal punto di atterraggio che ho designato vicino all'ingresso del vecchio sito di scavo. "Non hanno ancora determinato la natura del vostro sabotaggio a New York, quindi il cancello è inattivo. Almeno per il momento."

"Vuoi dire che non c'è nessuno in casa?" dico mentre mi siedo sul sedile di pilotaggio accanto a quello di Z-Lo. Anche se nessuno di noi sta guidando, è comunque confortante sapere che c'è un umano coinvolto nel caso in cui fosse necessario fare qualcosa. Certo, Z-Lo ha la maggiore esperienza di volo con uno di questi cosi, seguito da vicino da Yoshi, ma direi che il loro tempo di volo e tempo di schianto è uguale.

"Esatto, Patrick. Non c'è nessuno in casa e non sto rilevando alcun segno di vita in superficie."

"Beh, mi va bene così, se per te va bene."

"Sì. Indubbiamente."

"Come hai dormito, Wic?" dice Hollywood dietro di me.

Non la degno di una risposta perché posso sentire il sorriso nella sua voce e so che ha visto Lada che cercava di accoccolarsi vicino a me.

"Non preoccuparti", mi dà una pacca sulla spalla. "Sembravate comodi e caldi."

Alzo un dito preciso sopra la testa e tengo gli occhi concentrati sul display. "E tu dovrai pulire la mia doccia quando torniamo."

"Mi pare giusto."

"Con la candeggina."

"Ricevuto."

"Hollywood", dico in tono più serio e le poggio la mano sulla spalla. "Bumper è un bravo ragazzo. Sono felice per te. Per voi."

Hollywood mi guarda. Il suo comportamento scherzoso si trasforma in un piccolo sorriso pacifico e poi mi abbraccia. "Grazie, Wic."

"Yut." Le do due pacche sulla schiena, e poi Aaron si fa strada tra di noi.

Osserva il display. "Che cosa è successo qui?"

Passo da lui al monitor e batto le palpebre all'immagine che sta arrivando. Qualunque sia la tecnologia di imaging di Dolores, trasforma la notte artica del pomeriggio di fine giugno in un video completamente illuminato del sito di scavo, ma in scala di grigi. Una sorta di sensori infrarossi, immagino.

Quello che ha indicato Aaron non è quello che c'è: è quello che *non* c'è. Invece di una piccola caverna d'ingresso che conduce nel lato del ghiacciaio e giù all'anello, l'intera massa di ghiaccio è stata aperta come se qualcuno ci avesse lanciato una bomba atomica. Ora l'anello si trova all'aria aperta sotto il cielo stellato, circondato da cerchi concentrici di apparecchiature che non ho mai visto prima. Eppure, verso l'anello, posso vedere quelle che sembrano alcune delle attrezzature di ricerca e delle impalcature originali di Aaron, anche se coperte di neve.

"È un palcoscenico", dico sottovoce, ma a quanto pare abbastanza forte da farmi sentire da Chuck.

"Esatto", risponde.

Hollywood si fa avanti accanto ad Aaron. "Quindi, è qui che hanno portato la loro forza d'attacco iniziale."

"È così", risponde Chuck.

Poi guarda Aaron. "E l'hai scoperto tu?"

Alza le spalle e alza gli occhi al cielo. "Purtroppo."

"No, no. È… straordinario. Vorrei solo che avesse significato, sai, notizie migliori per il pianeta."

"Sì, anche io."

"Comunque, è piuttosto…"

"Per favore, Hollywood. Non devi dire per forza qualcosa."

"Va bene. Mi dispiace."

"Confermi che il nostro approccio è sicuro?" chiedo a Chuck ancora una volta.

"È molto sicuro. E ti avviserò se questo dovesse cambiare."

"Tipo, più di trenta secondi di avvertimento?"

"Sì, più di trenta secondi."

"*Dios mío*", dice Veronica. "Ti darei almeno dieci minuti di preavviso. Dilettante."

"*Gracias*." Lascio andare un respiro che non mi rendevo conto di trattenere. "Va bene, Chuck. Portaci giù, lentamente."

Poi mi giro per affrontare la squadra. "Chi è pronto a congelarsi le *tatas* con me?"

"Fa molto più freddo in questo periodo dell'anno", urla Aaron mentre arranchiamo nella neve. Un ampio percorso, tagliato attraverso gli anelli concentrici di equipaggiamenti alieni coperti dalla neve, ci offre una visione perfetta dell'anello di origine che si profila dritto davanti a noi. Aaron ha deciso di venire "in memoria dei vecchi tempi" ha detto, dal momento che è lì che tutto ha avuto inizio. "C'è un motivo per cui abbiamo scelto di fare le nostre ricerche nei mesi estivi dell'emisfero australe."

"Bella pensata", rispondo. Ma non sono molto in vena di chiacchiere. I miei sensi sono così in allerta che il freddo non mi colpisce come farebbe normalmente. Anche con il campo energetico dell'anello spento, mi aspetto ancora che salti fuori un capo supremo o un angelo della morte. Il problema è che non sono nemmeno sicuro che il mio SCAR funzioni a questa temperatura. Che è parte del motivo per cui ho portato Veronica insieme a Chuck.

"Ti senti bene, Veronica?" chiedo.

"Se mi sento bene? Patrick, mi sento sempre bene. Se alcuni altri fucili, che rimarranno senza nome, ti danno l'impressione che a volte siamo lunatici o tristi o non abbiamo avuto abbastanza abbracci e coccole, sono bugiardi e non devono essere creduti. *Lo entiendes*?"

"Ricevuto. Felice di aver chiesto."

"Psst", dice Chuck.

"Cosa c'è?"

"Non parlare della guerra a Veronica."

Aaron lo capisce più velocemente di me e mi sillaba "Fawlty Towers."

L'altra persona che si è offerta volontaria è Vlad. Di nuovo, è giusto, visto quello che abbiamo passato insieme. "E tu come ti senti, ragazzone?"

"Come in primavera in Siberia", dice Vlad dall'altra parte. "Inoltre, ho molte belle sensazioni di essere di nuovo qui con te. Sì, Brooklyn USA."

"Certo, Vlad." Non importa se abbiamo assistito a un massacro insieme. Ma poi di nuovo, i russi hanno sempre avuto una strana storia d'amore con il lato oscuro della vita. O forse sono solo più onesti riguardo al dolore e alla sofferenza. Eh, questi ragionamenti li lascio ai filosofi.

Il resto della squadra ha saggiamente scelto di rimanere a bordo di Dolores mentre noi tre indaghiamo sull'anello e lavoriamo con Chuck per attivarlo.

"E sei sicuro che questa volta non abbiamo bisogno di tutta l'attrezzatura di Aaron?" chiedo a Chuck.

"No, Patrick. Te l'ho già detto: hai me, ricordi? Sono tutto ciò di cui hai bisogno."

"E non potremmo farlo fare a Dolores?"

"Gli Androchidani sono ancora un po' all'antica in questo. Puoi avviare un anello di origine dal lato di destinazione solo con l'attivazione manuale."

"Le attivazioni manuali sono sempre le migliori", commenta Vlad.

Aaron ride e scuote la testa.

"Che cosa?" Vlad alza il guanto. "Parlo onestamente e con il cuore."

"E non vorremmo che fosse diversamente", dico sia per Aaron che per me.

Alla fine, arriviamo alla vecchia scala in pietra che porta alla base dell'anello. Le immagini di Lewis che viene trascinato via e il dottor Walker che cade verso la morte lampeggiano nella mia testa. Giuro che mi sembra di vederli per un secondo, ma mi rendo subito conto che sono solo le nostre ombre proiettate dai riflettori di Dolores.

"Che cosa facciamo, Sir Charles?" chiedo.

"Stendimi sulla soglia."

Scambio uno sguardo con Aaron e poi con Vlad. "Non ti perderemo, vero?"

"No. A patto che tu non mi prenda a calci. Sarebbe una pessima mossa sia per te che per me. Ho solo bisogno di essere in contatto con l'anello per alcuni istanti."

"Poi si accende e possiamo tornare tutti da Dolores e volare attraverso?"

"Esatto, Patrick. Un po' di ricognizione, un po' di canto e ballo, e poi siamo di nuovo qui prima che tu te ne accorga."

Slaccio Chuck dalla mia schiena e lo tengo tra le mani.

"Alpha Patrol, qui Phantom Three", la voce di Bumper arriva via radio.

"Ti sentiamo chiaro e forte", dice Vlad dopo aver lottato con la sua radio per un secondo.

"Siete verdi là fuori?"

"Roger. Stiamo semplicemente lavorando con Lord Charles in questo momento."

"Non serve aggiungere altro. Solo per sapere. Phantom Three, chiudo."

"Perbacco! Mi piace", esclama Chuck. "Lord Charles."

"No. No. *Sir* Chuck è abbastanza nobile per te." Guardo Chuck e poi Aaron. "Ci siamo, insomma."

Annuisce un paio di volte. "Già."

"E sei ancora sicuro di voler andare avanti?"

"Sono sicurissimo. Tu?"

Alzo lo sguardo verso l'anello e sento un brivido più profondo della temperatura dell'aria antartica che mi scorre lungo la schiena. "È il modo più veloce per trovare risposte, il tipo di risposte di cui abbiamo bisogno per salvare la nostra gente." E anche se dico la *nostra gente*, mi rendo conto che quello che sto veramente dicendo è l'intero pianeta dimenticato da Dio. Gesù, aiutaci.

"Fino alla fine?" chiede Aaron.

"Attraverso rovi e spine." Aspetto un secondo e poi aggiungo: "Puoi chiamare la squadra per me?"

Annuisce, tira fuori la radio dal cappotto e poi apre il canale. "Dolores, qui l'Away Team."

Sorrido al suo riferimento a Star Trek.

"Vieni avanti", risponde Bumper.

"Resta in ascolto per Pat. Voglio dire, Wic." Aaron tiene il canale aperto e mi avvicina il microfono alla bocca.

"Mi stavo solo assicurando che fossimo tutti pronti", dico, tenendo ancora Chuck con entrambe le mani. "Non è troppo tardi per tirarsi indietro."

C'è una pausa di alcuni secondi prima che Bumper ritorni sul canale. "Sembra che siamo tutti d'accordo qui."

Guardo Aaron con un sopracciglio alzato dentro i miei occhiali. "Ovvero?"

"OTF," grida il team via radio.

Mi fa sorridere. "Roger. Chiudo."

Aaron ripone la radio nella tasca sul petto del cappotto e chiude la cerniera.

"Anche Vlad è *oh di eff*. Nessuno mi ha chiesto, ma ho pensato di offrirti un voto di fiducia."

"È OTF, amico." Gli sorrido. "Sta per Own The Field, prendetevi il campo."

"Prendetevi il campo. Mi piace, si. È football americano, no?"

"Qualcosa del genere." Prendo la mia giacca, tiro fuori una delle toppe Phantom e la passo a Vlad. "Tieni. Questa è per te."

La fissa per tre secondi prima di guardarmi negli occhi. "Questo significa che Vlad è un Phantom ora?"

"Se tu e Lada siete disposti ad attraversare le porte dell'inferno con me, allora siete Phantom, yut."

"Non te ne pentirai", Vlad la bacia e poi la infila nel cappotto. "Noi tre, ci siamo messi nei casini insieme, sì? Quindi, sento che è giusto uscire dai casini insieme nello stesso posto. Inoltre, Lada ti trova molto sexy, Wic, il che significa che diventiamo fratelli."

"No."

"Sì, Brooklyn USA. Sì. Nessuno resiste al fascino di Lada."

"Allora sono abbastanza sicuro che abbia incontrato un degno rivale", guardo Aaron. "Stiamo davvero avendo questa conversazione in questo momento?"

Ride e scuote la testa.

Vlad mi dà una pacca sulla schiena. "Tutte ragioni in più perché diventiamo fratelli. Vieni! Metti Lord Charles sull'altare e andiamo a fare il bagno nelle gloriose luci del futuro."

"Oh, mio Dio." Faccio un respiro corto e gelido e guardo il fucile alieno che ho in mano. "Moriremo tutti, vero, amico?"

"Certo amico mio. Ma non ci sono mai stati dubbi".

"Ah, no?"

"Moriamo tutti. La domanda più grande è: accanto a chi moriremo? E per quel che vale, sono onorato di affrontare il futuro con te, Patrick"

"Dasvidaniya", grida Vlad a squarciagola, urlando verso l'anello.

"Dasvidaniya", dice Aaron con un'alzata di spalle e una risata.

"Porca puttana." Metto Chuck sul pavimento di pietra e poi mi allontano. "Da-splick-daniya. O la va o la spacca."

"Sbagliato, mio buon uomo", grida Chuck mentre l'elettricità inizia a scattare attraverso la pietra e sul suo ricevitore. "Qui la va e basta."

Podium

DISCOVER MORE

STORIES UNBOUND

PodiumEntertainment.com

9 781039 461338